KB252903

우주에 촛불 켜서 진실을 벗긴다

사람 본성(本性)의 진실

조선조 멸망의 진실

인류 진화의 진실

종교와 신앙의 진실

해방 전후사의 진실

한국의 지정학적 위치와 해운의 진실

남북통일과 공동번영의 진실

전운식
田耘植

이 도서의 국립중앙도서관 출판시도서목록(CIP)은 서지정보유
통지원시스템 홈페이지(http://seoji.nl.go.kr)와 국가자료공동목
록시스템(http://www.nl.go.kr/kolisnet)에서 이용하실 수 있습니
다. (CIP제어번호: CIP2013006313)

우주에 촛불 켜서

진실을 벗긴다

사람 본성(本性)의 진실
조선조 멸망의 진실
인류 진화의 진실
종교와 신앙의 진실
해방 전후사의 진실
한국의 지정학적 위치와 해운의 진실
남북통일과 공동번영의 진실

전 운 식
田 耘 植

새미

머리말

    필자가 수십 년 동안 일주일에 3~4권씩 책을 읽으면서 느낀 것은, 어느 책은 너무 장황했고, 어느 책은 이것도 책이라고 썼느냐는 책들도 많았다. 그럼에도, 좋은 책도 있어서 이를 잘 새겨서 내 것을 만듦으로써 똑바른 인생관을 세울 수 있었다. 이를 많은 사람들에게 알리고자 써본 게 이 책이다. 또한 저자는 책을 읽으면서 사람의 본성本性과 진실이 숨겨져 있거나 짙게 위장되어 있고, 또한 왜곡되어 있음도 깨달았으므로 그러한 진실들을 똑바로 알려야겠다는 생각으로 국민필독서로서 자부하면서 이 글을 쓴 것이다.

    필자는 소설은 물론, 사법시험 등을 위해 많은 법서와 경제학, 정치학, 세계사와 국사, 세계지리 등을 다 읽었다. 또한 논어를 위시한 여러 철학서와 많은 고전들도 다 읽었다. 61세 이후엔 해방 전후사의 인식 등 편향서와 녹 쓴 해방구, 피바다, 빨치산 등 극좌향의 책도 다 읽었다. 인물평전, 자서전, 체험기 등도 다 읽었다. 70대엔 우주과학, 지구과학, 생물학 등을 읽으면서 사람을 다시 보게 되었다. 여기에 70여 년 동안 산전수전山戰水戰을 다 겪으면서 체험한 게 도움이 되어 종래의 유교적인 관념을 버렸고, 새로 터득한 사상철학과 진실들을 토대로 이 글을 쓴 것이다.

    필자는 일본인 농장에서 농노農奴와 같은 생활을 하시던 아버지 밑에서 성장했다. 어떤 집성촌에서 타성他姓바지로서 왕따를 당하며 살았다.

그 때문인지 초등학교 때도 연애대장 등의 온갖 골림을 다 받았다. 어떤 선생은 극도의 차별대우를 하면서 고문(?)도 했다. 중학교 시험도 못 쳐본 필자는 부친을 따라 낯선 곳에 이사했다. 그 때 일자무식인 부친은 논 판 돈을 당숙양부에게 맡겼다가 절반을 떼이고 한 달 여의 불면 끝에 정신이 상까지 되었다. 필자는 고개를 못 드는 수치심과 함께 독학조차 포기해야 했다. 곧 8인 가족을 부양하는 17세의 소년가장 노릇을 하게 되었다. 여름은 내 농사를 지으면서 품팔이, 농한기는 철로 공사, 석유행상, 석탄 경비, 연탄직공, 가마니치기 등을 했다. 그런 노력 끝에 빚을 다 갚고 논을 좀 늘려서 생활이 좀 안정되자 민주당에 입당하여 자유당과 열렬히 싸우기도 했다. 독학 포기 7년 후, 다시 주경야독畫耕夜讀을 시작하여 1958년엔 보통고시7급 행정에 합격했다. 1961년 초 국무원 사무국에 등록하여 5월에 농림부로 발령받았으나 2주 만에 취소됐다. 그 이전 1960년에 틈틈이 사법시험을 공부했으나 책이 턱없이 부족해서 고심하고 있었다. 그 때 송 모 참의원 입후보자의 후원자인 같은 송 모의 준재벌이 책값으로 쌀 열 가마 값을 약속하므로 이를 믿고 면내 최고 득표를 해주었으나 배신당했다. 이를 따지려다 오히려 퇴거불응, 명예훼손, 폭행죄로 고소당하여 1962년 5월부터 5개월간 미결수로 고생했다. 그 때 검사가 재판부 기피 신청까지 하는 만행을 겪은 끝에 1심은 벌금 5천원이었다. 하지만 항소심은 법정구속 끝에 8월형에 집행유예 2년이었다. 이는 당시엔 준재벌인 고소인 측과 정 모 검사그는 그 후 공안부 검사, 사법연수원장 했고, 변호사시절 사기죄로 구속되어 실형 살았음, 지방정보부의 합작품이었다. 고소인 측 집서의 다툼이어서 그들만의 위증이 가능하여 어쩔 수 없었다.

　그 후 5년간 농촌운동에 투신하여 마을 이장들의 부정을 없앴고, 벼 다수확재배에 성공하면서 "벼 다수확 재배법"등사판 107쪽, 500부을 지어 무상 배포도 했다. 집행유예기간 만료로 35세에 공무원을 시작했다. 13

년 동안 참다운 공복으로써 국가와 국민에게 충성하고 봉사했다. 이때 묵호 항만부지 약 33,000평방미터를 국가기관과 공무원들이 모두 국유를 부인했는데도, 혼자의 주장으로 근무처와 관계없이 8년간 소송하여 국가 땅을 만드는 것에 성공하는 큰 공도 세웠고, 목포 흑산도 여객선 업자를 패소시켜서 도서민의 숙원도 풀어주었다. 하지만 유신헌법을 비판했다는 이유로 보안대에 끌려가 고문 끝에 쫓겨났다.

그 때문에 현재는 연금도 없이 큰딸 집에 얹혀살고 있다. 이런 고난과 시련을 겪은 경험들이 모든 진실을 깨닫는데 큰 도움이 되었다. 이에 진실을 알리려는 의지는 확고해서 읽는 분들이 거북해할 수도 있는 것도 진실이면 과감하게 밝혔다. 그 때문에 정치인들과 사람들을 너무 비하했다는 비판을 받을 수도 있으나 사람의 본성本性과 관련된 "지배욕"과 "성취욕"에 대하여 집중적으로 썼다. 조선조 멸망의 원인에 대해서도, 같은 취지로 썼다. 조선조 말에 외국인들이 우리 국가와 백성들을 어떻게 보았는가도 썼다. 조선 중기의 표류기, 6·25전쟁을 소재로 쓴 중국 군사 고위직의 체험담, 한국 장성들의 기록, 천문학, 지구과학, 생물, 종교 등 중요한 것은 다 썼다. 그 외에 해방 후의 혼란상을 실제로 체험했고, 관심도 많았으므로 그것도 과감하게 썼다.

필자는 소년 때부터 독서를 좋아한 게 큰 도움이 되어 사무관 이상의 공직생활도 한 것이다. 그런 독서의 습관은 지금도 그대로 남아 있어서 81세의 고령임에도, 왕성한 독서광이 되고 있다. 그 덕분에 거의 모든 분야의 글을 다 읽을 수 있었다. 이에 자연스럽게 나름대로의 생각과 새로운 인생관 등이 형성되어 이를 토대로 쓴 것이다. 글 내용은 될 수 있는 대로 쉬운 말을 썼다. 전문용어를 될 수 있으면 우리말로 풀어서 썼고, 좀 어려운 것은 한자를 병기했다. 이는 필자가 초등학교 때 독서를 통해 저절로 한자를 많이 알게 된 경험도 한 몫을 했다. 끝으로 할 말은, 매우 건

실하게 신앙생활을 하고 있는, 和英과 純英, 그리고 두 사위에게는 진심
으로 미안하다. 사실은 두 딸들 때문에 기독교 비판을 안 하려다 진실을
알려야겠다는 마음이 너무나 커서 썼으니 아빠를 이해해 주기 바란다.

2013년 3월 25일,

田<ruby>耘</ruby>植

차 례

제2장 조선조 멸망의 진실　132

제3장 인류 기원起源의 진실   175

제4장 신앙과 종교의 진실   197

제6장 한국의 지정학적 위치의 진실과 해운海運   343

제1장

사람의 본성本性은 무엇이 본질인가

성인들과 철학자, 과학자들이 말하는 인간의 모습들

먼저 사람이란 무엇인가부터 생각해 본다. 사람도 분명히 동물임에는 틀림없으나 다른 동물과 달라서 말도 하고 글도 읽고 쓰면서 자기의 마음과 뜻을 전달할 줄 아는 독특한 동물임에는 틀림없다. 또한 일반 동물은 꿈도 못 꾸는 각종 기구와 인공위성 등, 첨단 과학기기 등을 만들어서 우리 몸의 비밀을 알아내는가 하면 지구와 우주의 몇백억 년 전 진실까지도 알아내고 있는 동물이기도 하다.

이러한 능력이 지나쳐서 우리 인류 전체는 물론 생물전체를 몇 번이고 다 죽일 수 있다는 원자탄과 수소탄까지 갖추고 있다고 한다. 또한 사람의 머리를 능가할 수 있는 로봇까지 곧 만들어질 것이라는 말도 있고, 손만 대면 모든 것을 착착 알려주는 컴퓨터와 스마트폰까지 만들어졌다. 이로 보아 향후의 세상은 집에 가만히 앉아서 손만 까닥까닥하면서 모든 것을 다 해내는 시대가 올 것 같다.

그런 인간이지만 색정하나를 이겨내지 못하고 매일같이 성폭행과 성희롱을 일으키고 있고, 지배욕과 성취욕의 충족을 위해서 동료를 왕따 시키거나 구타를 일삼아서 자살케 하는 비극도 계속되고 있다. 그런가하면 먹는 것과 입는 것, 남녀가 짝지어 사랑하다가 자녀를 낳는 것, 지기 싫어하고 이겨서 상대를 지배하여 보다 좋은 위치에서 인생을 즐기려는 것, 그를 위해 살인과 강도, 절도사기, 공갈, 횡령, 협박, 수뢰 등 온갖 범죄도 그대로 계속되고 있는 것을 보면 과거나 현재나 본성만은 변하지 않았음을 알 수 있다. 그리고 꼭 이겨서 지배하려는 성정 때문에 끊임없이 싸우고 다투면서 국가 간엔 전쟁까지 일으켜서 무수한 생명까지도 살육하는 것 등은 하나도 변하지 않았고, 앞으로도 쉽게 변하지 않을 것이므로 인간의 참모습은 어느 게 진실인지 이해하기가 매우 힘들다. 이에 대해 국어사전 등을 살펴보면 동물 중에서 가장 진화 된 게 사람이고, 말까지 하면서 사상과 이성理性으로 나라까지 세워서 스스로 다스려나가는 게 사람이라고 풀이하고 있다.

하지만, 천문학자였던 칼 세이곤은 그 저서 "코스모스"에서 사람을 천문학적 관점에서 보면 "우주에 떠돌아다니는 하나의 티끌 같은 존재다"라고 풀이하면서, 그 티끌 같은 존재가 지금은 거꾸로 그 우주를 탐색하여 그 신비한 비밀을 캐내고 있다고 말했다. 또한 그는 지구는 태양을 중심으로 돌고 있으나 태양계도 은하수 우주에 속해 있으면서 그 축을 중심으로 돌고 있고, 이 은하수 우주에는 태양계 같은 우주가 무려 1,000억 개가 넘으며, 우리 태양계는 거우 은하계 우주의 한 모서리를 차지하는 별에 불과다고 말했다.

그는 한술 더 떠서 전 우주에는 은하계 같은 우주가 또 1,000억 개가 더 있고, 은하계도 전 우주의 축을 중심으로 돌고 있다고 말하고, 안드로

메다 우주는 매초 200km의 속도로 우리 은하게 우주 쪽으로 접근하고 있어서, 380만년 후에는 우리 은하게 우주와 충돌할 것이라는 말에는 어안이 벙벙해지면서 새삼스러이 우리 인간의 왜소矮小함과 한계를 깨닫게 되면서, 어안이 벙벙해지고 경악감이 온 몸을 짓누르기도 했다.

그런가 하면 어떤 철학자는 인간을 가리켜 정치적 동물이라고 했고, 어떤 철학자는 사회적 동물이라고도 했으며, 어떤 경제학자는 경제적 동물이라고 말하기도 했다. 그 반면에 어떤 학자는 인간의 비이성적非理性的 측면만을 보고 인간은 감정적 동물이라고 하면서, 이성적 측면을 완전히 무시한 채 정서적인 측면만을 강조한 사람도 있다.

그러나 아리스토텔레스는 사람에게 선善을 전제한 행동만을 요구하면서, 습관의 중요성을 강조하고, 그러려면 처음부터 올바른 습관으로 키워야 한다고 주장하고 있을 뿐, 인류의 본성本性에 대해서는 한마디도 밝힌 바 없다. 철학자로 유명한 이마누엘 칸트도 인간을 매우 높이 평가하면서 더욱 준엄한 도덕적인 행동만을 요구했고, 그 행동에 대한 평가는 그 행위의 동기가 핵심적인 요소라고 말하고 있다.

그리고 도덕의 최고의 원칙은 정언正言명령에, 사람을 죽이지 말라과 가언假言명령에, 그 돈을 만약 가져간다면 절도행위이니 가져가지 말라, 그리고 가언판단에, 만약 그 돈을 절취해 갔다면 1년 이상의 징역에 처하여야 한다이라는 기준에 의해서만 옳고 그름을 판단해야 한다고 주장했다. 다만 필자의 생각은 가언판단은 도덕의 문제가 아닌 법의 범주에 속하는 문제라고 본다.

그러면서 도덕적 책임에는 자연적 의무와 자발적 의무, 그리고 연대적 의무가 있다고 하면서, 자연적 의무는 보편적 의무이므로 합의가 필요치 않으나 자발적 의무는 특수하므로 합의가 필요하고, 연대적 의무는 합의가 필요치 않은 의무라고 주장했다.

또한 그는, 사람은 타고난 오성悟性으로 객관적 사실을 바르게 인식하여 이성적理性的판단으로 올바르게 행동하고 실천할 수 있는 고등동물이라고 극찬하기도 했다. 그러나 칸트도 사람의 기본적 성정에 대해서는 직접적인 언급이 없었다.

현대 철학자인 마이클 샌델은 그의 저서인 "정의란 무엇인가"에서 정의가 때로는 상대적임을 밝히면서 정곡正鵠을 울리는 말을 많이 하고 있다. 아쉬운 것은 필자가 여기서 그 내용들을 일일이 다 소개하거나 표현할 수 없고, 또한 다 옮길 수도 없다는 사실이다. 다만 기억에 남는 것 중 극히 일부만을 옮겨볼까 한다.

그는 말하기를, 사람은 존중받아야 하는 이성적 존재라고 전제하면서 정언명령과 가언판단, 그리고 공리주의를 모두 거부하고 있다. 또한 인간은 수단이 아닌 목적이므로, 자유의 초자연적 특성과 높은 도덕률의 실천을 강조하면서, 자율적인 인간의 행위만이 참다운 인간이라고 주장했다. 또한 그 행위의 동기를 중시해야 하며 원칙고수의 자세만이 도덕적 가치가 있다고도 주장했다. 그는 현실문제도 깊이 언급하면서 독일은 거의 모든 독일인과 정치가들도 유대인 학살의 범죄성을 인정했고, 또한 많은 정치가들이 독일의 국회는 물론 이스라엘 국회까지도 찾아가 극구 사죄하면서, 이스라엘과 그 생존자들에게 수백억 달러를 배상한 사실을 언급한 후, 그게 바로 정의의 참모습이고, 또한 단연한 결과라고 평가하고 있다.

그와 반면, 일본인과 일본정치가들은 정신대 소집의 강제성을 극력 부정하면서 책임을 회피하고 있거나 아니면 현재의 자기들은 정신대를 강제로 끌고 간 사실여부를 잘 모르므로 그에 대한 책임을 질 수 없다는 식의 논리를 펴고 있으나, 이는 천만부당한 주장으로서 전 정부의 범죄에 대한 책임을 회피하려는 것은 정의의 본질에 명백하게 어긋난다고 주장하고 있다. 이러한 사실들을 종합해 볼 때, 인간이 어떻게 행하는 게 정의

인가에 대해서는 매우 날카롭고도 명쾌한 논리를 펴고 있으나 다만 그도 인간의 본질적인 본성에 대해서는 깊은 말을 하지 않고 있다.

유교에서는 인간에 대한 평가를 "인간은 만물의 영장靈長이며, 천상천하에서 가장 존귀한 게 인간"이라고 극찬하면서, 그 때문에 인간만이 일반 동물과는 달리 유교의 사회적 도덕률의 핵심 사상인 "삼강오륜三綱五倫"을 실천할 수 있고, 요순堯舜의 치세와 주공周公의 정치도 회복할 수 있는 것이라고 주장하고 있다. 또한 개인적 도덕률로서는 수신제가 치국평천하修身齊家 治國平天下를 가장 으뜸가는 도덕률로 제시하고 있기도 하다.

따라서 유교에서는 이 삼강오륜과 수신제가치국평천하의 높은 도덕률은 사람만이 실천할 수 있다고 하면서, 그게 바로 만물의 영장이기 때문에 가능한 일이라고 주장해 왔다. 그러므로 삼강오륜을 행하지 않는 민족이나 사람들은 설사 외형상으로는 똑같은 사람일지라도 실제는 금수禽獸와 같은 존재에 불과한 것이며, 따라서 삼강오륜을 똑바로 실천하는 자만이 참된 인간이므로 이게 바로 서양인 등의 오랑캐와 우리나라 사람과의 근본적인 차이점이라고 강조해왔다.

이러한 사상은 삼강오륜을 전혀 모르는 서양인 등을 배척하는데 핵심적인 사상으로 작용했다. 그 때문에 조선조 말에는, 유림을 중심으로 위정척사 사상衛正斥邪 思想, 즉 바른 것을 지키고 사악한 것을 배척해야 한다는 사상으로 발전되어, 이를 기초로 문호개방을 반대하고, 나아가 서양인과의 교류를 반대하는 대의명분으로 이용되기도 했다.

이게 영남을 중심으로 한 만인소萬人疏로 발전하여 조정에 제출됨으로써 개화와 개방을 주장하고 있던 고종을 난처하게 한 사실은 너무나 유명했으며 이게 바로 조선조 말의 비극이기도 했다. 하지만 조선조에서의 대표적 학문인 성리학에서는, 하늘의 이치와 사람의 심성이 원래 일치하는 것으로 보는, 천인합일天人合一사상을 주장하면서도, 인간의 근본적인 성정에 대해서는 역시 아무 말이 없었다.

이러한 사실들을 종합해본다면, 한결같이 인간의 성정을 정확하게 밝히지 않으면서도 높은 도덕률에 의한 행동만을 요구하면서, 인간이 행하여야 할 당위성만을 강조해온 것이다.

이러한 주장들은 일부의 진리만을 밝히고 있을 뿐이어서 인간에 대한 완벽한 정답은 되지 못하는 것이다. 왜냐하면 사람이 진정으로 이성적 동물이고 만물의 영장이어서 높은 도덕률에 의한 행동만을 할 수 있었다면, 사람이 사람을 살상하는 전쟁과 살인, 그리고 심한 경쟁 등은 하지 말았어야 했고, 특히 전쟁에 의한 대량살상행위만은 절대로 하지 않았어야 했다. 그런데도 동물 중에서 유독 사람만이 가장 잔인하게 자기와 똑같은 사람들을 수없이 죽여 버리는 전쟁을 서슴없이 되풀이 해왔고, 현재도 되풀이 하고 있는 것이다.

따라서 그런 전쟁을 부추기거나 찬양하다시피 해온 사실만을 놓고 보면, 사람이 이성적 동물이거나 천인합일 사상적 인간은 물론, 만물의 영장이라는 사상을 곧이곧대로 받아들일 수는 없는 것이다. 이러한 주장들은 사람이 행하여야 할 하나의 이상理想을 삶의 지표로 제시한 것에 불과하다고 보아야 한다. 그러므로 그런 주장들은 인간을 보다 더 높이 평가해줌으로써, 보다 나은 사람이 될 수 있게 할 수 있지 않을까, 하는 기대심리가 바닥에 깔려있다고 보아야 한다. 이러한 현상들은 이성을 토대로 한 이상적인 세상을 만들어 보고자 하는 인류의 몸부림치는 한 모습으로 봄이 옳지 않을까 한다.

전쟁과 관련하여 사람의 본성本性을 살펴본다.

사람을 살육하는 것에 불과한 전쟁을 일으킨 후, 적을 격멸했다는 승전보라도 날아오면, 온 나라가 축제 분위기에 들뜨면서 환호성으로 꽉 차서, 흥분의 도가니로 변하는 것을 볼 수 있다. 이를 보면, 인간이 이성적이기보다는 감정적이구나, 라는 생각이 든다. 따라서 이런 사실만을 놓고 보면 인간이 이성적 동물이라거나 만물의 영장이라는 말은 우리 인간 사이에서만 통용될 수 있는 말이 아닌가 하는 것이다. 따라서 생각하는 방향과 보는 각도를 바꿔 생각해보면 오히려 다른 동물보다도 더 어리석은 면이 있는 게 사람이 아닌가, 하는 생각도 든다.

필자는 이러한 경험을 태평양 전쟁의 초기에 직접 경험한 바 있다. 그때가 1942년 봄이었다. 당시는 일본군들이 승승장구할 때였다. 그 당시 일본군은, 그 전해에 하와이의 진주만을 기습 공격하여 성공한 여세를 몰아서 말레이시아와 싱가포르, 그리고 필리핀과 인도네시아의 전 지역과 버마 등 동남아 일대를 휩쓸었을 때의 일본 국민들의 모습을 보았기 때문이다. 그때 일본인들은 자기 나라의 연전연승에 크게 흥분하면서, 그야말로 온 나라가 흥분의 도가니로 빠져드는 것을 직접 목격한 바 있다.

하지만 독일은 조금 달랐다. 1939년 9월 1일, 독일이 돌연히 폴란드를 기습공격하자 곧바로 영국과 프랑스도 독일에 선전포고를 함으로써 드디어 세계 2차 대전이 발발했다. 그때, 이를 지켜본 독일 국민들은 또다시 1차 대전 때 겪었던 패전의 전철을 다시 밟는 게 아닌가 하여 상당히 불안해했다. 그러면서 만약 그때의 전철을 또다시 밟는 것이라면 큰일이다, 라는 공포감에 싸여서 좀 어리둥절해 하고 있었다.

그러나 그 후에, 히틀러가 전격작전으로 스칸디나비아의 3개국을 석권하고, 곧 이어서 1940년 6월에는 본격적으로 프랑스 침공을 개시한지 불과 6주 만에 파리를 점령하면서 항복까지 받아내자 분위기는 확 바뀌기 시작하면서 일본과 비슷하게 변해 갔다.

다시 말하면, 전쟁 초기에 그토록 조심스러웠던 독일 국민들이 또다시 열광과 환희의 도가니로 빠져들었고 크게 흥분했다. 이러한 분위기는 히틀러를 절대 지지하는 분위기로 변화시키기도 했다. 이를 보면, 인간은 분명히 감정의 동물이라는 표현이 더 적절한 것이다. 따라서 아무리 잘못된 침략전쟁이라도 이기면 좋아하고 지는 것을 싫어한다. 이런 모습만을 보면, 인간은 지배력만 넉넉하여 상대방을 제압해서 지배할 수만 있다면 지배함으로써 지배욕과 성취욕을 충족시키기 위해 언제든지 남을 짓밟으려는 게 인간임을 알 수 있다. 따라서 전쟁의 참화가 어떠하든 이길 수만 있다면, 언제든지 전쟁을 일으킬 수 있는 동물임을 알 수 있는 것이다.

예상한 대로 이때의 독일 국민들은, 흥분의 도가니에 빠졌을 뿐만 아니라 온 나라가 환호성으로 들끓었다. 여기에 한 술 더 떠서 아리안 민족의 우월성이라는 미신에까지 깊이 빠져서 유태인들을 대학살하는 만행까지도 자행하고 옹호했다. 그러면서도 전혀 죄의식이 없이 흥분의 도가니에 빠져 있었다는 전쟁사의 기록을 보면 인간이란 최소한의 타인배려他人配慮라는 역지사지易地思之를 전혀 할 줄 모르므로, 결코 이성적 동물은 아니지 않는가, 라는 생각이 든다.

사람들은 무모한 침략전쟁을 보고 비판하고 반대하는 게 아니라 설사 악의 침략전쟁이라도 승전하면 크게 환호성을 내지르는 것이다. 이런 인간의 속성을 어떻게 보아야 할 것인가. 그 침략으로 인하여 무고한 백성들이 수백만 명씩 죽어 가는데도 오히려 환호성을 지르고 흥분의 도가니로 빠지다니, 그러고도 이성적 동물이고 높은 도덕률의 행동을 실천할 수 있다고 주장할 수가 있을까. 그러고도 만물의 영장이라고 큰 소리만

칠 수 있을까. 이를 보면 인류를 다시 생각하게 되는 것이다.

다만 그 승전이 적의 선제공격으로 수세에 몰렸던 쪽에서 역전승을 거두어 승전했을 때는 정의가 실현되었다는 기쁨 때문에 환호성을 지르면서 홍분의 도가니로 변할 수도 있고, 이런 때의 환호성은 올바른 환호성이라고도 볼 수도 있는 것이다. 그러나 거꾸로 침략행위를 하는 쪽에서 적을 격멸하여 굴복시켰다는 이유만으로 기뻐 날뛰는 것을 보면, 인간은 원래 남을 지배하려는 욕구와 지지 않고 꼭 반드시 이겨보려는 욕구, 그를 통해서 무엇인가를 성취해 보려는 지배욕과 성취욕이 매우 강한 동물임을 알 수 있는 것이다.

그와 함께 침략자와 대적하여 싸우는 측도 따지고 보면 안지고 꼭 이겨서 거꾸로 지배하려는 의지가 강하기 때문에 맞서 싸우는 것이라고 봄이 옳다. 그 때문에 앞서 밝힌 바와 같이 지배받지 않으려고 맞싸우는 반침략행위도 안지고 이기려는 욕구가 바탕에 깔려있어서 싸우게 되는 것이므로, 이 욕구도 결과적으로는 이겨서 상대를 지배함으로써 무엇인가를 성취하려는 욕구와 그 본질에 있어서는 똑같은 것이라고 보아야 한다. 이로 보면 타인이나 타국을 이겨서 지배함으로써 무엇인가를 이룩해 보려는 지배욕과 성취욕은 인간의 명백한 본성임을 알 수 있는 것이다. 따라서 안 지려는 의지가 강하면 강할수록 응전행위로 변하게 되며, 그 바탕 위에서 이기려는 것이므로 이때도 승전했다고 하면 홍분의 도가니에 빠져드는 것이다.

세계 1차 대전이 발발했을 때의 일이다. 그 당시 삼국 동맹의 하나였던 독일의 수도 베를린에서는, 독일이 오스트리아를 도와서 프랑스와 러시아에 선전포고를 하자 수도의 광장에는 수십만의 군중들이 모여들어서, 선전포고를 환호하고 축하하면서, 싸워서 꼭 이길 것을 다짐하는 대행진이 있었다는 전쟁사의 기록을 볼 수 있다. 그러고도 인간을 이성적 동물이라고 말할 수 있을까. 이러한 양상은 정도의 차이는 있으나 프랑스의 수도인 파리와 러시아의 수도인 페드로그라드 에서도 있었다.

그리고 그 당시에 노동자를 위해서 싸워 왔던 사회주의자들, 즉 세계의 모든 노동자들은 한 데 뭉쳐서 자본가와 끝까지 싸워 착취를 없애야 한다고 소리 높이 외치면서 노동자들의 단결을 외쳐왔던 사회주의자들과 국제 인터내셔널 운동에 가담했던 사람들까지도 자국의 전쟁을 적극 지지하고 나섰다. 따라서 그들은 평소에 노동자들은 국경을 초월하여 단결해야 하고, 이로써 자본가와 투쟁해야 한다는 주장을 해왔으나 그 말은 온데간데없이 사라졌고, 오로지 독일 국민들은 모두가 하나같이 단결할 것을 호소하고 있었다. 또한 그들은 자기 조국의 승전을 열렬히 기원하면서 전쟁행위를 적극 지지해줄 것을 강조하고 나선 것이다. 이를 보면, 인간이 결코 만물의 연장이거나 이성적 동물이라는 주장이 의아해진다.

다만 2차 대전 발발시의 초기 분위기는 앞서 약술한대로 그렇지 않았다. 이는 1차 대전 때의 전쟁의 참화를 몸소 체험한 게 불과 20여 년 밖에 안 된 탓에 전쟁의 참혹상이 회상되어 좀 어리둥절해하고 불안해하면서, 음산한 기운까지 감도는 분위기가 됨으로써 착 가라앉은 분위기를 보였다고 전쟁사는 전하고 있는 것이다.

이러한 사실들을 보면, 로마 제정 시의 역사가였던 타키투스가 지적한 "아무리 나쁜 평화라도 전쟁보다는 낫다"라는 명구를 되새기게 되는 것이다. 그런데도 전쟁을 좋아하는 현상을 보면, 필자의 생각은 사람이란 누구나 다 기회만 있고 상대방을 제압할 수 있는 지배력만 갖추고 있다면 언제든지 전쟁을 일으켜서 상대 국가와 그 국민을 지배해 보려는 강한 지배욕과 성취욕을 가지고 있고, 또한 지지 않고 꼭 이기려는 성정도 가지고 있음을 알 수 있는 것이다.

이런 본성을 좀 더 깊이 따져본다면, 일차적으로 생존하려는 욕구가 바탕에 깔려 있음을 알 수 있다. 또한 그런 본성이 생기는 보다 근원적인 원인은 종족 번식을 위한 본성이 바탕에 깔려 있다는 사실이다. 따라서 이러한 지배욕과 성취욕은 성욕과 식욕이 뒷받침하여 돕고 있는 것이므로 이런 본성은 너무나 깊고도 굳고 넓은 것이어서, 교육을 통해 억제하거나 말로 설득하여 없앨 수는 없는 것이다. 또한 정치권력을 통해 말살시킬 수도 없는, 생물의 본능에 속하는 것이어서 이를 인위적으로 조작하거나 억제하는 데는 한계가 있는 것이다.

인류 역사는 지나친 경쟁과 군비확장으로 얼룩져 있다

과거 우리 인류의 역사를 돌이켜 보면, 하루 한 날 편안한 날이 없이 지구의 어딘가는 피비린내 나는 전쟁으로 밤낮을 지새워 왔고, 현재도 지새우고 있음을 볼 수 있다. 그런데도 더욱 안타까운 것은, 현대의 전쟁은 굳이 핵무기의 전쟁이 아니더라도, 신무기의 가공할만한 발달로 인명 피해가 엄청나게 클 것이 예상되는데도 군비확장에 광분하고 있다는 사실이다. 그 때문에 다시 3차 대전이 일어난다면 그야말로 그 피해가 천문학적으로 증폭될 수 있어서, 어느 때보다도 인류의 생존문제 자체가 거론되고 있는 것이다. 그런데도 작금의 국제간의 양상을 보면, 말로는 항상 평화를 부르짖으면서도, 항상 서로 으르렁거리면서 군비를 확장시키고 있는데, 이러한 비극적인 현상은 동물 중에서 유일하게 사람만이 겪고 있는 비극이기도 하다.

지금 이 지구상에는, 이와 같은 신무기와 신 화력을 이용한 물리적인 전쟁이 아니더라도 많은 다툼과 경쟁이 계속되고 있다. 다만 이러한 다툼과 경쟁이 평화적으로 다투어지고 있을 뿐이며, 그 싸우는 방법은 그야말로 천태만상으로 수행되고 있는 것이다.

예를 들면 자국의 이익을 위한 외교 전쟁, 자국이 더 잘 살기 위한 경제 전쟁 또는 무역 전쟁, 기타 영토의 다툼 등 갖가지 방법의 다툼과 전쟁이 수행되고 있다. 다만 이들 전쟁은 무기 없이 싸우고 있으므로 인명의 살상만 없을 뿐이다. 그러한 다툼과 경쟁들은 경제적 이익이 주종을 이루고 있다. 이를 위해서는 소송 등을 통한 특허침해의 다툼 등 공개된 싸움만 하는 게 아니라, 음밀하게 싸우는 방법도 많다. 이와 같이 겉은 조용하면서도 속으로는 매우 극렬하게 싸움이 계속되는 게 경제 전쟁이기도 하다. 또한 이런 전쟁들이 개인 간에 벌어질 때는 원시적인 주먹다짐으로부터 시작하여, 깡패들의 집단적인 싸움 등 여러 가지 다양한 방법이 동원되고 있다. 그 대표적인 예로서, 해방 직후 몇 년 동안 있었던 김두한 등의 우익청년들이 좌익청년들과 집단적으로 벌였던 투쟁이다. 그때 그들은 싸우는 과정에서 많은 좌익 청년들을 붙잡아서 적법한 사법절차와 재판도 없이 한강물에 빠뜨려 죽였던 초법적인 이야기는 너무나 유명하다. 그 때문에 그들은, 그 당시 공산주의자들로부터 역사의 흐름에 역행하는 반동분자라는 호된 비판을 받기도 했다.

하지만 오늘날 그들의 행위를 돌이켜 보면, 소련과 동독 등 공산권 국가들이 완전히 몰락하여 자취를 감춘 사실에 비추어볼 때, 당시에 반동분자라고 낙인 찍혔던 우익청년들이 오히려 역사의 흐름에 순응하는 자였다. 그와 반대로, 우익청년들을 반동분자라고 비난했던 좌익청년들은 자기들도 깨닫지 못하는 사이에 역사의 흐름에 반동했던 진짜 반동분자가 되어 버렸다.

그 때문에 오늘날은 김두한의 행위가 불법 살인행위였다는 과오에도 불구하고, 도리어 긍정적인 평가를 받고 있는 것이다. 그러나 재판 절차 등 사법절차 없이 임의로 사람들을 끌어다가 죽인 행위였으므로 대단히 잘못된 행위였다. 이러한 행위도 따지고 보면, 공산주의를 없애서 자유주의자들의 지배욕을 충족시키기 위한 지배력의 행사였고, 이는 결국 좌우 두 지배세력 간의 싸움으로 보아야 한다.

따라서 사람에게는, 타인을 지배할 수 있는 지배력만 갖추고 있다면 법은 선반에 얹어놓고 우선 지배력을 행사하여 상대방을 제압하여 지배함으로써 지배욕과 성취욕을 충족시키고 있음을 알 수 있는 것이며, 지배욕과 성취욕은 거의 모든 인간이 다 갖고 있는 것이다. 그러므로 기회가 닿고 틈만 있다면, 지배력을 행사하여 상대방을 굴복시켜서 자기가 목표로 하는 성취욕을 충족시키려 하나 법과 도덕, 그 후에 오는 법의 심판과 보복 등이 두려워서 못하고 있을 뿐이다.

이토록 거의 모든 사람이 다 가지고 있는 지배욕과 성취욕도 나라나 개인이나 간에 현실적으로 지배를 할 수 없어서, 지배욕과 성취욕을 충족키지 못하고 있는 것 뿐이다. 이런 현상은 군주시대에는 더 두드러졌었다. 그때는 지배욕과 성취욕을 억누르고, 강자에게 비위를 맞추어서 생명을 보전하면서 자기 종족의 번식을 위해 최선을 다해 왔다. 그러면서 최고 지배권자인 군왕의 지배력을 빌려서 자기보다 하위인 사람들을 지배함으로써 자기의 지배욕과 성취욕을 최대한 충족시키고 있었다. 이러한 대표적인 예로는 조선조 세조 때의 총신寵臣인 한명회와 진나라의 호해 왕 때의 조고가 대표적인 예가 아닌가 한다.

군왕이나 독재자들이 지배력을 행사할 수 있도록 뒷받침해주고 있는 가장 큰 세력은 군사력과 경찰력이다. 그런데 그토록 무서운 군사력과 경찰력도 군왕이나 독재자가 백성들로부터 심한 불신을 받고 있으면, 이를 기회 삼아서 누군가가 쿠데타를 일으켜서 현 군왕이나 독재자를 몰아내기 마련이다. 다만 그 쿠데타도 궁극적으로는 백성들의 지지를 받고 있어야 성공할 수 있으므로, 지배력의 원초적인 힘은 백성들의 소극적인 지지라도 받고 있어야 성공할 수 있다.

그런데도 그들은 군사력의 지지만 받고 있으면 영구집권도 가능할 것으로 착각하고 독재하다가 끝내는 망명하거나 살해당하고 만다. 이 때문에 어떤 독재자들은, 백성들의 지지를 유지하기 위한 방법으로 세뇌교육을 강화해서 백성들의 인식을 마비시킴으로써 효과적으로 지배력을 유지시키는 방법으로 지배욕과 성취욕을 충족시키고 있는 것이다.

다만 참고해야 할 것은, 모든 사람이 다 지배욕과 성취욕이 강하지는 않다는 사실이다. 대체로 사람의 1% 내외 정도가 아주 강한 지배욕과 성취욕을 가지고 있고, 50% 내외는 계층적으로 차이가 있기는 하나 비교적 강한 지배욕과 성취욕을 가지고 있다. 나머지 30% 내외는 성취하려는 욕구는 강하나 지배력이 없어서 지배욕 충족이 어려우므로 강자에게 적당히 협조하면서 조화와 협조하여 최소한의 지배욕과 성취욕을 누리고 있다. 그 외에 나머지 5% 내외는 약간의 성취욕은 있으되 거의 지배력이 없어서 지배욕의 충족이 불가능하므로 강한 자의 눈치를 보면서 나름대로의 최소한의 지배욕과 성취욕을 이루는 자세를 보이고 있다.

필자가 강한 자의 눈치를 보면서 조화와 협조를 기본으로 공동번영을 모색하는 사람들의 비중을 30% 내외로 보는 것은 권력이 아무리 나쁜 짓을 하면서 독재하는 정권이라도 투표를 해보면 30% 내외의 지지표는 나오기 때문에 그리 추정하는 것이다. 그들은 극히 보수적이며, 현실 추종적이어서 시끄럽고 다소 혼란스러운 것을 거부하면서 변화와 개혁 등을 몹시 싫어한다. 여기서 가장 문제되는 계층이 아주 강한 지배욕과 성취욕을 가지고 있는 1% 내외의 세력이다. 이들 중 일부는 마음이 급하여 합리적인 방법과 독서와는 담을 쌓은 채, 우선 상대방을 힘으로 제압하여 지배욕과 성취욕을 충족시키려는 자들도 있다.

이에 필자는 생각하기를, 이들 1%가 야성적인 지배욕과 지배력을 억

누르고 이타적이고도 봉사적인 자세로 전환해 준다면 가장 이상적인 민주사회가 도래될 수 있지 않을까 생각하는 사람이다. 또한 민주국가에서는 백성들의 투표로 권력이 형성되므로 아무리 지배욕이 강한 자라도 백성을 떠받들어야 권자에 오를 수 있어서 이게 민주주의가 자랑하는 최대의 장점이기도 하다. 지배욕과 성취욕의 원천을 이루고 있는 식욕과 색욕이 현실에서는 어떤 모습으로 어떻게 위장하면서 변장하고 있는가를 살펴보기로 한다.

식욕, 성욕, 지배욕, 성취욕 등은 짙은 화장으로 위장되고 있다

먼저 식욕부터 살펴보기로 한다. 식욕은 말할 나위 없이 우리의 생명을 유지하는데 가장 필수적인 욕구이다. 만약 사람에게서 식욕을 없애버린다면 어떤 결과가 올까? 그것은 결국 사망이라는 결과를 낳을 것임은 뻔하다. 이로 보면 먹는 것은 분명히 살기 위해서 먹는 것임을 알 수 있다. 하지만 사람들이 식사할 때 "나는 지금 살기 위해서 식사한다"라고 생각하면서 식사하는 사람은 한사람도 없다. 그저 배고파서 먹거나 때가 되어서 남들과 같이 식사하는 경우가 많고, 더러는 특수한 사정으로 식사할 뿐이다. 또한 같은 식사라도 배고프면 맛이 있고 배부르면 맛이 없거나 덜하다.

따라서 아무리 맛이 있는 진수성찬珍羞盛饌이나 고량진미膏粱珍味라도 거듭 먹으면 맛이 덜하고, 배가 부르면 보기도 싫어진다. 이같이 똑같은 식사라도 다르게 느껴지는 까닭은, 앞서의 식사로서 이미 몸이 필요로 하는 영양소는 다 보충되었기 때문에 몸의 수요가 그만큼 줄어서 생기는 현상에 불과하다. 우리는 이러한 결과를 통하여 내 몸의 영양상태가 만족한 상태임을 알게 된다. 그 때문인지 같은 음식이라도 자기 몸에서 꼭 필요로 하는 영양소가 많이 든 음식은 항상 맛이 있게 느껴진다. 그러나 보통의 경우는 맛있으면 잘 먹고 맛없으면 안 먹는 것일 뿐, 살려니까 먹어야겠다는 생각으로 먹는 사람은 없다. 또한 이런 모습들을 보노라면, 사람들이 과연 살기 위해서 먹는 것인지 먹기 위해서 사는 것인지 분별하기가 쉽지 않은 것이다.

그러면서도 어느 연회나 큰 잔치에서 술을 즐겨 마시면서 맛있는 안주를 곁들여 먹으며 즐거워하는 모습을 볼 때나, 맛있는 진수성찬을 차려 놓고 많은 사람들이 화기애애한 가운데에 식사를 즐기는 것을 보면 마치 먹는 것 자체를 즐기는 것 같아서 살기 위해 먹는 게 아니라 오히려 먹는 것을 즐기기 위해 사는 모습처럼 보이고, 이를 식도락食道樂이라고 하여 자랑하기도 한다. 이를 보면 살기 위해 먹는 것에 불과한데도, 사람들은 먹는 것을 즐기기 위해 사는 것 같은 착각을 일으키게 되는 것이다.

식사에 관하여 20세기의 중국 철학자였던 임어당林語堂은 유별나게 많은 말을 했고, 또한 색다른 주장을 하고 있다. 그의 말에 의하면, 한자리에서 이마를 맞대고 대화를 나누면서 식사함을 굉장히 중시하는 것이다. 얼핏 생각하면 몇이 앉아서 식사한다는 게 그리 중요할까도 생각할 수 있으나, 그의 말은 그게 아니다. 그는 말하기를, 회식은 단순히 식사에 그치는 게 아니라 두 인격체의 상호이해와 교류, 생활 등에 미치는 영향력이 결코 작은 것이 아니라면서, 어떤 목표 달성에도 커다란 기여를 하게 되고, 또한 한 끼의 회식이 바로 역사적 사건이 될 수도 있다는 것이다.

그는 도연명陶淵明의 귀거래사歸去來辭를 최고의 찬사로 칭송하면서, 자연에 돌아가려는 그를 중국의 최고의 문장가로 평가하는 사람이기도 하다. 그 뿐만 아니라, 회식은 간단히 끝내는 것보다도 두 시간 이상의 오랜 식사시간을 가지면서 대화를 나누는 일은 인생을 즐기는 한 모습이 될 수도 있고, 어느 대화보다도 그 내용이 알차게 될 수도 있으므로 그 효과도 뚜렷한 것이라고 주장하면서, 긴 시간의 식사를 권장하고 있다. 따라서 그는 프랑스인들이 항용 즐기는, 회식장소에서의 긴 시간의 대화방법을 높이 평가하기도 한다.

필자의 경험으로도, 한 가족이나 친인척이 아니면서 같이 이마를 맞대고 오찬이든 만찬이든 한 탁자에서 같은 음식을 먹으면서 대화하던 인상은 두고두고 남게 됨을 기억하고 있다. 그 결과 후일 다시 만날 때는, 마치 형제지기처럼 친근감을 느끼게 되는 것이다. 이로 보면, 먹는다는 것을 단순하게 살기 위해 먹는 것이라고 단정 짓기에는 조금 무리가 있는 것 같다. 하지만 식욕을 매개로 하는 회식도, 깊이 따지고 보면 식욕을 보다 세련되고 멋있는 방법으로 분장하기 위해 화장化粧된 모습으로 이해하는 게 보다 적절한 표현일 것이다.

공자가 식사와 관련하여 한 말은 더욱 색다른 뜻이 있다. 그는 자기 제자 중 가장 아꼈던 안회顏回에 대하여, 일단사一簞食 일표음一瓢飲 재누항在陋巷 인불감기우人不堪其憂라는 표현으로 안회를 극찬하고 있는 것이다. 그는 안회가 한 소쿠리의 밥과 한 표주박의 물로 식사하면서 누추한 집에 살고 있어서 사람들이 견디어 내기 어려운 근심과 걱정이 있음에도, 전혀 그런 기색이 없이 덕을 쌓고 인仁을 행하는 생활을 하면서 살아오고 있음을 극찬하고 있었다. 또한 스스로도 단사표음簞瓢飲食, 곡굉이침지낙 역 재 기중이曲肱而枕之樂亦在其中矣이라면서 가난을 즐기고 있기도 했다.

하지만 공자가 여러 제자 앞에서 그런 안회를 극찬한 것은, 결국은 모든 제자들로 하여금 그를 본받으라는 말이 되기도 한다. 그러나 어찌 모든 사람들이 그런 영양실조의 생활을 할 수 있다는 말인가. 필자의 생각으로는 오히려 그런 누추한 생활과 간소한 식사 때문에, 그는 영양실조에 걸려서 젊어서 요절했고, 그런 건강악화가 인성을 착하게 한 것이므로 공자는 사람의 본성을 처음부터 잘못보고 있는 것이다. 그러므로 덕행도 좋고 인仁을 실천하는 것도 좋지만, 생명을 유지할 수 있을 정도의 기본적 식사는 반드시 권장해야 하고 또한 몸소 행하여야 한다고 보는 것이다.

안회가 너무 먹는 것을 소홀히 해서 죽은 사실에 비추어보더라도, 우리는 살기 위해 먹는 것이 분명하고 먹지 않으면 죽기 때문에 잘 먹어야 하며, 그런데도 평소에는 맛있는 음식을 더 찾는다. 반면에 배고파서 허겁지겁 정신없이 먹어대는 모습을 보면, 먹기 위해서 일하고 먹기 위해서 사는 것 같은 착각을 일으키게 된다. 이러한 사실들을 보면서, 살기 위해 먹는 것인데도 오로지 배고파서 먹는 것으로 위장되어 있고, 먹기 위해서 사는 것 같은 착각된 모습을 보이고 있으며 또한 맛이 있어서 먹는 것 같은 착각을 일으키도록 짙게 위장되고 포장되어 있는 것이다.

이제부턴 사람으로서 가장 중요한 성욕에 대하여 살펴보기로 한다. 성욕을 일명 색욕이라고도 한다. 이러한 표현은 남성 중심의 단어다. 다시 말하면 남자가 여자를 탐내는 것을 색욕이라고 표현하는 것이다. 그러므로 여자는 한마디로 "색"이 되는 것이다. 이 때문에 여자를 좋아하는 사람에겐 "여색을 가까이 하지 말고 조심하라"고 경고한다. 하지만 속언엔 이런 말도 있다.

"여자 싫어하고, 돈 싫어하는 사람 있으면 한 번 나와 보라고 해."

이 말은 돈 좋아하고 여자 좋아하는 사람들이 즐겨 쓰는 말이기도 하다. 이러한 역설적인 표현은 그들이 자기변호를 위해서 꾸며낸 말이기도 하나, 이 말을 뒤집어서 살펴본다면 남성들의 본심과 본바탕을 가장 직설적으로 잘 표현하고 있는 말이기도 하다. 남성들이 무엇 때문에 그토록 색을 좋아하는 것일까. 그것은 바로 자기의 생명을 연장시켜 주는데 절대적으로 필요한 게 여자이기 때문이다. 이 때문에 장가가고 시집가는 것과 사랑하는 것, 연애하는 것 등을 깊이 살펴본다면, 하나도 빠짐없이 자기와 배우자의 유전자를 통해서 우리들의 생명을 연장시키기 위해서 남녀가 만나고 있는 것에 불과한 것이다. 하지만 어느 노총각이 모처럼 예쁜 처녀와 첫선을 볼 때 빨리 자녀들을 얻고 싶은 심정으로,

　"나는 내 아들 딸들을 낳기 위해 당신이 꼭 필요하오, 그러니 나와 빨리 결혼해 주실 수 없소"

라는 말을 건넸다고 가정하자. 그럴 경우, 거의 모든 여성들은 "초면에 별 실없는 소리를 다 하네"라고 면박하거나, 아니면 마음속으로만 유치한 사람으로 치부하면서, 조용히 일어서서 나가버릴 것이다. 이때, 조금 과격한 여성이라면 "세상에 이런 자식이 다 있어" 하고 뺨을 때릴 수도 있다. 이러한 결과는 여성만이 아니다. 여성이 초면인 남자 앞에서 그와 같은 직설적인 표현을 하는 경우, 남자는 오히려 더 격하게 성내며 일어설 것이므로, 그런 직설적인 표현은 누구도 받아들일 수 없고, 또한 언제 어디서나 배척받을 수밖에 없는 언행들이다.

　반면에, 남녀가 처음 만났을 때 차를 나누면서 직설적인 결혼 이야기나 자녀이야기 등의 유치한 이야기는 쏙 빼놓고, 오로지 문학이야기와 영화이야기, 사업이야기, 그 외에 학교 다닐 때의 즐거웠던 이야기 등을 화제로 자연스럽게 대화를 나눈다면 대화의 자리는 더없이 훈훈해질 것이다. 그러면서 서로간의 취미 등을 확인한 후, 환경 좋고 분위기 좋은 식당에서 식사라도 하면서 다음에 또 만날 약속을 하거나 전화번호라도 교환한다면, 자리를 박차고 일어서거나 뺨을 얻어맞는 비극과는 달리, 그 결과는 하늘과 땅만큼이나 차이가 생길 것이다.

　그 후에도 고상하고 품위 있는 대화를 나누면서 세련된 매너와 상대를 존경하는 자세를 보인다면 둘 사이는 자연스럽게 정이 들게 되고, 결국은 사랑하는 마음도 생겨서 더욱 자주 만나게 된다. 결국 두 사람은 그런

과정을 통해서 사랑이 무르익어가게 되는 것이므로 결국은 결혼까지 하게 된다. 그러나 그 후에 보면, 의도적인 피임을 하거나 불임의 부부가 아니라면 반드시 아들이나 딸들을 낳게 된다.

이러한 결과만 놓고 본다면, 직설적으로 말했던 "아들 딸 낳기 위해 당신이 꼭 필요하오"라는 말이 그대로 실천되었으므로, 당초 한 말이 더 진실이었음을 알 수 있다. 그렇다면 수식과 꾸밈이 없는 직설적인 말이 더 진솔해서 좋았을 텐데도, 왜 그런 만남을 싫어하게 되고 또한 실패하게 되는 것일까?

이를 보면 원래 사람들의 타고난 성정은 직설적인 표현을 지극히 싫어한다는 것을 알 수 있다. 이러한 사실들을 살펴본다면 적어도 인간사회에서는 그런 직설적인 표현이 전혀 용납되지 않는다는 것과, 사람들은 본색을 감추고 짙은 화장으로 위장하여 행동을 꾸며대는 것을 좋아한다는 것을 알 수 있다. 이를 볼 때 사람은 원래 마음속 깊이 숨겨져 있는 본원적 욕구는 완벽하게 숨긴 채, 행위 하는 경향이 몹시 강하다는 것을 알 수 있고, 그게 바로 사람의 특성이기도 한 것이다.

따라서 겉으로 보면 청춘 남녀 간에는 오로지 사랑하기 때문에 만나는 것일 뿐, 결코 자녀를 낳기 위한 목적으로 만나는 게 아니다. 또한 본인들의 행동이나 마음가짐도 사랑하기 때문에 만남다고 생각하는 것일 뿐, 자식 낳기 위해서 만나겠다는 생각은 전혀 없는 것이다.

결혼한 후에도 사랑하기 때문에 마음이 끌려서 성관계를 하게 되는 것일 뿐, 결코 자식을 낳아야겠다는 목적으로 성관계를 하는 것은 아니다. 따라서 두 몸이 한 몸이 되어 성을 즐기더라도 남자는 자기의 만족보다 아내의 도취감 도달을 위해 온 힘을 다 하게 되고, 아내는 남편을 위해 헌신적으로 봉사할 뿐이다. 이때는 어느 누구도 애 낳기 위해 사랑하고 있다는 생각으로 섹스 하는 사람은 없다.

그런 연후 사정하고 나면, 3억의 정자들은 제각기 힘껏 헤엄쳐서 난자를 향해 돌진하게 된다. 이때, 다행히 난자가 대기하고 있으면 그중 한마리가 난자에 먼저 착상함으로써 아들, 딸들을 낳게 되는 것이다. 그런데도, 평소에는 이러한 사실을 전혀 모르고 살고 있는 것이다. 그 때문에 어느 한 쪽이 애무도 없이 보살님처럼 앉았다가 갑자기 "우리 아들 딸 낳게 섹스 합시다"라고 말했다고 가정해 보자. 그 경우, 이들 부부는 몹시 어색해져서 결국은 사랑도 못 나눈 채 "당신은 어찌 그렇게 멋대가리가 없느냐"라는 핀잔만 듣게 될 것이다. 사실은 가장 진솔한 말을 했는데도 말이다.

이러한 사실을 좀 더 깊이 살펴본다면, 인간의 욕구들은 모두 진실과 본색이 미화된 채 깊이 감추어져 있고, 또한 두터운 화장술로 포장되어 있어서 본바탕이 어떻게 생겼는지를 모르도록 위장되어 있음을 알 수 있다. 이는 무엇을 말하는가. 사람은 원래 꾸밈이 많고 자기 행위를 미화하려는 의지가 엄청나게 강해서 얼핏 보아서는 참 진실을 모르도록 하는데 탁월한 능력을 가지고 있다는 것을 알 수 있다. 또한 이런 능력을 가장 잘 활용하는 자는 독재자들이 아닐까 한다.

하지만 이러한 위장이 문화라는 이름으로 권장되거나 칭송의 대상이 되기도 하고 선망의 적的이 되기도 한다. 예를 들면 결혼식을 함에 있어서 4~5백 명의 하객을 모셔다놓고 두 시간 이상의 결혼식과 피로연을 베푸는 것을 보았는데, 이것도 하나의 위장된 행동인데도 칭송의 대상이 되거나 선망의 적이 되는 것이다. 결혼식이란 양성이 한 부부가 되어 평생 동안 백년해로 하겠다는 다짐을 여러 사람 앞에서 다짐하는 것뿐이다. 따라서 그토록 요란스럽게 하지 않아도 될 결혼식임에도, 자기와 신랑신부를 과시하기 위한 의식도 좀 있고, 또한 위장하기 좋아하고 과장하기 좋아하는 면도 좀 있어서 행하는 행위인데도 부러움의 대상이 되는 것이다. 이와 비슷한 목적과 과시용으로 행하는 행사로서는 각종 장례식과 기념행사가 있는데, 이들 행사도 같은 유형으로 볼 수 있다.

철학자 중에, 인간의 성욕을 가장 날카롭게 비판한 사람을 찾는다면 쇼펜하우어일 것이다. 그의 세계관이 너무나 철저한 염세주의자이고 독설가여서, 그의 여성관은 너무 지나친 면이 있으므로 칭송하기엔 부적절하다. 그런데도, 러시아의 대문호 톨스토이는 "쇼펜하우어는 붓다석가모니와 솔로몬, 소크라테스와 함께 가장 위대한 현자"였다고 극찬하고 있다. 이런 극찬은 그가 여성들을 굉장히 혐오스런 존재로 평가하고 있는데 대한 평가일 것이다.

쇼펜하우어의 주장은, 한마디로 여성 때문에 존속하지 말아야 할 인류가 존속한다고 주장하고 있는 것이다. 그는 그런 예로서, 여성들이 임신이 가능할 연대에서만 예뻐져서 남성들을 유혹하여 임신을 하게 함으로써 존속하지 말아야 할 인류가 존속한다는 주장을 하고 있다. 그리고 모든 문학작품이나 연극과 희곡 등이 남녀 간의 사랑을 주재로 하고 있다고 비난하고 있는 것이다. 이러한 주장들은, 우리의 삶을 비관하면서 자살을 큰 미덕으로 권장하고 있는 쇼펜하우어로서는 당연한 주장일 수도 있다. 특히 여성들이 임신이 가능한 배란기에 얼굴과 피부에 윤기가 돌고 매력까지 풍겨서 남성들의 성욕을 자극시키고 있는 사실에 비추어 보면, 인류의 존속을 여성의 책임으로 돌리는 그의 주장에 일말—抹의 진실은 있다. 하지만 그런 신체적 변화 자체가 여성들의 의도나 원한 사실이 없었는데도, 본인의 의사와는 관계없이 이루어지고 있다는 사실을 모르는데서 하는 말이다. 또한 그런 주장들은 인류의 존속을 부정할 때만이 그 보편성과 타당성이 인정되는 주장들이다.

필자는 인류의 영원한 존속을 염원하는 사람이다. 때문에 쇼펜하우어나 붓다석가모니의 주장은 잘못된 편견에 불과하다고 생각하고 있으며,

한마디로 그런 학설은 평가할 가치를 느끼지 못한다. 따라서 필자의 생각은 어떠한 경우에도 인류는 존속해야 한다고 생각하는 사람이어서 이에 반하는 어떤 이론이나 대량살상의 무기생산 등도 인류의 공적公敵이 되는 행위에 불과하다고 주장하는 사람이다. 그러므로 그런 학설은 모든 인류로부터 규탄 받아야 할 주장들이다.

다음은 지배욕과 성취욕에 대하여 밝혀볼까 한다. 위에서 누누이 밝힌 바와 같이 식욕이나 성욕이 짙은 화장으로 위장되어 본색이 감추어지고 있는 것과 같이 지배욕과 성취욕도 화장하고 위장하여 가장된 탈을 쓰고 있는 면에서는 똑같은 것이다. 그런 지배욕과 성취욕을 달성시키는 자리로서 최고의 자리를 찾는다면 과거의 군왕들과 황제들의 자리였다. 그 지배욕의 화신인 황제들을 진정으로 백성을 위한 군왕과 황제가 되어주도록 노력하는 사람을 우리는 현신賢臣이라고 칭찬했고, 군왕의 지배욕과 성취욕을 충족시켜주기 위해 미녀를 바쳐서 비위를 맞추고 아첨하여 권세만을 탐하는 자를 간신이라고 했다.

우리 인류는 그런 간신들을 제거하기 위해 투쟁하다가 거꾸로 역신으로 몰리는 참화를 수없이 격은 끝에 아예 군주제도를 혁파하는 혁명을 성공시켜서 현대는 그런 모순이 모두 제거되어 있는 것이다. 따라서 현대는 백성들의 뜻에 따라 군왕의 자리가 대통령이나 수상으로 바뀌었고, 대통령과 총리는 백성百姓들이 직접 선출하거나 간접 선거하여 권력을 위탁시키고 있는 것이다. 그런 자리인데도 대통령이 되고 싶어서 무력으로 집권자를 몰아내서 자리를 차지하거나 아예 백성들의 선택권을 박탈하여 영원한 독재를 획책한자들도 있었다. 하지만 올바른 민주국가라도 경력이나 능력도 없고, 또한 화려한 공약이나 국가를 발전시킬 수 있는 청사진도 없었으면서도, 지배욕과 성취욕만은 남달라서,

"나 대통령 하고 싶으니 한 표 찍어 주시오"라고 말하는 사람도 있었

다. 그 경우, 국민들은 "별 미친놈 다 보았네, 무엇을 보고 너를 찍어주랴,
빨리 집어 치우라"

라는 비난이 빗발치면서 표를 주지 않는 것이다. 설사 화려한 경력과 백
성들이 신뢰할 만한 경력과 언행을 쌓아온 사람이고, 또한 백성들이 홀
딱 반할정도의 공약을 내세운 사람일지라도, 너무 지배욕과 성취욕만이
왕성해서 성취욕의 목표인 "대통령 당선"에만 매달린 나머지 노골적으
로 자기의 야욕을 드러내면서 당선만을 외친다면 당선과는 거리가 멀어
지는 것이다.

　이와 같은 이치는 결혼의 최종 종착점이 자녀 생산이지만, 그것을 직
설적으로 표현하면 결혼과 멀어지는 이치와 똑같은 것이다. 그 때문에
대통령이든 국회의원이든 근원적 목표가 대통령이나 국회의원의 당선
일지라도 자기는 결코 대통령이나 국회의원 당선이 목적이 아니라 오로
지 조국의 무한한 발전과 백성들의 안녕과 행복, 그리고 백성 하나하나
의 복지향상과 국가의 안보가 목적이며, 백성들에게 무한히 봉사하겠다
고 외칠 때만이 표가 나온다.

　이를 보면, 권좌에 오래 있는 대통령이나 독재자가 변질하는 것은 변
질이 아니라 본래의 위치로 돌아가는 것에 불과하다. 왜냐하면 그것은
당초에 대통령이 되고 싶은 목적이 지배욕과 성취욕의 충족을 위해 입후
보했거나 쿠데타를 일으켰을 뿐, 공약의 실천은 그 지배욕과 성취욕을
이루기 위한 수단이었기 때문이다. 따라서 본래의 지배욕과 성취욕의 목
표였든 대통령이 되어버렸기 때문에 세월이 흐르면서 깊게 화장하고 위
장했던 게 자연스럽게 벗겨진 게 변질인 것이다.

　하지만 본인 스스로도 이러한 사실을 깨닫지 못하는데, 이는 평소 사
랑의 근원이 종족의 번식임을 깨닫지 못하는 이치와 똑같은 것이다. 다
만 화장술과 위장술이 능란한 사람은 끝까지 그 화장을 잘 유지해서 쉽

게 본색을 드러내지 않아서 오래도록 자리를 유지하는 경우도 있다. 이로 보면 권력의 자리에 오래 있으면 왜 안 되는가를 알게 해주는 만고에 변할 수 없는 진리가 여기에 있는 것이다.

우리나라에서 5년제 임기의 헌법이 시행된 이후, 한 사람도 빠짐없이 레임덕을 겪고 있는 사실을 독자들은 잘 알 것이다. 왜 레임덕을 겪게 되는 것일까, 참으로 수수께끼 같은 이야기이다. 그러나 좀 더 머리를 짜내서 그 원인을 알아본다면 너무나 간단하다. 그것은 우선 대통령 당선만을 목적으로 언행을 해왔고, 또 한편으로는 실현할 수 없는 공약을 남발했기 때문에 오는 현상인 것이다. 그 때문에 대통령 당선 후 상당기간은 그 기대심리로 인기가 좋아서 백성들로 부터 50% 이상의 지지를 받는 경우가 많았다. 하지만 우선 당선만을 목적으로 언행 해왔고, 또한 공약도 실현할 수 없음을 알면서도 표를 의식해서 한 공약이므로 실천할 수 없음은 너무나 당연했다. 따라서 실천할 수 없음이 드러나는 후반기엔 인기가 시들어가는 것은 당연한 것이다.

그 때문에 그간의 모든 말과 공약公約이 그야말로 허공에 뜬 공약空約임이 드러나기 시작하는 3년차 이후에는, 백성들로부터 비난의 여론이 비등하게 되고 지지율도 30% 대로 떨어지게 되는 것이다. 사실은 30% 대의 지지율도 참다운 지지율이 아니다. 왜냐하면 사람의 성정을 살펴볼 때, 지적한바와 같이 어차피 30% 내외는 항상 현실추종적인 사람들이고, 또한 비판의식이 거의 없는 사람들이어서 무조건 기존질서를 지키려고 투표하기 때문이다.

참으로 대통령이 끝까지 지지받는 대통령이 되고 싶다면 실천하지 못할 공약이나 언행을 해서는 안 된다. 그리고 우선 당선만을 위해서 행하는 무책임한 언행을 삼가고, 선거 때는 낙선해도 좋다는 확고한 신념하에 진솔하게 선거에 임해야 한다. 그렇게 해서 당선되었다면 그때는 온 힘을 다하여 봉사하는 자세로 국정을 이끌어 간다면, 초기에는 비록 인기가 없더라도 차차 인기가 올라가서 거꾸로 3년차 이후부터 오히려 50% 이상의 지지를 받게 될 것이다.

전前 이 대통령이 실현 가능성이 없는 연 7%대 경제성장, 국민소득 4만 불 달성, 세계 7대 경제대국 진입이라는 7.4.7의 화려하기 그지없는 공약을 내세웠다가 제대로 실천하지 못하고 그 공약의 50%도 제대로 달성하지 못함으로써 큰 비판을 받고 있는데, 이는 자업자득이다. 그것은 겨우 평균 3%대의 성장도 안 됐고 소득도 4만 불은 고사하고 2만 불대로 있으며, 7대 경제대국이 아니라 겨우 15대 대국에도 끼기 어렵기 때문이다. 당초 대통령 입후보자는 당선 자체가 목표였는데 당선됨으로써 일단 그 목표를 달성해서 본래 원했던 대통령자리를 차지함으로써, 지배욕과 성취욕을 충족시키고 있었고, 그와 반대로 공약의 실현여부는 애초부터 지배욕과 성취욕의 대상이 아니었으므로 실현을 못시키면 불가항력으로 체념해 버리면서 적당히 변명하고 마는 게 인간이므로, 대통령의 인기 하락은 너무나 당연하다.

사람은 다 지배욕과 성취욕이 있고, 그 성취욕 중에는 대통령이 되어 보는 게 최고의 목표다. 따라서 대통령은 당선 초기에 막중한 지배력을 이용해서 지배욕과 성취욕을 충족시키고 있었던 것이며, 그도 인간이기 때문에 어쩔 수 없었던 것이다. 그럼에도 대통령 자리에 오래 앉아 있는 사람은 이를 감추고 독재를 행하면서도 많은 사람들을 빨갱이로 만들거나, 경쟁자를 골탕 먹이면서도 국민과 국가를 위해서 독재했다고 강변하는 게 인간임을 우리는 잊지 말아야 한다.

왜 성리학의 이상이 실패하고 공산주의가 실패했을까

인류의 수수께끼 중 하나는 세상사가 왜 석학들과 성인들의 이론대로 되어가지 않고 실패만 하는가, 라는 문제가 아닐까 한다. 그러나 이 문제도 깊이 파헤쳐보면, 결국은 인간의 본성과 직결되는 문제이고, 또한 인간의 성정만 똑바로 되어 있었다면 반드시 성공할 수도 있었다. 따라서 인간의 성정을 똑바로 안 봤기 때문에 그 주장도 빗나간 것이다. 우리 인류가 어떤 사상과 이념을 통해서 이상적인 국가체제를 실현해 보려고 하다가 낭패만 불러온 사실을 따져 본다면, 많은 실패가 있었으나 그 중, 두 가지 실패의 상처가 가장 컸다. 하나는 공자의 사상과 그를 이어온 성리학자들이 주장하는 도학정치가 그것이고, 또 하나는 20세기의 공산주의의 혁명이다.

먼저 성리학에서 말하는 도학정치부터 살펴보기로 하자. 그러려면 맹자와 주자 등의 저서와 우리나라 유학자들의 주장들을 다 소개해야 하나, 너무 방대하여 다 할 수 없다. 그러므로 필자로서는 그게 불가능하여 이를 단념하고, 다만 율곡 선생의 사상이 성리학 사상을 집대성하고 있으므로 이를 중심으로 살펴보고자 한다.

우선 율곡전서 정선栗谷全書精選에 나와 있는 글 중 동호문답東胡問答을 읽어보면, 세계사에도 뚜렷이 나와 있는 당나라 태종의 정관貞觀의 치세도 실패한 정치이고, 세종대왕의 정치도 도학道學정치와는 거리가 먼 정치로 비판하고 있다. 다만 부서富庶, 고루 잘사는 것만 이루었다고 혹평하고 있는 것이다.

그러면서 역대 군왕 중에는 도학정치를 성취할 수 있는 군주는 없었고, 오직 촉蜀국의 유비만이 도학정치를 이룰 수 있는 자질을 갖추고 있었으나, 제갈량諸葛亮이 이사李斯 등의 법가사상에만 치우쳐 있어서 도학

정치는 원천적으로 불가능했다고 주장하고 있다. 선생의 상소문이나 경연장에서 선조에게 말한 것을 보면, 자기의 주장을 3년만 시행해 보고 효과가 없으면 자기의 목을 도끼로 쳐도 좋다는 극언을 하고 있다. 그러면서 주자 같은 성인들이 어찌 거짓말 했겠느냐고 주장하고 있는 모습을 볼 수 있었다. 이로 보면 율곡은 도학정치가 반드시 실현 가능하다는 확신을 가지고 있었음을 알 수 있다.

도학정치란 한마디로 요순시대堯舜時代의 정치를 다시 회복하자는 것이다. 쉽게 말하면 길거리에 금은보화가 떨어져 있어도 제 것이 아니면 갖지 않고, 도둑과 살인이 없으며, 젊은이는 노인을 존경하고, 신의와 예의가 밝아서 죄인이 없으므로 감옥이 필요 없는 사회를 만들어 보자는 것이다. 이에 대한 반대론자들의 주장은 인구가 적고 인심이 순후했던 근 5천 년 전의 세상과 지금과는 판이하다고 주장하면서, 교활하기 짝이 없는 이 시대에는 맞지 않는 사상이고 또한 실현할 수 없는 이상이라고 하면서 반대했다. 필자도 청소년 시절에는 율곡 선생에게 미쳐서 가능할 수도 있지 않는가, 라고 생각했던 때도 있었으나, 지금은 인간의 본성을 깊이 깨닫고 있어서 불가능한 일을 율곡이 잘못 주장했구나 하는 생각을 지울 수가 없는 것이다.

오히려 이러한 고지식한 이상은 쇄국주의의 사상적 기초가 되었고, 조선조 멸망의 원인을 제공했다고 해도 과언이 아니다. 따라서 조선조를 구제불능의 국가로 전락시킨 것은 성리학이 분명하므로 명백한 공리공담에 불과했으나 조선조 5백 년은 여기에 온갖 정력을 다 쏟았고, 관혼상제冠婚喪祭와 씨족제도는 그 이론대로 어느 정도 실천 되는 듯했으나 그 제도가 행복을 보장해주진 못했다.

또 하나의 사상을 든다면 공산주의의 사상이다. 이 사상도 인간의 본성이 똑바로 되어 있었다면, 틀림없이 새로운 차원의 이상적인 사회건설에 성공했을 것이다. 만약 그리 되었다면 20세기의 비극도 없었지 않을까 하는 아쉬움이 있다. 인간은 원래 평등한 것을 좋아한다. 아무리 못난 사람도 평등하게 대접 받고 싶은 게 인간이다. 그 중에도 경제적 평등을 가장 절실하게 요구되고 있다. 이러한 사실은, 굳이 마르크스의 공산주의 이론이 아니더라도 일찍부터 있어왔다. 그 예로는 공자의 논어 계씨편의 글에서도 찾아볼 수 있는 것이다. 그 내용을 보면 "불환과이不患寡而, 환불균患不均이란 말이 있는데 이는 재물이 부족하여 가난한 것은 환난이 될 수 없고, 고르지 못한 게 환난이라는 뜻이다. 이로 보면 가난해서 부족한 게 환난이 될 수 없고, 오히려 고르게 살지 못한 게 환난이라는 뜻이다. 이 같은 진리가 공자 때부터 있어 왔으나, 지금까지 실현되지 못하고 있다. 더구나 자본주의의 사회는 고루 잘 살 수 있는 사회는 아니다.

오히려 부익부富益富, 빈익빈貧益貧의 가능성이 많은 사회가 자본주의 사회이므로, 부자는 더욱 부자가 되고 가난한 자는 더욱 가난해지는 특성을 갖고 있는 것이다.

그 때문에 일찍이 산업혁명을 겪었던 영국을 중심으로, 자본주의의 폐단이 적나라하게 드러난 1850년대를 전후하여 사회주의사상이 크게 일어났다. 또한 사유제도를 부인하면서, 공동생산과 공동분배의 이상사회를 이룩해보고자 청교도를 중심으로 한 백성들이 미국의 신대륙에 건너가서 공산주의를 시험해본 일도 있었다. 그들은 반드시 성공할 것으로 확신하고 신대륙에 건너가서 초기에는 열심히 생산하고 분배하는데 참여해서 성공하는 듯했다. 그러나 1세대에서만 그런대로 성공하고 2세대부터는 부조리가 남발하면서, 최고 책임자는 차차 오만해지고 상호불신만 조장되고 비효율과 비능률까지 겹쳐서 3세대를 다 채우지 못하고 완전히 망해 버린 것이다.

그 외에도 빈부문제를 해결하기 위해 상 시몽과 같은 여러 사회주의 경제학자가 나와서 사회주의를 부르짖고 실천하려고 노력했으나 모두 실패해서 세인의 주목을 끌지 못했다. 그런 가운데 칼 마르크스도 엥겔스 덕분에 1867년에 자본론 제1권을 출간했으나 그도 별로 주목받지 못했다. 그런데도 그는 자기의 주장은 과학적 사회주의의 이론이고, 타의 주장들은 공상적 사회주의라고 비판하면서, 자기 사상만은 반드시 실현될 것이라고 주장하면서 그 우월성과 독창성을 강조했다. 그럼에도 불구하고 주목을 받지 못하다가, 1917년에 소련에서 공산주의 혁명이 성공하고 레닌이 마르크스를 가장 높이 치켜세우면서 자기의 혁명 사상은 그로부터 배운 것이라고 주장하자 그는 일약 세계적인 대사상가 되어버렸다. 그 때문에 한때는 마르크스의 자본론이 세상 사람들의 입에 크게 오르내린 때도 있었다.

그러나 1989년 전후에 동구권의 공산주의 국가들이 몰락하고, 이어서 1990년 10월 3일에 동독이 스스로 무너지면서 서독에 합쳐졌고, 곧이어 공산주의의 종주국인 소련까지도 해체되면서 자본주의사회로 복귀하자 마르크스의 사상도 시대착오적인 구시대의 사상이 되어 버렸고, 오히려 비판받게 된 것이다.

중국은 그 이전부터 집단농장을 폐쇄하고, 어느 정도의 사유와 자유, 영리를 인정하는 체제로 개혁하여 성공함으로써, 이제는 북한에서만 교조주의적 공산주의의 원형을 찾아볼 수 있게 되었다. 그렇다면 고르게 잘 사는 제도라는, 얼핏 보면 가장 이상주의적일 것 같은 공산주의제도가 왜 실패했는가를 깊이 살펴볼 필요가 있다. 그리고 그런 사회제도의 실현이 왜 그토록 어려운 것인가도 깊이 살펴볼 필요가 있는 것이다.

그것은 사람의 본성을 똑바로 이해할 때만이 올바른 정답을 얻을 수 있다. 우선 공산주의는 백성들의 무한한 희생과 이타적인 봉사가 있어야 성공할 수 있고, 이게 없으면 성공할 수가 없는 것이다. 따라서 공산주의 실현에는 각자가 가지고 있는 지배욕과 성취욕은 전혀 용납될 수가 없는 것이다. 간사하고 약삭빠르면서 남이 안 보는데 서는 온갖 짓을 다 하여 지배욕과 성취욕을 충족시키려 하기 때문에, 국가는 이를 억제하기 위해서 어쩔 수 없이 독재를 행할 수밖에 없게 되는 게 공산주의 사회이다. 따라서 공산주의는 완전한 인간 개조를 하지 않으면 성공할 수가 없다.

이 때문에 소련에서는 사회주의에 걸 맞는 새로운 인간상을 창조하기 위해서 교육을 강화하면서, 자기비판제도를 통해서 인간을 개조해보려고 무한히 노력했으나, 결국은 실패하고 말았다. 소련의 혁명 초기에 사유재산을 부인하고 모든 인민대중에게 재산의 사용, 수익권을 돌려주면서 일한대로 급료가 지급되도록 했다. 그 때문에 혁명 초기에는 노동자와 농민들은 칼로리의 소모가 많다는 이유로 관료 등 사무직보다도 더 많은 급료를 지급받는 등, 그야말로 혁명적인 수혜를 주었다. 그들은 이토록 열정적인 정책을 강행했던 것이다.

그러나 그러한 정책이 오히려 역작용을 불러와서 공직자들을 더 부패하도록 했을 뿐 아니라 비능률과 비효율을 불러오는 결과만 낳았다. 더구나 혁명과업 수행에는 관료들의 협조가 절대적 필요조건이었는데도 공무원이 먼저 부패한 것이다. 그런 때문에 과거처럼 다시 공무원들을 후대해 주고 노동자들을 홀대했으므로 혁명 초기의 이상주의적 기풍이 완전히 없어버렸다. 그 대신 부패와 비능률, 비효율에 의한 생상성의 저하와 공산당원의 부패로 모두가 가난해졌다.

특히 독재의 강화는 필연적으로 조직의 경직화를 가져왔고, 이에 따라 비능률과 비효율이 보편화되어 국가경제는 일정한 수준 이상으로는 발전할 수 없었다. 예를 들면, 어느 지방의 발전소에서 보조 발전기 한 대만 바꾸려 해도 중앙에 승인을 요청하여 승인을 받아야 했고, 승인을 받는 데는 수백 개의 도장이 필요하므로 수개월이 걸리는 비능률적인 체제였으므로 자본주의 체제의 경제를 따라올 수가 없었다.

앞서 밝힌 대로 사람이 약삭빠르고 잔꾀가 많으며 또한 극히 이기적인 데다가 각자도 무엇인가를 이루어 보려는 강한 지배욕과 성취욕까지 가지고 있으므로, 그런 본성으로는 공산주의를 성공시킬 수가 없는 것이다. 따라서 소련에서의 공산주의의 시도는 미국 신대륙에서처럼 실패할 수밖에 없었고, 그게 바로 인간의 성정 때문이었다.

공산주의가 왜 실패할 수밖에 없는가의 구체적인 예를 들어 보겠다. 필자가 직접 듣고 확인한 공산주의의 비효율적이며, 비능률적 생산성저하의 실례다. 1970년대만 해도 충남 장항에 있는 제련소가 활발하게 가동하고 있었다. 이 제련소는 일제가 건설한 것으로 북한의 남포항에도 똑같은 규모의 제련소가 있었다. 그런데 이들 두 제련소는, 똑같이 남미의 칠레에서 구리의 원료인 동광을 수입해서 이를 제련하고 있었다. 그때 이를 담당한 선박이 우리나라 선박이었고, 선원들도 우리선원이 운항하는 적재톤수 3,000톤급의 소형선이었다.

그런데 똑같은 화물량인데도, 장항에선 1주일 내외에 하역을 마치고 오히려 조출료무出料, 하역이 계약기간보다 일직 끝나면 선주가 화주에게 일정 금을 반환함를 받고 출항하고 있었으나, 북한에 가면 20일 내외가 소요되고 있었다. 이 사실이 공안당국에 알려지자 아연 긴장했다. 이는 필시 선원들을 상륙시켜서 공산주의의 세뇌교육을 시키기 때문에 늦어지는 것으로 오해하고 전 선원을 불러서 분리심문까지 했다.

조사 후, 확인된 것은, 북한은 어떤 경우에도 야간 하역은 하지 않는다는 것과, 주간에도 감시원이 볼 때만 하는 체 할 뿐, 그들이 한 눈을 팔거나 없으면 일 않고 잡담만 나누는 게 버릇이 되어 있음을 확인한 것이다. 이것이 바로 두 체제의 우열을 갈라놓는 결정적 원인이다. 독재가 나쁘고 세습이 나쁜 것은, 이러한 비능률과 비효율, 그리고 생산성 저하를 개혁할 수 없다는 한계성 때문에 더 그렇다.

이러한 사실은 신상옥, 최은희 부부가 북한을 탈출하고서 쓴 글에도 잘 나타나 있다. 한마디로 말해서 그들은 시켜야 일하고 알아서 미리 일해주는 게 없으며, 여기서는 둘이면 능히 할 수 있는 일을 북한에서는 6인이 한다는 내용이었다.

이 사실은, 필자가 군산 항만청에 총무과장으로 근무하면서 정보부원과 외사外事계 경찰들과 함께 그들의 신원 특이사항을 심사하는 직책을 맡고 있었기에 알게 된 것이다. 장항 항은 군산 항만청과는 2km도 안 떨어져 있어서 군산청의 출장소가 나가 있다.

동독이나 소련 등 모든 국가들이 망한 원인은 바로 위와 같은 사례 때문에 모두가 잘사는 제도라고 해서 선택한 게 거꾸로 모두가 가난해져서 망한 것이다. 이는 인간의 지배욕과 성취욕을 짓밟고는 아무것도 안 된다는 사실과, 독재와 비능률, 비효율은 서로 떨어질 수 없는 구조여서 공산주의의 실패는 바로 인간의 성정을 잘못 읽은 데서부터 시작된 것이고, 이 사상도 결국은 성리학의 도학정치처럼 공리공담空理空談에 불과했던 사상임을 깨닫게 된 것이다.

민주화는 지배욕과 성취욕成就慾의 순화를 위해 필요

독재자들이 갖고 있는 지배욕과 성취욕을 뒷받침해주고 있는 지배력도 시간이 걸릴 뿐, 세월이 흐르고 시간이 가면 백성들이 차차 깨우쳐서 결국은 민주화가 진행되면서 순화하게 된다. 이는 각자가 인격체의 중심이 되어 모든 인간의 존엄성이 철저히 보장되면서 자유와 평등, 그리고 인간다운 삶이 보장됨으로써 가능해지는 것이다.

　그리 되면 상하간의 종속과 지배가 아닌 상호계약으로 발달됨으로써, 지배욕과 성취욕이 순화되어 감을 볼 수 있는 것이다. 인류의 역사는 이런 방법으로 상호지배와 상호존중이라는 민주주의체제로 발전되어 왔다. 여기서 지배력을 좀 더 구체적으로 살펴보기로 하자. 많은 사람들이 나름대로의 지배욕과 성취욕을 다 가지고 있으나 현실적으로는 지배력이 없어서, 지배욕이 꺾임으로써 성취욕을 충족시킬 수 없음을 누누이 강조 해왔다. 그런데 이러한 지배력이 그 사회와 그 분야, 직장, 직업, 그리고 그 분위기에 따라 천태만상이라는 점이다.

　예를 들면 깡패의 세계에서는 주먹이 바로 지배력이다. 이 지배력은 꾸밈이 없는 직설적 지배력이어서 어떤 경우는 국가의 지배력군사력보다도 더 무섭고, 경찰이나 검찰보다도 더 무섭다. 그 때문에 기업체의 장도 그 폭력에 눌려서 본의 아닌 협조를 하게 된다. 그들은 죄의식이 없이 범죄를 행하면서도 굳게 단결하고 있고, 주먹이 센 자가 지배자가 되어 지배욕과 성취욕을 충족시키고 있으며, 졸개들은 그 지배력을 빌려서 그 아래 사람을 지배하고 있는 것이다.

　그런데 가장 불행한 것은 그들은 평생 동안 책을 읽지 않는 것이므로 무엇이 옳고 그른가와 무엇이 정의인가에 대해선 완전한 백치白痴라는 점이다. 이와 비슷한 각종 경기에 있어서는 그 분야에서 가장 잘 하는 선수가 지배력이 강함은 당연하다.

　학문의 세계에서의 지배력은 주먹이 아니라 그 분야에 대하여 얼마나 더 깊고 넓게 많이 아는가가 바로 지배력이 있으며, 기업에서는 돈을 잘 버는 게 바로 지배력의 척도가 된다. 또한 정치계에서는 백성들의 지지도가 높아서 표가 많이 나오는 게 지배력의 척도가 되며, 따라서 백성들의 표만 많이 나오면 뭇 정치인들은 그 정치인을 따라가기 마련이다.

　이 때문에 백성들이 존대 받는 민주주의가 좋은 것이며, 이로써 무력

할 것 같은 백성들도 잠재적으로 변함없이 항상 최고 권력자에게 반대하고 비판하면서 투표를 통해서 지배력을 행사함으로써, 상호 지배와 함께 백성들도 어느 정도의 지배욕과 성취욕은 충족시키고 있는 것이다. 그러나 이러한 지배욕과 성취욕도 때로는 변태성을 보여서 독재를 낳기도 하고, 개인들이나 같은 직장인 간에도 특정인을 왕따 시켜서 지배욕과 성취욕을 만족시키려는 일이 생긴다. 그러나 그러한 방법은 지배욕과 성취욕의 변태현상이므로, 가장 모자라는 자가 행하는 지배력의 행사인 것이다.

또한 개인들이 자기보다 월등하게 강자인 국가권력 등을 상대로 싸우는 방법도 있다. 그런 예로서는 1980년 전후에 있었던 민주화투쟁이 바로 그것이다. 그 당시의 투쟁을 세상 사람들은 민주주의 회복을 위한 민주항쟁이라 했고, 투쟁하는 사람들을 민주투사라고 호칭했다. 그들은 집회와 시위, 기타 언론 등을 통해 적극적으로 투쟁했던 것이나, 이와 대조적으로 정신적으로 저항하는 방법으로 투쟁하여 정치권력을 지배제압하여 민주주의를 성취해 보려는 투쟁도 있었다.

그 대표적인 예가 김대중의 생명을 건 투쟁과, 김영삼의 단식투쟁 등이다. 우리 대한민국의 민주화의 공로는 민주투사들의 희생덕분이지만 특히 두 분의 공이 큰 것은 사실이다. 그 중에도 김대중의 목숨을 건 투쟁이 아니었다면 우리나라의 민주주의는 한참 늦게 찾아 왔을지도 모른다. 그 때문에 김대중은 몇 번의 생사의 고비를 넘겼고, 특히 도쿄에서 납치되어 현해탄에 수장될 뻔 했던 이야기는 너무나 유명하다. 또한 김영삼도 23일 동안의 단식투쟁을 통해 막강한 군사정권과 싸워 이겨서 거꾸로 지배하려 했는데, 이와 같은 투쟁과 싸움의 방법들을 보면 이기려는 방법에는 죽음까지 각오한 매우 무섭고 다양한 방법을 쓰고 있음을 알 수 있다. 따라서 사람들은 이길 수만 있다면 굳이 합법적인 방법이 아니더라도 수단과 방법을 가리지 아니하고 온갖 방법을 다 동원함으로써, 목적했던 바를 달성시켜서 지배욕과 성취욕을 충족시키려 한다.

또한 사회적으로나 정치적 또는 경제적으로 약자인 자가 이겨보려고 흔히 쓰는 방법으로는 법정투쟁이라는 게 있다. 이 법정투쟁은 재판관 앞에서 검사의 부당한 소추행위를 구체적으로 비판하고 반박하면서, 한편으로는 자기방어를 위한 증거도 제시하여 싸워나가는 것이다. 그 투쟁의 목표는 부당한 정부권력, 즉 정부의 지배력을 이겨내서 역 지배해보려는 지배욕과 성취욕의 강력한 행사이다.

그 외에도, 검사나 형사들의 심문에 진술을 거부하는 방법 등으로 투쟁하는 방법도 있다. 이러한 방법도 법정투쟁의 일환이며, 약자들이 법의 충분한 보호를 받기 위한 수단으로 이용하는 투쟁방법이다. 그 외에도 노동자들이 기업주와 다투는 임금투쟁과 파업 등도 모두 투쟁의 한 방법이고, 이런 행위들도 이를 통해 무엇인가를 이룩해 보려는 지배욕과 성취욕의 표현으로 보아야 한다.

투쟁방법에는 이와 같이 정상적으로 이루어지고 있는 투쟁방법만이 있는 게 아니다. 때로는 철도노조와 같이 법률의 규제를 역이용하여 준법 투쟁이라는 이름으로 투쟁하기도 한다. 이러한 기묘한 투쟁방법도 모두 이겨서 지배하려는 게 목적이고 그 저변에는 지배욕과 성취욕이 작용하고 있다. 이를 보면 인간의 지배욕과 성취욕은 그 뿌리가 너무나 깊고 넓음을 알 수 있다. 그리고 동원이 가능한 한 모든 지배력을 다 동원하여 싸우고 있음을 볼 때, 인간의 지배욕과 성취욕은 거의 무한하게 크다는 사실을 알게 된다.

한마디로 인간의 지배욕과 성취욕은 거의 무한한 것이어서, 종을 사면 말까지 사고 싶고, 국회의원이 되면 다시 대통령이 되고 싶으며, 대통령이 되면 영구 집권하고 싶은 게 지배욕과 성취욕의 본질이다. 따라서 지배욕과 성취욕의 한계는 지구를 다 차지한다 해도 만족하지 않고 다시 전 우주를 차지하려는 게 지배욕과 성취욕의 본질이고, 그 근원은 자기의 연장인 번식을 최대화하려는 게 본래의 모습이었다. 그 외에도 사기 공갈 협박 등과 같이 좀 더 지능적이고도 교활한 방법으로 지배욕과 성취욕을 충족시키려는 방법도 있다.

그리고 싸움하는 대상에는 친인척이 아닌 경우가 많지만, 그렇지만도 않은 게 현실이다. 예를 들면 가장 평화로워야 할 부부간이나 부자간과 형제간에도 싸우고 있고, 극친했던 친구 간이나 같은 직장의 동료 간에도 이겨 보려는 싸움이 존재하는 것이며, 어느 싸움이 지배욕과 성취욕이 밑에 깔려 있다. 이때, 증거를 조작하거나 위증을 시켜서 꼭 이기려고 하는 작태를 볼 수도 있는데, 지배욕과 성취욕이 가장 나쁜 모습으로 표현되는 한 모습이 아닌가 한다.

가장 무서운 경쟁과 이겨보려는 싸움의 전형典型은 정치인들이 겪고 있는 각종 선거전이다. 선거전 때 싸우는 모습은 돈과 지혜 그리고 능력과 건강까지 총동원하여 싸운다. 반드시 이겨서 국회의원이 되려는 것은 당선만이 지배욕과 성취욕의 극치 점을 이룰 수 있기 때문이며, 노출되어 싸우기에 더 극렬하므로 인간 싸움의 전형적인 모습이다. 정치인들은 선거전이라는 피 말리는 싸움을 마다하지 않는 것은 승리할 때만이 국민 앞에 우뚝 설 수 있기 때문이며, 이것도 하나의 싸움이기 때문에 선거전이라는 싸움 전戰자를 붙였다.

그 때문에 입후보하는 것을 말 타고 싸움터에 나가는 것에 비유해서 출마했다고 호칭한다. 이는 말을 타고 활을 쏘면서 싸우던 모습에서 연유하는 것이다. 그 당시는 한 장수가 먼저 말을 타고 적진 앞에 나타나서 싸움을 거는 것이다. 이때 말을 타고 나가서 적장에게 외치기를 "나는 아무개인데 나와 겨눌 자 그 누구 없느냐, 누구든 나와서 한 판 겨뤄서 승패를 가려보자"라고 큰 소리로 외침으로써 지지 않고 이겨보려는 인간의 심리를 자극하는 것이다. 이로써 적장으로 하여금 말을 타고 나오게 한 후, 죽기 살기로 싸우던 전투 방식에서 그 어원이 생겼다. 전쟁으로 상대방을 제압하여 지배하려는 방식을 역사적으로 살펴보면, 처음은 완력이 강하고 힘이 센 자를 중심으로 이루어지는 전쟁이 고작이었다. 그때는 체격이 크고 힘이 제일 센 게 제일이었다. 이런 형태의 싸움은 지금도 권투 시합 등에서 그 원형을 찾아볼 수 있다. 다음은 활을 잘 쏘고 칼과 창을 잘 쓰는 자가 제일이었다.

다음은 말을 잘 타고, 창과 활을 다루는 자가 가장 우대받는 시대로 발전했다. 그 후, 철포가 등장하면서 개인의 완력이나 활과 칼, 창 등을 잘 다루면서 말 잘 타는 병사보다는 그 나라의 산업발달과 우수한 전략가의 지능, 그리고 신무기의 발달 등이 전쟁의 승패를 가름하는 시대가 찾아온 것이다. 이러한 현상은 현대에 이르러 더욱 심해지고 있고, 향후에는 컴퓨터 등에 의한 우주 전쟁과 전자장치에 의한 지능적인 싸움이 예상되므로 과학의 발달이 전쟁의 결과를 판가름 내는 극치 점에 도달하고 있는 것이다.

이런 사실들을 종합하여 판단해 본다면, 사람이 있는 곳에는 반드시 지지 않고 이기려는 경쟁과 이겨서 지배욕에 활력을 불어넣어서 성취욕을 충족시켜보려는 싸움이 있게 마련이다. 다만 이기려면 상대방을 제압할 수 있는 지배력, 즉 군사력과 이를 뒷받침하는 경제력, 기타 과학의 첨단尖端성 등의 튼튼한 국력이 있어야 했다. 그 때문에 군사력과 국력 등이 넘쳐서 상대방을 능히 제압하여 지배할 수만 있다면 지배력을 행사하려 들었고, 또한 지배욕과 성취욕을 충족시킬 수만 있다면 생트집을 잡아서 전쟁을 일으키고 있었다. 이 같은 현상 의 근본원인은 앞서 거듭 말한 바와 같이 상대방을 제압하여 지배하려는 인간의 지배욕과 성취욕이라는 성정 때문에 생기는 현상인 것이다. 그런 까닭으로 경쟁과 싸움을 걸어오는 자가 있다 하더라도 맞서서 이겨보려 하지 않고 굴복해 버린다면 싸움은 일어나지 않는다.

그러나 불법한 침해가 있는데도 굴복함으로써 평화를 누리려 한다면, 항상 악의 편이 세상을 지배하게 되어 지배욕과 성취욕을 충족시켜주는 결과가 되므로, 이러한 행위는 범죄에 동조하는 행위밖에 안 된다. 그 때문에 이러한 침해에 대해서는 정정당당하게 맞서서 싸워야 하고 그를 반격하여 제압해야 하나, 모든 게 부족하여 패전하는 경우가 더 많다. 이게 바로 지배욕과 성취욕이 범죄를 유발하는 행위가 되어버리는 것이다.

하지만 반격하여 적을 죽였거나 상처를 입혀서 이겼을 때는, 강자가 약자를 침략하여 굴복시키는 것보다는 그 승리가 훨씬 값지고 정당한 것이다. 이런 행위를 국법질서형법의 입장에서 본다면 정당방위, 긴급피난, 자구自救행위 등의 이름으로 합법화시킬 수 있는 것이다. 그 때문에 설사 사람을 죽였다 하더라도 처벌은커녕 오히려 칭송받는 경우가 더 많다. 그와 반대로 침략자가 승리했을 경우는 이겼다는 것만으로 정당화될 수는 없으므로 마땅히 비판받아야 할 범죄에 해당하나, 현실은 항상 이긴 자가 정의로운 자가 되어 있었다. 더욱이 국가권력까지 장악하고 있다면 현실적으로는 비판할 수 없으므로 이게 바로 비극이며, 모순이었다. 이런 사실만을 놓고 본다면 이겨야 정의로운 행위로 평가받는 결과를 얻을 수 있었으므로 더욱 기를 쓰고 이겨 보려고 온힘을 다 기울이는 것이다.

하지만 질수 있다는 사실을 알면서도 싸웠던 것을 보면 사람은 지기를 몹시 싫어하는 동물임을 알 수 있는 것이다. 이로 보면 사람은 싸움 없이는 못 사는 동물일지도 모른다. 이로 인해 전쟁과 경쟁, 그리고 싸움과 다툼은 인류가 존속하는 한 계속될 것으로 보여서 싸움 없는 인류란 상상하기조차 힘들 정도이고, 우리 인류의 다툼은 끊임없이 계속될 것으로 본다. 다만 개인 간의 싸움은 국가의 법질서가 서 있어서 곧 공권력이 발동되어 구제해 주거나 곧바로 질서를 잡아 줄 수 있다. 그러나 국가 간의 전쟁이나 부족 간의 싸움은 그 싸움이 집단화되어 있고, 이를 통제할 수 있는 힘은 한계가 있으므로 한마디로 무법천지의 싸움이 되어서 이기는 자가 제일인 것이다. 이게 바로 우리 인류의 가장 큰 비극이었고, 모순이었다.

인류가 머리를 맞대고 이성적인 판단을 통하여 만들어진 세계 공통의 법률을 보더라도, 사람을 죽이는 행위는 가장 나쁜 행위이므로 살인죄의 적용을 받아서 적어도 5년 이상의 유기징역이나 사형을 선고 받아야 할 범죄가 되는 것은 당연했다. 하지만 이런 살인행위도 상대방의 불법적인 침해에 대하여 다른 방법으로 피할 길이 없어서 행한 살인행위였다면, 정당방위로서 무죄가 허용되는 것이다.

따라서 적국의 침해에 대한 응전행위도 그 침해행위가 불법행위이고, 자국에 대한 침략행위가 될 때에는 이에 대응하는 행위는 명백한 정당방위가 되는 것이어서, 무죄가 당연시 되는 것은 하나의 자연법이라고 할 수 있다. 이러한 행위를 사법적私法的인 민법의 입장이나 공법인 형법의 입장에서 보더라도 정당방위는 물론, 내 생명과 재산을 지키기 위한 자구행위가 될 수도 있고, 위난을 당하여 긴급히 피하려는 긴급 피난행위도 될 수 있기 때문에, 굳이 전쟁이라는 이름을 빌리지 않더라도 무죄가 될 수 있는 것이다.

그 때문에 전쟁의 현장에서 이루어지는 살인행위는 당연히 정당시 되는 것은 물론, 칭송을 받고 있기도 하며, 이러한 평가는 정당한 평가라고 함이 옳은 것이다. 그래서 가장 많은 적을 죽였을 때에는 살인자가 되는 게 아니라 오히려 영웅으로 치켜세워지고 있는 것은 당연한 일인지도 모른다. 하지만 지난 역사에서 실제적으로 있었던 현실에 비추어 보면, 불의의 침략을 당하여 이를 막으려고 정정당당하게 맞싸우는 피해자 측이 정의롭다는 이유만으로 전쟁에 이기는 경우는 매우 드물었다. 오히려 역사의 현실은 침략을 받아서 싸우는 정의로운 자가 패배하여 수모를 당하는 경우가 더 많았다.

이게 인류 역사의 크나큰 오점이었고, 또한 비극이었다. 지나온 세계사나 국사를 훑어보더라도, 정의로운 자가 싸움에 이기는 경우는 매우 드물었다. 오히려 불의의 침략자가 힘이 세어서 이기고 있었다. 이 때문에 정의와 불의가 뒤바뀌어서, 정의로운 자가 침략자 앞에서 무릎을 꿇고 잘못했다고 비는 경우가 더 많았다. 그런 점에서 인류 역사는 비극으로 점철되어 있다고 해도 과언이 아니다. 다만 개인 간의 싸움은 국가의 법질서 아래에 있고, 이에 따라 국가의 통제력이 미치고 있으므로, 국가는 옳고 그름을 잘 살피고 따져서 위법 자를 구속하여 형벌로써 다스려서 사형에서 벌금까지 여러 방법으로 적절하게 처벌하고 있으므로 정의가 살아있다고 봄이 옳다.

또한 이해관계로 다투는 민사사건도 판결로서 판가름을 내 주면서, 피해를 보상해주도록 하거나 권리를 회복시켜 주는 방법으로 정의로운 자가 승리하도록 판결해주는 경우가 많았다. 이같이 정의로운 자의 승소가 보다 많았던 현상은, 사법부라는 재판기관을 국가가 완전히 장악하고 있어서 집행력이 미치기 때문에 가능해지는 것이다.

이로 보면 먼 장래에는 국제간의 분쟁도 국내의 재판과 같이 공정하고도 효율적인 재판을 할 수 있는 날이 찾아올 것이 아닌가 하고 기대해 본다. 다만 지금은 국제 사법재판소가 있기는 하나 그 효율성과 실효성, 그리고 집행력 등에서 국내 사법제도에 비하면 현저하게 허약해서 제 기능을 다 하지 못하고 있으므로 거의 유명무실한 실정이다.

그와 반대로 국제재판에 비해 국내 재판만은 그 공정성과 신속성, 그

리고 효율성과 집행력 등이 잘 확보되고 있는데도 때로는 불공평한 판결
이 있었다는 이유만으로 당사자 간에는 불만을 가지는 자가 있었다. 이
러한 개인 간의 다툼현상을 가르켜서 일찍이 영국의 아담 홉즈는 만인
대 만인의 싸움으로 표현하기도 했다. 국가 간이든 개인 간이든 싸움의
방법을 대별해 본다면 물리적인 방법과 정신적인 방법으로 대별할 수 있
고, 적극적인 방법과 소극적인 방법으로 분별할 수도 있다. 기타 정신적
싸움과 육체적 싸움, 그리고 정면투쟁과 우회적인 투쟁의 방법 등으로
분류할 수도 있다. 이를 살펴보면 싸움은 매우 다양한 방법으로 다투어
지고 있음을 알 수 있는 것이다.

동물들의 다툼과 사람들의 지배욕, 성취욕은 어떻게 다른가.

경쟁과 다툼은 다른 일반 동물들도 다 같아서 인간과 똑같이 싸우거나
아니면 사랑하면서 살고 있다. 그러나 사람처럼 장기간에 걸친 국가 간
의 집단적 싸움이나 전쟁만은 하지 않는다. 싸움의 양태도 지극히 단순
해서 싸우다가 힘이 부치면 죽임을 당하기도 하지만, 곧 도망함으로써
모든 것을 종결시키고 뒷일은 남기지 않는다.

그러나 지능이 타 동물보다는 조금 더 발달한 침팬지 등의 원숭이들이
싸우는 모습을 보면, 1:1의 싸움도 있지만 약자들이 서로 연합하여 공동
전선을 펴서 강자를 제압함으로써 스스로 새로운 지배자로 등장하는 경
우가 있다. 이때 전 지배자가 거느렸던 많은 암컷들을 새 지배자가 거느
리는 모습을 볼 수 있어서 이게 바로 인간의 성정을 알려주는 단초가 안
인가 해지는 것이다.

이러한 싸움의 결과를 보면 마치 사람들의 싸우는 모습과 가장 많이

닮아서, 원숭이들의 집단 싸움은 일반 동물들의 싸움과는 상당히 판이한 모습을 보여주고 있는 것이다. 특히 같은 원숭이라도 침팬지들은 가장 격렬하게 싸우고 있으나, 같은 계통이라도 보노보 같은 원숭이는 그 전문서적을 읽어 볼 때, 거의 다투는 일이 없이 암컷과 수컷이 만나기만 하면 사랑부터 해대는 부류도 있다. 이것으로 보면 우리 인류는 가장 잘 싸우는 침팬지 계통으로 분류되어야 할 것이다.

하지만 인간은 두뇌가 가장 발달한 동물이므로 이성적 동물이라고 호칭 받는 고등동물인 탓인지, 항상 다투기만 하는 게 아니다. 인간이 집단화하여 전쟁으로 한참 다툴 때의 모습을 보면 너무나 극렬한 방법으로 싸우고 있어서, 하루에 수만 명이 죽어가는 참상을 볼 수 있다. 그것만 보면 영원히 평화가 올 것 같지 않음에도, 곧 화해하여 평화를 누리기도 하는 게 인간이다. 바로 이러한 현상이 일반 동물과의 근본적인 차이점이 아닌가 한다. 따라서 인류는 싸워서 승리함으로써 상대방을 지배하려고 하기도 하지만 한편으로는 평화와 화해, 그리고 사랑으로써 감싸면서 상호 존중과 겸양, 공동번영의 방법을 통하여 상대방을 합리적이고도 균형 있는 방법을 통해서 간접적으로 지배함으로써 원래 목적했던 바를 달성하여 지배욕과 성취욕을 충족시키고 있는 경우가 많은 것이다. 이러한 현상 때문에 사람을 가리켜서 "이성적 동물"이라거나 "만물의 영장"이라고 평가하지 않았는가 한다.

사람의 본성은 번식이 기본이고 돈은 번식의 제일 수단

인간이 격렬하게 싸우는 현상에 대하여 필자는 깊이 생각해 보았다. 이에 그 근본원인을 보다 간단하게 풀이하고 싶은 것이다. 인간이 그토록 격렬하게 싸우는 근본원인을 깊이 살펴보면 앞서 누누이 밝힌 대로, 인간의 본능이라고 일컫는 생존 욕구와 번식 욕구를 보다 더 효과적으로 충족시키기 위한 방편의 하나가 바로 전쟁과 싸워서 이기려는 기질로 발전한 것이다.

화해와 사랑 등도 같은 맥락에서 이해해야 한다. 이는 상대방을 물리적으로 제압하여 지배하려는 게 전쟁과 싸움이었다면, 정신적으로 제압하여 지배하려는 게 사랑과 화해, 공존 등의 방법이다. 이러한 모든 현상은 궁극적으로 색욕과 식욕을 만족시키려는 방법의 하나로 선택된 것이다. 또한 식욕과 색욕을 충족시켜주는 지배력으로는 뭐니 뭐니 해도 돈이 가장 효과적인 지배력을 갖추고 있으므로 돈 때문에 싸우는 경우가 너무나 많다. 따라서 현대는 물리적인 전쟁이나 싸움보다는 돈을 차지한 후 그 지배력을 이용하여 지배욕과 성취욕을 충족시킬 수 있으므로, 돈에 대한 경쟁이나 싸움이 훨씬 더 집요하게 일어나고 있고 더 자주 일어나고 있는 것이다. 그 때문에 오늘날에 있어서의 지배하고 성취하려는 욕구는 돈을 많이 벌려는 싸움으로 변질되어가고 있고, 또한 싸움 중에서는 가장 많은 비중을 차지하고 있다. 이토록 돈을 통하여 사람을 지배하는 형태를 가리켜서 가장 신성시되어야 할 판결에 대해서도, 패소하거나 유죄판결을 받으면 정의의 상징인 법관과 검찰의 행태를 비난하면서 유전이면 무죄요, 무전이면 유죄라는 극언도 서슴없이 하고 있는 것이다.

신문에 자주 오르내리고 있는 장·차관 등 고위직 공무원들이 직무와 관련한 뇌물을 받았다는 이유로 구속되고 형을 받았다는 뉴스가 매일과 같이 보도되고 있다. 이것도 상대가 장·차관을 자기 의사대로 해주기를 바라는 지배욕에 굴복한 때문이고, 받은 사람도 그 돈으로 누군가를 지배할 수 있고, 또한 무엇인가를 성취할 수 있다고 보아서 돈을 받았기에 처벌받는 것이다. 또한 국회의원이나 시장, 군수 등의 당선여부도, 10당

5낙이니 무어니 하고 떠돌아다니는 풍설은 모두 돈으로 유권자의 마음을 지배할 가능성 때문에 그런 말이 나온다. 이를 좀 더 깊이 새겨보면 선거비용으로 10억 원을 쓰면 당선되고 5억 원을 쓰면 낙선된다는 말이다. 그 때문에 돈의 지배력을 이용해서 사람의 심리를 지배하려는 행위가 매표행위이므로, 이를 강력히 단속하는 것이다. 하지만 어떠한 경우도, 인간의 욕구 중에 대표적인 욕구는 생존을 위한 욕구가 바로 식욕으로 변형되어 있고, 종족 번식을 위한 욕구가 색욕인 점은 변화가 없는 것이다. 이들 욕구들은 바로 인류의 가장 본질적인 욕구라는 점에서 가장 중요한 욕구에 속하고, 그 점에 대해서는 누구도 다투지 못할 것이다. 따라서 일반 동물들과 식물들 간에는 전혀 있을 수 없는 전쟁과 같은 참극이나, 살인과 절도, 강도, 사기, 횡령, 배임 등 모든 범죄와 돈 벌려는 경쟁과 투쟁도 깊이 캐보면 결국은 인간의 각종 지배욕과 성취욕을 충족시키려는 하나의 방법이고, 또한 수단에 불과한 것이다.

다만 이러한 욕구도 몸이 허약하거나 병들면 번식력이 없어지므로 지배력과 성취욕의 뿌리도 없어져서 다툴 의욕이 없어지므로 선해지는 것을 볼 수 있다. 심지어 시기, 질투, 중상, 모략, 음해 등의 범죄도 그 뿌리를 같이하고 있으나 병들고 허약해지면 전혀 딴 사람처럼 선량한사람으로 변하는 것을 볼 수 있고 실제로 수 없이 경험했다. 따라서 모든 범죄가 지배욕과 성취욕을 만족시켜주는 한 방법이 될 수 있기에 행해졌고, 전쟁과 싸움도 지배욕과 성취욕을 만족시켜 주는데 가장 효과적인 방법이기에 싸워왔으나 현대는 차차 순화돼 오고 있는 것이다. 특히 현대는 가공할만한 무기의 발달로 지배욕과 성취욕을 해결해주는 게 아니라 오히려 자신부터 먼저 생명을 버려야 하는 비극이 올 수도 있게 되었으므로 죽기 살기로 싸우는 것은 가장 바보스러운 시대로 접어들고 있는 게 오늘의 현실이다. 따라서 인간의 본성에 대하여 올바로 이해할 수 있도록 바른 교육을 통하여 이런 사실을 똑바로 인식시킬 수만 있다면 인류의 본성은 보다 순화될 것이다.

이에 따라 각 개인들은 스스로 인간의 행복이 무엇인가를 깨닫게 됨으로써 전쟁과 싸움을 통한 지배욕과 성취욕의 충족보다는 사랑과 화해, 공존을 통하여 간접적으로 지배하면서 공동으로 번영을 누릴 수 있는 평화를 원하게 될 것이다. 이 같은 방법으로도 전쟁의 참극과 싸움의 비극을 능히 극복해 낼 수 있는 것이므로, 우리 인류의 먼 장래를 비관할 필요는 없을 것이다.

지배욕과 성취욕의 화신은 황제와 군왕이나 차차 순화되어 왔다

역사의 기록을 통하여 살펴본다면, 지배욕과 성취욕을 가장 강하게 행사되었던 제도와 사람은 뭐니 뭐니 해도 군주제도와 황제, 그리고 군왕들이었다. 하지만 그러한 고전적인 군주제도는 세계 1차 대전을 고비로 이 지구상에서 사실상 사라졌다. 다만 군주제도가 퇴락한 이후에도 그 잔영이 남아 있어서인지 정치적 후진국에서는 현재까지도 한 사람이 장기집권하거나, 독재정치를 하는 경우가 아직도 남아있는 것이다. 이러한 사실들을 종합해서 살펴본다면, 인간의 지배욕과 성취욕이 얼마나 뿌리가 깊은 성정에서 비롯되었는가를 알게 된다.

다만 그 군주제도는 인류역사의 기록이 시작한 때부터 시작되었다는 사실과, 그게 20세기 초까지 계속된 제도라는 것, 그리고 군주제도가 존속한 기간은 우리 인류의 역사기록과 거의 같은 기간이었다는 점은 매우 부끄러운 일이 아닐 수 없다.

하지만 그토록 뿌리 깊었던 제도도 세계 1차 대전을 고비로 현저하게 퇴화된 제도임은 극히 다행스러운 일이다. 그런데도 독재 권력과 장기집권은 그 이후에도 극성을 부렸고, 그 전성기는 20세기였다고 해도 과언이 아니다. 다만 이 두 지배제도는 점차 그 힘을 잃게 되었는데, 이는 백성들의 교육이 보편화되어 인지人智가 깨우쳐졌고, 또한 언론 자유가 힘을 얻게 되면서부터 백성들의 주인의식이 눈을 뜨게 됨으로써 자연스럽게 힘을 잃게 된 것이다. 따라서 두 제도는 교육의 보급과 인지의 발달로 그 부당성이 점차 부각되면서 급기야는 혁명을 통하여 제거되었거나, 아니면 군주나 독재자가 스스로 백성들에게 그 지배력권력을 반환함으로써 없어진 제도다. 다만 일부 군주국가에서는 아직도 미련이 남아 있어서, 백성과의 타협을 통하여 입헌제도의 확립 등으로 백성들의 권리를 신장시키는 방법으로 개혁함으로써 그 허상만이 남아있는 나라도 있다. 하지만 현재는 명실상부한 구시대의 군주제도는 이 지구상에서 그 자취를 완전히 감추어버렸다.

하지만 독재제도는 지금도 군주시대에 있었던 지배력과 그를 통한 성취욕을 만끽해오던 그 달콤한 맛에 향수를 느끼고 있었던 탓인지, 군주제도와 흡사하게 1인이 수십 년 동안 철권으로 통치해오는 식의 장기집권을 해오거나, 아니면 한 술 더 떠서 북한처럼 군주시대의 유물을 그대로 받아들여서 권력을 세습시키는 나라도 있는 것이다.

다만 독재하는 방법에는 히틀러나 무솔리니와 같은 극우적인 독재자도 있었고, 스탈린이나 마오쩌둥처럼 노동계급과 공산당을 등에 업고 하는 독재자도 있었다. 하지만 북한처럼 당과 군부 등을 완전히 장악한 채 독재하면서, 학습을 통한 세뇌교육과 정치범 수용소를 이용한 격리와 강제노역을 시킴으로써, 공포감을 조성하여 전혀 반항할 수 없도록 해서 3대까지 세습을 시키고 있는 독재자는 유사 이래 처음 있는 일이다. 따라서 이러한 행위는 아무리 좋은 문장과 이론으로 별별 소리를 다 동원하여 합리화하고 미화시킨다 해도 세계사의 흐름에는 명백하게 역행하는 행위에 불과하며, 또한 시대의 발전방향에도 반동하고 있는데 불과한 것이다.

인류문화의 발달과정을 살펴보면 인간이 인간을 일방적으로 지배했던 시대는 이미 지났으므로, 이를 겸허히 받아들여서 백성들에게 그 권력을 하루빨리 이양해야 할 것이다. 그러므로 이제는 국가의 지배력의 운용이 백성들의 선거 등을 통한 상호지배의 민주제도로 개선되고 있음을 인식해야 한다. 이와 같이 지배력의 변화와 민주제도의 확립 등에 대한 경위를 살펴보면, 인류의 장래는 매우 양양한 것이어서 결코 비관할 필요는 없다. 하지만 지금도 나라에 따라서는 백성들을 지배하는 형태와 그 지배의 강도는 차이가 있는 게 사실이다.

그러나 같은 장기집권이라도 인권이 보장되고 자유가 보장되면서 백성들의 선택권이 존중되는 나라도 있다. 그와 반대로 1인이 15년 이상 장기집권하면서 독재에 물들고 있는 나라들이 남아있어서, 백성들의 저항을 불러일으키고 있다. 하지만 현대의 민주국가들은 군왕들이 누려왔던 사람의 본성인 지배욕과 성취욕을 대통령이나 수상이 그대로 누리도록 용인하는 나라는 없고, 그 지배력과 지배욕, 그리고 성취욕을 그대로 긍정하는 나라도 없다.

이 시점은, 일부 극소수의 미개 국가와 독재국가를 제외하고는 거의 모두 개혁에 성공하여 민권이 신장되고, 아울러 헌법상으로도 자유와 평등, 인권과 인간의 존엄성 등이 철저하게 보장될 수 있도록 규정하고 있는 것이다. 또한 이를 위해서 지배권자의 임기를 최대 8년 이내로 제한하면서, 백성들이 선거제도를 통하여 지배자를 역으로 지배하는 시대로 발전하고 있다. 이러한 역사적 사실을 살펴본다면, 군주제도 같은 원시적인 지배방법이 결코 어쩔 수 없는 숙명적인 것이 아니라 인위적인 제도에 불과했음을 알 수 있다. 따라서 그런 제도는 하늘이 정해준 제도로 체념하면서 받아들였던 구시대의 정신 자세와, 충성이라는 이름으로 미화되어 군왕에게 순응했던 행위는 인류의 역사발전에 정면으로 역행하는 행위가 된지 오래다. 그 때문에 특정인의 장기집권이나 구시대의 군주제도의 유지는 명백하게 역사의 흐름에는 반동하는 행위가 되고 있음을 깨닫게 된 것이므로, 우리의 앞날이 다시 독재제도나 군주시대로 회귀하지는 않을 것이다.

유교와 불교에서는 인류의 성정을 어떻게 보고 있는가.

지배욕과 성취욕으로 뭉쳐진 사람의 본성들을 불교 등에서는 인간의 탐욕으로 이해하면서, 이를 극복하는 것만이 열반涅槃과 해탈解脫의 경지에 도달할 수 있고, 이로써 부처가 될 수 있으며, 또한 극락의 세계로 갈 수 있는 길이고, 이게 바로 인류의 참된 행복을 가져 올 수 있다고 가르치고 있다. 이에 대하여 유교에서는 공자 스스로가 인간의 본성과 천도天道에 대해서는 직접적으로 언급한 바가 없으나, 다만 제자들과의 문답 중에 "인간의 본성은 모두 비슷하지만 관습에 의해 변할 수 있는 것이다"라는 말 밖에 한 일이 없다.

그러나 맹자孟子에 이르러서는 인간의 본성은 원래 착한 것이라는 성선설性善說을 강력히 주장했다. 이에 대하여 같은 유가인 순자荀子는 성악설性惡說을 주장하여 오늘날까지도 두 주장에 대하여 많은 다툼이 있어 온 것은 너무나 유명한 이야기이다. 특히 주목되는 것은 맹자는 인仁, 의義, 예禮, 지知의 사단지심四端之心으로 보아 인간의 본성은 원래 착한 것이라고 주장했다. 그 후 예기禮記의 예운 편禮運編의 희喜, 기쁨, 노怒, 노여움, 애哀, 슬픔, 구懼, 두려움, 애愛, 사랑, 오惡, 미움, 욕慾, 욕심의 칠정七情설까지 합쳐져서 사단칠정설을 제시했다. 이에 대해 성리학자중 주리학파主理學派들은 군자는 사단四端에 충실하면서, 도심道心으로 행동하고, 소인은 칠정七情에 따라 인심으로 행동한다고 주장했다. 따라서 전자는 군자가 되는 길이고, 후자는 소인의 길이라고 하여 극단적인 양분론을 펴고 있었다. 그러나 율곡 선생은 이기理氣 일원적一元的 이원설二元說을 주장하면서, 이理는 사람에 비유하고 기氣는 말에 비유했다. 이를 기발이승氣發理乘이라고 하며, 말이 나아가지 않으면 사람도 한 발작도 옮길 수 없다고 말했다. 또한 말氣이 움직여야 사람理도 따라 움직일 수 있고, 이理가 기氣를 타고 가면 군자의 바른 길을 걸을 수 있으며, 七정 중에 선한 부분이 四단일 뿐이라고 주장했다.

이기설理氣說은 기대승과 퇴계 선생 간, 율곡 선생과 퇴계 선생 간에도 다투어졌는데, 이때를 조선의 철학사상 가장 화려했던 시대로 평가하고 있다. 두 학설 중, 퇴계 선생을 추종하는 영남학파는 심心이 리理라고 주장하면서, 리理가 기氣를 주재한다고 주장했다. 그러나 서경덕, 율곡 선생, 송시열 등의 기호학파는 심이 기氣라고 주장하면서, 기氣가 발하지 않으면 리理는 한발작도 움직일 수 없다고 하면서, 기발리승氣發理乘설을 주장하거나 리理와 기氣는 상호 동시에 출발한다는 리기호발설理氣互發說을 주장하고, 리理를 그리 중시하지 않았다. 하지만 퇴계의 주리설主理說은 일본 학계에도 크게 영향을 주었고, 그 후 명치유신 때 명치천황이 일본 국민들을 교육하기 위해 만든 교육칙어敎育勅語에도 영향을 주었으므로 우리 한국인에게는 큰 영광이 아닐 수 없다. 이러한 극렬한 다툼가운데에서도 필자가 주장하는 인간의 기본 성정인 지배욕과 성취욕 등에 대해서는 단 한마디도 언급하지 않았음은 두 파가 모두 같은 입장이다.

이기설理氣說과 간재艮齋 선생의 성사심제설性師心弟說

이 같은 격론은 조선조 말에 이르러 정리되었다. 그 분은 조선의 성리학을 집대성했다고 평가받고 있는 조선조 말의 거유巨儒, 전우田愚 간재艮齋 선생이다. 다만 일부학자들은 이항로와 기정진도 같은 조선조 말의 성리학자로 분류하고 있으나 이는 큰 잘못이다. 이항로는 1868년, 기정진은 1879년에 죽었기 때문이다. 따라서 두 학자는 임오군란과 1884년 갑신정변, 갑오동학혁명과 을사조약, 한일 병탄과 3 · 1독립운동 등의 격변기를 전혀 겪지 않아서 전혀 다른 시대에 살았으므로 같은 시대의 성리학자로 분류할 수는 없으나 다만 이진상호 한주만은 같은 시대에 살았던 영남학파에 속한다.

따라서 조선조 말의 4대 성리 학자 운운하면서, 이항로와 기정진까지 끌어넣는 것은 큰 잘못이다. 간재 선생은 1922년까지 살면서 후학을 교육했으므로 국난의 한 가운데에서 독보적인 삶을 살았다. 또한 간재 선생은 율곡, 김장생, 송시열 등의 학통을 이었다고 하나 그 학설보다는 한 차원 높은 이론을 제시했다. 그 요지는 인간의 본성本性은 리理이고 심心은 기氣라는 이론 하에서, 인간의 본성은 존귀尊貴하고 마음은 비하卑下하다는 성존심비설性尊心卑說이나 또는 본성은 스승이고 마음은 제자라는 성사심제설性師心弟說이라는 독특한 비유로 정리함으로써 다른 학파들의 주장을 압도하여 이기설理氣說의 다툼을 잠재운 것이다.

말氣은 길들여서 사람理이 타고 마음대로 다닐 수 있듯이 제자도 반드시 스승의 가르침을 따르는性師心弟것이라고 했으므로 그 비유가 더 적절했다. 또한 본성은 존귀하고 마음은 비천하므로 리理인 본성을 마음인 기氣가 따른다는 한 차원 높은 주장을 함으로써 다른 학파들을 압도했다. 다만 아쉬운 것은 이미 이 학문은 해가 지는 형세였다는 점이다. 그 때문에 조선조의 이기설理氣說 철학이 간재 선생의 탁월했던 학설로 한 차원 높은 경지로 정리되었음에도, 선생은 거의 알려지지 못했다. 그런 연유로 필자가 의무감으로 이 글을 쓰는 것이다.

지금 동양철학을 전공하고 있는 젊은 학자들의 논문을 조금 살펴보아도 조선조 말의 이기설의 다툼을 소개함에 있어서, 면우곽종석, 영남주리학파학설이나 한주이진상, 영남주리학파학설을 소개할 때에도, 반드시 간재 선생의 학설과 대비하여 결론을 내리면서 옳고 그름을 판가름 하고 있는 것이다. 이를 보더라도 간재 선생의 학문이 한 차원 높았고, 또한 항상 중심에 서 있었음을 알 수 있는 것이다.

간재 선생은 거유답게 60여 권의 저서도 남겼으므로 유학자중 가장 많은 저서도 남겼다. 이를 모두 번역한다면 60권이 훨씬 넘을 것이다. 이를 율곡 선생의 저서와 비교해보면 율곡 선생의 번역서가 총 1권인데 비할 때, 선생의 저술이 얼마나 방대한 양인가를 알 수 있다.

간재 선생은 유명한 제자들도 많이 두었다. 초대 대법원장인 김병로와 제3공화국에서 국회부의장을 역임한 윤제술, 1960년대의 참의원 부의장 소선규 등이 모두 그 제자로 알려져 있다.

다만 일부 과격인사들은 선생이 한말에 의병활동이나 적극적인 독립운동을 거부하고, 수많은 제자들을 앞에 놓고 강론만 펴고 있었다 하여 인신 공격성 비판을 하고 있으나 심히 잘못된 비판이었다.

선생은 결코 일제에 협력하거나 도움을 받은 바 없었고, 세계 만국평화회의 때는 연서로 청원도 했다. 그 후 조선이 망하자 무언의 항의의 뜻으로 위도 근처의 왕등 도에 숨었다가 다시 계화도현재는 연륙되어 김제시에 속해 있다로 옮겼다. 그런데도 제자들이 구름같이 찾아왔으므로 차마 이들을 버리지 못하고 성리학을 강론한 것이다. 그러므로 인도의 간디가 행한 비폭력 저항운동보다도 한 차원 높은 저항을 했다. 선생은 그 자세와 지조를 끝까지 지킨 채 1922년에 고결한 생애를 마친 것이다.

이때, 선생의 부음을 듣고 전국에서 모여든 문상객만도 6만 명이 넘었고, 영구를 호송한 제자들이 2천 명을 넘었다. 이 사실은 당시의 동아일보와 기타 기록들로 확인되는데, 국민들이 얼마나 간재 선생의 높은 기개를 떠받들었는가를 알 수 있게 하는 훌륭한 증거인 것이다. 이러한 성대한 장례는 율곡 선생이나 퇴계 선생은 물론 기타 어느 성리학자도 갖지 못한 전무후무한 일이었다. 다만 필자가 아쉽게 생각하는 것은 선생의 학설도 사람의 본성을 논함에 있어서 성리학의 한계를 한 치도 벗어나지 못했다는 점이다.

하지만 천문학과 지구과학, 생물학과 물리학, 세계사와 국사, 철학, 정치학, 경제학, 법률 등 모든 신학문분야의 독서가 사실상 불가능했던 당시로서는 어쩔 수 없는 현실이었다고 이해하고 있다. 다만 필자의 생각으로는 四단설의 측은지심惻隱之心과 수오지심羞惡之心, 겸양지심謙讓之心과 시비지심是非之心의 네 가지 마음은 모두 칠정七情인 희喜, 노怒, 애哀, 구懼, 애愛, 오惡, 욕慾,과 함께 같은 마음心으로 이해되는데도, 이를 굳이 리理와 기氣로 나누고 있다는 점이다. 이를 보면 당초 율곡 선생의 칠 정속에 사단이 들어 있다는 주장이 오히려 맞는 것 같고, 심은 리가 아니고 기라는 간재 선생의 주장이 더 옳은 것이다. 다만 식욕과 색욕이 지배욕과 성취욕을 뒷받침하고 있고, 그 바탕은 종족 번식이다. 이라는 성정의 본질에 대해서는 전혀 언급한바가 없다.

하지만 모든 성인들과 철학자들도 인간의 성정을 올바르게 밝히지 못한 것이므로 굳이 간재 선생에게만 이를 요구하는 것은 심히 부당한 것이다. 현대학문에서 밝혀 주고 있는 사람에 대한 과학적이고도 구체적인 해석을 접할 수 없었던 당시로서는 어쩔 수 없는 일이었다고 생각한다.

우주의 만유인력과 인류의 지배력은 어떻게 다른가.

필자는 만유인력萬有引力, 重力을 생각해 봤다. 우주의 천체들과 지구상의 모든 물체 간에 작용하는 힘의 원리가 여러 원리로 나누어 있는 게 아니라, 오로지 상호간에 서로 잡아당기는 힘은 모두가 자기 질량에 맞게 똑같이 가지고 있는 것으로서 모든 물체는 만유인력중력의 힘으로 지탱하고 있고, 그 원리는 지구상의 물체 간에 존재하는 인력이나 우주의 별들 간에 존재하는 인력이 모두 똑같은 인력이어서 그 원리는 단 하나임을 뉴턴이 명쾌하게 밝혀냄으로써, 인류의 과학문화 발전에 획기적인 발자취를 남긴 바 있다.

그러면 이러한 만유인력의 원리가, 모든 물체와 그리고 지구와 우주의 천체 간에만 존재하는 것일까. 이 점에 대하여 필자는 그렇지 않다고 보는 것이다. 그것은 우주 간에 존재하는 인력의 원리는 우리 인간 상호간과 모든 물체, 그리고 생물 간에도 똑같이 존재한다고 보고 있는 것이다. 다만 우주간의 모든 천체와 지구 사이의 모든 물질에는 만유인력의 형태로서 물리적인 힘으로 존재하나, 인류 상호간에는 그 인력의 작용이 상호 지배하여 결과를 얻어내려는 지배욕과 성취욕, 즉 지배력을 행사하여 지배욕에 활력을 넣어서 성취욕을 충족시키려는 형태로 나타나고 있다고 보는 것이다. 여기서 살펴야 할 것은 인력引力과 지배력을 같은 성질의 것으로 보아야 하는가, 아니면 전혀 다른 것으로 보아야 하는가이다. 필자는 이에 대하여 본질적으로는 같은 것으로 보고 있으나 다만 하나는 물리적인 힘이고, 하나는 심리적인 힘이어서 얼핏 다르게 보일 뿐이라고 본다. 그것은 만유인력도 대상물을 자기 지배권 내에 잡아두려는 지배력에 불과하고, 지배욕과 성취욕도 지배력을 행사하여 상대방을 자기 지배권 내에 잡아 두려는 것에 불과하기 때문이다.

그 때문에 모든 분쟁의 원인을 살펴보면, 국가 간이나 개인 간의 모든 다툼이 지배욕과 성취욕의 충족을 위한 지배력의 행사로 충돌과 마찰이 생기는 것으로 보고 있다. 따라서 전쟁과 평화, 투쟁과 화해, 사랑과 증오, 즐거움과 슬픔 등 모든 행동의 근원도 결국은 무엇인가를 달성하려는 지배욕과 성취욕 충족을 위한 지배력의 행사, 그리고 그에 대한 반작용, 즉 저항하고 응전해 오기 때문에 발생하는 것으로 보고 있는 것이다.

이를 깊이 새겨보면, 다툼이나 경쟁은 지배하고 성취하려는 욕구와 이와 대결하여 자기도 지지 않고 이겨서 지배하고 성취하려는 욕구가 서로 부딪쳐서 발생하는 현상에 불과하다고 보고 있으므로, 모든 근원은 지배욕과 성취욕에서 우러나온다고 보고 있다. 사람들이 왜 지배하려는 욕망을 가지게 되었을까. 그것은 두말 할 것 없이 인류가 영속하여 생존하려면 계속하여 줄기차게 번식을 해야 하고, 그러려면 지배하려는 강한 욕구의 뒷받침이 있어야 실현될 수 있었기 때문이다. 따라서 왕성한 번식을 위해서는 강력한 지배력이 없으면 지배욕의 역동성이 없어지므로 종족 번식을 성취해 보려는 성취욕의 목적도 충족시킬 수 없기 때문이다.

지배욕과 성취욕의 본질은 선도 악도 아니나 군주들은 많은 후궁을 두어 종족 번식을 추구했다

인류가 모든 것을 지배하여 무엇인가를 이룩해 보려는 지배욕과 성취욕은 어떠한 성질을 가지고 있을까? 다시 말하면 지배욕과 성취욕은 선善인가 악惡인가, 그렇지 않다면 제3의 중성인가가 매우 중요한 것이다. 따라서 이 문제는 중요한 연구과제가 아닐 수 없다. 또한 그 실현방법에 있어서도 어떠한 수단과 방법 등으로 실현시키고 있고, 달성시키고 있는가를 살펴보아야 할 것이다.

먼저 지배욕과 성취욕이 선인가 악인가부터 살펴보기로 한다. 이 지배욕과 성취욕이 그와 맞서는 반反지배욕과 성취욕의 작용저항으로 인류 상호간에 전쟁과 투쟁이 지속되어 온 점만을 살펴본다면, 이 지배욕과 성취욕은 선이 아닌 악일 수도 있다. 그러나 평화와 사랑, 그리고 화해와 공존을 통하여 상호 협조하는 방법으로 간접 지배하여 성취하려는 형태, 즉 우회하여 지배하는 형태로 경쟁하여 본래의 목표했던 것을 성취하고 있는 것을 보면 지배욕과 성취욕은 반 지배욕과 성취욕 모두 중성이라고 할 수도 있다. 따라서 이를 합리적으로 발현시키면 선이 되고, 그와 반대로 비합리적으로 행사하면 폭력이 되는 것이나, 권력을 이용하여 비합리적으로 지배하고 성취하려 한다면 이는 악이 될 수도 있는 것이다. 역사적으로 볼 때에도, 인류가 겪은 대표적인 지배욕과 성취욕의 최고 실현 형태는 앞서 말한 대로 군주제도와 황제제도다. 이들 제도 중에서도 가장 적나라하게 지배욕과 성취욕을 만족시켜온 군주들을 살펴본다면 중국의 황제들이었다.

그들은 가장 강한 지배욕과 성취욕의 화신이었고, 그를 위해 강력하게 지배력을 행사했던 자들이었다. 그들은 지배욕과 성취욕의 충족을 미화하고 합리화하기 위해서 스스로는 하늘에서 내려왔다거나, 아니면 하늘로부터 인류를 다스리라는 명을 받았다는 이른 바 천명설天命說을 주장하기도 했다. 그런가 하면 어떤 군왕은 유덕한 자만이 천명을 받을 수 있다는 유덕수명설有德受命說을 내놓기도 했다. 하지만 이들 주장들은 현대적 과학의 지식으로는 전혀 맞지 않는 주장들이다. 따라서 그들이 갖가지 교언巧言과 궤변詭辯으로 스스로의 지배력 남용과 과분한 지배욕과 성취욕을 합리화시키고 있는데 대하여, 우리는 곧이곧대로 받아들일 수는 없는 것이다. 그런데도 그들은 하늘의 아들이라고 자칭했고, 그러한 뜻에서 천자天子라고 자칭하고 있었다. 또한 하늘의 명을 받들어서 배성들을 다스리고 있으므로 신성불가침의 존재라고 주장하면서, 인류역사상 가장 오랫동안 혹독하고도 잔인하게 지배력을 행사하면서 지배욕과 성취욕을 만끽하고 있었다. 그들은, 지배욕과 성취욕을 만족시키기 위한 방법으로 자국의 백성들만 강압하여 지배해 온 게 아니다. 주변국가 들에게도 복종을 강요하면서, 지배욕과 성취욕을 충족시키고 있었다. 만약 주변국이 이에 순응하지 않고 반항하면, 군사를 출정시키는 방법으로 지배력을 행사함으로써 굴복시켜서 지배욕과 성취욕을 충족시키기도 했다.

그 때문에 주변 국가에서는 싸우다가 망하거나 아니면 항복하여 그 명령에 복종하는 방법밖에 없었다. 만약 그토록 비참하게 당하지 않으려면 사전에 복종할 것을 약속한 후, 매년마다 조공을 바쳐야만 했다. 그리고 조공의 내용물에는 각종 귀중품과 금은보화만 있는 게 아니라, 인질과 처녀들까지 포함되기도 했다.

이러한 사실을 놓고 볼 때, 그들이 지배욕과 성취욕을 충족시키려는 목적의 밑바탕에는 생존의 수단인 식욕과, 번식의 수단인 색욕이 숨어 있었다. 그런 방법으로 먹고 싶은 고량진미는 다 먹을 수 있었으나, 식욕만은 위장의 소화기능에 한계가 있으므로 일정량만 필요했기에 큰 문제가 안 되었다. 하지만 색욕의 충족을 위해서는 그렇지 않았다. 중국의 역사를 돌이켜보면 당의 현종과 같이 4만 명이나 되는 후궁을 둔 예도 있고, 진시황과 같이 패망한 나라들의 후궁까지 인수하여 만 3천 명의 후궁을 거느린 예도 있으며, 한 무제처럼 7~8천 명의 후궁을 둔 예도 있었다. 또한 진晉의 무제 사마염처럼 적국을 정벌하여 5천 명의 미인을 더 모집하여 근 만 명의 후궁을 둔 예도 있고, 거의 무명의 제왕들도 만 명 이상의 후궁을 둔 예도 있었다.

그러나 통상의 황제들은 후궁을 삼천 명기록들이 삼천 명으로 되어 있으나 많다는 표현이다. 공자의 제자가 삼천 명, 맹상군의 식객 삼천 명, 삼천갑자 동방삭, 백제 궁녀 삼천 명 등이 같은 뜻이다 또는 수백 명씩 둔 예를 찾아 볼 수 있는 것이다. 이와 같이 많은 후궁을 둔 예를 볼 때, 지배욕과 성취욕의 본질은 대량으로 자기의 종족 번식을 성취시키려는 목적에서 그리 한 것이므로 지배욕과 성취욕의 최종 목표는 자기 종족 번식을 통한 영생과 생물학적인 생명의 연장이었고, 현재는 존재하지 않을 뿐이다.

하지만 같은 군주국가라도, 서양의 군주들은 만 명 이상의 후궁을 둔 예를 찾아 볼 수 없었으나 서양의 군주 중에도 프랑스의 루이 15세처럼 남의 유부녀를 빼앗아서 색욕을 즐긴 예도 있었다. 이러한 비슷한 예는 다른 군왕들에서도 많이 찾아볼 수 있었다. 그는 녹원이라는 국왕 전용의 매음굴을 설치해서 18세 미만의 농촌출신 미인들을 끌어들인 후 색욕을 만족시켰던 군왕이기도 했다.

그런가 하면 러시아의 표트르 1세처럼 사람이든 물건이든 러시아 땅에 있는 것은 모두 자신의 소유물이고, 여자도 남편이 있든 없든 자신의 소유물이라고 생각하는 황제도 있었다. 그런 지배욕과 성취욕 때문에 그는 선진국인 프로이센을 방문하면서 400명의 시녀들을 끌고 갔는데, 그때 그를 따라갔던 시녀 중 거의 백 명의 시녀들은 아이들을 하나씩 안고 따라 갔었다니 참으로 놀라운 일이 아닐 수 없다.

중국의 황제 중에는 비정상적으로 후궁을 맞이하여 후환을 남긴 예가 너무나 많다. 예를 들면 한이 없으나 대표적인 예로는 당나라의 고종을 들 수 있다. 그는 자기 아버지인 태종이 죽은 후 그 후궁이었던 무씨를 후궁으로 맞이한 것이다. 그녀는 태종이 재위할 때 재인才人으로 궁중에 들어왔고, 태종이 위독할 때 옆에서 시종을 들던 여인에 불과했다. 재인은 광대를 말하는 것인데도, 그녀가 재인으로 있으면서 그 미모와 아름다운 몸매로 태종의 아들인 고종을 현혹시켜서 그와 사귀었다. 하지만 태종이 죽자, 그녀도 궁중의 법도대로 비구니가 되어 절에 들어갈 수밖에 없었

다. 그 때문에 이별하게 된 고종은 3천여 명(많은 궁녀)이나 되는 미모의 후
궁들을 데리고 있었음에도 그녀의 아름다움에 홀딱 반해 있었던 터라 끝
내는 그녀를 잊지 못하고 이를 환속시켜서 후궁으로 삼았고, 최종에는
황후로 승격시켜서 왕자까지 낳게 되었다. 그녀는 고종이 죽기 전부터
여러 태자를 갈아 치우는 위력을 보였다. 심지어 자기가 낳은 아들까지
도 태자로 앉혔다가 갈아 치우는 만용을 부리기도 했다. 그런 과정 끝에,
중종으로 하여금 고종의 대를 잇도록 했다. 그러나 중종과 며느리인 황
후 여 씨가 자기의 뜻을 어기고 친정 식구를 재상으로 임명하여 실권을
장악하려 하자, 아예 중종을 폐위시키고 스스로 황제가 됨으로써 당나라
를 일시 멸망시켰다. 그 때 그녀는 주周라는 새 나라를 세웠고, 재위 16년
이라는 상당히 긴 세월 동안 황제 노릇을 했다.

　이런 예는 청나라 말의 서태후를 들 수 있다. 그녀는 양가 가문의 출신
으로서 몸매가 날씬하고 눈이 아름다워, 그에 취한 황제가 후비로 승격
시켰는데 함풍황제의 아들로는 그가 나은 동치제가 유일했다. 그가 죽은
후 자기 아들이 황제가 되자, 이를 십분 이용, 가장 오랫동안 마음대로
권력을 휘두른 여인이었다. 그녀는 자기 아들인 동치제를 유폐시키는 만
용도 부렸고, 개혁을 중지시키는 등 온갖 전횡을 다 함으로써 청나라를
패망의 길로 독촉했다. 그 외에도 한나라 고조의 황후인 여 태후의 이야
기도 있으며, 이들 세 여성은 중국의 3대 악녀로도 유명하다. 이밖에도
진시황의 모친인 자초부인과 여불위의 이야기 등 너무나 많은 이야기들
이 전해오고 있으나 이를 일일이 다 열거할 수는 없다. 다만 지배력의 정
점에 선 황제들은 거의 제 멋대로 여성을 농락해 왔음을 보면, 지배력을
행사하여 지배욕을 살려서 성취욕을 충족시키려는 것은 모두 종족 번식
에 기초하고 있음을 알 수 있다.

　하지만 동 서양의 군왕이 다 그런 게 아니다. 현명한 군주들은 조금 절

제한 경우도 있고, 종족 번식도 만족스럽지 못한 경우가 있었으나, 그것은 각 군왕의 개인적인 사정에서 생긴 일에 불과했다. 이와 같이 많은 후궁을 둔 것은 일반 사람보다 많은 종족 번식을 하기 위한 방법이었음을 부인할 수 없는 것이다. 이를 보면 인간의 자기생명의 연장의 욕구가 얼마나 강한가를 알 수 있다. 그렇다면 중국의 군왕 중 위에 든 몇몇 군주만이 유별나게 지배욕과 성취욕이 강해서 그랬을까, 결코 그렇지는 않다. 다만 대표적인 예라서 서술해 본 것뿐이다.

이와 비슷한 예는 중국만이 아니다. 우리나라에 있었는데, 연산 군 이다. 그는 신하들의 충언을 안 들었던 군왕으로도 유명했고, 두 번의 사화로 많은 학자들과 선비들을 죽인 것으로도 유명했지만, 많은 후궁을 둔 것으로도 유명했다. 그는 많은 후궁이 있었음에도 채홍사라는 벼슬자리를 새로 만들어서 지방에 파견하여 미혼의 양가집 처녀들을 강제로 모집해 놓고 매일같이 연회를 베풀면서 색을 즐겼다.

율곡이 지은 율곡전서 정선을 읽어 보아도 그때 나라의 곡간이 비어서 새로운 세목의 세금제도를 많이 창설함으로써 백성들을 매우 괴롭혔다는 내용의 글이 보인다. 율곡 선생은, 그런 나쁜 제도가 아직도 폐지되지 않고 남아 있으니 큰일이라고 하면서 단호한 태도로 경장개혁해야 한다고 주장한 사실이 있었으므로 보통 심각한 수탈이 아니었음을 알 수 있다. 연산군은 결국 그런 폭정 때문에 반정으로 쫓겨났고, 그 외의 군왕들도 후궁을 많이 둔 것은 예외가 없었던 것이다.

그렇다면 인간이 자기의 지배욕과 성취욕을 충족시키는 방법으로써 가장 뚜렷한 현상은 여자를 많이 거느려서 번식을 추구했다는 사실이다. 이런 사실은, 인간은 식욕과 색욕 중에서 색욕을 더 중시했고 더 관심이 많았음을 말하는 것이다. 이는 종족 번식의 욕구가 보다 더 인간의 근원적인 욕구이었음을 알게 해주는 중요한 단서가 된다. 따라서 식욕과 색욕을 놓고 어느 게 더 중요한 본능인가를 가려 볼 때는, 생물학적으로 보아 당연히 색욕이 더 중요하다. 그러한 사실은 많은 문학작품과 노래, 그리고 놀이들이 한결같이 사랑을 주제로 하고 있음을 보아도 알 수 있는 것이다.

이는 식욕이 단순히 생명을 유지시켜줄 뿐이나, 색욕은 우리의 생명을 연장시켜서 영속시킬 수 있는 유일한 방법이기 때문이다. 하지만 지금은 종교를 통한 신앙생활로 생명을 연장할 수 있다고 생각하는 사람도 있고, 동상 등으로 자기를 남기려는 사람도 있다. 다만 이러한 방법들은 생물학적으로만 볼 때는 종족 번식을 통한 자기 연장만과는 비교도 안 되는 것으로 볼 수 있으며, 그러한 본성이 인류를 영속시킨 것도 사실이다.

백성들의 각성은 지배력을 억제하여 지배욕과 성취욕을 순화시켰다

인류의 적나라한 지배력과 지배욕, 그리고 성취욕도 백성들이 깨우치고 민주화됨으로써 이제는 일부일처제가 보편화되어 있다. 이를 인류의 역사발전의 측면에서 보면, 1인의 통치자인 황제지배제도를 버리고 이제는 백성들도 통치자를 선택할 수 있음으로써 역으로 통치자를 지배하는 방법으로 지배력을 약화시켜서 지배욕과 성취욕을 순화 시키는 제도로 발전시켰다고 볼 수 있다. 이 때문에 인류의 역사는 1인의 황제가, 적게는 수십 명으로부터, 많게는 만여 명의 후궁을 두는 지배체제에서 이제는 1부1처제로 개혁되어온 것이라고 해도 과언이 아니다. 그래서 현대에 있어서의 지배욕과 성취욕의 정점에 섰다고 볼 수 있는 대통령도 1부1처로 만족해야 했고, 지배방법도 일방적인 지배가 아닌 상호지배이면서 오히려 봉사해야 하는 구조로 진화되어온 것이다. 그 때문에 현재의 이 지구상에는 제왕식 지배체제의 악폐는 거의 깨끗이 청산된 상태다. 하지만 아직도 간접적으로 식욕과 색욕을 동시에 충족시킬 수 있는 대표적인 수단인 돈에 대한 욕구만은 많이 남아 있는 것이다. 이는 돈의 지배력이 너무 강하여 식욕과 색욕을 동시에 만족시키는데 가장 효과적인 수단이 될 수 있기 때문이다. 이로 보아 색욕의 뿌리, 즉 종족 번식의 뿌리가 얼마나 깊은가를 알 수 있고, 아직도 일반 국민들의 색욕에 대한 본원적인 욕구가 그대로 남아 있어서 매일과 같이 성추행과 성희롱, 그리고 성폭행에 대한 사고가 계속되고 있음을 보면 아무리 교육을 시키고 또한 과학이 발달한다 해도 종족 번식과 관련된 지배욕과 성취욕의 순화는 가능해도, 없앨 수는 없음을 알 수 있는 것이다.

그 때문에 우리는 매일같이 눈살을 찌푸려야 하는 환경 속에서 살고 있는 것이다. 그러나 이 지배욕과 성취욕이야말로 인류 문화 발달에 가장 공헌한 인류의 본성인 것이다. 이 본성 때문에 의욕도 있었고, 투쟁도 있었으며, 그런 본성이었기에 인류는 영속될 수 있었다. 또한 역사도 진화하고 발전되어 왔으며 문명의 꽃이 피기도 한 것이다. 예를 든다면 우리의 유신독재시대에는 군사력이라는 지배력을 이용하여 영구집권을 계획함으로써, 지배욕과 성취욕을 충족시키려는 시대가 있었다. 그때는 백성들을 종신토록 지배하려고 긴급조치 1호부터 9호까지 남발했다.

그때, 대통령의 말이 바로 법이었던 그 무서운 시절에 이에 저항하는 지배욕이 강하고 성취욕이 강한 인사들이 없었다면 민주화를 달성시키려는 저항운동도 없었을 것이므로 우리는 끝내 민주회복을 못했을 것이다. 이럴 경우, 현재까지도 군사력이라는 어마어마한 지배력 밑에서 신음하고 있을지도 모른다. 따라서 군사독재를 배척하고 이를 분쇄하려는 반체제 인사들인 민주투사들의 무서운 반 지배운동이 없었다면, 어찌 이

땅위에 민주주의가 꽃필 수 있었겠는가. 그리고 우리 국민들이 어찌 민주우방으로부터 한 국민은 진정한 민주시민이라는 높은 찬사를 들을 수 있겠는가.

또한 8·15해방 전의 일제가 엄청난 군사력을 통하여 우리의 자유를 빼앗고 인권을 유린하면서 지배해온 그 지배력도 같은 이론으로 설명할 수 있는 것이다. 그 당시 생명을 걸고 그들의 지배력을 꺾기 위해 저항했던 것도 따지고 보면 독립 세력들이 거꾸로 그들을 이겨내서 그 지배를 벗어나 억압된 자유를 되찾고 태평성대를 이룩해보려는 강한 지배욕과 성취욕의 표현이라고 할 수 있는 것이다. 그 당시 혹심한 탄압 속에서도 목숨을 걸고 대한 독립이라는 목표를 달성하려는 강한 지배욕과 성취욕 소유자들의 저항이 있었기에, 우리는 조국의 해방을 맞이할 수 있었다. 이에 대하여 연합국의 승전이 가져다 준 선물이라고 폄하할 수도 있으나, 우리의 독립 운동이 먼저 있었기에 해방의 선물도 얻을 수 있었던 것은 숨길 수 없는 사실이다.

영, 미 프랑스의 지배력 억제와 민주혁명의 발자취

세계사의 흐름에서 지배력을 상대로 싸워서 이긴 예를 찾아본다면 미국의 독립운동이다. 다시 말하면, 미국의 독립운동은 영국의 군주체제의 지배력으로부터 벗어나려는 운동이라고 볼 수 있는 것이다. 이와 같은 독립운동의 결과는 미국을 민주주의 시대로 개혁하는 민주혁명을 이룩함과 함께 영국으로부터의 독립이라는 두 가지 위업을 다 이뤄낸 역사적 대사건이었다.

미국의 반 지배력운동을 통한 혁명의 성공과 독립의 달성은, 곧바로 프랑스 국민에게 영향을 주어서 프랑스에서도 혁명적 반 지배력 운동이 일어나서 프랑스 대혁명이라는 역사적 변혁을 낳게 한 것이다. 이 영향으로 우리 지구의 역사는 새로운 시대를 맞이하게 되었는데, 이로써 우리 지구에서의 지배체제가 민주시민사회체제로 전환하는 데 커다란 기여를 했고 또한 위대한 지표가 되기도 한 것이다.

1776년 전후의 미국 독립전쟁과 민주정부 수립, 그리고 13년 후에 일어난 1789년의 프랑스 대혁명, 그 후 각 나라의 군주제도가 무너지면서 민주주의가 발달해온 과정을 보면 세계사의 흐름은 곧 지배력의 행사가 어떻게 변했는가와 이에 따라 지배세력이 어떻게 변혁했는가, 그리고 인간의 지배욕과 성취욕을 어떻게 순화시켜 왔는가의 과정이라고 볼 수 있는 것이다.

특히 1차 대전 후의 변화는 눈부신 바가 있다. 그때, 지배력을 행사하는 방법이 상호 지배체제로 발전하여 이미 민주세력의 대표자가 되어 있었던 미국의 참전에 힘입어서 연합국 승전이 이루어지자, 세계사의 흐름은 확 달라진 것이다. 그 후의 인류역사는 미국의 지배구조와 인민주권의 행사방법을 본받는 선거제도, 즉 상호 지배하는 민주제도로 개혁되는 데 크게 영향을 주었다. 이를 계기로 군주제도와 군주세력을 타도하는 데는 그리 힘들지 않게 되었다. 그에 따라 군주의 지배력과 싸우기만 하면 반드시 이기는 획기적인 시대가 도래 한 것이다. 이러한 혁명의 파급효과에 대한 체험은, 20세기 중반의 우리 세대와 우리의 아버지 세대들에게 엄청난 영향을 주었다. 그 때문에, 한 때 세계를 크게 놀라게 했던 1917년에 일어난 소련의 공산주의 혁명도 미국의 혁명과 프랑스의 대혁명과 같은 무서운 파급효과가 있을 것으로 오해하고 있었다. 이런 결과는 공산주의 혁명의 열풍을 당연한 역사의 흐름이라고 보기도 했다. 그 때문에 향후의 세계는 소련의 공산주의 혁명을 본받아서, 잇따른 혁명이

계속될 것이라는 생각들이 우리 조국을 꽉 뒤덮고 있기도 했다. 그 영향
으로 해방 후 한때는,

"사회주의 혁명의 도래는 역사적 필연"

이라는 주장이 모든 주장을 압도하기도 했다. 또한 공산주의는 우리 인
류가 지상천국을 이룩할 수 있는 마지막 기회일 것이라고 확신하기도 했
다. 그러나 이러한 기대와는 달리, 우리나라는 1950년의 3개월 동안 역
사상 한 번도 체험해 보지 못한 북한의 혹독한 독재체제를 경험했다. 이
로 인해 공산주의 사회는 지상천국이 아니라 완전한 생지옥임을 깨닫게
된 것이다. 이에 따라 사회주의 도래는 역사적 필연이라는 말도 없어졌
다. 그 후, 1990년에 동독이 서독체제로 통일되는 식의 통일이 이루어지
자 공산주의에 대한 평가는 완전히 달라졌다.

그 후 폴란드와 기타 동구권의 공산정권의 몰락과 함께 민주혁명의 성
공에 이어 공산주의 종주국인 소련조차 완전히 무너지자, 백성들의 생각
은 완전히 달라진 것이다. 더구나 공산주의의 비효율과 비능률, 그리고
권력의 집중에 따른 부정부패와 퇴영적인 국가 쇠락이 알려지자 세계인
들은 깜짝 놀라기도 했다. 그 후 소련도 사유와 자유 그리고 영리추구를
용인하는 새로운 민주주의제도로 변혁되자,

"사회주의 혁명의 도래가 역사적 필연"

이라는 신념은 하나의 미신이었음이 밝혀진 것이다. 이에 중국도 그 영
향을 받아서 공산주의의 교조주의적 이론이 퇴조되고 자본주의의 골간
인 사유와 자유, 영리를 인정하는 체제로 변혁한 것을 보면 미국의 민주
주의 혁명과 프랑스 혁명만이 참다운 의미의 민주시민혁명이었음을 알
수 있는 것이다. 이 혁명은 군주들이 잘못 행사하고 있었던 지배욕과 성
취욕을 억제시키면서 지배세력을 완전히 교체하는 혁명이었고 나아가
자유와 평등, 그리고 인간의 존엄성까지도 완전히 보장하는 혁명이었으

므로, 이들 혁명만이 참다운 혁명이었다는 평가를 받을 수 있게 된 것이다.

이러한 사실들을 종합하여 판단할 때, 지배욕과 성취욕 그 자체는 인류의 본성으로 보아 생리적이면서도 본능적인 것이어서, 인류에게 필수적인 욕구라는 말은 틀림없는 정답이다. 그러므로 그런 욕구들이 인성人性의 선악론善惡論에 얽매어서 선이다, 또는 악이다, 라고 평가받을 수는 없는 것이다. 따라서 지배욕과 성취욕에 터 잡아서 행한 혁명과 실력행사에 대한 평가는 그들 행사가 어떠한 위치에 있는 사람들이 어떠한 목적과 수단으로 어떠한 방법에 의해서 행사하였는가와, 그 결과가 우리 인류에게 무엇을 남겼느냐에 의해서 비판을 받거나 칭송을 받을 수 있을 뿐이다.

소년기에 겪었던 지배욕과 성취욕의 생생한 체험들

우리 인간에게 지배욕과 성취욕이 어떤 형태로 어떻게 나타나고 있는가를 알려면 사람의 탄생 과정과 성장기에 겪었던 체험들이 좋은 참고가 될 것이다. 왜냐하면 사람이 태아로 있을 때와 유아기, 그리고 소년기의 행동들은 성인成人들의 의식적인 행동과는 달리 순진무구純眞無垢 티없이 순진하여 인간의 본성이 생긴 그대로 행동하기 때문이다.

사람은 누구나 다 어머니의 모태에서 성장하여 세상에 나오게 된다. 그리고 그 원초를 이루는 정자는 처음부터 3억이나 되는 같은 정자들과 심한 경쟁 끝에, 이기는 자가 난자를 선점하여 혼자만이 성장함으로써 생명연장이라는 목표를 성취하게 되는 것이다. 이로 보면 사람은 원초부터 경쟁을 통해서 살아남으려는 목적을 달성하려는 강한 지배욕과 성취욕을 안고 태어난 동물이다. 그때도 단권으로 된 여성의 임신과 출산에

대해 쓴 글에 의하면 여성은 그 태아를 떼어버리려고 발버둥치는 것이
다. 그런데도 모체의 몸부림을 싸워서 이겨내고 살아남게 되는데, 그때
만약 지게 되면 유산이라는 형태로 모든 게 끝나버리는 것이다.

또한 태어나서도 첫 호흡의 표현이 울음으로 나타난다고 하나, 필자가
생각하기엔 어려운 골반의 관문을 뚫고 살아나왔다는 지배욕과 성취감,
즉 성취욕의 충족을 표현하는 포효가 바로 첫 울음이라고 보고 있다. 이
때 조산 모가 얼른 돕게 됨으로써 지배욕과 성취욕을 충족시킬 수가 있
는 것이다. 그러나 당사자는 이런 사실을 의식하거나 기억할 수가 없다.
하지만 어릴 때의 행동은 매우 순진무구하므로 인간의 성정이 생긴 그대
로 행동하는 것이므로 그때의 행동이 성정의 본색을 가장 적나라하게 나
타내고 있는 것이다.

유아기의 어린이는 먼저 어머니를 곁에 놓고 싶어 하면서 어머니로 하
여금 자기만을 돌보아줄 것을 요구하는데, 이게 바로 어머니를 지배하여
자기가 성장하려는 성취욕을 충족시키기 위한 한 방법이다. 이때 어머니
가 멀리 가면 기절할 것처럼 울어대는데, 이게 바로 지배욕과 성취욕을
탈취당할까 염려되어 행하는 지배력의 표현이다. 그것은 어머니가 옆에
있음으로써 마음의 안정을 얻어서 불안에서 해방될 수 있을뿐더러 생존
에 필요한 젖을 제공받을 수 있는 것이므로, 울어댐으로써 어머니를 붙
들어두려는 것이다. 이는 외적이 자기를 침입하여 생명을 침해하려 할
때, 어머니만이 생명을 걸고 가장 신속하고 과감하게 투쟁해 줄 수 있는,
거의 유일무이한 존재이기 때문이다.

유아가 어머니를 확실하게 알아보는 때부터는 어머니가 눈에 안보이
면 무조건 까무러치게 울어대면서 어머니를 찾는다. 이도 역시 어머니가
자기만을 돌보아줄 것을 요구하는 울음이므로, 어머니를 지배하기 위한
지배력의 발산으로 보아야 하고 이로써 지배욕을 만족시키면서 생존과

성장의 성취욕을 충족시키고자하는 행위이다.

그때 어머니로 하여금 멀리 나가지 못하도록 하는 일련의 행위도 자기 생명을 보호받기 위한 행동으로 보아야 하므로, 모두 생존본능에서 비롯된 것이다. 심지어 아이가 빵긋빵긋 웃으면서 재롱을 피우는 것도, 어머니에게 귀엽게 느끼도록 하여 항상 옆에 있으면서 자기생명을 보호받기 위한 자연현상으로 보아야 한다. 이러한 사실들은 빨리 죽어야 할 노인에게는 얼굴에 온갖 주름이 생겨서 보기 싫도록 변하는 것을 보면 알 수 있다. 이는 돌보는 사람이 없도록 함으로써 빨리 죽게 하는 자연 현상으로 보아야 한다. 그 후 유아가 조금 성장하여 사물을 분별하게 되면서부터, 자기가 가지고 있는 물건을 다른 아이나 다른 사람이 빼앗아 갔을 때도 울어대면서 옆에 사람에게 도움을 청하여 도로 빼앗아달라고 우는 것을 볼 수 있다. 이런 행동도 타고난 성정인 지배력의 부족을 보완 받아서 지배욕과 성취욕을 충족시킬 수 있도록 하기 위해 울음을 터뜨리고 있다고 보아야 한다.

유아기에서 조금 벗어나 4~5세가 되면 같은 또래들과 잘 어울리거나 싸우는 것을 자주 보게 된다. 따라서 이때부터는 자기 능력껏 지배력을 발동시켜서 지배욕과 성취욕을 충족시키고 있다고 보아야 한다. 다만 그때 힘이 약한 아이는 지배력이 약하여 지배욕이 위축되어 성취욕을 충족시킬 수 없으므로 부모에게 역성을 들도록 울어대는데, 이런 행위도 지배력의 보완을 통한 지배욕과 성취욕의 충족을 위해서 행하는 행위로 보아야 한다. 어린이가 학령의 나이가 되어 초등학교에 들어간 이후에도 다투거나 사귀면서 경쟁하게 되는데, 이런 일련의 행위도 지배욕과 성취욕의 실현행위로 보아야 한다. 그런 행위가 보다 발달하고 수준이 높아지면 집단적으로 어떤 한 아이를 골림 거리의 대상으로 삼아서 왕따를 만들어 즐기는데, 이런 행위도 지배력을 행사하여 지배욕과 성취욕을 충족시키고 있는 현상으로 보아야 한다. 그 외에 상대방 아이의 별명을 지어내서 골려 먹거나 헛소문을 내어 기를 죽이는 행위도 지배력을 발산시켜서 지배욕과 성취욕을 충족시키고 있는 것으로 보아야 한다.

필자는 어머니로부터 3~4세 때까지 어머니를 놓칠까봐 항상 따라 다녔고 심지어 물 길러 가는 어머니의 치맛자락을 꼭 잡고 우물까지 따라 다니면서 울어댔다는 이야기를 수없이 들어왔다. 또한 동네 아이들로부터는 "똘도랑 넘어 쥐새끼"라는 매우 달갑지 않은 별명으로 골림을 받고 있었는데, 이는 내 소년 때의 이름이 주석이었기 때문이기도 하지만 왕따를 시켜서 즐기려는 뭇 소년들의 지배욕과 성취욕 때문이었다고 보는 것이다. 그런가 하면 어른이나 청소년들로부터도 "너 머리 깎자"라는 놀림을 많이 받았다. 이는 내가 머리를 깎을 때마다 낡은 이발기계의 고장으로 생머리를 뽑히는 아픔을 견디지 못하고 도망 다녔기 때문에 생긴 놀림이기는 하지만, 그 이면에는 나를 왕따 시켜서 자기들이 앞서가려는 지배욕과 성취욕을 충족시키려는 데서 생긴 것으로 보고 있다.

한술 더 떠서 초등학교의 첫 번째 시험에서 낙방한 나를 두고, "네 아버지 이름이 무어냐, 운식이요, 네 이름이 무어냐, 권풍이요"라고 대답했다고 지어냄으로써 "제 애비 이름과 제 이름도 모르는 바보"라는 별명까지 붙여서 호된 조롱거리를 만든 것도 자기들은 더 똑똑하고 잘났다는 지배욕과 성취욕의 충족을 위한 표현이라고 보아야 한다. 이런 사실은 입학시험 때 전혀 그런 문답이 없었고, 또한 들은 사람이 있을 수 없는 게 뻔했지만, 왕따를 만들어서 지배욕과 성취욕을 충족시키려고 일으킨 일들이다.

그보다도 초등학교 1학년 2학기가 갓 시작된 후다. 그때 산수를 배우면서 셈 풀이를 하게 되었다. 다만 셈하는 방법이 종래처럼 뺄셈과 덧셈을 단순하게 15 더하기 23이 몇인가의 셈식이 아니라, 18 더하기 □ 가

43이라는 좀 까다로운 문제들을 배울 때였다. 그때 1학기 때부터 공부를 매우 잘 하여 부 급장까지 하던 아이가 그 문제를 풀지 못하고 쩔쩔 매고 있었다. 그는 내가 푼 정답이 적힌 노트를 빌려 달라고 하므로 별 생각 없이 빌려 주었다. 그는 정답을 보고 모두 베낀 후, 그 노트를 교실 바닥에 놓고 발로 짓이기고 있었다.

나는 깜짝 놀라면서 왜 그러느냐 하고 바로 집어 들었다. 이런 행위도 공부를 잘해서 지배욕과 성취욕을 만족시켜오던 아이가 그 욕구를 훼손당한 데 따른 지배욕의 탈환작전으로 보아야 하고, 이로써 지배욕과 성취욕을 성취시키고 있다고 보아야 한다. 당시 그는 자기 아버지가 면서기를 하고 있었고, 만여 평의 논을 자작하는 부자였다. 또한 그 할아버지는 교육열이 대단하여 손자들을 철저히 사전교육을 시키고 있었다. 그 때문인지 손자들 삼형제는 입학 전부터 일본글을 알고 있었고, 모두 반에서 1, 2등을 휩쓰는 집안이었다. 그런 때문인지 먼 훗날에 그들 중에는 외국대사와 일본 동경대학 교수까지 나오기도 했다. 그러한 환경 때문인지 그는 우리 같은 소작인의 아이들을 얕보면서 교만한 자세를 보였다. 우리는 그런 소년들의 행위를 어떻게 보아야 할 것인가. 이는 타고난 본성인 지기 싫어하고 이겨보려는 대표적인 지배욕과 성취욕의 발산이며, 또한 그런 욕구들이 망가진 데 따른 탈환 작전이라고 보는 것이다.

2학년 3학기당시는 겨울방학 후 3학기제도가 있었음 때인 봄철의 이야기다. 2학년 초부터 나는 예능과목들을 제외한 나머지 과목들은 썩 잘하기 시작했다. 그 때문에 나의 기를 꺾으려는 아이가 또 나타났다. 어느 날 아침에 조회하느라고 바쁘게 뛰어나가서 운동장에서 조회를 마친 후 교실에 막 들어선 나에게,

"다나까田中, 일제 때 성임가 다까다高田와 연애하는 것을 보았다"

라는 폭탄선언을 하는 아이는 또 다른 채 모였다. 그는 후일에 3선 국회

의원까지 한 사람이다. 그는 내가 그녀의 옆을 지날 때 꽁무니를 슬쩍 건들었다는 것이며, 그게 연애하는 모습이었다고 폭탄선언을 한 것이다. 그녀는 그때 여 급장을 하고 있었고, 나이는 나보다 한 살 위였다. 하지만 10세의 소년이 무엇을 알아서 연애했다는 말인가. 그런 연애 이야기는 너무나 터무니없는 모략이었으므로 웃어넘길 수도 있었을 것이나, 필자는 비위가 없어서 그렇지 못했다.

이 때문에 필자는 4학년 말까지 연애대장이라는 호된 골림을 받아야 했고, 그 별명 때문에 항상 기가 죽어 있었다. 이 골림은 나로 하여금 총각 때가 된 뒤에도 처녀 옆에는 못가는 사내가 되게 했다. 또다시 연애대장이라는 골림을 당할까하고 항상 전전긍긍하고 있었기 때문이다. 결국 그녀는 견디지 못하고 4학년 말에 다른 학교로 전학함으로써 그녀와 나는 그 고통으로부터 해방될 수 있었다.

또한 3학년 때는 아오끼靑木 이경희 여선생에게 달걀을 한 줄 싸다 바쳐서 음악의 음부시험에 일등 했다는 모략을 또 받았다. 이 역시 그 채 모였다. 그 외에도 노름꾼이라는 아버지 이름을 전파시켜서 나를 골렸다. 6학년 초에는, 자기가 대통령하려는데 내가 하겠다는 말을 했다는 이유로 시비하기도 했다. 그는 나이도 나보다 아래이고 체구도 작아서 싸움의 상대가 안 되는 터였는데도, 그 뒤엔 같은 마을에 사는 5, 6명의 떼 죽이 있었고, 나는 우리 마을의 홀로였기 때문이었다.

세 살 위인 부 급장 백 모도 내 공부가 매년마다 상승하여 담임인 교장 선생과 아오끼 여선생으로부터 귀염 받는 듯하자, 이를 시기하고 압박했다, 나는 그를 모면하기 위해 음악시간이면 일부러 큰 막대로 책상을 치면서 수업을 방해해서 미움을 사려고 애쓰기도 했다. 어느 날은 수업시간이 아닌데도 그 여선생을 심히 골려먹었다. 참다못한 그 여선생은 교장선생에게 이를 알려서 나는 빰을 두 대 맞은 후, 첫 눈 오는 날, 운동장에서 한 시간을 꿇어앉는 호된 기압을 받기도 했다. 사실은 6년 동안 귀염 받은 때가 있었다면 그 일본인 교장시모무라 다까로下村鷹郎이 유일했는데도 그랬다. 벌이 끝 난 후, 교무실의 난로 옆에 앉혀져서 몸을 녹이도록 거듭 채근하는 것을 보고 본의가 아니었음을 알 수 있었다. 이 점에서 이웃 마을에 사는 황마사하라昌原모선생과는 대비되었다. 그는 극도로 유지들의 잠녀들만 편애했고, 아무 잘못도 없는 필자를 불러내어 대나무가 갈기갈기 찢어질 때까지 고문벌했다. 이는 반 아이들을 기죽이기 위해 일부러 고문한 것이다.

그는 해방 후, 곧 서울 모 대학에 진학한 후, 1949년 초 남로당의 105인 사건을 일으켜 사형 당했다. 필자는 이런 일련의 체험 때문에 때로는 한국인과 일본인의 민족성을 비교하면서 고개를 갸우뚱 할 때도 있다. 이런 일련의 사건들은 모두 인간의 지배욕과 성취욕이 만든 비극이었다. 사실은 4학년 진급 후, 한 달도 안 되어 예고 없이 실시된 전 과목시험에서 1등을 했고, 5월 27일의 해군 기념일엔 작문 짓기에서 최우수 작문으로 뽑혔고, 원고지에 정리 후 소국민신문少國民新聞에 게재를 의뢰하는 영광(?)도 얻었으나 고문당한 것이다. 그는 나를 부 급장으로 승진시킨 후, 두 달도 안 되어 고문 한 후, 다시 원점으로 돌려놓았다. 이런 사태도 그가 남달리 지배욕과 성취욕이 강했기 때문에 생긴 일이며, 수업 거부사건으로 가뜩이나 자기의 지배욕과 성취욕이 망가진데 따른 탈환작전으로 보아야 한다.

그 외에도 어릴 때 시합하면서 생떼를 쓰는 일, 편 가르기를 하는 일, 지방별 차별하기, 편견과 억측, 중상모략, 자기 편 응원을 지나치게 열심히 하는 일, 패하기를 싫어하는 일, 시기 질투 등 인간이 갖고 있는 모든 감정의 근원도 지배욕과 성취욕 때문에 일어나는 일이며, 그 근원은 종족 번식에서 비롯된 것이다.

우리는 국가 간이나 대통령과 장관 등 고위공무원, 그리고 정치인들과 정당과 그 대표 등은 물론, 일반 서민까지도 상대로부터 어떤 중요 안건을 미리 통보받거나 보고 받은 내용은 곧잘 이해하면서, "내게우리나라에 또는 우리 당에도 미리 알려주어서 잘 알고 있다"라고 과시하면서 협조적이거나 비난하지 않는다. 그러나 똑같은 사안이라도 미리 알리지 않고 언론에 먼저 보도해버리면 심히 반발하면서 비난한다. 이런 일련의 사태도 명백하게 타인을 지배해서 지배욕을 만족시킴과 동시에 무엇인가를 이룩해보려는 성취욕이 바탕이 되어 있고, 이런 욕구들이 침해받았다는 의식 때문에 반발하는 것이다.

정치인들이 어릴 때부터 유별나게 지배욕과 성취욕이 강했는데 우리는 이를 어떻게 보아야 하는가. 결론부터 이야기한다면 결코 나쁜 것은 아니다. 다만 거짓말을 지어내서 남의 기를 죽임으로써, 자기의 지배욕을 만족시키면서 스스로의 성취욕을 충족시키려 했다면 그것이 나쁠 뿐이다. 초등학생이 공부를 잘하여 선생님으로부터 귀여움을 받으면서 또래로부터도 칭송을 받고 그로써 지배욕과 성취욕을 충족키는 게 정상적인 행동일 것이다.

그러므로 그런 행위를 나쁜 현상으로 볼 수는 없으며, 따라서 무조건 비난하는 것은 옳지 않다. 다만 터무니없는 거짓으로 모략했다면 이는 마치 대통령이나 국회의원이 정치를 잘하여 국민들로부터 지지를 받으려 하지 않고, 국민을 탄압하거나 상대방을 중상모략하고, 허위로 죄를 만들어서 숙청하는 방법으로, 지배욕과 성취욕을 충족시키려는 행위와 똑같아서 비난 받아도 좋을 것이다.

그로부터 어언 30여 년의 세월이 흘러서 1978년 가을이 되었다. 필자는 그때 독학으로 보통고시현 7급 공무원 시험와 사무관시험을 거쳐 지방해운항만청의 총무과장으로 근무할 때였다. 당시 채 모는 유신 2기의 국회의원에 입후보하고 있었다. 이에 한 표가 아쉬웠던 그는 어느 날 필자를 찾아왔다. 그 때 나는 첫마디에 "너 출세하고 싶으면 남을 극하는(이기려는) 성질부터 고쳐야 한다"고 충고했다. 그때 그의 대답이 명답이었다. "내가 그런 성질도 없었으면 국회의원 입후보는 고사하고, 시골 면장이나 했겠냐. 그래도 그런 성질 때문에 국회의원 입후보라도 했다. 좀 도와다오." 나는 그 응수에 더 나무라지 못하고 마음속으로는 "맞다 맞아, 그런 지배욕과 성취욕이 몸에 충만해 있기에 끝내 기가 살아서 국회의원이라도 입후보 했구나, 그 말도 일리가 있다"라고 되새긴 일이 있다. 그는 그 선거와 1981년도의 선거에서는 득표 순위도 좋지 않은 상태로 거듭 낙선의 고배를 마셨으나, 1988년의 선거에서는 장관과 서울시장을 지낸 거물정치가인 K씨를 누르고 당선의 영광을 누릴 수 있었다. 그것은 당시 호남지방은 평화민주당의 공천자를 무조건 당선시켰던 위력을 그도 톡톡히 덕 본 것이다. 그는 그 후 연속하여 국회의원에 당선됨으로써, 3선 국회의원이라는 영광도 누렸다. 이는 그가 남다른 지배욕과 성취욕을 가지고 있었기에 가능했다고 보아야 하고, 또한 지배력을 잘 행사할 줄 아는 능력 때문이었다.

나는 그가 죽기 20일 전 쯤 초등학교 동창회 일로 만난 일이 있었다. 그때 그는 나에게 "학교 뒤 후원이나 한 바퀴 돌아보자"라고 제의하기에 그러자고 하면서 같이 돌게 되었다. 그때 그는 왠지 손이 섬뜩할 정도로 몹시 차가웠다. 나는 그에게 "네 손이 굉장히 차가운데 혹시 속병이라도 있는 게 아닌가"라고 묻자, 그는 괜찮다고 하면서 "그간 여러 가지로 너에게 미안했다"라는 사과 투의 말을 하고 있었다.

나는 그때 "별소리 다 한다"라고 일축하면서도, 그의 수명이 멀지 않았음을 직감했다. 왜냐하면 사람의 몸에 병이 생겨서 죽음이 멀지 않았을 때는 반드시 기가 숙어지면서 남을 꼭 이겨보려는 지배욕과 성취욕이 없어지고 착한 마음씨가 생기기 때문이었다. 사람의 몸에 병이 생겨서 몸이 약해지면 지배욕과 성취욕도 약해지면서 마음이 몹시 선량해지는 데 어릴 때부터 이런 경험은 수 없이 해 왔다.

공자의 제자인 안회顔回가 그토록 착했던 것도 병약했기 때문에 그토록 착했을 뿐 아무것도 아니다. 채도 깊은 병에 걸려서 그토록 착해졌고, 그로부터 20일쯤 후 유명을 달리 했다. 이러한 사실을 보더라도, 사람에게는 남을 이겨서 지배함으로써 무엇인가를 이룩해 보려는 지배욕과 성취욕을 다 가지고 있는 것은 번식욕의 왕성함이 바탕이 되고 있으나, 다만 이를 뒷받침해주는 지배력이 없다면 지배욕이 위축되어서 성취욕은 엄두도 못 내게 된다. 그는 그때 건강 악화로 지배욕과 성취욕을 완전히 포기했기 때문에 진심으로 사과한 것이다. 이 때문에 필자는 지배욕과 성취욕이 사람의 생존욕과 번식욕에 직결되어 있음을 누술한 바 있으며, 그 중에도 종족 번식의 욕구가 모든 행동의 바탕이 되고 있음을 거듭 밝힌 바 있다.

이러한 예는, 김일성 주석이 속병이 깊어져서 지배욕과 성취욕이 약해지면서 김영삼 대통령과의 남북 정상회담의 제의에 선뜻 합의한 사실을 들 수 있다. 이때 그는 그간 지배욕과 성취욕의 충족을 위해서 추진해온 무력통일이라는 지배욕과 성취욕을 버렸기 때문에 회담도 수락하고 유훈으로 핵무장을 하지 마라, 라는 말을 남긴 것이다. 이로 보아 지배욕과 성취욕은 기가 왕성할 때, 즉 지배력과 지배욕이 왕성할 때 나타나는 현상임을 거듭 밝혀 둔다.

그때도 필자는 김일성의 기가 숙음을 보고, 김일성의 죽음이 멀지 않았음을 예측하고 있었다. 왜냐하면 사람이 죽음을 앞에 두면 그 말이 착하게 되고 까마귀도 죽으려면 그 울음소리가 처량해지기 때문이었다. 이런 말은 논어와 채근담 등에도, 인지장사 기언야선人之將死其言也善하고,

오지장사 기명야애烏之將死 其鳴也哀라고 나와 있는 것이다.

　나는 그 때문에 김일성이 지배욕과 성취욕을 버리고 착한 마음씨로 변한 것으로 보아 죽음이 멀지 않았음을 점친 것이다. 우연히도 이러한 생각을 여러 사람 앞에서 말한 바 있었는데 그는 그 예측대로 20일도 안 되어 사망해 버렸다. 나는 그 때문에 뭇사람들로부터 마치 예언자 같다는 말도 들었다. 사람의 말 가운데 유언을 매우 중시하는 것도 따지고 보면 이러한 인간의 마지막 성정을 올바로 이해한 데서 생긴 것이다.

공자는 병兵을 부정해서 지배욕과 성취욕을 순화시키려 했다

　사람은 어느 사람이든 무엇인가를 이룩하기 위해 노력한다. 그리고 그 결과를 자기 마음에 꼭 맞게끔 만들려고 무한히 노력하고 있고, 또한 다른 사람들을 마음대로 움직여서 무엇인가를 이룩하려고 발버둥치기도 한다. 사람들은 그 과정에서 타인에게 피해를 줄 수 있으나 즐거움을 줄 수도 있다. 다만 그 영향을 끼치는 범위가 좁고 넓거나, 깊고 얕거나 할 뿐인 것이다. 그러한 영향을 가장 광범위하게 끼치고 있는 사람들을 꼽아본다면 원시에는 제사장과 추장들, 그리고 영주들이 있었다. 그 후 사회가 조금 진보하여 국가라는 형태의 사회가 등장하면서 새로운 실력을 장악한 사람들이 속속 등장했다.

　그 중에서 가장 영향력이 컸던 사람들을 찾아본다면 단연코 군왕과 황제들일 것이다. 그런데 이 황제들과 군왕들처럼 지배력의 정점에 서서 지배욕을 만족시키면서 성취욕을 충족시켜온 사람들은, 많은 경우 백성들의 입장을 생각지 아니하고 자기의 지배욕과 성취욕만을 충족시키기 위해 온갖 짓을 다하고 있었다. 그들은 한 걸음 더 나아가, 타국과 전쟁을 일으켜서 무고한 백성들을 죽음으로 내몰거나 무모한 토목사업을 일으켜서 백성들을 몹시 곤궁하게 만들기도 했다. 그 과정에서 말을 잘 안 듣는 신하들과 백성들은 유배를 보내거나 투옥하여 위협하기도 했고, 때로는 사형시키는 방법으로 협박하여 지배력을 강화함으로써 지배욕과 성취욕을 충족시키기도 했다. 이보다 더한 것은, 역모라는 죄를 뒤집어 씌워서 3족씨족, 처족, 외족을 멸해버리는 무리수를 쓰기도 했다. 이와 같이, 잘 다듬어지지 않은 투박하고 생경하기만 한 지배력과 지배욕, 그리고 부질없는 성취욕을 순화시키는 일은 군주제도가 보편화되면서부터 커다란 사회문제로 등장해온 게 인류의 역사이기도 하다.

따라서 군주들이 행사하는 지배력과 지배욕, 성취욕을 어떻게 견제하여야 하는가와, 어떻게 그 피해를 최소화시키느냐 하는 문제는 인권사상과 민주주의사상을 가지고 있는 선각자들에겐 큰 연구대상이었고 과제이기도 했다. 이런 사실들을 보면, 우리 인류들은 일찍부터 지배력과 지배욕, 그리고 성취욕을 순화시키기 위해 많은 노력을 기울여 왔고, 그 노력은 문자의 발명과 인쇄술의 발달에 궤를 같이 하여 더욱 빠른 속도로 발달해온 것도 사실이다.

그런 선각자 중에도 공자의 노력은 참으로 탁월했고, 또한 눈부신 바가 있다. 그는 뭇 군왕들이 백성들을 떠받들지 아니하고 오로지 자기의 지배욕과 성취욕만의 충족을 위해 지배력권력을 자기 마음대로 행사함으로써, 자기만족에 도취하고 있는 군왕들을 찾아다니면서 자기의 이상을 제시하면서 열심히 설득했다. 그는 군왕들에게 자기의 정치적 이상을 피력해 보이면서, 자기를 채용하여 왕도정치를 폄으로써 백성들을 편안케 하는 올바른 지배력의 행사방법을 시험해 보라고 호소하고 다닌 것이다. 그는 근본적으로, 국가의 필요성과 군왕의 군주제도를 전혀 부인한 사실이 없다. 오히려 그는 임금을 정성스럽게 섬길 것을 가르치고 있었으며,

군왕이 잘못하면 몇 번이고 간하라는 주장을 했다. 그러면서 임금에게 간하다가 숨어 버린 백이伯夷와 숙제叔齊에 대해서는 인仁을 행한 사람으로 매우 높이 평가하고 있었다. 또한 아무리 나쁜 군왕이라도 간하다가 안 듣더라도 참아야 하며 끝내 성심으로 섬길 것만을 주장 했을 뿐, 군왕을 쫓아내야 한다는 주장은 전혀 한 사실이 없다. 하지만 국가의 지속과 황제나 군왕의 지배력을 가장 강력하게 보장해주는 병兵에 대해서는 매우 날카롭게 부인하는 태도를 보이기도 했다. 그는 제자들과의 문답에서, 국가존립에 꼭 필요한 것에는 병사와 식량, 신뢰의 세 가지가 있는데 그 중 세 가지를 다 갖출 수 없을 때는 무엇을 가장 먼저 버려야 합니까. 하고 묻자, 그는 서슴없이 제일 먼저 병兵부터 버려야 한다고 대답했다어떤 책엔 무기를 벼려야 한다고 해설했으나 논어의 원문은 분명히 병이다. 다음 버려야 할 것은 식량이라 했고, 마지막까지 지켜야 할 것은 신뢰라고 주장한 것이다.

이 말을 바꿔서 새겨본다면, 병이 군왕의 지배력을 가장 직접적이면서도 가장 강력하게 보장해 주고 있는데도 이를 부인함으로써, 결과적으로 지배욕의 순화와 성취욕의 순화를 강조한 것이다. 다음에 버려야 할 것도 신뢰를 말하지 않고 식량을 버리라고 한 것을 보면, 더욱 놀라운 일이 아닐 수 없다. 그것은 지배력을 행사하는데 가장 큰 게 병사이고, 이를 가장 효과적으로 지탱해주고 있는 게 식량이며, 이 식량은 곧바로 병력 유지의 필수 조건인데도, 식량을 버리라고 한 것은 가히 혁명적인 주장이 아닐 수 없었다.

이로 보아 그는 신뢰만이 왕도정치를 이룰 수 있는 핵심적인 요소이고, 지배력의 핵심인 병력의 배제가 곧 지배욕과 성취욕을 순화시킬 수 있는 방법이라고 믿고 있었던 것 같다. 우리는 병이 국가의 지배력을 유지하는 데 얼마나 중요한 역할을 하고 있는가를 안다면, 공자가 주장한 말의 진가를 알 수 있을 것이다. 예를 든다면, 동학혁명 때 관군이 동학군에 패해서 전라도 전체가 동학군에 장악됨으로써 조선조의 지배력이 사실상 마비되었으므로, 그 지배력의 보완을 위해 청나라에 병력의 지원을 요청한 것이다.

조선조가 망한 것도 따지고 보면 조선의 병력이 일본의 병력을 당해낼 길이 없어서 망했고, 일본이 망한 것도 미국의 병력을 당해내지 못해서 항복했다. 청국도 일본의 병력을 이기지 못하여 조선의 종주권을 빼앗겼고, 러시아도 일본의 병력에 압도되어 조선을 포기했다. 그 때문에 이념의 화신인 마오쩌둥까지도 권력은 병사의 총구에서 나온다고 설파한 바 있다. 그러한 사실은 4·19혁명을 보면 그대로 나타난다. 그때 만약 군이 중립을 지키지 아니하고 이승만 정부 편에 서서 데모대에게 총부리를 겨누었다면, 4·19혁명은 성공하기 어려웠을 것이다.

반면에 광주민주항쟁은 병이 전두환을 지지했기에 그 항쟁이 실패하면서 많은 인명 피해만 낳은 것이다. 또한 6·3사태도 병이 박정희를 지지한 덕택에 진압할 수 있었고, 5·16군사 쿠데타도 병력 때문에 성공한 것이다. 그런 사실들을 보면, 병력은 지배력의 핵심이고 지배력이 없으면 지배욕과 성취욕을 충족시킬 기회를 만들 수가 없는 것임에도, 그런 무서운 병력을 공자는 가장 먼저 버려야 한다고 주장한 것이다. 그렇다면 국가의 지배력은 병력만이 있는 것일까. 결코 그렇지는 않다. 그 지배력에는 경찰력도 있고, 검찰도 있으며, 공무원도 미력하나마 지배력의 한 부분이다. 그러나 뭐니 뭐니 해도 국가의 지배력은 병이 핵심이고, 이 병이 모든 지배욕과 성취욕의 충족 가능성을 뒷받침해주고 있는 것이다. 그런데도 공자는 대담하게도, 병을 제일 먼저 없애자고 주장한 것이다.

공자는 군주의 횡포를 막으려 했으나 너무 온건했다

우리 지구의 역사상 많은 선각자와 종교가와 영웅들, 그리고 호걸들이 인류의 문화 발달에 혼신의 힘을 다 기울이다가 사라진 사람이 많으나, 그 중에서도 공자가 가장 위대했음은 누술한 대로다. 그는 어느 사람처럼 착각에 빠져서 자기가 하느님의 독생자라고 주장하거나, 메시아라고 주장한 사실이 없다. 그 점에서 예수 그리스도와는 전혀 달랐다. 또한 그는 한없이 고행의 길로 도를 닦으면 성불이 될 수 있고 또한 극락세계에 갈 수 있으니, 혼인하지 말라고 주장함으로써 결과적으로 인류의 존속자체를 부정하게 된 허황된 주장을 내세운 석가모니와도 달랐다. 그의 사상과 주장은 항상 실현이 가능할 수도 있는 이상적인 국가관과 군왕의 모습을 제시하고 있었다. 그는 사람이 마땅히 걸어야 할 길을 올바로 일깨워 주고 있었으므로, 그런 점에서 다른 성현들과는 비교할 수 없는 남다른 면모를 보이고 있는 것이다.

그는 제자들과의 문답에서 괴상한 것과 힘센 것, 그리고 난리와 귀신怪, 力, 亂, 神 등을 말하지 않았다. 그는 그만치 과학적이었고, 또한 보이지 않아서 알 수 없는 형이상학적形而上學的인 문제에 대해서는 철저하게 입을 다물었고 아는 체도 하지 않았다. 그는 하나하나의 사물에 대하여 깊이 새겨서 살펴보고 새겨보는 격물치지格物致知의 방법을 택했고, 이치를 따져서 진리를 얻어내는 데 혼신의 힘을 다하기도 했다. 그는 스스로 72명의 제자를 두었다고 밝힌 바와 같이 많은 제자를 두기도 했다. 그 제자들과 나눈 대화의 일부가 논어論語라는 이름으로 오늘날까지도 전해 내려오면서, 많은 사람들로 하여금 그 진가를 다시 확인해주는 위대한 선각자이기도 했다.

그 때문에 그와 그 제자들의 활동 상황 등이 사기史記에도 올라 있는 것이다. 그런데 그냥 올라있는 게 아니라 공자 자신은 제후와 같은 서열로 대우받아서 세가편世家編에 수록되는 영광을 누렸다. 그는 당나라 때에 이르러 문선왕文宣王이라는 존호까지 얻게 되었다.

공자가 노나라에서 수년 동안 대사구大司寇라는 벼슬을 하여 올바른 정치를 한 것은 사실이나, 그 자리는 장관자리보다 아래였다고 한다. 그런데도 그는 세가의 반열에 오른 것이다. 또한 제자들까지도 국가의 동량재로 활약한 인사들만이 누릴 수 있는 열전列傳에 올라 있는 것이다. 그 때문에 사기를 읽어보면 논어에서 볼 수 없는 제자들과의 얽힌 이야기들을 더 깊이 알게 해주고 있다. 또한 자연스럽게 안회와 자로, 그리고 자공과 자하 등 많은 제자들의 활동상과 대화들을 들을 수 있게 해주고 있으며, 그 사람됨을 알게 해주고 있는 것이다. 그는 군왕들이 가지고 있는 일방적인 지배력의 행사와 지배욕과 성취욕의 충족을 위한 지배방법을 버리도록 강력히 호소하면서 신信의 중요성을 가르쳤고, 아울러 인仁과 의義, 그리고 예禮와 지知를 가르쳤다. 후일 맹자가 강력히 주장하고 정이와 정호, 주자가 부연해서 내세운 4단설 등은 공자가 그때 강력히 부르짖으면서 내세웠던 사상들을 보다 구체적으로 부연한 것에 불과하다. 그때 공자는 군왕들이 가지고 있는 지배욕과 성취욕, 그리고 지배력을 어떻게 하면 순화시켜서 백성들을 편안케 할 수 있는가와 인류의 보편적 가치로 승화시킬 수 있는가에 대하여 깊이 생각하고 고민했다. 그는 지배욕과 성취욕, 그리고 그 지배력의 무력화를 통한 이상향理想鄕을 실현시키는 방법으로 신信과 인仁을 가장 강력히 내세운 것이다. 그 신과 인은 백성들의 안녕과 인류애의 실현이라는 이상을 보다 구체적으로 실현시키기 위한 방안의 하나로 제시한 것은 분명하다.

이러한 노력에도 불구하고, 유교는 황제들과 군왕들이 갖고 있는 지배력의 축소와 지배욕과 성취욕의 순화에는 완전히 실패했다. 그같이 실패한 원인은, 군왕들이 자진하여 덕치德治를 베풀면서 스스로 지배력을 축소시켜서 지배욕과 성취욕의 충족을 스스로 자제하도록 권장하는데 그쳤기 때문이다. 이 점에서 그는 맹자가 주장한 백성이 첫째이고, 둘째가 사직이며, 셋째가 군왕이라는 민본주의 사상과, 폭군은 마땅히 정벌되어야 한다는 폭군방벌론暴君放伐論에도 미치지 못하는 소극적인 자세를 보이고 있었다. 이게 군주들의 호감을 사서 끝까지 정책적인 보호를 받는 결과를 낳았고 존경받는 성인으로 남을 수는 있었으나, 민주주의사상의 발전에는 한계를 긋는 사상이 되어버린 것이다. 그러한 온건론에도 불구하고, 군왕들과 황제들은 공자의 주장에는 귀를 기울이지 않으면서도 눈에 전혀 보이지 않고 있지도 아니한 부처와 극락, 그리고 존재하지도 않은 하느님을 내세우면서 성경에 나타난 하느님의 뜻이 어떠하다는 말에는 무조건 복종했고, 또한 벌벌 떨면서 철저히 굴종하는 자세를 보이기도 했다. 그러한 사실에 비추어 보면, 공자가 힘써 추구한 지배욕과 성취욕의 억제와 지배력의 순화는 실패할 수밖에 없었다고 보아야 한다. 우리나라 등 동양에서는 아이들이 철이 들면 서당에 가서 천자문을 배우고 곧 이어서 소학을 배우면서 논어와 맹자까지 배워서 유교 사상을 몸에 익히게 된다. 더구나 관리의 채용과거시험에는 논어가 필수 과목인데도, 왜 공자의 가르침대로 세상이 변하지 아니하고 오히려 지배욕과 성취욕, 지배력은 군왕과 양반들을 중심으로 더욱 강화되었는가는 참으로 이해하기 힘 드는 것이나 결국은 인간의 성정을 바로보지 못한데서 생긴 비극으로 귀착되는 것이다.

공자는 왜 성심으로 군왕에 대한 일방적인 충성忠誠만 강조했는가. 그것은 군왕에게 쓰임을 받아서 자기의 이상을 실현시키려 했기 때문에 생긴 비극이었다. 또한 그는 남성 중심의 지나친 효 사상만을 강조하면서, 여성들을 남성의 종속물로 비하시키는 듯한 가르침을 함으로써 여성의 남성 종속화에 크게 힘을 보태주었다.

　그가 왜 남성중심의 가부장제도의 강화에만 몰두했는가. 왜 왕권의 강화에만 골몰했는가. 특히 왜 효도를 그토록 강조했는가. 이것은 공자가 어릴 때 아버지를 일찍이 여읜 때문이었고, 처가 공자의 제자들과의 담론하는 것을 싫어하는 모습을 보고 비하한 것이다. 실제로 여성들은 그런 강론식 담론을 좋아하지 않는데 다음 장에서 자세하게 재론하겠다. 이러한 현상은 조선조 말의 성리학의 거두였던 간재艮齋선생의 예에서도 볼 수 있다. 필자가 그 아들 분으로부터 들었다는 어떤 분의 말에 의하면 간재 선생이 제자들을 데리고 강론만 일삼으면서 어머니를 몹시 고생시켰다는 이유로 아들이 간재 선생을 비판하더라, 는 말을 듣고, 많은 제자들이 그토록 하늘같이 모셨다는 간재 선생도 가정 내에서는 그렇지 않았구나 하고 필자도 놀란 일이 있다.

왜 노후의 아내는 남편을 냉대하고 강론을 싫어하는가.

　필자는 12세 전후, 마을의 유일한 동아일보 독자였던 50대 어른으로부터 중국 중경에 있는 한국 임시가정부이야기와 김구 선생의 이야기, 그리고 미국 군함의 우수성과 엄청난 선박척수, 항공모함의 우수성 등, 많은 이야기를 즐겨 들었고, 그분도 왠지 필자에게만은 그런 위험스럽고도 고급스런 강론을 매우 즐겼다. 그것은 "왜요", "그랬어요. 그래요" 하고 잘 되물었기 때문일 것이다. 하지만 그 부인은 끄덕하면 찾아 와서 "일은 않고 웬 쥐 알만한 새끼를 데리고 쓸데없는 소리를 하고 있어"라고 야단치면서 자기 남편을 끌고 갔다.

　아마도 공자의 처도 고급강론만 일삼는 공자孔子에게 비슷한 자세로 불만을 표출했을 것이며, 그래서 여성 폄하의 생각을 갖게 되었을 것이다. 이러한 현상은 플라톤의 처도 그랬고, 톨스토이의 처도 비슷했으며, 그녀들은 악처로도 유명했다. 또한 생업을 하면서 막노동을 하는 노동자들도 그런 고급담론을 몹시 싫어하므로 이들도 소인으로 폄하 당했을 것이다. 하지만 여성과 노동자들이 삶을 중시하면서 그런 극성을 피웠기에 인류가 굶어죽지 않고 오늘날까지 존속할 수 있었다. 만약 모든 사람이 공자처럼 고급강론만 일삼았다고 가정해보자. 결과는 환하지 않는가. 이로보아 강론이나 싸움만 좋아하고 생업을 멀리하는 남성만 있고, 생업에 힘쓰는 노동자들과 여성들이 없었다면 인류는 진즉 멸망했을 것이다.

여기서 우리는 성性과 관련된 남녀 간의 특성을 깊이 살펴 볼 필요가 있다. 이에 관련된 지그문트 프로이트의 주장을 보면 사람의 어릴 때의 모든 행동도 성과 관련되어 있고, 아버지를 미워하고 죽인 후 어머니를 차지하려는 오이디푸스의 콤플렉스도 모든 남성이 다 갖고 있다고 주장한다. 또한 여성을 학대하는 새디즘과 꿈도 성과 관련되었다고 주장한다. 한마디로 사람에겐 의식과 무의식의 세계가 있고, 무의식세계는 마치 수면 아래에 있는 빙산과도 같아서 더 큰 데도 사람이 의식치 못할 뿐이고, 사람의 행동은 이 무의식에 더 지배받는다고 주장한다. 그는 세계적인 유명한 심리학자였다. 그는 사람의 심리를 이드본능와 자아, 초자아超自我로 나누면서, 이드와 자아는 맹목적이고, 초자아는 전체를 보면서 이타적인 것으로 분류했다. 그러나 인간의 지배욕과 성취욕이 인간행동을 지배하고, 그 바탕은 종족 번식이라는 필자의 주장은 한마디도 한바 없다. 또한 필자의 경험은 아버지를 죽이고 어머니를 차지하려한다는 주장도 너무 지나친 주장이었다. 다만 여성학대증인 새디즘은 약간 이해가 되지만 모든 꿈을 성과 관련시키는 것은 백번 되새겨보아도 맞지 않는 주장이다.

필자의 초등교 5학년까지는 전시여서 겨우 1학년 때만 운동회가 있었다. 공교롭게도 며칠 연습하다가 나는 심한 두통 병에 생겨서 학교를 쉬었다. 운동회 날이 되었다. 나는 너무나 운동회가 보고 싶어서 병이 다 낫지 않았는데도 학교를 갔다. 그 때 학부형 석에 앉아서 우리 담임선생인 마쓰모도 우메꼬松本梅子선생이 짧은 스커트치마를 입고 호각을 휙휙 불면서 뒷걸음으로 우리 반 아이들을 인도하는 모습을 보고 얼마나 멋있게 보였던지, "마쓰모도 선생이 우리 어머니라면 얼마나 좋았을까" 하고 골돌이 생각해본 일이 있다. 하지만 아버지를 죽이고 어머니를 빼앗아서 살고 싶단 생각은 꿈에도 해 본 일이 없다. 그 때문에 프로이트의 학설은 틀렸다고 생각 하는 것이며, 꿈도 역시 마찬가지다.

여성도 남성과 같이 자기 DNA를 연장시킬 수 있는 젊은 때는 서로가 상대에 대한 수요가 많아서 부부애를 이루고 잘 산다. 하지만 배란기를 벗어나면 남편이 필요치 않으므로 남편을 냉대하고 구박하게 된다. 생물학에서는 이런 현상을 노후의 여성은 남성 호르몬 분비가 많아져서 억세어지고, 거꾸로 남성에게는 여성 호르몬 분비가 많아져서 부드러워져서 그리 변한다고 말한다. 하지만 필자의 생각은 다르다. 한마디로 노후의 여성에게는 남성이 불필요해져서 냉대하게 되고 남성은 70 · 80대도 정자를 배출할 수 있어서 DNA의 연장이 가능하기 때문에 아내를 학대하지 않는 것이다.

인간이란 상대에 대한 수요가 있으면 친절하고, 없으면 냉대하게 된다. 필자는 어느 일본 동경대 교수였던 분의 딸이 아버지를 학대하는 어머니를 보고 "고결하셨던 학자였고, 명 교수였던 아버지를 어찌 저토록 구박하고 학대할 수 있는가"라는 피맺힌 내용의 글을 읽고 충격을 받은 사실이 있다. 이런 현상은 정도의 차이는 있으나 모든 사람이 다 겪는 현상이고, 상대에 대한 수요가 없어졌기에 생긴 비극이다. 노후의 여성은 남성호르몬의 분비 증가로 지배욕과 성취욕이 강해진 결과가 과거엔 동거하는 며느리를 볶아대며 학대하다가 이젠 남편으로 옮겼다고 봄이 더 올바른 결론이 아닐까 한다. 이를 볼 때 인간의 본성이 얼마나 번식과 깊은 관계가 있는가를 알 수 있는 것이다. 우리는 이를 이해하고 미리 대비해야 한다. 따라서 노후의 여성은

　"나도 그런 보통여성인 속물이 되어가는 것 아닌가"

라고 항상 반성하면서 부부애를 유지하도록 노력해야 한다. 또한 남성도 "내가 젊어서 너무 군림했던 게 아닌가, 이제라도 잘해주어야지"라고 반성하면서 할머니에게 헌신하여 노후의 불행을 막아야 한다. 번식이 가능한 때의 여성의 부드럽고 헌신적인 자세가 인류를 존속시켜 온 점과, 번식이 불가능하여 냉대하는 자세는 서로 기막힌 조화로 이해하고 참아야 하는 것이다. 또한 공자는 물론 모든 남성이 어머니를 통하여 태어났고, 어머니의 젖으로 성장할 수 있었음을 되새겨서 생업을 중시하는 여성을 폄하해서는 안 된다.

　효孝와 관련해서도 사람은 누구나가 다 부모를 일찍 여의면 유별나게 부모를 사모하고 그리워하게 된다. 공자도 사람인지라 그랬다. 그 때문에 그는 유별나게 효를 강조한 것이다. 그런 결과는 부모가 죽은 후에 묘 옆에서 3년 동안 살아야 하는 시묘侍墓살이를 사대부의 행동강령으로 정착시키는데 크게 기여했으나, 이로써 인류의 문화생활을 퇴화시키기도 했다. 이러한 비극은 한말에 수만 명의 의병을 거느리고 의병활동을 하던 의병장이 부모 사망이란 부음을 듣고 그 부하들을 놓아둔 채, 홀홀히 무기를 버리고 고향에 돌아가 상을 치룬 후, 시묘 살이 를 했던 비극의 원인이 되었다.

　공자가 노나라에서 대사구를 지낼 때, 부모에 불효한다는 이유로 자식을 고발한 사건에 관하여 고발한 그 아버지부터 구속하여 혼을 낸 사실

이 있다. 그로 보면 지나친 시묘 살이 는 공자의 한 쪽 주장만을 너무 따른 게 아닌가 하는 게 필자의 생각이다. 그는 결국 군왕제도라는 틀 안에서 지배체제와 지배욕, 성취욕, 지배력 등을 순화시켜서 백성들을 좀 더 편안케 하면서 완전한 도덕사회를 실현시키고자 노력했으나 실패한 것이다. 그는 결국 군왕들이 가지고 있는 지배력권력을 억제시키고 지배욕과 성취욕을 순화시키는 한정된 개혁제약에 정력을 다 쏟았다. 이는 결국 군왕들의 자비심에만 기대하면서, 이상 국가理想國家실현에 노력했을 뿐임을 말한다. 이러한 결과는 한나라 무제 때에 이르러 유교와 그 경전들이 국가의 관리들을 선출하는데 필수 시험과목으로 채택될 수 있는 계기가 되었다. 하지만 그의 사상은 군왕에 대한 섬김과 충성만을 강조했을 뿐, 군왕들이 갖고 있는 지배력과 지배욕, 그리고 성취욕을 완전히 박탈하는 사상을 제시하지는 못했다. 이같이 공자의 사상은 백성들이 주인이 되는 민주혁명의 사상과는 거리가 멀었으므로, 유교사회에서는 민주혁명 사상이 싹틀 수가 없었다. 그와 반면에 서구에서는 일찍이 "군주는 살해되는 일은 있어도 교육되는 일은 없다"거나 "권력은 스스로 나서서 내버릴 사람은 없다"라는 어느 철학자들의 사상이 보편적인 사상으로 자리잡아서 결국 혁명사상으로 발전할 수 있었으나 동양은 그와 반대였다.

한마디로 공자의 사상과 행동방경은 군주제도를 끝까지 옹호한 것이다. 그는 군자가 오직 두려워하는 것은 천명天命과 대인大人, 그리고 성인聖人뿐이라 말했고, 백성들이 두렵다는 말은 전혀 말하지 않았다. 이게 바로 서구사상과 동양사상과의 차이점이다. 따라서 지배력과 지배욕, 성취욕의 억제는 서양에서 일어난 백성들의 주권 사상과 역 지배사상 때문에 성공할 수 있었다.

지배력과 지배욕의 억제는 영국에서 시작되었다

지배력의 억제를 통한 지배욕과 성취욕을 순화시키려는 민주주의의 싹은 영국에서 시작됐다. 물론 그보다 10세기도 더 앞선 시대에 그리스에서 민주주의가 시행된 일이 있다고 역사는 전한다. 그러나 그리스의 민주주의는 나라의 면적과 인구가 작았을 뿐 아니라 그 후의 중세기의 암흑기에는 완전히 자취를 감춘 바 있으므로, 영국과 미국, 프랑스에서 이루어진 혁명은 그 계승이 아니다. 그간 이 제도는 1천여 년이나 단절된 상태였으므로 현 민주주의제도가 그리스를 이은 제도라고 볼 수는 없는 것이다. 영국에서 처음으로 군왕의 지배력의 행사에 제동을 걸면서 군왕들의 지배욕과 성취욕의 억제를 위해 투쟁을 시작한 것은 1215년의 대헌장Magna charta사건 때부터다. 당시 영국의 존 왕이 실정을 거듭하면서 백성들을 괴롭히자, 제후들이 들고 일어나 61개조의 특허장을 존 왕에게 제시하여 조인케 함으로써, 과세와 재판 등에 대한 군왕의 지배력을 현저하게 억제시켜서 농민들을 제외한 모든 사람들의 인권을 보장시킨 사건이 발생한 것이다.

그 후 이 대헌장은 국정의 지표가 되고 영국 헌법의 성서가 되었으며, 그 후 어느 군왕이라도 이에 위배하면 귀족 등 백성들의 저항을 받게 되었다. 이런 과정에서 국회가 창설되고 그 국회에는 제후, 승려, 귀족, 도시의 대표자들이 참석하게 되었다. 특히 하원은 차차 범위를 확대하여 지주와 신흥 시민까지 참가하는, 현대적 국회로 발전되었던 것이다. 그 후에도 군왕 중에는 영국의 제임스 1세와 프랑스의 루이 14세처럼, 왕권은 하느님이 주신 것이라 하여 이른바 왕권신수설王權神授說에 도취하여 지배력을 마음껏 행사함으로써, 지배욕과 성취욕을 만끽하려는 제왕들도 나타났다. 그 때문에 다시 백성들과의 충돌이 크게 발생했고, 급기야는 1628년에 이르러 찰스 1세 때에 제3 의회가 중심이 되어 찰스 1세에 게 "권리의 청원"을 제출했다.

그때 제출된 중요 골자는 의회의 승인 없이는 조세, 증여, 공채, 헌금 등을 부과할 수 없다는 것과, 백성들을 법률상 근거 없이 체포하거나 감금할 수 없다는 등의 내용이었다. 이런 내용들은 한마디로 군왕의 지배력을 약화시킴으로써 백성들의 인권과 재산상의 권리를 보장하는 내용이었으므로, 찰스 1세는 반대하였으나 끝내는 역부족하여 서명함으로써 대헌장 다음 가는 근본법이 된 것이다.

그 후에도 찰스 1세의 실정은 거듭되었고, 더구나 스코틀랜드와의 분쟁에서 패하여 많은 배상금 등을 지불해야 할 입장이 되었다. 이를 위해 그는 1640년에 영국의 제5회 의회를 소집하였다. 그때 왕과 귀족들 간에는 큰 충돌을 일으켜서 왕의 측근들이 반란죄로 감금되거나 사형에 처해지고, 왕의 특별재판소와 황실 청, 특설 고등법원 등이 폐지되었다. 또한 돈세 등 여러 세금의 징수를 금지 당했고, 의회는 왕의 소집 없이도 3년마다 독자적으로 자유롭게 열 수 있도록 함과 함께 의회의 동의 없이는 의회를 해산하거나 정지할 수 없도록 했다.

찰스 1세는 이에 격분하여 무력으로 의회를 해산하려 했으므로, 의회 측도 군사를 모집하여 대항함으로써 1642년에는 드디어 내란이 일어나 8년간이나 계속되었다. 이때의 백성들의 중심세력은 산업자본가와 근대적 지주를 기반으로 하는 청교도이었으므로, 이를 청교도 혁명이라 한다. 이때 의회군은 명지휘자인 올리버 크롬웰에 의해서 지휘되었으며 1648년에는 드디어 내란이 평정되었다.

그러나 혁명군 측에 내분이 발생하여 시끄러운 가운데, 구속된 찰스 1세가 탈출한 후 스코틀랜드 군과 연합하여 다시 쳐들어 왔다. 이때 독립파는 크롬웰을 중심으로 다시 뭉쳐서 대결한 결과, 찰스 1세는 또다시 패전했다. 드디어 그는 1649년에 사형 당함으로써 영국의 왕정은 단절되는 현상이 발생한 것이다.

군왕의 독재적 지배욕과 지배력을 꺾은 자, 거꾸로 독재가가 되다

찰스 1세가 처형되자, 곧 공화정을 선포하고 이어서 군사력을 배경으로 한 크롬웰의 독재가 10년간이나 지속되었다. 그 후 크롬웰이 죽고, 그 아들이 집권했으나 너무나 무능하여 곧 물러났다. 이때 지배력은 지주층과 귀족, 그리고 산업자본가들의 의견에 따라 또다시 찰스 1세의 아들인 찰스 2세가 왕위에 복귀함으로써 영국을 장악하게 되었다. 여기서 우리는 중요한 사실을 발견할 수 있는 것이다. 그것은 권력의 핵심인 지배욕과 지배력은 그것을 쥔 자가 스스로 자진해서 내놓지 않는다는 점이다. 또 하나는, 지배력과 지배욕, 성취욕을 억제하려는 저항도 본질에 있어서는 똑같은 지배욕, 성취욕에 터 잡은 지배력에 불과하다는 사실이다. 그 때문에 저항한 당사자도, 기회만 오면 똑같은 지배욕과 성취욕의 화신이 되어 지배력을 장악하여 지배욕과 성취욕을 충족시키려 한다는 사실이다.

크롬웰은, 한때 군왕의 독재 권력을 타도하기 위해 최전선에서 싸운 혁명가였으며 개혁파였다. 또한 왕이 무소불위로 행사하는 지배력과 지배욕, 성취욕을 거세시키기 위해 생명을 걸고 싸운 사람이었다. 그런데도 그가 군왕을 잡아 죽인 후에는 군사력의 뒷받침을 받고 10년간이나 독재를 했다는 사실이다. 그가 찰스 1세와 생명을 걸고 한참 싸울 때는 그 누가 크롬웰 스스로가 독재자로 변질될 것을 상상이나 했겠는가. 이게 바로 인간이 깊이 간직하고 있는 지배욕과 성취욕의 실체인 것이다.

그래서 인간의 성정은 바로 지배욕과 성취욕으로 뭉쳐져 있고, 그 성정은 지배력만 확보할 수 있다면 누구나가 다 지배욕과 성취욕을 만끽하려 한다고 주장하는 것이다. 이러한 사실은 이승만 박사가 그랬고, 박정희가 그랬으며, 김일성도 똑같이 그렇게 변질해버리는 것을 우리는 두 눈으로 똑똑히 보아왔다. 이분들은 한결같이 적의 강한 지배욕과 지배력을 분쇄시키기 위해 사선을 넘나들면서 일본과 싸운 사람들이다. 한마디로 이승만 박사와 김일성 주석은 일본의 무서운 지배력과 지배욕을 억제시키고 또한 그 지배력을 말살시키기 위해, 목숨을 걸고 싸운 사람들이다. 박정희 장군도 불의와 타협하지 않으면서 강직한 군 생활을 하면서, 기득권 측의 부패에 따른 지배욕과 성취욕, 지배력을 말살시키기 위해 목숨을 걸고 쿠데타를 일으킨 사람이다. 그런 그가 2년 안에 군에 원상복귀하겠다고 공약도 했으나, 끝내는 국민의 선거권까지 박탈하면서, 영구집권을 꿈꾸는 독재자가 되었다. 또한 자기의 말이 바로 법이 되는 긴급조치를 1호부터 9호까지 남발하면서 무고한 민주주의자들을 투옥하고 탄압했다. 그 때문에 그는 자기가 신뢰했던 부하로부터 사살당하는 비운을 맞기도 했다. 그렇다면 북한의 김일성 주석은 어떤가. 그도 빨치산 운동을 통하여 일본경찰들에게 일대 통격을 가함으로써 그들의 간담을 서늘케 한 전설적인 무장 투쟁가였다. 하지만 그는 그런 공로에도 불구하고 한 번 권력을 잡은 후에는 그 권력의 맛에 미쳐서 전대미문의 장기집권에 독재까지 자행하며 북한 동포들을 굶주리게 했던 것이다.

그는 한 술 더 떠서 권력을 세습까지 시켰다. 이를 생물학적으로 보면 자기의 연장에 불과한 김정일로 하여금 계속하여 집권케 한 것이므로, 결국은 자기가 계속하여 집권하고 있는 것에 불과한 것이다. 이로써 김정일로 하여금 지배력을 영구히 장악케 함으로써 지배욕과 성취욕을 가장 만끽하는 사람이 되어 버렸다. 그런데 더욱 놀라운 것은, 김정일도 그 아버지를 닮아서 권력을 또다시 세습시킴으로써 똑같은 과오를 범하고 있는 것이다. 그런 결과는 북한 백성들로부터 자유와 창의력, 그리고 무엇인가를 이룩해 보려는 각자의 지배욕과 성취욕을 완전히 말살시켜 버렸다. 또한 그들은 인간다운 삶과 인간의 존엄성을 빼앗음으로써 백성들의 창의력을 완전히 짓밟아 버린 것이다.

그들은 이로써 북한주민들로 하여금, 각자 자기 능력대로 발전시킬 수 있는 능력을 억제함으로써 무엇인가를 성취할 수 있는 기회를 박탈해버린 것이다. 또한 그들은 자유와 인권, 그리고 창의가 얼마나 중요한 것인지조차 깨닫지도 못한 채 가난과 굶주림에 떨고 있는 것이다. 이로 인해 북한은 이 지구상에서 가장 희극적인 나라가 되어가고 있는데도 그것조차 모르고 있는 것이다.

영국은 다시 민주화의 대장정에 일어섰다

다시 말을 바꾸어서, 영국의 혁명사와 독재형태를 살펴봄으로써 인간의 지배욕과 성취욕이 얼마나 끈질긴가와 누구나 다 지배력만 확보하면 성취욕을 충족시키기 위해 어떻게 변질되어갔는가를 살펴봄으로써, 우리의 타산지석으로 삼을까 한다.

영국은 크롬웰이 죽고 얼마 후, 제임스 2세로 다시 지배력이 넘어갔으나 그 치세도 또다시 전제정치로 치달아서 비난받았다. 이 때문에 다시 백성들이 들고 일어나자, 그는 1688년에 왕인王印을 템스 강에 버리는 추태까지 벌이면서 프랑스에 망명했다. 이때는 피 한 방울 안 흘리는 무혈혁명이 이루어졌으므로 이를 가리켜 명예혁명이라고 칭하며 새로이 왕으로 추대되는 윌리엄과 메리는 의회로부터 공동으로 왕관을 받으면서 의회가 제출한 "권리의 선언"을 승인케 하였다.

그 내용은 입법은 물론, 거의 모든 국권행위가 의회의 승인이나 동의 없이는 불가토록 규제하고, 아울러 언론자유와 상비군의 유지도 의회의 동의 없이는 못하게 함으로써 왕의 지배력을 억제하여 지배욕과 성취욕의 순화에 성공한 것이다.

이러한 과정을 보면 인간의 지배력과 지배욕을 억제하는 일과 성취욕을 순화시키는 일은 관념적인 이론이나 교육으로 이루어지는 게 아니라는 사실이다. 이는 기득권자들이 갖고 있는 지배력보다 훨씬 더 강한 반지배력의 엄청난 저항만이 현 지배권자의 지배력을 거세시킬 수 있을 뿐임을 알려주고 있다.

또한 이러한 혁명은 이론이나 학술로 이루어지는 게 아니라는 사실이다. 그 후, 학술적으로 존 로크의 "군왕이 권력을 남용했을 때, 인민들이 권력의 회수를 위해 혁명적 수단을 취하는 것은 당연한 권리이며 의무"라는 사상이 등장하였다. 곧 이어서 몬테스큐는 "법의 정신"에서 3권 분립을 주장하면서, 3권 분립만이 전제정치를 방지할 수 있고 백성들이 자유를 누리게 할 수 있다고 주장했다. 그 후에도 여러 사람의 주장에 의해서 민주주의에 대한 그 타당성이 강조되는 이론이 마련되었다. 그 후 루소가 등장하여 민약론, 인간불평등기원론 등을 통하여 사회 계약설에 의한 인민주권설 등을 주장함으로써 군주의 지배력과 지배욕, 성취욕 억제를 통한 순화작업은 이론적으로도 커다란 진전을 보였다. 그러나 아직도 군왕이 갖고 있는 지배력과 성취욕의 억제와 순화는 완벽하게 완성된 것은 아니다.

미국 독립과 민주화는 프랑스의 대혁명을 유발시켰다

1770년대에 접어들면서 새로운 국면이 벌어지기 시작했다. 그것은 미국의 독립과 이와 병행하여 이루어진 민주혁명이며, 그 후 곧 뒤따라 일어난 프랑스의 대혁명이었다. 미 대륙의 13개주를 중심으로 한 독립은 순조롭게 이루어진 게 아니다. 당초 미 대륙에 이주해온 영국인들은 영국의 압제가 싫어서 이민해 왔다. 그럼에도, 이민 온 대륙사람들에게까지 각종 세금 폭탄과 인권억제의 행패가 계속되었으므로 자연스럽게 저항하는 기류가 만연되어 그 열기가 영국으로부터 완전히 독립해야 한다는 데까지 성숙했다. 하지만 처음은 부정적인 기류가 더 강했다.

그러한 우여곡절 끝에 독립의 기치를 높이 들었으나, 미 독립군은 무기와 식량 등에서 영국군에 비해 훨씬 열악했다. 이때 때마침 식민지 등을 놓고 영국과 다투어오던 프랑스가 영국을 약화시킬 목적으로 미 독립군을 적극 지원함에 따라 끝까지 싸울 수 있었고, 결국은 독립을 쟁취하는데 성공했다.

그런데 이 독립군들은 새로운 정부 형태를 왕의 존재를 전제로 하는 군주제도가 아니라 백성들이 주인이 되는 민주주의를 선택함으로써, 우리 인류사상 처음으로 민주주의다운 민주정부를 수립할 수 있게 된 것이다. 물론 여기에는 이민 온 사람 중에는 단 한 사람도 왕의 핏줄이 없었고, 또한 그간 군주제도하에서 많은 고생을 해왔기 때문에 새 천지에서는 새로운 제도를 실시해야 한다는 혁명사상이 보편화 될 수 있었던 것과, 일반화되고 대중화 될 수 있었던 게 큰 힘이다.

미국이 독립의 쟁취와 함께 전대미문의 주권재민主權在民의 민주혁명까지 성공하자, 그 영향은 이를 지원한 프랑스에게 가장 강력하게 파급됐다. 그것은 프랑스가 미국의 독립을 지원하기 위해 선전포고까지 하면서 5년 동안이나 싸웠으므로, 그때부터 프랑스 시민의 화제는 자연스럽게 미 독립군의 활동상황과 정부형태의 독특성에 화제가 집중되었다.

이에 따라, 프랑스에도 민권사상과 함께 민주주의에 대한 기대가 크게 일어나기 시작했다. 이때 마침 프랑스에서는 미 독립군 지원에 따른 재정 적자문제를 협의하기 위해 루이 16세는 어쩔 수 없이 3부회를 열게 되었는데, 그 해가 1789년 5월이다. 이를 계기로 지하에 잠복해 있던 민권사상이 수면 위로 떠오르게 되었고, 급기야는 제3신분인 시민 중심의 국민의회가 따로 조직되었으며, 국민의회는 헌법제정위원회로 개편되었다. 이와 때를 같이하여 혁명을 요구하는 소리가 신문, 연설 등을 통해 파리는 물론 전국에 퍼지면서, 백성들 간에는 열띤 토론이 벌어지는 현상과 함께, 근위병왕을 지키는 병사이 반란을 일으키는 기현상까지 발생했다. 이에 루이 16세의 지배력은 현저하게 땅에 떨어져서 무정부상태로 변해갔다.

거기에 루이 16세가 곧 국민의회까지 해산시킬 것이라는 유언비어가 횡행하자, 드디어 파리의 민중들이 들고 일어나 시청을 점령한 후 자치 행정조직과 함께 국민의용대를 만들었다. 이 과정에서 백성들의 동요와 흥분이 고조되어 드디어 폐병원廢兵院을 습격하여 무기를 탈취하고 끝내는 정치범을 가두고 있었던 바스티유 감옥까지 파괴한 후 정치범들을 석방했다. 이로써 루이 16세의 지배력은 사실상 종언을 고하게 된 것이다. 그때 루이 16세도 민심의 수습을 위해 갖가지 노력을 다했으나 이미 때는 늦어서 수습할 수가 없었다. 여기에 농민들까지 가세하여 폭동을 일으키면서 영주의 저택을 습격하는가 하면, 교회와 귀족들에게 바치는 조세와 부역을 거부하면서 독점과 매정을 일삼는 상인들의 집까지 소각시키는 무법천지를 만들었다.

이에 이르자, 의회도 놀라서 영주들이 가지고 있었던 재판권 등 모든 특권과 조세를 폐지하는 등의 결의를 함과 동시에 역사적인 인권선언人權宣言을 하기에 이른 것이다. 이 인권선언은 현대 헌법학에서도 가장 중요시하는 민주주의의 성전이다. 따라서 인권의 보장이 없는 국가는 바로 비 민주주의 국가로 낙인찍히게 되는 것이며, 따라서 민주주의 국가인가 여부를 가려내는 데 하나의 기준이 되고 있는 것이다. 그 내용과 골자는 사람은 날 때부터 자유와 평등의 권리를 가지고 있으며, 모든 주권은 인민에 있다는 것과 언론, 출판, 집회의 자유와 결사의 자유, 재산권의 자유 등 거의 완벽한 민주주의의 성전聖典의 내용들을 담고 있다. 그러나 아직도 루이 16세는 지배력과 지배욕의 유지에 미련이 남아 있어서 봉건적 특권의 폐지를 반대했다. 또한 인권선언을 승인하지 않았을 뿐만 아니라, 오히려 근위병을 강화하여 무력으로 의회를 탄압하려 했다.

이 말을 전해들은 굶주린 파리 시민들이 부인들을 중심으로 궐기하여 베르사유에 있는 왕궁에 난입하고, 거기에 머물고 있었던 왕과 가족들을 파리로 데려왔다. 국민의회도 파리로 옮겨 옴으로써, 파리는 명실이 상부한 수도가 되었다. 이로써 루이 16세는 파리 혁명 시민의 감시 하에 놓이게 됨으로써 세가 몹시 불리해지자, 어쩔 수 없이 봉건적 특권의 폐지와 인권선언을 승인하기에 이르렀다. 하지만 루이 16세는 기회 있을 때마다 반동하려 했다. 그래도 1791년도에 제정된 헌법은 입헌군주제로서 루이 16세를 인정하고 있었다. 그 후 헌법제정의회는 해산되고 새로이 1원제의 입법의회가 설립되었으나, 이 의회는 온건파인 푸이양 당과 공화주의를 신봉하는 지롱드 당, 자코방 당 등으로 분열되었다.

이때 영국 오스트리아, 프로이센 등 주변 국가들은 처음에는 프랑스의 혁명을 동정의 눈으로 바라보다가 그 혁명의 불길이 자국에까지 번지려 하자 집단적으로 혁명을 비난하는 성명을 발표했으며, 결국은 전쟁까지 발발하였다. 그때에 혁명의 열기에 싸여 있었던 프랑스 백성들은 용기백배하여 전쟁을 승리로 이끌어서 연합군을 물리치는데 성공했다. 그 후에도 혁명의 열기는 더더욱 강해져서, 1792년에는 보통선거에서 선출된 의회국민공회가 조직되고 여기서 왕정폐지를 결의했으며, 끝내는 루이 16세와 그 가족들을 유폐시키기에 이르렀다. 이에 루이 16세는 밤에 몰래 오스트리아로 탈출하다가 발각되어 회송되어 왔고, 드디어 재판을 받게 되었으며 끝내는 사형을 선고 받고 파리의 혁명 광장에서 처형되었다. 이게 도화선이 되어 영국, 오스트리아 등 4개국의 대불동맹이 맺어졌으며, 그 이후에는 여러 차례의 전쟁도 있었다. 이런 과정에서 나폴레옹이 등장하게 되었고, 결국은 프랑스가 다시 왕정으로 복귀하는 불행한 사태가 발생한 것이다.

이는 인간에게는 기회만 있으면 지배력이 강한 자가 나타났을 때 반드시 지배욕과 성취욕을 충족시키기 위한 군왕이나 독재자가 나타나게 된다는 역사적 진리를 보여주고 있는 것이다. 그게 바로 프랑스의 제정으로의 복귀가 산 증거인 것이다.

여기서 필자가 꼭 하고 싶은 말이 있다. 그것은 루이 16세의 유폐와 사형에 관련해서다. 필자가 프랑스 혁명을 알게 된 것은 초등학교 4학년 때다. 그때 우리 반 80명을 위해 선배들이 벼를 베어서 번 돈으로 100권의 아동문고를 마련해 놓은 게 있었다. 그 아동 문고 중에는 서양사 물어西洋史物語라는 상·중·하로 된 세권의 서양사 책이 있었다. 그 책 중 하권을 열어보면 첫 장에 프랑스 대혁명이 나와 있다.

당시는 일제 때였으므로 그 책이 일본말로 되어 있음은 당연했다. 또한 일본은 군왕제도 때문인지 프랑스 혁명을 좋게 서술한 게 아니라, 천하불한당 같은 폭력배들이 난리를 일으켜서 나라를 어지럽힌 사건으로 기술되어 있었다. 그러면서도, 혁명 끝에 나타난 나폴레옹만은 영웅으로서 잔뜩 치켜 올리고 있었다. 그 중에도 루이 16세와 황후 등을 유폐하면서, 갖가지 방법으로 학대하던 모습들을 너무나 비극적으로 그려놓고 있어서 그때 필자는 이것을 읽고 엉엉 울었다.

세상에 일국의 국왕을 그토록 개돼지 취급하다니, 그들은 인간이 아니라는 생각과 함께 혁명군이라는 무뢰배들에게 적개심이 부글부글 끓었다. 그 당시의 학생들은 누구나가 다 철저한 세뇌교육으로 일본천황에 대한 엄청난 경외심을 갖고 있었으므로, 필자만이 아니라 그 누구도 그 글을 읽으면 격분치 않을 수가 없었을 것이다. 하지만 혁명의 목적이나 민권사상 등의 민주주주의 사상과 그 장점에 대해서는 단 한마디도 쓰여 있지 않았다.

그 때문인지 우리들은 장차 커서 천황폐하를 위해 마땅히 죽어야 하는 것으로 굳게 믿고 있었을 때인지라 당연한 것으로 생각했다. 그러나 그로부터 1년여 만인 1945년 8월 15일에 해방을 맞이한 후에는 필자는 물론, 모든 학생들이 허탈감에 빠짐과 함께 그간 우리들이 일본 사람들의 세뇌교육에 얼마나 많이 속아왔는가를 깨닫게 된 것이다. 이를 보면, 북한 주민들이 왜 그토록 김일성의 3대 부자들에게 미쳐 있는가를 알 수 있다. 이러한 세뇌교육은 북한에만 있는 게 아니라, 국내의 각종 종교계에도 비슷한 세뇌교육이 이루어지고 있어서 그들은 정신적 노예생활을 하고 있다 해도 과언이 아니다.

인류의 역사는 본능적인 지배욕과 성취욕에서 이성적 성취욕으로 순화馴化시키는 과정

인간이 인간을 지배하면서도 한편으로는 다투고 한편으로는 혁명 등을 통하여 지배하는 방법을 개선시켜 왔는데, 이런 점을 감안한다면 우리 인류는 확실히 진보하고 있고 또한 발전하고 있다. 아마도 이런 점이 타 동물과는 극명하게 비교 될 수 있는 장점일 것이다.

같은 포유동물인 곰과 원숭이 등의 생활상을 인간의 생활상과 비교해 보면 우리에겐 문자가 있고 말을 하며, 문화를 창조하고 나라를 조직하여 평화롭게 공동으로 번영해온 것도 큰 차이의 하나이지만, 본능적인 지배에서 이성적인 지배형태로 발전해온 게 더 큰 차이점이라고 볼 수 있다. 그렇다면 이성적인 발전과정은 어떤 형태로 이루어져 왔는가. 그리고 그 발전의 징표에는 어떤 것들이 있을까.

우선 곰들의 사냥하는 모습과, 잡은 물고기 등 노획물의 분배과정을 살펴보자. 곰들이 냇가에서 애써서 물고기를 잡았을 경우, 다행히도 주변에 센 곰이 없거나 아무 곰도 없을 때는 그 물고기는 잡은 곰이 혼자서 독차지하여 먹을 수 있다. 그러나 더 강한 곰이 주변에 있거나 비슷한 곰이 있을 때는 반드시 그것을 탈취해서 빼앗아 먹으려는 곰 때문에 둘 사이에 혈투가 벌어진다.

이때, 힘이 약한 곰은 그 물고기를 빼앗긴 채 체념하고 돌아서 버린다. 이러한 행위를 사람이 사는 세상에 적용해보면 명백한 강도 행위에 해당하므로, 그 곰은 처벌받아야 되고 배상까지 해야 한다. 하지만 곰의 세계에서는 오로지 힘센 자가 왕이어서 그 물고기는 힘센 곰의 차지가 되고 마는데도 어느 곰도 시비하지 못한다. 따라서 처벌이나 손해배상이란 꿈도 꿀 수 없게 된다. 이게 바로 지배력이 강한 자가 왕이 되는 모습이고 그 곰은 강한 힘의 덕분으로 본능적인 지배욕과 성취욕을 충족시키고 있는 것이다.

이게 바로 힘의 지배력에서 한 치도 벗어나지 못하는 동물의 참 모습이다. 따라서 동물들은 힘에 의한 지배력만 넉넉하다면 마음껏 지배욕과 성취욕을 충족시킬 수 있으며, 그에 대하여 옳고 그름을 어느 곰도 시비할 수가 없다. 그 때문에 동물의 세계에서는 강자의 지배력만이 난무한 채 강한 자의 지배욕과 성취욕을 충족시켜주는 분위기에서 살고 있으므로, 정의가 지배하는 올바른 조직사회를 기대할 수 없게 되고 오로지 본능적인 힘에만 의존하는 질서가 존재한다.

그러나 사람의 세계에서는 이런 경우를 용인하지 아니하고 법을 만들어서 강도 행위로 규정함으로써, 당초에 합법적으로 채취하여 소유한 자를 보호하고 있다. 다만 아직도 그런 원시적 지배형태의 잔해가 남아 있어서, 힘이 지배하는 깡패의 세계와 어린이들 세계에서는 힘이 센 자로부터 얻어맞고 자기 소유물을 빼앗겨도 어쩔 수 없이 울면서 참고 견디는 경우가 많다.

하지만 정상적인 어른들의 세계에서는, 자기의 의사에 반해 소지하고 있는 물건을 폭력 등의 행사로 빼앗겼을 경우, 사직당국에 신고고소, 고발만 하면 사직당국은 조사하여 사안에 따라 구속여부를 결정하고 곧 재판에 회부하여 형벌을 가하는 것이다. 이로써 모든 사람에게 그런 행위를 하면 처벌받는다는 것을 보여줌으로써, 다시 그런 행위를 하면 안 된다는 것을 인식시켜주는 일반적 예방의 효과와 가해자로 하여금 다시는 그러한 행위를 못하게 하는 특별예방의 효과를 거두고 있는 것이다. 이와 같이 인류사회에서는 소유자와 탈취한 자의 이해관계가 얽힌 사안을 도덕적으로 권장하고 법률로 규제함으로써, 안정된 생활을 보장하고 있는 것이다. 이는 우리에게 필요한 재화의 생산채취과 유통, 그리고 교환과 소비 등을 합리적으로 조정하여 생산과 소비 등의 효율성을 극대화시켜서 우리의 삶을 보다 더 알차게 할 수 있는 사회를 보장함으로써 우리 인류문화를 보다 발달시킬 수 있게 하기 위해서다.

그러면 이러한 합리적인 규제와 이를 장려하는 슬기는 어디에서 나왔는가. 그것은 일반 동물들은 갖고 있지 아니한 합리적인 사고력思考力에

서 나온 것이며, 그 때문에 인간을 가리켜 이성적 동물이라고 하는 것이
다. 그러면 그 합리적인 사고력이란 무엇일까.

이는 역지사지易地思之할 줄 아는 지적 능력과 공동번영을 생각할 수
있는 능력이 바로 합리적 사고방식의 원천이다. 이러한 지혜가 모여서
도덕과 법을 만들어 모든 사람에게 지키도록 권장하고 강제함으로써 인
류의 공동번영과 번식을 가능케 했다. 그러나 인간의 지배하려는 욕구는
원래 폭력에 의해 지배력을 행사하는 방법으로 행사해 왔던 원시적인 사
회가 있었다. 그 원시사회가 문화의 발달, 즉 도덕과 법률 등의 발달로 합
리적으로 조정을 받아서 힘없는 사람도 마음 놓고 살 수 있는 지배체제
로 개선되었을 뿐, 본질적인 면에서의 지배욕과 성취욕은 전혀 변화된
게 없이 지금도 남아 있는 것이다. 지배하여 성취하려는 욕구를 가장 잘
충족시켜주는 방법은 여러 가지 형태가 있다. 따라서 그 형태는 성취하
려는 게 무엇이냐에 따라서 천태만상이 존재한다. 예를 들면 사업가와
상인은 돈이고, 정치가는 국회의원이나 대통령 또는 장관이며, 공무원의
1차적인 성취욕은 승진이다.

농민들은 다수확의 수익극대화가 일차적인 성취욕이다. 어민은 어획
량 극대와 고기값의 안정이 일차적인 성취욕이며, 노동자는 자기기업의
번영과 승진일 것이다. 운동선수는 경기의 승리가 일차적인 성취욕일 것
이며, 소설 쓰는 자는 베스트셀러가 목표일 것이다. 하지만 이들 욕구도
궁극적으로 캐보면 종족 번식의 욕구가 근저에 흐르고 있고, 다만 현재
는 합리적으로 순화된 것이라고 봄이 옳다.

그런데도 가장 단순한 방법으로 지배욕과 성취욕을 만족시켜주는 방
법으로는 상대방으로부터 큰 절을 받는 등으로 복종의 의사표시를 수렴
하는 방법도 있고, 그 외에 물질이나 돈으로 배상받는 방법과 충성을 맹
세케 하는 등 여러 방법이 있을 수 있으므로 그야말로 천태만상이다. 하

지만 여기서 가장 중요한 것은 지배욕과 성취욕의 목표를 당면한 과제에 국한시켜서 극히 현실적일 때는 그 이행이 손 쉬어서 목표달성을 쉽게 이룩할 수는 있다. 그러나 자기 자신의 발전과 인류문화 발전에는 별로 기여치 못한다는 사실이다. 예를 들면 국회의원 입후보자가 당선만을 지상목표로 하고 국민의 생활안정과 산업 발전, 나아가 동서의 화합과 인간의 존엄성, 자유와 평등, 그리고 조국통일 등의 보다 큰 사안에는 별 관심이 없고, 오로지 당선만을 노릴 때는 별 볼 일 없는 사람으로서 문화발전에는 별로 기여치 못한다는 사실이다.

그러므로 지배욕과 성취욕의 목표는 항상 높고 멀어야 하고 대통령 당선은 그 수단에 불과할 때, 비록 파란은 있을 수 있어도 비로소 올바른 정치가로서 대성할 수 있다는 사실이다. 한마디로 대학입시 공부하는 학생이, 합격이 목표가 아니라 세계적인 과학자가 되어야겠다는 꿈을 가지고 공부할 때만이 인격적 성장을 할 수 있으며, 올바른 사람이 될 수 있는 것이다. 그러므로 지배욕과 성취욕의 목표는 항상 멀고 넓으며, 높아야 한다.

인간의 지배욕과 성취욕을 값싸게 만족시키는 게 큰 절

인간의 성취욕을 충족시켜주는데 가장 값싸고 좋은 방법으로는 큰절이 있다. 이는 지배하려는 욕구를 가장 작은 비용으로 충족시켜 주는 방법이 될 수 있기 때문이다. 이 큰 절이 갖는 의의가 역사적으로도 유명한 사건이 있다. 우리나라 역사상 가장 유명했던 큰절은 인조가 청나라 태종에게 항복한다는 뜻으로 행했던 큰절이 아닐까 한다. 그는 1636년의 병자호란 때 남한산성에 들어가 수개월동안 항전했으나, 근왕병은 다 패퇴하고 식량도 떨어져서 힘이 다 하였으므로 어쩔 수 없이 항복하게 되었다.

그때 인조는 항복하는 의식으로 청 태종에게 세 번 큰절을 하면서, 이마를 아홉 번이나 땅에 부딪치는 방법으로 조아리면서, 치욕적인 항복의 의식을 거행했다. 큰 절이란 원래 산 사람에게는 한 번, 죽은 사람의 신에게는 두 번으로 끝나는 것인데도 세 번이나 큰 절을 했다.

이러한 예법은 선왕인 조선조 태조의 신위에게도 두 번밖에 행하지 않는 것이므로, 세 번이나 큰 절을 행했음은 그만치 청 태종이 태조 이성계보다도 더 위에 있다는 뜻이어서 치욕의 극치가 아닐 수 없다. 그러므로 청 태종은 하늘의 아들이라는 입장에서 받은 큰절이어서, 그야말로 천자의 입장에서 큰절을 받은 것이다.

그 때문에 인조의 세 번의 큰 절과 아홉 번의 조아림을 받은 청 태종은, 신보다도 더 위대하다는 대접을 받은 결과가 되었다. 이러한 큰절은 지배욕과 성취욕의 충족을 위한 극치의 예가 되는데, 인간이 굴복하고 있다는 산 징표로서는 최상의 방법이었다. 절과 관련하여 전해오는 일화로는 흥선대원군의 이야기가 있다. 어느 시골선비가 벼슬이나 한자리 할까 하고 어느 봄철에 대원군을 찾았던 바, 그는 마침 안경을 낀 채 문을 열어 놓고 책을 보고 있었다. 이것을 본 시골 선비는 뜰아래에서 허리를 굽혀 정중하게 인사를 드렸으나 대원군의 반응은 잘 보이지 않았다. 이에 그 선비는 자기의 절을 대원군이 미처 보지 못한 것으로 착각하고 다시 허리를 굽혀서 인사를 드렸던바, 그때에는 불호령이 떨어졌다.

"이놈, 죽은 사람에게나 두 번 절하는 것인데 너는 이놈, 산 사람에게 두 번이나 절을 하다니 고얀 놈 어디서 배워먹은 예법이냐."

이 호통에 그 선비는 혼비백산했으나 곧 기지를 발휘하여 "처음 예절은 찾아뵙는다는 예절이옵고, 두 번째 예절은 하직한다는 예절이었습니다"라고 변명하고 허겁지겁 도망쳐 나왔다는 일화가 있다.

이것을 보면 모든 절이 똑같은 게 아니라 회수에 따라 여러 가지로 그 뜻이 달라지는 것을 알 수 있고, 따라서 장소와 목적에 따라 다르게 해야 함을 알 수 있는 것이다. 이같이 절이라는 것은 매우 값있는 인간의 인사 중에 하나여서 가장 소중한 것임을 알 수 있다. 지금도 자주 보는 현상으로서 정치인들이 정초의 설을 맞이하면, 큰절로서 자기의 보스에게 존경과 굴복의 뜻을 나타내기 위해 큰절을 하고 있다.

지배욕과 성취욕의 충족을 위해 같은 정치인이나 대통령에게 공개 사과를 요구하거나 때로는 성명을 발표하여 상대방을 비난하면서 공개사과를 요구하는 것을 자주 볼 수 있는데, 이 방법도 가장 돈 안 드는 방법 중의 하나다. 그러나 이런 행동들도 궁극적인 근본 의도를 살펴보면, 언제나 그 밑바탕에는 남을 지배해서 무엇인가를 얻어내어 그 목적을 이루려는 지배욕과 성취욕의 욕구가 크게 작용하고 있고, 그 대상에는 경제적인 것도 있고 정신적인 것도 있으나 원초적인 바탕은 모두가 종족 번식의 욕구가 순화한 결과로 보는 것이다.

민주화를 위한 투쟁도 지배욕, 성취욕의 다툼이 본질

남을 이겨서 지배하려는 기질은 여러 형태로 나타나게 된다. 예를 들면, 1980년대에 열풍처럼 불었던 민주투사들의 투쟁도 그 밑바탕에는 지지 않고 남을 이겨서 지배하고 무엇인가를 성취해 보려는 욕구가 작용하고 있었다. 이를 가리켜 학문상으로 권력 지향적 행동이라거나 권력욕이라고 말한다. 그러나 그 기저에는 지배력을 발휘해서 자기의 지배욕과 성취욕을 충족시키려는 의지가 내포되어 있다. 이러한 사실을 보다 넓게 본다면 가장 성스러운 행동으로 비쳐지고 있는 항일무장 독립투쟁이나 평화적인 독립운동도 지배력을 발휘해서 남을 지배함으로써 지배욕의 충족과 함께 조국의 독립을 성취해 보려는 성취욕의 충족을 위해 하는 투쟁으로 볼 수 있는 것이다.

다만, 그들은 우리 동족이 아닌 자가 군사력으로 지배력을 발휘해서 불쌍한 우리 민족을 억압하고 착취하는 방법으로 지배욕과 성취욕을 충족시키고 있었으므로 더 잔인하고 가혹했으며 더 무자비한 탄압이었는데도 투쟁했기에 더 존경스러웠다.

하지만 역시 한국 독립의 달성이라는 목표의 지배욕과 성취욕을 충족시키기 위한 지배력의 행사였다는 점에서 인간의 근본성정인 지배욕과 성취욕의 범위를 벗어날 수는 없는 것이었다.

정치인들이 야당으로 있을 때와 여당이 되었을 때 그 말과 행동이 크게 달라지는 것을 자주 보게 되는데, 왜 그럴까. 그것도 지지 않고 이겨서 상대를 지배해 보려는 성정 때문에 생기는 현상이다. 그 때문에 야당은 항상 반대만 하는 경향이 있고, 여당은 무조건 찬성만 하는 경향으로 흐른다. 노무현 정부 때 체결된 FTA자유무역협정의 국회 비준을 앞두고 당시에 여당의 핵심적인 위치에 있었던 인사가 극렬하게 반대한 것도 따지고 보면 지지 않고 남을 이겨서 지배함으로써 무엇인가를 성취해 보려는 인간의 지배욕과 성취욕이 그리 만든 것이다.

심지어 민사소송을 할 때 보면 피고로써 마땅히 책임을 지고 손해를 배상해야 할 사건을 "너에게 줄 돈을 변호사에게 줄지언정 너에게는 못 주겠다"라고 하면서 변호사에게 위임시켜 손해액을 깎아내리는 경우를 볼 수 있다. 이것도 상대방에게 지지 않고 이기려는 지배욕과 성취욕의 한 모습이다. 이런 사실만을 놓고 본다면, 지배하고 성취하려는 욕구는 가장 나쁜 기질이라고 단정할 수도 있다.

하지만 이런 기질 때문에, 그게 반면교사가 되어 인류의 이성적 행동이 발달해 온 것도 부인할 수 없다. 따라서 지지 않고 이겨서 거꾸로 지배하려는 기질은 사회적 약자를 위해 발휘할 때는 그야말로 파사현정破邪顯正하는 정의의 투쟁이 되는 것이다. 반면에 강자를 위하고 악독한 독재자를 위해서 발휘할 때는 완전한 역사적 범죄행위가 되는 것이다. 그 때문에 무엇인가를 성취하려는 욕구의 만족을 위한 지배력의 행사는 물과 같아서 잘못 쓰거나 과도하게 쓰면 홍수가 되는 것이나, 잘만 쓰면 우리 인류에게 절대 필요한 영양소가 되어 생물의 성장을 돕듯이, 지배력도 알맞게 써서 지배욕과 성취욕을 알맞게 충족시켜주면 그야말로 선약이 되는 것이다.

또한 이는 불과도 같아서 필요한 곳에 잘 쓰면 우리 인류 문화 발달에 크게 공헌하는 것이나, 잘못 쓰면 대형화재나 핵무기와 같은 재앙을 불러와서 국가 발전을 크게 저해하고 인류를 멸망시키는 큰 재앙을 낳는다. 하지만 이것도 필요한 곳에 알맞게 쓰면 인류문화 발달에 크게 기여해 왔듯이 지배력과 지배욕, 성취욕에 대한 평가는 쓰는 방법과 동기 및 목적과 그 결과 등이 보다 중요한 것이다.

따라서 지배력과 지배욕, 성취욕은 꼭 필요한 것이며, 사람이 있는 곳이면 다 있는 것이다. 더욱 놀라운 것은 이러한 지배력과 지배욕, 성취욕이 없어도 좋을 것 같은 교회나 사찰에서조차 똑같이 나타나고 있다. 얼핏 보면 다 같이 한 하느님을 믿고 천국에 가서 영생하기만을 바라면서, 한 쪽 뺨을 맞으면 남은 한 쪽 뺨을 내밀어서 맞아야 한다는 식으로 지배력이나 성취욕과는 전혀 무관한 가르침을 받고 있는 그들이지만, 웬만한 교회에는 항상 분파가 생기고 있고, 이게 지나치면 서로 고소하면서 때로는 폭력까지 휘두르는 추태를 부리기도 한다.

이게 모두 지지 않고 이겨서 상대방을 지배해 보려는 지배력의 행사이며, 또한 무엇인가를 이룩해보려는 성취욕 때문에 생기는 현상이다. 이러한 지배욕과 성취욕의 문제는 동창회는 물론 퇴직자 모임에도 있고, 종친회나 향우회 등에도 있으며, 그 때문에 회장의 선출이 명예직 선출에 불과함에도 은근히 다투고 있는 것이다. 다만 그 표현 방법이 극히 점잖아서 피부로 느끼기엔 없는 것처럼 보인다.

따라서 이해관계가 많고 정치적인 면과 사회적 대우가 크게 달라지는 정당대표 등의 선출은, 지지 않고 꼭 이겨서 지배욕을 만족시킴과 동시에 무엇인가를 성취해 보려는 의욕이 너무 강하므로 상호간에 치열한 다툼이 있는 것이며, 특히 대통령이나 국회의원 선거 등에서는 사활을 건 싸움이 벌어지고 있는 것이다.

또한 각종 운동 경기에 있어서도 지지 않고 꼭 이기려고 발버둥을 치고 있고, 심지어 뒤에서 응원하는 자까지도 혼신의 힘을 다하여 응원하다가 이기면 기뻐서 날뛰고 지면 침울해 하는 모습을 보이는데, 이것 또한 이겨서 지배해서 얻어지는 지배욕과 성취욕의 잠재의식이 그리 만들고 있는 것이다. 이러한 모습들은 국가 간의 전쟁에서도 똑같은 양상으로 벌어지고 있다. 따라서 자기 나라가 적을 이기면 온 국민들이 들고 일어나서 환희에 찬 승리의 노래를 부르면서 국가를 찬양하고 정치 지도자들을 찬양하는 등, 그야말로 흥분의 도가니 속에 빠져 버린다. 이러한 행위도 좀 더 깊이 살펴본다면 인간에게 이성이라는 게 과연 존재하는가, 라는 생각이 들기도 한다.

이런 경우 참다운 이성理性이 있다면 그 전쟁이 과연 정의로운 전쟁인가와 인류의 보편적 가치에 부합하는 전쟁인가 여부를 깊이 살펴보고 난 연후, 그 정당성이 인정될 때 축복의 행진을 했어야 했다.

그러나 인류역사의 흐름을 보면, 원시적인 옛날엔 남을 지배하기 위해서는 수단과 방법을 가리지 말아야 한다는 주장이 강했다. 그게 차차 순화되어 지금은 이성에 터 잡아서 합리적인 방향으로 바로 잡아나가야 한다는 방향으로 진보된 게 사실이다. 우리 인류 역사상 가장 오랫동안 백성들을 지배함으로써 인간의 지배욕과 성취욕을 전형적으로 충족시켜 오던 권력이 바로 왕권이었다. 하지만 이성에 눈을 뜬 백성들이 드디어 그 왕권의 지배를 거역하고 백성 스스로의 존엄성과 자유, 그리고 평등을 되찾기 위해 목숨을 걸고 왕권을 타도하는 대혁명을 일으켰는데, 그게 바로 프랑스 대혁명이었다.

이때부터 일반 백성들도 귀족이나 승려와 같은 지위에서 인간의 존엄성과 자유, 그리고 평등과 박애를 누리게 되었고, 이러한 새로운 가치관과 혁명사상은 강력한 파급력을 갖고 있어서 다른 나라에도 급속도로 보급됨으로써, 바야흐로 세계는 백성들이 주인이 되는 민주공화국이 주류를 이루는 새로운 시대가 열리게 된 것이다.

인류의 지배욕, 성취욕을 없애면 어떠한 결과가 올까

앞서 누술한 바와 같이, 인류의 지배욕과 성취욕은 선도 아니고 악도 아니며 인류가 탄생한 때부터 타고난 것이었으나 우리가 깨닫지 못하고 살아 왔을 뿐이다. 그 때문에 어떤 군왕이나 독재자가 전대미문前代未聞의 지배력을 강력하게 발동시켜서 자기의 지배욕과 성취욕을 충족시킴과 함께 어떤 역사적 업적을 남겼다 하더라도, 그 업적은 당연한 것이므로 과도하게 칭송해서는 안 된다.

따라서 그 평가는 오로지 치세 중에 백성들이 얼마나 인간답게 살았는가와 중간 권력자들로부터 착취당하지 아니하고 억압당하지 아니한 채 편히 잘 살았느냐에 따라 태평성대였는가, 아닌가를 판단해야 할 것이다. 그에 따라 토목사업 등의 큰 업적으로 백성들의 생업에 크게 도움이 되는 일을 했다 하더라도 참다운 성군이었다는 평가까지 받을 수는 없는 것이다. 이러한 예는 율곡이 세종대왕을 평할 때 "백성들의 부서富庶, 서민이 고루 잘 살음를 이루었다"라고 낮게 평가한 게 참고가 될 것이다.

그러므로 군왕이 아닌 독재자인 경우에는 설사 많은 공적을 쌓았다 하더라도 그가 어떠한 방법으로 누구를 위해서 어떻게 그 지배력을 발동시켰느냐에 의해서 혹평을 받을 수도 있는 것이다. 그 때문에 인권을 유린하는 범죄를 범했으나 부서는 이룬 셈이다, 정도의 낮은 평가를 내려야 하며 이러한 냉정한 평가가 후세를 위해서 좋은 것이다.

만약 우리 인류로부터 지배력과 지배욕, 성취욕을 완전히 없애거나 빼앗아버린다면 어떤 결과가 올까. 그 것은 결국 사람의 본성을 없애는 것이므로 우리 인류는 모든 의욕을 완전히 상실할 것이다. 따라서 아무런 희망이 없는 삶이 될 것이므로 무엇을 할지를 모르게 되어 방향 감각을 잃게 될 것이다. 그때엔 사람들이 뿔뿔이 흩어져서 큰 혼란이 생길 것이며, 모든 질서가 다 파괴되어 이 사회는 완전히 지리멸렬支離滅裂 상태로 전락할 것이다. 또한 그때에는 무엇인가를 이루려는 지배욕과 성취욕이 없어졌으므로, 허무주의에 빠져서 우리에게는 자살이라는 비극밖에 찾아올 게 없게 된다. 이는 마치 우주의 모든 별들이 인력중력을 상실했다고 가정할 때, 별들의 운행은 모두 제멋대로여서 일대 혼란이 오는 것과 같은 이치인 것이다.

그뿐만 아니라, 우리에게는 적극적이고도 능동적인 활력까지 없어져서 무기력증에 빠져버릴 것이다. 그러므로 원천적으로 지배욕과 성취욕이 필요 없는 완벽한 사회가 만들어졌거나 이루어질 때는 더 발전할 필요가 없으므로, 오히려 인류는 완전히 퇴영退嬰의 길에 빠져서 스스로 멸망하게 될 것이다. 이 같은 이치는 미꾸라지들만이 살고 있는 곳에서는 무기력증에 빠져서 말라 죽어가게 되는 것이나, 거기에 메기가 있으면

이를 이겨내서 살아보려는 역동성이 생겨서 더 잘 자랄 뿐 아니라 활력까지 넘치면서 살이 통통 찌는 이치와 같다. 따라서 인류가 신과 같은 존재가 되어서 무엇이든지 마음대로 할 수 있는 전지전능한 세상이 되어버린다면, 인류의 문화가 발달하는 게 아니라 오히려 퇴보하여 결과적으로는 모두가 멸망하는 결과가 될 것이다. 그러므로 우리 인류가 지배력과 지배욕, 성취욕을 갖게 된 원인은 종족 번식의 욕구가 그러한 형태로 변형되었다 하더라도, 결과적으로는 오히려 문화발달에 크게 기여하고 있음을 알아야 한다. 이 같은 이치를 역사적 사건과 결부하여 살펴본다면, 모든 혁명과 개혁, 그리고 저항과 투쟁을 통한 진보와 발전은 부족한 인간의 한계성이 선물해 준 것이다. 그러므로 그러한 발전도 지배력과 지배욕, 성취욕이 없었다면 불가능했을 것이라는 사실을 깊이 깨달아야 할 것이다.

그 때문에 지배력과 지배욕, 성취욕이 선인가 악인가의 문제를 따질 게 아니라 우리 인류에게 이미 엄연하게 존재하고 있는 성정임을 깨닫고, 건전하게 발현發現 될 수 있도록 보호해야 한다. 이를 위해서는 이를 억압하려는 어떠한 독재나 군주제도는 나오지 않도록 예방하고, 나왔다면 투쟁하야 하며, 이로써 배성들 각자의 창의력과 존엄성이 보장되고 그로써 인권이 철저히 보장되는 체제를 유지해야 한다.

이 같은 이유로, 지배욕, 성취욕의 화신인 어떤 영웅이나 혁명가가 백성들의 편에 서서 혁명을 일으키거나 강자에 저항하여 새로운 시대를 열어가는 개혁세력이 됨으로써 보다 나은 인류의 행복을 창출해 냈을 때는 모든 백성들로부터 온갖 칭송을 다 받고 있는 것이다.

예를 든다면, 고려의 부패한 지배세력을 꺾고 새 왕조를 개창한 이성계와 정도전 등과 같은 개혁세력들, 연산군 같은 지배력과 지배욕, 성취욕만 충만해 있는 폭군을 내쫓은 반정공신들, 일제의 군사력이라는 지배력과 지배욕, 성취욕에 맞서서 싸웠던 수많은 독립 운동가들은 좌, 우를 막론하고 마땅히 칭송받아야 할 인물들이었다. 따라서 이분들이 목숨을 걸고 약자의 편에 서서 지배력권력과 싸울 때만 해도, 백성들은 한없는 칭송과 격려를 아끼지 않고 있었다.

하지만 일단 저항이 성공하여 스스로 지배력을 장악함으로써 지배욕과 성취욕의 최고 정점인 대통령이 되거나 국가 주석의 자리에 앉았을 때는 자기도 모르는 사이에 차차 지배력과 지배욕, 그리고 성취욕에 도취되어 결국 서서히 녹이 슬어갔다. 이 때문에 어떠한 경우라도 10년 이상의 장기집권은 본인이나 백성들을 위해서 모두 불행해진다는 만고불변의 진리를 우리는 깨달아야 한다. 따라서 10년이 넘을 때쯤에는 그가 오히려 혁명의 대상이 되거나 아니면 저항의 대상으로 전락한다는 사실을 우리는 깊이 되새겨야 한다. 이와 같은 변화는 마치 물이 흐르지 아니하고 멈춰 있으면 썩는 이치와 같고, 철을 그대로 놓아두면 녹이 스는 이치와 같으며, 또한 아무리 건강한 사람도 세월이 흐르면 늙는 이치와 같은 것이다. 따라서 정의의 편에 섰던 그들의 지배욕과 성취욕도 세월이 흐름에 따라서 자기도 모르는 사이에 불의한 인간으로 변질되어 버린다는 사실을 명심해야 할 것이다.

박정희가 매우 강직하여 불의와 타협치 아니하고 권력에 저항하면서 군사력이라는 지배력을 이용하여 지배자로 등장한 후, 처음은 지배욕과 성취욕의 충족보다 조국의 근대화를 위해 힘쓰고 있었을 때는 모든 게 아직 녹슬지 않을 때여서 신선한 면이 있었으므로, 모든 백성들도 그런대로 지지해 주었다. 특히 그는 군정까지 총 10년까지는 나름대로의 개혁과 국가 발전을 위해 노력했으므로, 상당수의 백성들이 평가해주면서 두 번째의 대통령 선거 때는 압도적 지지를 보내주기도 했다. 그러한 그도, 3선 개헌 이후부터는 그도 모르게 지배력과 지배욕, 그리고 성취욕에

도취되어 차차 녹이 슬어가는 쇠 같았으며, 그 때문에 그 자신도 오만해져서 혁명과 저항의 대상이 되어간 것은 어쩔 수 없는 인간의 한계라 할 것이다.

이러한 사실에 비추어 보면, 대통령 임기를 4년으로 하거나 5년으로 정하고 한 번에 한하여 재임할 수 있도록 제도화한 것은 참으로 인간의 성정을 기가 막히게 간파한 제도라 할 것이다. 이와 관련하여, 중국의 지배체제도 초기의 종신제 주석제도에서 국가주석의 임기를 10년으로 제한한 것은 만족할 만한 제도는 아니나, 인간의 성정을 그런대로 잘 살핀 결과라고 평가해야 할 것이다. 이것은 아마도 스탈린의 종신집권에 따른 문제점과 마오쩌둥의 종신집권이 중국의 근대화에 얼마나 나쁜 결과를 가져왔는가를 깊이 터득한 지혜가 아닐까 하는 것이다.

그러한 가운데에서도 유독 북한만은 지금도 완전한 종신 임기제여서, 참으로 안타까운 것이다. 이러한 종신제와 지배력의 세습은 오로지 그들의 지배욕과 성취욕만을 충족시켜줄 뿐, 백성들의 자유와 창의력은 완전히 묵살될 수밖에 없게 되고, 특히 인간의 존엄성과 창의력은 완전히 무시되는 것이므로 어떠한 경우에도 용납할 수 없는 것이다. 더구나 그들은 지배력을 세습까지 시키면서 세뇌교육과 강제수용소를 설치하여 공포정치를 자행하고 있으므로, 그야말로 인간의 성정인 지배욕과 성취욕을 가장 나쁘게 왜곡시키는 방향으로 충족시키고 있는 것이다. 이러한 사실을 살펴볼 때, 아직도 그들은 인간의 성정을 완전히 무시하였던 19세기 이전의 제왕적 사상과 특권의식, 그리고 고리타분한 신라 때의 성골의식에까지 깊이 젖어 있음을 볼 수 있는 것이다.

지배욕과 성취욕이 인류 역사발전에 공헌한 모습들

지배욕과 성취욕을 자기 이익만을 위해 발현發現시키기는 비극이 많기는 했으나 그와 반대로 목숨을 걸고 국가와 사회발전을 위해 발현시키거나 정의롭게 행사해 오기도 했다. 그래서 그 구체적인 예들을 다시 한 번 종합하여 강조함으로써 후세에 귀감으로 삼을까 한다.

필자가 젊었을 때는 농가마다 20두 내외의 닭을 방계하고 있었다. 만약 닭을 키우지 않으면 이웃집 닭들이 내 집을 마치 제 집처럼 헤집고 다니면서 온 마당을 어지럽혔기 때문이었다. 그 경우 사람이 힘써서 쫓아내보지만 그 때 일뿐, 곧 돌아와서 또다시 어지럽히는 것이므로 사람의 능력만으로는 한계가 있음을 알게 되어 방계한 것이다. 따라서 내 집서도 닭을 키우면 들어온 닭들을 제 스스로 알아서 입으로 침입해 오는 닭의 머리를 쪼는 방법 등으로 잘도 쫓아내게 되므로 굳이 사람이 신경 쓰지 않아도 이웃집 닭은 얼씬도 못한다.

사람도 비슷하다. 유별나게 지배욕과 성취욕이 강한 1% 내외의 사람들이 오래 집권하면 정실에 흐르면서 부패하고, 독재까지 하면서 영구집권까지 하게 된다. 그런데도 일반 백성들은 마음으로만 불평하고 싫어할뿐, 감히 행동으로 맞서지 못한다. 하지만 독재자들과 똑같이 지배욕과 성취욕이 강한 1%의 사람 중에서, 정의감이 남다르고 사생관이 뚜렷한 사람들은 분연히 일어나서 그들과 싸워서 결국은 그들을 몰아내게 되는데, 이는 마치 닭만이 닭을 쫓아낼 수 있는 것과 같이 지배욕과 성취욕이 강한 사람만이 해낼 수 있는 것이다.

이때도 백성들은 투쟁으로 인해서 조금 시끄럽게 불안하게 될 때는 대화로 해결하라. 국가의 안보가 위태롭다 등의 말로써 오히려 그들을 비난한다. 하지만 막상 그 투쟁이 성공하여 독재자가 추방되고 민주주의가 회복되면, 그때서야 백성들은 쌍수를 들고 대환영하면서, 그들을 민주투사라고 추겨 세운다. 그로써 일반 백성들은 인권을 존중받게 되고 인간다운 삶까지 보장받게 된다. 이러한 과정을 통해 백성들은 어떤 희생도 없이 보다나은 민주주의를 선물 받게 되고, 편히 앉아서 그 열매를 따 먹게 되는 것이다.

그런데 세월이 가면 그들도 또다시 부패하고 독재하면서 백성들을 괴롭히므로 또다시 투쟁이 필요하다. 이런 반복되는 투쟁이 결국은 민주주의를 반석 위에 올려놓게 되는 갓이다. 그러한 예는 찰스 1세를 몰아낸 크롬웰이 그랬고, 이승만이 그랬으며, 박정희가 그랬다. 그러므로 아무리 정의감이 강한 자라도 그 바탕에는 지배욕과 성취욕이 뒷받침하여 일어선 것을 알 수 있으므로 미리 그런 불행을 막아야 한다.

일정시대에는 서울 종로에서 지배욕과 성취욕이 남달리 강한 깡패들이 한 구역을 장악하고, 그 안에 사는 상인들로부터 세금보다도 더 가혹한 자릿세를 받아내면서 상인들을 괴롭히고 있었다. 그러나 상인들은 마음으로만 불평할 뿐, 그들 앞에서는 고양이 앞에 쥐였다. 그 때, 김두한도 남 달은 강한 지배욕과 성취욕을 갖춘 깡패였다. 그는 그 때 김좌진 장군의 후예답게 분연히 일어나서 그들과 싸워 이겨서 결국은 그들을 몰아낼 수 있었다. 그런 연후 그는 자릿세를 절반으로 낮춰주고, 일본 상인들의 횡포까지 막아 주었으므로 상인들로 부터는 대단한 환영을 받았다.

일본 제국주의자들의 그 무서운 지배력과 지배욕, 그리고 그 강한 성취욕으로 한국을 병탄한 후, 우리 백성들의 인권을 유린하고, 지옥 같은 생활에 빠뜨렸을 때다. 그 때 선량한 백성들은 미음으로만 그들을 미워하고 싫어했을 뿐, 그들 앞에선 역시 고양이 앞에 쥐였다.

하지만 지배욕과 성취욕이 남달리 강한 1% 내외의 사람들은 부모형제와 처자식은 물론, 자신의 생명까지도 헌 신짝처럼 버리면서 그들의 총칼과 맞싸우면서 무수히 죽어갔다. 그래도 백성들은 내놓고 칭찬하거나 동조하지 못하고 그들이 찾아오면 숨겨주기는커녕, 오히려 일본경찰의 후환이 두렵다는 이유로 신고하거나 모른 체했다.

그러다가 그들의 투쟁과 연합국의 힘으로 8·15해방이 되자 그때서야 그들을 열사烈士니, 의사義士니, 또는 독립운동가라는 이름으로 그들을 떠받들면서 칭송하고 환영했다. 이런 일련의 사실들을 돌아보면 필자가 당초 주장한, 지배욕과 성취욕은 선善도 아니고 악惡도 아니라는 주장이 바른 주장이고, 또한 그것을 쓰는 방법과 목적에 따라 그 결과가 다를 수 있다는 주장이 백 천 번도 더 맞는 말이다.

이로써 우리는 지배욕과 성취욕의 긍정적인 모습을 볼 수 있게 되는 것이며, 이러한 지배욕과 성취욕의 참모습을 보면서, 지배욕과 성취욕을 때론 긍정하고 조장하거나 때로는 견제하고 투쟁하여 선량한 백성들의 삶을 행복스럽게 보장해주어야 할 것이다. 그 외 사람의 본성 론은 이 글로서 마감하고, 더 깊은 내용과 주장들은 400쪽 내외의 별책 "사람의 본성은 무엇인가"에서 밝히게 될 기회가 있을 것이다.

제2장

조선조 멸망의 진실

조선조 말의 부끄러웠던 우리의 과거사

우리 민족과 국가가 진정으로 발전하고 번영해서 타 민족의 모범이 되려면 먼저 우리들의 과거에 대한 냉철한 반성이 선행되어야 할 것이다. 그렇지 않고 일제로부터 받았던 과거 35년 동안의 치욕만을 분통해하면서, 조선조의 패망의 원인을 오로지 일본인들만의 책임으로 물고 늘어진다면, 그런 불행이 또다시 닥칠 수도 있는 것이다. 그 때문에 필자는 우리의 부끄러웠던 과거사를 숨김없이 독자들에게 그대로 알려서, 다시는 그런 비극이 되풀이 되지 않기를 바라는 뜻에서 이 글을 쓰는 것이다.

특히 금년은 경술국치庚戌國恥 103년, 나라를 빼앗긴 지 벌써 100년이 훨씬 넘었으므로, 그 동안에 일제의 강압적이고도 야만적인 국권 탈취행위의 진행과정과 진상은 진즉 다 밝혀졌다고 봄이 옳다. 또한 그 진상은 주로 외교적인 면과 군사력을 동원한 경복궁의 포위행위와 같은 야만적인 폭력행위와 공포 분위기, 그리고 천인天人이 공노할 민비의 시해행위 등은 비교적 상세하게 다 밝혀졌다.

그 외에도 이토 히로부미가 어전회의 등에서 행한 교활한 행동과 강압 행위, 특히 합방조약은 고종의 서명이 없는 조약문이어서 원천무효라는 것 등도 진즉 다 밝혀졌다. 그 외에도 이완용과 송병준, 박제순 등의 매국 행위와 치부행위, 심지어 그들 하나하나의 언동과 표정까지도 다 밝혀졌다. 또한 합방 과정에서의 정부의 각료들이 어떤 비굴한 태도를 보였는가와, 그들의 공식적인 활동과 이면 활동 등도 수없이 되풀이하여 밝혀졌다. 그 때문에 우리 백성들도 일본의 침략과정과 국권박탈의 경위에 대해서는 비교적 소상하게 알고 있는 것이다.

그러나 조선조 말의 관료들의 부정부패와 양반들의 패악, 그리고 기강의 해이 등 내부의 부정적인 원인이 어떠했는가와 이게 조선조 멸망에 얼마나 많은 영향을 끼쳤던 가 등에 대해서는 깊이 밝힌 글이 없다. 따라서 이런 내부의 부정부패가 나라의 멸망에 얼마나 영향이 있었던 가 등에 대해서도 별로 밝혀진 게 없이 오늘에 이른 것이다.

그런데, 다행히도 10여 년부터 조선조 멸망의 원인에 대하여 매우 객관적이고 진실에 차 있으면서도 상당히 날카로운 견해들이 속속 밝혀지고 있는 것이다. 이들 내용들은 주로 외국인들의 글을 통해서 당시의 실정들을 속속들이 알려주고 있는 것이며 그런 책들이 계속하여 번역되어 나오고 있어서, 우리의 과거사 연구에 획기적인 전환점을 이룰 수 있는 계기를 마련해주고 있다. 다시 말하면 그런 책들은 그간 우리가 미처 몰랐던 그 당시의 우리나라의 숨겨진 치부를 그들의 글을 통해서 비로소 바르게 알 수 있게 해주는 계기가 마련된 것이다.

그간 우리는 우리의 잘못에 대해서는 너무나 관대했고, 또한 그 잘못을 밝히는데도 인색했으나, 이제는 이런 기회를 이용하여 조선조 말의 실상을 재조명再照明함으로써 바른 역사관을 확립하는 게 의의가 있을 것으로 보는 것이다. 따라서 필자는 그들이 저서를 통해 밝힌 사실들을 숨김없이 밝혀 보고자 하는 것이나, 다만 당시의 국내 사학자들도 그러한 사실을 조금 알고 있는 분도 있었으므로 그런 분의 글들을 먼저 밝힌 연후에 밝혀 보고자 한다.

첫 이야기는 1887년대에 민영휘가 평안 감사로 재직하면서 행했던 기상천외의 가렴주구방법을 알리려는 것이다. 이를 통해서 조선조 말의 관료들이 어떤 방법으로 백성들을 괴롭혔는가를 밝히려는 것이다. 이때는 갑신정변에 유위의 젊은 독립개혁파들인 김옥균, 박영효, 홍영식, 서광범, 서재필 등이 죽거나 망명한 뒤여서 누구도 민비의 독주에 대하여 견제할 세력이 없을 때여서 그 친정식구들인 외척들이 권력을 마음껏 장악하여 그야말로 무소불위無所不爲로 백성들을 착취할 때의 이야기이다.

따라서 모든 부정부패행위의 근본적인 원인과 분위기만은 민비가 뒤에서 철저히 보살펴 주어 그들이 안심하고 극성을 부렸던 것이므로 민씨들이 행한 부정행위들은 모두 민비와 관련이 있다고 보는 것이다. 이는 민비가 인재의 등용은 멀리하면서 극도로 친정식구들만을 섬기는 인사를 무한대로 함에 따라 생긴 병폐인 것이다. 이에 따라 국가경영을 바로 하려는 인사는 전혀 설 자리가 없게끔 분위기가 변해 있어서 관리들의 부정부패가 극도에 달해 있었음은 숨길 수 없는 사실이다. 민비는 임오군란 때도 변복變服하여 간신히 피신해 있으면서, 교묘한 방법으로 고종과 소통하여 청국의 지원을 이끌어내는 데 성공했다. 민비는 그로써 자기 시아버지인 흥선 대원군이 청군에게 잡혀가게 하는데 성공했고 이로써 정적政敵이 제거되는 즐거움도 맛보았다.

임오군란의 근본원인은 구 군인들에게 지급하는 식량지급의 부정이 직접 원인이었고, 그 책임자들이 모두 민 씨들이었으며 그 배후세력이 민비여서 난군의 표적이 민비이기도 했다. 그는 변복하여 궁궐을 탈출함으로써 겨우 목숨을 건진 임오군란의 교훈도 잊은 채 계속하여 친정식구들을 중용한 것을 보면, 국정 경영에 대한 기본철학은 완전히 결여된 중전이었다. 그는 갑신정변 때도 민영휘 등의 도움으로 청군에게 기민하게 연락하여 김옥균 등의 독립당을 타도하는데 크게 기여한 여인이었다. 그런데도 민비는 독립 국가를 세워서 번영시킬 수 있는 정경대도政經大道는 전혀 깨닫지 못하고 있었다.

한마디로 민비는 외국세력을 이용하여 어떻게 하면 왕권을 수호할 수 있는가와 자기가 낳은 병약한 태자의 왕권 계승에 대해서만 극도의 편집광적인 강한 집념을 보였을 뿐, 나라를 바르게 경영하기 위한 근본적인 의지와 소양은 전혀 보이지 않았다. 이러한 기대는 어찌 보면 한 여인에게 하는 것 자체가 무리인지도 모른다.

그런 사실은 일본인 사학자였던 야나기가 쓴 글에도 잘 나타나고 있다. 그는 대원군의 결단성과 그 안광의 형형함에서 조선 제일의 인물임을 알 수 있다고 하였다. 대원군을 보면 그는 왕권을 확립하여 기강을 바로잡고 양반들의 횡포를 눌러서 백성들의 원성이 자자한 서원을 철폐했으며, 그들에게도 호포세를 물게 하여 국고를 튼튼히 하면서 나아가 외척이 국권을 농락하는 버릇을 완전히 뿌리를 뽑아서 나라를 부강케 하려는 게 대원군의 꿈이었고, 또한 성공도 했다.

그러나 민비는 그렇지를 못했다. 민비의 행적을 보면 무당 등을 밤에 수시로 불러 궁중에서 굿을 수없이 해댔다. 금강산 1만 2천봉마다 쌀 한 가마씩을 공양했고 돈 일천 량과 포 한필씩을 공양했는데, 이는 자기가 낳은 왕자의 안녕과 왕실의 번영을 위한 기원이었다.

또한 민비는 청국의 서태후와 이홍장에게도 막대한 금품을 바쳐서 자기가 낳은 어린 왕자를 세자로 책봉 받게 하는데 성공했다. 이런 거짓말

같은 사실은 민비가 국가경영의 그릇이 전혀 아니었음을 알 수 있게 해주는 좋은 예라 할 것이다. 이러한 사실은 조선최근세사와 최근 정치사를 읽어보면 잘 알 수 있다. 이 책들은 고종 등극 이후 동학혁명이 발생 전후까지의 역사서로서는 가장 권위를 자랑했던 역사서였다. 그 책들을 읽어보면 당시의 지방관의 부패가 어떠했는가와 민비의 국정 철학이 과연 있었는지 여부를 금방 알 수 있는 좋은 책이었다. 저자는 이선근 박사였는데 필자가 그 책을 읽은 것은 1950년대 초였다. 따라서 읽은 지가 너무 오래되어 앞으로 써나가는 글이 책 내용과는 조금 차이가 날 수도 있으나, 읽을 때 너무나 큰 충격을 받으면서 읽었던 내용이어서, 기억이 생생하여 크게 틀리지는 아니할 것으로 믿고 글을 쓰고 있음을 독자들은 이해해주기 바란다.

따지고 보면 동학혁명의 도화선導火線이 되었던 조병갑도 조대비의 친정 일가였다. 그는 외척의 신분이 되어 그 배경을 믿고 억지로 만석보를 만들어서, 백성들을 터무니없이 착취하다가 결국은 동학혁명을 유발시켜서 나라를 기울게 한 사람이다. 민비도 자기 친정식구만 챙기다가 결국은 나라를 기울게 한 점에서는 오히려 조 대비를 훨씬 앞섰던 것이므로 꼭 조대비만 비판할 일은 아니다.

외척들의 발호跋扈와 관련하여 우리나라 역사와 동양사 중 특히 중국의 역사는 매우 부끄러운 기록들을 전해주고 있다. 그 중에도 당나라 현종玄宗 때의 비극悲劇은 우리에게 많은 것을 알려 주고 있는 것이다. 당나라 현종의 치세를 개원開元의 치治라고 하여 역사가들은 태종의 정관貞觀의 치治와 더불어 가장 훌륭했던 치세治世로 평가 받는 현군이었다. 하지만 나라를 기울게 한다는 경국지색傾國之色인 양귀비를 총애하면서부터 그 처족인 양국충楊國忠 등을 중용하면서, 뇌물이 횡행橫行하고 매관매직賣官賣職이 공공연하게 이루어져서 결국은 안녹산安祿山 등의 난리亂離를 유발시킨 것이다.

평안 감사 민영휘와 마 다 리

여흥 민 씨는 비교적 희성稀姓에 속한다. 그런데도 임오군란 때 살해된 고관 6인 중 3인이 민 씨였던 것을 보면, 외척에 편향된 인사가 얼마나 극심했던가를 알 수 있는 것이다. 하지만 그 후에도 민비는 그런 참화를 겪고서도 전혀 변하지 않았다. 따라서 민비에게는 그 버릇이 그대로 남아있어서, 그 후에도 변함없이 많은 친정식구들을 계속하여 등용시켜왔다. 하지만 1884년의 갑신정변 때까지는 완전 독주를 하지 못하고 어느 정도의 균형을 이루는 인사운영을 하였다고 봄이 옳을 것이다.

불행히도 갑신정변의 실패로 개화파에 속했던 신진기예의 많은 젊은 인사들이 살해당하거나 일본 등으로 망명하자, 그 후부터는 누구도 민비의 독주를 견제할 세력이 없었으므로, 그 공백 기간인 약 10년 동안은 민비의 독무대라고 해도 과언이 아니었다. 그때 고종은 민비의 조언으로 민영휘를 평안감사에 임명했다. 그가 재임한 것은 1887년부터 1889년까지 겨우 3년간이므로 그리 오랜 기간은 아니다. 그러나 그는 그때 너무 감격하여 그 인사에 크게 보답할 것을 궁리했다. 이에 그는 도임 이후, 백성들의 고혈을 빠는 방법에 대하여 여러 가지 생각을 하게 되었다.

그는 어떻게 하면 선정을 펴서 백성을 편안케 하고 국력을 기를 수 있는가는 전혀 알 바 아니었고, 오로지 어떻게 하면 백성들의 고혈을 많이 빨아서 자기 배를 채우고 나아가 남는 돈을 고종과 민비에게 바쳐서 인사에 보답하느냐만 생각하는 자였다. 그런 연유 때문인지, 당시는 국고가 바닥난 일은 있었으나 궁정예산이 바닥난 일은 없었다.

민영휘는 도임 후, 제 일성으로 평양도 관내에 거주하는 백성 중 넉넉히 잘 사는 사람들의 명단과 함께 그 자가 진서_{한문}를 잘 아는 자인지 여부까지 조사하여 보고하라고 하명했다. 그에겐 하명한 대로 명단이 제출되었고, 그는 그 명단을 참고하여 그들에게 수 일 내에 나라에 건의해서 지방 수령_{守令}을 제수_{除授}토록 하겠다는 통보를 해주었다. 민영휘가 민비의 친정 조카뻘 되는 친족이었음을 익히 잘 알고 있었고, 또한 고종의 신임이 남달리 두터움을 잘 아는 백성들이야 어찌 그 말을 안 믿을 수가 있겠는가. 그 통보를 받은 부호들은 당황치 않을 수가 없었다.

왜냐하면 그들은 돈만 있을 뿐, 관헌_{官憲}으로서 갖추어야 할 기본적 소양_{素養}은 전혀 없는 자들이었기 때문이다. 이에 그들은 너무나 놀라서 민영휘를 찾아 뵌 후 한결같이 수령발령_{守令發令}을 극구_{極口} 사양하면서 선처를 요구했다. 이에 대하여 그는 거꾸로 역정을 내면서 국왕을 능멸했다는 터무니없는 죄목으로 곤장을 쳤고, 곧이어 하옥시켜 버렸다. 이런 가혹한 횡포에 어느 누가 맞설 수가 있겠는가. 그들은 어쩔 수 없이 민영휘에게 발령을 취소토록 상감께 잘 건의해달라고 극구 사정했고, 뒷구멍으로는 황소 몇 마리 값의 뇌물을 바쳐야 했다. 아마도 당시 지방 수령의 자리 값이 2만 냥이라고 했고, 황소 한 마리 값이 5천2백 냥이라고 했으므로 황소 네 마리 값 정도를 바치지 않았을까 생각된다.

후일 이런 식의 가렴주구_{苛斂誅求, 가혹하게 뺏는 것} 방법을 가리켜서 "마다리"라고 명명했는데, 그것은 벼슬을 "마다고 한다"는 말에서 나온 단어이고, 이는 극구 사양한다는 말을 순수한 우리말로 고쳐서 표현한 신조어_{新造語}였다. 더욱 가관인 것은 그들은 그것도 모르고, 민 감사에게 고맙다고 큰 절로 하직하고 돌아갔었다니 황소가 자다가도 웃을 일이다. 그 후 민영휘는 그때 번 돈으로 일차적으로 고종에게 금으로 된 "황소가 수레를 끄는 모형"의 뇌물을 바쳤고, 민비에게도 바쳤다. 그는 이러한 농간으로 재물을 모은 덕분에 조선조 말부터 1930년대까지 조선 제일의 최고 갑부가 될 수 있었고, 그 최고의 부자자리는 그가 죽을 때까지 누리고 살았다. 그가 얼마나 돈이 많은 부자였는가를 알려주는 자료로는 1925년에 조선 총독부에서 실시한 재산조사결과를 보면 정확하게 알 수 있다.

이완용 평전을 읽어보면 조사된 내용이 밝혀져 있다. 그에 의하면 그는 당시 화폐로 6천만 엔의 재산을 소유하고 있었다고 한다. 이는 당시 쌀 한 가마의 값이 15원 내외였으므로 쌀로 환산하면 400만 가마가 된다. 이를 다시 현 시세인 한가마당 15원으로 계산하면 무려 6,000억 원에 이른다. 그러나 그 부동산들을 현 시가로 따진다면 아마도 3조 원이 훨씬 넘지 않을까 생각된다. 또한 그가 얼마나 많은 착취를 했는가를 다른 친일파와 비교해 보면 더욱 극명해진다.

예를 들면 당시의 같은 친일파의 최고 거두였던 이완용이 가지고 있었던 재산과 비교해 보면 더욱 상세하게 비교가 되고, 착취의 규모도 알 수 있는 것이다. 같은 해 조사된 이완용의 총 재산은 300만 엔의 재산이었다. 그는 합병에 따른 하사금으로 명치 천황으로부터 15만 엔을 받았고, 자기 아버지 때부터 모은 재산까지 합하여 총 300만 엔을 가지고 있었으면서도 나라를 팔아먹은 덕분에 그토록 큰 부자가 되었다고 비난받아 왔다. 그런데도 민영휘의 6천만 엔에 비하면 20분의 1밖에 안 되는 소액이므로 더욱 놀라운 것이다. 물론 이 6천만 엔의 재산 중에는 자기 아버지 때부터 가렴주구로 긁어모은 돈이 포함되어 있는 것은 사실이다. 설사 그렇더라도 터무니없이 많은 재산이다.

그는 재산이 그토록 많은데도, 전혀 자선사업 같은 사회사업을 하지 않은 사람으로도 유명했다. 하지만 그 많은 재산들도 그가 죽은 후에는 곧 첩실들에서 낳은 많은 자식들 간의 재산분쟁이 생겼고, 이로 인해 소송사태가 발생했다. 이 때문에 민영휘의 이름은 더욱 가혹한 비판을 받게 되었으며, 그 재산들은 소송비용과 낭비로 소모되어 모두 몰락했다 하니 결코 많은 재산을 남겨 줄 일이 아니다.

다만 그는 자기 이름의 끝 자인 휘자를 넣은 휘문의숙徽文義塾, 현 휘문고등학교을 세워서 교육에 힘썼으므로 평가해줄 만도 하지 않는가라는 생각도 드나, 총 재산액에 비해 학교 설립비는 너무나 미미한 액수였으므로 백성들의 눈초리는 매우 무서웠고 비판적이었다. 그 때문에 당시의 세상 사람들은 휘문학교를 가리켜 "저게 평안도 황소 수백 마리가 세운 학교"라고 야유했다 한다. 이러한 사실을 보면 조선조 말의 관료들의 부패상이 얼마나 극심했는가를 알 수 있는데, 이같이 백성들의 고혈을 빨아대는 행위는 우리들의 상상을 초월하는 엄청난 가렴주구였던 것이다.

이사벨라 비숍 등이 본 조선조 말, 관료들의 부패상들

그러면 그 당시에 한국을 다녀갔거나 일부러 한국을 찾아와서 조사한 외국인들은 조선조 말의 실태를 어떻게 보았고, 어떻게 쓰고 있는가를 소개함으로써 위와 같은 사실을 보다 더 정확하게 확인해볼까 하는 것이다.

당시 영국의 지리학자였으며 세계적인 여행가였던 이사벨라 버드 비숍 여사는 한국과 여러 나라를 여행한 후 그 소감을 쓴 "조선과 그 이웃 나라들"이라는 글에서, 당시의 우리나라에 대한 많은 사실을 알려주고 있다. 이 글은 적어도 필자가 읽은 책 중에서는 그 내용이 가장 충실한 글이고, 또한 외국인이 한국에 대하여 쓴 글로서는 가장 긴 글이 아닌가 하는 것이다.

더구나 내용면에도 가장 독보적이면서도 예리하게 분석한 책이고, 또한 정치, 경제, 문화, 사회, 풍속 등과 일반 백성들의 생활상은 물론, 무당들의 생활상 등 모든 분야에 대하여 상세하게 언급하고 있는 책이다. 따라서 우리가 그간 미처 깨닫지 못하고 있었던 불합리한 제도와 풍속, 그리고 생활상에 대하여도 신랄하게 비판하고 있어서 우리를 바르게 깨우쳐 주는데 크게 도움을 주고 있는 책이다.

그는 역시 지리학자답게 한국의 지형과 기후, 그리고 자연자원, 그 외 산림과 강우량 등을 상세히 소개하면서, 산은 숲이 없는 민둥산이 많으면서도, 평야라고 이름을 붙일 만한 곳이 없다고 말하고 있다.

이는 아마도 중국의 양쯔강 유역과 만주벌판을 보고 그렇게 평가한 것으로 보이나, 그가 호남평야 등을 보았더라면 그렇게까지 혹평하지는 않았을 것 아닌가 라는 생각도 든다.

그는 조선이 영국 본토보다 약간 작은 반도라는 점까지 소상하게 소개하고 있다. 또한 한국인의 체위에 대해서도 일본인 등에 비해 체위가 크고 힘이 세며, 얼굴이 좀 까무잡잡한 황색으로부터 아주 밝은 갈색까지 매우 다양하고, 중국인이나 일본인과는 달리 몽고인과 닮고 있어서 혈통상으로는 몽골계통 민족임을 알 수 있다고 소개하고 있다. 또한 그는 조선인에게는 반듯한 코와 매부리코가 있는가 하면, 들창 코도 있다고 소개하고 있다. 그 외에도 검은 머리가 뻣뻣한 것으로부터 비단결 같은 부드러운 것도 있다고 소개하고 있고, 하층민의 입은 넓고 통통하나 문벌가들은 작지만 모자람이 없고 얇고 잘생겼다고 표현하고 있다. 눈은 비록 검지만 암갈색으로부터 담갈색까지 다양하고, 광대뼈는 높이 솟아 있으나 눈두덩의 모양은 고상하고 이지적으로 생긴 경우가 많으며 귀는 작고 예쁘다고 평하고 있다.

그는 남녀 모든 계층 사람들의 손이 작고 희며 멋있게 잘생겼다고 하면서, 앞서 말한 대로 조선 사람들은 잘생긴 인종이고 체격도 좋아서 평균 키가 5피트 4.5인치약 1m 65cm라고 소개하고 있는 것이다.

그는 조선에 종교가 없다고 하면서 샤머니즘을 신봉하는 무당과 판수가 판을 치는 현황을 상세히 소개하고 있다. 그는 이 글에서 귀신을 쫓는 굿과 독경, 그리고 부적을 부치고 다니는 행위 등을 비판하고 있고, 한편으로는 천신, 산신, 지신, 조왕신, 측간신, 토방신, 호랑이신, 나무신 등 수십 개의 신들과 귀신들, 기타 도깨비 등의 악귀들을 소개하고 있다. 또한 무당의 장단에 맞추어서 춤추는 신장대 놀음도 구체적이고도 소상하게 소개하고 있어서, 그 섬세함과 치밀성에 경탄을 금할 수가 없는 것이다.

그는 1894년 1월부터 1897년 3월까지 겨우 3년여 동안 다섯 차례에 걸쳐서 조선을 들락날락 하면서 관찰했는데도, 당시의 조선의 실정을 너무나 깊고 넓게 잘 살펴서 알뜰하게 쓰고 있는 것이다. 그는 우리나라 수도인 서울에 대해서도 어느 세계 어느 수도에 비해서도 손색이 없는 도시라고 소개하면서도 집과 도로의 부결함과 쓰레기 더미로 묻혀있는 거리를 비판하고 있었다. 또한 부산 등지에서 본 어린이들의 반라半裸나 아주 벗은 모습에 대하여 매우 놀라워하고 있었다.

그리고 양반들의 거만스러운 걸음걸이와 보폭이 좁은 상민들의 걸음거리를 소개하면서도 잘 걷는다고 결론짓고 있다. 하지만 전반적으로는 매우 안 좋게 쓰고 있는데, 그 예로서는 서울이면서도 예술품 등과 골동품도 드물고 공원도 없다. 고대 유물도 거의 없으며 공중의 광장도, 극장도 없는 비문화적인 도시이며, 왕의 거동 이외에는 볼만한 것이 없다. 서울은 유서 깊은 도시이지만 도서관도 문학도 없으며, 사원을 남겨 놓지 않았고 묘비 하나 남겨 놓은 게 없다. 그뿐 아니라 시내에 흐르고 있는 개천에서는 악취가 등천하고 흐르는 물은 검은데 거기서 여인들이 빨래를 하고 있다고 하면서, 그토록 모든 환경이 매우 불결한 까닭에 아이들의 몸에는 각종 종기가 끊이지 않고 나고 있다는 것도 쓰고 있는 것이다. 그

뿐만 아니라 양반들의 횡포와 관리들의 부패상, 그리고 백성들의 생활상에 대해서는 많은 부정적인 내용을 담고 있고, 엄정한 비판을 곳곳에서 하고 있는 것이다.

그는 조선인을 처음 보았을 때 위와 같은 부정적인 면과 느긋함, 게으름, 종속성, 빈곤 등만 보고 혐오감을 갖게 되었으나, 연해주의 조선인들을 찾아보고 나서 조선은 인구의 2배까지 지탱이 가능한 나라이고 가난이 필연적인 것이 아니며, 다만 조선 사람들의 힘은 휴지休止상태에 불과하므로, 상류층 계급이 자기 의무의 부조리에 마비되어 있어 아무 일도 안하고 놀고먹는 것만 찾는 문제점만 없다면 바로 일어설 수 있는 국민이라는 희망적인 견해도 피력하고 있는 것이다.

이외에도 그는 대원군과 고종, 민비를 알현한 경험담을 다음과 같이 쓰고 있다. 대원군은 나이 많은 노인이지만 그의 표정은 생동감과 열정으로 가득 차 있었으며 열정을 지닌 통치자, 무쇠로 만든 내장과 돌로 된 심장을 가진 사람이다. 그의 눈빛은 날카롭고 행동은 활기에 차 있었으며, 항상 왕비와 그 족벌과의 대립 상태였다고 쓰고 있다.

이러한 평가는 일본의 사학자 야나기柳가 평한 것과 거의 일치하는 것이다. 또한 그는 궁중을 예방한 후 쓴 소감에서, 민비는 40세가 넘었으며 매우 멋있어 보이는 마른 체형이었고, 머리는 윤기가 흐르고 칠흑같이 검었으며, 얼굴빛은 상당히 창백했는데 그 창백함은 진주 빛 분을 발라 더욱 희게 보였다. 눈은 냉철하고 예리했으며 반짝이는 지성미를 풍기고 있었다. 그리고 옷을 잘 가려 입고 있었다. 왕은 키가 작고 누르스름한 얼굴이었으며 콧수염과 턱수염이 나 있는 평범한 사람이었으나, 자태나 예의범절에는 위엄이 있었다. 세자는 병약하고 환자 같은 인상이었는데, 내가 그들을 알현하는 동안 세자와 왕비는 서로 손을 꼭 잡고 있었다고 쓰고 있다.

여기서 민비의 비틀어진 모습을 볼 수 있는 것이다. 그것은

"알현하는 동안 세자와 왕비는 서로 손을 꼭 잡고 있었다"

라는 내용이 바로 그것이다. 일국의 국모가 열 살이 넘은 세자와 손을 꼭 잡고 있었다니 과잉보호치고는 너무 지나쳤고, 유치하기 그지없는 모성애였으며, 오늘날 말하는 마마보이를 만드는 가장 나쁜 왕자 교육 자세를 보이고 있는 것이다. 그는 이어서 서울의 중앙관청이 부정부패의 중심지이긴 하지만, 모든 관청은 보다 작은 규모로 중앙관청의 부정부패행위를 그대로 답습하고 있었고, 부정직한 관군과 게으른 관리들의 횡포와 가렴주구는 핵심적인 세도가의 수입을 살찌게 만들어 주고 있었다고 쓰고 있다.

일본이 조선의 개혁 작업갑오경장을 말함, 필자에 착수 했을 때 조선에는 크게 두 신분계급 중 착취계급인 양반계급과 피착취계급상인 등이 있었는데, 착취계급에는 관직에 임명된 일반문관은 물론 막강한 병권을 가진 무관도 포함되고 있었다. 착취계급으로서 양반 관료층은 지위 고하를 막론하고 백성들의 재물을 착취하면서 국고의 공금횡령을 하는 등 온갖 부정행위를 다 저질렀고, 모든 관직은 매관매직 되었다. 심지어 양반의 지위를 사고파는 현상도 나타났다. 다만 그는 자기가 떠날 때인 1995년 2월 21일까지 갑오경장의 일련의 개혁은 놀랄 만한 것이었다고 평가하고 있는 것이다.

또한 양반과 관료들이 착취하는 방법을 보면 어느 지방에 부자가 생겼다고 하면 양반들은 그 농민에게 터무니없는 도조賭租, 농지의 소작료를 요구 했는데, 이는 그 부자의 농지가 애당초에 자기의 소유였다고 생떼를 쓰는 것이다, 라고 했고 또다른 방법으로는 농민들과 농지매매계약을 쓰고 나서 한 푼의 대금을 지급치 아니하고도 자기 논이라고 우겼고 이에 그 농민은 억울함을 항의 하나 꿈적도 않고 오히려 잡혀가서 그들의 노

복들로부터 매를 맞는다고 했다.

이러한 사실을 원님에게까지 호소한다 해도, 모른 체 하는 게 원님이었다 한다. 특히 원님은 임지에 가지 아니하고 한양에 머물러 있으면서, 대리인을 보내서 뇌물 챙기는 일에만 열중했다는 취지의 글도 쓰고 있는 것이다. 그는 이어서,

"조선 백성들은 너무나 가난에 쪼들리고 있었고, 무기력無氣力하고 비위생적이었으며 비굴하게 보였고, 무엇인가 쫓기는 것 같은 인상이었다. 그것을 보고 조선인의 속성屬性이 그런 것인가, 그렇다면 희망이 없는 민족이 아닌가"라고 생각했다. 그러나 연해주沿海州에 갔을 때, 거기에 이민 와서 살고 있는 조선인들을 보고 깜짝 놀랐다"라는 요지의 글을 쓰고 있는 것이다. 왜냐하면 거기서 본 조선인들은 같은 조선 민족인데도, 전혀 그렇지 않았기 때문이라고 했다. 이에 대하여 그는 구체적으로 어떻게 쓰고 있는가를 다시 살펴보기로 하자.

"나는 만주를 거쳐 러시아의 포리모리스크연해주를 여행하게 되었다. 그때 가는 나날들은 나로 하여금 자신의 정부가 아닌 타국정부인 러시아에 살아야 하는 조선 사람들의 생활상황이 어떤 것인가를 알 수 있는 좋은 기회를 주었다. 연해주에는 약 16만 명으로부터 18만 명으로 추산되는 조선 농민들이 32개 마을을 이루면서 살고 있었는데, 수천 명의 극빈 농민들도 있기는 했으나 대체로 다 잘 살고 있었다. 그 중 4,500명의 농민들이 살고 있는 어느 농촌을 보았는데, 거기에는 경찰과 관리가 조선 사람으로 되어서 자치를 하고 있었다. 각 농가들은 4~6개의 방과 조선서는 고관대작 집조차 찾아보기 드문 많은 창고들을 가지고 있었다. 집 안에는 탁자와 걸상, 청동으로 된 주전자, 그릇, 촛대, 등잔 등과 도자기, 찻잔 기타 많은 것들이 그들의 안락한 생활을 설명해주고 있었다. 문밖에는 가득 찬 곡물 창고가 있었고, 조랑말 새끼 밴 암말, 개량종의 검은

돼지들, 짐수레를 끄는 소, 블라디보스토그 시장에 내놓을 우마차에 딸린 살찐 소, 농기구 등을 볼 때 물질적 번영을 확실하게 입증하고 있었다.

어느 여행가도 내가 조선 사람의 가정에서 받은 것보다 더한 안락한 설비와 더욱 성심성의의 환대를 받는다는 것은 불가능할 것이다.

그러나 이보다 더 훌륭한 것이 많았다. 남자들의 태도는 미묘하지만 사실상의 변화를 보이고 있으며 여자들은 비록 명목상으로는 은둔의 습관을 지켜나가고 있었지만, 조선의 가정에서 그들의 특징이었던 비굴한 태도는 갖고 있지 않았다. 국내에서만 자란 조선 사람들은 아내에 대한 의심과 지독한 노예근성 등의 근성을 가지고 있었으나 이곳에서는 그런 모습들이 아시아적이기보다는 영국적인 남자다움과 독립심으로 바뀌고 있었다. 양반의 거만한 몸짓과 농부가 기운 없이 어슬렁대는 태도도 민첩한 행동으로 바뀐 것이 특징이다. 돈을 벌 수 있는 기회는 많으며, 그들이 번 돈을 짜낼 양반도 관리도 그곳에는 없었으며 안정과 재산은 더 이상 관리들의 관심을 끌지 못했고, 재산의 불안감보다도 신뢰에 더 큰 비중을 두고 있었다. 안락한 생활과 함께 많은 농부들이 부유하게 살고 있었다. 그들은 무역에 종사하면서 광범한 계약을 맺고 있었다.

조선에서 나는 그들이 열등민족이었고, 삶의 희망이 없는 존재라고 생각했으나, 포리모리스크연해주에서는 나의 의견을 수정해야 할 이유를 발견했다. 정직한 행정과 수입에 대한 정당한 방어만 있다면 천천히 인간으로 발전해 나갈 수 있으리라는 희망을 나에게 주었다. 만주 훈춘에 살고 있는 조선 농민들도 같았으며 어느 곳이든 조선 농민은 중국 농민들보다 훨씬 잘 살고 있었다."

위와 같은 내용의 글을 보면, 비숍이 관리들과 양반들의 부패를 얼마나 미워했고 또한 싫어했음을 알 수 있고, 조선이 희망이 없는 것은 오로지 관리들의 부정부패와 양반들의 횡포에 그 원인이 있음을 알 수 있게

해 주고 있는 것이다. 비숍 여사는 윗글에서만 그런 게 아니라 여러 군데
서 다시 쓰면서 거듭하여 비슷한 사실을 강조하고 있었다. 예를 들면 수
십 쪽을 쓰고 나서도,

　"나는 동부 시베리아로 이주하여 정열적으로 노력하여 열심히 살아가
고 있는 조선의 농민들을 본 적이 있다. 조선의 농민들이 러시아의 지배
하에 있는 농민처럼 낮은 세금과 생업의 보장을 받지 않는 한 1200만~
1400만의 조선 사람들에게는 희망이 없는 것이다"라고 결론을 짓고 있
는 것이다.

　또한 그는 수십 쪽의 글을 다시 쓰고 나서 말하기를, 조선은 지방 관료
주의 수없이 많은 직권 남용, 중앙 정부의 핵심부처는 밑도 끝도 없는 부
패의 바다이고 그들은 모든 산업에서 그 활력을 빼앗아가는 착취 기관일
뿐이며, 관직과 재판은 상품처럼 팔고 사고 있어서 정부는 빠른 속도로
쇠퇴하고 있었으며 그들은 오직 살 길은 뇌물만이 살 길이라고 생각하고
있었다"고 결론짓고 있는 것이다.

　이러한 결론들은 라이샤워 교수가 지은 "최근세의 일본 흥망사"에서
밝힌 내용과 일치하는 것이다. 그는 일본이 중국이나 청국과는 달리, 곧
바로 서양문명을 받아들여서 개혁에 성공할 수 있었던 것은 에도江戸정
부에는 부패가 없었고, 관리들의 부패도 없었다는 점을 들고 있는 점과
상통하는 것이다. 당시 일본을 250년 동안 통치해온 에도정부는 부패하
지 않았던 정부로 유명했었다. 그들은 도구가와 이에야스德川家康때부터
검소하게 생활하는 게 하나의 철학이 되고 있었고, 생활화되고 있었으며
습관화되고 있었다.

　이러한 사실은 임진왜란 이후 영 · 정조 시대에 일본을 다녀와서 쓴 어
느 수신사들의 글에서도 잘 나타나고 있는 것이다. 그 당시 우리나라 지
방관들은 정해진 공물과 세곡, 그리고 환곡 외에도 갖가지 명목으로 돈

과 쌀, 기타 특산물 등을 백성들로부터 더 거두어들이고 있었으나, 일본
은 1년에 단 한 번 정해진 세곡을 내고 나면 다시 더 이상 징수하는 일이
전혀 없었다고 기술하고 있는 것이다.

그 때문에 아무리 쌀 등의 잉여량이 많아도 더는 내지 않는 게 일본의
수취제도여서, 그 때문에 상업이 발달하고 물류산업이 왕성했으며, 백성
들의 생활이 풍족하다고 칭찬하고 있었다. 이것을 보면 공무원의 부패는
만병의 근원이고 망국병의 원천이며, 국가 멸망의 근원임이 틀림없는 진
리인 것이다.

러시아 장교단의 조선 보고서와 율곡의 구임久任안

1894년은 동학혁명운동이 있었고, 같은 해에 청일전쟁과 갑오경장에
이어서 다음해인 1895년 10월 8일에는 민비의 시해사건이 있었으며, 이
어서 친일내각인 김홍집 등의 강압적인 단발령의 시행도 있었다. 그때
고종 자신부터 상투를 자르고 단발의 시범을 보였으나, 이런 일련의 개
혁이 일본의 강압에 의한 사실임이 밝혀지면서 또 한편으로는 민비의 시
해도 일본인들의 범죄임이 알려짐으로써 전국적인 단발령의 거부운동
이 일어났다. 그때 신변의 위험을 느낀 고종은 가마를 타고 궁궐을 탈출
하는 방법으로 러시아 공사관에 피난하게 되었는데, 이를 가리켜 아관파
천이라 한다.

그런데 러시아 정부에서는 그 이전인 1881년부터 1895년까지 장차
조선을 도모할 목적으로 장교들을 파견하여 조선의 실정을 샅샅이 조사
하여 보고하게 한 사실이 있다. 그때 그들 장교조사단은 조정의 공식적
인 협조를 받아서 국내 사정을 조사했으므로, 가는 곳마다 관원들의 협

조를 받아서 조사했다. 그때 그들이 주로 살핀 것은 조선족이 과연 독립을 유지할 수 있는 민족인가, 조선을 취했을 때 과연 러시아에 얼마나 도움이 될 수 있는 나라인가, 그리고 자치능력이 과연 있는 민족인가 등을 상세히 조사해서 기록으로 보고한 내용이 이 책이다.

그들의 조사 목적은 기본적으로 과연 조선을 집어삼킬 만한 나라인가 아닌가를 기준으로 조사했던 것이므로, 퍽 마음에 내키지 아니한 기록이기는 했으나 약간의 참고할 만한 내용이 있었으므로 여기에 소개하려는 것이다. 그때 조사된 기록은 카르네프 외 4인의 이름으로 되어 있고 책 제목은 "내가 본 조선, 조선인"이라고 되어 있으며, 현재 번역된 책이 도서관에 비치되어 있음도 참고로 밝혀둔다.

이 책의 내용을 보면, 조선인들의 특성이 온순하고 선량하며 순종적이라고 하면서 천만인의 백성들을 군대나 총검도 없이 고관의 명령에 의해서만 통치되고 있었다. 그런데도 시골구석까지 질서가 파괴된 적이 없으며 가는 곳마다 평화스럽고 평온하였으며 조선인들은 그것을 파괴하는 것을 범죄로 여기고 있고 모든 것이 고려되고 엄격하게 정해진 일련의 테두리 안에서 조용히, 그리고 침착하게 살아가고 있고 언제 어떻게 웃고 화내고 울어야 하는지를 잘 알고 있었다고 극찬하고 있는 것이다. 모든 규범들은 조상으로부터 계승하였고 이 규범에 따라 살고 있으며, 싸우라는 명령을 받으면 싸우고 조정에 대항하지 말라고 하면 봉기하지 않았다고 평가하고 있었다. 다만 조선 남성들이 가정 생활에 엄격하지 않는 것과는 대조적으로 조선 여성들은 성실하고 도덕적이었다고 호평하고 있는 것이다.

그런데도 관리 임명제도에 대해서는 날카롭게 비판하고 있는데, 그 예로서 관리의 임명은 공적이나 능력 기준이 아니고 자리에 따라 돈을 내는 사람에게 주어진다. 지방 수령의 자리 값은 평균 2만 냥이고 기존 관리는 빨리 회수하려 하고 반대로 조정은 다른 사람을 임명하려 하는 식의 매관매직이 공공연히 이루어지고 있음을 지적하면서, 임명된 지 얼마 안 되어 새로운 사람을 임명함으로써 구관이 수령직을 사는데 들인 2만 냥을 챙길 기간이 없어서 그 돈을 전혀 챙기지 못한 까닭에 파산자가 속출하고 있고, 그 때문에 채권자들의 빚 독촉이 극심하다는 평을 하고 있는 것이다. 이런 내용으로 보면 비숍이 지적한 매관매직이 어떠했는가를 알 수 있는 것이다.

그 외에도 앵거스 해밀톤이 1899~1905년 초까지의 조선사정에 대하여 쓴 글도 있다. 제목은 "러일전쟁 당시 조선에 대한 보고서"로 되어 있는데 위의 장교단들이 쓴 글보다는 날카롭지 못했다. 다만 이 글은 서문에서 러일전쟁 직전의 러시아 해군현황과 일본 해군현황을 상세히 비교하여 서술하면서, 여러 가지 입장에서 러시아 해군이 매우 불리함을 역설하고 있는 것이 특색이었다. 고종에 대해서는 162cm의 작은 키에 온화한 기품을 가진 군왕이고 대화에 능한 군왕으로 소개하면서도, 그에 앞서의 평가는 "여러 당파에 휘둘리는 결단력 부족의 군왕"으로 평가하고 있고 또한 국가경륜의 의지가 없는, 그리고 뜻대로 행하지 못하는 무능한 군왕으로 평가하고 있었다. 그런 예로서 그는 천인 출신인 이경식에 의존하여 국사를 이끌어가는 군왕으로 그리고 있다. 하지만 관료의 부패상에 대해서 언급을 하면서도 구체적으로 쓴 것이 별로 없다. 다만 엄비도 천인 출신이고, 당초는 중국인의 처이면서 두 아이를 둔 이혼녀로 그리고 있으며 그녀의 여러 가지 좋지 못한 일들을 폭로하고 있는 것은 매우 이례적이었다.

또한 지방농민들의 식생활상을 비교적 자세히 알려주면서, 개항장의 실태와 상선의 입출항 현황까지 통계를 이용하여 제시하고 있어서 개항 후의 조선조 말에 쌀과 콩의 수출이 많았다는 것과, 이를 위해 일본 선박이 부산과 비슷하게 군산항에 집중되고 있었음을 알려 주고 있어서 일본이 식량해결을 위해 얼마나 애썼는가와 일본의 일차적인 침략 목표가 조선의 쌀을 뺏기 위한 것이 아니었는가를 생각하게 하는 것이었다.

그 외에도 러시아의 외교관이 이들보다 앞서서 조선의 역사 등을 조사하여 쓴 글도 있는데, 제목은 "러시아의 외교관이 바라본 근대한국"이고 저자는 미하일 알렉산드로비치 포지오이다. 이 자는 역사를 심히 왜곡歪曲하여 일본을 추거 올리고 있는 게 특별했다. 예를 들면 임진왜란 때 조선이 일본한테 철저히 짓밟혀서 재기 불능상태에 있었으나 풍신수길의 사망으로 철병하여 겨우 구제 되었다든가, 명군도 수차례나 일본군에게 패전했다는 것, 임진왜란 이후에도 부산항은 일본인이 계속하여 지배했다고 했고 조선은 수백 명의 사람의 가족을 일본에 바쳐야 했고, 새로운 국왕의 등극이 있으면 일본에 알려서 사실상 승인받는 형식을 취해 왔다는 등의 허위사실을 적시하면서 악평하고 있는 것이다. 이런 자의 글은 공정성과 진실성이 너무나 없고 내용이 추상적抽象的이어서 소개할 필요를 느끼지 아니하나 중요 부분만 간추려서 소개해 볼까 한다.

조선의 국왕은 신성불가침이며 백성들의 존경을 받고 있다. 영의정 등 고위직 관료들은 정해진 봉록 외의 수탈방법이 사실상 허용되어 있어서 심히 모순된 점이 있다. 재판이 독립되어 있지 아니하고 행정관에 의해서 처리되며 사실상 매매되고 있는 현실과 각종의 부정한 방법으로 시행되고 있다. 양반 가문의 존재와 특권, 특수 가문의 영광과 이들의 출세, 그리고 그들이 존경받고 있는 현실, 평민에게도 제도적으로는 모든 권리가 부여 되어 있어서 고급관리가 될 수 있으나, 실제적으로는 아무리 우수해도 완전히 소외되고 있다. 전반적인 멸시대상에는 백정과 모피장이 있는데, 이들 단체들은 노비와 같이 천대받고 있으나 소고기 파는 사람은 존경받고 있다.

교육제도는 중국의 영향 하에 있고 중국문학 공부가 주된 내용이며 한자교육이 필수적이다. 다만 천문과 의학, 역학 등의 특수교육도 있다. 의약에는 인삼과 사슴의 뿔이 강장제의 특효약으로 알려져 있고, 일반 약제 외에 침술이 이용되고 있으나 의사들의 무지로 콜레라와 천연두 등에 대한 대책이 전혀 없다. 가부장제도와 효 중심의 교육이 철저하며, 장례제도가 엄중하고 죽은 사람의 혼령을 깊게 믿고 제사를 철저히 지낸다는 것, 그리고 부모가 죽으면 3년 상을 치른다는 것, 아무리 가난해도 식사 때가 되면 찾아 온 손님과 같이 식사하며 그 때문에 걸인이 양산되어 있다는 것, 지나가는 과객에게 숙식을 제공하는 것은 당연하다는 것, 한국인은 선량하고 정직하며 외국인에게 믿음을 주고 있고 매우 고집이 세며 성 잘 내고 복수심 강하다는 것, 또한 용감하고 비상한 강직성을 가지고 있으며 인내심이 강하나 낭비벽이 심하다는 것, 중국인이나 일본인보다 키가 크고 체격이 건강하며 중국인이나 일본인 같이 몽골민족이라는 것, 머리는 둥글고 코는 짧고 약간 납작하며 광대뼈가 툭 튀어 나왔고, 눈썹은 위로 올리어져 있으며 머리는 검다는 것, 천주교도들에 대한 박해가 심하고 가내공업으로 자급자족하면서 살고 있다는 것, 전문직으로는 도공이 있고 제지업은 중국보다도 오히려 앞서 있다는 것 등이다.

그 외에도, 해방 후에, 서울주재 소련 영사관의 영사1948년까지 소련 영사가 있었음가 썼던 글도 번역되어 나와 있으나 이 자의 기록은 좌익세력과 남로당을 지나치게 옹호하면서, 미군정을 비판만 하는 편파적인 내용이어서, 읽을 만한 가치가 없다고 보이므로 이만 생략한다.

필자가 조선 최근사와 최근정치사 등을 읽으면서 "그런 식으로 행정과 인사제도를 운영했기 때문에 나라가 망했구나"라고 생각하고 있었는데, 최근 몇 년 동안 도서관에서 빌려서 읽은 비숍 등의 글들은 이보다 더한 내용들을 담고 있고, 그러한 부정 사실들이 있었음을 더욱 확실하게 뒷받침해주고 있는 것이다.

한마디로 조선조 멸망의 근본원인은 왕과 중앙정부의 매관매직, 부정부패, 바로 밑의 지방수령의 단기간 재임在任과 부정부패, 직권 남용, 양반들의 권력 남용과 탐욕, 그리고 관리들의 가렴주구 등이었다. 하지만 보다 근본적인 원인은 이런 악폐가 생길 수밖에 없도록 인사제도를 운영한 왕과 그를 둘러싼 외척들과 권신들의 매관매직賣官賣職에 있었다고 봄이 보다 정곡을 찌른 명답일 것이다.

이와 같은 인사의 난맥상亂脈相과 지방 수령의 단명短命과 관련하여 조선의 거유인 율곡 선생은 동호문답東胡問答이나 만언봉사萬言封事 등의 여러 글에서 지방관의 구임久任을 강력하게 주장했다. 그때의 주장의 골자는 지방관은 적어도 4년 이상씩 구임시키되, 재임 중 호구戶口가 늘고 세곡의 징수가 정확하면서 군적軍籍이 잘 정비되어 병졸이 잘 조련調練되어 있으면 그런 지방관은 영전시켜서 더 높은 중책을 맡기되, 그렇지 못한 자는 마땅히 체임遞任 바꿈시켜야 한다고 주장하고 있었다. 이러한 주장들 때문인지 선조 때는 물론 영·정조 까지도 매관매직의 악폐는 거론되지 않았다. 아마도 이러한 악폐는 왕권이 쇠약하고 외척이 설치기 시작한 순조 때부터 비롯되어 그 기풍이 면면히 이어지면서 차차 더 극성스러워졌다고 봄이 옳다. 이런 기풍이 고종 때에 이르러서 극도로 악화된 것이다. 이는 외척인 민 씨들에 의해서 차마 눈뜨고는 볼 수 없는 최악의 상태로 치달았다고 보아야 한다. 따라서 이때쯤에는 매관매직이 관례화되어 있어서 그 누구도 이상하게 생각지 않는 기묘한 기풍이 생겨서 거론조차 하지 않았으나, 비숍여사 같은 외국인의 눈에는 엄청난 충격으로 받아들여졌던 것이다. 따라서 나라가 번영할 때는 율곡 선생이 주장하는 것처럼 구임시켜서 치적을 올리도록 했으나, 나라가 기울 때는 매관매직이 횡행橫行하여 국가의 기강紀綱이 극도로 문란했음을 알 수 있는 것이다.

기타 외국인들이 본 조선인

외국인의 기록이 모두 조선조 말의 실태를 부정적으로만 본 게 아니다. 예를 들면 1892년에 미국 감리교의 선교사로 파견된 노불은 일기체의 글에서 "1892년 9월 초, 배로 어려운 항해를 거쳐서 요꼬하마橫濱에 내렸던 바, 인력거를 끄는 차부車夫와 모든 부두 노무자들이 거의 발가벗고 일하고 있어서 얼마나 기겁했는지 모른다. 처음은 완전히 벌거벗은 알몸으로 일하는 줄 알고 너무나 깜짝 놀랐으나, 자세히 보니 완전히 벗은 것은 아니고 중요한 그 곳만은 겨우 가리고 있었는데 옷감으로 만든 천 같은 것을천으로 만든 훈도시를 지칭하는 듯함을 찼더라"라고 쓰면서 조선에 와보니 그와 반대로 예의범절이 반듯하고 남성들이나 여성들 모두 옷을 제대로 갖춰서 입고 있는 것을 보고, 조선 사람이 일본인보다 훨씬 더 문명인이었다고 기술하고 있는 것이다.

다만 그 글은 감리교를 믿는 사람과 같은 미국인끼리 지냈던 일만을 주로 쓰고 있고 정치 이야기 등은 전혀 없었다. 그러나 3·1운동 후의 글은 사뭇 날카로워져서 일본인의 만행을 규탄하는 내용으로 변해 있었고, 특히 4월에 이르러서는 만세 시위운동이 가장 격렬해져 갔음을 밝히면서 일본인들은 자기 선교사들이 배후세력이 아닌가 하는 의혹의 눈초리로 자기들을 노려보았고 감시의 대상이 되어 있었다고 기술하고 있는 것이다. 그때 일본인들이 저지른 만행의 정도는 우리가 평소 예상하는 수준을 훨씬 넘고 있었다. 예를 들면 촌락에 나아가서 젊은이들을 닥치는 대로 붙잡아서 구타하는 것은 물론이고, 조금만 이상하면 만세시위 운동의 주동자로 몰아서 구속하거나 바로 총격하여 살인행위를 자행하면서 방화까지 함으로써 가옥 등을 파괴하고 있음을 폭로하고 있었다.

또한 당시 경기도 제암리 등의 여러 기독교인들의 촌락이 가장 큰 희생을 당한 사실들과 비참했던 내용들을 상세하게 기록하고 있었다. 다만 그 노블 선교사는 1938년 노령으로 귀국한 인물임을 밝혀둔다.

그 외에 퍼시벌 로웰이 쓴 "내 기억속의 조선 조선인"이라는 책이 있다. 그는 같은 미국인이면서도 1883년 12월에 고종의 초청으로 조선을 방문했다가 1884년 봄에 돌아가서 쓴 책이어서 너무나 단기간의 체험 탓인지 관료들의 부패상이나 양반들의 행패, 그리고 국민들의 무기력성 등에 대해서는 전혀 언급치 않고 있었으므로 그 글만으로는 진솔한 실태를 알기 어려웠다.

그는 고종과 함께 만찬을 했는데, 그때 고종은 30세 정도로 보였다는 것과 세자는 열 살 정도였다는 것, 홍영식이 같이 동석했다는 것과 당시 의전을 담당한 민태호를 가리켜, 그는 탐관오리로서 이름을 날리고 있는 자로서 냉혹하고 매우 교활하게 보였다고 쓰면서 그런 인상은 동족 수탈을 업으로 삼는 모리배 중에서도 쉬 찾아 볼 수 없는 것이라고 평가하고 있었을 뿐이나, 그 이면에 숨은 뜻은 우리나라 역사상 외척인 민 씨들의 부패행위가 가장 격심했음을 은근히 암시하고 있다는 사실이다. 그런데 더 놀라운 것은 그 민태호가 바로 민영익의 친부이고, 민영익은 민승호의 양자로 입양되어 있었다는 사실이다. 이와 같이 외척의 핵심인물들이 탐관오리라고 낙인찍히고 있었으니 어찌 한심하지 않겠는가. 그 외에는 어떤 곳에서도 조선조의 부패상 등에 관한 구체적인 언급은 없었다.

다만 그는 조선의 가부장제와 여성의 지위, 혼인이 오로지 아버지의 단독 의사로 결정되고 신혼부부는 혼례를 치루는 자리에서야 비로소 서로의 얼굴을 보게 되는 특수사정을 소개하고 있었다. 또한 사내아이는 아무리 나이가 많아도 미혼이면 어린 아이로 취급되며, 따라서 말도 하대 받으면서 상투를 틀어 올리지 못하고 계속하여 댕기를 늘인 채 돌아다닌다는 것과 남녀 성인들은 거의 담배를 피우고 있다는 것, 부모의 상을 당하면 삼베로 짠 의복을 입는다는 것, 상민들은 짚신을 신는다는 것, 양반들은 반드시 갓을 써야 하는데, 그 갓을 중심으로 한 여러 형태의 모자 이야기, 그리고 서당에서는 소리 내어 책을 읽고 있다는 것, 빨래하는 여인은 냇가에서 옷을 두들겨 패서 빨고 있다는 것, 겨울에 빨래할 때는 솜옷을 완전히 뜯어서 빨래를 한 후 다시 옷을 지어야 하므로 주부들의 고됨이 더더욱 가혹하다는 것, 모처럼 빨래하는 여인 중에 미인을 발견하고 사진을 찍어보려고 그녀의 부친인 듯한 할아버지에게 갖은 설득을 다 해 보았으나 끝내 실패했다는 실패담, 다듬이 소리에 놀랐다는 이야기 등 많은 이야기가 있으나 이 글에 더 도움이 될 만한 글은 없었다. 그러면 외국인들이 본 조선조 말의 실태는 그렇거니와 그 외의 조선조 말에 대한 외국인의 글은 없는가를 살펴보자. 최근 간행된 "서양인의 조선 살이"정상화, 로버트 네프 지음를 읽어보면 조선조 말에 외국인들이 우리나라에 와서 겪었던 사실들을 잘 엮어내고 있다. 따라서 비숍 여사의 글도 여러 군데서 옮겨 싣고 있기는 하다. 하지만 가장 유감인 것은 비숍 여사가 그토록 날카롭게 비판하고 있는 부정부패, 매관매직, 양반들의 횡포 등은 거의 언급이 없는 게 유감이었다.

그러나 서양 외교관들이 두 사형수의 매달린 동학도들의 머리를 보고 놀라워했다는 사실, 1886년의 호열자 창궐로 서울 장안의 떼죽음 사태와 시체처리의 처참함, 서울 거리의 불결과 협소, 지독한 악취, 개천들의 불결함, 자동차를 보고 놀라워하는 조선 사람들과 그림, 전차노선을 베고 자다가 죽은 두 사람과 이에 따른 인심의 동요와 시위, 임오군란 때 죽은 민 씨들의 집이 귀신 들렸다 하여 살 사람 없는 탓에 1만 불짜리 집을 미신을 안 믿는 외교관들은 단돈 2,200불에 사들였다가 4,400불에 자기 본국 외교관사용으로 팔아먹었다는 이야기, 서울시민들이 음력 정초에 패를 나누어서 석전을 크게 벌이는 특이한 경기가 있는데 엄청난 부상자가 발생하는데도 매년마다 계속되어 온다는 이야기와 관람객들 중에도 부상자가 속출한다는 사실 등 참으로 많은 이야기들을 소개하고 있다.

특히 미모였던 24세의 미국인공사의 딸, 헬레나 허드와 56세의 중국 주재 독일공사 브란트와의 애틋한 사랑과 이에 따른 미 공사의 반대는 물론, 독일정부에서도 동의를 안 해주어서 결국 브란트는 사표를 내고 자유의 몸이 되어 귀국한 후, 국경과 30여 년의 연령차를 극복하고 드디어 결혼에 성공하여 잘 살았다는 이야기 등 많은 이야기들을 소개하고 있는 것이다. 그러나 전술한 대로 조선조 말의 관리들의 부패상 등에 대해서는 거의 말이 없는 것이다. 그러면 조선조 말에 겪었던 우리 백성들이 경험한 조선조 말의 실태는 어떠했을까.

우리 백성들이 겪어본 조선조 말의 실상들

독립 운동사나 일반 역사서에는 부정부패나 매관매직 등에 대한 실례와 양반들의 권력 남용과 패악 등에 대한 글은 별로 없다. 또한 백성들의 구체적인 경험담을 쓴 책도 별로 없다. 그리고 치안이 얼마나 어지러웠는가에 대한 구체적인 체험담을 쓴 글도 읽어본 일이 없다.

그런데도, 어떤 외국인은 우리나라에 와서 여행할 때 어느 객주가에 들려서 하루 밤을 자게 되었는데, 그때 그 객주 주인은 이 외국인이 전혀 알아들을 수 없는 우리나라 말로 무엇을 거듭 요구하고 강조하기에 가만히 새겨보니 돈 보따리를 내놓으라고 하는 말이었다.

처음은 너무나 황당하여 말도 안 되는 소리라고 버티었다 한다. 그러나 주인의 언행이 하도 진지하고 강력하기에 끝내는 어쩔 수 없이 내 주었단다. 그런 후 깊이 잠들었는데, 한밤중에 누가 발로 자기 몸을 툭툭 차기에 일어나 보니 작당한 강도들이 들어와서 돈을 요구하기에 없다고 하니까 한참 수색 끝에 돌아갔는데, 그것을 보고서야 주인의 행동을 이해하게 되었다 한다. 그 외국인은 다음 날 아침에 돈을 돌려주는 주인에게 크게 고맙다고 인사했다는 경험담을 읽은 기억이 있다.

또한 그는 가마를 타고 다니라는 부탁과 함께 조선에서는 가마를 안타고 걸어 다니면 상민취급을 받으니 반드시 가마를 타고 다니라고 하면서 가마를 제공 받았으나, 가마가 너무 비좁아서 자유롭지 못할 뿐 아니라 너무 어지러워서 많이 걸었다는 이야기, 그리고 가마꾼들이 시간관념이 없어서 시간을 잘 안 지킨다는 것과 한 번 술판을 벌리면 몇 시간이고 일어설 줄을 모르고 해가 기울 때까지 논다는 이야기 등을 읽은 기억이 있다.

그 때문에 저자는 우리 백성들이 직접 겪었던 뼈저린 체험담을 소상하게 써서 후세에 남기도록 하고자 하는 것이다. 이러한 마음가짐은 당연하다고 볼 수 있으나, 다만 아쉬운 것은 다른 사람도 그런 식으로 쓴 글을 내놓아서 필자가 한 번 읽어 보았으면 하나 아직은 한 번도 읽지 못해서 심히 유감스러운 것이다.

이 글에서는 그런 의도로 저자가 어렸을 때 외조부로부터 직접 들었던 이야기를 써볼까 한다. 이러한 생각은 그 당시의 농촌실태를 가장 실감 있게 잘 밝혀줄 수 있는 하나의 귀중한 참고자료가 될 수 있다고 보기 때문이다. 저자가 12세 전후하여 저자의 외할아버지로부터 직접 들은 이야기를 숨김없이 쓰려는 것이다. 미리 양해를 구할 것은 혹시 읽다가 화가 나더라도 이해해주시기 바라는 것뿐이다. 저자는 일본인 농장에서 살았고 농노와 같은 생활을 했으며 많이 굶주린 바 있다. 저자는 신기촌 이라는 마을에서 강둑에 기대어 길게 일직선으로 늘어선 마을에서 살았는데, 우리 반에서 가장 통학 거리가 먼 사람이었다. 그리고 80명이 넘는 단일 반이었는데도, 우리 마을에서의 남자 통학은 필자 혼자였다. 나는 학교가 거의 4km나 떨어져 있었으므로 하교 때에 비가 오거나 무슨 일이 있으면 곧잘 외가댁을 찾았다. 외가댁은 학교에서 300m의 가까운 거리에 있었고, 외숙모가 너무나 잘 해주어서 곧잘 찾아간 것이다.

밤에는 의례히 외할아버지 방에서 잤다. 그때 가장 견디기 힘든 게 담배 냄새였다. 담배 냄새에다 노인들의 이상한 냄새까지 겹쳐서 찌들대로 찌든 탓인지 방은 퀴퀴하면서 구역질이 날 정도의 고약한 냄새여서, 내 코를 몹시 괴롭혔지만 어쩔 수 없는 하룻밤이었다.

외할아버지는 웬일인지 나에게는 곧잘 젊었을 때 겪었던 일들을 잘 이야기 해주시곤 했는데, 그때 겪으셨다는 강도떼들의 이야기는 지금도 귀에서 왱왱하면서 기억이 생생한 것이다.

외조부의 말씀은 한일합방 전이라고만 하셨으므로 정확한 연대는 모르겠으나, 아마도 한일병탄韓日倂呑 후에는 곧 조용해졌다고 하신 것으로 보아 1905년 경 부터 1910년 사이에 있었던 일이 아닌가 한다. 그리고 이 이야기는 해방 직전인 1944년 봄에 가장 많이 들었던 이야기이다. 조선조 말의 강도떼들은 반드시 6~7인이 작당해서 찾아 왔고 밤에만 찾아 왔으며, 그것도 대담하게 초저녁이었다 한다. 그들이 찾아와서 하는 첫 신호는 큰 목 나무로 마루를 "쾅" 하고 구르면서 첫마디가 "손님이 찾아 왔는데 문도 안 열어 보느냐"라는 큰 소리였고, 그 쾅하는 소리에 외조부는 너무나 질겁했고 놀라서 벌벌 떨면서 문을 열어 주었다 한다.

그때 외할아버지는 강도들에게 오히려 "어서 오십시오. 방이 누추하지만 어서 들어오시지요"라고 공손하게 애원하면 세 놈쯤이 들어오고, 두 놈은 밖에서 망을 보고, 두 놈은 마루에 걸터앉아서 밖을 보고 있었다 한다. 그때 젊은 청소년이었던 외숙은 외조부의 명에 따라 거의 십리나 되는 임피 읍내 푸줏간에 급히 달려가서 소고기를 해 왔고, 외조모는 벌벌 떨면서 고깃국을 끓이고 밥을 잘해서 대접했다 한다. 그때 그들은 실

컷 잘 먹고 나서,

"돈 있는 것 다 알고 왔으니 그 돈 다 내 놓으라"

라고 호통을 쳤고, 없다고 거부하자 끈으로 외조부와 외숙을 묶은 다음 산으로 끌고 가서 몽둥이로 내리치면서 고문을 해댔다 한다. 그들은 고문을 하다가 먼동이 트면 그때서야 어슬렁어슬렁 가버렸고, 두 분은 그때서야 집에 돌아올 수가 있었단다.

외할아버지 말씀은 그런 꼴을 한 번만 당한 게 아니라 여러 번 당했다고 하셨다. 그들이 처음은 어떻게 알았는지 돈 있는 것을 알고 왔기에 꼼짝 없이 돈을 다 빼앗겼으나 두 번째부터는 돈이 없어서 못 주었기 때문에 고문을 더 당하셨다고 하시면서, 합방合邦 후에도 처음은 일본경찰도 신고를 받고서도 선뜻 나서지 못했으나 곧 치안이 안정되어 얼마 안 되어 조용해졌다고 말씀하셨다.

그리고 결론짓기를 "지금은 제 것만 있으면 얼마나 살기 좋은 세상이냐, 참으로 살기 좋은 세상이다"라고 말씀하셨고, 이 이야기는 매번 잘 때마다 몇 번이나 되풀이하여 해 주셨다.

필자는 그때 공출 때문에 심히 시달리시는 아버지를 보아왔고, 어머니까지도 그들로부터 협박을 당해 온 것을 보아온 터이므로 조금 이상하게 들렸다. 당시 우리는 불리농촌에서 3,800여 평을 소작小作으로 경작하고 있어서, 논이 많았으므로 공출供出의 배당량도 많아서 심한 고통을 당하고 있었다.

또한 채 씨의 집성촌에서 타성他姓바지로 살고 있어서 더 고생한 것이 사실이기는 하나 외조부가 말씀한 것과는 너무나 먼 생활이었다. 아마도 그때 외가댁은 한국인 지주의 토지를 소작하고 있었는데, 겨우 800평을 짓고 있었음에도, 말을 키우고 말 병을 치료하는 가축의사 노릇을 하면서 말굽을 박아주는 등의 일을 하고 있었다.

그 때문에 그런대로 생활하는 데는 큰 지장이 없어서 그렇게 말씀하셨는지 모른다. 그리고 논이 적음에도 그 대신 논이 굉장히 비옥해서 수확이 많았는데도, 공출의 할당량은 적어서 그에 따른 큰 고통은 없으셨기에 그리 말씀하셨는지도 모른다.

그러나 외조부가 이유 없이 강도떼들로부터 고문 당하셨고 그런 근본 원인은 국가의 기강이 해이해진 데서 비롯된 것이므로 그리 말씀하셨을 것으로 볼 때, 강도떼에 얼마나 시달리셨으면 "지금 제 것만 있으면 얼마나 살기 좋은 세상이냐"라고 하셨을까 되새겨 보는 것이다.

결국 이러한 민중의 숨은 고통이 하나하나 쌓여서 정부를 불신하고 있던 차에 일본의 노골적인 침략이 시작되었으므로, 백성들의 조직적인 저항도 없었거니와 배일세력의 성장도 없었지 않았는가 하는 게 필자의 생각이다. 이로 보아 분명히 조선조 말의 조정과 관료들은 너무나 썩어 있었고, 백성들은 가렴주구에 시달려서 정부와 담을 쌓고 있었으며, 또한 가난하고 무기력하기도 했다.

그리고 순조 때부터 궤도에 오른 안동 김 씨의 외척 정치는 어느덧 백성들의 의식 속에 그게 당연한 것으로 보는 사조가 깊이 뿌리 박혀있어서 별로 저항할 줄을 몰랐다. 그 때문에 외척들과 세도가들은 가렴주구와 매관매직賣官賣職을 마음 퍼놓고 해댔고, 이런 결과가 조선조를 멸망의 구렁텅이로 몰아넣고 있었다고 보는 게 가장 올바른 해답이다. 특히 지방수령의 재임기간이 평균 3개월이었다는 사실은 매관매직보다도 더 나빴다. 왜냐하면 아무리 유능한 지방수령이라 하더라도 그 지방의 실정을 파악하려면 6개월은 있어야 했으며, 또한 모든 것을 알아서 행정다운 행정을 펴보려면 적어도 3년은 있어야 했기 때문이다. 그런데도 이러한 악폐를 깨닫고 뉘우치면서, 적극적으로 국정을 바로잡고자 하는 개혁세력이나 출중한 개혁인사가 없었다. 또한 국왕은 물론, 집권세력인 민 씨

문중이나 안동 김 씨 등과 기타 신하들 중에도 그런 개혁인사는 거의 한 사람도 보이지 않았으니 어떻게 보면 조선조 멸망의 원인은 필연적인 결과가 아니었는가 한다.

조선조 멸망의 원인은 부패였고, 독립의 길은 혁명적인 개혁이었다.

백성은 물이고, 국왕과 정부 또는 지배자층 등은 물고기라고도 했고, 배라고도 했다. 그러므로 물이 없는 곳에서는 물고기도 살 수가 없는 것이지만 배도 뜰 수 없는 것이므로 백성이 없는, 즉 물이 없는 국왕이나 정부 등은 상상조차 할 수가 없다. 또한 물이 조용하면 배는 순항할 수 있으나 파도가 일면 배가 뒤집히기도 하듯이 백성들이 편안히 잘 살아야 배가 순항할 수 있고 백성들이 성내면 배는 뒤집히는 것이다.

이 같은 말은 이념의 화신이라고 할 수 있는 마오쩌둥毛澤東 등도 즐겨 쓴 말이고, 우리나라 정치인들 중에도 백성은 물이고 정부는 배라고 하면서, 물이 배를 띄울 수도 있으나 거꾸로 배가 뒤집힐 수도 있다는 비유를 많이 하면서 백성들의 무서움을 경고하고 있는 것이다.

하지만 조선조 말에는 그 물인 백성이 악정에 견디지 못하고 드디어 백성들이 들고 일어났는데, 그게 바로 동학혁명이었다. 이때 왕과 관료들, 그리고 양반과 지방 수령들인 배는 완전히 뒤집힐 뻔했으나 일본군과 청국군의 도움으로 겨우 파도를 잠재워서 침몰을 면한 것이다. 그때의 경험을 살려서 국왕과 관료 등의 지배층들은 물의 무서움을 다시 한 번 깊이 깨닫고, 왜 동학혁명이라는 큰 파도가 생겼는가를 잘 헤아려서 정치와 경제 사회 등 모든 분야에서 폐정을 대개혁하는 일대 혁명을 했어야 했으나 그렇지를 못했다.

그때 고종과 대소 신료들은 일본의 강압에 못 이겨서 갑오경장이라는 대개혁사업에 착수는 했으나 진실로 원해서 하는 개혁이 아니어서 지지부진하던 중 박영효의 고종 폐위운동이 발각되어 망명하게 되었다. 이때 러시아, 프랑스, 독일 등의 삼국간섭으로 일본이 요동반도를 청에게 반환하고 청은 이를 다시 러시아에게 조차해주자, 일본의 약함을 보고 친러파가 생겨서 민비와 함께 배일운동을 벌였다. 이에 1895년 10월에 일본은 낭인과 일부 일본군을 동원하고 홍선대원군을 앞장 세워서 민비를 시해했다. 이어서 그들은 친러내각을 타도하고 친일내각을 다시 조직한 후, 단발령을 발표하고 고종부터 시범을 보였다.

이 단발령은 상투를 자르고 중처럼 머리를 완전히 깎는 것이었으므로 당시의 개혁 작업 중에서 가장 강한 저항운동을 일으키게 한 사건이었다. 그때 유생들은 두 가단頭可斷 불가단발不可斷髮이라면서 목은 자를 수 있으나 머리는 자를 수 없다는 자세로 목숨을 건 저항을 했고, 이때 마침 민비의 시해가 일본인의 행위로 알려지면서 백성들의 저항은 더욱 격렬해졌던 것이다. 이러한 백성들의 저항이 일자 가뜩이나 내심으로 개혁을 싫어하던 고종은 친러파의 책동과 러시아의 적극적인 협조로 일국의 국왕이 러시아의 공사관에 피신하는 사태가 벌어진 것이다.

이를 계기로 친일 내각이며 단발령을 강력히 추진하던 김홍집, 어윤중 등 친일내각은 살해되거나 다시 일본으로 망명하는 사태가 벌어졌다. 이로써 겨우 실행해오던 갑오경장은 사실상 끝나 버렸다. 이후부터는 모든 백성들이 서로 얼굴만 쳐다보면서 나라가 되어가는 꼴에 일부 백성들만이 의병으로 일어나 싸우기도 했으나, 대부분의 백성들은 자탄과 한숨으로 지새우면서 좌왕우왕만 하다가 일본과 크게 싸워보지도 못한 채, 조선이라는 나라는 결국 일본이라는 바다에 아주 침몰해 버린 것이다.

당시 이 갑오경장과 조선의 자주독립은 일본의 청국 타도를 계기로 이루어졌다는 이유로 비숍 여사는 일본의 노고를 매우 높이 평가하고 있는데, 그는 1897년 3월에 우리나라를 떠났기 때문에 그 후의 일본이 어떻게 변했는가를 잘 모르기 때문에 그랬을 것이다.

고종은 갑오개혁을 어떤 눈으로 보고 있었는가.

갑오경장 때 고종이 얼마나 자기중심의 전제 군주로 변했는가를 살펴봄으로써, 고종은 애초부터 개혁에 대하여 관심이 없었다는 것과, 오히려 보수반동의 가장 수구적인 군주로 돌아가 버렸다는 사실을 밝혀 보고자 한다. 이를 위해 고종의 자세를 잘 알려주는 자료가 있으므로 사실여부를 알아보기로 한다. 그러려면 고종이 아관파천에 있으면서 발표한 1907년 8월 12일자의 관보에 실린 칙령의 내용 중 중요 골자만 옮겨 보는 게 좋은 방법이 아닐까 한다.

"아! 내가 덕이 없지만 어째서 너의 할아버지와 아버지들이 우리 왕실에 충성을 다하고 우리 선대 임금을 섬긴 것처럼 너희들이 나 한 사람을 섬겨야 하겠다고 생각하지 않는가. 우리 백성들은 스스로의 조상들이 조선 왕조에 충성했듯 현 우리 백성들도 변함없이 충성하여야 할 것이다."

위 칙령을 읽어보면 고종이 얼마나 못난 임금이었나를 알 수 있고, 또한 백성들을 섬길 것은 전혀 생각지 않는 전형적인 전제군주였는가를 알 수 있으며, 또한 백성들을 얼마나 하찮게 보고 있는가를 알 수 있는 것이다. 고종은 갑오경장을 가리켜서 "군주의 위치를 봉급 받는 자동인형 정도로 낮췄다"고 불평하면서 내심으로 굉장히 불평했다. 갑오경장의 이전엔 국고는 바닥나도 궁궐 예산만은 항상 넉넉히 갖고 있었으며, 국고가 바닥나면 궁궐 예산에서 꾸어 쓰고 있었다. 그 때문에 비숍 여사는 당시의 조선 정부와 고종에 대하여 다음과 같이 혹평하고 있었다.

"외세에 의해 자주 독립이라는 좋은 열매를 얻은 조선은 그것을 어떻게 요리해서 먹어야 할 것인지를 몰랐다. 그것으로 보아 조선은 혼자 힘으로 지탱할 수 없으며, 그러한 어려운 상황이 해결되지 않는다면 조선은 일본이나 러시아의 보호 하에 들어가야 할 것이다. 1896년 명성황후의 사태 후, 조선은 더욱 어려워지고 있다."

아마도 이것은 일개 국가의 국왕이 타국의 공사관에 도피하는 참상을 직접 보고 나서 내린 결론일 것이다. 이러한 사실들을 종합 판단할 때, 조선조 멸망의 원인을 깊이 따져보면 꼭 이완용과 송병준, 박제순 등 몇몇의 친일 주구들과 일본의 침략에만 책임이 있는 것은 아니다.

그 때문에 그들에게만 모든 책임을 돌리는 것은 진실을 외면한 피상적인 관찰이라고 보는 게 필자의 생각이다. 이와 같은 견해에 대하여 많은 비판이 있을 줄 믿는다. 왜냐하면 잘못하면 일본에게 면책의 특권을 줄 수도 있기 때문이다. 하지만 필자는 그런 비판에 대해서 동의할 수 없다. 물론 우리나라가 아무리 부패했다 하더라도 일본 같은 침략자가 무력을 이용하여 노골적으로 국왕을 협박하고, 각료들을 협박하면서 야만적인 침략행위를 자행하지 않았다면, 우리나라는 내부 혁명이 발발하여 새로운 정부의 수립은 있을 수 있었을지언정 일본의 식민지로 전락하지는 않았을 것이다.

거꾸로 아무리 일본이 우리나라를 넘겨보았다 하더라도 우리가 강하면서 국왕과 백성, 그리고 양반과 관료들이 온통 한마음이 되어 나라를 굳게 지켰다면 어찌 일본이 딴 마음을 먹을 수 있었겠는가. 따라서 일본의 침략 행위가 있었다 하더라도 우리는 그들을 거뜬히 물리치고 독립을 지켰을 것이며 국가의 멸망도 없었을 것이다.

하지만 아쉽게도 조선조 말의 참담한 실정은 일본의 침략 행위가 없었다 하더라도 어차피 몰락할 수밖에 없는 극한 상황이었음을 우리는 알아야 한다. 이와 같은 주장은, 결과적으로 일본의 침략이라는 범죄 행위를 두둔하는 결과가 아닌가 하고 비난할 수도 있고, 또한 일본의 침략 행위가 없었다면 우리나라는 결코 망하지 않았을 것이라는 반론을 제기할 수도 있다. 그러나 지난 19세기 말과 20세기 초에 있었던 열강들의 침략사를 살펴본다면 그런 주장은 너무나도 안일한 주장이다. 왜냐하면 그 당시의 세계의 기류는 남의 나라를 침략 못하는 나라는 3류 국가로 치부당할 때여서 힘 있는 나라가 힘없는 나라를 집어삼키는 것을 당연시 할 때였기 때문이다. 그러한 국제적 환경 속에서 자강自强의 힘을 기르지 아니하고, 안일하게 지내면서 매관매직과 가렴주구에만 눈이 어두웠던 우리에게 오히려 그 책임이 더 있었지 않았는가 하는 게 필자의 생각이다.

그러므로 진정으로 그때의 잘못을 자각하고 진심으로 자성할 때만이 다시는 그와 같은 비극을 되풀이 하지 않을 것이라고 결론지으면서, 그렇다면 과연 국권을 수호하고 독립을 유지한 채 2천만 민중의 생명을 온전히 보전하여 일본에 병탄되는 비극을 막아낼 수 있는 방법이 있었을까를 생각해 본다. 앞에서 많은 외국 사람들이 지적한대로 조선조 말은 그야말로 썩을 대로 썩어있어서 어느 분야를 어떻게 수술하고 다스려야 나라가 바로 설 수 있는가를 알아내기가 심히 어려웠다. 앞서 말한 대로 1894년에 일어난 동학혁명을 보면 우리 정부의 힘만으로는 도저히 진압할 수 없는 엄청난 항쟁이었다.

한마디로 일본군과 청국군의 군사적 지원으로 겨우 소강상태를 이룰 수 있었음은 누구도 부인하기 어려운 실정이었다. 그러한 사정을 상기한다면 조선조는 그때 어쩔 수 없이 망했을 것이나 외세의 개입으로 겨우 소강을 이룬 상태였다. 백보를 양보하여 그때 망하지 않았다 하더라도 적어도 몇 년간은 무정부 상태에서 극단적인 혼란의 쓴 맛을 보았을 가능성이 매우 큰 것이다. 그러므로 조선조 말의 혼돈 상태는 갑신정변 같은 극약의 처방도 구제할 수 없었고, 갑오경장 같은 개혁도 썩어 빠진 나라를 구하지는 못했을 것으로 필자는 보고 있다.

또한 일찍이 문호를 개방하여 서양문물을 받아들였다 하더라도 독립을 유지하기란 어려웠을 것으로 보는 것이다. 그런 사실은 라이샤워 교수도 지적했고, 비숍이나 러시아 장교단의 보고서에도 잘 나타나 있듯이 온 나라가 한 군데도 빠짐없이 모든 구석구석이 다 썩어 있었기 때문이다.

그렇다면 어떻게 했어야 올바른 독립을 유지할 수 있었을까. 가정이지만 이렇게 했으면 독립 유지가 가능하지 않았을까 하는 예상을 해보는 것이다. 예를 든다면 대원군 같은 결단력과 지배력을 갖춘 통치자가 있어서 정치적으로 완전한 안정을 이룬 가운데, 안으로는 철저하게 지방차별을 없애면서 부정부패를 일소하고 한편으로는 양반의 횡포를 뿌리 뽑으면서 완벽하게 반·상 제도를 없애야 했다.

그리고 가장 중요한 게 현대적인 교육제도의 개혁이었다. 그것은 낡은 사상의 근원을 이루고 있었던 성리학으로는 도저히 나라를 구할 수 없는 시대에 도달한 것이다. 따라서 오늘날과 같은 한글의 보편화를 통해 모든 백성들이 글에 눈을 떠야 했고, 과학교육과 일반 인문교육을 통해 세계의 움직임을 알게 해야 했다.

우리나라가 1960년대 이후 본격적으로 근대화작업과 산업화에 성공한 게 바로 교육의 힘이었듯이 당시도 교육의 혁신이 가장 중요한 과제였던 것이다. 그러나 그 당시는 그런 사실을 깨닫기조차 힘든 때였고 대원군이나 고종에게는 무리한 기대였다. 그런 연후, 과거제도를 혁파하여 현대식 고시제도로 개혁하고 부정한 방법으로 합격하는 것을 근절함으로써 인재를 고루 등용하여야 했다. 그러면서 또 한편으로는 확실하게 기강을 바로 잡은 채, 자주적으로 문호를 개방하여 유능한 인재를 다수 유학시켜서 서양의 선진된 군사제도와 산업개발방법을 도입하여, 자강의 길을 걸었더라면 조선의 독립은 유지되지 않았을까 하는 생각이 드는 것이다.

따라서 갑신정변의 주역인 김옥균, 박영효, 홍영식, 서광범, 서재필 등이 비슷한 생각을 가지고 개혁해보려 했지만 청군과 일본군과의 힘의 균형을 오판한 채, 외세를 끌어들여서 일방적으로 개혁하려 한 게 큰 실책이었다. 따라서 그런 개혁운동은 결코 성공할 수 없었다고 보는 게 필자의 생각이다.

그런데 불행하게도 그 당시의 지도자 중에는 세계대세의 흐름을 환하게 통찰할 수 있는 사람도 별로 없었고, 더구나 국왕들 중에 그런 사람이 있기는 더더욱 어려웠다. 후일 이완용 등이 학부대신으로 있으면서 한성사범학교와 초등학교를 세워서 현대 교육을 시키려 한 사실이 있으나 이는 백성들을 깨우쳐서 백성들이 잘 살게 하려는 서양식의 근본적 교육개혁이 아니고, 오로지 왕권 강화에 뜻을 둔 수박 겉핥기식의 교육개혁이었으므로 실패할 수밖에 없었다. 그리고 설사 그 당시에 그런 자질을 갖춘 참 지도자가 있었다 해도 당시의 정치 풍토에서는 견디어 내기가 심히 어려운 실정이었고, 정치의 환경 자체가 받아들일 수도 없는 망신창이의 나라였던 점도 무시할 수 없다.

조선조 말은 사실상 무정부 상태였다

강도가 혼자서 집 안에 들어와서 칼 등 흉기로 주인을 위협하여 재산을 탈취해가는 강도 행위를 당한다 해도 벌벌 떠는 게 보통 사람이다. 하물며 강도들이 7~8명씩 작당하여 공공연하게 강도 행위를 했다면 당하는 사람으로서는 얼마나 놀라서 기겁하겠는가. 그런데 조선조 말은 작당하여 찾아와서 고문까지 자행하면서 공공연하게 강도 행위를 할 수 있었던 나라였다. 그런 나라가 조선조 말이 아니고는 이 지구상 어디에 또 있었다는 말은 아직은 듣지 못했다.

더구나 그들은 초저녁이 조금 지나면 찾아왔고, 곧 안방을 차지하고 아랫목에 앉아서 큰소리 쳤다. 그때에 주인은 마치 중죄나 지은 사람처럼 벌벌 떨면서 거꾸로 무릎을 꿇고 "예 예, 어떻게 할갑쇼"라고 머리를 조아렸으니 그토록 기강이 무너진 나라가 어찌 독립을 유지할 수 있었단 말인가. 그들은 진수성찬으로 차려진 밥을 실컷 잘 먹고 나서 돈을 요구하다가 끝내 못 내게 되면 집주인을 완전히 포박한 채 산에 메고 가서 통나무로 고문을 해댄 것을 보면 이것은 통상의 강도가 아니고, 야간을 지배하는 엄연한 정부였고 무서운 권력이었다. 이런 고문 행위가 한두 번도 아니고, 여러 번 있었다는 것을 보면 평양 감사가 백성을 잡아다가 돈 내놓으라는 취지로 곤장을 쳤던 행위와 비슷한 것이다. 나라의 기강이 이 정도로 무너져 있었다면 조선 정부는 실질적으로 존재하지 않았고 특히 야간에는 존재하지 않았으므로, 그러고도 정부가 존재했다고 하기엔 매우 곤혹스러운 것이다.

낮에 이런 사실을 현감이나 아전을 찾아가서 신고하면, 자기들도 어쩔 수 없다고 하는 게 당시의 관원들이었다 한다. 이런 일련의 행위를 보면 조선조 말의 현실은 형식적으로는 정부가 있었으되 실질적으로는 무정부 상태를 연출하고 있었다.

양반들이 관료들을 등에 업고 계약서를 조작하여 상민들의 재산을 공공연히 빼앗아도 호소할 곳이 없는 나라가 조선조 말이었다. 또한 양반들이 남의 땅을 자기 땅이라고 우겨도 꼼짝 못하는 게 당시의 상민들이었다. 감사라는 자가 벼슬을 준다고 해놓고 싫다는 백성에게 왕을 능멸한다는 죄목으로 곤장을 치면서 황소 몇 마리 값을 받아내는 나라가 이 지구상에 어디에 또 있었단 말인가. 한결같이 지방 수령이 자기 임지에서 근무치 아니하고 한양에만 처박혀 있으면서 대리인을 시켜서 뇌물만 챙겨 왔고, 그 뇌물의 일부를 국왕이나 세도가에 바쳐서 수령의 벼슬자리만은 유지하려고 발버둥친 게 조선조 말의 관리들 풍속도였다.

이런 일련의 과정을 보면 왕과 외척 등의 세도가들은 관직을 사유물처럼 팔고 샀는데 이를 가리켜서 매관매직이라 했다. 그때 돈 주고 산 그 수령들은 그 본전에다가 이자를 후하게 붙여서 빼려고 했으므로 들인 돈의 몇 배에 해당하는 돈을 백성으로부터 가혹하게 빼앗는 행위를 자행했는데, 이런 행위를 가리켜 가렴주구라고 했다. 거기다가 한 술 더 떠서 지방 수령이 장기간 근속하면 그만치 매관매직할 기회가 줄어들므로 평균 3개월 만에 한 번씩 팔고 샀다니 그러고도 나라가 지탱할 수 있었다는 말인가. 지방관원은 재판판결도 돈 받고 팔았다고 했으니 참으로 어이가 없는 것이다. 비숍은 조선조 말에 우리나라를 둘러보고, 얼마나 분통해했는지 자기 여행기의 여러 군데에서 관료들의 부패를 비판하면서 꼬집고 있었는데, 그런 표현 가운데는

"관직과 재판을 재물처럼 팔고 샀다"고 표현하고 있는 것과,

"조선 관료들의 부정행위는 마치 하드라Hydra의 머리와 같아서 아무리 잘라내도 끝이 없었다"

라고 쓰고 있다. 외국인인 비숍이 관료들의 부패에 대하여 얼마나 충격을 깊이 받고 비분강개했으면 곳곳에서 그렇게 지적했겠는가와 머리가 아홉 개 달린 뱀의 모가지 중 하나를 자르면 두 개가 새로 생겼다는 그리스의 신화까지 등장시켜서 빗대어 비판했겠는가를 생각할 때, 부끄러운 생각이 가슴을 메게 하는 것이다. 이로 보면 조선조 말의 관료들의 부패

상은 우리들의 상상을 초월하는 것이었고, 부패의 늪은 도도히 흐르고 있어서 누구도 어떻게 다스려 볼 수 없게끔 극심하게 부패해 있었음을 알 수 있는 것이다.

그렇다면 근본적으로 이러한 원인이 어째서 생겼는가를 검토해볼 필요가 있다. 조선조의 역사를 살펴보면 사간원과 사헌부 홍문관 등과 같은 삼사제도가 제 기능을 다하고 부당한 인사 운영을 탄핵하면서 한편으로는 사색당쟁이 심하여 상호 감시와 견제를 하고 있을 때는 비록 대립과 알력은 있었으나 매관매직은 없었으며, 또한 부정부패는 그리 심하지 않았다. 그러나 순조 때부터 외척이 전횡하면서부터 안동 김 씨들은 자기 족벌의 안위와 부귀영화만을 도모했을 뿐, 국가의 안위와 백성들의 생활은 전혀 생각지 않고 있었다.

특히 외척이 득세하면서부터 과거시험은 형식에 불과했고 그들 외척이 독점하다시피 했다. 가뜩이나 서북인 들은 국초부터 등용을 기피 당해왔고, 전라도도 정여립 모반사건조작설이 있음을 계기로 등용을 기피 당함에 따라 참 인재를 얻기 어렵게 된 마당에, 마지막 남은 서인과 남인조차 멀리 하면서 일개 안동 김 씨나 여흥 민 씨의 가문에서만 관료를 쓰게 되었으니, 그리고도 참 인재를 구할 수 있었다는 말인가. 이러한 인사제도 운용의 남용은, 필연적으로 참 인재의 등용을 불가능하게 했고, 이 때문에 국정운용의 근본적인 결함과 함께, 관료들의 부정부패와, 양반들의 월권행위 등을 유발시켰다. 특히 군왕과 양반계급, 그리고 관료들의 의식은 완전히 썩고 문드러져 있어서, 마치 썩은 고목나무와 같았는데도, 스스로는 전혀 깨닫지 못하고 있었다. 그 때문에 그런 나무엔, 전혀 못을 박을 수도 없었고, 또한 어떤 대패질도 전혀 할 수 없도록 썩어 있었으므로, 조선이라는 집은 개축이 불가능했다고 봄이 옳다. 이러한 사실들을 종합하여 판단해본다면, 조선조가 멸망한 것은, 조금도 이상할 게 없는,

역사적이면서도, 필연적인, 현상이라고 해도 과언이 아니다…….

조선조의 멸망이 일본에게 망하지 않았었다면?

만약 일본의 침략이 없었다면, 조선조의 망하는 방법은 신왕조의 탄생으로 망하기 보다는, 중국의 신해혁명과 같은 민주혁명에 의해 멸망했을 가능성이 훨씬 크다. 하지만 우리 백성들의 내부적 역량에 의한 민주혁명을 통해서 망하지 아니하고 간악한 일제에 의해 망했기 때문에, 우리는 그 후유증으로 오늘날까지도 남북이 분단되고, 이로 인해 우리는 아직도 항상 동족 간에 전운이 감돌고 있는 환경 밑에서 살고 있는 것이다. 이러한 사실은 같은 민족끼리 적대시 하면서 살고 있어서 그게 참으로 한스러운 것이다.

또 하나 아쉬운 것은 어차피 외국에 의해 망할 것이라면 러시아가 러일전쟁에 이겨서 그 러시아에게 망했더라면 우리도 발트해 연안에 있는 에스토니아, 리트비아, 리투아니아 등 여러 나라들처럼 러시아의 붉은 혁명을 계기로, 늦어도 1919년 전후에 멋있게 독립할 수 있었을 것이다. 만약 그렇게 되었더라면 외세의 지배도 겨우 10년 안에 끝나서 일제의 간악한 지배를 26년간 더 받지 아니하는 행운을 맛보았을 것이라는 생각을 지을 수 없는 것이다. 역사에 가정은 금물이라고는 하지만 분단의 역사가 이미 반세기를 훨씬 넘었고, 앞으로도 얼마나 더 계속될 것인가를 모른 채, 소경이 코끼리 배를 만져 보고 이게 벽이다, 아니다, 이것은 물렁물렁한 것으로 보아 천막의 옆구리 같다는 식으로 엇갈린 다툼만 하고 있는 것이다.

또한 일본이 독일이 항복한 1945년 5월에 이어서 6월쯤에만 항복했더라도, 우리는 그 해 여름의 혹독한 굶주림에 시달리지 않아도 좋았을 뿐만 아니라 소련의 참전도 없어서 우리나라의 남북의 분단도 없었을 게 아닌가, 라는 생각에 미칠 때는, 일본의 무모한 침략행위만 미워지는 게 아니라 전쟁 지연행위도 미워지는 것이다.

그들은 이탈리아와 독일이 항복한 후에는 누가 보아도 일본의 패망이 불을 보듯 환한 마당에 무엇을 믿고 끝까지 이긴다고 큰소리만 쳐댔는지 모른다. 그것을 보면 일본에는 명치시대와 같은 참 인물이 없었다는 말도 된다. 그 때문에 일본 백성들은 물론, 죄 없는 우리나라 백성들까지 들들 볶아 먹혔지 않는가. 이러한 사실들에 비추어보면 어떠한 경우라도 일본의 침략행위는 이 지구가 계속되는 한 영원히 없어야 하겠고, 또한 일본의 침략행위는 우리 민족이 존속하는 한은 영원히 잊어서는 안 되는 비극이며, 또한 우리에겐 잊을 수도 없는 범죄행위가 되는 것이다.

우리는 1세기 전에 비숍 여사가 예측한 것처럼, 한국은 관료들의 수탈이 없고 인사정책이 공정하며 문벌이 타도되고, 또한 자기 실력을 발휘할 수 있는 체제의 보장만 된다면 크게 발전할 수 있는 백성이라는 평가를 받았다. 우리는 그녀의 예견대로 독립을 이루고 민주공화국을 건설하여 그러한 조건들을 충족시켜 주자, 해방 후의 신생독립국으로서는 가장 발전한 나라가 될 수 있음을 보여 주고 있는 것이다. 그러나 같은 민족인데도, 북한은 꼭 조선조 말을 닮은 체제 때문에 이 지구에서 가장 퇴보해가는 나라가 되고 있음을 우리는 보고 있는 것이다, 이것은 개인의 자유와 창의력을 발휘할 수 있는 기회를 주고 있는 체제가 얼마나 중요한가를 극명하게 알려주고 있고, 또한 이게 바로 국가 발전방향의 기본방향임을 시사해 주고 있는 것이다.

같은 사회주의 체제였는데도 중국은 그런 내용으로 개혁하여 성공해가고 있고 소련은 스탈린 등의 장기 독재 지배체제 때문에 끝내는 자멸

했는데, 벌써 그게 30년이 흐르고 있으며 이제야 새 체제로 발전도상에
올라 있음을 보고 있는 것이다.

제3장
인류 기원起源의 진실

제왕들의 천자설과 일본의 신화들

앞서서 필자는 하늘에서 인정받는 자가 제왕이 된다는 천자설天子說과 왕권신수설王權神授說 등을 잠깐 소개한 바 있다. 이러한 주장들은 하늘이 완벽할 것을 전제로 한 주장들이다. 정말로 우리 인류의 제왕을 하늘에서 지정했고, 하늘에게 그런 능력이 있었다면, 아마도 인류역사는 보다 더 찬란하게 빛났을 것이다.

그러나 아무리 살펴보아도 하늘에서 지정한 흔적은 보이지 않는다. 또한 참으로 하늘에서 지정한 제왕을 모시고 살아온 인류였다면, 그토록 죽이고 빼앗는 전쟁사로 역사가 얼룩지지는 않았을 것이다.

그렇다면 제왕이나 사람들이 어떻게 해서 이 세상, 아니 이 지구상에 살게 되었을까, 그 해답은 현재 과학계와 종교계간에 그 소견이 가장 첨예하게 대립되고 있는 분야이다.

결국 이런 문제는 신神, 즉 하나님이 있느냐 없느냐의 문제로 귀착하게 되는데, 저자도 어렸을 때는 신을 굳게 믿었고, 무당과 점쟁이 말도 믿었으며. 묘墓의 명당론과 함께 선조를 제사지내면서 신도 꼭 있는 것으로 믿는 때가 있었으므로 사람은 하늘에서 내려 왔거나 하느님이 창조하신 것으로 믿고 있었다.

특히 초등학교 때는 아마데라스 오오미가미天照大神를 굳게 믿었고, 심지어 그의 후손이라는 천황天皇도 살아 있는 신으로 굳게 믿고 있었다. 더구나 아마데라스 오오미가미를 한자로 써서 이것을 우리나라 말로 직역해보면 천조대신이 되고, 그 뜻을 풀이해보면 하늘, 즉 우주를 비추는 큰 신, 우주를 마음대로 주무르는 신이라는 뜻이 되므로, 믿을 수밖에 없었다. 이는 오늘날 종교계, 특히 기독교 계통에서 말하는 하느님과 비슷한 신이 되는 것이다.

그 때문에 우리들이 초등학교를 다닐 때는 아침마다 그 신을 모셨다는 신사에 가서 참배參拜했다. 아마도 1937년생 이전의 세대에서는 거의 예외 없이 경험한 사실이 아닐까 한다. 가정이지만 만약 그때 일본이 2차 세계대전을 승리로 이끌었다면 어떻게 되었을까. 그것은 보나마나 천조대신을 모신 일본신사가 적어도 일본이 지배하는 아시아의 모든 지역에서 화려하게 세워졌을 것이다.

그 경우 일본은 그 신 때문에 전쟁을 승리로 이끌었다고 떠벌리면서, 그 열풍은 가히 하늘을 찔렀을 것이며, 그 엄청난 힘에 밀려서 저자도 그대로 믿으면서, 계속하여 참배해 왔을 것이다.

그러나 다행히도 저자는 일본의 패망을 계기로 삼중 사중의 해방을 맞이했다. 그것은 우선 7, 8월에 이르러 거의 굶다시피 하면서 소가죽을 삶아먹거나 물마람 열매, 산에 있는 소나무 껍질, 그리고 마당 가운데 심어놓은 몇 십 그루의 옥수수, 송사리 같은 민물고기를 삶아 먹는 방법 등으로 겨우 연명해 왔던 것을 해방 덕분에 군량미軍糧米를 배급받게 되어 우선 기아飢餓로부터 해방될 수 있었다. 다음은 일본인 농장인 불리농장不二農場에서의 농노農奴와 같은 생활에서 해방된 것을 들 수 있다. 또한 모든 사람이 맛보는 정치적 군사적 해방도 함께 맞이함으로써, 인간의 기본권과 자유도 찾게 해준 것이다.

그 외에 뭐니 뭐니 해도 가장 중요한 것은, 해방 후에도 가난을 벗지는 못했으나 일제 강점기 때와 같은 굶주림은 면했고, 특히 1945년도처럼 3~4일 이상씩 밥을 못 먹어보는 비극은, 다시 되풀이 되지 않았다.

아마도 이런 이야기는 지금 청소년들로선 믿기 어려운 이야기이고, 따라서 믿으려 하지도 않을 것이다. 하지만 사실이니 어찌 하겠는가. 그때의 어려웠던 사정은 일본인 농장생활의 경험담을 쓸 때 다시 쓸 기회가 있을 줄 믿는다. 저자는 8·15해방을 맞이하고부터, 무엇을 믿는다는 것, 그리고 신을 믿는다는 것에 대하여, 깊은 회의懷疑에 빠지기 시작했다. 왜냐하면 전혀 존재하지 않았던 신을, 마음으로 있다고 믿으면, 있는 것으로 되어버린다는 사실을 깨달았기 때문이다. 저자는 8·15해방 당시, 13세의 나이였고, 초등학교 5학년 때다.

그때, 일본의 전세가 차차 불리해가면서, '독일까지 항복한 후에는 일본이 패전할 수밖에 없지 않은가'라는 생각을 어렴풋이 하면서도, '신이 만든 나라여서 혹시 이길 수 있지 않을까' 했다.

그런 일본이 막상 항복하는 것을 보고, 자연스럽게 신에 대한 믿음도 무너졌으므로 그런 회의는 당연히 겪게 될 수밖에 없었다.

필자는 그 후, 어떤 목사의 권으로 교회에 약 6개월 동안 착실히 나간 일도 있다. 그러나 목사의 기대와는 달리 끝내 하느님을 믿는 교인은 될 수는 없었다. 그리고 그때부터 하나님과 과학을 면밀히 비교하기 시작했다. 그 후에는 많은 책을 읽으면서 우주와 지구, 그리고 사람의 진화과정

등을 깊이 알아보고 나름대로의 생각을 갖게 된 것이다.

진화론자들의 생물진화론

우주학자들과 지구과학자들의 말에 의하면, 지구의 탄생은 약 46억 년 전으로 기술하고 있다. 물론 40억 년부터 50억 년까지 다양한 주장이 나오고 있으나, 46억 년설이 가장 유력한 것 같다. 하지만 이 지구의 탄생에 대한 이야기는 본 항목의 주제가 아니고, "생명의 기원과 인류의 출현"이 주제이므로 거기에 초점을 맞추고자 긴 설명은 생략한다.

진화론자와 생물학자들은 한결같이 생명은 단세포單細胞의 박테리아에서부터 시작되었다고 주장한다. 물론 창조론자創造論者들은 이를 부정하면서 인류는 인류, 기타 일반 동물은 동물로 따로 따로 하느님이 창조하여 진화했다는 이른바 창조적 진화론을 주장하고 있다.

하지만 이러한 주장들은 성경에 있는 말과 억지로 맞추기 위해서 꾸며낸 주장이므로 여기서는 긴 설명을 생략한다. 그러면 단세포 생명체는 어떻게 해서 생길 수 있었는가가 문제된다. 유기물이 없고, 무기물로만 구성되어 있었던 36억 년 전의 지구에서 그런 유기물이 탄생될 수 있었을까가 문제되는 것이다.

그럼에도, 지금도 생명체가 발생했던 36억 년 전의 지구 초기와 같은 환경처럼 시험관을 만들어서 그 속에서 생명이 발생할 당시의 지구 온도와 냉각작용冷却作用, 그리고 햇빛과 비를 통한 대기의 회류回流와 방전放電 등을 시켰을 때 생명의 원천을 이룰 수 있는 아미노산의 합성이 이루어지고 있고 기타 포름산 등 여러 유기산有機酸들도 합성되어 있었다는 사실은, 생물의 원천인 유기물의 생성이 가능했음을 알려주는 것이다.

이와 같은 상태가 시일이 지나면 단세포의 유기물도 생성될 수 있는 단백질의 구성과 핵산核酸까지 생성됨으로써, 생명체의 구조적이면서도 기능적 물질로 변질할 수 있는 시험결과가 나왔다 하므로, 저자는 이를 믿고 있는 것이다. 이는 지구에서의 물과 빛, 그리고 대기의 회류回流와 전기는 결국 유기물인 박테리아의 탄생을 피할 수 없는 환경으로 만들었다는 것이므로, 생명의 탄생은 필연적이라는 것이다.

그런데 이에 대해 강력한 반론을 제기하는 사람도 있다. 그중에는 확률을 주장하는 사람도 있고, 창조적 진화론을 주장하는 사람도 있으나 후자의 주장은 근본적으로 잘못된 생각이므로 더 말할 것이 없다.

그런데도 그들은 가장 순진한 부녀자들과 과학을 몰이해하는 사람들에게, 어떻게 사람의 조상이 다른 생물들과 같을 수 있으며, 소나 말 등과 똑같은 공동 조상에서 나누어졌다는 말인가. 그리고 원숭이와 가까울 수가 있다는 말인가. 그렇다면 사람이 짐승이라는 말인가 등의 말로 사람의 자존심과 존귀성의 감정에 호소하고 있으므로, 곧잘 동조자를 얻고 있다. 하지만 그들은 모든 물적 증거를 무시하고 오로지 성경에 모든 것을 맞추어서 판단하고 있으므로, 어떻게 해볼 수가 없는 사람들이어서 더 재론치 않을 것이다.

그러나 아미노산이 확률 상 도저히 생명으로 진화할 수 없다는 일부의 주장에 대해서는 좀 따져 볼 필요가 있다. 확률이란 어떤 가능성을 말하고, 그 가능성은 확률이 높을수록 크고, 낮을수록 가능성이 낮은 것은 사실이다. 하지만 확률이 1%의 경우라도 단 1회에 이루어질 수도 있는 게 확률이다. 그러므로 아미노산의 결합이 생물의 발생을 가능케 할 수 있는가, 없는가의 판단은 실제로 단세포 동물이 36억여 년 이전에 실존했느냐 아니냐를 기준으로 판단해야 하고, 또한 그런 생물의 진화가 이루어진 데 대한 증거가 있다면 그대로 믿는 게 정상적인 생각이다.

생명체를 구성하고 있는 유기물을 크게 나누면 탄수화물, 지방, 단백질, 핵산核酸 등 네 가지로 나눌 수 있는데 이 중에 가장 중요시하는 게 단백질과 핵산이며, 이들 두 개가 정보물질로서 생명의 정보를 지니고 있기 때문이다. 생명의 신비神秘는 단백질에 있는데, 그것은 이를 염산鹽酸과 함께 가열하면 아미노산이 생기기 때문이고 이 아미노산의 배열의 차이가 얼마나 가까운가가 어느 종種이었는가를 밝혀주는 열쇠이기 때문이다.

그런데 박테리아도 생명체로서 아미노산을 가지고 있는데, 사람과 사이에 44개가 다를 뿐이다. 여기서 박테리아를 언급하니까 매우 당혹스러운 생각을 가질 수도 있으나, 그것은 큰 오해이다. 왜냐하면 오늘날 알려진 것만 해도 우리 인체 내에는 400종이 넘는 수십억 개의 박테리아미생물가 있어서, 이들의 상호작용으로 우리의 생명이 유지되고 있기 때문이다. 우리는 지금 이들에게 보금자리와 양분을 제공하고, 그들은 우리를 위해 수많은 분자들을 합성시켜주고 있는 것이다. 이와 같은 아미노산은 모든 동물은 물론, 식물도 가지고 있는 것이며, 다만 얼마나 가지고 있느냐가 문제일 뿐이다. 그런 아미노산이 우리 인류와 소와는 10개, 닭은 13개, 침팬지와는 단지 1개만이 다르므로, 시초의 생명에서 갈라진 지가 얼마나 먼가만 다를 뿐, 모든 생명체는 공통의 조상에서 나왔음을 알 수 있는 것이다.

따라서 박테리아가 언제부터 생겼는가를 알면, 생명체의 시발점도 알게 되는 것이다. 그러면 그런 생성사실生成事實을 증명할 만한 증거가 있느냐가 문제인데 생물의 화석을 가장 많이 간직하고 있는 퇴적암의 가장 밑층에서는 단세포 유기물의 화석들이 수없이 발견되고 있는 것이다.

또한 그로부터 수억 년이 지난 후에는 여러 세포로 뭉쳐진 유기물의 화석이 나오고 있고 보다 위층의 퇴적함에서는 삼엽충三葉蟲이라는 보다 진화된 생물의 화석이 나오고 있다. 다시 그 위층에서는 더 진화된 화석이 나오고 있으므로 이제 생물진화론은 움직일 수 없는 부동의 위치에 있는 것이다. 여기서 가장 재미있는 이야기는 아미노산 하나가 달라지는 데 필요한 연수는 평균 약 7백만 년이라는 점이다. 생물학자들은 생물과 물, 그리고 태양의 빛이 절대적 관계가 있음을 강조하고 있는데 그것은 생명의 시발점부터가 절대적 깊은 관계가 있기 때문이다. 이러한 사실은 퇴적암에서 발견되는 많은 화석이 너무나 생생하게 밝혀주고 있어서 이제 돌이킬 수 없는 사실로 굳어져가고 있는 것이다.

가장 중요한 사실은 생물의 진화에 대해서는 선입견을 갖지 말고, 좀 더 넓고 크게 볼 수 있어야 한다. 그래야 보다 차원 높은 관점에서 올바로 볼 수 있는 방법이 되기 때문이다. 우주의 모든 에너지와 물질은 화학작용을 통해서 얻거나 잃을 수 있다. 그러나 그것은 한 형태에서 다른 형태로 이동된 것일 뿐, 아주 없어지지는 않는 것이다. 따라서 새로이 만들어지거나 파괴되어 없어지지 않는 게 지구상의 물질이다. 따라서 생물이 간직했던 물질들은 죽은 후, 박테리아에 의해 분해되어 다시 원점으로 돌아가고 있는 것이다. 즉 전체적인 에너지의 양은 항상 그대로 보존되는 것이며, 다만 에너지가 흐트러지고 망가질 수는 있다. 예를 들면 지구의 생물권生物圈으로 들어오는 모든 에너지는 다시 열의 형태로 빠져 나간다. 다만 초식동물과 육식동물 및 박테리아 같은 분해자分解者를 거칠 뿐이다.

그 방법은 식물은 광합성光合成을 통해 흡수하여 당糖을 만들고, 박테리아와 조류藻類 이끼도 광합성을 통해 태양에너지를 붙잡아서 당을 만들며, 이는 곧 생물에 필요한 탄수화물炭水化物을 만드는 방법이 되는데, 이게 결국 일반 생물의 보편적인 식량이 되는 것이다.

다만 식물은 식물 자신을 위해 당을 만들며, 초식동물草食動物은 이들 식물로부터 당을 얻고 있고, 육식동물은 이들 초식동물로부터 당을 얻는

다. 또한 세균과 버섯 같은 균류菌類는 다른 씨 집단, 즉 다른 종種으로로부
터 노폐물과 시체를 분해해서 당을 얻는다.

이런 사실을 종합하면, 식물과 광합성을 하는 박테리아는 태양 에너지
를 최초로 광합성光合性하여 얻은 당을 여타의 생물에게 다시 제공함으로
써, 생물들의 생명유지에 선구자적인 역할을 하고 있는 것이다. 그 뿐 아
니라 식물은 연료와 이를 태울 수 있는 산소를 제공해서 타 동물들의 탄
수화물의 연소 작용을 도우면서, 체열을 유지케 해줌으로로써 생명을 유지
케 해주고 있다.

또한 식물은 이산화탄소를 다량 소비하여 우주가 더워지는 것을 막아
주며, 이로써 우리가 더워 죽는 것을 막아 주고 있는 것이다. 이산화탄소
는 우리에게 여러 가지 해독을 끼치고 있으나, 그 대신 지구의 열이 탈출
할 수 없도록 해 줌으로로써 지구의 냉각을 막아주고 있어서 동물과 식물
은 항상 상호의존적인 것이다. 따라서 우리 인류의 생명연장은 이런 넓
은 각도에서 이해하고 판단하여야 하며 태아와 정자, 그리고 난자도 이
런 각도에서 이해해야 할 것이다. 이런 사실들은 너무나 중요한 내용이
어서 표현과 말을 바꾸어서 재차 강조해 본 것이다.

정자와 난자의 만남은 생명 연장의 수단

우리 인류들은 우리의 생명을 연장하기 위해 정자精子가 난자卵子 속에
들어감으로써, 수정受精이 된 후, 배아에서 성년이 될 때까지의 과정을 전
체 우주관적으로 살펴보면, 하나의 생물의 진화과정을 그대로 되풀이 한
다고 보아야 한다.

참고로 난자卵子란 무엇이냐 하면 하나의 알이다. 다만 달걀이나 오리

알보다는 훨씬 큰데, 그것은 사람이 훨씬 크기 때문이다. 그리고 이 태아의 성장은 생물의 진화과정과 화석의 변화과정과도 일치하고 있어서, 생물의 상호 의존적인 점에 대하여 더욱 놀라움을 금할 수 없다.

그러면 이제 우리 인류의 진화와 태아의 성장에 국한시켜서 다시 알아보기로 한다. 인류의 생명 연장의 모습을 좀 더 실감나게 말한다면, 남자로부터 배설된 약 3억 마리의 정자는, 박테리아와 비슷한 똑같은 단세포 유기물로서, 우리 육안으로는 보이지도 않는 유기물이다. 이 유기물이 난자를 찾아가는 것은 새로운 생명의 탄생을 위해서가 아니라 기존 생명을 연장하기 위해 찾아가는 것이며, 이 정자는 기존 생명의 모든 유전자를 온몸에 가득 싣고, 역사적 소임을 다 하기 위해, 열심히 산酸과 싸우면서 난자를 찾아가는 것이다.

이와 같이 정자가 난자를 찾아감은 기존 생명을 더 진화시키고 더 번식시키기 위한 방법이고, 그 구체적인 방법이 바로 정자와 난자의 결합인 것이다. 이는 식물이나 동물 모두 생명이 유한하므로 생물이 보다 진화되고 발달되기 위한 방향으로 가기 위해, 밟아야 하는 가장 좋은 방법이기 때문이다. 따라서 정자가 난자를 찾아가는 과정에서, 죽을힘을 다하여 산과 싸우고 같은 정자끼리도 경쟁하면서 돌진하고 있음은 생명 연장을 위한 어쩔 수 없는 하나의 성스러운 과업이다.

정자가 생명의 연장을 위해 난자를 찾아 갈 때, 혼자 찾아가는 게 아니다. 생물학자들의 말에 의하면, 무려 약 3억 마리의 정자들이 난자를 향해 돌진한다. 그런데 나팔관 내에는 엄청나게 많은 강한 산酸이 있으므로 이를 뚫어야 한다. 다만 이 산은 외적의 불법 침입을 막기 위해 포진된 지뢰밭에 불과한 것이나, 정자까지 피해를 입고 있는 것이다. 그 때문에 많은 정자들은 그 산 때문에 중도에서 많이 희생당한다. 또한 정자 중에는 장차 난자에 입성할 정자를 위해 돌격대가 되어 산과 싸워서 장렬하게 죽으면서도, 최후에 입성할 단 몇 십 마리의 정자를 위해 최선을 다 한다 하니 우리들은 태어날 때부터 경쟁에서 이겼으므로 성취욕을 만끽하면 서 선택 받아서 태어난 것이다.

이와 같은 과정을 거친 후, 최후까지 살아남아서 난자에 도달한 정자 는 몇 십 마리에 불과하다 한다. 그런 정자 중 가장 튼튼하고 우수한 정자 가 자기의 머리끝에 있는 효모酵母를 이용하여 난자의 껍질을 뚫고 입성 함으로써 최후의 승자가 되어 생명연장의 단초端初를 연다고 한다. 그리 고 이와 같이 착상着床이 끝나면 지체 없이 그 자리를 튼튼하게 막아서, 다시는 다른 정자가 더 못 들어오도록 성城, 막幕을 쌓는다. 그러나 그 후 에도 수정한 난자가 자궁 내에 들어가서 안착하려면 몇 번의 죽을 고비 를 넘겨야 한다니, 생명 연장이 얼마나 힘든 작업인지 말로 다 할 수 없다.

이와 반대로 생물학자들의 말에 의하면, 박테리아는 환경에 적응하여 생명을 연장하는 방법을 쓰고 있다. 그 방법으로서 영양상태만 좋으면 즉, 영양상태가 충분하면 세포가 급격히 증식되기도 하고, 반대로 부족 하거나 다급하면 다시 합칠 줄도 알 뿐 아니라, 기타 갖가지 방법으로 변 화適應할 줄 아는 무서운 적응력이 있으므로 사람보다 그 생명력이 훨씬 강하다. 이게 바로 페니실린에 의해 잘 죽던 박테리아들이 내성이 생겨 서 지금은 약효가 없는 결과를 만들어 주었고, 폐결핵 균이 약에 내성耐 性이 생기는 예가 바로 그러한 예인 것이다. 예를 들면, 좀 더 우수한 단 세포 박테리아는 먹이가 충분하면 둘로 나누었다가 질소窒素가 부족하면 다시 합치는 등의 여러 가지 적응방법을 알고 있다.

이게 가장 원초적인 원시 박테리아의 모습이고, 그들은 그들 방식대로 가장 효과적인 방법으로 생존을 위해 적응하는 모습을 보이고 있는데, 너무나도 절묘하면서도 여러 가지 방법으로 적응하고 있어서 일일이 다 소개 할 수가 없다. 그러면 박테리아에게만 그런 적응력이 있는 게 아니라 다른 식물들도 있는 것이다.

예를 들면 식물은 뿌리와, 줄기, 잎 등의 기관으로 단순하게 이루어져 있을 뿐 근육도 신경계神經系도 모두 없으므로 동물보다 매우 단순하다. 그 때문에 발전을 못했을 것이라고 생각할 수도 있으나, 실은 동물에서 발견되는 기능과 모든 물질대사 작용들을 더 고루 갖추고 있는 것이다.

그 예로서는 영양 섭취와, 소화, 호흡, 운동기능과 자극에 대한 반응 등이 다양할 뿐 아니라, 오히려 광합성光合成이나 질산窒酸의 환원還元처럼 동물들이 가지지 아니한 기능까지 고루 갖추고 있는 것이다. 이러한 사실은 일반 동물들, 특히 포유동물들이 갖지 못한 광합성 기능을 식물들만이 가지고 있음을 보면 알 수 있다. 즉 식물들은 태양과 물, 그리고 공기를 통하여 당을 만들어서 동물에게 제공하고 있다. 그러므로 오히려 창조적이고, 선도적이며 자기희생적이어서 우리 포유동물로서는 감사해야 한다. 이로 보면 식물들은 동물들에게 크게 봉사하고 있는 것이다. 이런 사실들을 종합하여 판단한 결론은

"모든 동물은 조금씩은 인간이고, 모든 동물은 조금씩은 식물이며, 모든 식물은 조금씩은 동물이다"라는 말을 진화론자로 하여금 하게 한 것이다. 이러한 사실을 종합해서 판단해보면 동물과 식물은 한 뿌리에서 나왔음을 알 수 있는데, 이 때문에 어떤 생물학자는 나무 한 그루를 볼 때에도 그냥 보이는 게 아니라 굉장히 친근감을 느낀다고 술회하면서 자연을 칭송하는 글도 읽은 바 있다.

태아는 생물진화의 발자취를 되풀이 한다

다시 정자를 살펴보자. 정자라는 유기생명체는 박테리아와 비슷하게

생긴 단세포 유기체이나 유전자가 다를 뿐이다. 이 정자가 난자에 입성하기 전에는 분열하거나 합병하지는 않으나, 일단 난자에 입성한 후에는 무서운 속도로 분열하여 발달하면서도 어느 경우든 항상 유전정보와 유전 프로그램, 그리고 유전자 암호를 고루 배분한다.

그런 현상은 3억 마리의 정자에게 우리의 인체 내에 있는 모든 유전자를 고르게 배분하여, 생명 연장에 추호도 착오가 없도록 유전이 된다는 것을 말하므로. 생명 연장의 신비성과 의지는 참으로 강하고 무섭기만 하다.

이때, 단세포였던 정자는 부모 양성兩性으로부터 똑같은 23개씩의 비율로 염색체유전자를 배분받으면서, 약 270일 동안 모태에서 성장하는데, 하루에 약 1mm씩 성장한다. 그러면서 세포는 기하급수적으로 증가하여 모태를 벗어날 즈음이면, 단 세포 유기물이 약 10조의 세포책에 따라 5조부터 6조, 60조 등 다양함로 증가하고 있다.

그리고 모태에서의 성장과정을 보면, 우리 인류의 진화과정인 36억여 년의 전 과정을, 그대로 반복한다니 놀라운 일이 아닐 수 없다. 따라서 입성 후, 1주일쯤 지나면 두 개로 증가하고, 곧이어 네 개로, 다시 8개로 불어나는데, 20일쯤 까지도 뼈가 없는 올챙이 같은 동물에 불과하다가, 그 후에야 척추가 형성되기 시작한다.

더욱이 놀라운 것은 태아를 둘러싸서 보호하고 있는 양수는 바닷물과 흡사한 성분을 갖추고 있다는 점이다. 따라서 이게 바로 인류가 바다에서 육지로 나온 것을 반증하는 뚜렷한 증거가 되고 있다.

태아의 초기는 타 생물들과 거의 같은 모습이고, 다음은 물고기와 흡사한 모습으로 진화하는데, 그 후 아가미가 허파로 진화하고 지느러미가 손발로 진화하는 과정은 생물이 10억 년 동안 진화했던 그 과정을 그대로 되풀이 하고 있는 것이다. 따라서 인류는 이때부터 고기류와는 멀어지게 되는 것이다.

생물의 조상은 단세포 생물에서 오랜 세월10억년을 거쳐 어류로 진화했고, 다시 이어서 그 중에 한 가닥은 개구리 같은 양서류兩棲類로 진화하며, 이게 다시 분화하는데, 그 중 한 가닥이 파충류爬蟲類로 진화했다가, 또다시 그 중 한 가닥이 포유류哺乳類로 진화하게 되는 것이다. 그러므로 포유류 동물과는 끝까지 같은 모습이고, 특히 같은 원숭이라도 아직도 네발로 걷고 꼬리가 길며, 주로 나무위에서만 사는 원숭이보다도, 사람과 가장 닮았다 하여 유인원類人猿으로 분류되는, 보노보나 침팬지, 그리고 고릴라, 오랑우탄 등과는 끝까지 비슷한 모습이어서, 인류학 연구자들에게는 좋은 연구대상이 되고 있고, 유전자遺傳子인 DNA도 99%가 똑같다 한다. 생물의 위와 같은 성장과 진화과정을, 정자라는 단세포의 생물이 모태 내母胎內에서 하나도 빼지 않고 그대로 되풀이하고 있어서, 인류는 결코 하늘로부터 내려오거나, 하나님이 창조한 게 아님을 알 수 있다.

이는 단세포 동물이 약 36억 년어떤 책은 20억여 년, 또는 30억여 년 등 다양하나 36억 년설이 가장 우력간 진화하여 이룩한 모든 과정 중, 상당 기간을 태아가 그대로 빼놓지 않고 반복하고 있음을 알 수 있다. 이러한 사실은 많은 화석들이 생물의 진화를 뚜렷하게 증명해 주고 있는 것이다. 특히 놀라운 것은 박테리아와도 DNA의 50%가 우리 인류와 똑같다 하니 놀라지 않을 수 없다.

진화의 생생한 증거는, 같은 포유류인 기린의 목이 유난히도 긴데도, 실제는 사람의 목과 똑같은 것이다. 그 예로서는 사슴의 목뼈는 마디 하나하나가 길 뿐, 마디의 총 수는 사람과 똑같이 아홉 마디로 되어 있어서, 진화의 뿌리는 하나임을 알려 주고 있는 것이다.

고요한 양수羊水속에서 편히 잘 먹고 잘 지내던 태아, 조용한 양수의 바다 속에서 태아가 세상에 나올 때가 되면 이때까지의 자세를 바꾸어서 머리를 아래로 돌린 후, 어머니의 좁은 산도産道를 뚫고 나오기 위해 사력을 다 하는 것이다. 현대 의학이 아무리 발달했다 해도 태아의 머리를 억지로 금방 돌리지는 못한다. 따라서 출산할 시간을 미리 알지 못한다 하며, 그리고 산모도 태아의 머리를 마음대로 돌려서 출산을 강행하지는 못한다.

산모는 태아가 스스로 머리를 돌려서 산도를 뚫고 나올 때까지 기다려야 하며, 산모는 오로지 태아가 보내는 신호에 따라 태아가 바다에서 육지로 나오는 것을 도와주는 것뿐이다. 태아가 첫 울음을 터뜨리는 것은 슬퍼서 우는 게 아니라 첫 호흡을 하는데 따른 하나의 자연적인 중상에 불과하며, 따라서 울지 않으면 태아는 바로 죽는 것이므로, 어찌 보면 내가 태어났으니 떠받들어 달라는 성취욕의 신호이기도 한 것이다.

인류는 태어나서 왜 곧바로 서지 못하는가.

인류를 제외한 다른 포유류 동물들은 세상에 나온 후, 곧 일어설 수 있는데도, 유독 사람만은 엎어지는데 걸리는 기간만 해도 몇 개월이 지나야 하고, 서는 데는 거의 1년이나 걸린다. 이는 인간의 신체가 서서 걷도록 특수하게 진화되었기 때문이다.

다시 말하면 인류의 조상도 약 600만 년 전까지는 손발을 모두 발로 이용하여 네발로 기어 다니다가 서기 시작함으로써, 신체적으로 여러 가지 변화가 있게 되었는데, 그 중 서는데 따른 변화로서 골반의 협소화가 가장 중요한 변화의 하나였다.

따라서 인간은 생물학적으로만 보면 미숙아未熟兒를 낳을 수밖에 없는 것이다. 만약 모태에서 더 키워서 설 수 있게 된 연후에 낳으려고 한다면,

골반의 협소로 산모와 태아가 모두 살아남을 수가 없기 때문에 조숙아未
熟兒를 낳는 것이다. 이런 태아의 미숙성 때문에 일어서는 데까지 걸리는
시간도, 근 1년이라는 많은 시간이 소요되고 있다.

태아가 모태에서 벗어나서 성장하는 과정도, 인류의 진화과정을 그대
로 되풀이 하고 있다. 즉 출산 후 몇 개월 후에, 엎어질 줄 알게 되고, 곧
이어서 손과 발을 이용해서 기어가게 된다. 이게 바로 인류의 조상들도
바다에서 나온 후, 상당 기간은 기어 다녔다는 것을 말한다.

그 이후, 겨우 일어서면서도 곧바로 씩씩하게 걷지는 못하고 계속하여
기면서도 겨우 한 발자국씩 떼기 시작하는데, 이때부터 기는 것과 서서
걷는 것을 바꿔가면서 반복하는 것을 보면, 마치 인류가 처음 걷기 시작
한 때인 초기 보행을 보는 것 같아서 신기하기만 하다.

이때를 잘 살펴보면, 서서 한 발자국씩 떼면서도, 급한 일이 생기면 걷
는 것을 집어치우고, 다시 재빠르게 기어가는데, 아마도 인류가 처음 걷
기 시작했을 때, 외적의 침입이 있거나 보다 급한 일이 생기면, 그런 때는
걷는 것을 포기하고, 기어서 달렸을 것이다.

이후부터는 자리를 옮길 때, 기는 것보다는 서서 걷는 횟수가 차차 많
아진다. 따라서 섰다고 하여 곧 걷는 게 아니라, 상당 기간은 기는 것과
걷는 것을 되풀이하면서, 점차로 완전하게 걷는데 성공하는 것이다. 그
리고 걷는 것도 침팬지처럼 조금 기우뚱 거리면서 걷다가, 차차 숙달되
어 반듯하게 걷게 된다. 그런 이후 성대가 넓어져서 엄마 아빠를 부를 수
있게 되고 밥을 맘마라고 하면서, 먹기 시작한 후부터 말도 급속도로 늘
고 있는 것을 볼 수 있다. 따라서 이때쯤이면 서서 걷는 직립인간이 완성
되어 현 인류의 본 모습을 볼 수 있는 것이다.

저 위에서 저자는 자궁 내의 양수羊水가 성분상 바닷물과 거의 같다는
말을 했다. 따라서 자궁 내부의 모태 속에서 그 아늑하고 조용한 바다 물

을 버리고, 어찌 육지로 나왔을까를 생각하게 된다.

사람의 몸에 솜털이 있을 뿐, 피부가 매끈하여 수영하기 좋도록 되어 있는 점에 비추어 보면, 우리 인류는 분명히 같은 포유류 동물 중에서도, 가장 늦게 상륙한 것으로 보아야 한다. 지금도 고래나 물개 등과 같은 포유류 동물로서 코로 공기를 들어 마시면서 숨을 쉬면서도, 앞다리가 지느러미로 진화하면서, 바다고기처럼 매끈하게 진화하고 있음을 보면, 상륙 후 육상 동물로 진화했다가 바다로 다시 들어가서 다시 안 나온 경우이고, 사람은 다시 나온 경우인데, 사람도 만약 다시 상륙하지 않고 그대로 살았다면 비슷하게 발달했을 것이다.

이로 보아 물개, 물소, 바다표범 등도 육상의 개, 소, 범과 같이 DNA가 거의 같은 동물일 뿐 아니라 같이 코로 공기를 이용하여 숨도 쉬고 있는데도, 육상의 동물과는 달리 앞 뒷발이 넓죽하게 발달한 채, 바다 속에서 살고 있는 것을 보면 그들은 육상에 기어 나왔다가 다시 바다로 들어갔음을 확실히 알 수 있는 것이다.

특히 처음부터 끝까지 바다 고기였다면 굳이 털이 필요 없는데도, 물개는 피부 속에 잔털이 많은 것을 보면 육지에 나왔다가 다시 바다로 들어갔음을 알 수 있다. 이러한 사실을 종합하여 판단해 보면 같은 포유동물들이라도, 일단 육상 생활을 하다가 바다로 회귀한 동물도 있고, 다시 육지에 나와서 끝내 육상생활로 정착한 것으로 추정되는 동물도 있다. 이로 보아 사람은 후자로 보는 게 맞는 것 같고, 따라서 물개와는 달리 다시 육상생활로 정착한 것이다.

인류가 바다에서 상륙할 때는 쥐만 했다

인류가 상륙할 당시의 크기는 꼭 쥐만 했고, 특히 야행성夜行性이었다 하니 웃음이 나온다. 쥐처럼 작았다 하더라도, 1세대당 0.01%씩 무게가 증가한다면 30년을 1세대로 볼 때, 1만 2천 세대, 즉 36만년이면 코끼리 만하게 클 수도 있다는 연구결과도 나오고 있어서 더욱 놀라운 것이다.

그런 인류가 잘 먹고 잘 소화시켜서, 점차로 몸짓과 키가 커졌으며, 두 발로 걷기 시작하면서부터 손과 발은 각기 필요한대로 발달했는데, 지금은 손과 발의 차이가 기능뿐 아니라 모양도 현격하게 달라졌으므로 다시 바다에 들어가거나 다시 기는 생활은 불가능할 것이다.

이와 같이 두 발만으로 걸을 수 있게 됨에 따라 두 손이 자유로워졌으며, 자유로워진 두 손으로 연장을 만들고, 물건을 들어 올리며, 무엇을 잡아서 적을 향해 던지고, 나무토막을 잡아서 타 동물과 대치하는 과정 등에서 엄지가 크게 발달함으로써 유인원類人猿인 보노보, 침팬지, 고릴라, 오랑우탄 등과도 거리가 차차 더 멀어지게 된 것이다.

이 유원인과 갈라지게 된 순위를 보면, 제일 먼저 오랑우탄, 다음이 고릴라, 다음이 침팬지와 크게 보면 침팬지 계통인 보노보 와도 갈라졌다. 보노보와 침팬지는 어느 종이 더 늦게 갈라졌는가에 대해서는 다툼이 있다. 다만 이들 두 유인원은 같은 유인원종인 오랑우탄보다는 오히려 인류가 더 가까운 4촌이라는 데는 전혀 이의가 없으며, 그만치 사람과 가까워서 많이 닮고 있는 것이다.

사람의 손이 여러 일을 하는 과정에서 자연스럽게 머리를 더 쓰게 되었고, 이렇게 머리와 손의 기능이 향상되고 강화되는 과정에서 더 무엇을 더 생각하게 되었고, 이에 따라 두뇌의 발달이 더 가속화 되었다. 이에 따라 서서 걷고 서서 일하는 자세는 성대를 넓게 발전시키게 되어 엄마 아빠를 부르기 시작하는 언어생활이 시작되었고 이 언어생활이 계속하여 분화하여 발달했다.

그 후 다시 문자까지 만들어서 자기의 생각과 경험한 사실을 후세에 전달할 수 있게 됨으로써, 평생에 걸쳐 익힌 지식과 기술 등을 후세에 전달할 수 있게 되었다. 거기에 한술 더 떠서 문자를 이용하여 스스로 터득한 기술을 기록하여 전달하거나 이웃이나 이웃지방, 나아가서 이웃나라의 진보된 기술 등도 그런 방법으로 전달 받을 수 있게 되어 더 빠른 속도로 발전할 수 있었다.

이렇게 발달된 기술은 가속도가 붙어서, 이제는 인류 스스로가 걱정할 단계에까지 다다른 것이다. 그런 덕분으로 대를 거듭할수록 빠른 시간 안에 그 기술을 다 익힐 수 있게 되었고, 거기에 다시 자기의 기술까지 익혀가는 방법으로 살아옴으로써 일반 동물들과는 확연히 다른 인류문명을 쌓는데 성공한 것이다. 하지만 호사다마好事多魔라 할까. 지금은 인류문명이 너무 발달하여 자연과의 균형이 깨짐으로써, 오히려 갖가지 재앙이 닥쳐오고 있는 것이다.

특히 지구 온난화 문제는, 재앙 중의 재앙으로 세계인들의 입에 오르내린 지 벌써 수십 년이 되었으나, 아직도 해결의 실마리를 보이지 않고 있다. 특히 우리나라의 기후가 점차 아열대 기후로 변하고 있다는 사실과 6월 하순부터 7월 중순까지 있었던 장마와, 최고의 강우량을 보여 오던 기후가, 근간은 오히려 8월에 비가 더 많이 오고, 여름 기후가 3개월이 아니라 4개월 정도로 늘었다는 사실은 심각한 문제다.

지금의 여름은 사실상 5월 하순부터 시작하여, 9월 중순까지 계속되어 여름이 4개월로 늘어났고, 봄과 가을이 각각 두 달여 정도로 좁혀졌으며, 겨울이 짧아졌음은 분명한 자연의 재해로 보아야 한다. 이로 보면 인류문명의 최종 종착지가 어디인가를 고민하게 하는 시점에 다다른 것이다. 본인이 농사를 지을 때인 1960년대만 해도, 아무리 긴 장마라도 7월 20일경이면, 언제 장마가 있었느냐는 듯이 깨끗이 갰다. 그리고 태평양 고기압이 하늘을 뒤덮으면서, 여름 가뭄이 계속되어 논에 물 뿜느라 애먹었는데, 지금은 거꾸로 홍수를 걱정하게 되었다는 고향의 소식을 듣고, 세상이 이토록 급변할 수가 있는가 하고 한탄해 보고 있으면서, 다만 그 끝이 어디이고, 이게 바로 잡힐 날이 있을까에 대해서 마음 아플 뿐이다.

인류문명 발달이 과연 행복만을 선물 했는가

그간 기독교 등 종교인들은 "신은 자신의 형상을 본떠서 인간을 창조했다"라고 주장해 왔으나, 실제는 인간도 다른 종種과 함께 진화해 왔다.는 것을 알고부터는 "가장 보잘 것 없는 세포로부터 시작된 진화가 낳은 최후의 완결판完決版이 인류이다"라고 자위自慰하기에 이르렀다. 이것도 진화가 종種에 따라서 속도와 정도가 다르게 진행된 결과일 뿐, 생물적인 면에서는 결코 인류가 다른 종보다 더 우월한 게 전혀 없다는 사실이 드러나자 사람들은 몹시 당황했고 상황도 바뀌게 되었다.

그것은 인류보다 더 빨리 달리고 더 높이 뛰며, 더 멀리 날 수 있는 종이 수두룩하기 때문이다. 저자도 같은 생각을 가지고 있는 사람 중에 하나이다. 생물학자와 진화론자들의 주장은 인간이 만물의 영장도 아니며, 또한 가장 진화된 생물도 아니라고 주장하고 있다.

따라서 자기 생존을 위해 환경에 가장 잘 적응토록 발달한데 불과하고, 어떤 방향으로 발달하기 시작하면 그 방향으로 계속 발달한다는 것이다. 이러한 예는 조류의 날개와 유선형의 몸매, 그리고 높게 멀리 날 수 있는 힘, 개의 냄새 맡는 능력, 호랑이 등의 날랜 동작과 사나운 발톱과

이빨, 그리고 용기, 올배미의 밤눈과 발톱, 모든 물고기의 물 저항을 없게 하는 피부와 꼬리, 지느러미의 발달, 기린의 목 등을 상기 할 때 맞는 말이다.

생물이 환경에 적응하기 위해 발달하는 예로서 유전의 누적을 들 수 있다. 당대에 발달한 분야가 대를 거듭하면서 조금씩 더 발달되어 가는 게 분명하지만, 당대에도 눈부시게 발달되어 가는 것도 보았다.

태아가 엄마의 모태에서 마치 태고 때의 고요한 바다와 같은 곳에서 마음껏 뛰놀면서, 먹을 것, 입을 것, 춥고 더운 것, 들어가 잠자야 할 집 등 무엇 하나 부족함이 없이, 그리고 근심과 걱정도 없이, 잘 살아오다가 세상에 나온 것처럼, 우리 인류의 선조들도 바다에서 잘 살다가 바다의 무법자의 침탈을 피하기 위해 육상으로 피난해 왔다. 그러나 육지에도 무시무시한 공룡 등이 도사리고 있었고, 추위와 더위가 있었으며, 날쌔고 무서운 동물도 있었다.

지구에는 몇 번의 큰 재앙과 공룡 등의 멸망이 있었다.

지구는 약 6,450만 년 전에 어떤 큰 재앙災殃으로 공룡 등의 동물들이 멸종됨으로써, 포유류가 지구의 주인공이 되는 계기를 마련해 주었다. 그때 공룡 등 파충류爬蟲類 동물 중에서, 몸집이 작은 것들과 환경이 좋았던 파충류는 멸종되지 않고, 새 종류로 진화하여 오늘에 이르렀다 한다. 지구에는 위 공룡 등의 멸종사건보다도 더 앞서서, 여러 차례의 멸종사건이 있었다고 진화론자들은 주장한다.

그 첫 번째가 4억 4천만 년 전에 있었고, 다음은 3억 6,500만 년 전에 있었으며, 다시 2억 4,500만 년 전에 있었고, 2억 1천만 년 전에 있었던 페름기 말기의 재앙 때는 그 피해가 가장 커서 바다 생물 중 90%가 멸종했다하니 놀랍지 않을 수 없다.

이와 같은 재앙은 우주에 떠다니는 운석隕石이나 소행성小行星 등이 지구와 충돌함으로써, 발생된 재앙으로 추정되고 있다. 지금의 중미 멕시코에 있는 유카탄 반도에는 직경이 150km~200km에 이르는 거대한 웅덩이가 패여 있는데, 이 웅덩이도 운석이나 소행성의 낙하충돌지점으로 보고 있다. 그리고 이런 크기의 웅덩이를 만들 수 있는 에너지라면, 천만 톤의 수소폭탄이 폭발했을 경우라야 가능한 웅덩이라 하며, 이 경우 수km 높이의 해일도 발생한다 하니 얼마나 무서운 일인가. 이러한 재난을 거치고도 살아남은 게 현재 살아 있는 생물의 종류들인 것이다.

전술한 바와 같이 6,450만 년 전의 재앙 때는 공룡 등이 멸종함으로써 포유류, 그 중에도 인류가 지구의 왕자자리 차지하는데 기여한 것이다. 그 이전에는 인류도 이들 공룡류 때문에 낮에는 거의 못 돌아다니고, 밤에만 돌아다니는 야행성夜行性이었다 하며, 공룡류가 멸종하고 나서, 비로소 활발한 주간 활동이 가능했다 한다. 이토록 별 볼 일 없는 인류가 진화하여 오늘의 인류로 발전한 사실을 상기한다면, 인류 상호간은 서로 존중하고, 서로 우애롭게 살아가야 할 것이다.

이런 사실들을 종합하여 판단할 때, 모든 생물은 하나이며, 더구나 사람은 똑같은 사람이고, 따라서 흑인, 백인, 황인 등으로 분류하여 우열을 따짐은 가장 비열한 판단이라 아니할 수 없다.

흑인의 피부가 검은 것은 태양빛을 많이 쏘여서 그 해독을 보다 중화시키기 위한 방편으로 검어진 것일 뿐, 속살까지 검어진 것은 아니므로 이것도 환경 적응의 한 방편에 불과한 것이다. 그런데도 아직도 흑인은 열등하다는 고정관념이 남아 있고 그런 점에 비추어 보면, 지난 번 미국 대통령 선거에서 흑인 출신의 오바마 후보가 대통령으로 당선된 것은,

우주와 지구, 나아가 생물학 등 과학의 승리이고 인류 문화의 승리로 보아야 할 것이다.

특히 미국 민주시민들이 인종을 초월하여 그를 선택했음은 미국 시민들의 가장 영광된 승리이기도 하다. 이런 점은 우리 민족이 같은 민족인데도, 양반과 쌍놈을 찾으면서, 오래도록 분열과 대립을 일삼아 온 과거사를 뒤돌아다 볼 때, 참으로 반성되는 마음이 뭉클하다. 이로 보아 우리도 이제는 좀 더 확 트인 생각을 가져야겠구나, 하는 생각이 든다. 그리고 우리나라는 미국과 대조적으로 같은 동족인데도, 남북이 분열되었을 뿐만 아니라 한술 더 떠서 북한주민은 의식과 체질이 독재에 적응하는 방향으로 바뀌고 있어서 참으로 걱정되는 것이다.

위와 같은 민족의 비극을 고려한다면 우리 한국 국민만이라도 감정적인 대립은 없어야 할 텐데도, 동서간의 의식과 사고방식이 이상하게도 감정적으로 분열되어 있어서 더 걱정되는 것이다.

제4장

신앙과 종교의 진실

인류문명의 특색들과 향후의 장례식

진화의 특색을 찾으려면 아무래도 다른 생물들과 비교해 보는 게 가장 좋은 방법일 것 같다. 지금 지구상에는 육안으로는 보이지도 않는 박테리아부터 사람보다도 몇 제곱 큰 고래와 코끼리 등, 다양한 동물들이 살고 있고, 식물도 수목부터 잡초와, 동물인지 식물인지 분별하기 어려운 단세포의 박테리아까지, 참으로 다양한 것들이 살고 있다. 그러나 아무리 많아도 딱 두 가지는 공통적인 특징을 가지고 있다. 그것은 자기 종의 연장과 번식을 위해서는 온갖 방법을 다 쓰고 있다는 것과, 또한 살기 위해서 별 희귀한 것들을 다 먹고 산다는 사실이다.

소나무가 자기 종의 연장과 번식을 위해 솔방울을 키우는 것을 보면 건강치 못한 소나무일수록 솔방울이 따닥따닥 많이 붙어있는 것을 보게 된다. 이런 조그마한 사실을 보아도, 생물이 자기 종種의 연장을 위해 얼마나 애쓰고 있는가를 보는 것 같아서 마음이 안쓰러운 것이다. 그리고 그 솔방울의 틈새에서 날개 달린 씨앗이 바람에 훨훨 날려서 멀리까지 날아가는 것을 보면, 말 못하는 저 소나무도 자기 종의 번식을 위해서는 저렇거늘, 하물며 사람은 오죽하겠는가, 라고 생각에 잠기는 것이다.

또한 연약하고 작은 동물일수록 새끼를 많이 낳고 있고, 벼와 보리 등 많은 식물은 자기의 번식을 위해 기꺼이 자기의 씨앗을 사람에게 바치고 있음을 보면 자연의 오묘함에 절로 머리가 숙여진다.

다만 다른 모든 생물들은 식물이고 동물이고 간에 번식과 사는 방법이 모두 직접적이어서 꾸밈이 없는데 반하여, 사람은 많은 꾸밈이 있다. 이 꾸밈이 바로 문명 또는 문화, 종교라는 이름으로 불리어지고 있다. 또한 갖가지로 잘 꾸미고 사는 국민을 문명인으로 호칭하면서, 일반 동물처럼 단순하게 먹는 것과 번식하는 것만을 위주로 하는 종족을 미개인 또는 야만인으로 취급하고 있는 것이다. 그에 따라 문화인들과 그 민족들이 자기들의 생존과 번식을 위해 마련하는 절차와 과정은, 미개한 민족보다 는 월등하게 더 화려하고 복잡하며, 그를 위해 많은 재화를 낭비하고 있 는 게 특색이기도 하다.

필자는 앞 장에서, 사람도 다른 동물들과 같이 바다에서 살다가 육상 으로 나와서, 서서 두 발로 걷기 시작한 후 두 손을 이용하여 연장을 만들 고, 말을 하고, 뒤이어 문자를 만들면서 생각하고 경험한 사실을 기록으 로 남김으로써, 찬란한 문명을 낳을 수 있었다고 결론지었음을 독자들은 기억할 것이다. 이러한 찬란한 문명 중에는, 위와 같은 번식을 위한 화려 한 결혼식이나, 사람이 죽었을 때 치르는 장례식과, 시제時祭라고 불리는 각종 제사의 의식도 있지만, 종교의식儀式으로 거행되고 있는 각종 행사 도 문화발달의 한 징표로 봄이 옳을 것이다.

하지만 이러한 문화의 한 자락도 한 꺼풀 벗겨 보면 인류 상호간의 문제일 뿐, 우주적인 관점에서 보면 하찮은 행사에 불과하고, 또한 생물의 전체적인 관점에서 행한 행사가 아님을 알 수 있다.

그 때문에 이제부터는 모든 의식과 행사가 생물이 공생共生하고, 상생相生하는 방향으로 모든 게 발전되는 것이 정도가 아닌가 하는 생각이 드는 것이다. 현재의 우리 인류와 기타 모든 생물들은 우주에서 모든 것을 취하여 생명을 유지하면서, 몸을 이루고 살아 왔으므로, 이제는 우주에 자연스럽게 돌려주는 방법을 발굴하는 게 어떤가 하는 생각이 든다는 이야기다.

그렇다면 어떤 방법이 가장 자연에 접근하는 방법이 될까. 한 마디로 말해서 사람이 죽으면 평장平葬형태로 땅에 묻히는 방법이 가장 현명한 방법이라고 본다. 하지만 과거처럼 봉분封墳을 만들고 비를 세우며, 상석床石과 제단을 만드는 등의 너절한 짓을 하려면, 아예 화장한 것만 못한 것이다. 이와 관련하여 삼국지연의에 나오는 조조曹操가 연상된다. 그는 자기 무덤에 아무것도 표시하지 말고 간소하게 장례를 치르라는 유언을 한 사람으로 유명하다. 그로 인해 그의 묘는 지금까지도 발견되지 않고 있는 점을 높이 평가하지 않을 수 없다. 그는 원나라 때, 나관중의 각색에 의하여 소설형식으로 잘못 쓰여진 삼국지연의의 난도질 때문에 천하의 악당처럼 그려지고 있으나, 진수가 지은 삼국지나 조조평전 등을 읽어보면 결코 그토록 나쁜 사람이 아니었다. 그는 한마디로 최후까지 한실漢室을 보호한 사람으로서, 역적은 아니었고, 또한 끝까지 헌제를 받들었다. 그리고 그가 자기의 사후처리에 남달랐던 것을 보면 그는 확 트인 사람이었다. 그 때문에 필자는 오히려 모든 사람이 죽으면 조조처럼 자연스럽게 흙으로 돌아가게 함이 가장 좋을 방법이 아닐까, 라고 외치고 싶은 것이다.

또한 이와 관련하여 유명한 정치가 중에, 자기 몸의 사후처리를 가장 현명하면서도, 자연에 부합하도록 유언한 사람으로 중국의 덩샤오핑鄧小平과 우리나라의 고 노무현 대통령을 들 수 있다. 이분들은 아마도 오래 전부터 우주와 자연을 잘 이해하고 있어서인지 화장을 유언한 것으로 유명하다.

특히 덩샤오핑은 화장한 유골을 우주자연에 뿌려서 자취를 남기지 않도록 한 점에서 누구도 따르기 힘든 앞선 길을 걸었다. 그는 마음만 먹으면 얼마든지 정권을 더 유지할 수도 있었음에도 스스로 후계자들에게 정권을 이양했을 뿐 아니라 물러난 이후에도 정권안정에 적극 협조했다는 점에서도 20세기의 정치지도자 중 최고 수준의 정치지도자가 아닌가 하는데, 장례문화도 가장 앞선 모범을 보였다.

그 반면에 사후 시체처리에 있어서, 가장 볼썽사납게 처리한 예로서는 레닌과 스탈린, 그리고 김일성과 김정일을 들 수 있을 것이다. 이들은 모두 우주의 철리哲理와는 정반대의 길을 걸은 사람들이며, 가장 세속적世俗的인 사후처리를 하게 한 사람들이다. 이들의 사후처리를 보면 마치 5천 년 전의 이집트 제왕들이 행했던 피라미드를 연상시켜서, 시대착오적인 짓이 아닌가 하는 생각이 드는 것이다.

그 당시, 이집트에서 미라가 만들어지게 된 배경에는 시체도 살아있는 것과 비슷할 것으로 착각하는 인류들의 공통된 인식이 있었고, 또한 그런 미신迷信이 보편화되어 있었을 때였으므로 당시로는 당연한 것이라고 말할 수도 있는 것이나, 현대와 같은 과학시대에도 그런 유치한 장례문화가 있다니 참으로 한심스러운 것이다.

이것으로 보면, 사람이 살았을 때는 물론 죽을 때까지 변함없이 확 트인 생각을 가지고 바른 정신으로 유언할 수 있는가가 걱정되는 것이며 또한 어려운 일이기도 하다.

종교문화의 특색들

인류의 문명 중에는 종교생활이 큰 몫을 차지하고 있다. 그리고 그 종교생활은 일반 문화와는 달리 여러 가지 특징이 있고, 가장 논란이 많은 문화이다. 종교는 다른 문화와 함께 인류만이 갖고 있는 독특한 문화인데도, 현세現世의 행복보다는 내세의 행복이나 영생을 바라고 있는 문화라는 게 좀 특이하다.

그러나 우리의 눈으로 볼 때는 사람이 죽어서 정말로 영생하고 있는지 여부를 확인할 길이 없어서 논란이 많은 것도 주목받는 한 이유가 된다. 왜냐하면 결혼식이나 장례식, 또는 제사는 물론, 어떤 행사이든 너무 화려하거나, 너무 낭비적 요소가 많으면, 허례허식虛禮虛飾에 차 있고, 낭비도 많다고 비난은 하면서도 그것이 진실이다, 거짓이다 또는 미신이다, 아니다, 라고 다투어지지는 않기 때문이다.

하지만 유독 종교에 대해서만은 생물의 진화에 대한 확신과, 우주의 비밀이 어느 정도 벗겨지고 난 이후부터는, 유신론有神論과 무신론無神論이라는 이름으로, 격렬하게 다툼이 일고 있는 것이다.

저자는 자주 종교인들이 전철 안에서나 길가에서, 또는 집에 찾아와서까지 선교 활동하는 모습을 보게 된다. 그리고 그들의 모습에서 스스로는 신의 존재를 확신하고 있구나, 하는 느낌도 갖게 된다. 혹자는 이런 사람을 일컬어서 광신자라고 혹평하는 경우도 있으나, 그들 자신은 오히려 행복감에 젖어 있는 것이다.

그런데도 대체로 주변사람들이 냉담하게 보고 있는 것을 보면, 종교인이 그리 많지는 않는 것 같다. 하지만 종교인구의 통계를 보면, 우리 전체 인구 수보다 더 많은 사람이 종교인으로 보도되는 것을 볼 수 있다. 그런데도 실제의 종교 인구가 그에 못 미치는 것을 보면 이는 조사방법에 잘못이 있거나, 아니면 자기 소속의 종교가 가장 많은 신도를 갖고 있다는 것을 과시하기 위한 과욕이 빚은 결과라고 본다.

그 때문에 그 통계를 그대로 믿을 수는 없고, 다만 혼자서 곧잘 종교인의 숫자를 추산해 보는데, 필자의 추정치로는 대체로 전체 인구의 35% 내외가 어떤 종교든 하나쯤은 믿고 있다고 보는 것이다. 또한 종교에 대한 저자의 기본적인 생각은, 인류의 역사가 계속되는 한 종교인은 크게 감소하지 않고 현상유지가 될 것으로 본다.

왜냐하면 없는 것도 있다고 믿으면, 믿는 대로 효과가 나타나는 사람들의 비중이 근 40%를 점하고 있기 때문이다. 그러면 우리나라에는 어떠한 종교들이 있어 왔는가를 알아보자.

먼저 원시 종교로서 샤머니즘을 들 수 있다. 저자가 샤머니즘을 종교라고 호칭하면서 들고 나오는데 대하여, 이의를 제기할 분들이 많을 줄 믿는다. 하지만 샤머니즘에게는 경전이나 성경이라는 이름의 책이 없고 조직적인 교육제도가 없으며, 교단敎團이라는 조직 등이 없으나 전지전능全知全能하신 신의 존재를 믿는다는 점에서는 똑같다. 또한 교회나 교당과 절 등이 없어서, 집단으로 모여서 기도하는 행위 등이 없으면서 내세보다는 현세의 복을 빌고, 재난을 피하고자 신에게 굿하고, 경을 읽는다는 점에서 차이가 있을 뿐 보이지 않는 신을 믿는다는 점에서는 역시 똑같은 종교인 것이다.

우리는 곧잘 단군檀君을 우리의 시조始祖라고 하면서 모시고 있는데 그에 대하여 사학자들은 다음과 같이 말하고 있다.

"단군왕검은 샤머니즘의 종교가 보편화되어 있고, 제사와 정치가 한 사람에게 집중되어 있었을 때인 제정일치시대祭政一致時代에 나라를 다스리던 제사장祭司長을 말하는 것이며, 그때의 제사장은 단군이었다."

또한 일제 때 지은 최남선의 고사 통古事通을 보면,

"단군은 바로 당굴을 말하고, 당굴은 바로 무당을 지칭하는 것으로서 호남의 방언으로서 지금도 그 호칭이 면면히 이어져 오고 있다"

라고 간파하면서, 단군이 바로 제정일치시대의 무당이었다고 주장하고 있는 것이다. 따라서 샤머니즘은 불교가 들어오기 이전에 가장 일반화되고 보편화된 종교였다. 이는 우리나라뿐만 아니라 동북아시아 일대에 광범위하게 펼쳐 있었던 엄연한 종교였으며, 이러한 사실은 많은 학자들이 깊이 연구하고 상세하게 살펴서 쓴 책들에서 상세하게 밝혀지고 있다. 그 이후 삼국시대에는 불교가 들어와서 고려시대까지 크게 번창해왔다. 그러나 조선시대에 들어와서부터는, 숭유배불정책崇儒拜佛政策이라는 성리학 중심의 일방적인 정책에 밀려서 크게 쇠퇴하게 된 것이다. 하지만 조선조 후기에는 천주교天主敎와 예수교 등이 들어와서, 초기에는 탄압을 많이 받기도 했으나 끝내는 크게 번창하고 있으며 이제는 거꾸로 성리학이 크게 후퇴했다. 아주 최근에는 이슬람교까지 들어와서 우리를 놀라게 하고 있는 것이다.

우리나라 명당明堂론과 위패位牌

우리들의 조상들은 선조의 시신을 잘 모셔서 묏자리를 잘 잡으면, 왕후장상王侯將相, 왕과 제후, 장수와 재상도 나올 수 있다는 이른바, 명당明堂을 굳게 믿는 때도 있었다. 우리나라에서의 이 명당론은 어찌 보면 기독교 등의 종교보다도 더 뿌리가 깊어서 한때는 군왕君王으로부터 촌부村夫까지 다 믿는 때도 있었다.

하지만 지금은 과학지식의 보급과, 정부의 강력한 묘지단속 그리고 화장의 권유로 많이 쇠퇴되었다. 그러나 아직도 일부계층에서는 굳게 믿고 있어서 그 폐습이 그대로 남아 있는 셈인데, 조선조 시대에는 샤머니즘보다도 더 위세를 떨치기도 했다.

그 외에 제사도 일종의 신앙이며, 어떤 면에서는 미신에 속한다고 볼 수 있으나 약간의 종교적인 면이 있다. 이는 보이지 않는 신을 믿고 있었던 점에서 일반 종교와 다를 바 없는 것이다. 또한 그 신은 터무니없는 신이 아니라, 과거에 실존했던 사람의 영혼을 대상으로 하여 제사를 지내고 있으므로 꼭 지탄을 받아야 할 미신이거나 우상은 아니다. 더구나 돌아가신 부모님이나 선조에 대하여 진실로 존경하는 마음이 스스로 우러나서, 사망한 날을 잊지 아니하려고 그 자손들이 모여서 선조들의 공적을 다시 되새기면서 1년에 하루쯤 선조를 다시 회상해보는 것은 결코 비난받을 일이 아니며, 오히려 권장할 미덕인 것이다. 그것은 마치 우리가 거의 백 년 전에 있었던 3·1독립 운동 일을 매년 잊지 아니하려고 그 날이 오면 기념하는 것과 같다고 볼 수 있는 것이다. 다만 제사 등은 신이 없음에도 꼭 있는 것으로 생각하고 제사를 모시고 있어서 약간 미신적인 면이 있다고 하는 것뿐이다.

다음은 명당과 관련하여 할 말이 많으나 우선 일본인들이 쓴 글이 있으므로, 그들이 무어라 말하고 있었는가를 먼저 살펴보고 결론을 지을까 한다.

일본인들은 1908년 정미7조약 이후부터 우리나라에 재판관을 파견하여, 개항장 내에서는 한국인의 소송사건까지도 재판을 했다. 그리고 그 2년 후, 즉 국권을 완전 탈취한 후부터는, 한국인의 모든 분쟁에 대해서 재판권을 행사했다. 그때 자기나라에서보다도 더 많은 월급을 받는 조건으로, 일본인 법관들이 다수 파견되어 와서 재판을 한 것이다. 그런 그들이 어언 정년이 되어서 1930년대 후반에 귀국한 후, 자기들끼리 모여서 한국에서의 소송사건 중 가장 잊지 못할 사건들을 따로 글로 엮어서 펴낸

일이 있다.

그들은 그 글에서 한국인을 재판하면서 가장 놀랐던 것은 조상의 묘에 대해 갖고 있는 놀랍고도 뿌리 깊은 독특한 신앙과, 조선 부녀자들의 정조관념이 강하기로 정평이 나 있으면서도 오히려 남편을 죽이는 이른바 살 부殺夫살인 사건이 의외로 더 많은데 대하여, 놀라움을 금치 못하고 있었다.

그들은 말하기를, 일본은 정조관념이 약하다고는 하나, 서로 마음이 안 맞으면 헤어지는 것으로서 끝나는데 반反하여, 조선에서는 헤어지지를 못하고 남편을 죽여 버리는 방법으로 헤어지고 있다는 것이었다. 그러면서 너무나 무지無知한 탓으로, 자기의 행위가 어떠한 결과를 낳을지 분별치도 못하면서 간부姦夫의 달콤한 유혹과 꼬임에 빠져서 그런 행위를 저지르고 있다고 비판하고 있었다. 그들의 주장은 일본에서는 사람이 죽으면, 언제나 화장火葬을 하고 있어서 묘지에 대한 관념이 전혀 없었던 관계로, 묘지 때문에 생기는 산송山訟이 전혀 없었는데 반하여, 조선에 건너와서 재판을 하면서 보니 "의외로 산송이 많았다"라고 하면서 이러한 현상에 대하여 매우 놀라워하고 있었다.

또한 그들의 글에 의하면, 조선인들이 다른 모든 사건에 대해서는 판사의 권유에 따라 화해도 잘하고, 합의도 잘해 주었으나, 유독이 산송山訟, 묘에 대한 소송에 한해서만은 한사코 양보하는 법이 없었고, 화해도 없었으며 끝까지 버티고 싸우더라, 라고 술회하고 있었다. 그리고 그런 현상은 자기 대代는 설사 못 살아도, 묘만 잘 쓰면 자손만은 크게 복록福祿을 누릴 수 있다는 확신 때문이었다, 라고 술회하고 있었다.

그러면서 산송의 종류로서, 투장偸葬, 이웃 땅에 침범하여 묘 설치, 암장暗葬, 남의 산에 표 안 나게 묘 설치, 평장平葬, 남의 산에 표 안 나도록 평평한 묘 설치, 늑장勒葬, 남의 산에 권세를 믿고 억지로 묘 설치, 범장犯葬, 남의 묘에 자기 선조의 시신을 쓰고 주인 시신은 버림, 은장隱葬, 묘를 쓰고 풀 등으로 감춤, 도장盜葬, 남의 산에 몰래 묘 설치, 가장假葬, 남의 땅에 거짓으로 묘 설치 등 8가지 방법을 소개하면서 너무나 이해 할 수 없었다고 술회하고 있었다.

그러나 부임 초에 그리 많던 산송도 차차 줄어들어서, 퇴임 무렵에는 거의 자취를 감추었다고 술회하면서 그것은 일본인들이 묘를 쓰지 않고 있음에도 오히려 더 잘 살고, 나라도 더 부강하는 것을 직접 보고, 깨달은 결과라고 자찬하고 있었다.

저자가 성장 시에 들었던 묘의 명당론에 의하면 그 믿음은 종교적인 믿음보다 더 강한 믿음이었으며, 절대적 신앙이었다. 따라서 묘를 명당자리에 잘 쓰면 반드시 왕후장상王侯將相도 나올 수 있고, 거꾸로 잘못 쓰면 패가망신敗家亡身한다는 확신을 가지고 있었다.

또한 설사 자기 대는 못 살아도 후손만은 반드시 잘 살게 되고, 또한 훌륭한 후손을 두려면 반드시 명당자리에 묘를 써야 한다고 확신하고 있었다. 그리고 실제로 묘를 잘 다스리는 집안은 잘 살기도 했으므로 "아무개를 보라, 묘를 잘 써서 저토록 잘 살지 않느냐"라고 반문하고 있었다. 사실은 묘를 잘 써서 잘 사는 게 아니라, 잘 살기 때문에 마음의 여유도 있고 조상에 대한 존경심도 생겨서 묘를 잘 가꾸고 있었음에도, 그들은 거꾸로 이해하고 있었던 것이다. 이와 같은 현상을 보면, 한 번 믿는 마음이 생기면 그 믿음은 좀처럼 버리기가 어려운 것임을 알 수 있다.

이로 보면 무엇을 믿는 신앙심이라는 게 얼마나 무서운 것인가를 알 수 있는 것이다. 그런 묘와 명당에 대한 신앙심은 일본인들이 말하는 것과 같이 일제 말에는 상당히 많이 쇠퇴하여 거의 없어졌다가, 1960년대에 이르러 다시 고개를 들기 시작했다.

그러다가 1980년대에 이르러서는 더 극성을 부렸다. 특히 정치인들이 조상의 묘를 이장하고 있는 사실까지 공공연히 보도되면서 자극을 주기도 했으므로, 더해가기도 했다. 그 중에도 가장 대표적인 예가, 북한의 김일성 주석이 1994년도에 죽었을 때의 조선일보의 보도였다.

그때의 보도에 의하면, 그의 이십 몇 대 선조인 전주 김 씨 시조始祖의 묘가 전주에서 가까운 모악산에 있었는데, 그 시조의 묘가 너무나 명당이어서 그 명당바람으로 김일성이 오랫동안 주석 직을 할 수 있었다는 내용이었다. 그 말을 한 사람은 당시 풍수風水가로 유명했던 손석우였다. 그때 조선일보가 그의 말이라고 하면서 이를 보도하자, 다음 날부터 그 묘를 보려는 사람들로 모악산은 인산인해를 이루었다는 보도가 뒤따르기도 했다.

그 후, 풍수가인 손석우는 곧 죽었는데, 그의 묘는 그가 유언한대로 그가 생전에 명당이라면서 가묘까지 만들어 놓은 명당자리(?)에 묘를 썼다. 그런데도, 그 후 공교롭게도 5년도 못되어 그 묫자리에는 도로가 개통됨으로써, 부득이 그 묘는 다른 곳으로 이장해야 했다.

그때 그런 사실을 신동아 잡지에서 사진과 함께 크게 보도해 주었으므로, 필자는 그 기사를 읽어보고 참으로 다행이라 생각하면서,

"자기 묫자리도 못 보는 사람이 한국 제일의 풍수가로 대접 받았으니 참으로 한심하구나"라는 말이 저자의 입에서 저절로 나오기도 했다. 저자는 그때 조선일보에 터무니없는 명당론이 보도되는 것을 보고, 화가 나서 그 날 즉시 전화로 조선일보에 강력히 항의하면서,

"어찌 국내 제일의 대 신문이 말도 안 되는 6백여 년 전의 묘 바람으로 김일성이 주석이 되었다는 식의 명당 이야기를 끄집어내서 미신을 자극하고 있는가"

라고 항의하자 그저 웃어보려고 보도한 것에 불과하다는 해명만이 있었다. 이와 같은 명당론이 조선시대에는 매우 극성을 부려서, 그 피해가 엄청났음을 알 수 있는 것이다. 하지만 그 당시도, 진정한 선비는 그런 묘지

의 명당론에 대하여 일소하고 있었고, 특히 조선조 후기의 정약용丁若鏞 선생 같은 분은 미신임을 강력히 주장하면서,

"어찌 죽은 송장이 산 사람의 운명을 좌우할 수 있다는 말이며, 명당이 있다면 풍수가가 자기 조상의 묘를 쓸지언정 어찌 남에게 알려 주겠느냐"라고 비판한 것이다.

이러한 사실을 보더라도 진정한 선비는 그때도 명당이 없음을 분명히 하고 있었다. 이러한 사실에 비추어보면 앞서 말한 대로 봉분 없는 평장과, 아무런 표상물이 없이 자연에 귀의歸依 할 수 있는 방법으로 매장하던가, 아니면 화장하여 자연에 뿌리는 방법이 가장 우주적이고 자연적이면서도 새 시대에 맞는 장례문화로 생각하는 것이다.

다만 죽은 자가 위대한 분이면 그 저서나 유품 그리고 위패位牌로서 제사를 모시면 족할 것이며, 공자 등 성인들의 제사도 그런 방법으로 2천여 년 동안 모셔오고 있음을 보면 반드시 묘가 있어야 하거나 납골당이 있어야 하는 것은 아니다.

샤머니즘 등 종교가 갖는 신앙의 힘

사람이 하나의 믿음을 갖는다는 것은 무섭기만 하다. 그 때문에 불교나 기독교도 사람이 불경이나 성경을 그대로 믿기 때문에 무서운 것이다. 왜 무서운가 하면 사람이 전혀 없는 것을 있다고 믿거나, 안 되는 것을 된다고 한 번 믿었을 때, 그게 아니라는 반증을 전혀 제시할 길이 없으므로 더 무서운 것이다. 이에 따라 가상假想의 용龍이나 명당도 한 번 믿었으면, 그 믿음에서 헤어나기가 매우 어려운 것이다. 다행히도 용이 있다는 하늘에는 구름밖에 없음이 확인되었고, 묘 없이도 잘 사는 게 확인

되었으므로 그 미신에서만은 곧 해방될 수 있었다.

그러나 기독교 등에는 성경이라는 책자가 있고 그 책자의 내용을 많은 사람이 믿어 왔으며, 또한 조직적으로 교육까지 시키면서, 일주일에 두 번씩이나 설교를 하면서, 세뇌시키고 있으므로, 되풀이하여 그 말을 듣고 있는 신자들로선 그 신앙에서 빠져 나오기란 참으로 어려운 것이다. 따라서 한 번 하나님이 있다고 믿기 시작하면, 그 믿음에서 빠져 나오기란 낙타가 바늘구멍에 들어가기보다 더 어렵고, 또한 한 번 믿게 된 종교에서 빠져 나오기란 보통 용기가 아니면 좀처럼 빠져나올 수가 없는 게 신앙이고 종교인 것이다.

그러면 이들 신앙이 기존 샤머니즘과 어떤 면에서 차이가 있는가를 살펴보기로 하자. 불교나 기독교 이슬람교 계통에서는 공통적으로 현세보다는 내세를 중시한다. 특히 불교에서는 석가모니의 가르침을 믿고 모든 물욕을 떠나며, 특히 여자를 절대로 접해서는 안 되는 것으로 가르치고 있음에도 굳게 믿고 있는 것이다석가모니는 자기 처와 하룻밤 지낸 제자를 가장 엄하게 파문했음.

또한 철저한 고행과 수양을 쌓으면, 해탈解脫의 경지에 이르게 되고, 그리되면 죽더라도 영원히 죽는 게 아니라 극락세계에 들어가서 현세보다 더 즐거운 삶을 누릴 수 있다는 터무니없는 거짓말을 하고 있는데도 굳게 믿고 있는 것이다. 이런 점에서는 기독교 계통에서 말하는 천국과, 죽으면 천국에서 다시 영생할 수 있다는 주장과는 어찌나 그리도 닮았는지, 그런 점에서 두 종교는 일맥상통하는 점이 있다.

그리고 기독교천주교 포함 계통에서도 인간은 원죄를 지었으니 하나님으로부터 사용서함을 받아야 하며, 하나님으로부터 사함을 받으려면 하나님이 자기예수그리스도를 독생자로 보내셨으니 자기 말을 굳게 믿고 하느님의 뜻에 따라 열심히 복음을 믿는 신앙생활을 하면, 죽더라도 육신만 죽을 뿐 영생하는 것이라고 가르치고 있는 것이다.

이슬람교도 예수교와 비슷하게 알라신을 믿고, 그의 메신저인 무함마드의 계시록을 믿어서 무슬림교인이 된다면, 천국에 갈 수 있다고 가르치고 있어서 종교란 모두 미신이라는 테두리에서 한 치도 벗어날 수는 없는 점에서는 똑같은 것이다. 종교에 대하여 자세히 언급하려면 한이 없다. 그러므로 저자는 우선 기독교와 기타 종교들이 우리나라의 고유 신앙이었던 샤머니즘과는 어떤 점에서 공통성이 있는가와, 어떤 점이 다른가에 대하여 더 살펴보고자 한다. 위 두 종교들은 눈에 보이지 않는 전지전능全知全能하신 신이 있다고 믿는 점에서 똑같다.

무당들도 기독교도들과 똑같이 자기가 모시는 신에 대해서는 절대적인 믿음을 가지고 있으며, 만약 어떤 자가 신당을 부수고, 신으로 모셔놓은 그림사람의 얼굴 등을 파손하는 경우엔 바로 기절하고 생명까지 버리기도 한다. 이런 사실을 보면 신앙이란 얼마나 무서운가를 알 수 있는 것이며, 그들에게 우리가 아무리 샤머니즘이 미신이라고 강조해도 그들의 신앙을 버리게 할 수는 없는 것이다.

또한 가장 놀라운 것은, 그들이 굿 할 때의 모습을 보면 거의 무아경無我境에 빠져있음을 볼 수 있다. 비록 무딘 작두 위에서 춤을 추는 것이기는 하나 발이 베이지 않으며, 며칠을 뛰면서 춤을 추어도 피로한 기색이 없는 것을 보면 놀라지 않을 수 없다. 그 뿐이 아니다.

누가 아프거나 죽어서 굿 할 때에 보면, 어떤 여인에게 대대나무에 한지를 오려서 너덜너덜 붙인 것을 잡도록 한 후, 주문을 외우고 징이나 장구를 두드리면 대 잡은 여인은 무의식에 빠지면서 대를 사정없이 흔들어 댔고, 이어서 완전히 딴 사람이 되어서, 무당과 "신과의 대화"를 나누는 것이다. 그 신과의 대화 가운데는 죽은 사람과의 대화도 있고, 산 사람과의 대화도 있으며 환자에게 발병의 원인을 알려주는 대화도 있었다. 이런 사실들은 저자도 직접 여러 번 본 사실이므로 지금도 그런 일이 있을 수가 있을까 하고 이상하게 생각하고 있는 것이다. 그러나 그 후 깨달은 것은, 사람이 완전히 어떤 믿음에 빠지거나 환상에 빠지면 능히 일어 날 수 있는 일임을 알게 되었다.

이와 같이 거의 믿어지지 않는 행위에 대하여 저자도 한때, 경이驚異의 눈으로 보았으며, 특히 무딘 작두칼이기는 하나 그 칼 위에서 뛰면서도 상처가 없는 것을 보고 놀랐다. 그러나 그 후 그것은 인간에게는 자율신경이 있고, 이 중에는 교감신경과 부교감신경이 있으며, 두 신경은 경우에 따라 발동하는 신경이 다르기 때문에 생기는 자연스런 현상일 수 있다는 것을 알게 되면서 모든 것을 이해하게 되었다. 또한 인간에게는 그런 일이 가능한 일이라고 이해하면서 별로 이상하게 보지 않게 되었다.

사람이 화급火急할 때는, 두뇌의 명령과는 전혀 관계없이 자율신경의 하나인 부교감신경副交感神經의 작용에 의해서 평소의 힘보다 몇 곱의 힘을 낼 수도 있고, 그런 경우 평소에 넘지 못하는 담 등을 휙휙 뛰어 넘으면서 몸의 날래기가 마치 비호같을 수도 있다는 사실을 알고부터, 인간에게 숨어있는 오묘한 힘을 깨닫게 된 것이다.

저자도 어렸을 때, 평소에는 두세 개 밖에 못하던 철봉을, 체육시험을 볼 때에는 열 개도 더 해 본 경험이 몇 번 있었다. 밤에 야학당을 가다가 어떤 자가 갑자기 내 머리를 쓰다듬어서 얼마나 깜짝 놀랐는지 모른다. 그때 나는 정신없이 뛴 경험이 있다.

그때 생후 처음으로 머리털이 꼿꼿하게 서는 것을 경험했다. 그리고 집까지의 거리가 근 2km나 되는데도, 단숨에 뛰어 온 경험이 있는 것이다. 저자는 그 일을 겪고 나서 다시는 야학당을 갈 염두를 못 냈다. 이는 겨우 이틀 가고서의 사고였다. 그때, 그들에게 통사정해서 겨우 입학했던 보람도 없이 그만둔 것이다. 그들은 저자에게 입학을 거절하면서, 필

자가 이미 중학교 실력을 갖추었으면서도, 자기들을 시험해 보고자 입학
하려 한다는 이유로 입학을 거부했던 것을, 겨우 겨우 통사정하여 입학
했던 것이나 어쩔 수 없었다.

저자는 무당이 신 굿 할 때 초인적으로 행동하는 것을 보고, 이는 저자
가 위급하여 초인적超人的인 힘으로 달렸던 것과 똑같은 것으로 이해하고
있는 것이다. 그 때문에 무당도 그런 초인적인 비장의 힘이 작동할 수 있
어서 그렇다는 것을 알고 난 후부터, 무당의 모든 행위를 이해하게 된 것
이다. 우리 인체에 이와 같은 신비한 힘은 어떻게 생기는가와 어떤 이유
로 부여 되는 것인가를 알아보자. 이러한 신비한 힘의 원천을 살펴본다
면, 궁극적으로는 인간을 생존시키면서, 종족을 연장시키고 번식시키려
는 원초적인 힘이, 그토록 엄청난 결과를 낳는 것으로 귀결되는 것이다.

이와 관련하여 생물학자들은 말하기를, "박테리아도 환경 적응력이
뛰어나지만 인류도 뛰어나다. 그 예로서 한 번도 보지도 듣지도 못한 외
적균이 몸 안에 처들어 왔을 때, 우리 몸은 자동적으로 이와 싸워서 이겨
낼 수 있는 새로운 백혈구가 생기게 된다. 따라서 우주여행에서 새로운
균 등의 침입이 있다 하더라도, 즉시 대응하는 백혈구가 생겨서, 새로운
질병을 이겨낼 수 있을 것이다"라고 주장하고 있는 것이다.

사람에게는 숨겨져 있는 놀라운 힘이 있다

사람의 인체에는 교감신경이나 부교감신경의 발동에 따른 힘만이 있
는 게 아니다. 우리 인체가 감당하기 어려울 정도로 달리기나 과도한 운
동 또는 과도한 스트레스 등을 받았을 때, 이러한 고통을 덜 느끼게 하기
위해 "러너스하이 상태"에 빠지게 하여 전혀 딴 사람이 되어버리는 것과

같은 경우가 생기도록 하는, 무서운 힘이 숨겨져 있는 것이다. 이는 뇌에서 호르몬이 변화를 일으켜서 엔돌핀을 분비케 함으로써 통증을 없애 주는 것을 말한다.

엔돌핀이라는 뜻은 원래 체내에서 생기는 진통제라는 뜻이며, 이는 통증을 느끼는 신경세포의 자극을 차단하여 기분을 좋게 하고, 행복감과 희열감喜悅感 등을 느끼게 하는 것이며, 결국은 뇌를 속여서 환상을 일으키게 하고 있다.

이로써 고양감高揚感과 극치감極致感, 그리고 행복감과 황홀감恍惚感 등을 갖게 함으로써, 전혀 피로감을 느끼지 못한다. 그 덕분에 며칠이고 뛰면서 굿을 해도 피로감이 없게 하여, 보는 사람으로 하여금 놀라게 할 수 있는 것을 말하는 것이다.

이런 경이적인 행동도 굿을 하고 나서는 다시 딴 사람이 되어서, 퍼진 끝에 아예 드러누워서 오랫동안 끙끙 앓으면서 조용한 나날을 보낸다. 그러다가 또 누군가가 굿을 해달라는 요청을 해오면 앓던 사람이 내가 언제 아팠느냐는 듯이 벌떡 일어나서 딴 사람이 되어 또 뛰고 춤추며 굿을 해 내는 것이다.

지금 돌이켜 보면 저자도 그런 경험을 했다. 그런 경험인 "러너스하이 상태"를 하나 소개하려 한다. 필자는 1955년도에 이웃 마을에 사는 사람과 논을 교환하면서 한 자리에서 두 자리로 논을 늘린 일이 있다. 이때 필자는 계약서를 거의 한자漢字만으로 멋있게 잘 써서 그 분을 놀라게 한 일이 있다.

필자는 그때 그 곳에서 초등학교를 나온 사람이 아니어서 술과 담배를 아니하면서, 여름은 농사짓고 겨울은 연탄직공생활 등을 하면서, 열심히 품팔이하는 사람으로만 알려져 있었고, 초등학교 때 공부를 썩 잘하면서 군수 상까지 받은 사실 등은 전혀 모르고 있었다.

그런 내가 너무나 유식(?)하게 계약서를 잘 썼기에 그가 아연啞然한 것
이다. 그분은 아무래도 믿기 어렵던지, "그 계약서를 정말 운식이 썼어"
라고 거듭 묻기도 했다. 그때, 그 분은 논이 만여 평이나 되어서 필자는
그 집에 자주 품팔이를 하러 다니는 사람이기도 했다.

나는 7월의 어느 날 밤에, 그 분의 논으로 무자위로 물 뿜는 일을 가게
되었다. 그때, 공교롭게도 두 턱걸이 양수揚水, 높은 논에 양수할 때, 무자위 두
대로 위아래에서 동시 양수를 하게 되었다. 그 때문에 한 대에 두 사람씩 4명
의 일꾼이 있어야 했으나 일꾼을 구하지 못해서 그분까지 세 사람뿐이라
고 했다. 그러면서 그는 오늘 저녁이 지나면 대간선大幹線의 물이 내일부
터는 뚝 떨어진다는데 큰 걱정이라면서, 어떻게 하면 좋을까 하고 걱정
을 하고 있었다.

이에 필자는 말했다.

"그러시다면 제가 윗물자새에서 혼자서 물을 뿜어 볼테니 두 분은 아
래 물자새에서 교대하여 뿜어 올려 봐요. 그러면 내 힘껏 위에서 내가 혼
자서 뿜어 올려 볼게요."

이와 같은 말은 "내가 남들이 나를 몰라서 그렇지 한자만 많이 아는 게
아니라 농사일도 남다르게 잘하는 사람이요"를 보이기 위한 과시욕이었
다. 나는 그때, 세 시간 이상을 쉬지 않고 물을 품어 올렸는데도, 머릿속
이 횅하게 뚫리는 것 같으면서, 웬일인지 피로하지 않았다. 그때 그는 그
런 나를 보고 너무나 기분이 좋아서 나를 극찬하고 있었다.

다만 그때 아래 무자위가 뿜어 올리는 물 턱은 좀 높아서 힘들었으나
상대적으로 내가 뿜어 올리는 물 턱은 좀 낮아서 아래에서 뿜어 올리는
사람보다는 힘이 덜 드는 편이기는 했다. 설사 그렇더라도 혼자서 할 수
는 없는 것임에도, 처음만 힘들었을 뿐 차차 발 떼기가 가벼워져서 혼자
서 세 시간을 해낼 수가 있었다. 사실은 그때 내 오른쪽 다리가 1951년

봄에 미군이 모는 차에 치여서 굽은 채 나았고 그 때문에 거의 1년 가까이 큰 고생을 했으며, 그때도 조금 불편한 다리인데도, 해낸 것이다. 그후, 저자 자신도 그때 왜 그토록 피로한 줄을 몰랐을까, 하고 의아해 하면서, 원인을 전혀 모르고 있다가 최근에야 생물학 책을 읽고서, 비로소 그때의 상태가 바로 "러너스하이 상태"였음을 알게 되었고, 그래서 그랬구나 하고 깨닫게 된 것이다.

무당들의 행위가 매우 경이로운 괴력을 발휘하고 있는 사실에 대해서, 많은 민속학자들과 소련 인이 쓴 샤머니즘에 대한 글들이 잘 알려주고 있다. 그 책들은 우리들에게 많은 것을 시사해 주고 있으며, 그런 샤머니즘의 생활을 너무나 잘 표현하고 있어서, 감탄사가 절로 나오게 하고 있다. 필자도 어머니를 통해 많은 경험을 해 봤지만, 실제로 그들을 믿고 굿을 하게 하거나 독경讀經하는 경우에 많은 사람들이 뚜렷한 효험을 보는 경우가 너무나 많았다. 저자의 어머니께서도 무당의 아류亞流인 점쟁이를 굳게 믿으시고, 음력 정초에 1년을 무사히 넘겨주십사 하고 반드시 굿을 했으므로, 그 덕분으로 그들의 기적을 많이 보아온 것이다. 어머니께서는 아프실 때마다, 점쟁이에게 찾아가서 점을 쳤다. 그런 다음 부엌의 한 모서리에 조리를 드리시느라고 쌀을 그릇에 담아서, 포로 덮어서 한 쪽에 모셔놓고, 두 손 모아 병 나아달라고 비는 것을 보아왔다. 그리고 밤에는 굿을 하여 병이 깨끗이 낫는 것도 수없이 보아 왔다. 그 때문에 저자는 성년이 된 후에도, 그런 행위가 분명히 미신인 줄 알면서도 결코 만류하지 않았으며, 어머니를 이해하고 있었다.

왜 인간에게는 그런 결과가 오는 것일까. 그것은 앞서도 말한 바와 같이 사람의 생각과 마음은 곧바로 육체의 건강과 오감까지도 지배하는 경우가 있기 때문이라 할 것이다. 이와 같은 믿음이 사람들에게 엄청난 용기와 희망을 주고 있는 예는 허다하다. 대표적인 예를 든다면, 자기 개인사에 있어서 중대한 고비나 새로운 큰일을 앞두고 있을 때, 자기 부친의 묘소를 찾아가서 마치 살아있는 부모에게 고告하듯 보고를 드리면서, 무엇인가의 정신적 도움을 청하는 행위를 많이 보아왔다. 이를 과학적으로만 따져본다면 부모의 시체는 이미 한줌의 흙으로 돌아갔을 것인데도 그리 한 것이다. 그 때문에 아무런 도움을 줄 수 없는 묘소임을 알고 있으면서도 많은 대통령 후보자나 당선자, 그리고 정당의 대표자들이 그런 행사를 하고 있음을 볼 수 있으며, 그들이 현충원顯忠院을 참배하거나 충무공의 묘소를 찾는 행사도 같은 차원에서 이해해야 한다.

이런 일련의 행사를 거쳤을 때의 마음의 안정과 다짐은 큰 것이어서, 신심이 얼마나 중요한가를 이해하지 않고는 올바른 답이 나오지 않는 것이다. 그 때문에 꼭 부처님을 찾아가야 마음이 놓이고, 꼭 하느님에게 기도 드려야만 마음의 안정을 가져올 수 있는 게 아니다. 따라서 각 개인의 신심에 따라 믿음이 가는 곳에서 마음 깊이 기도하면, 모두 다 효험이 있는 것이다. 그러므로 찬물 한 그릇을 장독대에 올려놓고 천지신명에게 고축하는 것도, 그 믿는 대로 효험은 있는 것이므로, 이를 얕잡아보아서는 안 된다. 이를 보면 어떤 신앙이던 신앙은 경제적 낭비의 위험만 없다면, 다 위대한 힘을 발휘할 수 있는 것이다.

위약僞藥의 효과와 신앙의 효과

위약僞藥이 약이 아닌데도 참 약으로 믿었을 때, 마음에 안정감을 주어서 사람의 병을 깨끗이 낫고 있는 현실을 보면 신심과 신앙이 얼마나 무서운 것인가를 이해하는 데 큰 도움이 될 것이다.

6·25전쟁 때의 일이다. 어느 분이 일선에서 두 다리에 큰 부상을 입

고 대구에 있는 육군병원에 입원했는데, 너무나 중상이어서 두 다리가 썩어가고 있었다. 그때 그는 목숨이라도 건지려면 두 다리를 모두 무릎 위에서 자를 수밖에 없다는 의사들의 말을 거역하고, 한 다리만이라도 그대로 치료해 달라고 호소했다. 하지만 상처에 많은 구더기가 생기면서, 병세는 더욱 악화되어 결국은 두 다리를 다 자를 수밖에 없는 처지였다. 그는 어쩔 수 없이, 의사들의 권유와 간호사의 눈물어린 호소로, 두 다리를 다 자르는데 동의했다. 그러나 그 후유증은 너무나 커서 진통제 주사가 아니면 그 고통을 이겨낼 수가 없었다.

그 때문에 그는 통증을 줄이기 위해 하루에 한 번씩 꼭 진통제 주사를 맞고 있었다. 그때 담당 간호사는 혼신의 힘을 다하여 간호에 임했고, 그 때문에 어느덧 이 환자는 그 간호사에게 절대적 신뢰감을 가지게 되었다. 그러던 어느 날, 공교롭게도 그 병원에 진통제가 바닥이 나는 비극이 생겼다. 6·25전쟁 때의 여름은 능히 그럴 수도 있는 게 현실이기도 했다. 이에 그 간호사는 곧이곧대로 이 사실을 환자에게 알려주자, 그 환자는 금방 돌변하여 사람 살리라고 난동을 피우고 있었다.

이에 그 간호사는 어쩔 수 없이 백방으로 노력 끝에 약을 구하여 주사하여 주었다. 그러자 지금까지 그토록 시끄럽게 소리 지르며 난동을 부렸든 그 부상자는, 소리를 멈추고 고요히 잠들어 버렸다. 간호사가 그 것을 보고 깨달은 것은, 환자가 아픔을 호소하는 것은 오로지 약에만 의존하고 있는 정신상태가 바로 아픔의 근원임을 확인 것이다.

간호사는 그가 잠에서 깬 후, 그로부터 굳게 다짐을 받은 연후에, 그 약이 사실은 진통제가 아니라 증류수임을 밝혔다. 그는 그 말을 듣고 깜짝 놀라며 큰 충격을 받은 것은 물론이다. 이에 간호사는 이어서 앞으로 다시는 진통제를 놓아주지 않겠다고 선언하면서, 만약 끝내 진통제를 맞겠다고 고집하면 자기는 간호를 포기하고 다른 병동으로 옮기겠다고 선언했다.

가뜩이나 정이 들었고, 그 간호사의 헌신적인 간호에 의해 생의 보람을 찾고 있던 그로서는, 간호사의 말을 안 들을 수가 없었고, 안 따를 수도 없었다. 그때부터 그 환자도 통증이 오로지 자기의 정신적 습관성 때문에 생기는 것임을 깨닫고, 그 후부터는 진통제를 맞지 않고도 지낼 수가 있었다. 그 후 그 분은 그 간호사와 결혼했고, 두 다리는 없을지언정 건강이 회복되어서 그 후에는 사업을 크게 일으켜서 성공했다. 그 덕분에 그는 1970년대 초에 1억 원의 방위성금防衛誠金까지 내는 큰 사업가가 될 수 있었다. 당시의 1억 원이면 현재의 통화로는 20억 원이 족히 될 돈이다.

필자는 그 글을 읽고 너무나 감격스럽고 충격이 커서, 많은 사람들에게 그 이야기를 들려주면서, 사람의 마음쓰임이 얼마나 중요한가를 강조해온 사람이다. 다만 읽은 지가 너무 오래되어 그 두 사람의 이름을 기억치 못해서 기명치 못함을 미안케 생각하나, 독자들은 이를 이해해주실 줄 믿는다. 그리고 그 두 분이 살아있다면 아마도 지금쯤은 90은 넘었을 것이므로, 어쩌면 유명幽冥을 달리 했을지도 모른다. 저자도 비슷한 체험을 했다. 그것은 1980년대인데 봄철만 되면 피곤해서 견딜 수가 없었다. 그럴 경우, 20대에 알았던 결핵이 재발하지 않았나 하고 병원을 찾아가서 X-ray를 찍었다. 그러나 그때마다 의사는 아무런 이상이 없다는 진단을 해주었고, 그런 말을 들으면 그토록 피곤했던 게 싹없어지고, 몸과 마음이 가벼워지는 체험을 했다. 그 후 그런 경험을 3년이나 거듭하고 부터는 다시는 병원을 찾지 않았다.

이러한 사실은 사람의 선입견과 인식의 위력威力, 즉 신심信心의 위력이 얼마나 무서운 힘을 발휘하고 있는가를, 극명克明하게 보여준 좋은 본보기가 될 것이다. 저자도 그 수기手記를 읽고, 크게 깨닫는 바가 있어서,

웬만한 병은 거의 병원에 가지 않고 운동으로 병을 다스리고 있고, 병원을 찾는 게 1년에 한두 번 정도다.

따라서 만상이 불여심상萬相不如心相이라는 말과 같이 아무리 얼굴이 좋아도 마음이 바른 것만 못 하다는 말이 진리인 것 같고, 위와 같은 이야기는 두터운 신심信心, 즉 신앙과 같은 믿음이 참으로 중요함을 일깨워 주는 좋은 예화例話라 할 것이다.

석가는 인생을 고뇌했으나 보편화의 진리는 아니다

우리나라에는 불교가 먼저 들어 왔으므로 불교부터 먼저 말하려고 하는데, 이런 필자를 이해 해주기 바란다. 고려 말 또는 조선조 초기의 인물로서 개국공신이었던 정도전鄭道傳은 불교를 가리켜서 "부모형제를 버리고 처자까지 버리는 멸륜 해국滅倫害國하는 종교"라면서, 맹공猛攻을 퍼부었다. 이러한 사상은 후일에도 조선시대를 일관하게 지배한 확고한 이념이 되었고, 따라서 불교를 배척하고 유교를 존숭하는 배불숭유정책排佛崇儒政策이 하나의 국책이 되는데 결정적인 작용을 했다. 우리 여기서 왜 그랬을까를 살펴보아야 한다.

석가모니가 왕자의 자리를 버리고, 처자까지 버리면서 무엇인가 새로운 진리를 깨닫기 위해 설산광야雪山廣野를 다 헤맸는데도, 그토록 가혹한 비판을 왜 했을까. 그것은 처자를 버리고 세상을 등지는 것은 크게 보면 인류의 존속을 거부하여 가정을 파괴하며, 결국은 나라까지 망치게 하기 때문이었다. 유학자들의 기본관념은 수신제가修身齊家치국평천하治國平天下다. 그리고 삼강오륜三綱五倫을 기본 실천윤리로 삼고 있는 것이다. 내 한 몸을 닦고, 집안을 다스리며, 나라를 다스려서 천하를 태평성세로 만들어야 한다고 주장하는 게 유교다.

그에 비해서 불교는 부모형제와 처자와 친우 등 모든 것을 다 버리고 세상과의 인연을 완전히 다 끊어버리면서 모든 욕심을 다 버리고 오로지 수련만 하라는 것이다. 그 때문에 불교를 근원적인 면에서 생각해 보면, 생물의 영속성을 부정하는 것이므로 보편적인 진리가 될 수 없는 것이다. 필자가 앞서 생물의 진화에서 밝혔듯이 모든 생물은 생물의 연장을 가장 으뜸가는 과업으로 하고 있는 것이다. 그런데 아내와 하룻밤을 잤다는 이유로 가장 혹독하게 처벌한 게 석가모니였고, 스스로도 처자를 버렸다. 만약 모든 사람이 불교의 교리대로 산다면 인류는 이 지구에서 자취를 감출 수밖에 없는 것이다.

이는 바로 나라도 백성도 임금도 모두 없어지는 것이며, 좁게는 처자와 부모형제는 물론, 군신과 나아가 벗도 없게 되는 것이므로 군신유의君臣有義나 부자유친父子有親, 부부유별夫婦有別이나 장유유서長幼有序, 붕우유신朋友有信 등이 설 자리가 없어지게 되는 것이다. 친구가 없는데 어찌 붕우유신이 있을 수 있으며 아들이 없고, 아내가 없는데 어찌 부자유친이 있고, 부부유별이 있겠는가. 그리고 젊은이와 늙은이 모두 벗이 있을 수 없으매 장유유서나 붕우유신도 있을 수 없으므로 불교는 결국 유교의 가르침과는 정반대여서, 멸륜해국滅倫害國이라는 결론을 내리면서 배척한 것이다. 이 같은 결론을 보면, 불교는 한마디로 인류 자체가 존재할 수 없는 교리를 펴고 있는 것은 분명하다. 이 때문에 불교는 원천적으로 인류를 멸망케 하는 근원적인 교리敎理를 가지고 있는 것이다.

다만 그는 인류가 탐욕貪慾에 젖어있음을 보고, 그런 사람들에게 그 탐욕에서 벗어날 것을 강력하게 권장하기 위해, 그런 극단의 교리를 편 것만은 이해가 된다. 또한 강한 자가 그 힘을 믿고, 약한 자에게 한없이 군림하려는 잘못된 속성을 깨우쳐 주기 위해 그런 극단적인 시범을 보인 것도, 이해할 수 있다. 그런 차원에서 큰 도를 깨우쳐 준 게 석가모니였다. 더구나 그는 한 차원 높은 자비까지 가르쳐 주었는데도, 그와 같이 혹독한 비판을 받고 있는 것은 생물의 본연의 성정을 부인했기 때문에 비판받은 것이므로, 그 비판은 옳은 비판이었다. 따라서 멸륜 해국의 참뜻은 인류가 존속치 않는데 해탈解脫은 무엇이며, 득도得道란 무엇이란 말인가. 인류가 없을 것이라면 극락도 필요 없고 고행도 아무런 의미가 없는 것들이 아닌가, 라는 뜻으로 비판한 것이다. 하지만 고려 말에는 불교가 더욱 타락하여 복을 비는 구복신앙求福信仰으로 전락했다. 이러한 틈새를 이용하여 사찰들은 돈 있는 사람들에게 시주를 강요하면서, 시주施主하지 않으면 집안에 재앙이 닥칠 것을 예고하는 비열한 행위도 서슴지 않았다.

이처럼 부처님의 노여움을 사서 큰 어려움이 닥칠 것이라는 등의 정신적 협박까지 자행했던 사실은 여러 기록으로 전해지고 있어서, 성리학을 위주로 학문을 했던 신진사류로부터는 심한 비판을 받게 된 것이다. 특히 공민왕 때에, 노국장대공주의 사별로 심신이 몹시 쇠락한 공민왕은 허무주의에 빠진 끝에 정권을 신돈에게 정권을 맡겨 버렸다. 그때 그는 조심하지 않고 제멋대로 권력을 휘둘렀고, 말년에는 크게 타락까지 했다. 그 결과 국정까지 크게 어지럽혔으므로 젊은 성리학 주류의 신진사류新進士類로부터 심한 비판을 받은 것이다.

불교가 멸륜 해국이라는 극단적인 비판을 받게 원인 중의 하나가 신돈의 타락이 불에 기름을 붓는 격이 되었던 점도 무시할 수 없는 것이다. 아마도 그때의 불교의 타락상은 16세기에 천주교의 종교개혁의 계기가 되었던 로마 교황청의 면죄부免罪符 판매사건을 방불케 하는 행위가 아니었는가, 하고 연상해 보는 것이다.

그렇기에 고려 말의 불교의 부패와 타락도 비슷하지 않았을까, 라는 생각이 들기도 한다. 그러나 인류의 과욕이 모든 불행의 씨였다는 결과를 보면, 석가모니의 성인으로서의 자세는 우리 인류로서는 길이 간직해야 할 큰 스승이 아니었는가, 라는 생각에는 변함이 없다.

그는 왕자로 태어났으면서도, 그런 권좌를 버리고, 스스로 고행苦行을 선택했으며 인생의 무상無常함을 깨닫고, 무상이 항상恒常이 될 수 있도록 가르쳤다. 그 방법으로서는 인간이 가지고 있는 모든 욕망으로부터의 철저한 해방이었다.

이런 사실을 종합하면, 석가모니는 현생을 철저히 부인하고 있고, 비관하고 있는 것이다. 그 때문에 독일의 염세주의 철학자인 쇼펜하우어는 인간의 고뇌와 본질을 가장 잘 파헤친 게 불교라고 주장했다. 따라서 먼 훗날엔 인류들이 불교를 가장 크게 믿게 될 것이라고 주장하기도 했다. 그러나 그가 죽은 후의 불교를 보면 그가 예견한 것처럼 번영하지를 못하고, 겨우 현상유지의 교세를 보이고 있을 뿐이다.

불교의 본질은 인간의 잘못된 욕망을 버리고, 무욕의 세계로 들어 올 것을 가르치면서 모든 욕망에서 해방되어야, 득도得道하고, 해탈解脫하여 영생할 수 있는 극락세계를 갈 수 있다고 가르치고 있는 것이다. 그는 무욕을 제시하면서, 탐욕에 젖어서 허둥대는 중생衆生에게 엄중한 경고를 내리고 있는 것이므로, 욕망에 허둥대는 우리 인류에게는 영원한 스승임은 분명한 사실이다.

그는 당시로서는 DNA와 생물진화에 대한 어떤 생각도 가질 수 없는 때였으므로, 인류의 영속을 단절케 하는 교리를 폈다고 보아야 한다. 그는 스스로 하늘에서 내려 왔다거나 하나님의 아들로 태어났다든가 하는, 허무맹랑한 말을 하지 않은 건전한 선생님이셨고, 인생을 진정으로 고뇌苦惱했던 선생님이었다.

성경의 기록들은 기독교가 스스로 미신임을 드러내고 있다

다음은 기독교 등과 천주교를 생각해 본다. 예수를 믿는 천주교도나 신교를 믿는 장로교 또는 감리교 등 어느 교파든 간에 그들과 대화를 나누어 보면, "성경 말씀이 어떻다"라고 주장한다. 그리고 과학을 들먹이면 들어와서 믿어보면 안다고 하면서, 믿어보기를 권장한다.

성경은 분명한 기록이며, 두툼한 책으로 되어 있음을 강력히 주장하면서 책으로 되어 있는 성경이 어찌 거짓말을 할 리가 있겠는가, 라고 주장한다. 그러나 책으로 되어 있다고 하여 거짓이 없는 게 아니다.

우리나라의 삼국유사도 분명히 책으로 되어 있음에도, 많은 부분의 기록들이 오류誤謬가 많고, 거짓이 많다. 여러분이 즐겨 읽었던 나관중의 삼국지연의도, 상당부분이 사실과 거리가 먼 하나의 소설로 미화되어 있다. 특히 기록의 방대함에서는 기독교의 성경이 어찌 불교의 경전을 따라갈 수 있겠는가. 문장의 길이도 몇 배나 차이가 날 것이다. 그런 불경도 못 믿거늘, 어찌 성경을 믿을 수가 있겠는가. 이런 사실을 들어서, 기록이 있다는 것만으로 성경을 있는 그대로 믿을 수는 없다고 주장하면, 불경과 성경은 근본적으로 다르다고 주장하면서 어물어물하고 만다.

그러나 필자가 보기엔 성경에 무슨 말이 쓰여 있다 하여, 그 말이 바로 거짓 없는 진실이라고 믿는 사람이 있다면 참으로 불쌍한 사람이다. 성경신약성서은 예수 그리스도가 지은 책이 아니다. 그 제자들이 쓴 글을 모아서 만든 게 성경이다. 그런데 읽어보면 앞뒤가 안 맞거나 터무니없는 말이 너무 많아서 믿을 수가 없는 것이다. 우선 지구 탄생의 기록부터가 맞지 않는다. 성경구약성서에는,

"태초에 하나님이 천지를 창조하시고, 땅과 풀과 씨 맺는 채소와 각기 종류대로 씨를 가진 열매 맺는 과목을 내라 하시매, 그대로 되었고, 물들

은 생물로 번성케 하라, 땅 위 하늘의 궁창에는 새가 날으라 하시고 큰 물고기와 물에서 번성하여 움직이는 모든 생물을 그 종류대로, 날개 있는 모든 새를 그 종류대로 창조했다. 그리고 해와 달에게 지구를 돌라 하심에 그대로 했다"는 식으로 기술하고 있는 것이다. 더구나 이토록 우주의 모든 것을 창조하는데 6일밖에 안 걸렸다니 거짓말이 심해도 너무 심해서 도대체가 터무니가 없는 기록인 것이다.

또한 이러한 내용은 생물의 진화과정이나 현 우주과학과는 전혀 맞지 않아서 도저히 믿을 수가 없는 것이다. 한술 더 떠서 구약성서에는 지구가 생긴 것은 1만 년도 채 못 되는 것으로 기록되어 있는데, 지구 생성을 아무리 줄여서 이야기 한다 해도 40억 년은 넘는 것이 확실하므로 구약성서나 신약성서의 기록들을 그대로 믿어서는 안 된다.

성경에는 땅은 평평했고, 해가 지구를 돌도록 했다는 기록까지 있는 것을 보면 지구가 태양을 공전하는 것을 전혀 예상하지 못하고 쓴 글들이다. 이러한 사실들은 성경구약성서이 약 2,500년 전을 전후하여 쓰였다고 보는 게 정상적인 판단이므로, 과학지식이 거의 없었던 그 당시로서는 어쩔 수 없는 기록일 것이다.

따라서 그 당시의 상식에 입각해서 적당히 예측하여 우주와 지구의 생성 등을 밝혀 놓은 게 성경이라고 보아야 한다. 이와 같이 기독교가 이런 허구의 바탕 위에서 세워져 있으므로 그 내용과 말들도 믿을 수가 없고, 그렇기에 그 내용과 말들이 모두 미신임을 면할 수 없는 것이다. 그런데도 우주창조와 인류 등의 만물창조의 기록들이 진실인 줄 알고, 이를 기초로 한 때는 코페르니쿠스의 지동설을 부정했다. 더 나아가 갈릴레오 갈릴레이의 지동설도 부정하면서, 종교재판까지 열어서 그를 죽이려고까지 했다. 이러한 사실들은 오늘날의 과학지식에 비추어볼 때, 성경은 모두가 거짓으로 꾸며진 서적에 불과함을 선언 당해야 마땅한 것이다.

그런 사실들을 돌이켜보면 한 때는 거짓이 진실을 짓밟으려고까지 함으로써, 큰 범죄까지 저지른 시대가 있었음을 우리는 주목하지 않을 수 없다.

또한 성경에 의하면, 아담과 이브가 선악과를 따먹고, 그 죄과로 지상에 쫓겨 나온 게 인류의 조상이라 한다. 하지만 내려 온 시점이 구약성서 내용대로 계산해보면 6천 년 밖에 안 된다. 이는 사람이 실제로 서게 된 때인 600만 년과 비교하면 그 시간의 차가 1000:1이나 된다. 쉬운 말로 과학자들은 1,000년 전에 서기 시작했다고 주장한다면 성경은 겨우 1년 전에 하나님이 창조해냈다고 주장하는 것과 같다. 그리고 흙으로 사람의 형상을 만들어서 기운을 넣어서 사람이 되게 만들었다고도 했고, 특히 여자는 남자의 갈비뼈 하나를 빼서 만들었다고 쓰여 있으니 어찌 그런 기록들을 믿을 수가 있겠는가.

예수도 문선명, 홍수전 등과 똑같은 사람

예수 그리스도 자신이 통상의 아버지와 어머니의 사랑으로 인해 잉태되어 태어난 게 아니라 하느님의 독생자로서 혼자서 태어났다고 주장하므로 처음부터 거짓말 하고 있는 것이다. 진정 하느님의 아들이고, 그런 능력자였다면 마리아의 배에서 태어날 일이 아니다.

왜냐하면 우주와 만물을 창조했다는 하느님이 어찌 자기의 독생자를 인간의 배를 통해서 태어나게 할 수 있겠는가. 그는 성년이 될 때까지 잠자코 있다가 30세가 넘어서야 어머니 마리아와 아버지 조셉 사이에서 태어나게 한 게 아니라 자기는 전지전능하신 하나님의 아들로 태어났다, 라고 주장하고 있는 것이다.

이런 거짓말은 당시는 몰라도 과학시대에는 그 말을 믿을 수가 없는 것이다. 그런데 사실은 스스로 하나님의 아들이라고 주장하는 사람이 예수 그리스도 뿐만 아니라 우리나라의 박태선 장로도 있었고, 통일교 교주 문선명도 30세가 넘어서야 하느님의 아들로 태어났다고 거짓말하고 있는 것이다. 그렇기에 이러한 사실들을 종합해 판단해보면 예수 그리스도도 문선명이나 박태선과 다를 바 하나도 없는 거짓말쟁이들이다.

그리고 역사적으로 보면 중국 청나라 말에 태평천국太平天國을 세운 홍수전洪秀全도 하나님의 아들로 자칭했고, 마호메트도 자기가 하나님의 아들이라고 자칭했다. 이렇게 하느님의 아들로 자칭한 자를 다 헤아려 본다면 이 지구상에는 아마도 몇 만 명은 넘지 않았을까 하는 생각도 든다. 이런 주장에 대하여 기독교에서는 예수 그리스도만이 하느님의 아들이고, 기타 사람은 모두 거짓말이라고 말할 것이다. 그러나 정말로 하나님이 있다면 굳이 예수 그리스도를 통해서만 죄를 용서받고 영생의 길로 인도토록 하지는 않았을 것이다.

그리고 그토록 하나님의 독생자로 태어났다면 하나님은 모든 인류에게 공평하게 예수 그리스도가 자기의 독생자임을 밝혔을 것이다. 따라서 적어도 성경의 기록대로 하나님이 꼭 있다면 사람을 시험하고 차별하면서 잔꾀 부리는 그런 하나님은 아닐 것이므로, 인간에게 원죄도 지게 하지 않았을 것이다.

예수 그리스도는 20대 이전에 마을에 살 때는 목수 조셉의 아들로서 목수의 아들이기 때문에 많은 곳을 찾아다니게 되어 견문이 좀 넓었을 뿐, 별 볼 일 없는 청년으로 역사는 전하고 있다. 다만 그는 키가 매우 큰 편이었으며, 체구까지 당당하여 보기 드문 건장한 몸인데다가 키와 체구가 균형 잡혀 있는 훤칠한 대장부였다.

또한 그는 탐스러운 검은 머리를 한복판에서 깨끗이 양쪽으로 늘어뜨린 모습이었고, 잘 길러진 턱수염과 입수염이 잘 어울러져서 보기 좋았으며, 그 때문에 부끄러움이 없는 당당한 청장년이었다.

그가 유대교의 세례를 받은 후, 황야로 가서 단식과 기도의 수도생활을 한 후 안나스의 신전神殿에서 상행위를 하는 자를 못하게 하는 용기를 보이자, 예수 그리스도의 평판은 매우 좋아졌으며 AD 29년 봄, 그가 예루살렘에 갔을 때 최절정에 달했음을 역사는 전하고 있다.

예수가 메시아로 자처한 것은 아주 간단한 일에서 시작됐다. 그것은 사마리아의 몹시 타락한 여인이 "앞으로 메시아가 강림하시면 모든 것을 가르쳐 주실 것이다"라고 말하자 예수는 주저하지 않고,

"내가 바로 그 메시아요"

라고 말했는데 아마도 총각으로 있었던 그였는지라 어여쁜 그 여인 앞에서 호기를 부렸던 것 같다. 남자란 그런 호기가 다 있는 것을 상기할 때, 예수 그리스도의 행위는 조금도 이상한 게 아니다. 그로부터 그 여인은 예수를 메시아로 믿게 되었다. 이토록 한 번 뱉은 말은 그 후 계속되었는데, 사람이란 이상한 것이어서 한 번 거짓말을 하면 끝내 거짓말을 하게 되고 끝내는 스스로도 참말로 생각하게 된다는 사실은 만고의 진리이다. 그러므로 그의 거듭된 거짓말은 그리 놀라운 게 아니다. 그는 그런 거짓말 때문에 끝내는 신을 모독한 사람으로 낙인이 찍혀 갔다. 또한 사람은 누구나 다 한 번 거짓말을 하면 계속하여 거짓말을 하게 되고, 끝내는 죽어도 그 말을 버리려 하지 않는 버릇이 있는 것이다. 그리고 그 거짓됨을 지적해도 오히려 역정을 낼 뿐, 고치려 하지 않는 게 인간의 성정이다. 그런 그였으므로 전혀 반성함이 없었고, 그 후에도 심지어 아무런 자격도 없는 그가 창부인 마리아에게까지,

"그대의 죄는 용서 받았다"

라고 선언하면서 자기가 용서했음을 주장함으로써, 그녀로 하여금 사창가를 탈출하여 예수를 믿고 따르게 하기도 했던 것이다. 아마도 이런 행

위는 스스로 잘생긴 미혼의 남성이었기 때문에 가능했지 않은가 생각 된다. 그는 그 이전에도 AD 30년에 잘못된 행위를 꾸짖는 사람들에게, "하느님의 아들인 나는 아버지와 동등하므로, 안식일의 규정보다 상위에 있으니 유대교의 어떤 율법도 지킬 의무가 없다"라는 폭탄선언을 함으로써, 하느님을 모욕했다는 죄목을 얻게 된 것이다.

이런 과정을 보면 잘난 사람이 허튼 소리를 했다가 주변 인물과 싸우는 모습을 보는 것 같아서 웃음이 절로 나온다. 그는 심지어 어머니에게까지 거짓말을 했다. 어느 날 그 어머니와 동생들이 예수가 강론하고 있는 곳을 찾아 왔을 때, 옆에 있는 제자들이 예수에게 어머니가 찾아 왔다고 말하자. 갑자기

"나는 어머니나 동생이 없느니라. 나는 오직 하나님의 아들일 뿐, 어머니나 동생들은 없다"

라고 강변하고 있음을 보면 이미 자기 환상을 넘어서 구제할 수 없는 처지가 되어 있는 것이다. 이러한 사실은 영국의 서양사 교수 3인이 공동으로 쓴 세계사 3권 중, 제1권에서 밝혀주고 있는데, 이게 사실이 아니라면 어찌 기독교의 본 고장 나라의 학자들이 그런 내용을 소개했겠는가. 그리고 이어서 AD 30년에는,

"때가 되었다. 하느님의 나라는 가까이 왔다, 회개하고 복음을 믿으라"라고 설교하고 다녔다. 그러나 고향에 가서 설교했을 때는 그를 잘 알고 있었던 마을 사람들이

"저게 마리아의 아들 아닌가, 누구의 남동생이 아닌가"

라고 하면서 믿어 주는 사람이 없었다. 이는 마치 오늘날 문선명을 하느님의 아들로 믿어 주는 사람이 없고, 오직 따라다니는 신도들 중 일부만이 믿고 있는 것과 흡사하여 웃음이 나온다.

예수에게는 12제자가 있었다. 멀쩡한 사람이 갑자기 하느님의 아들이

라고 자칭했을 때, 보통 사람 같았으면 한 사람의 제자도 어려운데 열두 명의 제자를 두었다는 것은 예수가 그만치 특출한 인물이었음을 말해주는 것이다.

공자의 제자가 72인으로 전해지고 있다. 그 72人 중, 출중한 제자 열 사람을 추려서 공문십철孔門十哲이라 하여 특별히 모시고 있다. 이와 같이 출중한 인물에는 항상 많은 사람이 따르기 마련이다.

예수는 하느님을 모독했다는 죄목으로 계속 쫓겨 다니면서도 쉽게 잡히지도 않았을 뿐 아니라, 그의 설교에 많은 사람이 운집했음은 그의 출중함을 말해 주는 것이다. 그러나 그가 하느님의 아들로 자칭했음은 당시에도 가장 논란이 많았던 부분이며, 그 후에도 가장 많이 다투어지는 거짓말이었다.

여기서 가장 주목해야 할 것은 예수 그리스도가 십자가에 못 박혀 사형 당했다는 사실이다. 예수가 메시아를 사칭하고 창부娼婦 마리아를 그대의 죄는 용서받았다고 선언하면서, 자기는 하느님과 동격이라고 말했다는 이유로 사형까지 당했음은 분명히 가혹한 처벌이었다.

이러한 가혹한 행위가 오히려 예수를 더 훌륭하게 만들었고, 신격화시키는데 결정적으로 작용했다고 본다. 그가 신전 앞에서 상행위하는 자를 내쫓는 용기, 유대교의 율법이 잘못된 것을 비판하고, 모든 사람은 하느님 앞에 평등하다는 그의 가르침은 기득권 세력에게는 모르겠으나 일반 평민에게는 대환영을 받게 하는 말들이었다. 그런데도 죽였으니 그는 더 추앙을 받을 수밖에 없었다.

백범 김구 선생이 암살당함으로써 더 크게 추앙받았고, 충무공 이순신 장군이 장렬하게 전사함으로써 그 생이 더욱 빛났으며, 박정희 대통령이 사살 당함으로써 모든 허물이 감춰지면서 산업화의 공로만 부각되었다. 또한 노무현 전 대통령이 지나친 탄압으로 스스로 목숨을 버림으로써 오히려 살아났듯이, 사람의 죽음은 평소의 웬만한 허물을 다 덮게 하면서, 추앙만이 남게 되는 사례를 우리는 역사상에서 뿐만 아니라 현실에서도 너무나 많이 보아 왔다.

과학의 지식이 없는 당시로서는 "죽은 예수가 다시 살아났다"라는 거짓말이 제자들의 기대심리와 맞물려서 제자들은 물론 기타 많은 사람들에게 자연스럽게 받아들여졌을 것이라는 생각이 든다.

하지만 그가 죽은 후, 곧바로 그때부터 하나님의 아들로 부르게 된 게 아니다. 그는 그가 죽은 지 300년이 훨씬 지난 후까지도 국가로부터 공식적으로는 하나님의 아들로 인정받지 못하고 있었다.

그러다가 서기 325년에 이르러서야 콘스탄티누스 대제 주재 하에 열린 니케아종교회의에서 예수는 엄연한 사람이었다고 주장하는 아리우스파를 누르고, 하느님의 아들이라고 주장하는 아타나시우스파의 손을 들어줌으로써 비로소 하나님의 아들로 부르게 되었음을 세계사는 밝히고 있는 것이다. 그 후, 아리우스파는 그 교리가 이해하기 쉬웠으므로 소박한 게르만 인들이 많이 믿었다. 그와 함께 5세기에 예수그리스도는 하느님의 아들이 아닌 사람의 아들이이라는 네스토리우스파가 있었는데 이 파도 서기 431년의 페소스 종교회의에서 이단으로 몰렸으며, 그 후, 페르시아를 거쳐 경교景敎라는 교명으로 중국 당나라에까지 전파된 바 있고, 최근에는 우리나라에도 그 흔적이 발견되고 있는 종교였으나 교세를 떨치지 못하고 쇠퇴하고 말았다.

또한 성경은 다음 사람들의 생존연수를 터무니없이 장수한 것으로 기록하고 있는 것을 보아도 성경 자체도 믿을 수 있는 기록이 아니다.

아담은 모두 930년을 살다 죽었고창세기 5:5, 무드셀라는 모두 969년을 살고 죽었으며창세기 5:27, 노아는 모두 950년을 살다 죽었다창세기 9:29, 라고 해석할 수밖에 없는 기록을 하고 있다.

예수 그리스도의 선대를 기록함에 있어서도 마태복음서에서는 28대 조가 다윗으로 기록되어 있으나 누가복음서에서는 43대조가 다윗으로 기록되어있을 뿐더러 그 중간의 대수와 이름도 전혀 맞지 않다.

이토록 성경의 자체 내의 기록들도 앞뒤가 맞지 아니하거나 오류투성 이인데 무엇을 말하겠는가. 그리고 이치에 맞지 아니한 말들이 너무나 많아서 그런 오류를 일일이 지적해서 밝히려 한다면 책 한 권으로도 부족하다. 그리고 성경에 쓰인 말이 어눌하고 알쏭달쏭 하면서 애매모호하여 코에 걸면 코걸이, 귀에 걸면 귀걸이 식으로 쓰고 있어서 후세 사람들이 그때그때의 시류에 맞추어서 말을 꾸며대기 좋도록 내용이 되어 있는 점도 무시할 수 없다. 이와 같은 어법은 한때 많은 사람들이 예언서로써 믿고 있었던 정감록이 그런 류의 글이었다.

예수는 또한 많은 이적異蹟을 행한 것으로 기록하고 있는데, 너무 많아서 하나하나 열거할 수가 없고, 또한 그럴 필요도 없으며 그것은 그런 사실을 전혀 고증할 길이 없는 거짓뿐이기 때문에 굳이 거론할 필요성을 느끼지 않는데 그토록 거짓으로 가득 찬 게 성경인 것이다.

인간의 본성과 세뇌교육의 위력

그런데도 어찌하여 그토록 많은 사람이 지금도 믿고 있고, 또한 한 번 믿으면 빠져 나오지를 못하는가. 이것은 사람의 본성을 이해하면 곧 해답을 얻을 수가 있다. 저자는 일제 말에 일본이 신神을 내세워서 일본은 절대 지지 않는다, 라는 내용의 세뇌를 받은 바 있음을 밝힌 바 있다. 그때의 세뇌 공작이 얼마나 극심했고 집요했는가와, 그때 우리들은 어떤 심리상태였는가를 밝혀보고자 한다. 그 당시 일본인 교사들은 수업이 시작되면 교단에 올라와서, 주문처럼 외우는 말이 있었다.

"일본은 신이 창조한 나라여서 절대로 전쟁에 지지 않는다. 그리고 역사 이래 한 번도 외적과 싸워서 패한 사실이 없다. 몽고 침략을 받았을 때도 신이 만든 나라여서 신풍神風, 가미가제까지 불어주어서 몽고 선박들을 싹 쓸어버리지 않았는가."

이런 터무니없는 거짓말을 거짓말로 확신하는 데는 일본 천황의 항복방송이 있고, 일본이 확실히 패망한 것을 확인한 후에야 가능했다. 일제때, 선생님이라고 해서 다 일본의 신국神國론을 믿거나 불패不敗를 믿은 것은 아니다.

초등학교 4학년 때다. 그날 담임선생 대신으로 아오끼青木 이경희여선생이 들어왔다. 그때 그 여선생님은 전쟁 진행상황을 설명하면서, 일본이 버마 등지에서 계속 패전하고 있다고 알려주었고, 남방의 여러 나라도 다 뺏기고 있다는 말까지 해 주었다. 또한 세계 6대 위인을 소개하면서, 루즈벨트, 스탈린, 장개석, 간디, 히틀러, 무솔리니를 6대 위인이라고 알려 주었다. 그때 저자는 웬일인지 그 6대 위인 중에는 일본인과 영국인이 빠져 있어서 조금 의아하게 생각했다. 우리들은 쥐 죽은 듯이 듣고 있었는데, 선생님의 말씀은 당시의 시국관과는 전혀 맞지 아니하므로 대단히 위험한 말씀인데도, 대담하게 하신 것이다. 그 이 선생님은 기독교가정 출신이었고, 고등학교도 전주 기전여학교 졸업자로서 기독교 계통의 학교였다.

그런 영향과 김일성 장군의 이야기를 들은 탓인지, 1945년 5월 4일, 독일이 항복한 후에는 나는 어렴풋하게 일본의 패망을 예상했다.

내 머릿속에는 "독일까지 항복하고 일본만 남았는데, 소련은 중립국이라서 참전치 않겠지만 유럽에서 싸우고 있었던 영국군들과 미국군도 다 이쪽으로 올 것 아닌가, 그런데도 일본이 이길 수 있다는 말인가"라는 생각이 자꾸 들면서 아무래도 패전할 것이다, 하는 의구심이 들기 시작한 것이다. 그런데도 패전한다는 확신을 가질 수가 없었다. 그것은 일본 선생들과 소국민 신문은 연일 가미가제신풍, 神風특공대가 미국 군함을 침몰시켰다고 보도하면서 본토에서 결전하여 승전하겠다는 말만을 거듭하고 있어서 정말 그럴 수 있을까, 그리고 몽고군의 침입 때처럼 정말 신풍이 불어주어서 미국 함정들을 휩쓸어 버릴 수 있을까 하고 의아하게 생각하면서 패전을 확신치 못하고 있었는데 이게 다 세뇌의 효과였던 것이다.

그 당시 일본인 자신들은 신이 창조한 나라임을 믿는 자가 주류를 이루고 있었고, 특히 일본 천황은 신의 후손으로서 살아있는 신으로 받들어 모시고 있었는데, 이는 교육에 의해 되풀이되는 세뇌작용의 효과였으므로 지금의 젊은이들로서는 이해하기 힘들 것이다.

그 때문에 그들은 편한 자세로 쉬고 있다가도 "천황폐하"라는 말만 나오면 벌떡 일어서서 차렷 자세를 취하면서, "가시고꾸모, 덴노 헤이가두렵게도 천황폐하께서는가"라고 뇌까리면서, 감격스러워하기도 하고, 또한 극도의 두렵고 존경스러운 자세를 취하면서, 금방이라도 천황이 자기를 위해 죽으라고 명령만 내린다면 죽는 것을 영광스럽게 생각하는 자세를 취하는 게 일본사람들이었다.

따라서 천황을 위해서라면 언제 어디서나 죽을 수 있을 것 같은 자세를 취하곤 했기에 그것을 바라보는 우리들도 어느덧 물들어 갔다세뇌되어 갔다. 이러한 사실을 지금 돌이켜 보면 유치하기 짝이 없는 행위였으나 그 당시는 조금도 이상하게 생각하지 않았고, 당연한 것으로 생각하고 있었다. 이게 바로 인간의 가장 큰 약점이어서 자기도 모르는 사이에 세뇌되어가는 것이다.

사람이 환경과 주변 사람들의 생활 행태에 어떻게 적응해 가는가의 좋은 본보기는 미국에서 일어난 늑대의 소녀 양육사건이다.

그것은 인도의 동부, 캘커타 부근의 메데니푸르 마을에서 두 여아가 늑대에게 양육을 당했는데 그 늑대는 두 여아를 마치 자기 새끼처럼 키웠다 한다. 그로부터 몇 년 후, 두 태아는 어엿한 소녀가 되어 사람에게 발각되기는 했으나 그때 그 소녀들은 사람으로서의 어떤 특성도 보여주지 않았다.

그 소녀들은 걷는 게 아니라 네 발로 기었고, 말도 못했으며, 먹는 것도 손으로 밥을 먹는 게 아니라 늑대처럼 우유를 입으로 핥아먹었고, 뼈다귀도 갉아 먹었다. 몸과 얼굴만 사람의 모습이었을 뿐 늑대와 똑같이 밤에는 울부짖었고, 빛을 피해 다녔다. 이것을 보면 말을 할 수 있는 것과 두 발로 걸을 수 있는 게 선천적인 소질 외에 후천적으로 환경에 적응하기 위한 본인의 부단한 노력이 있어야 함을 알려주는 좋은 예가 될 것이다. 따라서 사람이 사람 노릇하는 것은 주변 환경에 적응해 가는 과정에서 발달한다는 것을 알 수 있는 것이다. 다만 이에 대해서 사진 등 모두가 조작된 게 아닌가, 라는 일부의 강력한 반론이 있음을 부기해 둔다.

또한 그보다 훨씬 더 인간적이고 더 보편적이라 볼 수 있는 교육에 의한 세뇌작용은 우리가 가장 무서워해야 할 작태作態이고, 이런 교육에 의한 인간의 순화馴化는 가장 쉬운 인간 길들이기의 하나라고 볼 수 있는 것이다. 이와 같은 인류의 속성을 보면 세뇌교육洗腦敎育에 의해서 인간의 가치관이 얼마나 왜곡歪曲될 수 있으며, 또한 변할 수도 있는가를 알게 해주는 것이다.

세뇌교육의 좋은 본보기가 바로 해방 전의 일본인들의 집단 최면에 의한 세뇌교육이었고, 이것은 세뇌공작에 희생된 인류의 비극을 잘 보여주고 있는 한 단면이기도 하다. 독자들은 이 지구상에 지금도 그런 나라가 있음을 기억해야 한다. 그게 바로 어느 나라인가 하면 부끄럽게도 같은 동포인 북한이 그런 것이다.

북한의 교사들은 교단에 올라서면 반드시 김일성 부자가 신적인 존재로서 그 두 지도자가 아니었으면 우리 인민들은 진작 미제국주의자들의 발굽 아래 짓밟혀서 노예 같은 생활을 했을 것이나, 두 신 같은 영웅들의 보살핌으로 오늘날과 같이 행복한 생활을 누리고 있다고 입에 침이 마르도록 치켜 올리고 있는 것이다.

아쉽게도 이토록 되풀이되는 그 세뇌공작에 그들은 철저히 세뇌되어 가고 있음에도, 이를 바로잡을 묘안이 없는 게 우리 민족의 비극인 것이다. 이러한 사실은 분단된 사실보다도 더 비극적일 수 있는 것이며, 통일을 가로막는 가장 큰 걸림돌이 될 수도 있는 것이다.

다만 다행인 것은 극히 일부의 깨어 있는 주민이 있다는 것인데, 이들 외에는 스스로는 세뇌되어 있다는 것, 더 깊이 세뇌되어 가고 있다는 것, 그리고 얼마나 시대착오적으로 세뇌되어 살아가고 있는가를 전혀 깨닫지 못하고 있다. 그들은 아무것도 모르면서 그대로 믿고, 시키는 대로만 하고 있는 것이다. 따라서 개개인의 창의력을 발휘할 수 있는 기회가 없음은 물론이고, 정치적 자유, 경제적 자유, 그리고 언론, 출판, 집회, 결사와 사상의 자유 등 외부의 자유는 고사하고, 자유롭게 생각할 수 있는 내심의 자유조차 없다.

그 때문에 독재국가를 독재국가라고 인식할 수 있는 기회조차 없는 곳이 바로 북한인 것이다. 사람은 나쁜 일이든 좋은 일이든 반복해서 듣거나 행하면 자기도 모르게 당연히 그런 것이다, 라고 생각하는 습성, 즉 세뇌되어 가는 습성이 있는 것이다. 아무리 나쁜 일이라도 그게 관례화 되어 있으면 잘못된 것이라도 아무런 죄 의식이 없이 당연시 하는 게 인간의 의식세계이다.

이와 유사한 것으로는 군대에 입대하여 하나 둘, 하나 둘, 앞으로 가,

뒤로 가, 하는 반복된 구령에 따라 움직이게 하는 훈련이다. 그런데 이렇게 간단히 반복된 구령에 의해 길들여진 버릇도 일종의 세뇌의 효과가 생겨서 상관의 명령구령에 맹목적으로 복종하는 기질로 변하는 것이다. 이런 습성은 어느덧 일선에 가서 총탄이 날라 오는 적 앞에서도 진격이라는 명령이 떨어지면 그 명령에 순응하게 되는 것이다. 종교인들은 교회나 교당에 나가면 목사나 신부 또는 교무로부터 하느님의 존재나 부처님의 위대성과 기타 전지전능하신 하느님의 이야기, 그리고 예수 그리스도의 이야기들을 되풀이 하여 듣게 된다. 그 설교를 듣는 교인들은 한결같이 신부님이나 목사님을 믿고 있으므로 그 분들이 어찌 거짓말 하겠는가, 라는 믿음과 함께 더욱 깊게 세뇌되어 간다. 또한 계속해서 그런 설교를 반복하여 듣게 되면 완전히 세뇌되어 그때에는 아무리 과학적인 우주 이야기와 진화에 대한 이야기를 해 주어도 오히려 마이동풍馬耳東風으로 듣고 거꾸로 그런 말을 하는 사람들을 마귀에 홀린 사람이라고 비웃어 버리는 것이다.

인간의 속성은 자기가 한 번 믿었던 것은 좀처럼 버리려 하지 않는 고집이 있는 것이다. 이를 신념, 또는 소신所信이라고도 하나 그릇된 의식을 버리지 못하는 행위는 하나의 "완고성頑固性"에 불과한 것인데도, 완고함을 깨닫기란 하늘의 별따기다.

그런 인간의 성정은 하나의 소신 또는 신앙으로 미화하여 전혀 버리지 않으려는 증세를 보이는데, 이는 나이 든 노인에게서 더 심한 경우를 보게 된다. 이런 잘못된 인간의 의식과 관련하여 20세기 최고의 철학자라고 일컬어지는 영국의 버트런드 러셀은,

"인간은 누구나 다 공동묘지를 두려워하고, 또한 인간의 시체를 다루는 곳을 두려워하나 어렸을 때부터 그 옆에 살면서 무서운 곳이 아님을 반복하여 가르쳐 주면 그 아이는 평생 동안 그런 곳을 전혀 무서워함이

없이 지낼 수 있는데, 이런 습성은 어릴 때의 교육이 얼마나 중요한가를 알 수 있게 하고 있고, 이러한 결과는 모든 사람의 경우에도 다 가능한 일이다"라고 말하면서 인간의 고정 관념이 얼마나 무서운가와 또한 환경과 세뇌교육이 얼마나 중요한가를 강조하고 있는 것이다. 또한 그는,

"모든 사람이 다 옳다고 하고 모든 사람이 다 그런 것으로 알고 있는 경우라도 사실에 있어서는 잘못 인식하고 잘못 생각하고 있는 경우가 허다하다. 따라서 많은 사람이 그렇다, 또는 옳다고 생각하는 것만으로 다 옳은 것은 아니다"

라고 갈파하면서, 지식의 착오 가능성과 대중들의 인식이 때로는 진실과 완전히 동떨어져 있을 수 있음을 경고한 것이다. 이와 비슷한 말로써 공자님의 말씀이 있는데, 그는 말하기를 "모든 사람이 그 사람을 군자라고 칭한다 하여 다 군자가 아니다. 참 군자로부터 군자라고 평가 받는 사람만이 참 군자인 것이다"라는 취지의 말을 한 바도 있다. 따라서 많은 사람이 믿는다 해서 모든 종교가 옳은 것은 아니다.

종교의 성쇠盛衰도 국가권력의 영향을 받는다.

필자는 이렇게 단언한다. 만약 세계 2차 대전이 기독교가 국교이다시피 하는 미국 등 자유 우방 국가들의 승리가 아니었다면 우리 대한민국에는 예수 그리스도교는 없거나, 있다 해도 참으로 초라했을 것이다.

이러한 사실은 이슬람교의 발생과 그 종교의 번영 사를 읽어보면 너무나 뚜렷하게 알 수 있는 것이다. 그 때문에 이슬람교를 가리켜서 "코란이냐 칼이냐 선택하라"라는 말까지 따라 다니고 있다.

예수 그리스도교는 종교 중, 가장 미신적인 면이 많은 종교이다. 그러

면서도 가장 세련되고, 시대의 흐름에 잘 적응하는 종교이기도 하다. 그런 종교임에도 구미세력이 세계를 지배하면서, 그 힘에 힘입어서 번창 일로를 걸어 왔다. 우리는 이러한 사실을 주목하지 않을 수 없는 것이다. 하지만 서구의 발달된 문물과 과학지식도 함께 전해주어서 아시아인으로 하여금 과학 분야에 눈을 뜨게 해 준 것도 사실이다.

그런데도 저자는 예수 그리스도를 하느님의 아들로 인정 할 수가 없는 것이다. 왜냐하면 하느님이 있지도 않지만 예수 그리스도가 출생 때부터 하느님의 아들로 태어났다고 주장한 게 아니고, 30대에 들어선 이후에야 신의 아들로 태어났다고 거짓말을 했기 때문이다.

또한 그가 죽어서 다시 부활할 것이다, 라고 거짓말을 했기 때문이다. 이 점에서 생을 고뇌하며, 왕관과 처자까지 버리면서 무엇인가의 진리를 찾기 위해 설산광야를 헤맨 석가모니와는 차이가 있는 것이다. 더구나 그는 "회개하라, 말세가 가까이 왔노라"라면서 금방이라도 하나님의 심판이 있을 것처럼 선량한 인류를 속이고 있었다. 이와 같은 거짓말을 한 게 벌써 2천 년이 자났는데도, 아직도 말세는 안 왔을 뿐만 아니라, 예수 그리스도가 말하는 말세는 영원히 올 수 없는 것이므로 어리석은 사람들을 속인 것뿐이다.

그런데도 필자는 예수 그리스도가 사람을 속인 게 아니라 예수 그리스도 자신도 자신을 속이고 있었다고 보고 있다. 그렇지 않다면 무당처럼 환상에 젖어서 헛소리를 하고 있었던 것이다. 필자가 지금가지 지적한 것만으로도 예수 그리스도가 얼마나 헛된 환상 속에 살면서 사람들을 속이고 있었는가를 알 수 있는 것이다.

그러므로 저자가 보기엔, 예수 그리스도는 너무나 환상에 빠져 있었던 사람이었고, 과대망상중에 깊이 파묻혀 있던 사람이었다. 그 때문에 스스로도 거짓말쟁이라는 것도 모르고 산 사람이었을 가능성이 매우 농후

한 사람이었다. 그는 또한 자기를 믿고 회개하면 영생하고 천국에 갈 수도 있으며, 믿지 아니하면 지옥에 떨어진다고 했는데, 전 장에서 밝혔듯이 현대과학은 영생이란 자녀를 통한 DNA의 전달이 바로 영생임을 명쾌하게 밝혀주고 있는 것이다.

좀 더 역사를 살펴보고 대국적으로 인류사를 살펴본다면 예수가 탄생한 것은 불과 2,000년 정도이고, 인류의 출현은 그보다 만 배도 더 먼 시대였으므로, 성경의 말대로라면 우리 인류들은 모두 지옥에 갔어야 한다. 그리고 비기독교 국가들의 백성들도 지옥에 갔어야 한다. 그 뿐만 아니라 우리나라 백성들도 지옥에 갔어야 하고 선대 할아버지와 할머니들은 빠짐없이 지옥에 갔어야 하는 것이다.

이런 이야기를 그들 종교인에게 말해주면 모르고 안 믿은 사람은 그렇지 않다고 주장한다. 다시 말하면 그 분들은 모르고 안 믿었으니 영생할 수 있고, 천당에도 갈 수 있단다. 이런 코걸이 귀걸이 식 논리를 누가 믿겠는가. 그래도 그들은 기독교를 믿고 주님의 뜻을 따르면 영생할 수 있고, 천국에도 갈 수 있다고 주장한다.

있지도 아니한 천당을 있다고 하고, 영생이 따로 있는 게 아니라 자손의 연장이 바로 영생임을 모르고 있는 그들이므로, 말이 코걸이 식, 귀걸이 식으로 적당히 꾸며댈 수 있는 게 그들이다.

말들이 너무나 어이가 없어서 더 따지고 싶지 않은 게 종교문제인 것이다. 결국 따지고 보면, 인류문화가 어떻게 발달되어 왔는가와, 과학이 무엇인지 또는 생물의 진화가 어떻게 이루어졌는지, 그리고 인류가 어떻게 진화하고 발달되어 왔는지를 전혀 모르는 사람들을 환각에 빠뜨려서 믿도록 하고 있는 것이다. 그러므로 본질적으로는 샤머니즘과 똑같은 미신인 것만은 분명하다.

신앙생활은 행복을 선사할 수도 있다

종교가 아니라고 부인 당하는 샤머니즘도 불안한 인간에게 안정감을 주면서 생업에 정진할 수 있도록 무언의 정신적 물질적 공헌을 하고 있었다. 따라서 예수 그리스도교만이 안정감을 주는데 공헌하는 것은 아니다.

그 때문에 그리스도교에 대해서만 특별히 종교로서의 가치를 인정할 수 없으므로 샤머니즘과 비슷한 미신에 불과하다고 주장하는 것이다. 그 예로서 과거의 어촌漁村의 경우, 샤머니즘이 어민들에게 안정감을 심어 주는데 얼마나 공헌貢獻하고 있었는가를 보면 금방 알 수 있다. 지금은 일기예보까지 발달해서 기상氣象의 변화를 미리 알 수 있고, 또한 어선이 20톤급에서 100톤급 이상으로 대형화大型化되고, 디젤엔진 등의 강력한 추진력推進力으로 신속히 대피할 수 있게 되었다. 그 때문에 웬만한 풍랑에도 흔들림이 없이 고기잡이에 전념할 수 있게 되었다. 하지만 1940년대 까지만 해도 바다는 공포의 대상이었는데도, 당시의 무당이 행하는 해신海神굿이나 용왕龍王굿은 어민들의 안정감 확보에 지대한 공헌을 하고 있어서, 어업 발전에 크게 기여하고 있었던 것이다. 그때 매년 음력 정초나 2월에 날짜를 잡아서 무당을 불러서 풍어제를 지냄으로써, 어민들의 정신적 안정감을 얻게 하는데 크게 기여한 게 무당의 용왕굿이나 해신굿이었다.

그리고 그 해신은 충남 서해안 지방에서는 충무공 이순신 장군을, 전남지방에서는 장보고가, 전북 어청도 일대에서는 중국 제나라 때의 왕인 전횡 장군田橫將軍을 각 해신으로 모시고 굿을 했다.

이는 통상의 사람보다는 죽은 사람이라도 보다 영웅적인 장군 등에 믿음이 갔기 때문이었다. 과학적으로만 따진다면 살았을 때 아무리 용력勇力이 뛰어나고 신출귀몰神出鬼沒, 신처럼 나고 도깨비처럼 숨는 것하는 경천위지經天緯地, 하늘을 꿰뚫고 땅을 꿰매는 것의 재주가 있던 장군이라도 죽은 장군이 무슨 도움이 되겠는가.

그런데도 그런 장군들을 모시고 해신굿 또는, 용왕굿을 하는 게 어민들의 마음을 안정시키는 데 크게 기여해 왔으므로, 거도적擧島的으로 그런 행사를 치루고 있었다.

그들은 위와 같은 굿 외에도 지역에 따라 갖가지 명칭의 굿을 행하고 있었는데, 예를 들면 대왕굿, 산신굿 등 별별 명칭의 굿이 다 있었다. 심지어 일월성신日月星神굿 등, 우주 전체를 신으로 모시는 굿도 있어서 그야말로 그들 나름대로 주민의 정서안정에 크게 기여해 온 게 사실이다. 이것은 위약僞藥도 믿는 데 따라 효과가 있음을 볼 때, 당연한 결과이다. 따라서 무당들은 위약 따위보다는 한 차원 높은 대상들을 신으로 모시고 굿을 하고 있어서, 그 효과는 훨씬 더 있을 수밖에 없었던 것이다.

이러한 행사가 주민들의 정서 안정에 크게 기여해 왔음을 부인할 수 없다. 그때 만약 이런 행사를 미신이라는 이유만으로 금지했다면 어민들이나 주민들은 심한 불안감 때문에 몇 배의 해난 사고와 재앙을 만나기도 했을 것이다. 하지만 그런 행사 때문에 마음의 안정을 갖게 하는데 크게 기여하고 있었다. 또한 매년마다 그런 사실을 몸소 체험하고 있었으므로 농촌이나 어촌에서는 그토록 화려한 신 굿을 해 왔던 것이다. 이러한 사실을 종합해서 판단한다면 기독교나 불교 기타 모든 종교는 물론이고, 샤머니즘 까지도 절대로 없앨 수 없는 비슷한 인류의 "액세서리"였고, 미신이었다. 그런데도 필자가 종교에 대하여 긍정적인 것은 앞서 누누이 밝힌 대로 우리 인류에게는 육체의 흠집과 건강악화가 정신세계에 미치는 영향도 매우 큰 게 사실이지만, 반대로 정신세계가 육체에 미치는 영향도 적지 않음을 알 수 있으므로, 굳이 억지로 종교를 부인할 일은 아니라고 주장하는 것이다. 이는 어떤 믿음이 있을 때, 그 믿는 대로 효과가 있는 것도 사실이기 때문이다.

이것을 혹자는 "영의 세계"라 하여 하나님이 있어서 그런 효과가 있는 것으로 오해하고 있으나, 이는 오로지 인류의 지능이 과다하게 발달한 데 따른 반사작용에 불과한 것이다. 그렇다면 우리들은 종교를 어떻게 대하여야 할까를 고민하게 된다. 종교는 아편이라는 극언極言이 있다. 그러나 저자는 이 말에는 동의하지 않는다.

천주교 등 종교계가 인간의 존엄성 등을 지켜주었다

저자는 지리학을 공부할 때 일본어로 된 책으로 공부했다. 그것은 극히 우연한 기회에 고서점에서 발견된 지리학 책이었는데 거기에는 동경대를 위시한 일본의 일류대학 입시에 이미 출제되었던 모든 문제들이 빠짐없이 수록되어 있었고, 또한 향후 출제가 가능한 예상문제들까지도 다 수록해 놓아서 쪽수도 600이 넘었다.

여기서 재미있는 것은 그 지리책에는 일반 지리 외에 인문 지리 란을 따로 만들어서 그 국가 또는 그 지방의 인문사항을 상세히 해설하고 있는 게 특색이었다. 그 중에 특히 눈에 띄는 것은 미개 지역 중에 기독교가 전파되어 있는 나라나 지방은 과거와는 달리 개화된 문화생활을 하고 있다는 내용을 상세히 소개하고 있었고, 이게 모두 기독교 전파의 효과로 평가하고 있었다는 점이다.

그 책의 발행연도가 소화 18년이었으므로 1943년이어서, 그 당시는 태평양 전쟁이 일본의 패전상태로 접어든 때이다. 이때는 미국과 영국이 사실상 국교처럼 받드는 종교인데도, 이를 칭송의 대상으로 삼았다는 점이 특이했다. 따라서 그 책에서는 기독교를 인류문화의 전도사처럼 소개하고 있었다. 이와 같이 기독사상은 분명히 인류문화 발전에 기여하고 있었고, 인간의 존엄성과 평등사상 등을 고취하는데 크게 공헌해 온 것이다.

우리나라도 기독교의 전파는 한 때 가장 선진된 사상과 문화로써 국민계도에 공헌했고, 가장 선진된 사상으로 인식된 때가 있었다. 특히 민족의식을 눈뜨게 한 것은 기독교만한 종교가 없었다. 3·1운동 때 채택된 독립선언서에 33인이 서명했는데, 그 인사 중, 16인이 기독교인임을 보아도 그렇거니와 만세 시위운동이 극렬했던 곳은 모두 기독교도가 많이 사는 곳이었다. 그 대표적인 예가 경기도 제암리였고, 유관순 열사가 살던 곳이다.

특히 8·15해방 이후에는 반공사상을 고취시키고 공산주의자들의 헛된 선동에 놀아나지 않도록 기여한 종교가 기독교였다. 한마디로 기독교도들이 많이 사는 곳은 공산당들이 침투하지 못했고, 속이지도 못했다. 또한 암울했던 유신시대에 인간의 존엄성尊嚴性과 인권, 그리고 언론자유 등 민주주의의 기본조건들을 되찾기 위한 투쟁에서 앞장서서 투쟁해준 점은 참으로 역사에 빛날 공적이었다.

또한 광주민주화운동의 진실을 알리는데 헌신적으로 투쟁해 주었다. 박종철 고문치사사건 등도 천주교 사제단司祭團의 노력이 아니었다면 영원히 묻혔을지도 모른다.

종교계가 이러한 공적公的인 분야뿐만 아니라 사생활 분야에서도 남다른 데가 있는 것이다. 특히 술과 담배를 멀리 하게 함으로써 건강뿐만 아니라 정신위생상에도 크게 기여해 왔다. 그 때문에 기독교가정들은 가장 행복한 삶을 누리고 있는 것이다.

거기엔 가정마다 독버섯처럼 안고 있는 불륜不倫문제가 거의 없고, 이에 따라 부부 갈등이 가장 적은 평화로운 가정을 이룩함으로써 일반 비천주교기독교포함 가정에 비하여 이혼율도 훨씬 적은 것이다. 또한 술과 담배를 아니함으로써 경제적으로도 다소 도움이 되어서 크게 가난한 사람이 없고, 일반 평균인에 비해 범죄도 적다. 이러한 사실만 본다면 설사 천주교기독교가 미신이라 하더라도 믿으라고 권장할 종교일 뿐, 비판할 하등의 이유가 없다.

그러나 이러한 장점은 예수 그리스도 때문에 이루어진 게 아니라 후대의 훌륭한 종교 지도자들의 헌신과 교인들의 노력으로 이룩된 결과이다. 하지만 이러한 장점과 함께 인류의 가장 치부에 속하는 지배욕도 때로는 과다히 노출돼서 교도 사이의 분쟁과 교권 다툼, 그리고 그것이 과열되어 교회가 분립하면서, 그것을 유지하느라고 가산을 탕진하는 광신자들도 보아왔으므로 믿기는 하되 광신자가 되지 말라고 하는 것이다.

필자는 기독교 등을 믿는 신자들로부터, 일요일 하루 교회를 빠지면 반드시 재앙이 오더라, 라는 말을 많이 들어왔다. 교회에 나가서 연보捐補를 안내면 그 보다 몇 곱의 손해가 반드시 뒤따르더라, 라는 말도 많이 들었다. 그런데도 그런 말에 대하여 미신이라는 이유만으로 결코 일축하지 않았다. 따라서 그런 현상을 오히려 당연한 결과로 이해하면서, 사람의 고정관념에는 쉬이 극복할 수 없는 그 무엇이 있다는 것과, 마음의 안정이 매우 중요함을 항상 느끼고 있었다.

그런 차원에서 마음 약한 자들에게 용기와 안정감을 일으켜 주고, 또한 삐뚤어진 자들에게 예수 그리스도를 믿게 하는 것은, 그들로 하여금 하늘에서 하느님이 내려다보고 계셔서 악행을 못하게 하는 권선징악勸善懲惡, 착한 것을 권하고 악을 혼냄적인 면도 있는 것이었으므로, 결코 종교를 부정하고 싶지는 않는 게 필자의 본심이다.

그리스도교는 유대교를 모태로 탄생된 종교이면서도, 유대교가 너무나 율법이 형식화되어 있는데 대하여, 이를 개혁하기 위해 강력히 비난한 점은 높이 살만하다. 또한 "신의 나라는 너희들 마음 가운데 있다"라고 설파하고, 나아가 박애정신을 고취하면서, 내면의 신앙을 존중한 점은 획기적인 정신운동이었고, 개혁운동이었다.

또한 모든 인류는 하느님 앞에 평등하며, 민족이나 계급과는 관계없이 오로지 서로 사랑하고 회개悔改만 하면 구제 받을 수 있다고 주장한 점은 매우 보편적이면서도 천대 받는 인류에게 큰 위안이 되는 주장이었다. 하지만 있지도 아니한 하나님을 내세운 점과, 스스로 하나님의 아들이라고 자칭한 점은 최근에 하나님의 아들이라고 자칭한 사람이 연상되어서 예수도 환상에 젖었던 사람이구나 하는 생각을 떨쳐버릴 수가 없는 것이다.

그래도 예수 그리스도는 매우 훌륭한 스승이었다. 그 때문에 예수를 믿되 교회와 목사, 신부를 너무 의지하지 말고 본연의 자세에서 믿되, 광신적인 신앙에서 벗어나서 믿는다면, 참다운 신앙인이 될 수 있지 않을까 하는 것이다. 또한 나라의 세금은 죽어라고 안내면서도, 교회의 십일조는 열심히 내는 그런 행위는 없는가 걱정되는 것이다. 거듭 말하지만 광신자가 되지 말고 몸과 마음을 닦고, 바른 생활을 하는데 도움이 되는 방향으로 믿는다면 굳이 미신이니까 그만 두라고 시끄럽게 하고 싶지는 않는 것이다.

사람은 참으로 심약하다. 죽음 앞에 심약하고 돈 앞에 심약하다. 또한 권력과 폭력 앞에 심약하고, 자연의 위력 앞에 심약하다. 이와 같이 심약한 것은 생물이기 때문인데, 특히 죽음 앞에 심약한 것은 생존하려는 의지가 본성이기 때문이 아닌가. 인류의 역사는 이런 인간의 약점을 이용하여 많은 죄악을 범해 왔다. 또한 그런 약점을 보완하고 인류에게 행복을 안겨 주기 위해, 많은 사상가와 성인이라고 칭송받고 있는 공자와 예수 그리스도, 그리고 석가모니 등이 태어나서 인류를 구원하고자 초인적인 고행도 하고 목숨까지 버렸지 않았는가. 그 때문에 사상가와 성인들은 후세 사람들로부터 많은 추앙을 받아온 게 사실이다. 하지만 저자가 독서를 통해 얻은 새로운 사생관死生觀은 이제는 새로운 사상과 새로운 지식, 특히 새로운 우주관과 자연관을 가지고 살아야 할 시대에 도달했지 않는가, 라는 생각이 강력하게 고개를 드는 것이다. 깊이 새겨보면 기독교 계통에서 말하는 천당이 있을 리 없고, 하나님이 있지도 아니할 뿐 아니라, 예수가 있지도 아니한 하나님의 독생자라고 자칭했으므로 말이 될 수 없음은 너무나 당연하다. 모든 세상사를 이토록 과학적으로만 보면 모든 종교는 물론, 신비성을 주장하는 어떤 신흥 종교도 새로 생길 수도 없고, 또한 존립할 수도 없으며 또한 유지될 수도 없다. 그런데도, 미신이라고 지칭 받고 있는 새로운 종교가 끊임없이 생겨나고 있고, 또한 번성하고 있는 것을 보면 이해가 안 되는 게 인간의 오묘한 심리이다. 이러한 사실은 한 때, 계룡산에 수많은 신흥 종교가 판을 치고 있는 때도 있었음을 상기한다면 이해가 될 것이다.

신심信心과 관련하여 과거를 살펴본다면 우리의 조상들은 용龍을 실존하는 것으로 굳게 믿어 온 때도 있었다. 그 믿음은 너무나 깊어서 임금의 얼굴을 용안龍顔이라고 불러오기도 했다. 그런 믿음이 현재는 하느님으로 바뀌었는데, 우리의 조상들은 지금의 기독교 신앙인들이 하느님을 꼭 믿고 있듯이 용을 꼭 믿고 있었던 것이므로 이런 인간의 신심信心을 하루 아침에 무너뜨릴 수는 없는 것이다.

더구나 이런 신심은 실체가 있어서 믿는 게 아니라 마음에서 스스로 만들어 낸 신앙의 대상이므로, 스스로 마음을 열지 아니하고는 그 신심을 없애기는 전혀 불가능한 것이었다. 하지만 전쟁에서 그토록 위력을 떨치던 기병이 기관총이 출현함으로써 쓸모없는 전투력이 되었듯이, 종교도 과학의 발달에 발을 맞추어서 과학의 위력으로 이제 새로운 종교관을 가질 때가 된 것이다.

이는 마치 힘세고 날래며, 용기 있는 사람만이 전쟁의 영웅이라고 칭송받던활, 창 싸움시대는 진즉 지난 것과 같이, 이 과학시대는 종교를 과학적으로 새롭게 분석하여 올바른 신심을 가질 때가 온 것이므로 우리의 신심信心도 새로운 세계관으로 바꿀 때가 된 것이다.

인간은 한없는 자존自尊의 극치極致

어떻게 보면 인간이란 보잘 것이 없다. 그런데도 때로는 엉뚱한 생각으로 자존自尊의 극치極致에 빠져서 엉뚱한 소리를 하는 경우가 있다. 이런 경우를 환상에 젖어있는 불쌍한 사람으로 치부할 수도 있겠으나. 그러기엔 사회적 역할이 클 경우, 상상 외로 그 병폐가 클 수도 있다. 또한 같은 사람인데도, 권력자의 위치에 있다는 것만으로 보통사람이 도저히 넘볼 수 없는 거의 절대적 권력을 휘두르면서도, 자존의 극치에 빠져서 그 병폐가 하늘을 찌를 때도 있으므로 매우 안타까운 것이다.

이게 바로 인류사의 비극인 것이다. 그런데 자기 스스로는 자존 극치의 생각으로 그런 허튼 소리를 안 했다 하더라도 후세 사람이 그 사람을 보다 높이고, 출생 자체도 범상하게 출생한 게 아니라 통상의 인간으로서는 도저히 따라갈 수 없는 특별한 과정을 거쳐서 태어났다고 기록되는 경우가 있다. 이러한 사실의 예를 들자면 고려 때 일연선사一然禪師가 지은 삼국유사를 들 수 있다. 삼국유사를 보면 단군이나 부여의 왕들은 모두 하늘로부터 태어난 것으로 기록하고 있다.

그리고 설사 하늘로부터 태어났다고 하지 않았다 하더라도, 용의 아들로 태어났다고 미화하는 경우도 있었다. 용은 하늘에 있고, 세상사를 마음대로 조종할 수 있는 영물로서 특히 비를 주재함으로써 모든 생물의 삶을 좌우하는 하늘의 섭리자攝理者로 치기대문에 하느님과 동격의 신격을 갖추고 있어서 사실은 하늘의 아들을 말하는 것이다. 그런 용의 아들 중에 백제의 서동왕자도 끼어 있다. 그리고 삼국유사에 있는 것은 아니나 고려 태조 왕건도 서해에 있는 용의 아들로 기록되고 있다.

이와 같이 타의에 의해서 출생이 미화되는 경우도 있으나 본인 스스로 자존 망상에 빠져서 하느님의 아들로 자칭하는 자가 있는데, 대표적인 예가 예수 그리스도이지만 무함마드나 홍수전洪秀全 등과 같이 이미 죽은 사람이 대부분이다. 그러나 박태선, 문선명 등과 같이 최근에도 그러한 주장을 펴는 사람이 있는 것이다.

특히 문선명은 세계적으로 알려지고 있는 인물이고, 그 교세 또한 대단해서 초기 그리스도교의 초라했던 모습과는 천양의 차가 있다. 이와 같이 21세기의 과학문명을 비웃기라도 하듯, 현대 첨단을 걷고 있는 문명세계에서도 그런 허무맹랑한 주장이 받아들여지고 있으니 참으로 한심하고 불가사의하기도 하다. 그들은 현대 과학문명을 비웃으면서 거짓으로 하느님의 아들임을 자칭하고 있는 것이다. 그래서 저자는 원천적으로 그들이 말하는 하느님은 존재하지도 않음을 강력히 호소하고자 이 글을 쓰는 것이며, 이러한 미신이 더 이상 세상을 어지럽게 할까 걱정되어 글을 쓰는 것이다.

그러나 박태선 장로 등과 관련하여 그 당시 유력지인 어느 신문의 평론 난에 이런 글이 실렸던 기억이 남아 있으므로 소개해 보겠다.

"지금 하느님의 아들로 자처하여 많은 물의를 낳고 있는 인사에 대하 많은 논란이 있어 왔으나 예수 그리스도도 그 당시 사람들로부터는 지금 비판받고 있는 인사들처럼 비난 받았다. 그러나 그 후 예수 그리스도는 하느님의 아들로 공인받았고, 현재도 하느님의 아들로 공인 받고 있는 것처럼 먼 훗날에 그 분들도 하느님의 아들로 공인 받을 수도 있는 것이다."

이 말을 논리적으로만 따진다면 하나도 틀림이 없는 옳은 이야기이다. 그러나 그 시대와 이 시대의 과학발달 수준을 비교한다면 매우 어려운 일일 것으로 보이며, 오히려 현재의 종교계가 쇠퇴하지 않을까 하는 게 본인의 생각이다. 그런데도 지금도 기독교를 중심으로 격렬한 포교布教 활동이 지속되고 있고, 한 달에 한 번 이상 그들의 방문포교의 예방을 받고 있다. 또한 전철 안에서도 한 달이면 10여 회씩 예수 그리스도를 믿으라는 말과 함께 천당을 같이 가자고 호소하는 기독 신자들을 만난다. 저자는 다짐하기를 저런 사람의 출현을 막기 위해서도 빨리 이런 글을 써야겠다고 다짐하는 것이다.

이슬람교에 대한 바른 인식

세계사를 훑어보면 이슬람교에 대한 이야기도 상당한 분야를 차지한다, 그런 종교가 우리나라에도 전파되어 있으며, 벌써 수만 명의 교인이 예배를 보고 있다는 말을 듣고 필자는 몹시 놀란 바 있다.

똑바로 말해서 이슬람교가 전파됨으로써 우리 국민의 살림살이와 정신문화 발달에 도움이 되거나 될 수 있다면 놀랄 일이 아니라 덩실덩실 춤을 추어야 할 일이다, 그러나 타 종교에서 언급한 것처럼 종교란 실존하는 신이나 부처, 천국과 지옥 등이 실제로 있어서 믿는 것이라면 종교가 많이 들어올수록 좋을 것이나 그렇지 않기 때문에 걱정이 되는 것이다. 덧붙이자면 이들 모든 종교들은 하나같이 사람들이 자기의 상상력에 터 잡아서 마음속에서 만들어낸 게 하느님이고, 천당이나 지옥 등도 모두 사람의 머리에서 상상력으로 만들어 낸 가상 물에 불과하므로 놀랄 수밖에 없다.

결과야 그렇다 하더라도 이슬람교도 종교이므로 간단하게 살펴볼까 한다. 한마디로 유대교와 기독교, 그리고 이슬람교는 한 뿌리에서 나온 종교들이다. 그것은 유대인들이 신주같이 모시고 있는 구약성서에 반드시 메시아구세주가 나와서 자기들을 구제하여 천국에 인도할 것이라고 굳게 믿고 있는 게 유대교이고, 그를 믿고 있는 유대 민족이며, 따라서 그들은 예수는 하느님이 보낸 구세주가 아니다, 라고 주장하는 게 그들이다.

그와 반대로 기독교에서는 구약성서에서 말하는 메시아가 바로 예수 그리스도이고, 그는 진정한 하느님의 독생자로서 그가 인류를 구원하기 위해 태어난 분이며, 따라서 그리스도교를 믿으면 천국에 갈 수 있고, 또한 영생할 수 있으며, 원죄에 대하여 용서를 받는 영광을 누릴 수 있다고 주장하고 있는 것이다.

그런데 이슬람교에서는, 거꾸로 무함마드의 가르침대로 믿는 것만이 알라신에게 올바로 갈 수 있고, 알라신은 여호와 하느님과 동일하다고 주장하고 있다. 그런데도 유대교는 알라신과 이슬람을 부정하고 있으므로 없애 버려야 할 종교라고 주장하고 있다.

또한 그들은 유대교를 믿거나 그리스도교를 믿는 행위는 모두 잘못된 신앙이므로 모두 없애버려야 한다는 극단론을 펴고 있는 것이다. 무함마드는 유대인과 기독교인들에게,

"당신들의 선지자들야곱, 다윗, 솔로몬, 모세, 요한, 예수 등도 곧 이슬람의 메신저였고, 당신들이 믿는 하느님은 이슬람의 알라와 똑같은 신이다. 그런데도 유대인과 기독교인들이 하느님알라의 계시인 유대교 경전과 신약성서를 마음대로 고쳐서 손상시켰고, 그 결과로 인해서 알라를 숭배하지 않았기 때문에 알라께서 나무함마드를 통해 새로운 계시를 내릴 수밖에 없었다"라고 주장하고 있는 것이다.

또한 그는 선지자의 한 사람인 아브라함도 이슬람을 믿었다고 주장하

면서, 그런데도, 유대교와 기독교가 이슬람을 부인하면서, 알라신까지 부인하고 있는 것이라고 주장한다.

이 때문에 세 종교 집단 간에는 근원적으로 화합할 수 없는 원천적인 함정이 깊숙하게 가로 놓여 있는 것이며, 특히 유대교와 이슬람교간에는 그 골이 더 깊이 패여 있다. 역사적으로 보더라도 로마군단이 유대민족을 정복하였을 때, 그들은 갈 곳이 없어서 집단적으로 아리비아에 피난하여 집단을 이루면서, 겨우 정착하여 살고 있었다. 그때 무함마드가 이슬람교를 개창하여 포교하는 과정에서, 수많은 전쟁을 거치면서 그들을 개종시켰다.

그때, 무함마드는 타 종교인들을 이슬람교도로 개종시키는데 성공했으나 유대민족만은 정복을 당하고서도, 이슬람으로 개종하지 않았으므로 결국 개종시키는 데는 실패했다. 이 정복전쟁으로 인해 유대민족은 거주할 땅이 없어졌으므로, 국가가 없는 유랑민족이 된 것이다. 이때 그들은 난을 피하기 위해 전 세계 각 나라에 분산하여 거주하게 됨으로써, 외로운 길을 걷게 되었다. 이러한 사연을 보면 본질적으로 두 종교 집단 간에는 화합할 수 없는 처지에 있는 것이다.

무함마드가 처음부터 유대교를 배척한 게 아니다. 처음은 매우 긍정적으로 대했던 것이나, 유대인들은 예수를 하느님의 아들로 인정하지 않았던 것과 함께, 무함마드도 하느님알라의 안내자로 인정하지 않았으므로 그를 이유로 무력으로 짓밟아 버린 것이다.

이 지구상에는 몇몇 종교가 퍼져 있다. 그러나 이슬람종교처럼 처음부터 무력으로 정복하면서, 포교한 종교는 오로지 이슬람교뿐이다. 그들은 이슬람교 외에는 모두 이 지구상에서 사라져야 할 종교로 치부하고 있으며, 따라서 이를 위한 전쟁을 성전으로 미화하고 있는 것이다. 그들은 하루에 다섯 번씩 알라신에게 예배를 드리고 있고, 자기들 자녀에게는 어릴 때부터 코란을 완전히 외우도록 세뇌하면서, 교육하고 있기도 하다. 그들은 알라신의 메신저인 무함마드와 이슬람교를 위해서라면, 즉 알라신을 위해서라면 목숨도 헌신짝처럼 버리는 게 영광스러운 것으로 세뇌교육을 받고 있는 것이다.

그들은 이슬람교를 위해 죽는 것은 성스러운 순교행위이므로, 그 순교자는 다른 무슬림처럼 무덤에서 기다리지 아니하며 또한 심판날에 심판도 받지 아니하고, 곧바로 천국에 갈 수 있으므로 그들에게는 천국이 완전히 보장되어 있다, 라고 가르치고 있는 것이다.

그 때문에 이슬람에서는, 무슬림신도들에게 지하드폭력집단에 가담하면 손해 볼 것이 하나도 없다고 가르친다. 그들이 집단테러행위 등을 하다가 죽게 되면, 순교자가 되어 천국에 곧바로 갈 것이므로 가장 바라던 일이고, 설사 성공하여 살아 돌아온다 하더라도 승리를 축하받게 될 것이기 때문에 지하드 가입은 영광으로 알고 있다.

그들은 지하드에서 사람을 죽이는 행위는 일반 사람이나 무슬림이 사람을 죽이는 행위와는 확연하게 구분하고 있으며, 따라서 보통 살인에 대해서는 엄격한 형벌을 가하면서도, 지하드에서 사람을 죽이는 행위는 장려하고 있는 것이다.

이런 사실들을 볼 때, 비과학적인 종교 때문에 인간이 얼마나 무자비하게 변질될 수 있는가와 인간 본연의 올바른 이성이 마비될 수 있는가, 그리고 마비시킬 수도 있는가를 알 수 있는 것이다. 이 때문에 그 같은 이슬람교의 무서운 종교관과 단결력을 두려워하는 것이며, 우리가 그들을 주목하는 것도 그런 연유 때문이다.

그들은 여호와 신, 즉 하느님과 알라신은 똑같은 하나의 신인데, 다만 다르게 부를 뿐이라고 주장한다. 그리고 그들은 예수 그리스도가 범한 잘못을 바로 잡기 위해 무함마드가 메신저안내자로 일어섰다고 주장하면서도, 실제로 나타난 결과는 바로잡기는커녕, 오히려 종교의 결점을 가장 많이 간직한 게, 이슬람교가 아닌가 하는 게 솔직한 필자의 생각이다. 그들은 유대인이 자기들의 영토에 국가를 세우는 것도 부인하고 있으며, 그것을 돕고 있는 게 미국이므로 미국은 악의 씨앗이라고 주장하면서, 2001년 9월 11일, 세계사에 유례가 없는 테러를 감행한 것도 그 때문이고 이로써 3,000여 명의 희생자도 낸 것이다.

이러한 사실과, 이스라엘과 중동의 여타 이슬람권과의 끊임없는 투쟁과 전쟁, 그리고 국경분쟁 등이 원천적으로 위와 같은 이슬람교의 과격한 배타심에서 비롯되고 있음을 상기할 때, 누가 어떻게 그들의 잘못된 종교관을 바로 잡아 줄 수 있겠는가를 생각해 보면 인류의 앞날이 크게 걱정 되는 것이다.

다만 이슬람교에는 기독교 계통과 같은 교황과 신부, 그리고 목사 등의 사목직이 없이 모든 종교인들이 평등하게 예배를 드리고 있어서, 상하 간에 복종하는 조직이 없는 게 큰 장점이어서 종교인들의 통일된 의사와 통일된 행동을 이끌어내기가 심히 어렵도록 되어 있음은, 불행 중 다행한 일이 아닌가 하는 생각도 든다. 그 때문에 천주교처럼 로마 교황과 같은 조직도 없고, 또한 각국에 교구도 없어서, 추기경 제도와 같은 계층화 된 조직이 없으므로, 신부나 목사와 같은 교역자가 없어서, 모든 무슬림 교도는 철저하게 평등한 신앙생활을 하고 있는 것이다.

그러나 믿는 강도에 따라 원리주의자인 순교시아파파와 수니파인 일반 교파로 갈려져 있고 나라도 이란, 이라크, 아프가니스탄과 같은 원리주의 적 국가가 있고, 인도네시아, 아라비아, 리비아, 이집트 등과 같이 일반적인 교파에 속한 국가도 있다. 이와 같이 신앙의 강도에 따라 차이가 있음은 물론, 유대교와 유대인들에 대한 태도에 있어서도 강경파와 온건파로 나누어져 있는 것이다. 그들은 알라신이 전지전능하다고 믿고 있고, 코란이라는 성경을 가지고 있으며, 자기들의 믿음을 위해 목숨을 초개와 같이 여기는 특이한 종교라는 점에서 불길한 공포심까지 느끼는 게 필자의 생각만이 아닐 것이다.

이러한 사실은 작금의 사태를 볼 때에는 더더욱 공포감이 드는 것이다. 그러한 예로서 이란의 핵무기 개발과 관련하여 이스라엘의 태도를 보면 금방 알 수 있다. 지금 두 집단은 국운을 걸고 대치하고 있는 사실을 보더라도, 두 종교 간의 대립이 얼마나 첨예한가를 알 수 있는 것이다. 한마디로 이스라엘은 목숨을 걸고, 이란의 핵시설을 파괴하기 위해 모든 준비를 다하고 있다고 알려져 있다.

그러했던 게 현실화하여 어느 날 이란의 핵시설이 박살났을 경우, 세계는 경악을 금치 못할 것이며, 경제에도 커다란 상처를 남기게 될 것이다. 또한 두 종교 간의 대립은 더욱 첨예화하여 앞날을 심히 예측하기 어렵게 만들 것이다. 이를 보면 서로 안지고 이겨보려는, 그리고 서로 지배해서 지배욕을 만족시킴과 동시에 무엇인가를 성취해 보려는 성취욕의 망령이 여기서도 춤추는 것 같아서 매우 쓸쓸하다.

따라서 이란은 만용을 부리지 말고 핵개발을 포기하여 세계 평화에 기여하기를 바라며, 이스라엘도 자중해서 그따위 도발행위를 포기해야 할 것이다.

제5장

해방 전후사의 진실

해방 전후사의 바른 인식의 중요성

8 · 15해방으로부터 6 · 25전쟁까지의 역사에 대한 바른 인식이야말로 국가의 운명을 좌우하는 가장 중요한 사항이다. 왜냐하면 이때의 역사적 사실을 곡해했을 때는 올바른 국가관을 전혀 기대할 수 없기 때문이다. 또한 박정희에 대한 올바른 평가가 매우 중요함에도, 가치관의 차이로 평가가 엇갈리고 있어서 매우 안타까운 것이다. 특히 해방 후의 여러 사건에 관한 많은 저서가 있으면서도, 그 내용은 극우로부터 극좌까지 다양한 견해가 서로 엇갈리고 있어서 더 큰 문제를 낳고 있는 것이다.

그 때문에 저자는 그 당시 보고 느꼈던 사실을 사실 그대로 적어서, 독자들이 알아서 판단해 주기를 바라는 뜻에서 이 글을 쓰는 것이다. 지금의 청소년들과 많은 젊은이들은 8 · 15해방이 무엇인지, 그리고 언제 누구로부터 어떻게 해방 되었다는 것인지, 잘 모를 것이다. 조금 알고 있다면 부모나 할아버지 또는 할머니로부터 들어서 조금 알고 있거나, 국사를 배우면서 자연스럽게 조금씩 알게 되었을 것으로 믿는다.

그러나 저자와 같이 80대가 넘어선 사람들은 몸소 그 시대에 살면서 직접 일본 통치를 겪어 보았다. 또한 해방 직후의 일들을 몸소 겪어 보았으므로 잘 알고 있음은 너무나 당연하다. 다만 자기의 위치와 환경에 따라 가치판단을 달리 하는 경우가 많아서, 필자가 하나의 사명감을 갖고 올바른 글을 쓰는 게 옳다는 생각으로 붓을 들었다. 특히 필자가 자신하는 것은 필자의 환경이 중학교 시험도 못 쳐본 지극히 가난했던 가정에서 자랐고, 또한 일본인 농장에서 농노와 같은 생활을 했기 때문에 공산주의 사회가 되면 대학까지 무상교육을 받을 수 있다는 말에 귀가 솔깃한 때도 있었던 사람이므로, 보다 공정성을 자신하는 것이다.

더구나 주변 사람들도 한결같이 가난했던 똑같은 소작인의 아들이었으므로, 성분과 환경 상으로는 마땅히 공산주의자가 되고도 남을 처지였기 때문에 공정성을 자신하는 것이다. 그러나 어릴 때부터 뚜렷한 비판의식을 갖고 있어서 쉽게 휩쓸리지 않았다. 그러한 비판의식은 사상적인 것뿐만 아니라 우리 또래들이 즐겨 행했던 닭서리, 수박서리, 오이서리 등의 행위도 그게 바로 도둑질이 아닌가, 라는 확고한 생각을 가지고 동참하지 않았다.

이러한 까다로운 성격을 가장 잘 표현해 준 것은 초등학교 5, 6학년 담임이셨던 고석정 선생님의 말씀에서 잘 나타나 있다. 필자로서는 동창회 모임이라야 초등학교 동창들뿐이므로 1년에 한 번씩 그 모임에 열심히 참석하는 사람이다. 그 모임에 고 선생님도 명예회원으로서 꼭 참석하셨다. 1990년경의 동창회 모임 때의 이야기이다. 어쩌다가 고 선생 말씀이,

"운식이 너 말 마라. 너 선생님이 조금이라도 무엇을 잘못하면 끝까지 따지고 덤비는 데는 네가 유명했다."

저자는 담임선생뿐만 아니라 4학년 담임이 우리 5학년 학생을 때리기에 "왜 우리 담임선생에게 일임하지 않고 때리느냐"고 항의했다가 필자가 혹독하게 맞은 일도 있다. 그런 성격인데다 소년을 벗어난 후에는, 많은 독서를 통해 바른 생각을 갖는데 도움이 되었으므로, 공산주의자가 안 되고 확고한 자유 민주주의자가 될 수 있어서, 이 글을 쓸 수 있게 된 것이다. 또한 이 글은 해방 당시와 그 후 있었던 일들에 대하여 여러 유명인들과 언론인들이 쓴 글들도 많이 읽었으므로, 그 분들이 그 시대를 어떻게 보고 있는가도 잘 알고 있는 처지여서 이를 참고하여 글을 쓰는 것이다. 거기에 본인의 생각을 곁들여서 역사적, 민족적 평가와 아울러 인간의 본능과 정치적 욕망의 하나인 지배욕과 성취욕 등을 종합 관찰하여 올바른 자세로 써 보고자 하는 것이다.

8 · 15해방이란 우리 백성에겐 무엇이었는가.

8 · 15해방이란 세계 2차 대전 때인 1945년 8월 15일, 일본 천황이 라디오를 통해서 미국, 영국, 중국, 소련 등에 무조건 항복하겠다는 방송을 했을 때 기뻐 날뛰던 날이다.

그때 우리 아버지뻘 되는 어른들이 그 천황의 방송을 직접 듣고, 그렇다면 우리 민족은 일제로부터 해방될 테고, 그러면 우리나라도 곧 독립이 될 것이다, 라고 해서 붙여진 고유명사다. 그러나 농민들은 평란平亂되었다고 말했다. 농민들은 8 · 15해방을 평란이라고 말했으므로 그 뜻은 난리가 평정되었다는 것을 말한다. 이를 보면 우리 농민들이 오히려 시국을 더 정확하게 본 것 같다.

왜냐하면 그때의 전쟁을 일본인들이 떠벌이는 것처럼 "대동아大東亞의 공동번영을 위한 성聖스러운 전쟁"으로 본 게 아니고, 일종의 부질없는 난리亂離로 보고 있었던 것이다. 그런 의미에서 우리 백성들의 호칭이 오히려 보다 올바른 호칭이었다고 본다.

하지만 항복의 방송이 있은 후, 곧바로 해방의 기쁨을 맛본 것은 아니다. 그날부터 수일 후에 집집마다 벼가 한두 가마니씩 배급되어, 우선 굶주림으로부터 해방될 수 있었다. 이 때문에 해방의 참맛은 이 군량미軍糧米의 배급이었다. 일본은 전쟁이 종결됨에 따라 군량미 확보가 필요 없게 되자, 창고에 비축해 놓았던 벼를, 우선 배급해 주었는데, 이에는 여운형이 주도한 인민위원회와 치안대治安隊의 공이 컸다. 가정이지만 그때 만약 일본의 항복이 늦어져서 10월 초에 이루어졌다면, 어떠한 결과가 왔을까. 가상만 해도 몸이 오싹해진다. 왜냐하면, 우리 백성들은 굶어 죽지 않기 위해 봄부터 개와 닭을 잡아먹기 시작했고, 7월 초에는 하지감자 한 가마로 십여 일을 버텼으며, 8월 초에는 절대로 없애서는 안 되는 소까지도 다 잡아먹은 후였다.

소는 논갈이에 필수적이어서, 아무리 배고프고 어려워도 농민으로서는 잡아먹어서는 안 될 뿐 아니라, 법령상으로도 행정당국의 허가 없이는 잡아먹을 수가 없는데도 잡아먹었다. 그런데도 모두가 제정신이 아니었고 환장해서 물불을 안 가렸다. 그래서 우선 소라도 잡아먹고 살고 보자는 기풍이 생겼다. 그로 인해 마을마다 밀도살密屠殺행위가 열풍처럼 번졌던 것이나, 그런 탓인지 밀고하는 사람도 전혀 없었고 단속도 전혀 없었다. 이런 무정부상태는 내 생후 처음 보는 경험이었고, 마지막이기도 하다. 그 때문에 다음 해 봄, 논갈이 때는 소가 논을 가는 게 아니라 사람들이 소가 되어 논을 갈았다. 그 방법은 총 아홉 사람이 한 조가 되어 갈되, 한 사람은 쟁기질 꾼이고, 여덟 사람은 두 패로 나누어서 쟁기를 끄는 소 노릇을 하고 있었다. 이런 현상은 아침에 학교를 가노라면 온 들판의 여기저기에서 볼 수 있는 진풍경이기도 했다.

소를 잡아서 나눌 때 우리 집은 만만한 집이어서, 고기를 분배 받지 못하고 소가죽을 받아왔다. 그때 어머니는 왜 고기를 안 가져오고 소가죽만 가져왔느냐고 크게 탓했으나, 결과적으로는 이게 오히려 굶주림에 큰도움이 되었다. 소가죽을 하루 종일 삶은 바 얇은 가죽이 손바닥 두께로두꺼워지면서 부드럽고 구수했던 맛은 천하일품이었다. 그 덕분에 우리가족은 일주일 이상 버틸 수가 있었다.

그러나 그 후는 옥수수도 다 따먹었고, 탑 천塔川의 물 마름 열매도 다따먹어서, 먹고 살 것이 없었다. 이는 우리 마을이 들 가운데 있는 탓에밭이 없었으므로 벼 이외의 대용작물代用作物이 없어서 그 공통은 더 했다.

그러므로 만약 해방이 달포 정도만 더 늦은 10월 초에 되었더라면, 우리 식구는 물론, 다른 농민들도 많이 굶어 죽었을 것이다. 그때의 벼농사방법은 10월 초가 되어야 신곡이 나왔으므로, 해방된 날부터 추곡秋穀이나오기까지, 거의 두 달이 걸려야 했다. 따라서 벼 한 가마로도 턱도 없이식량이 부족했던 것을 돌이켜 본다면. 굶어 죽을 수밖에 없었다. 그때 부족 되는 식량은 종증조모가 우리 집에 피난 오면서 가져온 쌀 한말과 하지감자 한가마가 큰 도움이 되었다. 해방 후 첫 면장 했던 재종조부아버지와는 당숙 5촌가 군산 비행장에 주둔하던 일본 군인들이 천황의 항복에도불구하고, 일전을 불사한다는 루머에 우선자기 어머니를 우리 집에 피난시킨 것이다. 우리 집은 익산시와 경계지역이었고, 면장 댁은 비행장과5km 지점이어서 그랬다. 해방 직후, 아버지는 그 당숙을 찾아갔다가 종조모를 피난시키기 위해 수레에 싣고 집으로 돌아왔고, 우리는 그 덕을톡톡히 본 것이다. 그 외에도 고고구마 등으로 보충했는데, 그래도 겨울과 봄에 먹던 콩 깨묵 밥보다는 월등히 나은 식량이었다.

이와 관련해서 백범이 쓴 백범일지白凡逸誌를 보면, 해방이 빨리 된 것을 통탄하고 있다. 선생으로서야 천신만고千辛萬苦 끝에 훈련시킨 광복군이 쓸모가 없어졌고, 이에 따라 국제무대에서의 우리의 발언권이 그만치 약해져서 독립을 이룩하는데 더욱 힘들 것을 예상하고 그러신 것이라고 이해는 하면서도, 한편으로는 국내 사정에는 너무나 어두우셨구나 하는 생각을 지을 수가 없다. 말을 바로 한다면, 일본의 항복이 늦어짐이 좋은 게 아니라 그보다도 앞당겨서 1944년 안에나 늦어도 1945년 5월에만 되었더라면, 사실상 소련의 참전이 불가능하여 남북분단의 비극은 없었을 게 아닌가, 추리해 보는 것이다.

진실을 살펴본다면 일본인들의 신국神國론과 천황에 대한 광신적 신앙은, 우리 인류사적으로 보면 커다란 불행의 씨앗이었고, 침략을 미화하는 가장 잘못된 사상이었다. 그런데도, 그들 민족은 피해를 입지 아니하고, 그들의 피해자인 우리 민족이 거꾸로 이 지구상에서 가장 많은 그 피해를 입고 있는 것이다.

독일의 예로 보더라도, 마땅히 일본이 미·소·중 등에 의하여 분할 점령되었어야 함에도 불구하고, 죄 없는 우리 민족이 날벼락을 맞았고, 그 여파가 지금도 미치고 있는 것이다. 2차 대전에서 이미 이탈리아는 항복한 지 오래였고, 독일도 5월 초에 항복한 마당에 어찌 일본만의 힘으로 이길 수 있단 말인가.

그런데도 바보스럽게도 항전을 계속하여 많은 불행을 더하게 했다. 급기야는 그 때문에 원자탄의 세례를 받고서도, 오히려 자기들이 핵의 피해자라고 큰소리 치고 있는 것이다. 만약 그들이 5월에만 항복해 주었더라면, 군량미의 여유로 우리는 가구당 4~5가마 이상씩 배급을 받았을 것이므로, 여름의 굶주림도 없었으려니와, 남북분단의 비극도 없었을 것이다.

해방 후의 풍요豊饒했던 인심

어언 10월이 되어 벼 베기가 한창일 때부터 인심이 확 풀려서 어데 가나 밥과 술을 내 놓으며, 먹고 가라고 붙잡는 게 하나의 풍속이 되었다. 조금만 시끄러우면 "왜 같은 동포끼리 싸우려 하느냐"라고 타이르는 광경도 너무나 많이 보았다. 이는 일본인과 싸우는 것은 모르나 왜 같은 동포끼리 싸우느냐, 라는 의식이 너무나 강하게 배어 있었기 때문이었다. 그 말은 그만치 동포애가 하늘을 찌르고 있었음을 알게 해주는 좋은 증거가 된다. 이러한 말과 행동은 그간 일본인한테 너무나 시달리고 고생했던 게 뼈에 사무쳐서, 자연스럽게 그런 말을 하게 된 것이다.

따라서 그 당시는 일본인과 싸우는 것은 모르나 우리 동포끼리는 천년만년千年萬年 싸워서는 안 된다는, 불문율不文律같은 게 서고 있었다. 지금 돌이켜보면 그때는 너무나도 천진난만하게 변해 있었던 우리 백성들이었다. 그때, 젊은 청년들은 치안대治安隊라고 쓰인 완장腕章을 차고 거리를 활보闊步하고 다녔다. 그 때문인지 치안이 잘 유지되어 우리 주변은 매우 조용한 나날이 계속되었다. 그때 1, 2학년의 학생들이 퇴교한 오후의 교실은 활기가 넘쳐흐르고 있었다. 그때 교실로부터는,

"백두산 뻗어나려 반도 삼천리, 무궁화 이 동산에 역사 반만년半萬年,
대대로 예사는 우리 심천만, 복도되다 그 이름 조선이라네"
라는 노래를 배우고 있었기 때문이었다.

특히 내가 그 노래에 감명 깊었던 것은 "역사 반만년"이라는 가사 내용이었다. 그것은 몇 달 전까지만 해도, 일본인들이 항용 주장하기를, 자기 나라가 개국한 게 벌써 2,600년이 넘는, 역사적 문화 국가임을, 엄청나게 자랑하는 것을 보아왔기 때문이었다.

그때 나는 우리역사가 일본의 역사보다 거의 배나 긴 5,000년이라는데

뿌듯한 자부심自負心을 느끼고 있었다. 그런 우리가 같은 동포끼리 싸운다는 것은 야만인의 행위로 치부할 수밖에 없었던 게 당시의 분위기였다. 그러므로 우리끼리 싸우는 일은 절대적인 금기사항禁忌事項이었다. 돌이켜 보면, 너무나 마음 뿌듯한 일이 아닐 수 없다.

이러한 기풍은 현재 남북이 분열되어 다투고, 모든 사람이 자기 이익을 위해 염치를 불고하는 것과 비교하면, 과연 그토록 인심이 후한 때도 있었는가 하고 믿지 않으려 할 것이다. 그러나 실제로 그러한 때가 분명히 있었다. 그때, 인심이 상상을 초월할 정도로 너그러워지고 부드러워졌던 것은 우선 먹고 살 쌀이 노적같이 쌓였고, 이에 따른 식생활의 안정감에서 그런 풍요로운 인심이 비롯된 것이다. 그러나 그보다도 일제의 엄청난 억압 속에서 혹독하게 지배받다가, 일거에 그 지배력이 없어진데 따른 해방감이 그토록 인심을 확 풀어놓았다.

하지만 그런 여유로움과 동포애도, 겨울이 지나고 봄이 되면서부터 차차 변하기 시작했다. 그것은 해외에서 돌아온 많은 귀환동포와 군 입대자들의 귀가, 그리고 북한에서 월남한 동포들의 증가 등으로 해방 당시 1,500만의 남한 인구가 일약 2,000만 명 수준으로 대폭 증가했기 때문이었다. 더구나 1946년부터는 화학비료가 완전히 단절되자, 쌀 수확량까지 격감되어 오히려 식량난까지 닥쳐오게 되었다.

농촌에서의 벼 수확량의 감소는 경제적 어려움을 더 하게 했는데, 이 때문에 사회적 혼란을 가중시켰다. 그리고 완전히 없어진 줄 알았던 벼 공출이 1946년 가을부터 다시 시작되었다. 다만 그때의 공출제도는 일제 때와는 사뭇 달라서 고문이나 가택 수색 등은 없었고, 수량도 그때의 10% 정도의 수준이어서 낼 만 했다.

그런데도 일부 농민들에게는 부담이 안 될 수가 없었다. 특히 미군이 집단으로 찾아와서 공출을 독려한 일도 있었으므로 농촌의 분위기는 썩 좋지 않게 돌아가고 있었다. 이 틈을 타서 공산주의자들의 선전공세는 치열해져가고 있었다.

선생님이 소개한 3대 독립운동가

해방 직후의 풍요한 인심은 정치계도 똑같았다. 그것은 9월 하순의 어느 날 아침 조회시간에 당시의 정치지도자들 중 세 분의 정치 지도자가 소개 되었다. 소개의 순위는 이승만 박사, 김구 주석, 김일성 장군이었다. 지금 돌이켜 보면 마치 요순堯舜시절 같은 풍경이었고, 또한 천진난만한 연설이었다.

그때 단에 올라가 세 분을 소개했던 선생님은 후일 중학교장까지 역임하신 고석정 선생님이셨다. 소개하는 내용은, 이승만 박사는 우리나라 임시정부의 초대 대통령이셨고 미국에 망명하여 계속하여 독립운동을 하시면서 세계에 조선의 독립을 호소하여 조국의 해방을 맞는데 큰 공훈을 세운 분이고, 김구 주석은 임시정부의 주석으로서 중국에 있으면서 독립운동에 헌신하신 어른으로서 우리나라 독립운동에 큰 공훈을 세우셨으며, 김일성 장군은 만주에서 독립군을 조직해서 무장 투쟁으로 승리를 거듭하신 분이다, 라는 요지였다.

그 당시는 이토록 김일성 장군을 3대 독립운동가로 소개했는데도, 아무도 이상하게 생각하는 사람이 없었다. 필자도 이미 1년 전인 1944년 가을에 신출귀몰한다는 전설 같은 이야기를 논에서 새를 보면서 호들갑 잘 떠는 마을 친구로부터 들은 일이 있었기 때문이었다.

따라서 서울 등은 모르겠으나 지방만은, 그 해 10월까지도 좌도 우도 없었고, 공산당이라는 이름도 없었으며, 한민당이라는 이름도 없었다. 그

때는 오로지 독립 운동가들의 이야기와, 조국의 해방은 미·소·영·중, 기타 많은 나라의 도움으로 조국이 해방되었다는 삐라만이 거듭 살포되고 있었다. 해방 후 8월 25일경, 우리 집에 피난 온 종중조모가 돌아가도 좋은가를 알아보고 오라는 아버지의 명으로 근 20km나 떨어진 재종조부 댁再從祖父宅에 생후 갔다가 7촌 고모가 그 삐라를 술술 읽어내는 것을 보고, 얼마나 놀랐는지 모른다. 나는 그때 그야말로 낫 놓고 기역자도 모른 때여서, 나는 언제 그런 국문을 읽을 수 있을까, 하고 한숨지었다.

농촌의 인심이 차차 사나워졌다

그러나 이토록 순후醇厚했던 인심도 조금씩 변해갔다. 특히 추수가 갓 끝난 12월 초순부터는 웬일인지 집회와 시위가 늘어가기 시작하면서 인심까지 악화되기 시작했다. 그리고 전에 없이 연설회가 자주 열렸고 이어서 시위가 벌어졌다. 시내도 아닌 농촌의 지방도로에서 시위가 벌어졌다는 것은, 지금 생각해도 이해가 안 되는 행동들이었다.

일제 때는 그토록 조용했던 그들이, 모두 뛰어나와서 애국자연하는 바람에, 모두가 애국자 천지여서, 웬 애국자가 그리도 많은지 몰랐다. 그 때문에 세상은 온통 애국자 천지였으므로 사람들은 말끝마다 "애국자 걸려서 못살겠다"라는 말을 공공연하게 됐고, 비웃기도 했다. 그때 한글도 잘 모르시는 아버지도 그런 집회에 자주 다녀오셔서서 공연히 흥분하셨다. 오늘 연설에는 채규봉과 이금갑이 연설했는데 채규봉보다 이금갑이 연설을 더 잘하더라 하시면서, 공연히 들떠서 흥분하시는 것이었다. 채규봉은 아버지의 외4촌이었는데도, 이 금갑을 더 칭찬했는데, 그 후 채는 6·25전쟁 때, 경찰서에 구금되어 있다가, 경찰의 총격으로 다른 사람은 거의 다 죽거나 중상을 입었는데도, 그만은 기적적으로 살아남아서 군 인민위원회 위원장까지 역임했다. 그러나 이금갑은 경찰들이 철수하면서, 현 군산시 옥서면 선연리 하제에서 처형당한 사람이었다. 이를 보면, 그 당시의 연설과 시위의 주동자는 모두 공산주의자들이었음을 알 수 있다.

이러한 것을 돌이켜볼 때, 정치적 선동은 좌익 측에서 보다 적극적이었음을 알 수 있다. 조용하고 평화로웠던 농촌에 일대 회오리바람이 불어 닥치기 시작한 것은, 혁명이라는 미명하에 좌익의 선동이 먼저 시작된 것을 알 수 있을 것이다. 따라서 민족의 분열을 앞당긴 것은 좌익의 선동에서 비롯된 게 사실이다.

첫 등교 일에 "황새"를 쓸 줄 아는 학생

필자는 해방 당시 나이가 13세였다. 해방 후, 첫 등교 일에 교단에 서신 선생님이 지금까지 일본말만 하시다가 갑자기 우리나라 말로 말을 시작하자 우리들은 배꼽을 쥐고 웃었다. 그 선생은 그간 담임이었던 황 선생이 아니고 다른 선생이었다. 그토록 웃음으로 시끌벅적하던 교실이 차차 조용해지면서, 선생님의 말씀을 조용히 듣기 시작했다. 그때다. 선생님은 큰 소리로,

"국문을 아는 사람은 손들어 봐"라고 큰소리로 외쳤다. 나는 기습을 당한 것 같아서 어리벙벙했다. 그때, 옆에 친구들이 모두 손드는 것을 보고 깜짝 놀랐다. 그때, 필자 혼자서만 못 들었으므로 상당히 당황했고, 또한 놀랄 수밖에 없었다. 그로 인해 내 얼굴이 약간 상기되었던 기억이 뚜렷하다. 학생들이 모두 손을 들자, 다소 놀란 듯했던 선생님은 뒤 이어서 다시 우리들을 향하여 큰 소리로,

"그러면 "황새"라는 글자를 쓸 줄 아는 사람은 있으면 손들어 봐"라고 했다. 그때, 김진구가 손을 번쩍 들었다. 그러면 나와서 한 번 써 보라고 하니까, 그가 교단에 올라가서 척척 써 내는 것을 보고, 나는 너무나 놀랐다. 그는 나이가 많아서 곧 월반했다. 그때 내 머릿속엔,

"어떻게 그것을 벌써 다 배워서 쓸 줄까지 아는가, 운식이는 일본 공부는 잘 하더니만 조선 공부는 형편없구나"라고 옆에 친구들이 조롱하는 것 같아서 몹시 부끄럽기도 했다. 그러나 한글 배우기를 끝내고 10월부터 배우기 시작한 맞춤법과 주말마다 실시되는 맞춤법 시험에서는 나는 어느새 우리 반 88명 중에서 단연코 일등을 했고, 나 혼자서만 100점을 계속 맞는 학생이 되었다. 월요일 아침 조회시간에는 일등을 한 학생으로서 항상 앞에 불려 나가는 학생이 되기도 했다. 그러나 사회의 변화과정은 별로 알 길이 없었다. 일제 때는 그래도 소국민 신문少國民 新聞이라는 일종의 어린이 신문이라도 읽었으므로 거짓말일지언정 시국의 움직임을 조금이라도 알 수 있었으나, 해방 후에는 그런 것도 다 없어져서 그야말로 먹통이었다.

첫 국명은 동진공화국, 농촌엔 새 풍속도가 생겼다

해방 직후, 건국준비위원회에 이어 새로 세워지는 나라의 이름은 동진공화국東震共和國이었다. 대통령은 이승만 박사이며, 국무총리는 여운형, 내무부장관은 김구, 문교부장관은 김성수, 체신부장관은 신익희라는 등의 이야기만 돌아다니고 있어서 그런 가보다 생각할 따름이었다. 최근 발간된 김대중 자서전에 의하면, 이승만 주석에 여운형 부주석으로 되어 있어서 조금 혼란스럽기는 하나 필자의 기억으로는 여운형은 분명히 국

무총리였다. 다만 최근 읽어 본 여연구의 "우리 아버지"라는 책에서도 여운형을 부통령으로 쓰고 있었으므로 그 말이 맞는 것 같다. 필자는 일제 때 아동문고兒童文庫를 많이 읽은 탓으로, 한자의 음은 잘 몰랐어도 그 뜻만은 많이 알고 있었다. 그 때문에 동진공화국의 진震자의 뜻을 잘 알고 있어서 나라 이름의 뜻도 잘 이해할 수 있었으므로, 한자를 새겨본 후 참 좋다고 생각했다.

왜냐하면, 동방에서 떨친다震은 일본어로 "후루후"였고, 떨친다는 뜻임는 뜻이어서 매우 좋게 생각한 것이다. 그러나 그 후 어느 책이나 글은 물론 "해방 전후사의 인식 10권"에서도 해방 후의 첫 국호가 동진공화국이었다는 글을 보지 못했다. 그 때문에 몹시 의아하게 생각해오던 차에, 2008년에 김대중 전 대통령의 부인 이희호가 쓴 "동행同行"을 읽으면서 그 글 중에 해방 후에 동진공화국이라는 국호가 일시 등장했음을 밝히고 있었으므로 내 기억이 정확했구나 하고 안도의 숨을 쉬기도 했다. 어언 추수가 끝나고, 웬만한 농가들의 마당 가운데에는 일제가 빼앗아가지 않음에 따라 자연스럽게 "벼 통가리"라는 새로운 벼 보관시설이 마당 한가운데에 덩실하게 생긴 것도 새 풍속도의 하나였다. 그러나 조금 논이 적거나 논이 척박瘠薄하여, 수확량이 적은 농가에서는 가마니에 벼를 담아서 토방에 쌓아놓기도 하고, 심지어 방안에도 쌓아 놓은 채 홍겨운 겨울을 맞이하고 있었다.

다만 우리 집은 아버지가 도박을 크게 벌여서 도박 때문에 오히려 빚이 벼로 30가마가 넘었고 이 빚은 2년 후까지도 다 갚지 못했다. 이 때문에 필자는 중학교 시험도 못 쳐보는 처량한 신세가 되기도 했다. 그런 중에도 어른들의 입에서는 농지를 무상 분배해야 하느니 유상 분배해야 한다느니 하면서 조금씩 다투기도 했는데, 그 때문에 과거보다는 좀 떠들썩한 분위기임에는 틀림없었다. 그 외는 별다른 일 없이 그 해도 저물어

가고 있었다.

나는 아버지를 모시러 다니는 소년

　일자무식에 순박하시기만 한 아버지는 집안일이 많이 쌓여있는데도, 당숙 네 집에 가서 일을 해주고 있었다. 그 당숙堂叔 5촌은 앞서 밝힌 대로 해방 후 초대 면장을 하고 있었으나 아들이 없었다. 키가 185cm가 넘는 데다가 훤칠한 이마에 코까지 우뚝해서, 아버지도 큰 키였는데도 그 어른 말이라면 쩔쩔맸고, 무조건 복종하는 처지였다. 사실은 그로부터 3년 후, 아버지가 양자로 입대해야 한다는 주장에 끌려서 근 4천 평의 논을 비싸게 판 후경작권, 그 논 판 돈을 맡겼다가 거의 두 필 값을 떼이고도 항의 한번 못했다. 아버지는 그 때부터 달포동안 잠 못 자고 고뇌타가, 정신 이상까지 되었다. 이에 필자는 17세 소년의 사실상 소년가장이 되었다. 그간 강의록으로 독학하던 책도 가마니에 담아서 면장 댁 창고 넣은 채, 7년 동안 철로 공사, 석유행상, 연탄직공 등으로 돈을 벌어서 빚을 갚고 논도 두 자리에서 세 자리로 늘린 것평당 벼 3근, 경작권매수이고, 현 가로 2,400 원도 그 때문이었지만 해방된 몇 년 후까지는 전혀 그렇지 않았다.

　해방된 기분으로 들떠서인지 아버지는 당숙 네 집에서 근 10여 일 동안 돌아오지 않았다. 어머니는 조바심이 나서 어느 날 나에게 집안에 일이 산더미처럼 쌓였으니 아버지를 빨리 데려오라는 명을 내렸다. 나는 1945년 12월 마지막 날쯤, 그 면장 댁을 찾아가야 했다. 그러려면 임피역에서 열차를 타고 개정역에 내려서 서쪽으로 약 4km쯤 더 걸어야 했다. 임피역에서 열차시간을 알아보았던 바, 역원의 대답은 오늘부터 열차가 안 다닌다고 말하고 있었다. 왜 그러느냐 물었던 바, 오늘부터 "철도파업

鐵道罷業"이라 했다. 이것은 모스코바 삼상회의三相會議에서 조선을 5년 동안 신탁통치信託統治한다고 결의를 했으므로, 그것을 항의하기 위해서 열차가 파업한다는 것이었다.

나는 어쩔 수 없이 20km를 걸어야만 했다. 면장 댁을 찾았으나 그 집 마당에 발을 디딜 수가 없었다. "저 도박꾼 아들놈이 또 왔다"라는 말을 하는 것 같아서였다. 밖에서 얼씬얼씬 하던 나는, 같이 일하던 분의 눈에 띄었다. 그분들은 필자가 해방직후와 8월 추석 때, 근 1주일 동안이나 있으면서, 일해 주었으므로, 얼굴이 익은 분들이었다. 그분들 중, 나를 발견한 어른이 크게 놀라면서, 던진 첫마디가,

"너 기차도 안 다닌다는데 어떻게 왔느냐"였다. 나는 아버지를 모시러 왔다고 말하고, 어머니가 혼자서는 추수秋收뒤처리를 도저히 다 할 수가 없어서 모시러 왔다고 말했다. 나의 말에 재종조모와 주변 사람들은 아버지에게 어서 가보라고 했다. 그 덕분에 곧 돌아올 수는 있었으나, 우리 부자는 모스크바 삼상회의 결의 덕분에 걸어서 돌아와야 했다. 당시는 파업이 일어난 날짜가 언제였는지 잘 몰랐다. 그러나 「해방 전후사의 인식」 등을 읽어보고, 그 날이 12월 31일임을 알게 되었다. 이때부터 우리 사회는 술렁거리기 시작했다. 좌익이 무엇인지, 우익이 무엇인지 모르고 살던 우리 소년들까지도 좌익은 소련 편을 드는 사람들을 위한 세력으로 인식되어가고 있었고, 우익은 미국 편을 드는 사람들을 위한 세력으로 인식하는 버릇이 생겼다. 그러면서도 우리들과 우리 백성들의 입에서는 어느덧 이런 말이 크게 유행되고 있었다.

"미국을 믿지 말고, 소련에 속지 말라. 일본이 일어난다." 그러면서 우리 소년들도 이렇게 속삭였다.

"일본 놈들이 물러가면서 하는 말이, 반드시 다시 돌아올 테니 집과 논을 잘 지켰다가 돌아오면 돌려 달라고 하드래. 일본 놈들을 조심해야

혀." 철모르는 소년들이었으나 우리가 듣기에도 썩 좋지 않은 말들이었다. 나는 어느덧 겨울이 닥쳐와서, 그저 스케이트 만들기와 타기, 연 만들어 팔기와, 연날리기 등으로 하루하루를 보내고 있었다.

삼상회의 결의와 반탁反託과 찬탁贊託의 대결

1946년 1월부터는 모스코바 삼상회의의 결의 뒤에 찬탁이냐, 반탁이냐를 놓고 우리 시골에서도 좌익과 우익 간에는 치열한 투쟁이 벌어졌다. 그 때문에 반탁이라는 벽보가 붙으면 그 위에 찬탁의 벽보가 덧씌워져서 붙여졌고, 이어서 찬탁을 부르짖는 시위가 계속되었다.

이러한 다툼은 우리 민족사를 판가름하는 첫 싸움이 되었으므로 해방 직후부터 이때까지의 큰 줄거리만 줄여서 다시 밝혀보려 한다.

먼저 일본의 예상외의 조기 항복을 살펴보자. 일본은 본토에서의 결전을 강력히 추진하고 있었다. 그런데 뜻밖에도, 8월 11일에 천황제 유지를 조건으로 연합국의 포츠담선언을 수락한다고 통보했다. 이어서 8월 15일에는 전 국민에게 라디오 방송을 통해서 항복사실을 공표함으로써 일본은 물론, 우리 국민들도 다 알게 되었다.

이 항복을 놓고도 좌익과 우익 간에는 또 견해가 달랐다. 좌익들은 소련의 참전으로 일본이 항복할 수밖에 없었다고 주장했다. 우익에서는 원자탄 세례에 못 이겨서 항복했다고 주장하면서, 소련은 무임승차한 것이라고 주장하고 있었다.

그러면 왜 그토록 빨리 항복한 것일까. 소련의 참전 때문이었을까. 아니면 미국의 원자탄 때문이었을까. 필자가 보기엔 원자탄의 위력 때문이었다. 그것은 일본 천황의 항복담화문을 읽어보면 그 사실이 확연히 드러난다. 담화문 중에 이런 취지의 말이 들어 있다.

"적이 잔학한 폭탄으로 짐의 충직한 신민을 살상하므로 만세를 위해 태평을 열고자 하는 짐은 미·영·중·소 네 나라의 공동선언을 수락함을 통고한다."

이 방송 내용을 들어보면, 어느 곳에도 소련의 참전 이야기는 들어 있지 않다. 실제로도 소련군이 만주를 석권하기 이전에 항복할 것을 결심했다. 또한 머나먼 만주에서의 전투를 천황이 보고받을 시간이 없었다. 그러므로 소련의 참전 때문에 항복했다는 주장은 비현실적이다. 2차대전사를 읽어보아도, 히로시마에 성냥갑만한 원자폭탄이 떨어져서 일거에 20만 명이 몰살하고 모든 건물이 완전히 잿더미가 된 사실을 천황이 확인한 후 항복을 결심한 것으로 되어 있다. 이는 자기 아우를 시켜서 조사케 한 후, 그 보고를 받는 방법으로 확인한 후 항복하겠다는 결심을 한 것으로 역사는 기술하고 있는 것이다.

히로시마의 원자폭탄 투하는 1945년 8월 6일이고 소련의 참전은 이틀이 지난 8일이므로, 소련의 참전이 원폭 투하 때문에 앞당겨졌다는 주장이 오히려 더 설득력이 있는 것이다. 이로 보면 소련은 무임승차로 만주와 한반도의 38선 이북을 손아귀에 넣게 된 것이다. 지금 돌이켜보면 역사를 거꾸로 달리고 있었던 소련이 한반도의 일부를 지배하게 되었음은 우리 민족에게는 돌이킬 수 없는 불행의 씨앗이 된 것이다. 북한은 소련의 북한 진입이 해방 전부터 이루어져서 8월 20일쯤은 전 지역이 완전히 소련군의 손아귀에 들어갔다. 그때 그들은 "해방군解放軍"이라고 호칭하고 있었다. 그러나 남한은 미군이 겨우 9월 23일에야 서울에 입성했고, 그간은 여전히 일본의 무장 군인들이 버티고 있었다. 그런데 미군은 입성하면서 "점령군占領軍"이라고 호칭했다.

이러한 호칭의 차이는 미군은 직업군인으로서 정치적 흑심黑心이 없는

데서 비롯된 것이고, 소련군은 처음부터 공산주의국가로 만들려는 정치적 포석布石으로 해방군이라고 호칭한 것이다.

하지만 후일에 이르러 좌경세력들에 의하여 그 의미가 확대되고 재생산되었다. 그들은 미군이 처음부터 조선을 해방시켜 주려고 온 게 아니어서 점령군으로 호칭했고, 소련군은 그야말로 해방시켜 주려고 온 것이기에 해방군이라고 호칭한 것이라고 주장했다.

1980년대 초만 해도 좌경세력들의 주장은 미국은 1830년경부터 한국 침략을 도모했던 나라라고 주장했다. 그 때문에 점령군으로 호칭하면서, 자기들의 이익에 부합되지 않는 정권을 용납하지 않을 방침이 확고했다고 주장하고 있었다.

그 때문에 전두환 군부세력이 광주민주항쟁을 탄압하는데도, 암묵적으로 도운 것이고, 미국 C I C 등이 주동이 되어, 보이지 않는 고도의 조정으로 김대중의 대통령 당선을 방해해 왔다고 주장했다. 그런고로 앞으로도 진보세력은 절대로 정권을 잡을 수가 없고, 오로지 극우세력만이 전권을 계속하여 이어갈 것이라고 단언하고 있었다.

필자는 이에 대한 견해로서 1995년에 펴낸 "탁! 터놓고 이야기 좀 해봅시다"의 글개정판에서 그 내용을 밝힌 바 있다. 그때 범민족대회凡民族大會 남조선 공동대표였던 조용술 목사에게 그런 취지의 강연에 대하여 통렬하게 비판했고, 공개질문까지 했다. 그때 필자는 미국을 비판하는 것은 좋으나, 역사적 진실을 들어서 비판해야지 터무니없는 거짓을 가지고 비판할 수가 있는가, 라고 비판했다. 또한 청중들이 세계사에 어두운 점을 이용, 마구 연대까지 조작하고 있었으니 큰일이라는 신념으로 공개질문을 한 것이다. 그때 공개질문서를 보내면서, 시내에는 질문서 20만 장을 인쇄하여 뿌리거나 신문배달에 끼워서 돌렸다. 필자는 그 논리의 부당성을 일일이 지적한 후, 답변하라고 요구했으나, 그는 끝내 답변치 못

했다. 그는 그 후부터 그런 터무니없는 연설은 안하고 다녔다. 그 질문서
는 지금도 전술한 책에서 읽어 볼 수 있는 것이다.

그 연설 후, 3년도 못 되어 김대중 정부와 노무현 정부가 차례로 국민
의 자유로운 의사에 의해 대통령으로 선출됨으로써, 필자의 주장이 옳았
음이 확인되었다. 반면에 범민족대회 등의 좌경세력들이 행했던 반미 일
변도의 주장은 터무니없는 모략이었음을 실증된 것이다.

이 과정에서 가장 놀란 것은, 경찰당국과 정보당국의 태도였다. 박정
희 정부 때는 이런 사상문제에 관하여 너무 지나치게 과민 반응하면서,
항상 문제를 확대하고 왜곡한 게 문제였다. 그리고 공명심에 날뛰어서,
억울한 빨갱이와 보안법 위반자를 조작하는 면이 있었다. 그러나 조 목
사 사건은 오히려 조용하기를 바랐고 필자에게도,

"어떻게 그런 강연내용을 마치 녹음하다시피 하나도 빼놓지 아니하고
기억하고 있느냐. 다른 사람들에게 물어보니 기억하고 있는 사람이 없더
라. 그런데 당신은 어찌 그토록 자세하게 연대까지 기억할 수가 있느냐"
면서 오히려 필자를 이상하게 보고 있었다.

또한 그들은 그 사람은 그런 사람으로 내놓은 사람이니 덮어두는 게
좋다고 말했다. 필자는 그때 그 사실을 보고 깜짝 놀랐다. 또한 관계 공무
원들에 대한 철저한 교육이 선행되어야겠구나 하는 생각도 갖게 되었다.
그러나 필자는 그 후부터 조목사가 다시 그런 허튼 소리를 안 하고 다녔
다는 것만으로 만족해야 했다.

여운형과 건국준비위원회 建國準備委員會

건국 준비위원회와 여운형에 대하여 정론을 밝히고자 한다. "해방 전

후사의 인식" 등 몇 가지 책과 여운형 평전, 그리고 최근에 그 딸 여연구가 쓴 「나의 아버지 여운형」 등을 읽어보면, 해방 후 여운형 등이 조직한 건국준비위원회建國準備委員會에게 송진우 등 한민당韓民黨 계열에서 협조하여 당시 인민위원회 안대로 건국됐더라면 좌우의 대립도, 남북분단南北分斷의 비극도 없었을 것이라고 주장하고 있다. 그러면서 그들은, 한민당의 송진우 등과 이승만이 정권에 눈이 어두워서 남한단독정부를 추진하고 수립한 바람에 나라를 그르쳤다는 투의 결론을 짓고 있는 것이다.

그리고 최근에 발표된 김대중의 자서전에도 "몽양 여운형 선생은 해방공간解放空間에서 큰 공로를 세운 빼어난 인물이었다"라고 평가하면서, 건국준비위원회를 높이 평가하고 있다. 그 같은 평가에 대하여 어느 면으로 보면 일리가 있으므로 긍정적으로 받아들일 수도 있다. 문제는 당시의 국민들의 의식이다. 누술한 바와 같이 당시의 3거두는 이승만, 김구, 김일성이었지, 여운형은 아니었다. 다만 해방 직후의 공간에서는 여운형이 가장 역동적으로 정국을 이끌던 분이었던 것만은 틀림없는 사실이다.

김대중은 그런 점만을 중시하고, 해방 직후의 활력 있는 활동만을 기준으로 평가하고 있는 것이다. 이러한 결론은 그 분 스스로 건국 준비위원회에 가담했기에 그런 평가를 내리고 있지 않는가, 라는 생각을 지울 수가 없다. 따라서 객관적으로 평가함에 있어서는 오히려 필자보다 못하지 않을까, 하는 게 솔직한 심정이다. 여기서 가장 주목해야 할 것은 몽양이 암살당했기 때문에 더 후한 평가가 나오는 것으로 보아야 한다. 그것은 죽음이라는 엄청난 결과는 항상 그 피해자에게 후한 평가를 내리게 된다는 역사적 경험들 때문이다. 그 때문에 지금도 일부 국민들은 여운형의 계획대로 건국했더라면 좌우의 대결도 없고, 민족의 분열도 없었을 것이라는 주장을 하고 있으나 이는 너무나 순진한 생각이다. 그렇기 때문에 필자는 위의 의견에 대하여 단호하게 반대의견을 제시하는 것이다.

다만 해방 직후, 여운형이 일본 총독總督으로부터 군량미를 얻어내서 기아선상飢餓線上에 허덕이는 백성百姓들을 살려 준 공만은 참으로 컸다는 것만은 인정한다. 그러한 사실은 여러 책에서 밝힌바 그대로이며, 따라서 해방공간解放空間에서 큰 역할을 해낸 것만은 부인할 수 없다. 하지만 망명한 독립 운동가들이 하나도 귀국치 못하고 있는데도 그 틈을 이용해서 날쌔게 정부를 조직하고, 대통령은 이승만, 부통령은 여운형 자신이 스스로 차지하고, 반대로 김구 주석 같은 3대 독립 운동가를 자기 수하인 내무부장관으로 발표하면서 문교부장관은 김성수, 체신부장관은 신익희라는 식으로 일방적으로 발표한 것은 너무나 잘못한 것이다.

그러면서 국민들에게는 무조건 따라오라고 한 것은 너무나도 큰 실수였고, 이는 돌이킬 수 없는 역사적 과오를 범한 것이다. 이에 대하여 그의 딸인 여연구는 그 잘못을 인정한 것 때문인지 조선 공산당 박헌영의 급조품이었을 뿐, 자기 아버지 여운형은 깊이 개입하지 않았고, 오히려 반대의견이었다고 변명하고 있다. 그러나 이 정부 조직의 결의가 건국준비위원회의 회의에서 조직되고 발표되었다는 사실은 여운형이 그 책임을 져야 마땅하다. 따라서 여연구의 해명은 자기 아버지를 너무 지나치게 옹호하고 있다는 평을 면할 수 없는 것이다.

해방 후의 격변기는 분명히 혁명기였다. 이는 조선조의 왕조시대와 일본의 천황제도天皇制度에서 곧바로 민주제로 이행하는 혁명기였고, 공산주의 체제로 혁명이 된다면 한 단계를 더 뛰어 넘는 월반越班하는 혁명이었다. 그런 때에 망명한 혁명가들의 의견을 전혀 들어보지도 않고 일방적으로 정부를 조직해 버리다니, 참으로 졸속拙速하기 짝이 없는 행위였다.

세계 혁명사상, 혁명을 위해 몸 바쳐온 수많은 망명가들을 놓아두고 국내 정치인들끼리만 모여서 임의로 정부를 조직하여 성공한 예가 없다. 그런데 그는 그러한 졸속한 방법으로 정부를 조직하여 일방적으로 발표해버린 것이다. 물론 그는 그 책임을 박헌영에게 떠밀고 있으나 그것은 말이 아니다. 왜냐하면 그런 조직과 발표는 그가 조직한 건국준비위원회의 회의에서 결의되었기 때문이다. 여운형이 말한 대로, 임시정부라고 해봐야 늙은이 몇이 쑥덕공론으로 조직하여 운영해온 보잘 것 없는 정부일지도 모른다. 그러나 9월 하순에 고 선생께서 소개한대로 우리의 정치 지도자는 이승만, 김구, 김일성이라는 인식이 백성들 간에 뿌리 깊이 박혀 있었다. 그게 당시의 국민들의 진정한 여론이었으며 인심이었다.

그런데 그런 분들과는 사전에 아무런 협의도 없이 일방적으로 자기가 부통령이고, 김구 주석이 내무부장관이며, 이승만 박사는 상해 임시정부 때부터 초대 대통령으로 있었던 분이고, 너무 유명하므로 어쩔 수 없이 모셔야 한다는 생각으로 대통령으로 모신 것은 그가 너무 조급했고 신중하지 못했음을 말해주는 것이다.

그 후 이승만 박사가 귀국하자, 그는 이승만 박사에게 대통령 추대를 승낙하여 줄 것을 호소했으나 끝내 거부당했고, 김구 주석으로 부터는 의도적인 냉대를 받았다. 항간에는 임시정부에 대해 여러 말이 많았다. 그런데도 국민들은 임시정부에 대한 신뢰가 깊었는데도, 여운형이 왜 그랬을까를 살펴보아야 한다. 사람이란 묘한 것이어서, 똑같은 사람인데도 직접 대면한 사실이 없이 멀리서만 그 사람의 행적을 들었을 때는 대단한 인물로 평가해 주면서도, 같이 얼굴을 맞대고 지내 본 사람에게는 얕잡아 보는 버릇이 있는 것이다.

더구나 그는 1920년대 초에 상해 거류민단장을 맡고 있었고, 또한 상해 임시정부에서 외무부 차장을 맡고 있었으며, 임시정부의 산파 역할도 했다. 그런 그가 일본정부의 부름을 받아서 일본의 고위 인사들과의 대담에서 한국의 독립에 대하여 정정당당하게 토론했고, 또한 일본 제국호텔에서 많은 일본인들과 기자들이 모인 그 앞에서 한국독립의 정당성을 당당하게 설파하면서 사자후를 토해낸 사실은 너무나 유명하다. 그 때문에 그는 일본 조야로부터 큰 인물이라는 명성을 얻은 인물이다. 또한 천하에 제일가는 명 웅변가로서, 대중을 휘어잡을 수 있는 인물로는, 몽양 여운형의 호만한 인물이 없다는 평을 듣기도 했다. 몽양은 일본인들이 전쟁에 협조하고, 일본을 절대지지해 달라는 갖가지 유혹을 멋있게 뿌리친 분으로서도 유명하다. 그때 거절하는 답변을 하는데 어찌나 힘이 들었던지 오줌이 노랬다는 술회담은 좋은 이야기 거리가 된다.

그런 그를 총독부도 그대로 평가해 주어서 해방 후의 정권이양과 치안 사항 등을 그와 협의했고, 그 때문에 군량미를 긴급 방출하여 백성들이 굶어죽는 비극을 피하는 데 큰 공로를 세운 것이다. 따라서 일본인들이 평가한 대로 당시의 조선의 지도자로서 손색이 없는 인물이기도 했고, 얼굴도 가장 잘생긴 인물로도 유명했다.

그러나 여운형이 임시정부 초기에 외무부차장이었을 때, 김구 주석은 경무국장警務局長으로서 일종의 임시정부의 경호 실장에 불과했으므로, 그의 의식 속에는 김구 주석의 권위를 완전히 무시하고 있었다. 한마디로 여운형의 머릿속에는 그런 분이 임시정부의 주석인가, 라는 생각이 너무나 뿌리가 깊어서 은연중 임시정부를 얕잡아 보고 있었다. 그 때문에 그는 "임시정부라고 해봐야 늙은이 몇 사람"이라는 표현을 서슴없이 써 왔다. 또한 그는 그런 표현을 쓸 수 있는 입장일 수 있었다. 문제는 국민들의 임시정부에 대한 인식이었다. 당시의 국민들의 인식은 이승만 박사와 김구 주석을 최고의 지도자로 알고 있었던 게 숨길 수 없는 사실이다.

그런 사실을 무시하고 무조건 밀어붙여서 정부만 세우고 그 자리에 그분들을 앉혀만 주면 무조건 좋다고 하면서 차고앉을 것으로 생각했다면, 그 자체가 너무나 미숙한 생각이었다. 그 때문에 여운형이 급조急造한 정부는 너무 무책임한 조직이었다는 평을 면할 수 없는 것이다. 이런 연유

緣由로 그보다는 오히려 송진우 등이 주도하는 한민당의 "임시정부 봉대론臨時政府 奉戴論"이 명분과 현실을 더 직시하고 있었다고 보아야 하고, 여운형의 행위는 민족분열의 씨앗이 되었다고 볼 수 있는 것이다.

송진우 등 한민당 계열이 임시정부 봉대를 높이 부르짖은 것을 송건호 등 진보주의자들의 논평처럼, 기선을 제압당한 송진우로서는 어쩔 수 없는 선택이었는지 모른다. 그러나 객관적으로 살펴보았을 때, 송진우가 성격적으로 여운형보다는 보다 신중한 사람이었고, 사려 깊은 사람이었으며 무게가 있는 사람이었다. 그 때문에 마치 지모가 뛰어난 음모가로 오해받는 면도 있었으나, 큰일을 하는 데는 오히려 송진우가 앞서는 사람으로 필자는 보고 있는 것이다. 다만 그는 백성들 간의 지명도는 현저히 떨어져 있었고 또한 인기도 낮았으며, 더구나 비 대중적이었다는 점에서 송진우는 여운형의 상대가 될 수 있는 인물이 아니었을 뿐이다.

신탁통치안과 좌左, 우右 대결의 격화

신탁통치를 둘러싸고 벌어진 좌·우의 극열한 대립에 관하여 살펴본다. 해방 직후, 위에 말한 건국 준비위원회건준建準가 조직한 정부와 인민위원회는 미군이 진주하면서, 그 정당성을 부인하고, 해산을 명함으로써, 비교적 조용히 끝났다. 그러나 국민의 독립에 대한 열기는 더해만 갔고, 시일이 지나면서 초조한 기색까지 나타나기 시작했다. 한마디로 국민들은 왜 그토록 애국자 천지인데도 독립은 안 되고 시끄럽기만 하면서, 시일만 허비하느냐가 당시의 인심이었고 여론이었다. 그러나 조선공산당은 완전히 합법화되어 있었다. 당시 기차를 타고 서울역에 내리면, 조선공산당朝鮮共産黨이라는 간판이 서울역 맞은편에 너무나 크게 게시되

어 있어서, 사람들의 마음을 압도하고 있었다는 게 당시 서울을 출입했던 사람들의 말이다.

그리고 이런 간판만이 아니라 공산당의 조직은 아침 해가 떠오르듯, 욱일승천旭日昇天의 기세로 확대되어 갔고, 그에 따라 농촌에서는 박헌영의 이름이 여운형을 제치고 이승만, 김구 다음으로 더 유명해져 갔다. 그런 때에 모스크바 삼상회의三相會議결정 사실이 전해졌다. 한마디로 미美, 영英, 소蘇, 중中 4개국이 한반도를 공동으로 5년간 정치를 후견後見하면서, 한국의 독립을 돕되 5년 안에 독립을 못 이루면 다시 5년을 연장할 수 있다는 내용이었다. 그러나 국민들은 후견을 신탁통치로 이해하였으므로, 이를 신탁통치로 못 박고 격렬한 반탁운동을 일으키게 되었다.

그때 인심의 흐름은, 절대로 5년을 기다릴 수가 없는 때였다. 지금까지 나온 책들을 보면 이러한 인심의 흐름에 대해서는 거의 언급한 사람이 없다. 바로 이러한 인심이 반탁을 적극 지지하게 된 근본원인임을 왜 깨닫지 못하는가. 그때 우리 조그마한 30여 호의 마을에도 공산당의 하부단체인 농민동맹 등의 조직과 공산당의 조직은 세 명이나 있어서, 그 조직이 철통같았다. 그러나 한국민주당韓國民主黨이나 한국독립당韓國獨立黨 등의 조직은 우리 마을은 고사하고, 몇 개 리里에도 전혀 없었고 면내에도 없었다.

이로 보아 만약 신탁 통치 안이 그대로 받아들여져서 4개국이 공동 관리했다면, 그때의 사회분위기와 공산당의 조직력으로 보아 조선은 불원간 반드시 공산화 될 수밖에 없는 실정이었다.

이러한 사실을 살펴본다면, 공산당이 처음은 반탁이었다가 왜 갑자기 찬탁으로 돌변했는가를 이해할 수가 있는 것이다. 물론 박헌영이 급히 평양에 갔다가 거기에서 소련의 정치 주재자主宰者로부터 찬탁하라는 지시를 받고 돌변했다고 모든 기록들이 전하고 있으므로, 그런 점도 무시할 수가 없다. 그때, 김구 주석을 중심으로 하는 임시정부계열에서는 반탁운동을 제2독립운동으로 선언하고 강력한 투쟁을 전개하고 있었고, 이승만 박사는 점잖게 반대하면서 실리만 챙기고 있었다. 그 당시의 사회적 분위기는, 도시는 좌·우익左·右翼이 팽팽히 맞섰으나 농촌은 공산당의 지지가 압도적이었다. 따라서 당시의 농촌 인구가 전체 인구의 80%가 넘었다는 것을 감안할 때, 남한에서의 공산화는, 절대로 피할 수 없었던 분위기였다. 하지만 당시의 독립에 목말라 하던 인심의 흐름으로 볼 때, 5년간의 신탁통치는 곧바로 독립이 되는 게 아니고 4개국이 다시 지배한다는 내용으로 이해되었으므로, 공산화를 찬성하면서도 신탁통치만은 반대한 것이다. 그러므로 설사 신탁통치가 아니고 순수한 후견제도였다 하더라도, 곧바로 독립하는 게 아니라 4개국이 공동으로 후견한다는 것이므로, 반대함이 명분이나 국민들의 여론으로 볼 때 더 옳았던 것이다.

그런데도 박헌영이 찬성으로 돌아선 것을 보면, 공산당은 전략상 찬성할 수밖에 없는 입장이었을 줄 믿으나, 결과적으로는 큰 착오였다. 하지만 우익은 이를 기회 삼아서, 국민들 간의 지지세력 확장에 이용하는 계기를 만들었다. 또한 좌익계열에 대한 일대 반격의 계기로 삼기도 했다. 따라서 우익은 반탁운동을 통해서 세력만회와 명분을 찾는데 성공했고, 좌익계열은 그때부터 수세에 몰리기 시작한 것이다. 이러한 사실을 무시하고, 삼상회의 결정을 받아들였다면, 남북분단의 비극은 극복했을지도 모른다는 주장은 상당히 감상적인 주장들이었다. 하지만 그런 주장은, 당시의 국내사정과 사회 환경을 전혀 모르는, 1935년 이후에 출생한 사람들의 주장이거나, 아니면 다른 숨은 의도가 있는 사람들의 주장이 아닌가 한다.

결론은 한국이 공산주의 국가가 되었다면 더 좋았을 것으로 생각하는 사람은, 삼상회의의 결정을 받아들였어야 한다고 주장할 것이다. 거꾸로 자유민주주의를 신봉하는 사람이라면 반탁운동이 공산주의를 이겨내고, 분단된 조국이나마 독립을 앞당기면서, 명분과 실리를 함께 살려서 남한만이라도 자유와 평등, 자유민주주의의 유지, 인간의 존엄성과 인권을 지킬 수 있게 된 것이므로 반탁은 바로 구국운동이었다고 주장하는 것이다.

또한 이로써 대한민국이 오늘날의 번영을 누릴 수 있는 터전이 마련된 것이므로 반탁운동은 정당했다, 라고 주장하고 있다. 특히 대한민국 건국이 남한만이라도 산업국가로의 발전의 기틀을 마련했다고 주장하고 있다. 이는 오늘의 현실을 뒤돌아볼 때, 보다 타당성이 있는 주장이 되고 있는 것이다.

필자는 자유민주주의를 지지하고 있으므로 반탁은 옳은 선택이었다고 평가하는 것이며, 따라서 반탁운동이 결과적으로 대한민국 탄생의 원동력이었다고 보는 견해에 동의하는 것이다. 그들은 삼상회의 결정은 미국이 제안해서 채택된 것이므로, 남한도 받아드릴 수밖에 없을 것이라는 안이한 생각과 그를 통해 공산혁명을 완수할 수 있다는 계산을 했을지도 모른다.

이와 관련하여, 지금도 찬탁해서 신탁통치를 받아들인 후 4개 정부 공동관리 하에 독립을 꾀했더라면, 남북분단의 비극도 없었으려니와 오늘날과 같은 분단의 비극은 없었을 것 아닌가 하는 매우 감상적인 말을 하는 분들이 있는 줄 안다. 그런 분들은 공산주의 국가가 되어도 좋다는 생각이 앞선 사람들의 주장일 경우가 많다.

반대로 공산화를 원치 않으면서도 그런 주장을 하는 분들은 그 당시의 환경과 분위기, 그리고 공산당의 조직이 얼마나 방대하고 철저했는가를 잘 모르는데서 하는 주장들이다. 그때 삼상회의 결정사항을 받아들였다

면, 통일정부를 세웠을지는 모르나 한반도는 공산화 될 것이 불을 보듯
환한 처지였다.

정판사 위조지폐偽造紙幣사건은 조작인가 사실인가

신탁통치 찬성안은 오히려 공산당에게는 명분도 잃고, 세력도 잃는 치
명상을 입은 게 사실이다. 그들은 그때부터 조금씩 국민의 지지를 상실
해 가자 마지막 수단으로 채택한 게 화폐 위조貨幣偽造사건, 즉 정판사 위
폐精版社偽幣사건이 아닌가 한다.

정판사 위폐사건이란, 공산당이 1946년 봄에 정판사라는 고급인쇄소
에서, 몇 사람의 조선공산당후에 신민당 등과 합당, 남로당의 간부 주도하에
위조화폐를 대량으로 발행하여 남한의 경제 질서를 어지럽히게 한 사건
이다.

이에 관한 그들의 변명을 읽어보면, 이는 미군정과 그 앞잡이인 조병
옥 경찰부장 등이 꾸며낸 날조극捏造劇이며, 이는 조선 공산당을 불법화
하고, 탄압하기 위한 일련의 작전이었다고 항변抗辯하고 있다.

지금 도서관에 가보면, 남로당 계열에 있다가 일본에 망명하여 그 곳
에서 쓴, "비운悲運의 혁명가 박헌영" 또는 비슷한 제목의 책들이 몇 권
있는데, 한결같이 정판사 사건은 미군정美軍政과 조병옥 경찰부장 등이
의도적으로 날조한 사건이라는 주장을 펴고 있는 것이다.

그들 저자들은 모두 남로당에 일시 가입하여 활동하다가 월북한 후,
박헌영 등의 남로당 계열이 숙청될 때 일본에 망명한 사람들이다. 그들
의 책을 읽어보면, 그 책에서도 정판사 위폐사건은 박헌영과 남로당을
탄압하기 위한 조작이었다고 몰아 부치고 있는 것이다.

저자는 솔직히 그들의 위폐 여부나 구체적인 실행과정 등은 전혀 알수 없는 사람이다. 하지만 위폐가 실제로 돌아다녔는가와, 그 위폐를 맨처음 사용한 사람들이 누구였는가는 잘 알고 있다. 이런 사실을 잘 살펴보면 그 진실을 알 것 같아서 당시 우리 마을에서 벌어진 일련의 사태를소개해 보겠다.

사상 최대의 농민잔치가 벌어졌다

1946년 5월 20일을 전후한 어느 날이었다. 그때 마침 묘판을 끝내고모가 파릇파릇하게 자랐을 때였으므로, 농촌에서는 비교적 한가한 때였다. 당시는 5월 초부터 묘판 설치가 시작되어 늦어도 5월 10일쯤엔 묘판설치가 끝나고, 6월 15일 쯤에야 모내기가 시작되었으므로, 5월 20일 전후로 보는 것이다.

어느 날 저녁 때, 난데없이 손수레로 몇 가마가 넘는 홍어가 우리 집앞을 지나고 있었다. 뒤이어 미나리도 많이 들어오고 있었다. 우리 집은강둑에 거의 일렬종대로 지어진 집중에서 제일 앞에 있는 집이었고 울타리가 허술하여 마당이 확 트인 집이어서, 길이 잘 보였으므로 오가는 사람들을 다 볼 수 있는 집이었다.

그 때문에 마을 사람들이 군산이나 솜리이리에서 장을 보아 올 때는 모두 다 우리 집 앞을 지나야 했으므로, 나는 그것을 다 볼 수 있었다. 그 것도 내가 학교 간 사이에 일어난 일이라면 모를 수도 있었으나 장 보고 오느라고 저녁 때 통과했으므로 똑똑히 볼 수 있었다.

그때 우리 마을 아낙네들은, 총동원 되다시피 하여 음식을 장만하고, 홍어회를 만들었다. 그때 어머니도 거기에 참여 하셨다. 그 후 곧 술 먹기 잔치가 벌어졌는데, 그런 큰 잔치는 내 생후 처음이었고 또한 마지막이기도 했다. 그때 3일 동안이나 풍물을 치고 홍청거리면서 놀았으니, 그 잔치가 얼마나 큰 잔치였는가를 알 수 있는 것이다.

첫 날이 일요일인 듯하다. 왜냐하면 우리 학생들도 첫 날은 채 완석이네 집에 모여서 술을 먹었고, 나도 그때 생후 처음으로 막걸리를 먹어 보았다. 나는 그때, 얼굴이 약간 훈훈했고 좀 어리어리했다. 나는 혼자서 곧 밖으로 나와서 사람들이 우글거리는 마을의 구장해방 후 첫 구장댁 일석이네 집으로 달려갔다. 그 집은 우리 집과 달라서 본채가 있고 헛간이 달린 아래채가 있었으며, 본채에도 방이 세 개가 있었다. 일제 때와 해방 후, 그 중 제일 큰방에서 아버지가 노름도박을 많이 하는 집이었다. 그래서 안뜸의 두부 집과 더불어 가장 잘 찾아다닌 집이다. 그때 제일 큰방 문 앞에는 많은 신발이 어지럽게 널려 있었고, 안에서는 어른들이 합창으로 무엇인가를 열심히 외치고 있었다.

나는 아버지가 노름할 때 이 큰방에 있으면서도, 없다고 하면 곧잘 문을 열어보고 확인하는 버릇이 있었다. 그 버릇 때문에 여러 번 혼도 났었다. 나는 그 날도 호기심이 동하여 문을 조용히 열어 보았다. 그들은 내가 문을 여는 것도 모르고 열창하고 있었다. 채 태석이 서서 무슨 흰 종이를 들고 있었고 그를 보면서 선창했다.

"이승만이가 광산도 팔아먹고"

"이승만이가 광산도 팔아먹고"

라고 호창하고 있었다. 뒤이어서

"철도도 팔아먹고"

"철도도 팔아먹고"

"다 팔아 먹는다네"

"다 팔아 먹는다네"

"이승만은 제2의 이완용이라네"

"이승만은 제2의 이완용이라네"

라고 하며, 열창하고 있었다. 그들은 모두가 술에 취해서 얼굴이 불그스름했다. 내가 문을 열고 한참을 들여다보고 있는데도 누구도 나에게 무어라고 말하는 사람이 없었으나, 반대쪽에 앉아 있는 사람의 눈과 내 눈이 어떻게 해서 마주쳤다. 그때 그 사람은

"야 이놈의 자식 무엇 보고 있어 얼른 문 닫어."

나는 그 말에 질겁하여 후닥닥 문을 닫고 도망쳐 나왔다. 내 머리엔 이승만이 정말로 광산 팔아먹고, 철도도 팔아먹는가가 가장 궁금했다. 나는 다음날 고 선생에게 물어 보았다.

"선생님, 이승만 박사가 철도도 팔아먹고 관산도 팔아먹는다는데 사실인가요?"

그 물음에 선생님은 대답은 안하고, 엉뚱하게도

"누가 그런 쓸데없는 소리 하데 누가 그런 소리 혀."

마치 화난 사람처럼 큰 소리로 되묻고 있었다. 지금 생각해보면 너무나 어이가 없는 말에 화가 나신 것 같다. 선생님은 교단에서 김일성도 소개한 분이기는 하나, 철저한 우익이셨다. 선생님은 사실이다 아니다를 밝혀주는 게 아니라 누가 그런 소리 했느냐고 물은 것으로 보아 너무나 터무니가 없는 모략이어서 그러신 것 같다. 나는 그때 누가 했다는 말은 차마 못하고 후닥닥 교실 밖으로 도망쳐 나와 버렸다.

우리 반은 해방 후에 편입한 학생들이 근 열 명이나 되어서 총 88명의 학생이 있었다. 그 것은 필자가 출석부를 가지고 매일매일 체크를 했고, 또한 전교생의 총 출석학생 수와 결석학생 수를 매일 아침에 교무실에 들어가 보고하고 있었기 때문에 잘 알고 있었다.

또한 토요일이면 전교의 대청소가 있었는데, 필자가 총 책임을 지고

독려하고 점수를 먹이는 등 중책을 띠고 있었으므로, 선생님들과의 접촉이 많은 학생이기도 했다. 그리고 시국에 대한 관심도 남달라서 좌·우익에 대한 활동에 대해서도 민감한 편이었다.

다른 한편으로는 서양사를 읽으면서, 나폴레옹이 수학과 지리를 잘 했다는 글을 읽고, "나도 크면 대통령이 되겠다"고 큰 소리 치기도 했다. 이 때문에 후일 민주당 3선 국회의원을 했던 채 모와는 싸우기도 했다. 그는 어릴 때부터 그런 야심을 가지고 있었던 때문인지, 후일 우리 지역에서 3선 국회의원을 지낸 것이다. 저자의 그런 성격 때문인지 어른들의 집회에도 문을 열어 보았고, 선생님에게도 그런 사실을 물었던 것 같다. 우리 마을에서 그토록 시끄럽던 농민잔치도 끝났고 모내기도 끝났으며, 김도 거의 다 끝나가고 있었다.

외사촌 형님이 위폐 조심을 알려줬다

그로부터 얼마 후 외사촌인 최용배 형님이 우리 집에 놀러 왔다. 외사촌 형은 초등학교 때 일등만을 하고 있어서 귀염둥이였고, 어머니는 친정 조카라야 하나뿐이었으므로 몹시 귀여워했다. 그때 외사촌 형은 이리 농림학교 4학년에 다니고 있었다. 나는 그 형 덕분에 초등학교 시절에 중학교의 지리부도와 지리교과서, 통합 세계사 등을 얻어서 읽을 수 있었던 학생이기도 하다. 저녁에 마당에 멍석을 깔고, 왕겨 불을 피워서 모기를 쫓으면서, 이런 저런 이야기를 나누고 있었다. 그때 외사촌 형님은

"고모, 고모. 장에 가시면 조금 파란 색깔 나는 돈은 절대로 받지 말아요, 그 돈은 못 쓰는 가짜 돈이에요."

외사촌 형님의 말씀은 가짜 돈이 많이 돌아다니고 있다는 것이었다.

그런데, 우리 마을에서도 봄철에는 전혀 말썽이 없었던 돈이 진즉부터 시장에서 안 받아주어서 못 쓴다는 말이 돌고 있었다. 그 때문에 나는 그때 홍어를 사고 미나리를 산돈이 위폐였을 것으로 확신하는 것이다. 왜냐하면 우리 마을 30여 호 모두가 하나 같이 소작인이었고 유별나게 공산주의 사상이 팽배했던 곳이어서, 우리 마을과 안뜸인 영통은 옥구군의 모스크바라는 호칭을 듣고 있던 곳이었다.

그런 특수성 때문에, 정치자금을 집중적으로 배분받은 결과가, 큰 잔치를 벌일 수 있게 한 것으로 보고 있는 것이다. 그만치 우리 마을은 공산주의자가 많았다. 그 때문에 6·25전쟁 때도 경찰들이 철수하면서, 두 사람은 극렬 좌익분자로 몰려서 미리 옥구군 옥서면 선연리 하제에서 살해되었다. 그리고 한 사람은 경찰서 유치장에서 총격을 받아 중상을 입고, 결국은 여름에 죽어야만 했던 마을이었다.

그로 보면, 신기촌 마을은 열 가구에 한 사람씩 죽은 셈이다. 이로 보아 공산주의가 얼마나 극성스러웠는지를 알 수 있을 것이다. 우리 집은 6·25전쟁 직전인 1949년 봄에 재종조부 댁이 있는 옥산면 여로마을로 이사했으나, 신기촌은 그간 17년간이나 살던 곳이어서 나로서는 잊을 수가 없는 고향이었다.

또한 초등학교도 그 곳에서 나왔으므로 동창생도 그 곳에서만 찾을 수가 있다. 그런 연유로 항상 관심의 대상이 되고 있었으므로 그 후의 일도 유리알처럼 들여다보고 있어서 잘 알고 있었다. 반면에 새로 이사 간 여로마을은 백이십 호의 큰 마을인데도 경찰서에서 단 한 사람만이 살해된 것을 보면, 신기촌은 남달리 좌익이 극성스러웠던 마을이었음을 알 수 있다. 그런 마을이어서 정치자금이 가장 먼저 배정되었고, 또한 많이 배정되어서 농민잔치가 더 흥청망청 했을 것이다. 하지만 그런 큰 잔치는 다시 열리는 일은 없었다. 그렇다면 그 많은 돈이 어디서 나왔을까를 생각해 본다. 전후 사정으로 보아 공산당의 상부에서 배정된 돈이 아니었다면 그런 잔치란 상상할 수도 없고, 따라서 위폐가 아니었다면 그런 잔치를 할 수 없었을 것이라고 단언할 수 있는 것이다. 그렇지 않다면, 공산당원은 가난하여 정치자금을 내줄 만한 사람이 없었음을 천하가 다 아는 터인데, 어디에서 그 많은 돈이 나와서 그토록 흥청망청 돈을 쓸 수 있었단 말인가. 그건 불가능한 일이며, 위폐가 아니었다면 있을 수가 없는 농민잔치였다.

하지만 "비운의 혁명가 박헌영"의 저자들은 위폐가 나올 때까지의 경위를 잘 알 수가 없었을 것이다. 왜냐하면 그런 중대사는 박헌영 등 핵심인사들의 극비작전이었을 것임은 불문가지不問可知일 것이기 때문이다. 따라서 그 책의 저자들도 내막과 과정을 잘 모르고 그리 썼을 것이다.

박헌영 등 혁명가들의 기질과 조급증躁急症

박헌영은 후처의 소생이어서 그런지, 어릴 때부터 상당히 천대 받고 성장하였다 한다. 그것이 자연히 반항하는 기질로 굳어져서 공산주의자가 되었는지 모른다. 당시 중학교 때의 학교성적은 특별한 게 없었으나 다만 영어실력만은 특출했다 한다.

그는 일제 때, 그들의 공산당 비밀조직이 탄로 나서 구속되어 재판을 받을 때 같은 동료가 고문으로 옥사한 사실을 알고 일부러 거짓 미친 체하면서 판사에게 안경을 벗어 던지고, 괴성을 지르면서 죽은 동지를 살려내라는 아우성을 동지들의 연호로 호통 쳐서 재판을 중단시켰고, 또한 자기 똥을 먹는 등 미친 짓을 해서 세상을 놀라게 했다. 그는 여러 차례의 구속과 10여 년의 형을 산 사람이기도 했다.

그 후, 그는 다른 동지들이 일본의 회유에 말려들어서 많이 전향轉向했음에도 불구하고, 그만은 끝내 전향하지 아니하고 숨어 지냈다. 그가 전남 광주에서 벽돌공으로 일할 때 같이 일한 사람들의 말에 의하면, 별다른 특징을 느끼지 못한 사람이었으나 다만 남달리 숫자 계산이 빨랐다 한다. 해방 후에는 곧 나타나지 아니하고, 8월 테제를 마련하여 공산주의자들의 나아갈 길을 밝혔다. 그리고 서울에서는 "박헌영 동지 나오라"는 벽보가 부쳐져서 시민들은 박헌영이 누군가 하고 크게 호기심이 일기도 해서 사전에 충분히 그 성가가 높아져 있기도 했다.

이 사실을 두고, 여연구는 박헌영이 스스로 자작극으로 꾸며낸 쇼였다고 쓰고 있으나 박헌영 평전 등에서는 이를 부인하고 있고 그 당시의 통신과 교통사정으로 보아 불가능한 일이었다. 그는 무상몰수 무상분배의 농지개혁과 친일파 숙청을 가장 강력하게 주장한 사람이다. 그는 그로써 농민들의 마음을 휘어잡을 수 있었다.

그는 이승만 박사가 귀국하여 조직한 독립촉성회獨立促成會에도, 정당 사회단체 대표의 자격으로 어쩔 수 없이 가입은 했다. 그러나 반탁을 극렬하게 반대하고 찬탁하면서, 친일파 숙청肅淸에 미온적微溫的이라는 이유로 곧 탈퇴해 버렸다. 그때 이승만 박사에게도,

"동지, 동지는 미국에서 생명의 위협을 받지 아니하고 편안하게 독립운동을 했으나 우리는 목숨을 걸고 독립운동을 한 사람입니다"
라고 하면서, 먼저 친일파 숙청부터 해야 한다고 강조한 사람이다.

이에 이승만 박사는 찬탁을 비난하면서, 반탁으로 전환할 것을 주장하자, 그는 이를 거부했다. 그가 이승만 박사에게 "동지"라고 호칭하는데 대하여 이 박사가 나무라자, 사회주의 운동가들은 평등사회 실현이 목적이므로 상호 호칭을 동무라고 부르고 있다고 해명하면서, 친일파 숙청을 거듭 강력하게 주장했다. 이승만 박사는 이에 대해, 우선 반탁하여 정부

부터 세워서 독립을 하고나서 거기에서 친일파 문제를 처리하자고 제의하자, 그것을 구실로 독립 촉성 회에서 탈퇴해 버렸다.

그는 해방 후, 합법화된 공산당을 조직하여 미군정의 보호를 받으면서 욱일승천의 기세로 당세를 확장시키는데 성공했다. 그는 좌익이면서도 임시정부의 김구 주석보다도 오히려 더 미군정에 협조적인 정치인이었다. 그리고 반탁에서 찬탁으로 전환한 까닭에 당세黨勢에 일시 약간의 상처를 입기는 했으나, 그래도 조직 면에서는 공산당을 따를 정당이 없는 독보적인 당세 확장에 성공한 그였다. 그러나 그는 결국 위폐사건으로 1946년 가을에 공산당이 불법화되면서 체포령까지 내리자, 그는 어쩔 수 없이 북으로 도망가야 하는 신세가 되었다.

이때부터 공산당은 차차 하향세下向勢를 걷기 시작했다. 그가 위폐까지 발행하면서 일시에 대세를 휘여 잡으려 했던 것은, 일종의 초조감을 나타내는 조급증躁急症 탓이다. 그런 점에서 보면 노련한 이승만 박사와는 대조적이다. 이 조급증과 관련하여 몇몇 정치인들에 대한 숨은 일화 등을 밝혀보려 한다.

먼저 김옥균에 대한 이야기이다. 서재필박사가 쓴 김옥균에 대한 평가를 보면, 대단히 훌륭하고 빼어난 인물로 평가하면서, 조선을 유럽의 프랑스처럼 만들어야 한다고 주장했다고 소개하고 있다. 그러나 같은 갑신정변을 일으켰든 박영효는 김옥균을 가르쳐서 "경박지재輕薄之才" 즉 아주 가벼운 재주꾼이라고 혹평酷評하고 있었다. 이 두 엇갈린 평가에 대하여 우리는 어떻게 보아야 할 것인가. 필자의 생각은 둘 다 바로 본 평가라고 평하고 싶다. 왜냐하면 갑신정변 때, 청나라 군사 수천 명이 바로 서울 지근至近에 주둔하고 있었는데도, 일본 공사관을 지키고 있는 200명의 군사로서 그런 청군을 이겨낼 수 있다고 본 점이나 왕만 붙잡으면 만사는 다 된다는 생각, 그리고 외세에 불과한 일본군을 끌어들여서라도, 조급히 쿠데타를 완수시키려 했다는 점 등은 명백한 조급증躁急症의 발로發露였다. 그 같은 허점투성이의 쿠데타였기 때문에, 경솔한 재주꾼으로 폄하되는 경박 지재로 폄하貶下받아도 할 말이 없게 된 것이다. 반면에 그 웅지雄志와 국가를 크게 발전시키겠다는 혁명적 열정, 그리고 뛰어난 재주 등을 감안하면, 빼어난 인물로 평가할 수 있는 것이다. 그는 청군 때문에 실패가 예견되는 혁명이었는데도 강행했다가 실패하고 말았는데 이로 인하여 많은 개화론 자들이 희생되어 우리나라 발전에 오히려 역효과를 가져오기도 했다. 이때, 원세개袁世凱는 이를 호기로 삼아서, 10년 동안 온갖 못된 짓을 다하면서, 조선을 명실名實이 상부相符한 청의 속국임을 과시하기에 급급했다. 이에 비하면, 1961년도의 박정희 소장의 쿠데타는 환경과 분위기도 좋았고 굉장히 치밀해서, 무혈 쿠데타로 성공하는 완벽성을 보인 점에서 대조적이다. 그런 점만을 보면 그는 칭송받을 만했다. 그러나 그도 권력에 눈이 어두워서 너무 장기집권했고, 그 때문에 독재정권이었다는 큰 오명을 남긴 사람이다.

그와 반대로 같은 혁명가라도 여운형의 행동이나 박헌영의 행동은 조급증의 대표적인 표본이 되는 것이다. 여기서 주목해야 할 것은 박헌영이 조급증에 사로잡인 급진적 인물이었을 뿐 아니라, 정도正道를 걷기보다는 목적을 위해서는 수단과 방법을 가리지 않는 면이 있는 사람이었다는 점이다. 그 단적인 예가 거짓 미친 체하여 재판장에게 안경을 집어던지고, 똥을 먹는 등의 행위까지 했다는 점이다. 필자는 지금까지도 확신범確信犯인 사상범이 그런 거짓 미친 짓을 했다는 글을 읽어본 적도 없고, 본 적도 없다. 그는 그만치 목적을 위해서는 수단과 방법을 가리지 않는 사람이었다. 그는 미국과 내통하여 간첩행위를 한 바는 없으나, 곧 잘 서로 이용도 했다. 이게 후일에 김일성으로부터 간첩행위자로 몰리는 구실이 된 것이다. 그런 점에서 정도를 걸으면서, 우직스럽게 우국 애족하시던, 김구 선생과는 대조적인 사람이었다. 필자는 그런 점 때문에 그는 위폐를 찍고도 남을 사람으로 보는 것이다. 그는 그 이후의 UN 감시하의 남북 총선거 때도, 거부할 것이 아니라 이를 받아들인 후 의회 진출을 통해서 정권 창출을 시도해 봄직도 했으나 공산당남로당 자체가 이미 불법화되어 있었고, 또한 소련이 받아들이지 않았으므로 그것만은 어쩔 수 없는 입장이었을 것이다. 이런 사실을 종합해 판단해 본다면, 위폐 사건이야말로 박헌영 스스로가 묘혈墓穴을 팠다 할 것이다. 그런데도 지금도 그를 추종했던 사람들은 위폐사건은 미군정과 조병옥 경찰부장의 조작에 의해서 꾸며진 사건이었다고 생떼를 쓰고 있는 것이다.

대한민국의 농지개혁의 공로는 공산당에게도 있다

그러나 남로당 등 좌익 계열과 박헌영에 대한 공로가 전혀 없었느냐고 묻는다면 그렇지 않다고 강하게 답변할 수 있다. 왜냐하면 그 당시만 해도 한민당 등 보수 세력들은 내심 농지개혁을 원치 않았다. 따라서 한마디로 말한다면 어쩔 수 없이 농지개혁에 응한 것일 뿐이다. 그 예로서 이미 농지개혁이 사실상 마무리 되어 상환량 납부만이 문제된 1950년 봄에, 이인을 대표로 하는 한민당 의원들이 기준수확량基準收穫量의 300%에 해당하는 벼를 15년간 분할分割상환토록 하는 내용의 농지개혁법 개정안을 제출했기 때문이다. 이미 제정되어 시행중인 농지개혁법은 기준수확량 150%를 5년간 분할상환토록 하는 게 골자였다. 그것을 300%로 상향조정上向調整하고, 15년 동안 분할하여 상환토록 하는 개정안을 낸 것이다. 그때 나는 한국 민주당에 대하여 굉장한 반감을 가지게 되었다. 그리고 이런 감정은 나만의 감정이 아니라 시국에 대하여 좀 눈 뜬 사람이라면 똑같은 감정이었을 것이다. 다행히도 그 개정안이 부결되어 안도의 한숨을 쉬었으나 만약 통과된 채 6·25전쟁을 맞이했다고 가정해 보자. 유명무실한 농지개혁 때문에 농민들은 대한민국에 영영 등을 돌렸을지도 모른다. 그때 시행한 대한민국의 농지개혁은 몇 가지의 뚜렷한 효과를 가져왔다.

첫째는 대한민국의 소작하는 농민들을 친 공산당의 굴레에서 벗어나서 적어도 중립적이거나 친 한국 쪽으로 전향시켰다는 점이다.

둘째는 반反 이승만 대열에서 친 이승만으로 전향했거나 적어도 중립적으로 전환케 했다는 사실이다. 이러한 사실은 6·25전쟁을 겪으면서 뚜렷하게 표출되었다. 이는 3개월 동안의 북한 통치를 받다가 다시 수복되어 대한민국이 되었을 때, 이승만 박사의 인기가 하늘을 찔렀음을 보면 알 수 있다. 반면에 북한의 김일성은 천하의 독재자로서 용납 못할 사람으로 낙인이 찍혔으며, 심지어 김구 주석 같은 분도 평가절하平價切下되는 사태가 발생했다.

셋째는 이승만 박사가 결코 부자의 편이 아니라 농민들의 편이며, 결코 한민당의 앞잡이가 아니라 국민대중의 편이라는 인식을 갖게 되었다는 점이다. 그것은 모스크바 유학생이었으며, 중요 핵심 공산당원이었던 조봉암을 농림부 장관에 앉힌 게 큰 효과를 본 것이다.

하지만 이러한 호전된 인식은 이승만 박사의 장기집권과, 어설픈 독재, 그리고 전 근대적인 사고방식의 하나인 같은 전주 이 씨만을 찾는 이기붕에 대한 편애로 말미암아 곧 소멸되었다. 이와 같이 대한민국의 농지개혁이 긍정적으로 성공하고 있었는데도 불구하고, 그 후, 6·25전쟁 때, 그들이 내려와서 또다시 농지개혁을 한다는 이유로 밤에 회의를 열었다. 하지만 농지개혁에 대한 농민들의 열기는 전혀 느낄 수 없었다. 우리 마을은 면 소재지여서 그랬는지 모르나 야간 회의인데도, 면 인민위원장까지 참석했다. 그때 리里 인민위원장은 봄까지 도박으로 논을 팔아 먹고, 개인적으로는 인간 얼간이로 평가 받고 있었던 같은 자기 씨족을 농지 위원장으로 추천했다. 나는 이를 정면으로 비판하고 취소를 요구했다가 그들 3형제로부터 몰매를 맺기도 했다. 필자는 그때 18세여서 회의에 참석할 수가 없는 나이었으나 아버지가 17세 때부터 폐인廢人이 되었으므로 소년 가장家長으로서 당당히 참석해서 발언한 것이다. 그때 필자가 보기엔 북한의 농지개혁이 적어도 우리 마을에서는 할 필요가 없었다. 그런데도 친족위주로 강행되고 있어서 마음에 썩 들지 않았으므로 적극 반대한 것이다. 필자는 그들의 이런 만행과 독재 때문에 차차 염증이 생겨서 결국은 반기를 들었다. 그 때 5인의 기독교인과 강춘식 등 7인은 내가 신문지에 먹 글씨로 벽보와 삐라를 썼고, 기독교인들은 칼빈 총까지 준비하여 궐기키로 하고 날 자를 의논타가 9·28수복을 계기로 보류했다. 특히 기억에 남는 것은 강춘식이 겨우 17세로서 가장 어렸는데도, 참여했다는 점이다. 그 때문에 내가 공직에 있을 때 힘닿는 대로 도와주었다. 그런 친구가 유명을 달리한지 벌써 10년이 넘었으니 마음이 매우 슬퍼진다. 그때 만약 발각되는 경우엔 총살도 각오해야 했는데도 어떻게 그런 용기가 생겼는지, 지금 생각해도 겁나는 일이었고, 한편은 뿌듯하기도 하다. 위와 같은 여러 사정으로 보아 만약 그해 봄에 이인 등이 추진했던 농지개혁법 개정안이 통과되어 유명무실한 개정안이 되어 있었더라면, 그들의 농지개혁을 비판하지 않았을 것이다. 그만치 농지개혁법의 개정안은 민감한 문제였고, 대한민국의 사활이 걸린 문제이기도 했다.

장제스蔣介石의 패전은 농지개혁 회피가 원인

　해방 후, 농민들의 최대 관심사는 농지개혁이었다. 이런 경향은 비단 우리나라만이 아니었다. 중국의 농민들도 가장 큰 관심사였으나, 장제스蔣介石정부가 우물쭈물하면서, 결단을 못 내리는 우유부단優柔不斷 때문에 실행대만서는 했음치 못함으로써, 중국 인민들이 등을 돌렸던 것이다. 그때는 농지개혁이 하나의 국제적 유행이어서 맥아더 통치하에 있었던 일본도 농지개혁을 단행했는데도, 오직 장제스 정부만이 농지개혁을 못하고 대만으로 쫓겨 간 것은 역사의 아이러니가 아닐 수 없다. 그와 반대로 마오쩌둥모택동毛澤東의 농지개혁에 대한 의지는 확고했음을 알 수 있다. 그 사실은 미국 기자였던 에드가 스노가 지은 "붉은 별이 지배하는 중국19 47년도 판, 후에 홍군종군기紅軍從軍記로 개칭"에도 잘 나타나 있다. 그 내용에 의하면 1930년대 말에 마오쩌둥毛澤東이 인도의 간디를 평가하기를,

　"간디가 농지개혁을 추진 안 하면 결국 그 사람의 독립운동은 실패"할 것이라고 단언하고 있음을 보면 알 수 있다. 이것만 보아도 중국공산당이 얼마나 농지개혁에 대하여 관심이 깊었는가를 알 수 있는 것이다. 그러한 세계사의 흐름을 우린들 어찌 피할 수가 있었겠는가. 그중에도 공산당 등의 농지개혁의 핵심은 무상몰수 무상분배였으므로 일시에 지주들을 알거지로 만드는 방안이었다. 그래도 1946년 봄, 농민잔치를 베풀어서 남로당의 기세가 한창 하늘을 찌를 듯 등등할 때는 지주들의 대응이 "무상도 좋으니 목숨만은 제발 살려 달라"는 분위기였다. 그러한 분위기를 겪었기 때문에 조봉암의 농지개혁에 대하여 지주들이 크게 반발하지 않은 것이며, 그로써 보면 농지개혁의 공로 중 그 일부를 남로당에게 돌려도 좋을 것이다.

"사회주의의 도래는 역사적 필연이다"를 못 깬 우익들

여기서 청소년들이나 독자들이 더 알아야 할 것은 당시의 백성들의 의식수준과, 정치의 장래에 대한 방향의식이다. 그 당시 조금 무엇을 아는 사람이라면 누구의 입에서도 이런 말이 일반화되고 보편화되고 있었다.

"앞으로 사회주의가 도래到來한다는 것은 역사적 필연必然이다."

이 말은 사회주의가 반드시 온다는 말이다. 이 말을 좌익만이 한 게 아니다. 우익들도 그 말에 반론을 제기하지 못하고 방관하고 있었다. 그들의 말은 자본주의의 다음은 반드시 사회주의가 오게 되어 있다는 것이었다. 그때 마침 동구라파가 모두 적화되어 소련의 위성국가화 된 데 이어서, 중국까지도 장제스蔣介石정부가 중국 공산군에게 차차 밀리고 있었기 때문에, 그 이론은 더 먹혀가는 실정이었다.

자본주의는 가난한 자는 더 가난해지고 부자는 더 부자가 된다는 이른바, 빈익빈부익부貧益貧富益富의 구조를 갖고 있는데, 이는 자본주의가 존속하는 한 어쩔 수 없는 폐단이므로 이를 바로잡는 방법으로는 사회주의밖에 없다는 것이었다. 자본주의의 결점을 사회주의가 아니고는 바로잡을 수 없고, 그 대문에 사회주의의 도래는 필연이라는 논리를 깨기에는 우리 백성들의 지식수준으로는 역부족이었고, 또한 너무나 낮았다. 따라서 그저 "그런 가부다"라고 믿거나 적극적으로 호응하고 있었다. 그 당시의 우리 백성들의 지적 수준으로는, 조직적으로 훈련되고 교육받아온 공산주의 세력에게는 모든 게 부족했다. 그들은 이런 이론뿐만 아니라 행동 면에서도 적극적이고 투쟁적이었으며, 언필칭言必稱 인민을 위해서였다. 그때 필자가 보기엔, 일본이 물러간 우리나라의 무주공산無主空山에 모처럼 정권을 잡을 수 있는 절호의 기회가 왔으므로, 이를 놓치지 않으려는 인간의 기본적인 권력지향성權力指向性, 즉 지배욕과 성취욕이 그렇게 열을 내게 하고 있었다고 보는 것이다.

그것은 심리학자 이규태가 지적했듯이 체제 인사나 반체제反體制 인사나 권력 지향적이라는 점에 있어서는 똑같다는 지적이 있는 것처럼, 인간의 기본욕구인 권력을 잡을 수 있다는 가능성, 즉 모처럼 지배욕과 성취욕을 만족시킬 수 있는 절호의 기회가 왔기에 더욱 적극적으로 대응했다고 봄이 옳은 것이다. 한마디로 저자의 눈에 비친 그들은 1946년부터 1947년까지는 권력에 환장한 상태로 설치고 있는 사람으로 보이고 있었다. 이런 점에서는 우익도 똑같았다. 그러면서도 그들은 입만 열면 자기들의 행동은 인민해방을 위해서였고, 조국을 위해서였으며, 민족을 위해서였다.

그렇다고 해서 우익들은 어떠했느냐 하면 그들은 이론도 빈약하고, 명분도 빈약하면서, 무조건 빨갱이니까 잡아야 한다는 식의 막무가내식 대응을 하고 있었다. 해방 후, 언론 출판의 자유를 틈타서 마르크스, 레닌에 대한 책도 많이 돌아다녔으나 그런 책이 아니더라도 정치학 개론 정도만 읽어보아도, 산업자본 제국주의와 힐파팅구의 "금융산업 제국주의론"의 글이 공공연히 소개 되고 있어서, 자본주의는 마치 악의 씨앗처럼 인식되고 있었다. 그 때문에 자본주의를 제대로 겪어보지도 않고서, 미리부터 자본주의에 겁을 먹고 있었다. 여기에 공산당원등의 좌경세력들이 조직적으로 선동까지 해온 힘까지 곁들여서 "사회주의 도래到來의 필연설"은 어떻게 해볼 수 없는 철옹성鐵甕城같은 이론이 되고 있었다.

그들의 주장에 의하면, 금융기관이 산업체에 융자하여 그것을 미끼로 산업자본을 지배하게 되고, 종국에는 독점자본으로 발전되며, 급기야及其也는 정부까지도 지배하게 된다는 이론이었다. 결국 국가는 이들의 앞잡이가 되어, 침략을 제일 가치로 내세우는 독점자본 제국주의獨占資本帝國主義로 변질하게 되고, 그 다음에는 외국을 침략하게 된다는 것이었다.

이를 독점자본 제국주의라고 명명命名하면서, 중국을 침략하게 된 것도, 사실은 일본의 독점 자본가들인 미쓰이三井, 미쓰비시三菱 등의 독점 자본가들이 자기들의 상품을 팔아먹기 위해 일본정부를 조종하여 일으킨 게 중일전쟁이라고 역설하고 있었다.

이승만, 김구, 김일성 3거두의 허상과 실상들

이러한 분위기 속에서 이승만 박사의 주도하에 대한민국이 건국 되었음은 거의 기적 같은 일이다. 이에 관련된 이승만 박사와 대한민국의 건국을 반대한 사람들을 차례로 정평해볼까 한다.

이승만 박사의 건국 관과 김일성 장군의 건국 관, 그리고 남북 협상파를 대표하는 김구 주석의 건국 관과 기타 여운형, 박정희 등의 인물됨을 정확하게 살펴봄으로써, 어느 분이 진정으로 민족의 진로를 똑바로 제시했는가를 냉철히 살펴보는 계기가 되었으면 한다. 이 분들은 박정희를 제외하곤 공교롭게도, 1945년 9월 말경에 고高 선생님이 우리 민족의 지도자로서 소개한 분들이다. 또한 실제로 우리 민족에게 가장 많은 영향을 끼친 분이기 때문에 깊이 살펴보아야 한다.

먼저 이 분들의 지나온 발자취와 최후의 행동을 보고 결론을 지어야 할 것이다. 이에 그들 스스로가 아무리 애국 애족하는 정신으로 어떤 결단을 내렸다고 주장하더라도, 그런 행동이 긴 눈으로 볼 때, 결과적으로 우리 민족에게 해를 끼쳤다면 필자는 그런 분을 높이 평가할 수 없는 것이다. 위 네 사람 중 박정희를 제외하곤 모두 이국異國땅에서 독립운동을 한 분들이다. 다만 걸어온 발자취와 그 방법이 각기 다를 뿐이었다. 그런데도 같은 독립 운동가인데도 불구하고, 상대방을 나라를 팔아먹는다는 매국노로 지칭하면서, 자기만이 절세의 애국자로 자칭했다는 사실이다. 이런 내용의 노래가 있다. "장백산 줄기줄기 피어린 자욱, 압록강 굽이굽이 피어린 자욱, 절세의 애국자가 누구인가를"이라는 노래가 바로 그런 노래이다. 그것은 김일성 장군을 신격화하고 타 애국자를 매도하기 위한 의도가 숨어 있는 노래인 것이다. 사실은 긴 눈으로 보았을 때, 오늘날의 현실에 비추어서 가장 많은 해독을 끼쳤던 사람이 절세의 애국자로 군림君臨하고 있는 것이다.

이런 배타적인 사고방식이 생길 수 있는 근원적인 원인은, 인간의 지배욕과 성취욕이 그렇게 만들어 주고 있는 것이다. 이를 위해 자기 외의 모든 독립 운동가들을 매국노, 또는 만고의 역적이라고 강조하면서, 자기만의 지배력과 권력 독점욕을 만족시키려고 하고 있고, 이게 바로 민족의 비극을 빚게 한 원인이다.

히틀러의 예로 보아 참 애국은 열정만으로는 부족

하나의 예로서 독일의 히틀러를 보자. 그가 지은 "나의 투쟁"을 읽어 본 기억으로는 그는 절대적으로 애국 애족하는 사람으로서, 완전히 자기를 잊고, 오로지 애족과 애국만 했던 것에 몰아 적沒我的 자기를 잊는 것인 사람이었다. 그는 세계 1차 대전 때, 오스트리아에 사는 게르만이었는데도 군에 자원입대하여 용전분투勇戰奮鬪하다가, 전상戰傷을 입고 입원 중 동료들이 무기력하고 비애국적인 언어를 함부로 농弄하면서 비굴한 자세를 보이자, 굉장히 분개하는 열혈熱血 청년이었다. 그는 종전 후, 당을 조직하여 지방정부를 폭력으로 접수하여, 일대 개혁을 도모하다가 실패하여 형을 살았다. 출옥 후에도 오로지 자기 조국의 무한한 번영과 불평등한 베르사유 조약의 폐기, 군비확장 등 참으로 과감한 주장 등을 내세우면서 독일인들의 자존심을 자극하였으므로, 상당수 독일인들로부터 절대적인 지지를 받게 되었다.

그는 결혼도 아니 한 채 완전히 자기를 버리고 오로지 조국과 민족만을 위해서 일생을 살았고, 마지막에는 자살로써 모든 것을 청산한 사람이다. 그 때문에 주관적으로만 본다면 그만한 애국자가 없는 매우 훌륭한 사람이었다. 그러나 그는 지금 세계의 모든 사람들은 물론, 같은 독일민족으로부터도 버림받는 사람이다.

특히 독일민족의 우월주의에 빠져서 유태민족을 대량 학살한 점은 인류 공동의 적이기도 했다. 히틀러와 비슷하게 이상주의에 눈이 어두워서, 러시아를 공산주의로 물들인 레닌이나 스탈린 등도 마찬가지이다. 그들이 세운 혁명국가가 외세의 개입이 없었는데도, 혹독한 독재만 계속하다가 겨우 반세기 남짓해서 몰락한 것을 보면, 주관적으로만 애국 애족했다하여 올바른 인물로 평가받을 수는 없는 것이다.

따라서 그들도 앞길을 전혀 올바르게 예측치 못했으므로, 히틀러처럼 평가 받을 수밖에 없다. 다만 그들은 패전국의 지도자가 아니어서, 자살하지 않아도 좋았을 뿐이다. 이런 점만 본다면, 진실로 나라의 앞길을 올바로 본 사람으로 평가 받을 수 있는 인물들이란 똑바른 선견지명이 있는 지도자라야 한다. 히틀러나 스탈린 같은 사람들의 그 같은 실패는 인간이 무엇인지, 인간의 성정이 어떻게 생겼는지를 전혀 깨닫지 못한 데서 온 비극이었다.

인간의 성정을 똑바로 본 덩샤오핑이 진정한 영걸英傑

소련은 해체되었음에도, 같은 공산주의 국가인 중국은 평가 받을 수 있도록 발전하고 있다. 그것은 덩샤오핑이라는 천하의 영걸英傑이 등장하여 인간의 성정을 똑바로 이해하고, 유명한 흑묘백묘론黑猫白猫論을 제시하면서, 검은 고양이든 흰 고양이든 쥐만 잘 잡으면 되는 것이지 무슨 말이 많은가, 라는 대담한 주장을 하면서, 개혁과 개방을 단행한 덕택이다. 덩샤오핑에 대해서는 "바람직하고 위대한 지도자"로서 따로 조선조 태종과 조지 워싱턴 등을 논할 때 쓸 기회가 또 있을 것이다. 가정이지만 만약 마오쩌둥毛澤東의 주장대로, 당원들이나 관료들이 혁명정신을 망각하고 부패와 무능, 그리고 부르주아화 한다는 이유만으로 계속 집단농장과 문화혁명만을 고집하면서, 개혁을 포기했다면 오늘날의 중국은 소련처럼 체제가 변혁해서 스스로 사회주의 제도가 무너졌을 것이다.

만약 그렇지 않았다면 대만에게 먹혔을 가능성이 컸다고 볼 수 있다. 그런 점에서 덩샤오핑은 참으로 현명했다. 그는 인간의 성정性情을 무시하면서 이기심을 말살하는 정책으로는 결코 중국을 살릴 수 없다고 보았다. 따라서 영리를 목적으로 하는 자본주의 체제를 받아들일 때만이 창의력이나 진취적 기상을 살릴 수 있고, 이 힘이 국가의 발전은 물론 경제적 발전이나 문화의 발전도 할 수 있다고 본 것이다.

특히 덩샤오핑이 돋보이는 것은, 그토록 중국을 토탄에서 구해 놓고도, 자기 스스로 권자에서 깨끗이 물러나면서 후계자를 적극 도왔다는 점이다. 그는 천안문사태 때 시위 군중을 무력으로 진압하는데 적극 찬성했고, 시위 군중을 꾸짖었다 하여 비난하는 사람도 있으나, 필자는 그렇게 보지 않는다. 왜냐하면 그 당시 시위 군중들의 주장대로 개혁해야 한다는 이유로 다시 체제 변혁을 꾀했다면, 문화혁명 이상의 혼란이 야기되었을 것으로 보고 있기 때문이다.

그는 분명히 더 집권할 수 있음에도 불구하고, 스스로 권자權座에서 물러났다. 그런 예는 미국의 초대 대통령이었던 조지 워싱턴과 조선조의 태종 등 몇 분뿐이다. 역사상의 기록들을 통해 보면, 통치자들이 자기 집권 기간뿐만 아니라 그 이후의 국가의 장래와 집권자까지도 아울러 배려하면서, 용퇴하는 그런 지도자들은 찾아보기가 매우 힘들었다. 덩샤오핑에 대하여 따로 쓴다고 하면서도, 또 언급해서 심히 미안하다. 어찌됐던 이러한 관점 때문에 이승만, 김일성, 박정희 등 장기집권자들을 위대한 인물로는 보지 않는 것이다. 사실은 마오쩌둥이나 김일성 주석처럼 사유와 영리를 엄금하는 교조주의적 관점에서 본다면, 덩샤오핑과 같은 주장은 분명히 수정주의적 주장이고, 기회주의적 주장이므로 규탄 받을 수밖에 없었다. 그런데도 그는 과감히 개혁과 개방을 주장했고, 이를 실천함으로써 결과적으로 오늘날엔 중국도 살고, 덩샤오핑 자신도 살았다.

그뿐만 아니라, 마오쩌둥까지도 살게 해 주는 결과를 가져다주었다고 보아야 한다. 중국의 13억 인구가 사회주의의 병폐인 비능률, 비효율非效率과 비생산성非生産性 등으로 인해서 결국은 모든 인민이 극도로 헐벗고 굶주렸을 때. 그리고 그로 인하여 북한과 같이 완전히 부패했을 때를 상정想定해보면, 중국의 장래는 뻔했던 것이다.

우리는 사회주의가 낡으면 비능률과 비효율뿐만 아니라, 가장 무섭게 찾아오는 게 부패라는 것을 명심해야 한다. 가난해지면 가장 먼저 부패하는 게 권력이다. 사회주의 국가에서는 모든 권력이 당과 인민위원회 등에 집중되어 있기 때문에, 가장 먼저 부패하는 곳이 바로 그 곳이다. 그 때문에 중국도 개혁을 안 하고 오늘에 이르렀다면 철저히 부패했을 것이며, 그럴 경우 누가 나라를 추려 나가겠는가.

과거와 달리 혁명 1세대도 다 죽었고, 신화적인 지도자도 없는 마당에,

과연 중국정부가 유지될 수 있었을까. 이러한 모든 위험요소를 근본부터 제거시킨 게 덩샤오핑의 개혁개방이었고, 이로 인해 중국은 대도약大跳躍을 할 수 있게 되었던 것이다. 단언컨대 이러한 대개혁이 없었다면 마오쩌둥의 건국 공로도 한낱 물거품이 되었을 것이다.

율곡栗谷 선생의 대신론大臣論과 이승만 박사

이야기가 비약한다고 할지 모르나 율곡 선생은 인재를 이렇게 분류했다. 나라의 먼 앞날을 볼 줄 알며, 천하를 두루 편안케 하면서, 위로는 군왕과 아래로는 뭇 백성을 두루 잘 살게 하면서, 정도를 걷는 사람을 대신이라 하고, 나라가 위급할 때 목숨을 바쳐 구하는 자를 충신이라 하며, 어떤 특정한 분야에 남다른 재주를 지녀서 큰 족적을 남기는 자를 간신幹臣, 奸臣과 다름이라 한다고 하면서 사람을 분류했다.

그런데 해방 후의 세 지도자는, 모두 대신 급의 민족 지도자도 못되었다. 그런데도 후하게 평가한다면 이승만 박사가 그래도 먼 앞날은 바로 본 것만은 높이 평가할 수 있는 것이다.

해방 후 이승만 박사는 귀국해서부터 6·25전쟁이 날 때까지, 농민들로부터 가장 많은 욕을 얻어먹은 분이고, 저자도 많이 비판한 사람이었다. 물론 인물 면에서 대통령 감으로서 이승만 박사를 항상 제일로 꼽고는 있었다. 하지만 그는 그 당시만 해도 한민당과 손잡고, 부자들 편만 드는 것 같아서 욕을 해 댄 것이다.

그러나 이승만 박사는 달랐다. 그는 막상 대통령이 된 후에는, 완전히 태도를 바꾸어서 과감하게 공산주의자였던 조봉암을 농림부장관에 앉히고, 적극적으로 농지개혁을 실시케 함으로써, 농민들로부터 받아오던 오해를 불식시키는 데 성공했다.

따라서 6·25전쟁 때, 김일성 등이 기대했던 폭동이 없었던 것은 그들보다 먼저 멋진 농지개혁을 앞당겨 실행한 결과가 폭동을 예방할 수 있게 한 것이므로 이 점은 참으로 높이 평가할 만한 개혁이었다.

그리고 세계대세를 올바로 보면서, 대한민국을 건국하여 자유민주주의 체제를 이 땅위에 굳게 심는 데 성공하였다. 그로써 인간의 존엄성과 인권, 그리고 민주주의의 초석을 다진 점은 누구도 흉내 낼 수 없는 업적이었다. 특히 미국과의 방위조약의 체결로 국가 안보까지 튼튼하게 한 점은 역사에 길이 남을 만한 업적인 것이다.

하지만 이승만 박사를 비판하는 분들 중에는, 건국초기에 당초 작성된 헌법초안은 내각책임제였는데, 이승만 박사가 그런 제도 하에서는 대통령을 안 하겠다고 몽니를 부려서, 결국은 자기 의사대로 헌법초안을 대통령 책임제로 개정시킨 후, 대통령을 한 권력의 화신이라고 비판하고 있는 것이다. 그 외에도 1952년의 부산 정치파동 때, 국회는 내각책임제로 개헌하려 했는데도 그는 대통령 직선제 개헌을 내 걸고 반대파를 탄압하여 결국 발췌 개헌안으로 개헌 시킨 후 대통령을 한 독재였으므로, 그는 과히 권력의 화신이었다고 비난하는 것이다.

필자도 상당기간 동안 그 주장에 동조했다. 그 때문에 1956년 초에 민주당 옥구군 당에 입당순위 4번으로 입당하여, 이박사의 3선 당선을 저지하기 위해 내 힘껏 투쟁을 해봤으나 신익희 후보의 사망으로 실패하고 말았다. 4·19혁명 때는 엉엉 울면서 감격했고, 이승만 박사의 지나친 노욕을 극렬하게 비판하면서, 하야를 울부짖던 사람이다.

그러나 지금은 생각이 다르다. 내각제의 헌법 초안은 애초에 한민당의 김성수가 유진오에게 의뢰하여 초안한 것이어서, 대통령은 어쩔 수 없이 이승만 박사에게 주되 실권만은 한국 민주당에서 잡으려는 의도로 작성

된 것이었다. 그러므로 이승만 박사가 몽니를 부렸다는 표현은 적절치 못한 것이다. 그리고 1952년도의 내각제와 대통령 직선제의 대립은 국회의원에게 정부 조직 권政府組織權을 주느냐 국민에게 주어야 하느냐로 귀착되는 것이다.

필자의 판단으로는 그 후의 대통령 직선제 문제로 국민들의 엄청난 희생이 뒤따랐다는 점과, 결국은 대통령 직선제로 정착되었다는 점, 또한 국민의 지지도 받고 있다는 점 등에 비추어 볼 때, 오히려 이승만 박사의 주장에 선견지명이 있었고, 옳기도 했다.

다만 그는 그 추진 방법에서, 무리가 좀 있었을 뿐, 긴 눈으로 볼 때에는 옳았던 것이다. 반대로 이승만 박사의 고집이 없어서 내각 책임제로 관철되었더라도, 결국은 대통령 직선제를 주장하는 정당이 나오기 마련이어서, 우리나라 헌법의 종착점은 역시 대통령 직선제였다.

따라서 국민들은 내 손으로 대통령을 선택하려는 욕구가 보다 강하여, 결국은 대통령 직선제가 관철될 수밖에 없는 것이므로, 오히려 이승만 박사의 선견지명이 돋보이는 것이다. 그 후의 대통령 직선제를 둘러싼 투쟁과, 이에 따른 많은 희생, 그리고 1963년도의 대통령 직선제 헌법에 대하여, 국민들의 절대다수가 지지하면서, 전혀 이의가 없었던 점을 감안한다면, 이승만 박사의 주장이 옳았다.

이로 보면 부산에서의 정치파동은 제2대 국회의원들이 자기들 구미에 맞는 정부를 만들어 보려는 정권욕이 만들어 낸 비극이라 함이 더 옳을 것이다. 이런 긍정적인 평가에도 불구하고, 그는 결국 만년에 이르러 영구집권을 획책하면서 무리하게 개헌했다. 더욱이 이기붕, 최인규 등의 아첨하는 인사들을 가려 볼 줄 몰라서 거듭 큰 실수를 했다. 이는 노령에 따른 인간의 한계와 장기집권하면 자기도 모르는 사이에 사고방식과 생리현상까지도 녹이 슬어서, 스스로가 혁명의 대상이 되어간다는 만고에

변치 않는 진리를 깨닫지 못한 데 따른 비극이었다.

그는 결국, 장기집권의 병폐와 부정선거의 원흉이라는 달갑지 않은 악명으로 학생들의 궐기를 유발시켰다. 그로 인해 결국은 국부로서의 추대를 받지 못하고 하와이에 망명하는 비운을 겪었으며, 최종은 몇 사람의 가족이 지켜보는 가운데 쓸쓸히 죽어야만 했다.

그는 미국에 건너가서 한국 최초의 철학박사가 되었고 조선조 말에는 만민공동회萬民共同會를 주도하면서, 조선조 말의 국정개혁과 고종의 폐위, 입헌군주제정권의 수립 등을 위해 신명을 다 바쳐 싸운 사람이다. 그로 인해 그는 무기징역형 선고까지 받은 열혈 청년이었다.

옥중에서는 독립정신獨立精神을 저술하여, 우리 민족의 독립정신 고취에 크게 공헌한 분이기도 하다. 저자가 그 책을 청년 시절에 읽은 탓인지, 그때 상당히 감격했을 뿐만 아니라, 그 후부터는 이승만 박사에 대한 생각을 많이 바꾼 사람이다.

그는 "독립정신"에서 주장한 것을 보면 세계의 많은 새로운 소식을 소개하고 있었고, 당시로서는 굉장히 진보적인 생각을 가지고 있었다. 그는 주장하기를, 대신이 국왕 앞에서 예예 하는 것만이 국왕을 위하고 나라를 위하는 게 아니며, 따라서 옳은 것은 옳고, 그른 것은 그르다고 굳게 주장할 줄 아는 자만이 참으로 충성하는 자라고 주장했다. 또한 모든 백성들이 힘써 일하고 자유롭게 배워서 나라를 부강케 하자고도 했다. 당시 러시아에 대해서는 불신감을 드러내면서, 미국이야말로 백성을 위해 진정으로 국사를 잘 운영하는 나라로서 백성들이 대통령을 뽑는 좋은 나라라고 소개하고 있었다.

그리고 미국이 한국의 외교 사절을 예의를 갖추어 극진히 대접함을 보아도, 예의가 바른 나라로서 진정한 민주국가라고 칭찬하고 있었다. 따라서 참으로 본받을 만하고 믿을 만한 나라이며, 그런 점에서 다른 대국과 다르다고 설파하고 있었다.

그는 그 당시부터 러시아소련를 불신하고 있었다. 일본에 대해서는 청일전쟁 때, 조선의 독립을 주장한 나라여서 처음은 그 말을 그대로 믿고 일본을 지지하면서, 호의로 대해왔으나 일본이 그 후에 의심스러운 여러 행동을 많이 했으므로 종래의 주장을 바꾸어서, "일본이 전과 같지 아니하다"고 주장하면서, 굉장히 경계하는 글을 쓰고 있었다. 그 후의 일본을 보면, 이승만 박사가 예견한대로 그들은 한국을 병탄하려고 갖은 나쁜 짓을 다 하고 있었다. 이승만 박사는 그때부터 강력하게 항일의 의지를 뚜렷이 하면서 결국은 고종의 밀서를 휴대하고, 당시의 시어도어 루스벨트 미국 대통령을 찾아가 한국의 독립을 위해 도와달라고 호소하기도 한 것이다.

그때 대통령과의 직접 면담까지는 성공했으나 형식적인 면담이었다. 미국은 이미 그보다 앞서서 "가쓰라 태프트 협정"을 맺고 있으면서, 일본의 한국에서의 우월권을 인정한 뒤여서 어떠한 성과도 거두지 못한 것이다. 그때의 미국의 사정은, 이승만 박사가 그가 옥중에서 쓴 "독립정신"에서 밝힌 것과 같은 그런 아름다운 미국이 아니었다. 그 당시의 미국은 일본을 이용하여 러시아의 남진을 막는 데에 국책의 기본을 삼으면서, 음으로 일본의 한국 병탄을 용인하고 있었다. 그 때문에 러 · 일간의 휴전조약에 앞서서 미국과 일본은 "가쓰라 태프트 협정"을 비밀리에 추진하고 있었는데 그 내용은 일본이 한국에서의 우월권을, 미국은 필리핀에서의 우월권을 각각 인정하는 내용이었다. 그런데도 그런 사실을 전혀 모른 채, 이승만 박사는 루즈벨트 대통령을 만났으니 효과가 있었겠는가. 이게 바로 약소국가의 비애였다. 또한 일본이 한국에 대하여 강압적으로 나올 수 있었던 것은, 영일동맹英日同盟과 이 비밀조약의 체결이 뒷받침 해주고 있었기 때문이다. 이러한 사실에 비추어 보면, 믿을 건 경제를 주축으로 하는 국력배양과 국방력 강화뿐이다. 따라서 항상 우리의 국력을 기르고, 국방력을 튼튼히 한 연후에 국제간의 지원을 기대함이 옳다.

이승만 박사는 그런 고통을 겪고서, 전혀 굴함이 없이 그 후에도 계속하여 조선의 독립을 위해 애썼다. 그런 사실이 은연중 모든 백성에게 알려져서, 3·1운동 때는 한성정부 등 국내외에서 자생적으로 세워진 8개의 임시정부 중, 무려 5개 정부가 그를 대통령으로 추대하게 했던 신화적 인물이기도 했다.

카이로 회담에서 한국의 독립을 약속케 한 나라는?

이승만 박사는 온 국민의 총의로 세워진 상해 임시정부에서도 초대 대통령으로 추대되었다. 또한 세계에 우리의 독립을 호소하여 그들로 하여금 한국의 독립에 대한 깊은 관심을 갖게 한 점은 마땅히 높이 평가받아야 한다. 그는 초대 대통령으로 있으면서, 한국을 국제연맹의 신탁통치 하에 넣어서 독립을 꾀함이 좋다는 의견을 제시했다가, 탄핵되어 대통령직을 그만두었다.

그는 그 후에도 미국에 건너가서 상해 임시정부의 구미歐美위원회 대표 자격으로 독립운동을 계속했다. 그때의 활동으로 1943년의 카이로 회담에서 조선의 독립을 공식으로 약속받는데 기여했다는 유력한 주장이 제기되고 있다. 그러나 이에 대해서는 여러 의견이 대립되어 있으므로 조심스런 결론이 요구되는 것이다. 다만 이를 크게 보면, 어느 특정인의 노력이 주효奏效했다기보다는 3·1독립운동 등으로 우리국민들의 독립을 염원하는 강한 의지가 전 세계에 워낙 널리 알려져 있어서, 그게 밑거름이 되어 독립을 약속 받았다고 봄이 옳다. 따라서 그런 민족적 대 거사가 없었다면 기대할 수 없는 약속이었다.

이와 관련하여 말해 둘 것은, 그 결의안의 제출자가 지금까지는 중국으로 알려져 있었으나, 최근의 연구결과에 의하면 미국 대통령의 보좌관이 조선 독립 안을 만들어서 미 대통령에게 올렸고, 미 대통령은 그 독립안을 회의의 의제로 제출하여, 영국의 처칠이 약간 보완하고, 중국의 장제스蔣介石가 이에 동의함으로써 스탈린은 불참, 조선 독립 안이 확정되었다는 게 새로 밝혀진 진실이다.

이 점에 관하여, 종래는 김구 주석이 이끄는 임시정부의 노력으로 장제스가 먼저 제출한 것을 미·영이 동의했다는 주장이 있어왔으나, 이는 현실을 무시한 주장이다. 왜냐하면 그 당시 중국은 미국의 무기원조로 겨우 완전패전을 면하고 있었다. 영국 또한 비슷했으므로, 미국이 회의를 주도하고 영국이 협조했으며 중국은 그 제안에 동의하는 형식으로 회의가 진행되었음이 자연스런 회의방법이었고 실제도 그랬다. 여기서 가장 중요한 게 자기 선전과 자기 PR에 관한 문제이다. 저자도 과거에 이승만 박사를 싫어했고, 그를 내쫓기 위해 민주당에 입당하여 우리 지방에서는 가장 무섭게 투쟁한 사람이다. 그 때문에 당시의 자유당의 어떤 당위원장으로부터는 "내 평생 그렇게 무서운 놈은 처음 보았다"라는 극언까지 들어가면서, 그들을 민주 역적으로 호통을 치기도 했다. 또한 4·19혁명 때에는 학생들의 용기에 탄복하여 얼마나 울었는지 모른다.

그리고 이 대통령이 곧바로 하야하지 아니하고, 조금 주저하는 것처럼 보여서, 격렬한 어조로 비난도 했었다. 그런데 세월이 흐르면서, 필자는 이 박사를 다시금 보고 있는 것이다. 그러면서 김구 선생 같은 분은 백범일지를 내놓음으로써 장안의 종이 값을 올릴 정도로 책이 많이 팔렸고, 또한 그로 인해 인기 절정의 영광을 누리기도 했는데, 왜 이 박사는 가만히 있는 가였다. 그리고 돈 문제 때문에도 그토록 많은 모략을 받으면서도, 거의 한마디의 해명도 없었던 것을 보면 그에게는 대인다운 면모가 있었다. 그러나 10여 년 전에 그 횡령했다는 돈들은 연해주에 있는 노백린 등 많은 동지들에게 나누어 주었다는 근거가 들어나서 나는 깜짝 놀란 일이 있다.

1946년 봄의 농민잔치에서 철도를 팔아먹고 광산도 팔아먹었으며, 제2의 이완용이라는 터무니없는 모략이 농촌에 돌아다녔는데도 한 번도 그에 대한 해명이나 기타 신문을 통한 반박이 없었다. 한마디로 이승만 박사는 누가 무어라 해도 자기 갈 길을 갈 뿐이었다. 다만 필요하다면 노련한 방법을 통해서 조처했을 뿐이다. 이승만 박사는 그런 노련미, 나쁘게 말하면 노회老獪한 지혜 때문에 더더욱 욕을 많이 얻어먹었다.

그런 이 박사가 진가를 인정받게 된 계기는 역시 소련의 몰락과 위성국가들의 체제변혁, 그리고 중국의 개혁이 있고부터다. 그 외에 또 있다면 자유민주주의 체제하의 대한민국의 비약적인 발전을 보면서 더해 갔다. 거꾸로 북한은 경제적 몰락뿐만 아니라, 권력의 세습까지 목격하면서, 이승만 박사의 건국공로가 더 크게 빛나고 있는 것이다.

그리고 이승만 박사의 독재는 순진한 독재로서, 국민의 원에 의하여 스스로 물러남으로써, 자유민주주의의 우월성을 확인시켜준 어른이었다는 점도 있다. 위와 같은 사실들이 그를 선견지명先見之明이 있는 참 지도자였노라, 는 평을 주기 시작한 것이다. 다만 국민의 기대와는 달리, 친일파를 숙정하지 아니하고 오히려 그들을 중용했으며, 국회 내의 반민특위反民特委의 조직조차 경찰력을 동원하여 강제해산시킨 점은 큰 오점을 남긴 잘못된 처사였다.

장기집권욕이 빚어낸 비극들과 석학硏學들의 충고

이승만 박사의 위와 같은 공로와 앞서 밝힌 여러 업적에도 불구하고 집권 후반기부터는 차차 변해 갔다. 이게 바로 인간의 본성이고, 한계로 볼 수 있는 것이다. 우리가 가장 주의해야 할 점은, 인간의 능력은 반드시 한계가 있고 따라서 결코 신神같은 존재가 아니라는 사실이다. 그럼에도 불구하고, 어느 누구도 권좌에 있을 때는 주변 인사들로부터 항상 이런 투의 말을 자주 듣게 된다.

"각하, 각하의 말씀이 옳습니다. 각하만치 이 나라에서 애국하시는 분이 또 어디에 있습니까. 솔직히 이야기해서 각하가 아니시면 우리나라는 벌써 망했습니다."

위와 같은 달콤한 말을 듣는 당사자로서는 얼마나 마음 흐뭇하겠는가. 권좌에 앉아 있는 분은 이와 같이 아첨하는 말만 듣게 되므로 본인도 모르게 그 말에 마취되어 가는 것이다. 이런 경우, 당사자는 자꾸 그런 말에만 귀가 솔깃하게 되고 바른 말은 듣기 싫어하며 결국은 역사의 죄인이 되어가는 것이다.

그 때문에, 영국의 존 로크나 미국의 3대 대통령이며 독립선언문의 기초자이고 철저한 민권주의자였던 제퍼슨은 어떠한 경우라도 한 정권이 20년을 넘을 수 없고 20년을 넘길 때에는 반드시 혁명이 필요함을 역설하면서, 장기집권을 하면 반드시 부패하고 시대에 맞지 않게 됨을 강조하고 있는 것이다.

또한 루소나 홉즈는 한술을 더 떠서 "사람은 살았을 때는 물론, 관속에 들어가 땅에 묻힐 때까지도 권력을 추구하는 것이다"라고 갈파하면서, 인간의 권력 추구가 상상을 초월하고 있음을 누누이 경고하고 있다. 20세기의 석학 버트런드 러셀도 "사람은 배가 불러도 끊임없이 움직이면서, 자기를 확장하려고 하는데 그 중에서 가장 중요한 게 권력과 영광에 대한 욕망이다"라고 설파하고 있다. 영국의 액튼 경도 "절대 권력은 절대 부패한다"라고 주장하면서 권력의 집중을 엄중히 경계했다. 이보다 앞서서 영국의 존 로크와 몬테스큐도 인간의 권력욕을 심히 경계하면서 존 로크는 2권 분립을, 몬테스큐는 한걸음 더 나아가 3권 분립을 강력히 부르짖으며 권력 간의 균형과 견제를 매우 강조했다. 이러한 결과로, 미국의 독립운동의 원로들도 삼권분립제도를 채택함으로써 민주국가의 모범이 된 것이다. 이러한 인간의 권력 지향적 성격과 정신적 기조에 대하여 위에서 소개한 것과 같이 심리학자 이규태는 말하기를,

"체제 인사나 반체제 인사에게 공통적인 것은 양자 모두 권력 지향적인 점에서 똑같다"라고 갈파했다. 이 말의 깊은 뜻을 다시 한 번 새겨보면 아무리 숭고한 독립운동가나 민주투사라도, 안중근 의사처럼 스스로 목숨을 버릴 것을 결심하고, 죽을 것을 뻔히 알면서, 독립운동 하는 게 아닌 이상, 본질적으로는 지배욕과 성취욕을 만족시키기 위한 권력 지향적 행위였음을 면할 수 없다는 말이 된다.

이 말을 인간의 성정에 비추어 보면, 인간의 본성은 지배욕에 꽉 차 있고, 이 지배욕을 채우기 위해서 현재 지배력을 장악하고 있는 집권자로부터 지배력을 탈취하여 스스로 장악하려는 것이므로 두 쪽 모두 권력 지향적이라는 관점에선 똑같다는 것이다.

그렇다면 이런 권력추구가 무조건 나쁜 것이냐 하면 결코 그렇지는 않다. 한마디로 권력 추구追求의 강인强靭한 의지가 포악한 독재세력을 무너뜨리는 데는 가장 크게 공헌하고 있기 때문이다. 만약에 이런 사람들이 없고 무기력한 대중만 있다면 독재자 등의 악당들에게는 좋을지 모르겠으나, 역사발전에는 큰 오점을 남길 수 있는 것이다.

그러므로 어느 한계 내에서는, 권력지향성을 긍정적으로 보아야 한다.

따라서 "권력은 불과 같다" 할 것이어서 지나치면 모든 것을 불태울 것이나, 잘 활용하면 인류문화 발전에 크게 도움이 될 것이다.

이런 인간의 성정性情때문에 몬테스키는 권력의 집중을 제도적으로 막기 위해 3권 분립을 주장한 점은 이미 밝힌 바 있다. 그에 영향을 받은 미국은, 장기집권을 예방하기 위해 프랭크린 루즈벨트 대통령의 4선 대통령을 한 후에는, 곧 헌법을 개정하여 대통령의 재임 이상을 할 수 없도록 아예 헌법 개정을 통해 못을 박아버렸다.

이 같은 일련의 사실을 종합해 판단해 본다면, 그 결론은 특별한 경우가 아니면 인간을 믿지 말라는 말이 된다. 불행하게도 형사정책을 읽어 보아도, 사람의 기본적인 성정에 대하여, 성선설性善說보다 성악설性惡說이 통설로 되어 있음을 본다. 역사적으로 보아도, 성군보다는 포악하거나 용렬한 군왕이 더 많았고, 독재자에게는 범죄형의 인간이 더 많았다. 그런 경험 때문에 많은 석학들은 원천적으로 범죄를 막아보려고 삼권 분립과 대통령의 임기제한, 그리고 3선 금지와 언론자유를 철저히 보장함으로써, 비판을 받도록 제도화한 것이다.

특히 언론자유와 관련하여 알아둘 것은, 왕조시대에도 이 언론자유에 대해서만은 강력한 주장이 있어왔다. 따라서 뜻 있는 선비들은 군왕에 대하여 "언로言路를 열어서 백성의 소리를 들으라"라고 외쳐왔고, 군왕들도 상소上訴 등을 올려서 백성들이 하고 싶은 말을 하라고 일렀다. 또한 두 사람의 사관을 두어서 군왕의 일거수一擧手 일투족一投足을 기록케 하면서, 어떠한 경우에도 재임 중에 그 기록을 읽어 볼 수 없도록 제도화함으로써 군왕으로 하여금 자기의 언행이 항상 감시받고 있으며, 또한 기록되고 있어서 후세에 크게 비판 받을 수도 있다는 것을 알게 하여 바른 행동을 유도誘導한 것도, 크게 보면 언론자유의 한 가닥으로 볼 수 있는 것이다.

그런데도, 이승만 박사에게는 그러한 견제 장치가 부족했다. 그러한 결과는 그로 하여금 차차 독선獨善에 빠지게 하였다. 그 결과 그는 모든 것을 외면하고, 종신終身토록 대통령을 하려고 무리한 개헌을 하면서, 후계자까지 잘못 선택하는 잘못을 범한 것이다.

사람이 사람을 바로 본다는 것은 참으로 어려운 일이다. 그래서 우리의 속담에 열길 물속은 알아도 한길 사람의 속은 모른다는 격언이 있어 온 것이 아닌가. 저자가 사람을 사귀면서 알게 된 것은 너무 비위를 잘 맞추어 주면서, 아부하는 사람은 오히려 경계해야 한다는 점이다. 인간의 성정을 깊이 살펴보면, 소신껏 사는 사람과 정도를 걷는 사람은 결코 아첨하지 않는다는 점이다.

또한 실력이 있는 자는 결코 아부하거나 비겁하지 않는다는 점이다. 특히 권력의 최상에 있는 대통령쯤 되면 가장 경계해야 할 게 아첨하는 군상들이다. 본래 자기 실력이 모자라니까 아첨이라도 해서 무엇인가의 반대급부를 노리고 아첨하는 것이므로, 그게 충족되지 못할 때는 반드시 반기를 들고 배신한다는 점이다. 여기서 사람을 보는 눈에 대하여 율곡 선생과 서애 유성룡 간에 얽힌 일화 하나를 소개할까 한다.

율곡 선생과 서애西涯의 사람을 보는 눈과 이순신의 발탁

먼저 유향원이 지은 "반계수록磻溪隧錄"부터 살펴보자. 그는 서애 유성룡의 청빈淸貧함을 이렇게 표현하고 있었다. "모든 관직을 사퇴하고 고향에 돌아 갈 때, 처자들은 굶주려서 말할 수 없는 곤경에 처해 있었다. 그가 영의정으로 있을 때 어떤 자가 권유하기를, 그 자리에 있을 때 전답을 좀 마련함이 좋지 않는가, 라는 취지趣旨의 권유勸誘에 유성룡은 별 소리다 한다"라는 투로 받아 넘기면서, 냉소冷笑했다 한다. 그는 16년의 고관대직高官大職을 물러나면서도, 처자식이 굶주렸다 함은 그가 얼마나 국사에만 전념專念했는가를 알 수 있게 해주는 좋은 예일 것이다. 유성룡에 대하여 선배이며 조선 제일의 경세가世家經였던 율곡 선생은 경연일기經筵日記에서 그를 이렇게 평가하고 있었다. "내 군제軍制개혁에 대하여 구안자具眼者인 서애西厓 유성룡의 호조차 태평한 이때에 국력이 기울어질 수도 있는 그런 군제 개혁을 왜 하려 하는가, 백성들에게 큰 부담이 된다면서 반대하는데 서애 같은 구안자조차 저렇게 반대하니 나라의 앞날이 참으로 크게 걱정된다"는 글을 남기고 있는 것이다. 율곡은, 서애가 자기의 군제 개혁안을 반대하는 것을 보고 한탄은 하면서도, 한편으로는 유성룡이 남달리 앞날을 내다 볼 줄 아는 눈을 갖춘 구안자로 본 것은 대단히 의의가 있는 일이다. 그가 그런 구안자였기에 충무공 이순신 장군을 승진 서열을 무시한 채, 과감히 천거하여 전라 좌수사직을 맡긴 결과, 임진왜란 때 나라를 구해낼 수 있었다. 따라서 구안자만이 인재를 볼 줄 아는 것이며, 참다운 인재만이 구안자임을 알아보고, 가려 쓸 수 있는 것이다. 이승만 박사는 자기를 이겨 내는 극기하는 정신도 부족했고, 사람을 보는 눈도 현명치 못했으므로 독재자라는 오명을 들어야 했다.

백범白凡 김구 선생의 애국 순정

다음은 백범 김구 선생에 대하여 말하려 한다. 선생은 몰락한 가문에 태어나셔서 상놈으로서 천대를 받는 가운데에서도, 뜻을 세워서 나라에 큰 발자취를 남긴 어른이시다. 그 어른은 스스로 상놈으로 자처하고, 호號도 백정과 범부를 뜻하는 백범白凡으로 지었다.

일찍이 동학에 가담하여, 미성년인데도 선봉장으로서 투쟁했고, 안중근 의사의 부친 안태훈으로부터도 극진한 대우를 받았던 사실을 보면 선생은 젊어서부터 대인大人다운 기품이 있었던 것 같다.

선생은 일찍이 신학에도 눈을 떠서 감옥 안에서도 글을 가르친 어른이기도 하다. 또한 한일합방 후, 조작된 105인 사건으로 고문을 받고 굶주림 끝에 얻은 변비 때문에 무척 고생한 것을 보면, 죽을 고비를 몇 번 넘긴 고문보다도 더 혹독한 고문도 받았다.

선생이 상해 임시정부를 처음 조직할 때에, 우리나라의 벼슬자리라면 문지기도 좋습니다. 문지기를 시켜 주십시오, 라고 호소했는데, 차마 문지기는 시킬 수가 없어서, 경무국장에 임명되었다.

선생이 상해로 망명하기 직전에 시골 마을에서 사음舍音 마을 이장을 하면서 그간 극성했던 도박을 없애고, 폭음행위를 줄이며, 풍속을 바로 잡는데 헌신한 것을 보면 꼭 어떤 자리를 탐하는 그런 분이 아니었다. 선생이 치아포에서 일본인 장교 일행들을 국모國母의 원한을 갚겠다는 의지로 격살擊殺시킨 것을 보아도, 노련함보다는 대담함이 지나쳐서 우직한 면이 더 많은 분이셨다.

선생은 이승만 박사보다 늦게 귀국하였고, 그로부터 얼마 되지 아니하여 신탁 통치 안이 나오자 선생은 분연히 일어나서 결사항전의 태세로 반대의 기치를 높이 들었다.

이와 관련하여 여러 가지 평가가 있다. 첫째는 대의명분상大義名分上, 옳았다는 주장이 있다. 그와 반대로 그때 선생이 신탁통치 안을 받아들였다면, 조국의 분단은 극복되었을 것이며. 따라서 통일정부가 설 수도 있었는데 참으로 아쉽다는 견해가 있는 것이다. 특히 최근에 발간된 고 김대중 대통령의 자서전에 의하면, 그때 김구 주석이 한시적으로 신탁통치 안을 받아들였다면 통일된 조국을 볼 수 있었는데 아쉬웠다고 기술하고 있는 점이다.

그러나 필자의 생각은 다르다. 왜냐하면 당시의 국내정세의 분위기로 볼 때, 사뭇 다른 결과가 나왔을 것이라고 보기 때문이다. 그때 만약 신탁통치 안이 그대로 받아들여져서 남북한을 4대국이 공동으로 관리했을 경우, 공동정부의 느슨한 관리로 말미암아 틀림없이 한반도는 공산화가 되었을 것이라는 생각 때문이다.

또한 신탁통치는 5년을 더 연장할 수 있다는 단서 조항 때문에 앞날을 정확히 예측할 수 없는 실정이기도 했다. 앞서도 밝힌 바 있지만 당시의 농촌에서의 공산당의 조직 확대와 전국 농민동맹農民同盟의 조직 강화는 욱일승천旭日昇天의 기세여서 남한의 공산화는 누구도 막을 수 없는 대세였음을 알아야 한다.

따라서 선생의 반탁운동反託運動은, 결과적으로 남쪽만이라도 자유민주주의 체제의 국가가 들어설 수 있도록 해 주었다는 점에서 긍정적으로 보고 싶은 것이다.

그러나 선생은 조국이 두 동강난 채로 각각 단독정부가 들어설 줄은 몰랐다. 그런 상황에서 이시영, 신익희, 이범석, 지청천 등 주변 인물들까지 임시정부의 그늘에서 떠나고, 조국까지 두 동강 날 때, 그 어른이 아니었다면 누가 감히 단독정부를 반대하고 끝까지 지조를 지켰겠는가. 하지만 이승만 박사와는 대조적으로 국제정세의 흐름과 먼 앞날을 보는 눈만은 현저히 부족했다.

선생은 결국 암살을 당하심으로써 생을 마감하여 오히려 민족의 사표師表로서 영원히 살 수 있었다. 가정이지만 만약 선생이 그냥 살아 계셨다면, 동족상잔同族相殘의 6·25전쟁의 비극을 보고 얼마나 애통哀痛해 하시며 충격을 받으셨을까를 생각할 때 더욱 그렇다.

또한 필자의 생각엔 김일성 장군은 김구 선생이 살아 계시다고 해서 전쟁을 안 일으킬 사람은 아니다. 그렇다면 그 어른도 조소앙이나 김규식 박사처럼 어쩔 수 없이 북한으로 끌려가서, 그야말로 언론자유와 신체자유도 없는 그 곳에서 큰 고통을 겪으시면서 여생을 비참하게 마치시었을 가능성이 너무나 큰 것이다.

필자는 1949년 5월에 운 좋게도 불과 10여 m 앞 정면에서, 직접 선생의 연설을 듣는 영광을 누렸다. 그때, 선생은 1949년 4월 하순경, 한독당의 군산시당과 옥구 군당을 조직키 위해, 군산에 왔다가 옥산면에 거주하는 문모文某가 군당위원장으로 내정되어 그 날 군당의 창당식이 있었으므로, 그로 인해 옥산면에도 오셨는데 그때 옆에서 뵌 것이다. 실은 이승만 박사도 1947년 봄에 군산에서 임피 읍내를 경유, 익산을 갈 때에 우리 초등학생들이 단체로 환영 나가서 태극기를 흔들면서, 환영한 사실이 있다. 그러나 그 것은 내 자의自意가 아니었을 뿐 아니라 금방 지나간 것이므로 별 의의가 없는 것이다.

하지만 김구 선생을 가까이에서 뵌 것은 오로지 저자의 자유로운 뜻이었으므로 마음 깊이 새기고 있는 것이다. 그때 나는 임피면 영창 리 신기촌에서 옥산면 옥산 리 여로마을로 이사한 지 불과 20여 일밖에 안 된 때였다. 그런데 여로마을은 면 소재지였고, 선생이 연설하기로 예정된 옥산 초등학교도 집에서 불과 200m 남짓한 곳에 있었으므로 정치에 굉장히 관심이 높았던 나는 무조건 참관하게 된 것이다. 내가 들어설 때는 이미 사람들이 자리를 잡고 있었는데도, 나는 키가 작은 소년인지라 선생과 가장 가까운 앞 빈자리로 뚫고 들어가 앉아서 선생의 연설을 직접 들을 수 있었다.

나는 그때 이미 청중들이 자리를 잡고 있었으므로 먼 자리에 서서 연설을 들어야 했다. 그러나 키가 150cm도 안 되는 소년이었기에 연단에서 가장 가까운 자리에 앉을 수 있었다. 그때 만약 키가 큰 어른이었다면 앞에 앉는 게 용납되지 않았을지도 모르나 키 작은 게 큰 덕을 본 것이다. 이는 어릴 적 굶주림 때문에 키가 작았던 것이며, 20세에 이르러서야 키가 클 수 있었다. 그때 선생은 말씀하시기를, 강원도 춘성 군에서는 이里 단위의 당까지 조직 됐다고 하시면서, 남북통일 방안은 북한의 김일성과 이승만 박사가 똑같이 모두 물러나고, 새로운 사람으로 정권을 바꾸어서 통일을 추진해야 가능하다고 강조하셨다.

또한 이승만 박사의 무력 북진통일을 절대 반대하고, 오로지 화평통일 和平統一을 해야 한다고 주장하셨다. 그때는 왠지 평화통일이라고 말하지 않고, 화평통일이라고 주장한 것이 매우 인상 깊었으며, 그 때문에 더 잊어지지 않는다. 그때 김구 선생의 인기는 하늘을 찌를 듯했다. 그 때문에 이승만 박사를 물리치는 것은 어렵지 않을 것이나, 김일성 주석을 누가 물리칠 수 있는가가 걱정되었다.

그 후 한 달 남짓밖에 안된 6월 26일, 우리 마을에서 마지막으로 우리 논에 15명이 모여서 모내기를 하고 있었다. 오후에 어떤 분이 일부러 찾아와서 "김구 선생이 암살당했다"는 말을 전해 주었다. 나는 그때 너무나 서러워서 몇 번이나 울었다. 그때 나뿐만 아니라 많은 온 국민이 다 울었고, 산천도 울었으므로 더 말해서 무엇 하리.

6 · 25전쟁과 백범, 그리고 북한 정치의 참상들

그 다음해 일어난 6 · 25전쟁을 다시 살펴보자. 백범 선생이 서거 후 꼭 만 1년 하루 전에 북한은 전쟁을 일으켰다. 그때 저자가 겪은 6 · 25전쟁 때, 근 3개월간의 체험으로는 북한은 김일성과, 당黨만 있고, 그를 위해 백성들을 꼼작 못하게 할 수 있도록, 철저하게 얽어매는 기술과 조직만 있었다.

따라서 언론자유나 정당결성의 자유 등, 일체의 자유가 철저하게 말살된 곳이 바로 북한이다, 라는 점이었다. 그리고 가장 진저리 쳐지는 일은 김일성 장군만이 절세의 애국자요, 절대적인 애국자로 주입시키고 있었다. 그 때문에 그 앞에서는 이승만 박사나 김구 선생 같은 분은 평생 독립운동을 한 애국자가 아니라 매국노요, 반동분자에 불과했다. 그리고 그 외의 독립 운동가들은 반동도 될 수 없고, 기회주의자이거나 반동의 꽁무니만 따라다니는 사이비 회색분자에 불과했다.

필자가 3개월 동안의 적 치하敵治下를 가장 못마땅하게 생각한 것은 이런 독선적인 애국자 관愛國者觀이었다. 그 당시 필자는 백범일지를 되풀이 읽으면서, 김구 선생의 애국 헌신했던 자세에 매료魅了되어 있는 상태였다.

또한 이승만 대통령에 대해서도 독립정신을 읽고, 많이 감동하고 있었을 뿐 아니라 농지개혁에 대해서도 적극 지지하고 있었을 때였다. 그 때문에 김일성만이 절세의 애국자라는 데는 단연코 반대하는 입장이었다. 그리고 그 곳은 누구나 반드시 민주청년회와 자위대 등 몇 개의 단체에 강제 가입을 해야 했고, 거의 매일 밤마다 회의에 나가야 했다. 언론자유란 손톱만치도 없으면서도 김일성 장군만 외쳐대야 했고 조금만 이상하면 반동분자로 낙인찍히고 탄압받았다.

농지는 무상분배를 한다 하면서도, 수확량을 조사함에 있어서는 벼 알을 하나하나 세어서 수확량을 계산했기 때문에, 명색은 현물세가 수확량의 25%라고 했으나, 대한민국에서 연부상환 량年賦償還量으로 받는 30%보다도 더 많은 양을 내야 했다.

결과론이지만 우리나라 농민들이 낸 실제 상환 량은, 기준 수확량基準收穫量의 150%를 5년간 분할하여 1년에 30%씩 내도록 되어 있었음에도,

실제로는 그렇게 낸 게 아니라, 10여 년에 걸쳐서 겨우 70% 정도만 낸 것이다. 따라서 쉬운 말로 표현한다면, 논을 거의 공짜로 소유권을 취득한 것이다. 왜냐하면 기준 수확량으로 책정된 수량이 실제 수확량보다 적었을 뿐만 아니라, 어려워서 못내는 사람에게 어떤 강제징수가 전혀 없었기 때문이다. 그 때문에 1년에 꼬박꼬박 30%씩 낸 것이 아니다. 미상환 량未償還量이 많았는데도 전혀 강제 징수가 없었던 것은 오히려 이상했다. 그러다가 1950년 후반에는, 그간 밀린 상환 량에 대해서 당시 쌀값 시세의 10의 1값 정도에 해당하는 현금을 마련케 한 후, 이를 현물 대신으로 납부토록 하여 소유권을 취득토록 해 주었기 때문이다.

그러나 현물세는 과다한 수확량 책정으로 25%의 세금이, 결과적으로는 30%가 넘게 되었다. 이는 볍씨를 일일이 세어서 수확량을 계산한 게 오히려 수확량을 과다하게 책정되는 오차를 낳게 했기 때문이다, 여기서 왜 볍씨를 세어서 하는 수확량 조사가 과다 책정되게 되는가를 밝혀보려 한다. 볍씨현미 1,000개의 무게를 천입 중千粒重이라고 하는데, 벼의 종류에 따라 다르나 대체로 18g로부터 24g까지 나간다. 그런데 같은 벼 종류라도 벼의 작황과 가을 날씨에 따라 쌀 무게에 큰 차이가 난다. 이를 전문용어로 정현 율精玄率이라고 하는데, 이는 벼 100kg를 도정 했을 때, 현미가 몇 kg나 나오는가의 비율이다.

벼가 결실을 잘 했을 때는 88kg 이상도 나올 수 있으나, 부실不實할 때는 70kg까지 나오기도 한다. 그러므로 볍씨를 세어서 수확량을 계산할 때, 잘못하면 실제 수확량과는 맞지 않는 30% 이상의 오차를 낼 수도 있는 것이다. 그들은 그런 사실을 무시한 채, 볍씨 세기의 방법으로 수확량 조사를 했으므로 농민들로부터 크게 반발을 샀다. 결과적으로 대한민국에서 요구하는 30%의 상환 량보다 더 많은 현물세를 내게 된다는 사실을 알게 된 농민들은, 그들에게 내심으로 격렬한 반발심을 갖게 된 것이다. 당시 농민들이 가장 반발한 게 볍씨 세기였고, 콩과 감 등 모든 과일까지도 세는데서 완전히 등을 돌려 버린 것이다. 그런 살벌한 북한체제에서 김구 선생인들 무엇을 어떻게 할 수 있었단 말인가. 따라서 백범 선생은 선생의 철학과 인생관대로 사시다가 장열壯熱하게 생을 마감하신 것이다. 해방 후 선생은 송진우, 장덕수, 여운형에 이어 마지막 민족의 희생자가 되셨다.

김일성 장군의 두 얼굴

다음은 해방 후의 3대 거두 중 김일성 장군에 대하여 그 공과를 살펴보고자 한다. 저자가 김일성 장군의 이야기를 처음 들은 것은 1944년 가을에 논에서 새를 보다가 마을의 친구로부터였다.

"김일성이라는 장수가 있는데 어찌나 싸움을 잘하는지, 싸우는 족족 이긴대. 그리구 둔갑술遁甲術도 해서 하나가 되었다가 열도 되고, 제주도를 하룻밤에 왔다 갔다 한대. 그래서 일본 놈들도 김일성 장수한테는 꼼짝 못하고 쩔쩔 맨대."

나는 그 이야기를 듣고 깜짝 놀랐다. 그리고 너무나 감격했고 기뻤다. 또한 김일성 장군이 어서 와서 일본인들을 쫓아냈으면 좋겠다는 생각을 갖기도 했다. 그런데 해방 되던 해 가을에 또다시 선생님으로부터 김일성 장군의 이야기를 들은 것이다. 하지만 6·25전쟁이 끝나고 나서부터는 북한에 있는 현 김일성 장군은 가짜라는 이야기가 솔솔 나돌기 시작했다. 아마도 그것은 6·25전쟁 전에 기대했던 김일성의 통치가 3개월 동안 경험해 본 바, 너무나 엉망이어서 그에 실망했던 결과가 아닌가 한다.

그때 김일성 장군이 지배했던 공산당 정치는 너무나 혹독한 독재여서,

그에 시달리다 보니 자연히 미운 생각이 충천해서 그런 소문까지 돌지 않았는가 한다. 그 후 여러 책을 통해서 김일성 장군은 실존 인물임을 알게 되었다. 그 중에도 하와이대 교수인 서대숙이 지은 김일성 평전이 가장 믿음을 주는 책이었다. 6·25전쟁은 민족사적으로 보면 그보다 더 큰 불행은 없다. 하지만 전쟁 전에 사상적으로 좌경된 사람이 많았던 대한민국에게는 훌륭한 사상적 청소작업이 되었고, 사상적 측면만을 고려한다면 결과적으로 잘 겪은 6·25전쟁이었다. 그 때문에 사상적으로는 세계에서 제일가는 반공국가가 되도록 해 주었다.

그로 인해서 그간 사상적으로 혼란스러웠던 대한민국을 "반공"이라는 반석 위에 올려놓게 된 점은 오히려 전화위복轉禍爲福이 된 셈이어서 참으로 불행 중 다행한 일이었다.

한마디로 6·25전쟁 전에는 7~80%의 백성들이 공산주의를 동경했던 것이나 그 전쟁을 겪고 나서는 그 지지 세력이 10% 이하 수준으로 격감되었으므로 6·25전쟁은 사상적으로 김일성이 완패한 전쟁이었다. 왜 그가 완패했는지 그리고 북한 공산주의가 정말로 배척 받을 수밖에 없는 제도인지 여부에 대해서는 이미 소련이 스스로 몰락했다는 점과, 중국이 경제적으로는 사회주의를 완전히 버린 점을 참고한다면 정답은 이미 밝혀진 것이다.

그러나 그는 분명히 가짜는 아니었다. 그는 일제 때의 동아일보나 조선일보 등에도 무장 투쟁했던 사실이 보도된 바 있는 사람이었고, 무장 독립투쟁한 사람으로서는 마지막 장군이기도 했다. 그런 점만 본다면 그는 한국사에 획을 긋는 독립운동가가 되고도 남을 만했다.

그런 공로에도 불구하고, 먼 앞날을 잘못 보고, 또한 국제정세를 너무나 잘못 읽은 사람으로서, 기상천외奇想天外의 권력의 세습이란 새로운 풍속도를 만든 사람이어서, 어이가 없어지는 것이다.

　권력의 세습이란, 생물의 진화론에서 보다시피, 자식은 바로 자기의 연장임이 분명하므로, 그것은 바로 자기가 천년만년 집권하겠다는 것에 불과한 것이다. 따라서 그는 민주주의의 대역 죄인이며, 국민 주권사상에 정면 도전하는 자가 되어 버렸다.

　이런 결과는 자유민주주의 체제는 물론, 사회주의 국가에서도 용납이 될 수 없는 일인데도, 이를 강행한 게 바로 김일성 부자인 것이다. 더구나 김정일이 또다시 김정은에게 세습시키고 있으니, 이런 사태를 어떻게 보아야하는가?

　그래서 해방 후, 그토록 김일성 장군을 하늘과 같이 떠받들던 공산주의자들에게, 그래도 북한 공산주의가 참다운 민주주의이고, 김일성 부자의 행위가 인민민주주의에 합치하느냐고 물어보고 싶은 것이다.

　대한민국은 엄연히 UN의 결의와 그 감시 하에 치러진 총선거에 의해 선출된 대표자들이 모여서 헌법을 제정하고, 그 헌법절차에 의하여 세워진 정부이고, 또한 UN총회에서 48대 6이라는 압도적 다수로 합법정부임이 승인된 나라인데, 이를 전복시키려 한 게 그였다.

　유엔이 세운 국가이므로 UN으로부터 보호를 받을 것임은 불을 보듯 번한데도, 무모하게 무력으로 그런 국가를 전복시키려고 전쟁을 도발했다는 것은, 백번 생각해봐도 잘 했다고 볼 수는 없다. 그리고 그토록 명분이 뚜렷한 해방전쟁이었다면, 어찌 정정당당하게 인민해방전쟁이고, 통일전쟁이라고 내세우지 못하고, 대한민국에서 북침했기에 반격한 것이라는 새빨간 거짓말을 하고 있는 것인가.

　이는 그만치 양심상의 가책이 있었기 때문에 북침이라고 우겨대고 있는 것이다. 김일성의 무모한 전쟁도발로, 무려 360만 명의 직·간접적인 인명 피해와 수백조원의 재산피해가 있었다 하니 참으로 어처구니가 없는 것이다. 그는 그러한 잘못을 저지르고도, 자기 우상화에 급급하다가 급기야는 권력을 세습까지 시키는 기상천외의 행위를 자행했다. 이와 같은 행위가 범죄인가 아닌가는 일찍이 존 로크나 홉즈, 그리고 몽테스키외나 루소, 그 외 미국의 2대 대통령인 제퍼슨이나 20세기의 철학자 버트런드 러셀, 한국의 석학 이규태, 기타 헤아릴 수 없이 많은 사람들의 말에 비추어보면 저절로 정답이 밝혀지는 것이다.

이들 석학들의 말에 의하면 권력의 집중과 장기집권이 왜 나쁜가와, 집권 20년이 지나면 그 자신이 혁명의 대상이 된다는 철리哲理를 일찍이 제시했으므로 그 결론은 번한 것이다. 그 기준에 맞추어보면 그가 행한 일련의 행위는 모두 반민주적이며, 국민주권을 말살하는 행위를 자행한 것으로서 그가 그런 행위를 자행한 것은 공보다 과오가 더 많게 만들어버렸으므로 그를 비난하는 것은 너무나 당연한 것이다. 중국의 마오쩌둥毛澤東은, 자신을 우상화하여 만년에는 문화혁명文化革命이라는 미명하에, 중국을 30년이나 후퇴시키면서 난리를 꾸미기는 했으나, 권력을 세습시키지는 않았다.

그 때문에 덩샤오핑鄧小平같은 인걸人傑이 등장할 수 있는 터전을 열어놓음으로써, 오늘의 중국을 건설할 수 있게 했다. 그러나 김일성 주석은 그 싹조차 날 수 없도록 풍토를 완전히 악화시켜 놓은 것이다. 이러한 비극은 북한백성들만의 불행이 아니고, 남북으로 분단된 조국과 그 후에도 끊임없이 계속되는 마찰을 생각할 때, 더더욱 안타까운 생각이 드는 것이다.

그는 장백산 일대에서 며칠씩 굶으면서도 찬 눈을 밥으로 삼고 되씹으면서, 어떠한 고난이 있더라도, 일본인만은 한반도에서 꼭 몰아내고야 말겠다고 하면서 투쟁했던 사람이다. 그는 1937년 6월 4일 자기 부하들 120여 명을 이끌고, 함남 보천보保天堡를 3일간이나 점령하면서 지서, 학교, 우체국 등 관공서 건물들을 불태우고, 추격하는 일본경찰을 따돌리면서 8명이나 사살했다.

그때 사살당한 자 중에는 일본인 경찰서장까지 포함되어 있었다. 이 사건은 그간 15년 동안 한 번도 그런 일이 없이 평온했던 국경과 국내에서 벌어졌기에 일본인들이 깜짝 놀랐다. 또한 독립군이란 씨도 볼 수 없을 때여서 더욱 놀란 것이다. 그 때문에 당시의 일본의 조야朝野,정부와 백성들를 깜짝 놀라게 했고, 이런 사실이 신문에 크게 보도됨으로써 유명해진 사람이다.

일본인들은 이범석 장군의 청산리 전투와 홍범도 장군의 봉오동 전투 이후, 무장독립군다운 독립군을 만나 적이 없었다. 더구나 1931년의 만주 침략 후에는 태평성세를 부를 때였다. 이때는 중일 전쟁이 일어나기 불과 3일 전이어서, 일본은 그야말로 베개를 높이 베면서, 일본의 강한 것만 자랑할 때였다. 그런 때에 경찰서장까지 사살당하는 참변이 돌발하자, 일본신문들도 대서특필해서 보도 하고 있었다. 물론 우리나라 신문들도 비적의 만행이라는 표현으로 보도하고 있었으나 무서워서 대서특필하지는 못하고 있었다.

우리나라 국민 중에서 일본인들의 신문보도로 유명인이 된 사람을 찾는다면 김일성 장군과 여운형, 박렬朴烈 등 세 사람 정도이다. 그런 중에도 가장 전설적인 인물로 미화된 사람이 김일성 장군이다. 사실 엄밀히 따져본다면, 1920년 10월, 김좌진 장군과 홍범도 장군에 의한 청산리 전투와 봉오동 전투 등에서 6일간이나 혈투를 벌인 끝에, 일본의 현역 군인들이 무려 1,400여 명이나 살상한 전과에 비하면 보천보 전투는 별 것이 아니다. 그런데도, 청산리 전투의 참패는 일본군부가 부끄러워서 쉬쉬하고 보도를 안 한 반면, 8명의 경찰관 살해사건은 민간인인 경찰이 사살당했고, 또한 경찰서장까지 사살되었다는 데서 크게 놀라서 보도된 것이다. 그 덕분에 우리나라의 신문들도 마음 놓고 비적의 활동사항으로 비하시켜서 보도할 수 있었으므로 온 백성들이 김일성을 다 알게 되었다.

이와 관련하여 여운형의 딸 여연구가 지은 "나의 아버지 여운형"을 읽어보면 그 책에도 김일성 장군의 보천보 전투를 위시해서 몇 건의 싸움이 소개되고 있다. 그런데 너무 안타까운 것은 보천보 전투를 지나치게 과장하고 있고, 너무 미화하고 있다는 사실이다. 이는 여연구가 여운형이 암살되기 전에 여운형과 김일성의 합의하에 북한에 월북하여 북한과 소련에서 공부할 수 있었다는 사실과, 북한에서 고위직을 역임하고 있다는 사실, 그리고 그 책이 김일성 생존 시에 북한에서 발간되었다는 사실 등을 감안하더라도 너무 지나치게 미화되었다는 사실이다.

우선 사살된 적의 피해부터 살펴보자. 당시 일본신문에는 분명히 일본경찰 8명이 사살되었다고 보도되었는데도, 여연구의 책에는 수천 명이라고 쓰여 있는 것이다. 특히 가관인 것은 김일성 장군이 축지법을 했다는 것을 여러 번 언급하고 있다. 이를 김일성 장군에게 확인한바 확실한 대답을 아니 하고, 어물하고 넘어가고 있다는 내용도 나온다. 이 글에서 보면 여연구는 평소 김일성 장군이 축지법을 써서, 동에 번쩍 서에 번쩍 했다는 식으로 써 있는 것이다. 그는 이를 사실로 믿으면서, 다시 확인키 위해 월북 이전에도 김일성을 만나러 여러 차례 월북하는 그의 아버지에게 축지법 한 사실을 꼭 본인에게 물어보아 달라는 부탁을 했노라고 쓰고 있다. 또한 여연구 자신이 김일성에게 직접 물은 결과, 적당히 얼버무리고 있는 사실도 쓰고 있는 것이다.

이러한 사실은, 6·25전쟁을 북침이라고 진실을 왜곡한 사실보다 더한, 민족사적 범죄라고 보아야 한다. 왜냐하면 김일성 장군의 권위와 독재가 그토록 용인되고 있는 것은 거의 90% 이상이 보천보 전투와 연결되어있기 때문이다. 그리고 그의 신비성은 축지법을 했기에 일본인들도 도저히 이길 수 없는 신병에 가까운 인물로 묘사하고 있기 때문이다. 결론부터 이야기한다면, 축지법이란 있지도 아니한 것이므로 터무니없는 거짓말이다. 다만 그 부대가 산악훈련을 많이 받았을 뿐 아니라 산악에서만 살아서, 산악에서도 한 시간에 10km 이상을 달릴 수 있었기 때문에 경이의 눈으로 보았을 뿐, 결코 축지법을 한 사실도 없을 뿐 아니라, 존재하지도 않는 것이어서, 이는 터무니없는 거짓말인 것이다. 그런데도 축지법을 했느니, 경찰관 8명 죽인 사건을 수천 명을 사살했다고 과장해서 주장하는가 하면, 이를 통해서 자기를 신격화시키는데 이용하고 있는 것이다.

그 같은 거짓 공로로 끝내는 전대미문의 3대 세습의 길을 텄으니, 그 죄는 과연 하늘을 찌르지 않을 수 없는 것이다. 특히 그는 1939년에 소련에 망명해서 직접적인 독립운동과는 먼 생활을 한 사람인데도 말이다. 하지만 김일성은 분명히 자랑할 만한 무장독립 운동가였고, 신출귀몰한다는 소리를 들을 정도로 활동한 거의 완벽한 게릴라였다. 그러나 그는 해방 후, 귀국하여 권력을 잡은 후에는 권력에 크게 도취되어 장기집권은 물론, 그 권력을 세습까지 시켰으니 너무나 어이가 없는 일이다.

이는 제퍼슨의 말을 빌리면, 그는 1960년 말 안에 이미 권좌에서 물러나야 할 사람이었는데도, 오히려 한술 더 떠서 세습까지 시킨 것이다. 실제로 김일성은 1970년 이전엔 그런대로 정치를 해냈으므로, 그때만 해도 모든 게 대한민국을 앞서고 있다는, 평가를 들을 만도 했으나, 그 후부터는 그야말로 그 자신이 혁명의 대상이 되어가고 있었다.

따라서 그는 그때, 덩샤오핑처럼 과감하게 은퇴하여, 후진에게 권력을 양도하고, 후견인後見人 노릇을 했어야 할 텐데도, 오히려 권력을 더 강화하면서, 자기 우상화偶像化에 몰두한 것이다. 이러한 결과는 일종의 자기 환상幻想과, 자기 최면催眠에 빠진 결과인 것이다.

그러고서 후환이 두려우니까, 다시 말하면 스탈린처럼 격하格下운동의 대상이 될까 보아, 무서워서 권력을 세습시킴으로써, 개혁의 싹을 아예 싹 도려낸 것이다. 필자는 김일성이 지금 살아 있다고 가정할 때, 그는 저자의 이런 주장에 대하여 말도 안 되는 소리라고 일축할 것이라고 생각한다. 김일성 뿐 만 아니라 그 외의 필자로부터 비판 받고 있는 모든 독재자가 다 부인할 것이다. 그러나 좀 더 인간의 심층심리深層心理를 읽어보면 한 치의 오차誤差도 없는 정론正論인 것이다.

북한은 김일성의 그런 행위의 결과가 지금까지도 뚜렷하게 미치고 있는데 그 예로서는 김정일이 자기 아버지를 그대로 닮아서 그도 자기 아들인 김정은에게 또다시 세습시키고 있는 것이다.

이는 전술한 바와 같이, 생물학 상으로 보더라도 명백한 김일성의 영구집권을 의미하므로, 주권자인 백성들의 주권을 박탈하는 것이어서, 인민민주주의에 대해서도 반역행위에 해당하는 것이다. 이와 같은 반동행위는, 백성들의 직접 선거에 의해서 정권을 마음대로 선택하는 자유민주주의에 대한 반역만이 아니라, 북한 스스로의 헌법에 대해서도 명백한 반역행위인 것이다. 왜냐하면 그들 헌법도 엄연히 민주주의 인민공화국을 자칭하고 있고, 인민이 국가의 주권자임을 명시하고 있기 때문이다. 따라서 그들 헌법의 어디에도 세습을 허용하는 조문은 없고, 인민이 주권자임을 명시하고 있는 것이다. 그러므로 권력의 세습은 명백한 헌법위반이어서, 그들의 헌법에 의해서도 반역자가 되고 있는 것이다.

따라서 북한의 현 권력세습은 현대판 왕조시대임을 부인할 수 없다. 이 같은 권력세습의 가장 큰 병폐는, 북한이 영영 소련이나 중국처럼 변혁變革이나 개혁이 불가능한 나라가 되어가고 있다는 데 있다. 그럼에도 북한 주민들은 너무나 철저히 세뇌洗腦되어 있어서, 자기들이 어떤 사회, 어떤 지옥에서 살고 있는 것조차 모르고 있는 것이다.

김일성은 1960년대 말에, 그 권력을 유능한 사람에게 양도했어야 했는데도, 양도는 고사하고, 오히려 동료 박헌영을 터무니없는 미국의 간첩으로 몰면서, 사나운 개로 하여금 물어뜯게 하는 방법으로 고문을 가하여, 일본인들도 입을 열게 하지 못했던 박헌영을, "그렇다면 그렇게 했겠지요"라는 자포자기自暴自棄식 자백을 받아 냈으니, 권력의 비정非情함을 다시 한 번 알게 해 주는 것이다.

인간의 이러한 나쁜 성정을 알았다면 사전에 예방함이 가장 현명한 방법이다. 어느 권력자가 자기 권력을 유지하면서 종신終身토록 집권하려는 기색이 보이면 사전에 이것을 막아내야 한다는 진리를, 우리는 우리의 남과 북의 정치사에서 확실하게 체험하고 있는 것이다. 특히 그러한 무서운 독재는 이승만 박사의 독재는 아무것도 아닌 아마추어 독재였고, 박정희의 독재는 프로 독재어서 더욱 뜨거운 맛을 보았다. 그런데 북한의 독재는 프로독재가 아니라 신神격으로 격상된 지상 최고의 독재라고 표현해야 옳다. 왜냐하면 그 독재는 세뇌교육에 의해서 김일성 3부자를 신격화시키는데 성공했고, 거기에 정치범 수용소를 설치하여 강제 노역을 통한 공포분위기를 만들어서 주민을 철저히 통제하는데 성공했을 뿐만 아니라, 당과 군사력을 완전히 장악한 독재여서 인간의 힘으로는 도저히 깰 수 없는 독재이기 때문이다.

인간의 본성은, 종신終身토록 권력을 놓지 않고 지배력을 발동해서 지배욕과 성취욕을 충족시키려고 발버둥 치는 게 정확한 속성이다. 여기서 주의해야 할 것은 독립운동이나 산업화 등에 공이 크면 클수록, 그런 자의 정치가 오히려 독재로 발전할 수 있는 가능성이 더 크다는 사실이다. 따라서 공이 많을수록 더 조심하고 경계해야 하는 게 인간의 지배욕이고 성취욕이며 권력이다.

왜 공이 많을수록 독재의 위험이 더 큰 것일까. 그것은 공이 크면 클수록, 자연스럽게 백성들의 믿는 마음이 두터워지는데, 그때를 놓치지 않고 지배욕에 굶주린 아첨 배들이 빌붙게 되기 때문이다. 그들은 아첨하는 대가로 한자리를 얻어서 부하들과 백성들을 옥죄임으로써 자기의 지배욕과 성취욕을 충족시키려 드는 것이다.

인간의 성정은 위아래 양쪽을 섬길 수는 없게 되어 있다. 만약 그 자가 위아래를 다 섬긴다면, 그 자는 지배욕과 성취욕을 충족시키는 게 아니라 오히려 봉사만 하게 되는 것이므로, 인간의 성정엔 전혀 맞지 않게 된다. 그 때문에 윗사람에게 아첨을 잘하는 사람일수록, 아래 사람들에게는 철저하게 군림하면서, 독선에 빠진다. 이러한 체험은 수없이 해온 게 필자인데, 이는 필자의 주장만이 아닐 것이다.

이때 당사자인 그 독재자는 어느덧 자기도 모르는 사이에 자가도취自家陶醉에 빠지게 된다. 이때쯤이면 그 독재자는 자기 스스로 지배욕과 성취욕의 함정에 깊이 빠져 있는 것조차 전혀 깨닫지 못한다. 따라서 자기가 천하에 제일임을 자신하게 되어, 자기를 비판하는 자에게는 철퇴를 가함으로써, 독재는 더욱 강화되고, 그리 되면 스스로도 물러 날 수 없는 벼랑에 서는 것이다.

이토록 독재행위가 강화되면 강화될수록, 그에 저항하는 또 하나의 지배욕구자와 성취욕구자들이 들고 일어나기 마련이어서, 강력하게 저항하면서 비판하는 세력이 생기게 되는 것이다. 그때, 이를 다스리는 과정에서 고문 등의 강압수단이 동원됨으로써 독재는 더욱 강화되는 길로 들어서는 것이다. 이 경우, 추종자들은 공명심에 날뛰어서 상대방의 범죄를 조작하는 방법 등으로, 과잉過剩충성을 함으로써 독재는 더 강화되고, 당사자는 이를 당연시하게 된다. 이런 과정을 보면, 한 번 권력에 취하면, 좀처럼 빠져 나올 수가 없게 되는 게 인간의 성정이다.

이로 보아 인간은 마지막까지 지배욕과 성취욕의 충족을 위한 권력유지에 전력투구함으로써, 끝내 지배욕과 성취욕에서 벗어나지 못하고, 발버둥만 치다가 결국은 백성들의 전면적인 저항에 부딪치게 된다. 결국, 그는 비극적인 죽음을 당하거나, 망명하는 비애를 맛보게 되는 것이다. 이러한 사실을 다시 새겨 본다면, 석학들의 말이 100% 올바르고 정확했음을 알 수 있는 것이다.

박정희는 시대의 변화에 잘 적응했던 반 민주주의자

석학碩學들의 관점에서 보면 그 후 집권한 박정희도 마찬가지다. 더구나 김일성은 목숨을 걸고, 무장하여 일시나마 독립운동이라도 했으나, 박정희는 거꾸로 일본에 충성하겠다고 혈서까지 쓰지 않았는가. 그런 충성심을 보여준 덕분으로 만주군관학교와 일본육군사관학교를 졸업한 것이다. 그런 까닭으로 해방된 조국에서는 죄지은 자로서 자중해야 했음에도, 오히려 쿠데타로 정권을 잡은 후, 계속하여 말을 바꾸면서 종신 대통령을 꿈꾼 사람이다.

그가 쿠데타에 성공한 것은 치밀한 계획과, 민주당의 분열, 그리고 그때 마침 밤낮을 가리지 않는 데모와 좌경세력의 등장 등이 무혈쿠데타를 성공시키는 계기가 되었다. 그때, 국민들은 불안해하고 있던 차에, "반공을 국시의 제일의로 삼고"를 기치旗幟로 일어선 데 대하여 긍정하는 면도 있었으므로 무혈쿠데타에 성공한 것이다.

그러나 집권과정과 집권기간 중, 그의 추종자들은 공명심에 도취되어, 수많은 사람들을 빨갱이로 조작해서 죽였고, 용공주의자로 몰아서 반신불수를 만들기도 했는데, 이런 과오를 어떻게 보아야 하는가, 또한 그러한 과오로 빨갱이로 조작 받은 피해자들이 민주화가 정착되자, 재심을 청구하여 줄줄이 무죄가 확정됨으로써, 국가는 수천억 원의 손해 배상까지 해주고 있는 게 오늘의 현실이다. 그는 자기가 아니면 이 나라는 금방 망할 것처럼 설쳐대면서, 자기의 앞길을 가로막는 자에게는 어제의 충복도 고문으로 병신을 만들었다.

그는 자기 정권유지에 장애가 될 것 같은 정적에게는 납치하여 죽일 수밖에 없는 분위기를 유도한 후, 결국은 추종자들이 그의 비위를 맞추려고 납치하여 죽이려다 실패하기도 했다. 그로 인해 국위가 크게 손상시키기도 했다. 그는 또한 무리한 유신체제를 만들어서 종신집권을 꿈꾸다가 자기가 신뢰했던 부하 김재규로 부터 살해당하는 치욕을 맛보기도 했다.

이와 관련하여 그가 유신 2기에 스스로 물러나려고 했다는 평을 하는 사람이 있다. 이에 대하여 저자는 "NO"라고 단호하게 부정한다. 그것은 인간의 성정을 너무나도 몰라서 하는 말이다. 그런 말은 죽은 자에 대한 덕담에 불과하다고 보아야 한다. 그리고 설사 중간에 물러선다는 뜻을 비쳤다 하더라도, 그 결과는 보나마나 아첨 배들이 들고 일어나서,

"각하가 아니면 나라가 망할 것입니다. 그리고 북한도 가만히 있지 않을 것이며, 다시 경제는 도탄에 빠질 것입니다. 각하에게 이런 말씀을 드리는 것은 결코 각하를 위해서 하는 것이 아닙니다. 이는 오로지 국가와 민족을 위해서 하는 말입니다. 제발 물러선다는 말씀만은 거두어 주십시오"라고 종알거릴 것이다. 그 경우, 그는 물러설까를 조금 생각했다가도
"물러나십시오, 잘 생각하셨습니다"
라고 말하는 사람은 없고, 모두가 나라를 위해 참아야 한다고 말하므로 그는 그 말에 솔깃하여,

"그래 그 말이 맞아. 어차피 한강을 건널 때, 주검을 각오하고 건넜거늘, 통대회의에서도 압도적으로 지지를 받고 있는 내가 그냥 물러설 수는 없지. 잘잘못의 평가는 역사에 맡겨 두고, 최후까지 국가를 위해 봉사해 보자."

이런 마음 자세의 전환은 그가 살아온 발자취로 보아 당연한 것이다. 저자는 하필이면 제2대 통일統一主體 대의원대회에서 그가 99%의 압도적 다수로 당선되던 날,

"이제 우리나라도 국민소득이 1,000달러가 넘었고, 수출도 100억 달러가 넘었으니 대통령 선거도 옛날처럼 국민이 직접 선거해야 한다"
라고 말했다가 긴급조치 9호 위반과 용공발언 혐의로 입건되어 보안대에 끌려가서 고문을 받은 일이 있다. 결국은 이게 빌미가 되어 공무원에서 일단 쫓겨났다. 지금 생각해보아도 어이가 없는 일이다.

할 말을 한 것에 불과했는데도, 당시는 마치 역적이나 되는 것처럼 설쳐대는 기관원들의 행위는 참으로 가관이었다. 특히 그들이 고문하면서 "너 하나쯤은 고문하다 죽어노 차에 싣고 전주에 가다가 탑천에 던져서 자살했다고 보고하면 끝난다"는 보안대 어떤 상사의 협박은 지금도 모골이 송연해지는 것이다.

이런 분위기를 누가 책임져야 하는가. 그는 자기의 말이 바로 법이 되도록 하는 세상을 만들어서 살았다. 자기를 비판하는 자에게는 가차 없이 엄벌하는 법을 만들어서, 천년만년 대통령을 할 것처럼 설치다가, 결국은 김재규의 총구 앞에 허망하게 목숨을 내놓은 것이다.

그때 만약 죽지 않았다면 그는 수년 후, 이승만 박사처럼 망명해야 하는 비운을 맞을 수도 있었다. 이로 보면 그의 사망은 오히려 그의 모든 죄과를 불문에 부쳐주는 엄청난 효과를 가져와서, 그로 하여금 영원히 살도록 해 주었다.

그는 젊었을 때, 차마 인간으로서는 밟지 말아야 하는 행위도 했다. 그것은 남로당의 군 조직책일 때의 이야기다. 그는 조직의 생리로 볼 때 도저히 용서할 수 없는 변신을 했다. 다만 그 행위가 우리 대한민국의 존립에 도움이 된 것은 분명하므로, 그 점에서 용서 될 뿐이다.

그가 남로당의 군 조직책으로 있다가 발각되자, 자기 하나 살기 위해서 조직의 한 책임자인데도 그런 무거운 책임을 저버린 채, 뭇 동료들의 이름을 확인해주고 대질까지 해주어서 많은 장교들을 죽게 한 것이다. 이런 처사는 아무리 좋게 생각해도 대한민국의 공로자는 될 수 있을지언정 인격을 갖춘 대통령감은 아니었다고 판단되는 것이다.

1963년 대통령선거 때의 일을 생각해 본다. 그가 일제 때, 혈서로써 일본천황에게 충성을 맹서하는 글을 올려서 그에 감복한 일본인들이 만주군관학교에 입학시킨 사실을 투표 전에 국민들이 알았더라면, 그는 결코 대통령에 당선되지 못했을 것이다.

또한 남로당의 군 책임자여서 사형당할 처지였으나 처형 수일 전에 백선엽 장군 등의 도움으로 살아났다는 사실이 정확히 알려졌더라면, 아마도 국민들이 그토록 믿고 많은 표를 찍어 주지 않았을 것이다. 그는 군사쿠데타를 일으켜서 민주정부를 전복한 후, 자기들의 과업이 끝나면 본연의 자세로 돌아가겠다는 약속을 깬 것도 큰 잘못이지만, 혈서로써 일본에게 충성할 것을 맹세한 행위는 조국과 민족에 대한 더욱 큰 배신행위였다. 그런데도 국민들은 물론, 필자 자신도 그런 사실을 전혀 모른 채 열렬히 지지했으니 부끄럽기만 하다. 더구나 장기집권을 획책하는 과정에서 동서의 분열을 가져오게 한 것도, 민족에게 두고두고 씻을 수 없는 상처를 남겨준 것이므로 마땅히 비판 받아야 한다.

특히 덩샤오핑과 비교하여 비판하게 되는 것은, 그가 약속한 대로 국민에게 더 표를 달라고 하지 않겠다는 약속을 그대로 굳게 지키고 김종필 등 후계자를 지원해서 국가발전에 힘썼더라면 우리나라의 산업화도 성공하면서, 그도 살고 민주주의도 살 수 있었을 것이라는 아쉬움 때문에 더욱 그러한 것이다.

다만 그가 사살됨으로써 이승만 박사의 전철을 밟지 않은 것만은 천만 다행이라 할 것이다. 이 같은 견해와는 정반대로, 그가 우리나라 산업을 발전시켰고, 잘 사는 나라로 만드는데 초석을 닦았다는 이유만으로 무조건 칭송하는 국민도 있으나, 인간의 존엄성과 자유, 주권자인 국민의 선택권 등이 더 중요하고 또한 인권이 존중되는 사회가 더 중요하다고 보는 필자로서는 그런 주장에 결코 동조할 수는 없는 것이다. 여담이지만 유신체제로 독재를 강화 하고 있을 때, 당시 외항선外航船을 타고 국제교역에 종사하고 있었던 선원들과 갑종 항해사 등의 말에 의하면, 외국에 가서 가장 창피한 게 박대통령에 대한 비난과 욕설이라고 했다.

특히 김대중 납치사건을 계기로 그 비난의 강도는 훨씬 높아졌는데, 그때는 너무나 창피해서 얼굴을 들 수가 없다는 하소연 같은 소리를 많이 들었다. 대체적으로 우리나라 정치가들의 잘잘못을 평가하는 것을 보면, 국내의 왜곡歪曲된 언론이나 신문보다도 오히려 외국의 평가가 더 공정할 때가 많았으므로 밝혀 두는 것이다.

당시 필자의 근무처가 지방 해운항만청海運港灣廳이었으므로 외항 선원들이 많이 드나들던 관서였다. 그에 따라 저자도 그들로부터 일본의 문예춘추文藝春秋 등의 잡지와 주간지 등을 얻어 보아서 어렴풋이 박정희에 대한 비난의 강도를 잘 알고 있었다.

특히 박대통령이 김재규로부터 불행한 일을 당하고 나서의 주간지 보도내용을 보면 "중앙정보부장 김재규, 박정희 사살射殺"이라는 큰 제목으로 보도하면서, 그 어법이 마치 김재규가 정당하게 사살했다는 논조로 보도하고 있었다. 이를 보면 당시 외국인들의 박대통령에 대한 혐오감嫌惡感이 얼마나 깊었는가를 잘 알게 해 주는 내용이었다. 또한 그 당시 박대통령의 사망을 슬퍼하는 우리 국민들의 태도에 대해서도 의아해하면서 이해할 수 없다는 태도를 보여서 놀라웠다.

아마도 민주주의를 제대로 하는 나라의 국민이라면 당연히 유신체제를 부정적으로 보았을 것이므로 그런 비난이 당연했을지도 모른다. 외국인의 이러한 태도는 일관된 면이 있다. 그 예로서는 김대중, 노무현 두 대통령에 대한 평가를 긍정적으로 하고 있었는데 반하여, 국내 보수 언론에서는 "잃어버린 10년"이라는 상반된 평가를 하고 있는 점일 것이다.

바람직한 정치가와 위대한 지도자들

박정희는 한국의 산업화를 위해서, 그리고 가난을 벗기 위해서 애를 많이 쓴 것만은 분명하므로, 그로써 정상을 참작하여 다른 허물은 덮어둘 수도 있다. 그러나 산업발전도 우리 국민들의 높은 교육열로 이미 지적 수준이 그런 발전을 이룩할 수 있도록 토대가 쌓여 있었던 점을 감안한다면, 민주당 정부의 집권이 계속되었다 하더라도, 상당한 수준의 산업화는 성공할 수밖에 없었다고 보는 게 필자의 생각이다. 이런 사실은 그가 죽은 후에도 계속하여 발전하고 있는 것을 보아도 알 수 있는 것이다.

이런 점에서, 이승만 박사가 우방의 질시를 받으면서도, 대학에 재학 중인 자에게는 입영을 연기케 함으로써, "대학은 병역 기피의 소굴이고, 대학은 농촌의 소 뼈다귀가 세웠으며, 돈 있는 자는 군대 안 가고, 가난한 자만 군대 가서 죽는다"는 악평을 들으면서도, 인재를 양성한 점은 참으로 대단한 선견지명이었다.

박정희는 자기를 지원했던 사람에게도 인간 이하의 가혹한 고문을 하도록 분위기를 이끈 사람이었다. 또한 그의 치하에서는 너무나 많은 사람들이 빨갱이의 억울한 죄명이 씌워지기도 했다. 일부 국민에게 그토록 가혹한 정신적 상처까지 준 점은 백번 사죄해도 부족할 게 없는 것이다. 이런 일련의 사실을 살펴보면, 우리는 석학들의 말씀에 더욱 귀를 기울이게 된다. 따라서 어느 정치지도자나 어느 혁명가는 물론, 절세의 애국자라고 떠벌리는 어떤 사람의 말이라도, 그대로 믿어서는 안 된다. 따라서 모든 것을 종합 판단하여, 냉정하게 찬반 여부를 결정하는 게 바른 애국이다.

만약 무비판적으로 찬성하고 협조해줄 경우, 어느덧 그 자는 자아도취에 빠져서 절세의 비애국자 또는 절세의 비민주적인 독재자가 되어 가는 것이다. 그런 결과는 그야말로 민중의 반역자로 변질 되어가는 자가 더 많았음을, 우리는 과거에도 보았고 현재도 보고 있는 것이다.

정치인들 중 어느 정치가들은 후세에 훌륭한 평가를 받는데 반하여, 어느 정치인은 왜 형편없는 독재자나 실패한 정치가로 낙인찍히는가에 대하여 깊이 생각해 보았다.

공통적인 특징은 절대로 과욕을 부리지 않았고, 뭇 사람의 권유에도 불구하고 장기집권을 하지 않았다는 점이었다. 이런 정치가로는 조선조의 태종과, 미국 초대 대통령 조지 워싱턴, 그리고 앞서 누술한 중국의 덩샤오핑鄧小平이 가장 대표적인 인물들이다.

이 세 분은 모두 더 집권할 수 있는 위치에 있으면서도, 스스로 권력을 사양했고, 재직 중에는 훌륭한 치적을 남긴 분들이다. 저자는 덩샤오핑부터 다시 살펴보기로 한다. 그는 젊었을 때 큰 뜻을 품고 프랑스에서 유학한 사람이다. 그러나 그는 말만 유학생일 뿐, 학생으로서 공부할 수 있는 유학자금이 부족해서 노동 등 품팔이를 하면서 공부한 사람이다. 그 때문에 정신적인 고뇌뿐만 아니라, 육체적인 고통도 심히 겪어야 했다. 그는 쉽게 표현하면 산전수전山戰水戰을 다 겪은 사람이다. 그는 문화혁명 때, 저우언라이周恩來 등과 함께 지도급 인사로 있었음에도, 주자 파走資派, 자본주의를 추종하는 자로 몰려서 지방에 쫓겨 갔으며, 거기에서 갖은 수모를 다 겪었다. 그는 그때, 3년 동안이나 트랙터 수리공장에서 기계공노동에 종사하는 등 큰 고통을 겪었다. 그런 결과는, 그로 하여금 인생이 무엇이며 인간의 성정은 어떻게 생겼는지를 깊이 깨닫게 되는 계기가 된 것이다.

이런 인간의 수련이 그로 하여금 대성할 수 있게 해 주었다. 그는 마오쩌둥과 화궈펑華國峯에 이어 중국의 최고 권력자로 복귀하자, 강력한 개혁개방을 제창하면서, 중국이 살 길은 오로지 개혁개방뿐이라고 역설했다. 그러면서, 개혁개방의 정당성을 주장했다. 그는 미국에 건너가서까지도 유명한 흑묘백묘黑猫白猫론을 강조하면서, 오늘의 중국을 창조할 수 있는 초석을 튼튼하게 닦아놓았다는 점에서 선견지명과 참 지혜를 갖춘 지도자로 인정받고 있는 것이다.

그가 흑묘백묘론을 처음 주장한 것은 마오쩌둥의 인민공사 때부터다. 그것은 마오쩌둥의 주장인 인민공사제도가, 농민들의 생활을 더 도탄에 빠뜨리게 하면서, 생산의욕까지 잃게 하는 현실을 직접 보고나서, 깨달은 것이다. 그때 그는 일부 농민들에게 시범적으로 일정량의 자기 전용 농지를 지급해주었다. 그 결과, 그런 농장에서는 생산량이 몇 배로 증가하는 것을 보고 놀랐던 것이다.

그는 이때부터 검은 고양이든 흰 고양이든 쥐만 잘 잡으면 되는 것처럼, 인민만 잘 살 수만 있다면 개인전용 농지를 주는 게 옳지 꼭 인민공사를 강행할 게 무엇인가, 라고 주장한 것이다. 그때부터 일관되게 흑묘백묘론을 주장해 온 것이다. 그러므로 흑묘백묘론은 그의 뿌리 깊은 실사구시實事求是 사상에서 비롯된 것이다.

그는 4년 동안, 개혁과 개방을 위해 혼신의 힘을 다하여 확고하게 토대를 닦아놓았다. 그런 후에 그 자리를 후계자들에게 양도하면서, 국방위원회 주석 직만 유지하고 있었다. 하지만 그는 1989년에 이르러 국방위원회의 주석主席 직도 선례를 남기겠다고 하면서, 깨끗이 사임해 버렸다. 그때 그가 원했다면 죽을 때까지 그 직책을 수행할 수 있었다. 그때 그를 보좌하고 있었던 사람들이 한결같이 만류하면서, 국방위원장 자리만은 그대로 유지해줄 것을 간청했다. 그런데도 선례를 남겨야 한다면서, 끝내 사임한 것이다. 이런 점은 같은 중국 혁명의 원로元老들인 마오쩌둥이나 저우언라이周恩來 등의 종신집권과 다른 점이고, 통상의 정치인과도 크게 다른 점이다. 그가 얼마나 강력하게 개혁개방을 추진했는가는 다음 사실로서도 잘 드러나고 있다.

그의 후계자의 한 사람인 수상 리펑李朋의 연설문 중에는 반자본주의反資本主義라는 문구가 150개소나 있었다. 이때, 이 150개의 문구를 덩샤오핑의 강력한 주장으로 모두 삭제시킨 후 다시 쓰게 한 것이다. 이러한 사실을 보더라도 그에게는 자본주의에 대한 비판이 용인되지 않았음을 알 수 있다. 한마디로 그는 노골적인 자본주의경제라는 표현은 안 쓰면서도 내용적으로는 자본주의체제의 골격骨格인 사유私有와 자유自由, 그리고 영리營利를 모두 허용했다. 따라서 사실상 자본주의를 채택하고 있었기 때문에, 반反자본주의라는 문구를 아예 쓰지 못하도록 강력하게 단속했던 것이다. 또한 그는 후계자들에게 경계해야 할 경구警句를 제시했는데, 이게 우리나라에서는 도광양회韜光養晦라는 네 글자로만 알려져 있다. 그 때문에 이 네 글자만 인용하는 경우가 많으나 실제의 원문은 24자로 이루어져 있는 것이다. 저자가 그 전문을 우리말로 풀이하면,

냉정관찰冷靜觀察 침착하고 차분하게 잘 살펴보라

참은각근站隱脚跟 우리의 위치와 자리를 잘 숨겨서

침착응부沈着應付 도전에 침착하게 잘 대응하라

도광양회韜光養晦 햇빛을 가리고 숨어서 힘을 잘 기르되

선어수졸善於守拙 부족한 것을 보완하여 착하게 쓰도록 하고

절불당두絶不當頭 절대로 뽐내며 함부로 나서지 말라

위 경구를 보면, 덩샤오핑의 사람됨이 얼마나 숨은 지혜와 참 슬기가

깊었던 인물인가를 알 수 있다. 특히 그가 더욱 빛나는 것은 장례문화에서 밝힌 바와 같이 사후의 요란스런 묘지를 거부하고, 화장하여 그 재를 양즈강揚子江에 뿌리도록 했다는 점이다.

그는 참으로 확 트인 그야말로 확 열린 영걸이었고, 중국을 살린 대 정치가였다. 그 때문에 저자는 모든 정치가들과 백성들에게 덩샤오핑을 배우라고 외치고 싶은 것이다. 묘지와 관련하여 생각나는 것은 독일의 통일을 이룩하는데 크게 공헌한 두 수상브란트 수상과 콜 수상의 묘소가 일반 시민의 공동묘지에 아무런 표지도 없이 초라하게 설치되어 있더라는 어느 분의 기행문을 읽으면서 우리나라 정치인들과 시민들의 의식은, 언제쯤이나 그 경지에 이를 수 있을까 하고 생각해 보는 것이다.

다음은 조선조의 태종을 살펴본다. 그는 강비康妃와 그를 진원하는 사람들로부터 시련을 받았고 또한 건국 과정에서 숱한 고초를 겪었기 때문에 훌륭한 인간이 될 수 있었다. 그가 생전에 양위하는 영단을 내릴 수 있었던 것은, 그런 시련들이 정신적 밑거름이 되었다. 그리고 그는 외척과 이숙번 같은 권신權臣들을 사전에 제거하여 세종으로 하여금 성군聖君이 될 수 있도록 사전에 정지작업을 멋있게 한 후에 생전에 스스로 양위했다는 점에서 태종이 있었기에 세종도 있었다고 결론을 내릴 수 있는 것이다. 이러한 경력은 조지 워싱턴도 비슷하다. 그는 젊었을 때, 갖은 고생을 다 했다는 점에서 똑같은 것이다. 그리고 그는 건국 초에 제왕으로 등극할 것을 제안받기도 했으나 끝내 거부했을 뿐 아니라, 얼마든지 3선, 4선 등을 해서 대통령을 연임할 수 있었음에도, 후세를 경계하면서 장기 집권의 관례와 폐단을 경계하기 위해, 대통령 3선을 고사固辭한 점은 참으로 높이 평가해야 한다.

그러나 마오쩌둥은 청년 시절에 교편을 잡다가 혁명대열에 뛰어든 사람으로서, 지배욕과 기氣만 엄청나게 강했을 뿐, 산전수전을 겪지 않았다. 이런 점에서는 김일성도 박정희도 히틀러도 비슷하다. 따라서 이들은 인간수련의 기회인 산전수전의 고난에 찬 경험을 못한 풋내기들이었으며, 이런 점에서는 이승만 박사도 비슷하다. 사람이 공개된 장소에서 뭇 사람들의 천대를 받으면서, 인간의 쓰라린 고통을 다 맛본 자만이 올바르고 훌륭한 지도자가 될 수 있고 후세까지 귀감이 되는 대 정치가가 될 수 있는 것이라고 필자는 단언한다.

제6장

한국의 지정학적 위치의 진실과 해운海運

우리나라의 19세기까지의 지정학적 위치

지난 19세기까지의 우리나라 역사를 돌이켜 보면, 프랑스의 베르사유 궁전보다 세 배나 높고 크다는, 북경에 있는 자금성 내 태화전太和殿의 위풍당당한 그 건물에 눌려서, 우리는 끽소리 못하고 살아왔다고 해도 과언이 아니다. 그 곳에는 중국의 천자天子가 아득히 높은 권좌에 앉아서, 뭇 신하를 굽어보면서 호령하고 있었다. 그때 그 나라의 백관들만이 머리를 조아린 게 아니라, 우리 사신도 그 나라의 신하들 틈에 끼어서, 그들과 함께 머리를 조아린 때가 있었다. 그뿐만 아니라 우리 사신들이 그들 대관들을 뒤따라서 따로 천자를 알현할 때도 머리를 조아려야 했다.

그러나 그때는 분명히 지구촌이라는 개념이 없을 때였다. 그것은 우리나라가 주로 동양만을 알면서 살아온 것 때문이고, 그 중에도 중국이 천하제일의 나라로 알고 살아왔던 시대였으므로, 지구촌이라는 개념이 설

여지가 없었다. 그런 중국이 아편전쟁阿片戰爭의 총銃 한방으로 힘없이 무너지자, 중국의 신화는 허무하게 무너졌다. 그래도 유럽이나 미국에서 우리나라에 배로 오려면, 꼬박 20여 일이나 걸렸으므로 아직도 지구촌이라는 개념은 너무 생소했다.

그러나 지금은 아무리 먼 나라도 24시간이면 오갈 수 있고 48시간이면 지구를 한 바퀴 돌 수 있는 시대에 살고 있으므로, 마땅히 그에 상응하는 세계관과 안보관, 그리고 고도 산업화에 따른 새로운 발전방향의 신사고와, 신사조新思考 新思潮의 세계관 확립이 무엇보다도 필요한 때가 찾아온 것이다.

그 때문에 우리는 낡은 지정학적 개념에서 깨어나서, 현 시대에 걸맞는 새로운 지정학적 개념을 정립할 때가 된 것이다. 먼저 우리는 20세기에 이르러 우리나라가 지정학적 특수성 때문에, 어떤 변화와 파란이 있었는가를, 구체적인 예에서 찾아보기로 하자. 그 대표적인 예로서 6 · 25전쟁 때 있었던 일들을 하나하나 소개해 볼까 한다.

중국 장성이 토로吐露하는 한반도의 특수성

6 · 25전쟁에서 펑더화이彭德懷가 30만 대군을 이끌고, 한국전쟁에 뛰어 들었을 때의 이야기이다. 당시 그를 도와서 부사령관을 지낸, 홍쉐즈洪學志가 쓴, "중국이 본 한국조선전쟁"을 읽어보면,

"한반도는 중국 대륙과는 달라서, 국토가 좁고 길면서, 도로가 주로 남북방향인 종주縱走하는 도로만 있고, 지형까지 나빠서산악이 많음을 뜻함 어려움이 많았다. 또한 횡으로 난 도로는 거의 없어서, 남으로 진군한다 해도 일렬종대一列縱隊로 행군할 수밖에 없었다.

그 때문에 중국에서처럼 다방면에서의 협공이나 일렬횡대—列橫隊 등의 전투방법은 사실상 불가능했다. 특히 제공권制空權의 상실로, 보급이 매우 어려웠다. 이는 미 공군들의 정확하기 그지없는 폭격으로 도로망이 한두 군데만 파괴당해도, 보급이 모두 완전히 두절되다시피 했기 때문이다. 이때 인력과 우마차 등, 동원할 수 있는 것은 다 동원했음에도 수송이 제일 문제였으며 그 때문에 더 싸울 수 없는 곳이 한반도였다. 그래서 특별히 건의하여, 수송을 전담하는 수송여단旅團을 조직하여, 간신히 수송을 전담토록 하여, 그 애로를 해결하려 했으나, 그것도 역부족이었다. 다만 현지 조선인들의 협조로 식량부족을 해결하기도 했으나, 그것도 한계가 있었다. 그 때문에, 중국 지원支援군 병사들이 가장 무서워하고 있는 것은 굶주림과 탄약 부족, 그리고 전투 중 부상당했을 때, 후송되지 못하고 버림받는 것 등이었다"

라고 기술하고 있다. 또한 "유인誘引작전이나 포위작전, 또는 매복埋伏이나 기타 야간 기습 등 어떤 작전도 미군의 엄청난 화력과 조명탄의 위력으로 모두 어려움이 많았음을 들면서, 그 원인을 국토가 좁고 남북으로만 길게 뻗어 있는 반도의 특수성 때문에 자연히 보급로가 길어져서 최전방의 병사는 며칠씩 굶는 예가 허다했으며, 따라서 북위 37도선 이남으로는 더 내려갈 수가 없었다고 쓰고 있는 것이다.

그들은 우리나라 국토가 남북으로 길고, 동서로는 좁은 것이 보급에만 어려움이 있는 게 아니었다고 하면서, 그것은 동서가 좁아서 항상 동서 양 해안으로부터의 상륙작전에 의한 보급로 차단과 협공挾攻 가능성을 더 무서워하고 있었다. 그러면서 더 남쪽으로 진격할 경우 제2의 인천상륙작전을 가장 우려하고 있었다.

그 때문에 서울과 인천을 포기하고, 38선 이북지대로 후퇴한 후에도, 일본에서 3만 명의 특별부대가 원산에 상륙하기 위해 훈련 중이라는 정보를 입수한 후에는 이에 대한 대비책 수립에 골몰했다고 밝히면서, 이는 제2의 인천상륙작전이 일어날 수도 있다고 보았기 때문이라고 쓰고 있다. 그리고 양 해안으로부터의 함포사격도 무서워하고 있었다.

실제로 백선엽 장군의 전쟁회고록에 의하면, 어려운 고비에서 미 함대 사령관에게 부탁하여 함포사격의 지원을 받아서 일대 위기에서 벗어나 오히려 승기를 잡은 사실을 토로하고 있어서, 한반도의 특수성과 중국군의 어려웠던 점들이 사실임을 뒷받침해주고 있는 것이다.

또한 자기들은 그러한 한반도의 특수성 때문에 전쟁 초기에는 조선정부에게 인천상륙의 위험성을 누누이 경고하면서, 계속하여 여러 번 주의를 환기시켜 주었는데도, 끝내는 미군의 인천상륙을 저지하지 못함으로써, 조선인민군은 패전의 쓴맛을 보았다고 술회하고 있다.

여기서 우리는 한반도의 지형을 살펴 볼 필요가 있다. 이를 위해 지도를 펴 놓고 살펴보면, 대륙이 잘 뻗어오다가 함남 영흥만과 청천강 하류 지점에서 가장 심하게 좁아지면서, 그 거리는 겨우 170km 정도로 좁혀져 있음을 알 수 있다. 그 때문에 이 지점부터가 진정한 한반도의 출발점이 되는 것이다. 따라서 두 지점을 동 · 서해안에서 상륙한 후, 협공挾攻하여 연결한다면, 그 이남에 내려와 있는 중국군은 완전히 독 안에 든 쥐 꼴이 되는 것이다.

그러므로 이 지점부터가 해양海洋세력의 지배가 가능한 곳이며, 우리나라는 6 · 25전쟁 때, 위와 같은 지형 때문에 큰 덕을 본 것이다. 이러한 사실들을 중국 장성도 "중국이 본 한국전쟁"의 글에서 지적한 것이다. 이와 같이 삼면이 바다로 둘러싸여 있고, 동서의 길이가 남북 길이의 6분의 1 수준으로 좁은 게 우리나라 안보에 큰 도움이 되었다는데 대하여 이의를 달 사람은 없을 것이다.

이와 같은 특수성에도 불구하고, 우리나라 국민 다수의 고정관념은 우리 한반도는 미국, 중국, 러시아, 일본 등의 강대국에 둘러싸여 있는 약소국의 한계를 자탄自歎하면서, 겨우 4대국 안보론 이 가장 현실적이고도 진보된 안보관으로 긍정되고 있었다. 그러나 필자는 이를 단호히 거부하면서, 4대국 안보론이란 너무나도 소극적이고도 퇴영적退嬰的이며 근시안적인 사고방식에서 나온 잘못된 생각이라고 주장하고 싶다. 필자는 오히려 세계 최상의 지정학적 위치가 우리나라임을 강조하면서 그 까닭을 밝혀보려 한다. 그러므로 현대적인 사조와 신사고에 의한 관점에서는 지구가 한 마을이고, 모두 가까운 이웃이어서, 4대국만이 이웃이 아니라 온 세계가 다 이웃이라고 주장하는 것이다. 따라서 현대는 어느 곳이든 어느 국가가 정당한 이유 없이 전쟁을 일으켰을 때는, 즉각적으로 UN안전보장이사회가 열리고, 이어서 정전停戰할 것을 명命하는 사례를 항시 보게 된다. 그래도 듣지 않으면 UN평화군을 파견하거나, 집단 안보론安保論에 의하여, 군대를 파견하여, 불법 침략자를 응징膺懲하고 있다. 하지만 이러한 노력도 해양국가일 때, 특히 우리나라처럼 반도국이거나 섬이어서 효율적인 방어와 반격이 가능한 곳에서만 거의 100%의 효과를 낼 수 있을 뿐이다. 그와 반대로 아프가니스탄처럼 내륙국이거나 산악국일 때는 그 효과는 참으로 미미할 정도인 것이다.

이로 보면 우리나라가 불법으로 북한을 침략하는 일은 없을 것이므로, 우리가 UN으로부터 제재를 받는 일은 발생하지 않을 것이다. 반면에 우리나라가 북한으로부터 불법으로 침략을 받았을 때는, UN이 적극 대응함은 물론, 한미방위조약에 의하여 미국의 자동개입은 불을 보듯 번한 것이므로 20세기 초와 같은 안보관은 너무나 비현실적인 견해라고 보지 않을 수 없다.

이로 보아 중국이 평화와 안정을 적극 원하는 자세가 그대로 이어진다면, 북한이 바보가 아닌 다음에야 전면전을 벌인다는 것은 있을 수 없다.

하지만 그들은 국지전을 일으켜서, 심리적으로 한국 내부의 갈등을 조장하고, 외국 자본을 떠나게 하여, 한국경제를 토탄에 빠지게 하는 술책은 항상 가능한 것이므로, 그 점이 우려 된다. 그 때문에 위정자는 길고 먼 눈으로 북한을 슬기롭게 다루어야 한다.

그런데 지난 이명박 정부의 대북정책은 북한을 슬기롭게 다루지 못하고 있었으므로 매우 안타까웠던 것이며, 이 점에 대해서는 다음 통일론에서 상론키로 한다.

현대는 해양 세력 시대, 향후도 해양시대

한국전쟁을 총체적으로 보면, 대륙 세력과 해양 세력 간의 대결이었다고 보아야 한다. 그리고 백만의 중국군이 오산과 원주를 연결하는 선까지 내려왔을 때, 이를 현 휴전선 지대로 몰아 낸 것도, 따지고 보면 적어도 한반도에서만은, 해양세력의 힘이 대륙세력보다 앞설 수 있다는 것을 보여준 것이다. 또한 작금의 이 시대는, 대륙의 시대가 아니라 해양의 시대가 도래到來하였으므로, 그에 걸맞게 19세기 이전의 생각은 버려야 할 것을 일깨워주는 좋은 본보기가 한반도에서 일어난 6·25전쟁이었다. 하지만 6·25전쟁 때, 해양세력을 대표하는 미국이 제해권을 잡지 못하고 있었다면, 오히려 우리나라가 더 어려움을 당했을 수도 있는 것이다. 이러한 사실을 깊이 살펴본다면, 우리의 삼면이 바다라는 것은, 중국의 만리장성萬里長城보다도, 더 튼튼한 울타리가 될 수 있음을 알게 해주고 있고, 따라서 향후에도 바다가 안보에 기여하는 힘은, 영원하지 않을까 하는 게 필자의 생각이다.

그런데 바다는 이런 국가의 안보차원安保次元에서만 도움을 주는 게 아니다. 오히려 그보다도 국가발전의 기초가 되는 산업 발전에는 그보다 몇 십 곱의 공헌을 하고 있다. 그럼에도 불구하고 우리가 햇빛의 고마움을 모르면서 살고 있고 공기의 고마움을 모르고 살듯이, 해양의 고마움을 모르고 살고 있는 것 같아서 매우 안타까운 것이다.

우리 지구촌에서 바다 때문에 가장 심한 고통을 당하는 나라들을 헤아려 본다면 우선 스위스와 몽고 등의 내륙국을 들 수 있다. 역사적으로 본다면, 러시아를 들 수도 있다. 이 나라는 바다가 있긴 하나, 겨울이면 얼기 때문에, 반신불수半身不隨의 바다만 있는 격이어서, 얼지 않는 항구를 얻기 위해, 부단히 노력해 왔고, 이에 따라 많은 희생을 치루기도 한 나라다.

러시아는 당초 흑해黑海에 항만을 개발하여, 보스포루스 해협과 다르다넬스 해협을 통해, 지중해로 진출하려다가, 터키와 그를 지원하는 영국등과 충돌하여, 번번이 패전했다. 그들은 다시 눈을 돌려서 조선에 진출하여, 진해항과 목포항을 얻으려 했으나, 영국의 지원을 받고 있는 일본에게 또다시 패전함으로써, 망신만 당한 게 그 나라였다.

그러나 최근에는 지구의 온난화로 부동항不凍港 문제가 크게 완화되었을 뿐만 아니라, 얼음을 부수는 고성능 쇄빙선碎氷船까지 발달하고 있어서, 이제는 큰 걱정이 없는 나라가 되었다.

또 하나의 나라를 예로 든다면, 폴란드를 들 수 있다. 그 나라는 1차 대전 후 독립은 이루었으나, 바다가 없어서 국제연맹의 도움으로 독일 영토의 동부지대를 지나는 좁다란 회랑回廊을 확보해서 바다 쪽으로 차량들이 통행할 수 있도록 했고, 그 끝머리 해안에 단찌히 자유시와 단찌히 항港을 축조해서, 바다의 굶주림을 해결하기도 했다.

하지만 히틀러가 집권한 후에는, 그로부터 이를 반환하라는 압박을 계속하여 받아왔고, 1939년 9월에 이르러 독일의 침공侵攻을 받을 때는 그 반환을 거부한 것도 하나의 침략의 구실을 하고 있었다.

폴란드는 그런 슬픔 때문에 2차 대전 후에는, 아예 서부 국경선을 훨씬 더 서쪽으로 옮겨서 획정劃定시키는데 성공하여 그 회랑지대를 아예 자국의 영토로 귀속시킴으로써 근본적으로 항만문제를 해결하긴 했으나, 그 결과 게르만 민족이 폴란드 국민이 되어야만 하는 비극도 겪었다. 중국도 바다를 끼고 있긴 하나, 국토의 전 면적에 비해서 바다에 접하는 임해臨海면적이 너무나 적을 뿐만 아니라, 동북 3성 중 헤이룽앙성黑龍江省이나 지린성吉林省의 동부지방 등은 다이렌항大連港까지의 거리가 너무나 멀어서 항만이용의 효율效率성이 크게 떨어지고 있다. 그 때문에 그 대안代案으로, 북한의 나진항과 청진항을 이용할 수 있도록 조처하고 있는데, 이는 두 항만이 훨씬 가깝기 때문이며 이 두 항만을 마치 자국自國의 항만처럼 이용할 수 있도록 북한과 협정을 맺어서 이용하고 있는 것이다.

해양과 임해臨海면적, 산업과의 연관성

여기서 깊이 참고해야 할 것은, 임해면적의 경계를 해안으로부터 직선 거리로 40km로 계산 할 때에는 우리나라는 전 국토의 절반이상이 임해면적으로 계산 될 수 있으나, 중국의 임해면적은 전 국토의 3%도 안 된다는 사실이다. 이러한 사실에 비추어 보면, 우리나라가 해양으로 둘러싸여 있는 게 얼마나 복 받은 국가인가를 알 수 있을 것이다. 필자가 이러한 생소한 말을 쓰는 이유는, 산업발전과 임해면적臨海面積과는 거의 절대적인 불가분의 관계가 있기 때문이다. 그 예로서 중국의 해안지방을 들 수 있다. 이곳은 산업화가 급속도로 진행되고 있는 반면, 중국정부의 적극적인 노력에도 불구하고 내륙의 개발은 지지부진함을 볼 수 있다. 이는 그만치 바다가 중요함을 알 수 있게 하는 좋은 예가 된다.

필자가 앞으로 해양과 해운, 그리고 자동차 등의 육운陸運과 운하運河에 대한 글들을 종합하여 쓰려는 것은 우리 국민들이 육상에서 일어나고 있는 일들은 직접 접해봄으로써 비교적 잘 알고 있으나, 바다와 해운이 얼마나 산업발전에 기여하고 있는가와 그것에 미치는 영향 등에 대해서는 잘 모르는 것 같아서 쓰려는 것이다.

특히 장차 이 나라를 짊어지고 나갈 청소년들에게는, 해양과 해운을 똑바로 알리는 게, 앞에 써 온 글보다도 더 주요하다는 생각이 들어서, 엮어나가는 것이다. 한마디로 말해서 현대의 산업발달은 배를 떠나서는 생각할 수 없다. 따라서 대형선이 수시로 자유롭게 드나들 수 있는 나라만이 산업이 발달할 수 있는 것이다. 그것도 적어도 5만 톤 내외의 큰 배가 다닐 수 있어야 한다.

그 같은 좋은 예로는, 너무나 유명해서 세계사에도 잘 나오는 수나라 양제가 개발했다는 중국의 대운하大運河 주변의 양안兩岸을 보거나 몽고나 스위스를 보면 저절로 잘 알게 되는 것이다.

바다가 없는 스위스는 가볍고 값나가는 시계를 만들어서 수출하고는 있으나, 전자시대에 접어들면서 많은 어려움을 겪고 있다. 또한 중국의 대운하大運河는 3천 톤 내외의 배가 다니고 있는데도 5만 톤 내외의 대형선이 드나들 수는 없어서, 해안지방처럼 개발되지 못하고 방치되어 있는 사실을 보아도 알 수 있는 것이다. 이러한 사실을 종합하여 판단해 본다면, 우리나라의 주변에 중국, 러시아, 일본 등의 대국들이 버티고 있어서, 지정학적地政學的 위치가 불리하다고 보는 것은 큰 잘못이다. 따라서 바다가 통하는 나라는 먼 나라가 아니고, 모두 이웃국가로 보아야 하기 때문에, 19세기 이전과 같은 고정관념으로 위축될 필요는 없는 것이다.

오히려 현대국가는 나라가 크고, 인구가 많은 것보다는, 바다면적을 얼마나 확보했는가와 이 바다를 얼마나 효율적으로 이용할 수 있는가가 바로 국력을 평가하는 주요한 기준이 되고 있다. 이와 관련하여 한때는 운하가 바다 구실을 함으로써, 운하를 접하는 면적이 얼마나 넓은가가 바로 국력의 척도가 된 때도 있었다.

그게 몇 세기 전의 이야기가 아니라, 바로 1960년 이전까지도 해도 그랬다. 이러한 사실이 우리나라에도 전해져서, 수년 전에는 경부 갑문운하를 만들면 우리나라도 비약적으로 발전할 수 있지 않는가, 라는 논의가 한때 있었다. 그러나 운하는, 19세기의 보물은 될 수 있어도, 20세기 중반부터는 하나의 골동품(?)으로 전락 중이라는 사실을 알아야 한다. 이에 따라, 파나마 갑문운하에 맞추어서 만든 인천항 갑문운하도, 해가 갈수록 문제가 생기고 있는 것이다, 그 때문에 인천 송도에 세워지는 신항만에 크게 기대하고 있으나, 원천적으로 중국의 양산 항과 같은 큰 배가 댈 수 있는 부두 시설을 계획조차 아니 한 것으로 보여서, 굉장히 아쉬운 감이 들고 있다.

우리나라 해운의 역사와 쇄국鎖國

이러한 바다를 우리나라는 적어도 19세기 후반인 1876년까지는 문호를 굳게 닫아놓고, 외국배가 우리나라에 접근하는 것조차 허용하지 않을 때도 있었다. 그것을 역사는 대원군의 쇄국정책이라고 부르고 있는데, 쇄국의 내용은 외국상선이 우리나라에 입출항 할 수 없도록 한 것을, 쇄국이라고 호칭한 것에 불과했다. 그렇다면 우리나라가 신라 때나 고려 때도 쇄국하고 살았느냐 하면 결코 그렇지는 않았다.

그 예가 신라 말의 장보고가 전남 완도에 청해진을 건설하여, 해상왕국을 건설하고. 동양 3국의 무역을 독점한 예가 있었음을 보면, 그렇지 않았음을 알 수 있다. 이러한 사실은, 당시 일본의 고승들이 장보고의 선박을 이용, 당나라에 유학을 다녀오면서 쓴 기록에서도 잘 나타나고 있다.

그 기록들은 그때 장보고가 얼마나 활발하게 해상활동을 하고 있었는가와, 당나라 등주登州, 산동성에 법화원을 세우는 활약상 등, 왕성한 해상활동을 상세히 알리고 있어서, 국내보다 외국에서 더 알려지고 있는 것이다. 또한 고려 때도 태조 왕건 자신이 해양세력을 대표하는 혈구 진六口鎭세력을 대표하는 사람이었으므로, 당초부터 해양을 개방하고 있었다. 따라서 그때 개경에서 가장 가까운 벽란도碧瀾渡에 중국 일본 등 가까운 나라는 물론, 저 먼 아라비아 상선까지도 입출항 할 수 있게 개방함으로써, 그들의 입을 통해 고려가 COREA로 이름으로 온 세계에 알려지게 되는 데 일조가 되었고, 당초의 국명인 COREA가 KOREA로 정착되기 시작한 것은 서기 1890년 전후부터다.

그러나 조선에 들어와서는 바다와 벽을 쌓다시피 했다. 이는 중국의 서울이 북경에 자리 잡고 있는 것도, 바다를 멀리 하게 한 큰 원인이 될 수 있는 것이다. 이는 북경은 굳이 배로 갈 필요가 없는 곳에 위치하고 있었기 때문이기도 하다.

어찌 됐던, 바다에 벽을 쌓는다는 것은 선박에 의한 외국과의 교역을 차단했음을 말하는 것이며, 이러한 현상은 서구의 나라들과는 정반대의 길을 걸어왔음을 알 수 있는 것이다. 그들은 16세기 이후 해양을 통해 활발하게 뻗어나가고 있었는데 반하여, 조선은 오히려 문을 굳게 닫고 있어서, 거꾸로 은둔국隱遁國, 숨은 나라이라는 호칭과 함께 후진국으로 전락하고 있었다.

하지만 그 당시 같은 동양 문화권에 속해 있었던 일본은, 규슈九州의 나가자기항長岐港을 개방하여, 서양의 문물을 계속하여 받아들임으로써, 국민들의 서구문물西歐文物에 대한 거부감을 없애고, 감정을 순화醇化시키는데 성공하고 있었다. 이같이 우리나라와는 달리 해상을 조금이나마 개방하고 있었던 결과는, 일본이 개국開國 이후에도 신·구세력간의 극한 대결을 피할 수 있게 하는데 크게 기여했다.

하지만 우리나라는 장기간의 쇄국으로 서구의 발달된 문물을 오히려 이단시異端視하는 결과를 가져 왔다. 그 때문에 1876년의 병자수호조약에 의해 문호가 개방되고, 따라서 외국 문물이 일시에 밀려들어오자, 오히려 바른 길을 지키고 사악한 것을 배척한다는, 이른바 위정척사衛正斥邪사상이 일어나기도 했다.

이 사상은 19세기 후반까지도 완벽하게 온 백성의 마음을 사로잡고 있었다. 그러면 바른 것은 무엇을 말하는가를 알아보자. 그것은 크게는 유교를 말하나 좁게는 유교 중에도 성리학性理學을 지칭하는 것이므로, 어떻게 보면 주자학을 사수하자는 것에 불과했다.

또한 그때, 흥선 대원군이 쇄국을 고집하면서, 오랑캐가 침노하는데 그들과 화해하고 통상하면 나라를 팔아먹는 것이다, 라는 양이침범 비전칙화 주화매국洋夷侵犯 非戰則和 主和賣國의 기치를 높이 들 수 있었던 것도, 백성들의 그와 같은 의식 때문에 가능했다. 흥선 대원군은 누가 무어라 말해도 결단력이 강한 큰 인물임에는 틀림없었으나, 세계대세의 흐름을 보는 눈은 어두웠다.

그와 반대로 중국청국에 대해서는 깍듯한 예의를 차렸는데, 그런 사대적事大的인 자세 때문에 임오군란壬午軍亂 때는 찾지 말았어야 할 청국 군영을 찾아가서, 인사를 드리려다가 오히려 구금을 당한 채 청국에 압송押送되는 치욕恥辱을 겪기도 했다.

일본의 개국과 민심의 순화가 끼친 영향

그러나 일본은 우리보다 20여 년 앞서서 개국했는데도, 거기에서는 위에서 지적한 대로 나가사키 항의 오랜 개항으로, 일본국민은 서구의 신문물新文物에 대하여 이미 순화醇化되어 있어서, 개국이 순조로웠다. 그리고 또 하나의 이유는 일본의 사실상의 수도가 현재의 수도인 에도江戸, 현재의 東京에 있었는데, 그 에도는 해안도시여서 1853년, 미국의 해군 제독 매튜 페리의 함대가 쏘아대는 포탄이 정청政廳의 마당 가까이 떨어짐으로써, 지배층이 크게 놀랐고, 그와 함께 그 힘에 눌려서 문호를 개방하기에 이른 것도 조기 개국의 한 원인이다.

이것을 보면 아무리 담대한 정치인이라도 총구 앞에서는 굴복하게 되어 있는 것이다. 마오쩌둥毛澤東은 이를 가리켜서 "권력은 총구로부터 나온다"라고 말하고 있는 것이다. 그가 공산주의자로서 이념理念의 화신처럼 보였던 사람도, 그런 말을 하고 있는 것을 보면, 인간의 약점을 기가 막히게 잘 지적한 것으로 보인다.

실제로 무력 앞에서는 의외로 심약해지는 게 인간이다. 이런 인간의 성정과 일본의 개국과정을 살펴보면, 서울이 만약 해안지방에 위치해 있었다면, 우리나라도 달라졌지 않았을까 하는 생각과 함께, 수도가 해안에 있는 것은 국가 발전에 크게 도움이 될 수 있음을 알게 해주는 것이다.

필자는 그 때문에 만약 경복궁이 인천이나 강화도에 있었더라면, 대원군이 그토록 완강하게 쇄국을 주장할 수는 없었을 것이며, 따라서 고종 3년의 병인양요 때, 이미 문호를 개방함으로써, 후일에 이르러 일본의 강요에 의한 문호 개방은 없었을 것이라고 단언할 수 있는 것이다. 그렇다면 바다를 통안 국제간의 교역, 즉 배로 실어 나르는 해운이 국가 발전에 얼마나 도움이 되고 있는가를 구체적으로 밝혀서 우리나라의 지정학적

이점을 똑바로 고찰하는데 참고하고자 한다.

한반도는 해운의 최 수혜지受惠地, 중공업 최적지最適地

한마디로 우리나라가 바다에 둘러싸여 있지 않았다면 제철업이나 조선造船산업, 그리고 정유精油화학 산업과 같은 중공업과, 화력발전산업 등, 중요 기간산업은 아예 존재할 수가 없었을 것이다. 왜냐하면 우리나라가 내륙국이거나 대륙으로만 연류되어 있다고 가정할 때, 철광석 등의 원광석을 자동차나 기차로 호주나 브라질로부터 싣고 올 수밖에 없는데, 그 경우 수송비 때문에 국제적인 경쟁을 전혀 이겨낼 수가 없는 것이다.

참고로 자동차와 선박의 수송비를 구체적으로 대비해 보기로 하자. 우선 부산과 서울 간의 자동차 운임을 살펴보자. 두 도시의 거리는 약 400km이다. 그리고 이 거리를 대형 트럭으로 철광석을 싣고 갈 때, 20톤의 대형트럭으로 싣고 간다고 전제하고, 한 번 가는데 아무리 싼 운임으로 운송한다 하더라도, 60만 원 이하로는 수송할 수 없으므로 톤당 운임이 3만 원은 넘을 것임을 알 수 있다.

그러나 서울. 부산 간 거리보다 거의 50배나 먼 2만 km위치에 있는 브라질 동부로부터, 30만 톤급 선박으로 철광석을 싣고 올 때는, 톤당 운임이 8달러면 족하므로 현 환율로 계산할 경우, 약 1만 원에 불과하다. 이로 보면 운송거리는 30배나 먼데도, 수송비는 거꾸로 3분의 1밖에 안되니 어안이 벙벙할 뿐이다.

이와 같이 해운운임이 육상 수송수단에 비하여 거의 절대적으로 싸질 수 있는 원리는, 같은 무게를 옮기는 데 있어서, 바다 위에서 옮기는 게 육지에서 옮기는 것보다 에너지의 소모가 훨씬 적게 든다는 사실 때문이

다. 예를 들면 쌀 2톤80kg들이 25가마을 충남 당진에서 서울로 옮기는데, 3
톤급 목선으로 옮긴다면 혼자서도 옮길 수 있고, 둘이서 하면 대만족이
다. 다만 중간에 풍파를 만나지 말아야 한다.

그러나 사람이 이를 육로를 이용해서 옮기려면 아주 힘이 좋은 장정
40명이 필요하다. 우마차로 옮기더라도 세 마리의 황소와 세 마부가 있
어야 한다. 이러한 사실 때문에, 조선조 때도 풍파 때문에 많은 인명과 미
곡의 손실을 보면서도, 배를 이용한 조운漕運을 통해서 조세미를 운반한
것이다.

이를 현대 해운과 연결시켜 좀 더 상세하게 살펴보기로 하자. 위에서
잠깐 밝힌 대로 브라질에서 포항제철까지의 거리는 약 2만 km이므로 거
리상으로는 서울 부산 간의 거리 400km에 비하면 거의 50배나 멀다. 그
런데도 30만 톤급 선박으로 철광석을 수송할 때는 톤당 운임이 약 8달러
내외여서, 톤당 운임은 약 1만 원에 불과함을 알 수 있다. 거기에 하역비
등을 고려한다 해도, 10불을 넘을 수는 없으므로 거리는 50배 이상 먼데
도 운임은 서울 부산 간의 자동차 운송비보다도 2분의 1도 안 될 정도로
훨씬 더 싼 것이다.

그러나 같은 배라도 30만 톤급이 아닌 3천 톤급으로 운송할 때에는 운
임이 톤당 20달러도 넘기 때문에, 결국 톤당 2만 5천 원이 넘게 되고, 하
역비도 똑같이 들 것이므로, 결국은 톤당 27불 내외여서, 자동차보다는
훨씬 싸나, 대형선에 비하면 비싼 운임이 된다.

이런 사실을 살펴본다면, 바다가 얼마나 물류비 절감에 기여하는가를
알 수 있다. 따라서 해운을 이용하여 화물을 운반할 때는, 수송비 절감이
얼마나 효율적으로 이루어지고 있는가를 알 수 있는 것이다.

그러므로 국제간의 경쟁에 있어서는 모든 재화의 수송을 함에 있어서,
대형 선박에 의한 해운의 비율을 얼마나 늘릴 수 있는가와 거꾸로 자동

차의 수송비율을 얼마나 줄일 수 있느냐로 귀결되는 것이다.

이런 관점에서 본다면, 우리나라에서 한때 운하 건설문제가 크게 문제되었을 때, 그 해답은 간단한 것인데도 국론國論이 분열되다시피 했고, 한때는 4대강 사업을 의혹의 눈초리로 보기도 했다.

필자는 그때, 여러 차례에 걸쳐서 운하 건설의 부당성을 각 신문사나 대통령 후보에 뜻을 가진 분들께 보내주었다. 그러나 2007년 초 매일경제에서만 대학교수 두 분의 소견과 함께 저자의 주장을 소개해 주었을 뿐이고, 한겨레신문에서 깊은 관심을 표시했을 뿐이다.

그때 두 교수는, 수리와 환경에 대하여 각각 의견을 내고 있었는데, 그분들의 의견도 그대로 줄여서 내주고 있었고, 저자의 의견도 줄여서 보도해주고 있었다. 요지는 운하에서 운송되는 바지선의 주종대상 화물은 철광석, 석탄, 목재, 비료 등의 중량 화물인데도, 이들 화물이 없어서, 투자의 낭비밖에 안 된다고 보도 해 주고 있었다.

그때 한겨레신문에서는, 이를 크게 다루어 줄 것으로 약속했다가, 본인의 주장이 아니더라도 좋은 의견이 백출百出되어서, 그들을 토대로 종합적인 특집으로 엮어서 연재하여 보도하는 열성을 보이기도 했다. 그와 같은 우여곡절迂餘曲折을 거쳐서, 운하문제가 일단락되고, 전前 이명박 대통령도 운하 건설을 단념했으므로 국가 백년대계를 위해서 다행한 일이었다.

대형 선박에 의한 싼 운임의 수송이 국제경쟁력

현대와 같이 선박의 대형화를 통한 대량 수송으로 싼 운임시대를 열게 된 공로는 어느 전문가의 특허품으로 이루어진 게 아니다. 이는 이스라엘과 이집트 간의 전쟁 발발로, 수에즈운하가 장기간 단절되자, 유럽의 여러 나라들이 종래와 같은 싼 운임으로 중동의 원유를 수송할 수 있는 방법이 없을까 하고 그 방법을 찾는 과정에서 생겨난 자연스러운 수송방법이었다. 그 방법은 남아프리카의 희망봉希望峯을 돌아서, 운송하는 체제로 전환할 경우, 운하를 통과하지 않음에 따른 수송거리가 3배로 증가함으로써, 이때 톤당 운임도 배 이상으로 증가하게 되므로, 이를 어떻게 극복할 수 있는 방법이 없을까가 가장 큰 관심사였기 때문에, 선박의 대형화에 착안하게 되었다. 이에 저가운임으로 수송하는 방법으로는, 선박을 대형화하는 수송체제로 전환하는 방법 외에 다른 뾰쪽한 타개책打開策은 없다는 결론 하에 선박의 대형화가 이루어지게 된다.

역설적이기는 하지만 선박대형화의 공로는 아무래도 이스라엘과 이집트에 돌려야 할 것 같다. 그 때문에 저자가 쓴 "항만과 국가 발전"의 주장 요지는 우리나라의 내륙공단을 모두 항만 주변으로 옮겨야 한다고 주장한 것이며, 그 경우 자동차 운송비의 절감으로 연간 약 2억 불 이상의 물류비 절감을 기대할 수 있고 내륙의 도로가 교통이 잘 소통되어 원활한 운영에도 도움이 된다고 강조한 바 있다.

이와 같이 우리나라는 삼면이 바다에 둘러 싸여 있고, 어느 곳이든 개발하면 항만이 조성될 수 있으므로, 이러한 천혜의 이점을 살려서 국가 발전에 원용한다면 그보다 더 좋은 일은 없을 것이다. 이러한 모든 점을 종합하여 판단한다면, 19세기까지는 우리나라의 국력이 강대국에 둘러 싸여 있어서, 뚫고 나가려 해도 나갈 수 없는, 지정학적 위치에 있었으나, 오늘날은 해운의 비약적 발전으로, 오히려 5대양 6대주로 비약할 수 있는 천혜의 복된 국가가 되어 있음을, 깨달아야 한다. 이 시대는 분명히 대형 선박에 의한 대량운송시대이다. 소형 선박에 의한 소량운송으로는 운송비 때문에 경쟁할 수가 없다. 이에 맞추어서 현대조선소 등 우리나라

굴지의 대형 조선소에서는 100만 톤급 조선용 도크를 건조하였고, 1, 2년 전에 들어오고 있었던 광물수송선벌크선의 주문도, 거의 40만 톤급 이상 선박의 주문이 주류를 이루고 있어서, 세계 해운의 추세가 어떠한가를 알 수 있게 해주고 있는 것이다. 그런데 이러한 대형화추세는 해를 거듭할수록 더 강화되어간다는 사실이다. 그것은 아무리 큰 배라도 선원 10여 명이 컴퓨터를 조작하여 안전하게 운항할 수 있다는 점과, 조선공업도 컴퓨터 화하여 설계부터 시공까지 거뜬하게 해내고 있어서, 선박의 대형화와를 통한 싼 운임 체제는 더 강화될 수밖에 없는 것이다.

참고사항이기는 하지만 1970년대 초만 해도, 보통 5천 톤 규모의 화물선이면 선장과 기관장 외에 사관 선원들이 5, 6명씩 승선했고, 기타 일반선원까지 합하여 근 40명의 선원들이 배를 운항하고 있었다. 그러나 그 후 선박이 커지면서, 2만 톤급이상의 선박으로 대폭 커졌으나 오히려 선원 수는 줄어서 30명 이하로 감소되었고, 그 후, 30만 톤급 선박이 등장했으면서도, 선원 수는 더 줄었다.

특히 지난 세기말부터는 50만 톤급의 대형 탱커선유조선도 10여 명의 선원으로 운항하면서 인건비를 대폭 줄였다. 그 대신 모든 게 컴퓨터 화하면서, 자동화 되었으므로 해운산업은 고용효과가 거의 없는 산업이 되어 버렸다. 그 때문에 해운산업은 고용효과가 축소되고 있다는 이유로, 정부당극으로 부터도 냉대 받는 면도 있는 것이다.

파나마 갑문운하는 시대착오적으로 전락했으나 개조 작업으로 회생 중

운하가 경시되는 경향은 1960년대까지만 해도 상상치 못한 사실이다.

왜 그랬을까. 그것은 파나마운하와 수에즈운하, 미국의 미시시피 강의 내륙 항인 세인트루이스 항, 그리고 유럽의 런던 항과 로테르담 항을 위시한 라인 강변의 내륙 항, 엘베 강의 함부르크항 등 세계 중요 항만들의 수심이 선박의 규모를 제약하고 있었기 때문이었다.

왜냐하면 파나마운하는 갑문으로 되어있고, 또한 수심도 12.8m로 제한되어 있었으며 수에즈운하는 더 얕았다. 다만 수에즈운하는 바닥이 모두 모래나 흙이어서 준설이 가능했으므로 해운의 변화에 적응할 수 있었으나, 파나마운하는 콘크리트 조여서 개조의 어려움으로 어쩔 수 없이 5만 톤급 이상의 선박은 통과가 불가능했기에 세계 해운을 한동안 제약하고 있었다.

이에 따라 세계의 모든 항만은 파나마운하에 맞추어서 건설되었는데, 그 좋은 예가 프랑스의 르아브르 항이고, 우리나라의 인천갑문항도 똑같은 유형의 갑문항이었다. 인천항을 건설할 당시는 5만 톤급 규모의 항만이면 세계최대 규모의 선박도 자유로이 입출항 할 수 있다고 자신하면서 건설했으나 50년도 안되어 2류 항으로 전락轉落하고 있는 것이며, 르아브르 항도 마찬가지이다. 여기서 저자는 파나마운하와 관련된 미국의 역사와 미 국민들에게 끼친 정신적 영향에 대하여 일언함으로써, 미국이 기울인 해운진흥정책을 살펴봄과 함께, 우리의 산업정책 방향에 타산지석으로 삼을까 한다.

파나마운하는 원래 19세기 말에 프랑스인 레셉스가 착공한 것이다. 그는 수에즈운하의 개통에 성공한 후, 이에 자신을 얻어서 주식회사를 만들어 돈을 모은 후 파나마운하공사를 착공했으나, 그 곳은 수에즈운하와는 달라서 흙이나 모래가 아니라 돌산이었다.

그는 노임이 싼 중국인들을 고용하여 공사에 박차를 가했으나, 모두가 단단한 돌산뿐이어서 공사의 진도는 느릴 수밖에 없었다. 설상가상雪上加

霜으로 토착병인 말라리아 병까지 극성을 부렸다. 이때 중국인 노무자들은 이를 이기지 못하여 쓰러져만 갔다. 결국 그는 돈이 바닥났고, 투자 했던 사람들은 내 돈 내 놓으라고 아우성쳤다. 그 바람에, 그는 결국 사기꾼으로 몰리는 신세가 되어 형을 살아야만 했다. 그 후, 1905년에 이르러 당시의 미국대통령인 시어도어 루스벨트가 이를 인수했다. 그는 당초 운하의 형태를 수에즈운하처럼 평면 운하로 건설하려했으나 모두가 돌산이어서, 이를 단념하고 갑문식 운하로 건설키로 했다.

그렇게 함으로써 내륙의 가운데에 있는 호수를 항로로 이용할 수 있었고, 또한 건설비도 줄일 수 있었다. 이를 위해 파나마정부로부터 그 지대를 영구히 조차키로 조약을 체결하고, 공사를 진척시킨 결과, 꼭 10년 만인 1914년 8월에 준공식을 거행할 수 있었다.

그때 마침 유럽에서는, 6월부터 세계 1차 대전이 발발하여 세계의 이목이 그 곳에 집중하고 있을 때였다. 그러나 미국정부가 중립을 선언한 탓인지, 미국 내에서의 화제는 단연코 파나마운하의 개통이었고, 그 뉴스가 온 신문의 지면을 다 덮고 있었다. 이때, 미 국민들은 모두 들떠서 모이기만 하면, 파나마운하 이야기로 끝이 없었는데, 그것은 갑문운하여서 더욱 그랬다.

이 전대미문의 갑문 운하는 배가 산으로 올라간다는 말과 함께, 당시는 1만 톤급 선박이 최대 선박이었을 때이므로, 5만 톤급 선박이 통과할 수 있다는 사실이 알려지면서 모든 사람들을 깜짝 놀라게 했다.

그리고 그 당시의 예측으로는, 아무리 선박이 대형화 된다 하더라도 5만 톤급 규모 이상의 선박은 나올 수 없다고 보았으므로, 그 규모의 갑문이면 영원히 항해에 도움을 줄 수 있는 갑문운하로 보았다. 그것은 당시로서는 1만 톤짜리 배가 가장 컸기 때문이었고, 영국 런던의 항만이나 로테르담항도 1만 톤급 항만이어서 자신만만했던 것이다.

파나마운하가 미국 국력에 미친 영향

파나마 갑문운하의 개통은, 미 국민의 의식혁명에 결정적인 작용을 했다. 이러한 사실은 미국이 이제 세계 일등 해운 국海運國이 되었을 뿐 아니라 두 대양, 즉 태평양과 대서양을 아울러 지배하는 지구상의 유일한 나라가 되었기 때문이었다. 미 국민에게는 이를 계기로 확실하게 세계 일등국민이 되었다는 뿌듯한 자부심까지 깊이 심어주었던 것이다. 여기서 우리는 미국이 두 대양을 가짐에 따라 1등 국민이 되었다는 자부심을 갖게 된 것처럼 우리 국민들도 세계의 5대양 6대주를 우리 초대형 선박이 누빌 수 있음으로써, 1등 국가와 1등 국민이 될 수 있다는 자부심을 가져야 할 때가 온 것이다.

미국의 그러한 자부심은 세계 1차 대전이 끝나고, 1922년에 미국 수도인 워싱턴에서 열린 군축회의에서 영 · 미 · 일 3개국의 주력함전함의 수치를 정할 때 5, 5, 3의 비율로 결정하는 데 크게 작용했다. 이는 파나마운하의 개통으로 미국이 일등 해운 국이 되었다, 는 자부심이 밑받침이 되어 그 뜻을 관철시킬 수 있었다. 당시 영국은 해가 지지 않는 나라로서, 캐나다, 인도, 파키스탄, 세일론스리랑카, 버마, 말레이반도, 싱가포르, 홍콩, 호주, 뉴질랜드, 남아연방, 이집트 등 세계 도처에 많은 식민지를 보유하고 있어서, 일본과의 5:3 비율이 무난할 수도 있었다. 그러나 미국이 5를 차지했음은 좀 과다 했다고도 볼 수 있었음에도, 파나마 갑문운하의 개통이 뒷받침 해준 것이다.

이에 일본은 미국의 힘에 밀려서 5:3 비율의 주력함 건조 안에 동의한 것이다. 하지만 이게 일본의 언론계와 극우파들에게는 큰 치욕으로 받아들여져서, 그 회의에 참석했던 당시의 일본 수상은 배에서 내리다가 어떤 과격분자로부터 총격을 받는 비극을 겪었고, 결국은 사망했다. 이런 불리한 군축 안이 결국은 태평양 전쟁에서 일본해군이 참패당하는 한 원인原因이 되었음은 물론이다.

이러한 결과를 가져오게 한 원인중의 하나는 1차 대전 말에 미국이 참전하여, 백만 대군의 병사들을 파병함으로써, 연합국을 승전케 한 것도 한 원인이 될 수도 있으나, 파나마운하 개통으로 잔뜩 높아진 국제적 위상이 그런 결과를 가져오게 한 것이다. 그때 미국은 이런 것들을 십이분 활용하여 일본을 압박, 소기의 목적을 달성한 것이다.

그만치 파나마운하 건설은 세계사적世界史的 사건이었고, 미국의 국운과 해운의 분기점을 이룬 역사적 건설 사업이었다. 이런 사업이 100년도 안 되어 시대착오적인 시설로 전락해가고 있었던 것이다. 그 원인은 선박의 대형화에서 찾아야 한다. 따라서 이제는 선박의 대형화 없이는 국제적 경쟁력도 없고, 국가 발전도 없는 시대가 되어가고 있음을 우리는 마음깊이 새겨야 할 것이다.

오늘날 중국이 비약적으로 발전할 수 있었던 것도 알고 보면 해운의 힘이 절대적이다. 그 때문에 태평양의 바다에 32km의 다리까지 놓아서 충분한 수심을 확보한 후, 그 앞에 부두를 개설하는 대담성을 보였으며, 이로써 최첨단最尖端의 20만 톤급의 컨테이너 부두를 조성할 수 있었던 것이다.

이것은 바로 태평양시대를 내다 본 건설이었고, 이로써 일본 등 선진국들을 제압하겠다는 원대한 꿈이 도사리고 있는 것이다. 이러한 사실을 우리는 경시해서는 안 된다. 따라서 우리나라도 적어도 20만 톤급의 컨테이너 부두를 1개소만이라도 건설해야 한다고 보며, 그 적지는 바닥이 바위가 없는 서해안의 송도나 평택항 또는 새만금의 신시도항장래 건설을 전제함 등이 적지가 아닐까 한다.

특히 주목되는 것은 시징핑習近平의 신정부가 중국을 해양국가로 육성

하겠다고 선언하고 있어서 우리로서는 단단히 준비하고 대응해야 할 것이며, 대륙국가인 중국이 시대의 흐름을 환하게 뚫어 본 결정이어서 더욱 주목되는 것이다.

장래는 100만 톤 대형 선박이 운항하는 해양시대

이제 해운의 추세는 100만 톤 시대로 접어들고 있다. 백만 톤이란 사람을 60kg로 계산할 때, 단순히 무게로만 계산한다면 1,667만 명이 탈 수 있는 무게다. 또한 10톤 화물트럭으로 10만 대가 실어 날라야 할 무게이므로 얼마나 많은 양인가를 알 수 있을 것이다. 향후의 국제적 경쟁을 이겨 내려면 그 정도는 되어야 한다. 왜냐하면 향후의 세계는 선박의 대형화를 통한 싼 운임에 의한 경쟁력 강화가 하나의 추세이기 때문이다. 그런 경쟁시대를 이겨내는 방법으로써 항만의 선진화와 선박의 대형화를 통한 운임의 절감 외에 다른 뾰쪽한 방법이 없다.

향후의 세계는 자유무역시대自由貿易時代, FTA시대가 도래될 것이므로 관세의 장벽이 철폐되고, 그에 따라 국가 간의 노임의 격차도 좁혀질 것이며, 생산성도 좁혀질 것이다. 그럴 경우, 결국은 대형선의 입출항이 자유로운 나라가 우위優位에 설 것임은 당연하다. 따라서 최종으로 경쟁의 우위를 점할 수 있는 길은 누가 보다 더 싸게 화물을 들여오고, 더 싼 값으로 내 보낼 수 있느냐에 달려 있는 것이다.

지금 포항제철이 같은 제철기업 중에도, 세계에서 가장 경쟁력 있는 기업으로 평가 받고 있으나, 그 바탕은 30만 톤급의 대형선으로 톤당 운임 8달러에 철광석을 수입할 수 있기 때문에 가능한 것이다. 다만 이러한 사실은 항시 숨 쉬는 공기의 고마움을 모르는 것처럼, 이미 주어진 특혜

이어서, 특별히 고맙게 생각지 않고 있다.

저자는 수송비 계산에 있어서, 제철업과 관련된 해운운임과 국제경쟁력만 강조했으나 수출입재화 중, 반도체 제품과 휴대 전화나 스마트폰 같은 가벼운 공산품이 아닌 이상, 모든 재화에 다 적용되는 이론이다. 따라서 조선이나 정유화학공업 또는 무게가 많이 나가는 발전시설과 차량 시설, 그 외에 석탄을 이용한 화력, 발전, 산업 등 모든 중량화물에 모두 적용되는 이론임은 두말 할 나위 없다.

독일도 해운의 열세로 중공업이 위협 받는다

해운이 얼마나 산업 발달에 기여하고 있는가를 구체적으로 예를 들자면 한이 없다. 그 중에서 독일같이 수출산업이 발달한 나라를 들어 본다면, 그 나라는 산업지대가 과거부터 운하를 중심으로 발달되고 있어서, 5만 톤 이상의 대형선을 통한 수송이 불가능하다. 따라서 정유, 제철 등의 원료인 원유와 철광석 등을 30만 톤급 이상의 대형선으로 싼 값에 원료를 수송할 수가 없다. 그 때문에 우리나라와는 차차 경쟁할 수가 없게 되어가고 있으며, 이러한 현상은 시간이 지날수록 더 굳어져 가고 있는 것이다. 다만 북해 지대를 개발하여, 새로운 공업지대로 개발하고, 거기에 부응하여 신항만을 조성하여 중공업을 일으킬 수는 있다. 그러나 이는 마치 인구가 희박한 경북 울진에 억지로 공단과 항만을 조성한다는 것과 같은 이치여서, 그리 쉬운 일이 아니다.

독일 같은 나라는 현재로선 선박이 대형화 할수록 조선 산업도 위축될 수밖에 없는 것이다. 왜냐하면 아무리 공선이라 하더라도 5만 톤급 선박이 겨우 입출항 할 수 있는 라인 강과 엘베 강에서는 선박의 안전상, 10

만 톤 급 이하의 조선은 가능해도 30~40만 톤급 이상의 대형 선박을 건조하여 진수進水시킬 수는 없기 때문이다. 독일이 만약 중공업에 치중하려면, 전술한 바와 같이 산업의 중심지를 북해 쪽에 옮겨야 하나, 독일은 근 200년 전부터 운하 중심으로 공업도시가 형성되어 있어서, 새삼스레 황량한 북해 해안지대를 개발하여 중공업 시설들을 그쪽으로 옮긴다는 것은 그리 쉬운 일이 아니다.

현대는 대형 선박 기준, 해안 항 개발 시대

수심 때문에 항만을 옮겨버린 예로서는 로테르담 항이 있다. 로테르담 항은 수심의 한계 때문에, 그 결점을 피해 보려고 1980년대까지 사용하던 내륙 항을 버리고 아예 북해에 새 해안 항을 개발하여 옮겨 버렸다. 이 항만은 원래 북해로부터 라인 강 하류의 지류를 따라 약 30km를 거슬러 올라가는 전용수로專用水路를 만든 후, 이곳을 준설浚渫하여 5만 톤급 선박이 자유로이 입출항 할 수 있도록 하여 세계 5대항의 구실을 톡톡히 해 온 항만이다. 그러나 1970년대에 이르러 수심 때문에 어쩔 수 없이 항만을 아예 북해의 해안 항으로 옮겨버린 것이다. 이는 라인 강을 준설하고, 아울러 전용수로까지 준설하는 데는 한계가 있기 때문이었다. 일단 준설에 성공한다 해도 곧 매몰되는 것이며, 북해로 옮긴 로테르담 항은 5만 톤급 항이 10만 톤급 항으로 발전했을 뿐만 아니라, 계속하여 준설하여 20만 톤급 이상으로 확장하고 있어서 세계 해운의 대형화 추세에 잘 부응하고 있는 것이다.

또한 수에즈운하도 처음 개발할 때에는 1만 톤급 운하였으나, 파나마운하의 개통 이후 그에 맞추어서 꾸준히 준설한 결과, 5만 톤급 수심으로 깊어졌을 뿐 아니라 그 후에도 계속하여 준설함으로써 지금은 20만 톤급으로 상향시키고 있는 것이다. 그러나 파나마운하만은 그대로였다. 그것은 구조가 철근 콘크리트 조 갑문으로 되어 있어서 개조가 어렵기 때문이었다. 그러나 최근은 토목기술과 토목장비의 비약적 발전으로 값싸고 보다 쉬운 방법으로 개조할 수 있는 시대가 왔으므로 미국도 그것을 무시하지 못하고, 수년전에 개조 작업에 착수했다.

따라서 현 31m의 폭을 45m 내외로 넓힘과 함께, 수심도 12.8m에서 20m 내외로 깊게 준설함으로써, 100만 톤급 이상 선박도 통행할 수 있게 하는 야심찬 개조 작업을 진행 중에 있다.

다만 그 간은 미국의 곡물 항穀物港인 세인트루이스 항은 미시시피 강을 약 1,500km나 거슬려 올라가야 하는 항만이고, 내륙 항內陸港으로서 곡물수출항의 입장에서는 파나마운하의 개조가 그리 시급한 것은 아니었다. 그러나 유류와 철강 등의 수송을 위해서는 개조 작업이 불가피하여 착수한 것이다. 이같이 세계의 모든 항만이 선박의 대형화에 따른 항만의 수심 확대에 혈안이 되고 있고, 가까운 중국도 최근에 포동浦東지구의 동방 해안인 태평양 연안에 32km의 교각橋脚식 잔교棧橋를 신설하고, 그 끝에 20만 톤급 컨테이너 선박의 접안시설을 축조하여 세계 해운추세에 부응하고 있는 점은 앞서서 간단히 밝힌 대로다. 이는 황포 강黃浦江을 끼고 발달한 게 상하이 항上海港인데, 이 상하이 항도 내륙 항이어서, 수심을 더 깊게 할 수는 없었으므로, 양산 항을 개발하여, 세계 해운의 추세에 부응하고 있는 것이다.

이러한 일련의 행위는, 한마디로 운임경쟁을 통한 국가경쟁력의 강화인 것이다. 황포강의 수심의 한계는 일직부터 문제가 되어왔다. 특히 양자강에서 황포 강 입구에 이르는 곳에는 양자강 상류로부터 흘러내려오는 토사가, 강물의 회류작용回流作用으로 엄청나게 쌓이고 있어서, 그간

골치를 앓고 있었다.

그 때문에 한때는 양자강 어구에 항만을 조성하여 그 결점을 보완하고 있었으나, 그 곳도 양자강의 토사 문제를 근본적으로 해결해 주지는 못했으므로, 대담하게 태평양 연안으로 항만을 개발키로 한 것이다. 그러나 그 곳도 수심이 너무나 낮아서 문제가 되었다. 그리고 방파제 축조관계도 크게 걱정되었고, 방파제 축조에 따르는 막대한 예산도 크게 문제가 되었다. 그런데도 대담하게 32km라는 긴 다리를 놓아서 수심문제와 준설문제를 일거에 해결시켰고, 이로써 20만 톤급 이상의 컨테이너선 부두를 20선좌나 개발하여 대형 선박에 의한 싼 운임의 수송체제를 갖춤으로써 해운선진국의 꿈을 살려가고 있는 것이다.

그간 파나마운하의 결점을 미국은 어떻게 극복하고 있었는가

이제 미국을 다시 바라보자. 미국은 파나마운하의 한계 때문에 2007년에 확장공사에 착수했으며, 2014년 10월에 준공할 예정이다. 따라서 현 33.5m의 폭을 55m로 넓히고 수심도 12.8m에서 최대 38.3m로 깊게 함으로써 50만 급 이상의 화물선과 13,000TEU급 초대형 컨테이너 선박도 통항할 수 있게 하는 야심찬 개조 작업을 진행하고 있는 것이다. 그간은 가장 값싸게 운송할 수 있는 방법으로써, 동부지방의 화물을 컨테이너 박스에 넣은 후, 열차에 2단으로 실어서 서부의 터코마 항으로 옮기는 방법으로 수송해 왔으나 이 수송방법도 겨우 40년밖에 안된 최신식 수송방법이었다.

그런 화물들을 1970년대 이전의 열차에서는 컨테이너 화물을 1단으로만 실어서 운송해 왔던 것이나, 이를 2단 높이로 실어서 운송하게 된 것이다. 이는 선박의 대형화로 운임이 싸진 결과, 파나마운하를 통과할 수 있는 5만 톤급 컨테이너 선박에 짐을 싣는 것보다, 미국 동부에서 서부의 태평양으로 화물을 기차로 옮긴 후, 20만 톤급 컨테이너선으로 수출하는 게 오히려 전체 운임이 싸지기 때문이었다.

이 같은 수송방법은 파나마운하를 경유하는 선박을 이용하여 수송하는 것보다 더 값싸게 수송하려는 방법으로 개발된 것임은 더 말할 나위 없다. 이같이 이송된 화물을 터코마 항에서는 다시 20만 톤급 컨테이너 선박을 이용하여 일본 등 아시아 여러 나라에 수출함으로써 오히려 파나마 경유의 운송비보다 더 싼 운임으로 수출하고 있었다.

여기서 참고로 미국이 운하를 버리고 어떻게 해안 항海岸港을 개발하여 세계 해운 추세에 부응하고 있는가를 살펴봄으로써 경부운하 개발계획이 얼마나 시대착오적인 계획이었는가를 밝혀 보고자 한다.

미국도 운하와 내륙 항을 버리고 해안 항海岸港 개발

미국의 철강도시는 당초 피츠버크였다. 이곳은 철광석과 석탄이 많이 나오는 곳이어서, 철강도시로는 가장 이상적인 곳이기도 했다. 그러나 이곳은 내륙 깊숙이 갇혀 있어서 외부로부터의 원광석原鑛石 등을 수입해서 제강하는 데는 한계가 있었다.

그것은 이곳에서 생산되는 원광석 산출량은 한계가 있는데 반하여, 미국의 철강수요는 급증하고 있어서, 20세기 중엽에는 어쩔 수 없이 철광석이 더 많이 나는 5대호 쪽으로 제철소를 옮긴 것이다.

이는 그 철광석이 5대호 주변에서 많이 생산되고 있었으므로, 이를 싼 운임으로 수입하고 수출하려면, 5대호와 운하를 이용함이 좋겠다는 판단 때문이었다. 그때 운하를 이용할 수 있는 곳으로는 이리 호와 미시간 호의 호안湖岸이 최적지였으므로, 그곳으로 제철소를 옮긴 것이다. 그곳이 바로 미시간 호는 시카고 시에 가까운 게리 시였고, 이리 호 쪽은 버펄로 시와 클리브랜드 시였는데, 이곳도 대형선을 통한 운송에는 한계가 있었다. 그래서 20세기 말경은 다시 제철소 중심지를 대서양 연안의 볼티모어 항 쪽으로 옮겨버린 것이다.

이로써 항만을 새로이 개발하고 선진화함으로써, 이십만 톤급 이상의 선박으로 브라질 등에서 값싸게 원광석을 수송해 올 수 있게 되었으므로, 국제경쟁력을 강화한 결과가 되었다. 이와 같이 운하의 내륙 항에서 해안의 항만으로 공업도시를 옮긴 것은, 오로지 운하를 통한 바지선만으로는 운임경쟁이 안되기 때문에 대형선이 입출항 할 수 있는 방법을 찾는 과정에서 자연스럽게 이루어진 것이다. 이러한 사실을 종합하여 판단해 본다면 우리나라는 얼마나 복 받은 나라인지 모른다. 한마디로 서해안은 바다 밑이 거의가 벌흙이토으로 이루어져 있으므로, 준설만 잘 해주면 얼마든지 깊이 팔 수 있어서 30만 톤이 아니라 50만 톤급 이상의 항만도 얼마든지 가능한 것이며, 이는 수심을 22m로 준설하면 100만 톤급 선박의 입출항도 가능한 것이다.

서해안은 천혜적인 항만 조건들을 갖추고 있다

우리나라 서해안의 가장 고무적 사실은 준설토를 이용, 옆에 있는 얕은 바다를 매립함으로써, 이곳을 공단화한 후, 싼 값의 공장부지로 제공함으로써 공업화에 도움을 주고 있다는 사실이다.

그 대표적인 예가 군산항 개발과 주변의 공단화이다. 당초 내항의 3천 톤급 항만에서 외항의 2만 톤급 항만으로, 다시 2만 톤급 항만에서 5만 톤급 항만으로 개발하는 과정에서 자연스럽게 준설작업을 하게 되었고, 거기에서 나온 벌흙이토을 이용, 매립함으로써 공단이 조성된 것이다. 그간 수십 년 동안은 준설토浚渫土의 투기장投棄場을 따로 만들어서 투기해 왔다. 그것을 발상의 전환을 통해서 공단 조성용으로 준설토를 이용한 것이므로, 국토 이용의 효율성을 극대화한 좋은 예라 할 것이다. 군산외항의 공단은 모두 이런 방법으로 개발된 곳이다.

군산항은 일제 때 쌀의 수출항으로써, 일본이 한국을 어떻게 수탈收奪했는가와, 그 수탈된 미곡이 얼마나 많았는가를 극명하게 보여주던 곳이다. 그런데 해방 후, 미곡의 수출이 완전히 두절되자 군산항은 침체될 수밖에 없었다.

거기에 금강 상류에서 매년 10만 톤 내외씩 유입되는 토사와, 태고 때부터 유입되어 쌓여 있는 토사의 유동량流動量으로 인하여, 대대적인 준설이 불가피했다. 이에는 당연히 많은 예산이 수반되어야 했으므로, 그 때문에 한때는 폐 항廢港 문제도 거론된 바 있었다.

그러나 위와 같은 방법을 통하여 내항의 3천 톤급 항만에서 외항의 2만 톤급 항만으로 개발됐고, 이를 다시 5만 톤급 항만으로 개발하는데 성공했을 뿐만 아니라 공단조성도 성공한 것이다.

특히 주목되는 것은 태고 때부터 흘러 들어와 쌓여 있었던 이토泥土 진흙까지 제거하는데 어느 정도 성공했다는 사실이다. 이로써 과거에 연 10만 톤 이상의 이토가 유동하여 항내와 항로를 매몰시켜서, 이를 준설하느라 막대한 예산을 투입해 왔으나, 이를 근원적으로 제거하는데 어느 정도 성공함으로써, 이토의 유동량까지 격감시키는 일석 삼조의 효과를 얻었다고 평가 받고 있다.

이같이 토사의 유입으로 항만이 매몰되는 현상은 정도의 차이는 있으나 모든 항만이 다 가지고 있다. 그러나 그 중에도 하구항河口港이 월등히 더 심한 것이다, 그런 유형의 항만은 우리 한반도의 항만 중에서 북한의 남포항과 군산항이 대표적인 항만이다,

준설의 역사를 보면, 과거의 준설장비는 바다 밑에서 한 삽씩 떠서 올리는 방식이었다면, 현대의 준설장비는 벌흙이토, 泥土을 휘저어서 흙탕물을 만든 후, 물을 양수하듯 퍼 올려서 파이프를 통해 멀리 버리는 방식이다. 이 같은 준설장비의 획기적인 발전은 해안이 거의 벌흙으로만 이루어져 있는 서해안은 어느 곳도 모두 항만으로 조성할 수 있게 되었고, 평택항 개발이나, 인천의 송도항 계획도 그래서 가능하게 되었다.

새만금 400평방킬로미터는 지정학적 우수성을 대표함

위 개발보다 몇 단계 앞선 개발방안이 새만금 개발방안이다. 이를 위해 세계 최장이라는 33.9km의 방조제防潮堤제방를 쌓아서 400평방km약 1억2천만 평의 땅을 얻었다. 그러나 저자의 눈으로 볼 때는 개발방안이 너무 소극적이다. 위 400평방km의 넓이는 잘만 개발한다면 단일 공단으로서는 세계 최대의 공단이 될 수 있는 땅이다. 그런데도, 개발방안이 잘못되어 실효를 거두기가 심히 어렵게 되어 있다.

새만금 개발안은 당초 1887년도에 필자가 쓴 "군산항 개발에 관한 소견"이라는 소책자35쪽 3,000부 배포를 내면서, 그 소책자에서 이렇게 주장한 게 새만금 개발안의 단초가 되었다.

"고군산군도의 신시도에 신 외항을 개발해야 한다는 주장은 항만은 될 수 있으면 수요지에 가까울수록 좋다는 기본원칙에 어긋나므로 부당하다. 다만 오식도에서 비응도, 비응도에서 신시도, 신시도에서 다시 부

안군 격포까지 제방을 쌓아서 연결하면, 약 400평방km1억 2천만 평의 땅이 생기는데, 이곳을 부안의 산 흙을 이용, 매립하면 세계에서 제일가는 공단을 조성할 수 있고, 그 공단에서 수요하고 생산하는 재화를, 수출입하기 위한 항만으로 신시도에 신항만을 개발한다면, 토사의 매몰도 없고, 수심도 좋아서 부산항보다 더 좋은 항만이 될 수 있다."

이 같은 주장은 저자가 한국에서 처음으로 주장한 내용이었고, 면적이 약 400평방km라는 것도 실제 측량해서 구한 게 아니라 해도海圖를 보고, 해안선의 요철凹凸 부분을 이리저리 메워서 사다리꼴을 만든 후, 구적求積한 면적이므로 실제와는 좀 틀릴 수도 있었음에도, 정부에서는 그대로 원용해서 1억 2천만 평으로 주장해 왔다.

이 개발안에 대하여, 저자가 주장한 1년 후인 1978년, 당시 민정당 대통령 후보였던 노태우 후보가 전주에 왔다가 전북도민의 건의를 받아들여서, 자기가 당선되면 33km의 방조제防潮堤를 막아서 개발해 주겠다는 공약을 제시했다.

저자는 그 당시 김대중 후보를 적극 지지하는 입장이라서, "하지도 않을 것을 공연히 속임수 공약을 제시하고 있구나"라고 생각했을 뿐, 전혀 관심이 없었다. 그런데 그 후 전북지사로 있던 황인성이 농림부장관으로 발탁拔擢되자, 위 개발안에 관심을 갖고, 도道직원과 농어촌진흥공사農漁村振興公社직원을 통해서, 필자에게 구체적인 개발계획이 있는가 하고 문의해 왔다.

필자는 그때 구체적인 개발계획도 없었지만, 그 개발을 농림부에서 추진하려는데 대하여 굉장宏壯히 큰 거부감을 느꼈다. 왜냐하면 농림부에서 개발할 경우, 정부조직의 생리상, 농지로밖에 개발이 안 되므로, 잘못하면 공단으로의 개발은 영원히 불가능한 일이 될 수 있기 때문이었다.

필자는 그때 "구체적인 자료도 없지만 농림부에서의 개발방안은 반대요" 하고 전화를 끊었다. 그러나 노태우 대통령이 후보시절에 그 개발방안을 공약한 바 있었으므로 곧 착공되었고, 그 후 우여곡절迂餘曲折을 거쳐서 근 20년 만에 제방을 쌓는 데까지는 성공했으나 그 개발방안이 영 마음에 들지 않는 것이다.

그래도 현재의 개발방안은 1차 개발안에 비하면 농지 예정면적이 많이 줄었고, 기타 공단조성용工團造成用면적이 약간 확대되어 조금 나아지기는 했으나 그래도 필자는 만족할 수가 없는 것이다.

그렇다면 대안이 있는가. "있다. 분명히 있다." 그것을 여기서 밝혀 보려는 것이다. 이에는 발상의 전환이 필수적이다. 한마디로 현 개발방안을 백지화白紙化하고, 저자가 처음 주장한 것처럼 전 면적을 공단으로 개발해야 한다. 그리고 신시도에 항만을 개발해서 이를 뒷받침해야 한다. 그러려면 그 넓은 땅을 무엇으로 매립하느냐가 가장 큰 문제이다. 그러나 이것도 발상의 전환만 하면 아침 해장거리도 안 될 정도의 가벼운 사안이다.

그것은 부안에는 높이 500m 내외의 산들이 많다. 그 중 가장 가까운 산 몇 개를 골라서, 그 흙으로 매립하면 된다. 부안의 국립공원에 널려 있는 산들의 높이가 보통 500m 이상이므로, 이를 300m 수준으로 평균화하여 계산해보면 새만금 면적의 30분의 1 면적이면 매립 토는 확보되는 것이므로 그 많은 산 중 몇 개만 헐면 매립할 수 있다.

그 산출근거는 평균 300m 높이의 산들은 10m 높이의 30배에 해당한다. 그러므로 새만금 일대를 평균 10m 높이로 매립하면 훌륭한 공단이 조성될 수 있다고 가정할 때, 매립 예정면적이 400평방km이므로 그 30분의 1 면적인 약 13.4평방km약 400만 평의 산이면 충분히 매립이 가능한 것이어서 큰 산 몇 개만 헐면 되는 것이다.

여기서 문제되는 게 환경단체들의 반대다. 그 곳은 국립공원으로 지정된 곳이어서, 환경단체들의 상당한 반대가 예상된다. 하지만 국립공원을 다 철폐하는 게 아니고, 그 일부만 해제하는 것이다. 따라서 면적도 전체 국립공원의 8% 수준밖에 안되므로 그들을 잘 설득하면 크게 문제될 게 없다고 본다.

그러므로 그 곳을 잘 개발해서 세계 유수의 기업을 많이 유치하여 얻는 이익과, 산 몇 개를 헐어내는데 따른 손실을 비교한다면 어찌 반대만 할 수 있겠는가. 그리고 그 과정에서 새로 생기는 평지 15평방km를 개발하여 얻을 수 있는 수익을 손실과 잘 비교하면 답이 절로 나오는 것이다. 다만 그것을 누가 설득하느냐가 문제일 뿐인데, 정부에서 적극적으로 설득한다면 환경단체도 결국은 협조할 것이다.

그리고 매립비도 높은 데서 낮은 데로 흙을 옮기는 것이므로 간이簡易레일을 부설하여 거의 무동력無動力으로도 매립할 수 있으므로 그런 방법으로 매립한다면 매립비도 아주 저렴하게 할 수 있다.

그런 후, 이를 싸게 분양한다면 중국시장을 목표로 하는 우리나라 기업들은 물론, 세계 유수의 기업들이 다 모여들 수 있는 곳이다. 이와 같이 성공을 거둔다면 단일공단單一工團으로서는 세계최대의 공단이 될 수 있는 것이다. 그 경우 독일의 루르 공업지대나 일본의 기다규슈北九州 공업지대보다도 앞서는 공업지대가 될 수 있는 곳이다.

다만 용수문제가 크게 부각될 수 있으나 현 금강호錦江湖를 대대적으로 준설하여 현 용량現容量 1.5억 톤을 2.5억 톤 이상으로 늘리고, 섬진강 상류의 옥정 호玉井湖 물과 용담댐 물을 끌어들인다면 용수문제도 훌륭히 해결될 것으로 본다.

필자가 보기엔 이 새만금 공단의 개발방안은 국운을 좌우할 정도로 중요한 사안인데도, 지금 젊은 세대들은 그 중요성을 잘 이해치 못하고 있는 것 같아서 매우 안타까운 것이다. 그러나 저자는 새만금의 올바른 개발이 우리나라의 향후 50년간의 국운을 좌우할 수도 있는 중요한 개발방안으로 보고 있는 것이다.

따라서 가장 효율성 있는 공업단지로 개발된다면 최소한 포항제철 규모의 초대형 기업체 20개가 능히 들어설 수 있는 면적이어서 젊은 세대들이 좀 더 각별恪別한 관심을 갖기를 원하고 있어서 이 글을 쓰는 것이다.

우리나라 역사상 한반도의 지정학적 위치가 지금처럼 긍정적으로 평가 받을 수 있었던 때가 과거에는 한 번도 없었다. 그것은 과거에는 해양시대가 아닌 대륙시대였기 때문이다. 그런데 새만금 일대는 현 해양시대에 비추어 볼 때, 한반도의 지정학적 위치를 한결 높일 수 있는 조건을 갖추고 있는 곳이다.

이런 차원에서 정부에서는 새로운 각도에서 발상의 전환을 통해 시대흐름에 알맞은 개발방안을 수립해주었으면 하는 것이다, 공교롭게도 중국의 상하이 동쪽의 포동지구浦東地區의 면적이 400평방km로서, 약 1억 2천만 평이다. 그리고 이 두 지역의 개발방안이 거의 같은 시기에 시작되었으나 중국은 완성단계이고, 우리는 이제 겨우 제방을 막는데 성공한 것이다. 물론 그 쪽은 이미 땅이 이루어진 상태에서 개발했으므로 새만금과는 차원이 다르다. 그러나 먼 눈으로 볼 때는 새만금 지역이 더 좋은 곳으로 개발+-될 수도 있는 것이다.

새만금 지역은 어떤 조건들을 갖추고 있는가.

새만금 지역은 첫째로 그 위치가 중국의 어느 지방과도 가까운 위치에 있고, 공단의 면적이 너무나 광대하여, 개발될 경우 그 효율성은 세계 어느 공업지대보다도 클 수 있다는 게 강점이다. 또한 토지 자체가 개인소유가 없어서, 토지 수용에 따른 보상 등 어떠한 시비나 어려움도 없는 곳이어서, 처음부터 계획공업도시計劃工業都市로써 가장 효율적으로 개발할 수 있는 조건을 갖추고 있다.

더구나 문호구실을 할 수 있는 항만개발 예정지의 조건이 너무나 좋아서 한마디로 말해서 천혜天惠의 땅이다. 또한 이곳은 좋은 조건들만 고루 갖추고 있는 곳이어서 새만금지구는 반드시 공업지대로 개발돼야 할 곳이다. 그리고 참고로 알아 두어야 할 것은 주변의 고군산군도古群山群島란 새만금제방이 연결된 신시도와 주변의 섬들을 합친 곳들을 말하는 것이며, 이곳을 고군산군도라고 호칭하고 있다. 그 곳에는 대소 13개의 유인도서가 원형을 이루고 있어서 그 섬들이 천연적인 방파제 구실을 하고 있어서, 태풍이 불어도 가운데 들어가면 별로 파도가 없는 곳이다. 이러한 특수성 때문에 세계 해도상海圖上으로도 유일하게 바다 가운데의, 피항지避港地로 고시된 곳이다. 그 때문에 국제적으로도 인정받고 있으며, 이런 사실을 해도에도 공시하고 있어서, 세계적인 피항지가 되어 있는 곳이다. 이로 보아 이곳이 천혜의 양항으로 구축될 수 있는 조건을 완벽하게 갖추고 있는 곳임을 알 수 있다. 그러므로 신시도에 항만을 개발한다 하더라도 별로 방파제를 쌓을 필요가 없는 곳이 이곳이다. 그리고 이곳을 준설하여 항만을 개발할 경우, 토사의 매몰이 전혀 있을 수 없고, 또한 그 앞바다의 수심이 20m여서 중국의 양산 항보다도 더 좋은 조건을 갖추고 있는 것이다.

중국의 양산 항은 32km의 육교식陸橋式 도로를 축조한 후 그 끝머리에 20만 톤급 컨테이너 부두를 조성했으나, 이곳은 그런 시설 없이도 30만 톤급 부두를 조성할 수 있고, 넓이도 원래의 부산항보다도 더 넓은 항만을 축조 할 수 있는 곳이다. 따라서 새만금 지역을 모두 공업 지역으로 개발하고, 이곳에 항만을 축조한다면 세계에서 가장 효율적인 공업지대가 될 수 있는 곳이다.

그렇다면 누술한 대로 부안군 변산邊山의 산 흙으로 새만금을 매립한 후, 이곳을 분양한다면 중국 시장을 욕심내고 있는 세계의 모든 기업들은 다 찾아올 것이다. 저자가 굳이 부안의 산 흙을 이용, 매립을 주장하는 까닭은 그곳의 산 흙이 아니면 그 많은 양의 흙이 나올 데가 없는 곳이기 때문이다. 따라서 정부는 하루 빨리 기존의 개발방안을 재검토하고, 새만금 지역 전체를 공단 화하는 내용으로 하는 새로운 개발안을 수립하여야 한다. 이와 병행하여 고군산군도의 신시도에 항만을 개발하는 내용의 종합적인 국토개발계획의 수립이 시급한 것이다.

다행히도 이렇게만 개발된다면 누술한 바와 같이 한국의 지정학적 위치는 놀라우리만치 개선되고 향상되는 것이다. 모처럼 큰 돈을 들여서 개발한 곳이므로 국토이용의 효율극대화를 목표로 하면서, 세계 최대의 단일 공단으로서, 우리나라의 백년대계를 위해서는 물론, 한국의 지정학적 위치를 확고한 반석 위에 올려놓을 수 있는 절호의 기회이므로 이를 놓치지 말아야 한다. 따라서 한국의 국제적 위상까지도 향상시킬 수 있는 곳임을 확신하고 개발되었으면 한다.

제7장
조국 통일방안의 진실

통일문제를 바라보는 바른 자세가 필요

우리 민족치고 조국의 통일을 생각지 않는 자 없을 것이며, 또한 조국의 통일을 위해 애 쓰지 않는 자 어데 있으리오. 하지만 좌경세력左傾勢力들은 남북분단南北分斷의 책임을 오로지 이승만 박사에게만 지우고 있으나, 북한은 1946년도에 이미 인민위원회를 조직하고, 농지개혁을 단행했으며, 친일파를 숙청하는 등 신新정부에서 해야 할 일들을 미리 다 한 것을 본다면, 신정부를 사실상조직하여 권력을 행사하였으므로 분단행위를 선행한자는 북한 정권이었다. 그런데도 분단의 책임을 오로지 이승만 박사에게만 지우고 있는 게 좌경 인사들의 생각이다.

이승만 박사도 결코 분단된 조국을 원치는 않았다. 그것은 미국과 각을 세우면서까지 강력히 북진통일을 주장한 것을 보면, 통일을 원하지 않는 게 아니라, 대한민국 주도 하에 자유민주의 체제 하의 통일을 원했을 뿐이다. 따라서 해방 후 우리 민족치고 통일을 원하지 않았던 사람은 하나도 없는데도, 자기의 비위에 맞지 않으면 반통일분자로 몰아붙이는 게 우리의 큰 병폐다.

이에 저자는 통일문제 등에 관하여, 독일 등의 예와 그간 남북 간의 여러 선언, 그리고 김대중, 노무현 두 전 대통령들이 북한과 합의한 내용 등을 들어서 여러 주장을 할 수도 있다. 하지만 그런 방법보다는 인간의 소박한 성정을 거울삼아서, 누구나 쉽게 읽을 수 있고 쉽게 이해할 수 있는 방법을 제시해 볼까 한다.

돌이켜보면 이승만 박사만 북진통일하려 한 게 아니다. 김일성 주석도 북한 주도 하에 적화赤化통일을 하려고 전쟁을 일으켰다. 그랬으면서도, 동족살상과 전쟁도발의 책임을 면하기 위해, 대한민국이 먼저 북침했기에 반격한 게 6 · 25전쟁이라고 강변하고 있을 뿐이다.

다만 그 통일전쟁이 너무나 어설퍼서, 우리에게 엄청난 인명의 살상과, 재화의 잿더미만 남겼다. 거기에 한술 더 떠서, 남북 간에 불신의 골을 더 깊게 파고 말았는데, 이를 좀 더 깊이 생각해 보면, 참으로 슬프고도 안타까울 뿐이다. 여기서 우리는 6 · 25전쟁을 냉정하게 살펴보아야 한다. 우리가 아무런 선입견이나 감정 없이 냉정하게 본다면, 대한민국은 UN의 결의와 그 감시 하에 치러진 총선거 결과 세워진 국가이고 6 · 25전쟁 때는 만 2년도 안 된 국가였다. 더구나 UN총회에서 48대 6이라는 압도적 다수로 승인받은 지 1년 반밖에 안된 나라였다. 그런 국가를, 외부세력이 무력으로 없애려 할 때, UN이 가만히 손 놓고, 바라보고만 있을 것이라고 생각한 사람이 있었다면, 이는 너무나 유치하고 어리석은 사람이었다.

그 당시, 소련과 그 위성국가들은 항용恒用 주장하기를, UN은 미국의 들러리이고, 꼭두각시라고 혹평해왔다. 당시의 UN은 항상 미국편을 드는 나라가 압도적으로 많았으므로, 그게 싫어서 그런 표현을 써가면서 미국과 UN을 싸잡아 비난해 왔음을 이해는 하나 그것은 어쩔 수 없는 현실이었다. 그 후에 벌어진 역사의 흐름을 보면, 오히려 동구의 위성국가들이 진짜 꼭두각시였고, 소련이 진짜로 역사에 반동하는 나라였다. 다만 그들은 공산주의가 반드시 몰락할 것을 미리 예측치 못하고 있었기 때문에 그런 주장을 펴온 것뿐이다. 또한 그들은 공산주의가 그토록 반인도적이고 반이성적反理性的이며, 반인성적人性的이면서도 인간의 존엄성과 인권을 철저히 짓밟는 야만적 제도임을 깨닫지 못하고 있었기 때문에 그런 주장을 편 것으로 보아야 한다. 그들은 그 후에야 그런 제도로는 국가와 국민이 모두 불행해진다는 사실을 깨닫고, 결국은 민주주의를 선택한 사실을 상기한다면, 당시의 스탈린이나 김일성이, 한 치 앞도 못 본 것은 당연할지도 모른다. 그들은 한마디로 시대착오적, 반역사적인 사고방식을 가진 사람들이었다. 그런데 그런 사람들의 머리로 꾸며낸 게 6·25전쟁이다. 이를 보면 불행은 이미 북한정권이 들어선 때부터 시작된 것이다. 그런 그들인지라 UN이 어찌 대응할 것인가를 어찌 바르게 예상할 수 있었겠는가. 그들에게서 바른 생각을 기대함은, 마치 소경이 산길을 혼자서 올바르게 갈 수 있다고 생각하는 것과 똑같았다.

다시 말하면 UN이 주동이 되어 세운 나라가, 만 2년도 채 안되어 무너질 때, 그 UN이 가만히 있지 않을 것이라는 것쯤의 예상은 정상적인 사람이라면 다 할 수 있었는데도 그들은 못하고 있었다. 더구나 UN이 미국의 꼭두각시라고 비난하고 있는 터여서 미국으로서는 더더욱 그냥 좌시坐視할 수만은 없는 게 현실이었다. 그런 현실에서 아무런 일이 없을 것이라고 예상했다면, 이는 참으로 바보요 천치라고 볼 수밖에 없는 것이었다.

만약 소련과 김일성의 예상대로, UN이 가만히 있고, 미국이 못 본 체하여, 대한민국이 이 지구상에서, 영원히 사라졌다고 가정해 보자. 그리고도 미국이 UN과 세계를 지도할 수가 있다고 생각할 수 있겠는가. 그런 사실들을 종합하여 깊이 생각해본다면, UN의 권위나 미국의 권위를 위해서라도, 참전을 아니 할 수가 없는 환경이었고, 분위기이기도 했다. 그때 만약, 대한민국이 그대로 망해버렸다면, UN과 미국의 권위는 땅에 떨어져서, 그 뒤의 세계 질서는, 참으로 엉망이 되었을 것이다. 따라서 대한민국이 망하는 게 문제가 아니라, UN과 미국의 존재가치가 더 문제되는 시점이었다.

그 때문에 북한의 남침은 도저히 방관할 수가 없는 것이었다. 이러한 사실을, 제대로 보았느냐 아니냐의 차이는, 바로 북한의 김일성과 이승만 박사의 수준 차水準差를 말하는 것이다. 이게 세상 이치를 깊이 깨닫고, 공부를 많이 한 문관과 힘만 믿는 무인과의 차이이기도 할 것이다. 그런 이승만 박사도, 말년에는 너무 고령인 탓으로, 무리한 영구집권과, 사람을 잘못 보는 실수를 거듭 범했으나, 과거에는 세계대세를 바로 읽고, 앞날을 지혜롭게 보는 눈만은, 누구도 다를 수 없는 큰 인물이었다.

이로 보면, 미국이 참전한 공로를, 이승만 박사와 장면 박사에게만 돌리는 것은 큰 착오인 것이다. 물론 그때, 이승만 박사가 맥아더 장군에게 전화하자, 그가 아직도 자고 있다는 부관의 말에, 맥아더가 일어나면 꼭 전하라고 하면서, "한국을 돕지 않으면 재류하는 미국인을 다 죽여 버리겠다"고 협박한 전화나, 장면 박사가 신속하게 대응한 공로를 부인하는 것은 아니다.

또한 맥아더에게 그 부관이 그런 협박전화의 내용을, 곧이곧대로 전했는지도 의문이지만, 그런 화풀이 전화 한마디로 참전할 미국이 아니다. 그것은 분명히 공산주의 국가들, 특히 소련에 대응하여 세계전략을 수행해가는 과정에서, 미국의 국익에 부합했기 때문에 참전한 것이다. 그리고 그 국익에는 필자가 말하는 UN의 권위와 미국의 권위가 포함되어 있는 것이며, 공산주의세력의 팽창을 막아야 한다는 전략도, 함께 맞물려서 참전한 것이다.

이로 보면, 김일성의 무모한 전쟁도발은, 자기 스스로 묘혈을 판 행위였다. 그러나 마오쩌둥毛澤東 등의 미국에 대한 불신과, 먼 앞날의 동북아 정세를 감안勘案한 중국의 대 한반도對韓半島정책 등이 맞물려서, 그들의 참전으로 살아남을 수가 있었다. 당시의 중국 지도자들의 견해는, 만약 북한이 몰락하여 한반도 전체가 대한민국 지배하에 들어가서, 사실상 미국의 영향권 하에 들어갈 경우, 미국은 한만국경과 대만해협에서, 반드시 사단事端을 일으켜서, 그것을 구실로 중국을 침략할 것이라는 생각을 갖고 있었다.

따라서 조선의 김일성을 도와서, 그를 살린 후, 그를 앞잡이로 삼아서, 미국과의 직접적인 대결을 피하자는 게, 중국의 전략이었다. 이러한 전략이 중국의 안보에 도움이 될 것을 믿고, 이를 위해 조선을 구해야 한다, 라는 결론을 내리고 있었다. 이러한 사실은 중국의 조선지원군 부사령관을 지냈고, 후일 "중국이 본 조선전쟁"의 책을 쓴 홍쉐즈洪學志의 글에 잘 나타나 있다. 그들은 그 후에도 그런 전략을 계속하여 쓰고 있고, 현재도 그런 생각은 남아 있는 것이다.

이런 사정은 미국도 마찬가지다. 만약 북한이 한반도를 점령하여 적화하는 것을 용인할 경우, 소련은 다시 제3지대에서 또다시 무력으로 적화를 기도할 테고, 그게 성공하면 또다시 다른 곳에서 적화를 또 기도함으로써, 결국은 유라시아대륙 전체를 유린하여 이들 지역을 모두 공산 세력권에 넣을 것 아닌가, 하는 점 때문에 참전한 것이다.

그러나 현재는 사정이 사뭇 다르다. 한마디로 중국은 어떠한 경우에도, 한반도에서의 전쟁발발을 원치 않고 있고, 또한 대한민국의 북한지배도 원치 않고 있다.

중국을 바로 볼 줄 알아야 통일도 가능

우리는 중국을 슬기롭고 바르게 볼 줄 알아야 통일을 할 수 있다. 홍쉐즈洪學志가 지은 "중국이 본 조선전쟁"에 의하면, 중국군이 전쟁에 참여할 경우, 스탈린의 당초 약속은, 공군만은 지원해 주겠다고 했으나, 막상莫上 참전하자, 꽁무니를 뺐다는 내용이 나온다.

그런데도 중국은 끝내 참전하여, 조선정부를 구해준 것이다. 여기서 주목해야 할 것은, 임진왜란 때의 명군明軍은, 민폐民弊가 너무나 극심하여, 오히려 일본군보다 더 한 면도 있었다고 역사는 전한다.

하지만 중국군은, 어떠한 경우에도, 민폐를 끼치는 일이 없었으며, 설사 군량미가 바닥나서, 어쩔 수 없이 현지 민간인들로부터 식량을 조달하는 경우라도, 반드시 증서를 해주면서 빌렸고, 후에 후하게 반환했다 한다. 이러한 사실은, 백선엽 장군의 회고록에도, 분명하게 밝혀져 있다. 그 가 밝힌 내용에 의하면, "중국군은 지나칠 정도로 민폐를 끼치지 않도록 조심하고 있었다"는 글이 나온다. 그들은 서구열강西歐列强과 일본인들로부터, 근 일세기에 걸쳐 많은 서러움을 받아 왔기 때문인지, 매사에 굉장히 조심하고 있었고, 자중하면서, 매사를 신중하게 처리하고 있었다. 역사적으로 보더라도, 한민족은 한漢 나라 때의 한 4군 설치와, 나당羅唐 연합군이 백제를 멸할 때, 그리고 고구려와 천하를 다툴 때 외에는, 직접적으로 한반도에 군사를 파견하거나 침략한 사실이 없다. 그들은 항상 은인자중隱忍自重했고, 사태를 멀리 보면서, 매사에 느긋하게 대응하는 면이 매우 강한 민족이었다. 그런 점에서, 북방민족北方民族과는 사뭇 대조적이었으며, 포악성이나 조급성이 없는 민족이었다.

이런 사실은 조선시대의 성종 때, 최부崔簿가 쓴 글에서도 잘 나타나고 있다. 그가 중요 임무를 띠고 제주도에 갔다가, 부친이 사망했다는 부음訃音을 듣고, 서둘러 돌아오던 길에, 심한 풍파를 만나서 표류하게 되었다. 그는 결국 광동지방까지 표류하면서, 죽을 고비를 몇 번이나 넘겼다. 그는 다행히도, 그 일행 40여 명과 함께, 그야말로 구사일생으로 살아서 돌아오게 되었다. 그때 중국의 남부를 거쳐서, 중국을 종단하여 북상하는, 긴 여행 끝에 돌아오게 된 것이다. 그는 그때, 몇 달이 넘는 긴 여행을 하게 되었고, 귀국 후, 그가 겪은 경험담을 표해록漂海錄으로 남겼다. 그때 그가 남긴 기록을 읽어보면, 한족漢族들이 얼마나 유순한가를 잘 그리고 있는데 그 내용 중에,

"같은 중국에 사는 사람일지라도 남쪽지방 사람은, 언어도 순順하고 행동도 순하며, 다투어도 살인하는 예가 없었으나, 북쪽에 올라올수록 거칠고 사나워져서, 살인사건이 빈발頻發하는 모습을 자주 보았다"라는 내용이 나온다. 이러한 기록을 보아도, 북방계통北方系統의 사람들에게는 사나운 기질이 많고, 남방계통의 한족에게는 유순한 기질이 많음을 알 수 있는데, 이는 유목민족과 농경민족의 차이가 아닐까 하는 생각이 든다. 같은 한족이더라도, 북방사람이 남방 사람보다, 일반적으로 성정이 좀 사나운 것은 사실인 것 같다. 그리고 만리장성 이북의 북방민족은 더욱 심했는데, 그 대표적인 예가 몽고蒙古의 침략이다. 우리는 그때가 고려 고종 때로서 고려의 중·후기에 해당한다. 그때 우리는 몽고로부터 36년 동안 여섯 차례에 걸쳐서 크게 유린당했다. 몽고는 그때 기병을 중심으로 우리 한반도를 쑥대밭을 만들었던 것이다.

또한 후금後金, 즉 청淸나라로부터도, 정묘丁卯, 병자丙子 등 두 호란胡亂을 만나서, 큰 피해를 입었을 뿐 아니라, 인조仁祖가 아홉 번 머리를 조아

리면서, 세 번 큰절을 해야 하는 큰 모욕을 당했고, 신표이라고 호칭하는 굴욕도 맛보았다. 그러나 다행히도 우리 민족은, 한민족 국가로부터는 그런 가혹한 침략을 받아 본 일이 없다. 이러한 사실은 일본도 마찬가지다. 일본 역사상 몽고로부터는 두 차례나 침략을 받았으나, 한민족국가로부터는 단 한 번도 받아 본 일이 없다.

거꾸로 한민족이나 우리나라는, 똑같이 왜구의 침략을 받았고, 명나라 때의 왜구침략은, 세계사에도 올라 있는 사실이다. 이것은 한민족이 매사에 조급하지 아니하고, 신중하면서도 여유로워서, 결코 서두르거나 무리를 안 하는 민족임을 알 수 있게 하는 내용이다.

특히 현 중국은, 동북아의 평화와 세계평화를 절실히 원하고 있는데, 그것은 자국의 경제발전 때문이다. 한마디로 전쟁 발발 시, 대미 수출 등 수출이 올 스톱하는 것과 같은 비극이 발생할 수 있기 때문이며, 그 경우, 모처럼 성장하던 중국경제는 참담한 결과가 찾아올 수 있기 때문이다. 이러한 점은, 최근에 중국이 보인 여러 신중한 태도와 한반도에서의 안정을 강력히 희망하는 데서도 엿볼 수 있다.

우리 민족의 단점인 조급성卑急性을 버려야 통일된다.

우리 민족은 상대적으로 조급성이 심해서 큰 문제가 있다. 그와 반대로 한족은 느긋하고 유순한 성격 때문에, 원元나라와 청淸나라로부터 근 400년간을 지배받으면서도 느긋하게 잘 참아냈다.

중국인들의 기질과 관련하여 많은 이야기 중에 백선엽이 쓴 전쟁회고록에서 밝힌 이야기도 매우 흥미로웠다. 1950년대 초, 중국대표와 북한대표를 상대로 한 휴전회담에서 북한대표와 중국대표들이 보인 성격의 차이는 너무나 극명했다면서, 북한대표들의 조급증, 그리고 상식 이하의 유치幼稚한 행동과 그와 정반대로 중국대표들의 느긋함과 여유로움, 그리고 인내심과 멀게 보면서 행동하는 양태樣態 등이 두 대표 간에 너무나 판이했다고 평가하고 있는 것이다.

문제는 북한 사람도 우리 동족이라는 데 있다. 북한 사람들이 그랬다면 우리 한국인도 그럴 것이라는 생각이 드는 것이며, 실제도 그렇다. 중국인들은, 19세기와 20세기 초에 근 100년 동안 준準 식민지상태植民地狀態하에서 서구인들의 지배를 받으면서, 그들로부터 마치 개와 같은 취급을 당하면서도, 그런 굴욕을 잘 참아낸 민족이다. 그 좋은 예가, 상하이시上海市의 홍구 공원虹口公園 입구에 "한인漢人과 개는 출입을 금한다"는 표찰을 보고도 그대로 지나쳐 가는 중국인들이었다.

이런 사실은, 덩샤오핑등소평 등이 청년 시절에 홍구 공원을 걷다가 그 표찰을 보고 참았던 일화에서도 잘 드러나고 있다. 중국인들이 항시 느긋하면서도 조용하게 먼 앞날을 생각하면서, 행동하는 그런 여유로운 기질들을 우리가 잘 이해하여 슬기롭게 대처할 때만이 통일이 앞당겨질 수 있다고 본다. 따라서 정부 당국에서는 그에 알맞은 외교정책의 수립과 통상정책通商政策을 수립해야 할 것이다.

그런데 지난 이명박 정부의 외교정책을 살펴보면, 너무 코앞의 일만 중시하고 먼 앞날의 군사적, 경제적 외교에 대해서는 소홀한 것 같아서 매우 안타까웠다. 여기에 북한도 우리 민족의 결점인 조급성을 그대로 드러내고 있어서 더 걱정되었다. 그런 사건의 지난 예로는 6·25전쟁이고, 그 후에 일어난 청와대 침입사건, 아웅 산 사건, KAL기 격추사건 등이며, 이명박 정부 때의 천안함 폭파사건, 연평도 포격사건 등은 참으로 어처구니가 없는 사건이다. 그 후에도 그들은 깡패와 비슷한 유치한 짓을 많이 했고, 현재도 무모한 도발을 많이 하고 있다.

그리고 김정일도 대代를 이어서 상식 이하의 행위를 하고 있었지만 우리는 힘이 미치지 못하여 그를 잡아넣지 못하고 있었고 그 아들 김정은이 서울 불바다라는 협박을 넘어 핵실험과 대륙간 탄도탄 시험 등을 거듭하고 있는데도 입으로만 응징한다고 큰 소리 치고 있을 뿐이다. 이에 대하여 필자는 생각하기를, 어차피 우리의 공권력이 북한에 미칠 수 없어서 그를 잡아넣지 못하는 것이라면 달랠 수밖에 없는 게 세상의 이치가 아닌가, 라고 생각하는 것이다.

그러므로 그런 사람들을 상대로, 정의가 어떻고 양심이 어떻다 등을 호소하거나 주장하는 따위의 행동은 그야말로 인간의 성정性情을 너무나 모르는 데서 나오는 주장으로 보는 것이다. 또한 우리는 인내와 관용, 그리고 자중과 부드러움만이 북한을 이길 수 있는 가장 유일하고도 빠르며 바른 길임을 주장하는 것이다. 얼핏 생각하면, 이런 방법이 가장 먼 것처럼 보이지만, 사실은 가장 가까운 길임을 깨달아야 한다. 여기서 필자는, 독일의 통일정책이 어떻게 해서 성공했는가와 우리의 인내심이 얼마나 부족한가, 그리고 조급증이 얼마나 심한가를 살펴보려 한다. 독일도 첫 집권자인 아데나워 수상은 통일정책에 대하여 별로 한 일이 없다. 하지만 빌리 브란트 수상 때부터는 강력한 통일정책을 펼치면서 동독의 공산 정권에게 약 20억 마르크약 10억불를 무상 지원했고, 통일 할 때도 소련에게 총 150억 마르크를 제공하는 등 막대한 경제적 지원을 아끼지 않았다.

빌리 브란트가 동방정책을 내걸면서 20억 마르크를 지원할 때, 야당인 헬무드 콜은, 이를 강력히 반대하면서 퍼주기라고 비판했다. 그런 그가 막상 서독 수상이 된 후에는 오히려 브란트 수상을 능가할 정도로 경제적 지원을 강화했다. 그럼으로써 동독 백성들을 사전에 충분히 동화시켜서 적대감을 없앴고, 서독을 지지하는 정당이 제1당이 되게 만들었다. 그러고도 최종 통일 때는 앞서 밝힌 대로 소련에게 엄청난 지원을 함으로써 통일에 대한 소련의 동의를 얻어낼 수 있었다. 결국 그런 희생을 치루고 난 연후에야 통일을 이룬 것이다.

이러한 사실은, 노태우 대통령이 독일을 찾았을 때 이구동성으로 한 말들이다. 그때 그들은 전혀 통일이 될 것을 예상하지 못한 가운데에 갑자기 통일이 되었다고 술회하고 있음을 볼 수 있는 것이다. 이런 점은, 이명박 정권이 전 정권의 대북정책을 완전히 무시하면서 긴장을 고조시키고 있었던 것과는 매우 대조적이었다. 이 때문에 북한과는 사사건건 대립하면서 분쟁을 일으키고 있어서, 지난 1950년대의 냉전체제로 되돌아가고 있다는 생각을 지을 수가 없고, 또한 역사를 거꾸로 가고 있구나 하는 생각과 함께 스탈린 시대를 연상시키고 있는 것이다.

또한 대 중국과의 관계도 "전면적 동반 협력관계"에서 "전략적 동반 협력관계"로 문자 상으로만 강화되었을 뿐 오히려 전前 정권 때보다 더 소원해지고 있었고, 이 여파가 국가 안보까지도 영향이 미치고 있는 것이다. 우리는 중국에 대한 그런 기본적 관점에서 출발하면서, 먼저 남북통일이 되어야 하느냐 않느냐를 따져 보고 나서 어떤 대처방안을 수립함이 가장 현명한 통일방안이 될 수 있을까를 살펴보면서 모든 일을 보다 현명하게 처리해야 할 것이다.

남북통일이 과연 필요한가, 아닌가를 먼저 따져 보자

먼저 국제적인 관점에서 통일의 필요성을 살펴본다. 지금 이 지구상에서 단일민족으로서 단일 언어를 쓰면서도, 서로 으르렁거리는 나라는 우리 민족뿐이다. 중국의 대만臺灣이 따로 서 있다고 하나, 거기는 원래 같은 민족이 아니다.

그러므로 같은 민족으로서, 분열되어 항상 볼썽사나운 꼴을 외국인에게 보이는 민족은 우리뿐임을 알아야 한다. 그러한 유치한 꼴을 외국인에게 안 보이기 위해서도 우리는 통일이 되어야 한다. 동족끼리 싸우는 모습을 세계에 알리는 것은 스스로 우리 민족의 열등성劣等性을 보이는 것 밖에 안 되므로, 이를 억제하기 위해서도 통일이 되어야 한다. 그러려면 슬기롭고도 현실적이면서 우리 민족의 먼 장래를 보장할 수 있는 원천적인 통일방법을 모색해야 한다.

이러한 슬기를 통해 통일하려는 것은 우리 민족의 자존심만 만족시키는 게 아니라 역사적, 그리고 인도적, 경제적 측면 등 모든 분야에서 필요한 방법이 되기 때문이다. 더구나 통일은 국력을 신장시키는데도 필수적인 조건이므로 통일은 반드시 되어야 한다. 이에 대하여 혹자는 통일비용을 말하면서 반대하는 사람도 있으나, 남북대결로 말미암아, 상호간 불필요한 군사비를 과다히 지출하고 있음을 고려한다면, 그런 주장은 말도 안 되는 주장이다. 따라서 남북 간에 생기는 모든 시비는 통일이 안 된 탓에 생기는 비극이므로, 통일이 가장 기초적이고도 원천적인 해결방법임을 알 수 있다.

북의 특성을 알아서 슬기롭게 대처해야 통일된다.

그러나 북한은 그런 민족적 입장을 고려치 아니하고 그런 깡패 같은 행위를 자행하고 있으므로 북한이 일차적으로 나쁜 것은 분명하지만 그렇다고 해서 지난 이명박 정부의 대응 방법이 썩 잘 된 것이라고 평가할 수는 없는 것이다.

한마디로 북한은 가난에 찌들고 있어서 그런지, 어떻게 보면 막무가내로 떼만 쓰는 사람들 같이 보인다. 그런 사람들과의 대응방법은 좀 더 유연하고 좀 더 슬기로워야 하며, 더 노련해야 하는데도 이명박 정부의 대응방법은 전혀 그렇지를 못하고 있었던 것이다. 쉽게 말해서 북한은 못 살고 우리는 잘 산다. 우리가 어느 정도 잘 사느냐 하면, 그들보다 거의 20배나 더 잘 산다. 그렇다면 시비가 있을 때는 우리가 인내하고 관대해야 한다. 못 사는 사람들의 심정은 언제나 거칠고 흉포凶暴스러운 것이다. 그러므로 형兄 되는 마음으로 너그럽게 대해주어서, 그들의 마음을 어루만져 주어야 한다.

그러므로 모질고 거칠어진 그들의 몸과 마음을 달래주어서 마음을 부드럽게 해주어야 한다. 그런데도 우리 국민 중에는 그들을 건전한 정상인으로 보고 시비를 가리려 한다. 그 분들의 주장대로 옳고 그른 것만 따진다면, 그들에게 당장 응징의 포탄을 퍼부어야 할 것이다. 그럴 경우 결국은 국민만 피해를 볼 수 있고 잘못하면 모처럼 이룩해 놓은 경제를 하루아침에 물거품이 되게 하는 비극도 겪을 수 있는 것이다.

우리는 북한 동포들을 너그러운 마음으로 이해하면서, 도울 수 있는 한도 내에서는 최대한 도와야 한다. 그리고 인도적 지원은 무한대로 확대해야 한다. 특히 민간인 상대의 지원이 절실하다. 그 까닭은 그럼으로써 북한 주민들의 남한에 대한 적대감을 불식시키는 데 도움이 될 수 있기 때문이며 이러한 정책은 통일을 앞당기는 데도 도움이 되지만 통일을 이룩한 뒤에도 더 필요한 정책이다. 솔직히 이야기해서 동서화합도 제대로 못하는 우리가 통일 후에 제대로 화합할 수 있을까 하는 게 지금부터 크게 걱정되는 것이며 아마도 뜻 있는 인사라면 모두가 같은 뜻일 것이다.

정부의 대북정책이 참 지혜인가를 살펴본다.

여기서 이명박 정부의 "비핵非核 3,000달러"라는 공약에 대하여 말하지 않을 수 없다. 이 말을 한마디로 요약하면 "북한이 핵核을 포기하면 북한 주민의 국민소득을 3,000달러로 올리도록 지원을 아끼지 않겠다"는 공약인데 필자는 이를 보고 너무나 어이가 없었다.

그게 일국을 이끌어갈 대통령으로서 할 공약인가. 과연 그런 공약에 북한이 "예 좋아요 참 좋네요" 하고 얼른 머리를 굽히면서 찾아올 수 있다고 보고 한 공약인가, 하고 의아해 했다. 필자가 보기에도 그런 공약은 원칙原則만 있고 예외例外가 전혀 없는 꽉 막힌 공약公約이었으며, 어떻게 보면 유치하기 짝이 없는 공약이었다. 거기에는 정의감만 있을 뿐, 참다운 지혜와 슬기는 물론, 철모르는 불량배들을 멋있게 달랠 수 있는 노련미老鍊味라고는 전혀 찾아 볼 수가 없었다.

북한이 그런 꼬임에 순순히 응해올 것으로 알고, 제시했다면 그런 주장은 일개 기업을 이끄는 수준은 될지언정, 일국을 이끌 수 있는 내용은 못되었다. 한마디로 북한의 핵 제거는 상호간의 절대적 신뢰회복이 선행되지 않으면 제거하기가 거의 불가능할 정도로 꼬여 있는 것이다. 그들이 막가는 사람들이기는 하나, 그래도 중국이 보장하고 적극 지원하지 않는 한, 전면적인 전쟁도발은 못한다고 보는 게 정상적인 판단이다. 그뿐 아니라 핵무기核武器를 많이 가지고 있다 하더라도 무조건적으로 한국에 투하하지는 못한다고 보는 게 옳다. 그렇다면 좀 더 유연하고 슬기로우면서 동족으로서의 따뜻한 마음을 표시할 수 있는 공약을 했어야 했다.

이를 보면 그 공약은 김대중과 노무현의 통일정책에 반감을 가지고, "나는 그런 남북관계의 설정은 무조건 반대요"라는 말밖에 안 된다. 우리는 여기서 세계 2차 대전 후의 전쟁사를 깊이 살펴보아야 한다. 대전 후

그토록 많은 전쟁이 있었음에도 불구하고, 핵무기를 사용치 못한 것은
그 무기가 그만치 절대성을 갖고 있기 때문이었다. 그런 무기를 동족살
상同族殺傷에 사용했다 할 경우 그 뒤의 후 폭풍을 고려할 때, 북한이 그런
핵무기를 가지고 있다는 것만으로 곧바로 사용할 수는 없다고 보는 게
필자의 생각이다.

그렇다면 언제 어디에 쓰려고 핵무기를 개발했을까. 그것은 자기들이
절대적 위기에 마지막 수단으로 쓸 수 있는, 북한정권의 안보담보용이라
고 보면 좋을 것이다. 하지만 한편으로는 전시용展示用으로도 볼 수 있다.
왜냐하면 북한이 아무리 많은 핵무기를 가지고 있다 하더라도 미국하고
는 다툴 수 없음을 그들 스스로도 잘 알 수 있는 사실이기 때문이다. 그렇
다면, 핵무기에 너무 두려움을 갖지 말고 그들을 상대해야 한다. 또한 핵
무기에 우리가 과잉 반응하는 것은 오히려 그들이 바라는 함정에 빠지는
결과밖에 안 된다. 그러므로 우리는 의연한 자세로 그들을 달래서 사나
운 기氣를 부드럽도록 하고 따뜻한 동포애를 꾸준히 보이면서 조용히 달
래야 하는 것이다. 그러려면 우선 그들로 하여금 배고픔에서 해방시켜주
어야 한다. 인간으로서 가장 참기 힘든 게 배고픔이다. 사람이란 배고프
고 살기 힘들면 사나워지는 것이다. 지금 우리나라의 지도층은 너무나도
배고픔을 모르고 산 사람이 많다.

그것은 노무현 정부 때의 장관들의 평균 재산액과 이명박 정부의 평균
재산액을 비교 해 보아도 곧 알 수 있다. 두 그룹의 재산액이 배 이상이었
음을 보면, 사고방식도 그만치 크게 차이가 날 것을 예상 할 수 있다. 그
러한 결과는 대북정책을 짜는데도 그대로 반영되고 있다고 보는 게 필자
의 생각이다.

더구나 우리는 한 때 쌀이 남아돌아서 미곡을 받아놓을 창고가 없을
정도였다. 그렇다면 북한에 쌀을 지원하는 것은 무상지원이든 장기채 형

식으로 대출해주든 간에, 꼭 북한만을 위해서 지원하는 게 아니었다. 따라서 우리 대한민국을 위해서도 꼭 펴야 할 정책이었던 것이다. 그럼으로써 북한백성들의 적대감을 누그러뜨리고, 나아가 상호 신뢰를 쌓아서, 장차는 6자 회담 개최와 함께 핵무기 폐기核武器 廢棄에도 적극 기여토록 했어야 했다. 여기서 우리는 중국인들이 갖고 있는 여유로움과 인내할 줄 아는 기품을 배워야 한다.

핵무기 포기는 평화정착에 대한 신뢰가 열쇠

북한의 핵무기를 포기케 하려면, 그들이 두려워하는 체제붕괴방지體制崩壞防止를 간접으로 보장하는 평화협정平和協定의 체결이 필수적이다. 필자가 보기엔 이 평화협정의 체결 없이는 북한의 핵 포기核抛棄를 기대할 수 없다고 본다. 평화협정체결은 현재의 임시 휴전상태를 평화체제로 전환하는 것이므로 대한민국에서 반대할 이유가 없는 것이다. 그러고 난 연후에, 군축회담을 열어서 국력에 비해 과다하게 보유하고 있는 군사력을 축소하고 경제적인 공동번영의 길을 추구해야 했다. 그렇게만 했다면 그들도 차차 신뢰감을 갖고 적대행위를 줄였을 것이며, 그로써 경제발전에 주력함으로써 북한주민들도 민주주의를 점차 갈구渴求하게 되었을 것이고, 이 길이 가장 슬기로운 통일 방안이 되었던 것이다.

통일을 억지로 서둘면 오히려 멀어지게 된다. 이것은 한 쪽이 서둘면 한 쪽은 흡수통일吸收統一이 되는 게 아닌가 하고 반드시 경계하게 되기 때문이다. 그러면서 한편으로는 인도적 지원을 강화하여 북한 주민의 적대적 감정을 누그러뜨려야 했다. 이로써, 동족간의 화해 무드를 조성하고 투자와 교역을 확대하면서 남북 간의 이질감異質感을 해소시키는데 최선을 다 했어야 했다.

이명박 정부출범 이후, 관광객 피살사건을 비롯하여 그 후의 천안함 사건과 연평도 피격에 이르기까지 계속하여 긴장이 고조되어 가고 있었는데, 그 책임은 일차적으로 북한에 있기는 했다. 그러나 원론적으로 말한다면 우리 정부에게도 책임의 일단이 분명히 있다고 보아야 했다. 왜냐하면 비핵 3,000달러 등의 공약이 그들의 비위를 거스르는 내용이었고, 그 결과 남북관계가 경직되어 그로 인해 천안함 사태 등이 발생했기 때문이다. 더구나 이런 대결구도를 퇴야 할 때까지 일관한 것은 남북관계를 10년은 늦추는 결과를 낳았다고 보아야 하고, 현 긴장 상태도 이명박 정부의 책임이 매우 크다.

이명박 정부의 대북정책은 1940년대 초 미국의 대일정책을 닮았다

이명박 정부에서 취하고 있는 대북정책을 들여다보면 1940년대 초, 태평양전쟁 전前의 미국이 취한 대일정책을 흡사하게 닮고 있다. 그때 일본이 프랑스의 힘이 꺾임을 틈타서 베트남을 취했을 때, 미국은 일본에 대하여 베트남과 중국에서의 일본군의 철병요구와 함께 대일석유금수조치對日石油禁輸措置를 단행하는 등 초 강경책을 취했다.

하지만 그때는 미국이 전쟁을 각오하고 행한 조치였고, 또한 전쟁을 한다 해도 이길 수 있다는 확신 때문에 가능했다. 그러나 작금의 남북관계는 전쟁할 경우의 패전을 우려해서 남북의 공동번영을 주장하는 게 아니다. 이는 같은 단일민족이므로, 언젠가는 반드시 통일하여 단일국가로 번영해야 할 대상이기 때문에, 그런 주장을 하는 것이다.

지난 천안함 사건을 수습함에 있어서도, 이명박 대통령은 외국 원수들에게 한국의 주장을 그대로 받아들여서 북한을 응징하는 UN의 결의안에 동조해달라고 호소하고 있었다. 이런 모습을 바라보는 필자의 마음은 참으로 착잡하고 슬펐다. 왜냐하면 외국원수들이 단도직입적으로,

"왜 김대중, 노무현 정부 때는 남북이 정상회담을 하는 등 외국인들이 보기에도 잘 하고 있어서 칭찬하고 있었는데, 당신은 밤낮 북한 응징론만 가지고 다니느냐, 같은 민족끼리 오순도순 잘 지내지 못하는 게 부끄럽지도 않는가"

라고, 핀잔을 주지 않을까 하는 걱정 때문이었다. 다행히도 외국 원수들이 그렇지 않았던 것만은 다행스럽게 생각하고 있으나 그런 자세를 칭찬할 수는 없었다. 그 때문에 필자의 눈으로 보는 이명박 정부의 외교 정책은,

"이 정부에 그토록 인재人材가 없다는 말인가"라고 한탄이 절로 나오는 것이었다. 그것은 대미외교와 대중국외교가 균형을 이루어야 함에도 불구하고, 티가 나게 대미외교 강화만을 주장하고 있어서, 중국이 은근히 경계하는 자세를 보이고 있는 것부터가 크게 걱정되었던 것이다. 이로 인해 중국이 한 때 북한을 전에 없이 두둔하고 보호하고 있기도 했는데, 이게 대북관계 악화보다도 더 불안하고 안타까웠다.

이명박 정부의 지나친 대미외교 강화는 현명치 못했다

세 사람의 모임이 있을 때, 또는 세 사람이 친구 간일 때 그 중 두 사람만이 한쪽으로 치우쳐서 둘이서만 쏙닥거리면, 한 사람은 반드시 등지고 멀어지는 게 인간관계이다. 이런 이치는 국제간에도 똑같은 것이다. 따라서 우리나라가 미국에 치우칠 때는 중국은 우리와 반드시 멀어진다는

게 만고불변萬古不變의 진리眞理라는 것을 빨리 깨달았으면 좋았었다.

지금 보수층에서는, 우리나라의 안보가 미국에 의존함이 최고이고 최선이라고 생각하고 있다. 하지만 필자는 대미외교 강화보다 중국과의 유대강화紐帶强化가 우리나라 안보에 더 중요하다고 생각한다.

더구나 현대의 생명선인 경제를 볼 때, 경악을 금할 수 없을 정도다. 또한 군사적인 측면만 보더라도, 미국을 움직여서 북한의 핵을 제거하기는 어려워도 중국을 움직여서 핵을 제거하기는 쉽다. 경제적인 면에서도 중국이 미국보다 더더욱 중요한 위치에 있음은, 필자가 밝히지 않더라도 현명한 국민들은 더 잘 알고 있을 것이다.

이러한 환경은 시간이 가고 세월이 흐를수록 더 강해지는 면이 있다. 그런데, 중국과 가까워지는 방법으로는 북한과의 화해와 평화 공존이 필수적인 조건의 하나다. 하지만 현 위정자들은 보수층의 완고頑固함을 뛰어넘지 못하고 그들의 북한에 대한 강경책 요구를 그대로 받아들여서 그들 주장대로 움직이고 있는 면이 있었다. 이는 결코 현명한 것이 못 된다. 필자의 판단으로는 그들이 정의감만을 내세워서 그런 강경책을 요구하고 있음을 이해는 하나 동의할 수는 없다. 이런 때일수록 정부가 앞장서서 국민을 설득하여야 함에도, 표를 의식했음인지 그저 따라만 가고 있었다.

현실적이고 슬기로운 정치가라면, 북한에 대한 지원을 아끼지 말아야 한다고 보았는데, 이명박 정부는 이해할 수 없는 고육책만 쓰고 있었다. 필자의 생각으로는 현재 우리나라의 다수를 점하는 보수층의 여론존중만이 능사가 아니다. 따라서 작금의 정치지도자는 광해군光海君과 같은 슬기가 있어야 했다. 공연히 정의감과 원칙만 찾으면서 감정에만 휩싸여서, 국가 백년대계百年大計를 그르치지 않을까 염려되는 게, 나이 든 참 지혜와 슬기를 갖춘 사람들의 생각이다.

중지는 불여 현지衆智 不如賢智라는 말이 있다. 뭇 대중의 지혜보다 한 사람의 지혜가 더 현명할 때도 있다는 말이다. 우리나라 다수를 점하는 두터운 보수층의 지혜가 반드시 현명한 게 아니다.

오히려 그것보다는 덩샤오핑처럼 산전수전山戰水戰을 다 겪었으면서 동서고금東西古今의 역사와 인간사를 깨우쳤고, 또한 모든 학문을 두루 섭렵涉獵하여 차원次元 높은 곳에서 천하를 달관達觀할 수 있으면서도, 선천적으로 머리가 앞서서 냉철하게 사태를 관찰할 줄 아는 자가 어느 때보다도 더 필요한 때가 현 시국임을 알아야 한다.

해방 후의 인재로서는 여러 가지로 평가가 다를 수는 있으나, 필자가 보기엔 이승만 박사와 김대중 선생만한 사람이 없었다. 여기서 가장 중요한 게 북한의 장래를 어떻게 보느냐, 다. 지금 논자에 따라서 많은 주장들이 나오고 있으나, 그 중요한 내용들을 훑어보면,

첫째로, 북한이 겉으로 강한 것 같으나 내부적으로 너무나 취약脆弱하여 일제 말에 일본이 무너지듯 예상보다 빨리 무너질 수 있다는 이른바 급변사태急變事態를 일컫는 견해.

둘째로, 북한이 그리 쉬이 무너질 수는 없고 김정은이 상당기간 연명할 것이며, 특히 중국이 계속 보살펴 준다면 상당 기간 유지될 수 있고, 그 경우 중국과 같이 개방정책開放政策을 추진한다면 예상외로 빨리 근대화가 가능할 수도 있다는 견해.

셋째, 김정은이 정권을 인수했다 해도 김일성, 김정일과 같은 카리스마가 없어서 불안이 계속될 것이며, 결국은 붕괴의 길로 치닫거나 집단지도체제로 전환하여 현상유지에 급급할 것이라는 견해 등 매우 다양하다.

이에 대한 필자의 견해는, 유치원에서 대학교까지의 모든 과정이 김일성 3대를 신격화하는 세뇌교육장소로 이용되고 있음을 볼 때, 일제 때의 천황을 위한 세뇌교육보다도 더하고 있음을 알 수 있으므로, 금방 어떤

변화를 기대할 수는 없다. 더구나 군과 당이 굳게 단결하여 국방력을 유지하고 있고, 정치범 수용소를 설치하여 반체제인사들을 철저히 색출하여 격리시키거나 사형시키는 방법 등으로 공포분위기를 만들고 있으므로, 그야말로 신격화되고 조직화된 체제여서 더더욱 어려울 것이다. 그러나 개혁개방 없이 그대로 나아간다면, 북한 주민들도 스마트폰 등에 의한 외부소식의 전달 등으로 차차 깨우치게 되어 결국은 북한정권과 김정은에 대한 기대도 차차 무너지게 됨으로써, 늦어도 15년쯤 지난 2025년 전·후쯤이면 어쩔 수 없이 대변혁이 올 것으로 본다. 필자가 굳이 15년을 내다보는 것은, 어느 정권이든 그런대로 잘하면 10년 정도는 잘 참아주는 것이나, 10년이 넘으면 그 혐오증이 급격히 증가한다는 사실을 이승만 박사와 박정희 시대에 체험했기 때문이다.

어떤 경우에도 대 중국 외교 강화가 필수적이다

위와 같은 여러 견해에도 불구하고, 어느 경우든 중국과의 유대강화는 절대적으로 필수불가결한 대책이 되는 것이다. 왜냐하면 첫째의 사태가 생길 경우, 한국군의 북한 진주가 예상되는데 잘못하면 중국군과의 충돌이 예상된다.

그렇기 때문에, 우리는 결코 중국과의 경쟁관계가 되거나 미국의 전위가 되어 중국을 위협하는 나라가 아닌, 최상의 우호국이 될 수 있음을 사전에 충분히 인식시켜놓아야 한다. 그러려면 지금부터라도 철저하게 중립을 지켜서, 중국을 준 우방으로 만들어놓아야 한다. 그리고 중국과의 신뢰를 쌓는 데에 완벽하고도 꾸준하게 노력해야 하며, 일이 터진 후에 서두르면 오히려 역효과만 낳을 수 있다. 그럼으로써 우리의 군사행동에 거부감을 갖지 않도록 철저하게 사전정지를 해 놓아야 한다.

둘째와 셋째도 우리도 경제 협력을 통해서 북한에 대한 투자를 강화하고, 북한의 경제력의 향상을 통해서 자연스럽게 동족의식을 고취시키면서 민주주의의 싹을 길러나가야 함을 알려주고 있는 것이다. 그럼으로써 자연스럽게 통일을 이룩할 수 있도록 만반의 준비를 갖추어야 하는 것이다. 이러한 일련의 과업을 원활하게 수행하려면 가장 중요한 게 인내심이다. 한마디로 인내심이 없으면 모두가 헛소리가 되는 것이다.

독일이 2차 대전 때 망한 것도 조급증 때문이었고, 일본도 마찬가지이며, 남로당이 망한 것도 조급증 때문이었다. 이러한 사정을 종합하여 판단할 때 첫째도 중국과의 우호증진이고, 둘째도 중국과의 우호증진이며, 셋째, 아니 백가지 방법이 다 있다 하더라도 지정학적 견지에서 볼 때 미국과의 우호강화보다는 중국과의 우호강화가 더 필요한 것이다.

더구나 평화가 지속된다고 볼 때, 자연스럽게 경제적인 측면이 더 중요해지므로, 미국보다는 중국 시장이 더 매력적이고, 여러 조건에서도 더 유리한 위치에 있는 것이다. 얼마나 중국이 중요한가를 쉽게 판단하는 기준으로는 수출입액을 통틀어 살펴보면 알 수 있다. 한마디로 2010년도에 미국과 일본에 대한 수출총액이 929억 달러인데 비해서 중국에 대한 수출액은 1,298억 달러여서, 미국은 물론 두 나라를 합쳐도 중국에 훨씬 못 미치는 72% 수준에 불과함을 알 수 있으며, 쓰촨 성四川省 하나도 일본과 거의 같은 대국이다

중국은 우리의 머리로 상상하기엔 너무나 넓은 나라다. 또한 인구도 13억이라는 천문학적 숫자여서 더욱 매력이 있는 곳이다. 더구나 양자강이라는 큰 강이 운하로 이용되고 있어서 외항선外航船으로 내륙지방까지 수출이 가능하여 우리로서는 너무나 감사한 땅이다. 양자강은 유럽의 라인 강과 엘베 강, 미국의 미시시피 강 보다는 수심이 확실히 부족한 강인

것만은 분명하나 최소한 5,000톤 이상의 선박도 항해가 가능한 큰 강이다.

구·미의 강들은 해양을 오갈 수 있는 5만 톤급의 선박도 운항할 수 있어서 훌륭한 운하의 구실을 하고 있으나, 양자강은 1만 톤급이 한계이므로 그만치 불리하긴 하다. 그 대신 거리가 가깝고 또한 중국 내륙에 깊이 박혀 있는 쓰촨 성四川省까지도 소항하여 운항할 수 있어서 차원이 다른 나라이다.

쓰촨 성은, 양자강 입구에서, 강의 길이만도 근 3,000km의 곳에 위치유럽 등은 500km, 미시시피 강은 1,300km하고 있고, 인구도 1억 명이 넘고 있어서 이웃 일본 인구와 엇비슷하다. 또한 그 수도인 중칭重慶의 인구만도 1천만 명이 넘고 있어서 지방에 있는 성이라기보다 웬만한 나라보다도 더 크다.

그런 곳을, 대양을 항해하는 8천 톤급 이상의 외항선으로, 싼샤댐三峽의 갑문을 이용하여, 중칭까지 직접 갈 수 있는 것이다. 이러한 사실들을 종합해보면, 중국과의 유대강화는 우리나라의 안보적 이익은 물론, 바로 우리나라의 경제적 번영까지도 담보할 수 있는 나라다.

현재 우리나라와 중국 간의 교역량을 좀 더 자세하게 살펴본다면 대중국 외교 강화의 필요성이 더욱 절감되는 것이다. 왜냐하면, 우리나라가 중국과 국교를 튼 이후의, 18년 동안의 교역량 추세를 보면, 연 30% 이상의 고도성장을 해 왔을 뿐 아니라, 우리나라 총 흑자액의 50% 이상이, 중국과의 교역에서 발생하고 있음을 보면, 절로 정답이 나오는 것이다. 또한 수출액에 있어서도 대미 수출액을 추월한 것은 언제 그랬는가도 모를 정도로 오래 되었다. 특히 최근에는 미국과 일본과의 총 교역량보다도 중국과의 교역량이 훨씬 더 많아졌음을 상기해야 하며, 그런 사실은 전장에서 이미 다 밝힌 바 있다. 여기서 가장 중요한 것은 이러한 교역량의 증가추세가 시간이 갈수록 더욱 심화된다는 사실이다.

물론 미국의 잠재력도 대단하다. 경제 지리학자들의 견해에 의하면 미국의 잠재력은 8억의 인구를 능히 포용할 수 있는 나라라고 한다. 따라서 지금의 인구 2.7억 명의 세 배를 수용할 수 있으므로, 대단한 나라임에는 틀림없으나, 그것은 먼 훗날의 이야기이다. 그런 차원에서 중국과의 교역 확대와, 우호증진이 꼭 필요하고, 거기에는 북한과의 화해 협력정책이 반드시 뒤따라야 한다. 따라서 이명박 정부가 취했던 대결정책은 결코 슬기로운 정책이 아니었다. 이에 대하여 그 정부에서는 이렇게 변명할 것이다.

"우리는 화해하고 협력하며, 경제적으로도 보다 더 저극적인 자세를 취하려고 했으나 북한에서 핵무기를 개발하는 등 자꾸 도발을 일삼고 있어서 어쩔 수 없었다"라고……

그러나 필자가 보기엔, 우리 정부 내에는 슬기로움과 노련미가 빠져 있는 것이다. 적어도 일국의 대 정치가라면, 보수층의 비위 맞추기에만 급급할 게 아니라, 그들을 설득하고 계몽해서, 미몽에서 깨도록 노력해야 했을 것이며, 비록 몰매를 맞더라도, 굳건한 신념과 철학을 가지고 나라를 이끌어 나갔어야 했다.

보수층의 편협한 국민감정이 나라를 오도誤導

때로는 잘못된 국민감정이 국가 운명에 얼마나 많은 피해를 주었는가의 역사적 교훈 몇 가지를 들어 보겠다. 먼저 독일프로이센의 경우다. 독일의 대 정치가 비스마르크는 오스트리아와의 전쟁에서 승리하고 이어서 프랑스의 나폴레옹 3세와의 전쟁에서 승리한 후, 게르만 민족의 오랜 숙원인 통일까지 이루었다.

이로 보면 그는 우쭐할 만도 했으나 끝내 자중했다. 그러면서 이탈리아와 오스트리아 등과의 관계를 두텁게 하면서, 오로지 국력 신장에 온 힘을 다 쏟았다. 그러나 부왕의 대를 이은 빌헬름 2세는, 매우 조급하여 빠른 시일 내에 영국을 제치고, 유럽의 일인자가 되려고 몸부림쳤다. 그때 비스마르크는, 왕의 조급함이 오히려 국익을 크게 손상시킬 수도 있다는 판단 아래, 보다 신중할 것을 주장하다가, 결국은 국왕과의 마찰 때문에 총리직을 사퇴하고 귀향해 버렸다.

이에 거칠 것이 없어진 빌헬름 2세는 유럽의 패권을 잡으려고 지나치게 서두르면서, 한편으로는 이를 위해 오스트리아, 이탈리아를 묶어서 3국 동맹을 더 강화함으로써 프랑스와 영국을 극도로 자극했다. 이에 영국도 이와 대결하려고 프랑스와 러시아를 끌어들여서, 3국 협상을 체결하기에 이르렀다. 이런 결과는 오스트리아 황태자의 암살사건을 계기로 세계 1차 대전을 확대시키는 데 결정적인 작용을 하였으며, 결국은 독일의 패전과 함께 자기도 망명하는 비운을 맞이한 것이다.

이러한 전철을 히틀러도 다시 밟았다. 그는 독일 민족의 잘못된 애국심을 자극하지 말고 힘을 길렀어야 했는데도, 오히려 국민감정에 편승하여 매사에 강경 일변도의 정책을 강행했다. 그는 조급증에 걸려서 거꾸로 국민을 선동하여 전쟁을 일으킴으로써, 끝내는 독일의 패전과 함께 스스로도 자살이라는 극단적인 방법을 선택했다.

고개를 돌려서 일본을 살펴보면 더 했다. 일본인들의 조급증은 우리 민족보다도 더 심했다. 그 예가 흥선대원군의 국서 거부가 비위에 거슬린다하여 정한론이 대두되었고, 청일전쟁 때, 강화사절로 온 이홍장을 저격하여 눈 밑에 중상을 입힌 게 일본인이었다.

1922년의 해군군축회의海軍軍縮會議 때, 그 군축 안案이 일본에 불리하다 하여, 그 안에 서명한 총리대신을 총격하여 중상을 입힘으로써 결국

죽도록 한 게 그들이다. 만주를 침략하고 중국과의 사단을 일으킨 것도, 모두 조급증의 발로였는데, 그 당시 이러한 속도위반을, 제어할 인물이나 세력이 없었다.

일본의 이등 박문은 우리의 원수다. 그러나 한국 학자들이 공동으로 저술한 일본사에 비추어 보더라도, 그가 살아온 발자취를 보면, 굉장히 신중하고 노련했다. 그 예로 정한론征韓論을 아직 때가 이르다 하여 극력 반대한 사람이 그였다. 러시아, 일본 간의 전쟁 발발 전에도 일본의 여론과는 달리, 그는 강력히 협상론을 부르짖으면서, 전쟁을 적극 반대했다. 다만 1902년에 영일동맹을 맺은 후에야, 비로소 묵인한 사람인데, 그 때문에 그는 한때 고립되기도 했다. 따라서 그는 항상 온건론에 손을 든 사람이다. 당시 일본국민들은 러시아, 불, 독 3국 간섭으로 요동반도와 대련, 여순 항을 중국에 반환당하고 그게 러시아에 조차租借까지 되자, 일본 국민들의 여론은 극도로 격양되어, 그야말로 난장판이었다.

일본은 19세기 말부터 줄곧 대 러시아 전쟁불사론不辭論이 일본을 뒤덮고 있을 때였는데도, 그는 여론을 무시하고 실력을 더 기르고 때를 기다리자면서 적극적으로 전쟁을 반대하고 나섰던 것이다. 그 때문에 일본은 근 10년을 참아낼 수 있었다. 이때는 이등 박문이라는 큰 인물이 있었기에, 지나치게 앞서가는 일본국민들의 여론을 바르게 유도하는데 성공했다. 그러나 1930년대부터는 그러한 인물이나 세력이 없었다. 따라서 일본 군부가 힘을 믿고 아무리 까불어도 이를 제어하거나 반대할 사람이 없었으며, 여론 또한 동조하고 있었다. 이에 간혹 군소정치인, 또는 뜻있는 지사들이 바른 소리를 하면 언론인들이나 여론이 들끓으면서 이적행위를 한다고 비난했고, 비국민非國民이라고 매도罵倒했다. 결국 이러한 결과가, 일본을 전쟁의 불바다로 던져버렸다.

결국은 참담한 패전의 쓴맛을 보고서야 잘못을 깨달은 것이다. 이러한 것을 볼 때, 대★ 정치가라면 그때그때의 국민감정이나 여론에 영합하기보다는 보다 높고 멀게, 그리고 깊고 넓게 보는 슬기를 갖추어서 우리 민족의 장래를 이끌어 나가야 할 줄 안다.

우리 국력은 북한을 압도, 형으로서 너그러움을 보여야

지금 우리나라의 국력, 즉 경제력은 북한과는 상대가 안 된다. 그러므로 그 힘을 이용하여 국방력을 강화하여야 한다. 그런데도 저자가 알기로는 노무현 대통령 때 연 9%씩 증액시키면서 국방력을 강화시켜 왔으나, 이명박 정부가 들어선 후부터는 연 3%로 축소시켜서 집행하고 있다고 한다. 북한과의 평화공동번영정책이, 우리 민족이 나아가야 할 하나의 국시國是라고 해도 좋을 정책이기는 하나, 거기에는 우리나라의 체력에 알 맞는, 국방력의 강화가 반드시 선행되어야 한다. 이 국방력 강화는, 설사 남북통일이 된다 하더라도, 강화해야 할 국책인 것이다. 과거 우리 역사의 비극은, 항상 너무 문文을 숭상하고, 무武를 낮추는, 이른바 문약文弱에서 비롯된 것이다. 따라서 국방을 튼튼히 하면서, 남북공동번영정책을 펴 나감이 무엇보다도 중요하다. 그러므로 우리는 북한의 일거수일투족─擧手─投足에, 흥분할 것이 아니라, 착실히 전력을 강화하면서, 한편으로는 그들을 달래면서, 공동번영정책을 펴나간다면, 우리는 반드시 승리할 수 있는 것이다. 우리는 우리의 경제력과 자유민주체제의 우월성, 그리고 우리체제의 약점을 보완할 수 있는 사회복지정책의 시행 등으로 우리의 단결은 굳건하므로 우리가 반드시 승리할 수 있다는 자신을 가지고 통 크게 인내심을 발휘했으면 하는 것이다. 또한 국민들도, 북한에 대한 경제적 지원과 투자에 대하여 퍼준다 퍼주기다, 라는 식의 속 좁은 생각은 꼭 버렸으면 하는 게 필자의 생각이다. 일본과 독일의 속 좁은 편협성이 결과적으로 국가에 얼마나 해독을 끼쳤는가를 똑똑히 보아 왔기 때문에 거듭 또 거듭 부탁드리는 것이다.

김정은을 바로 보아야 남북의 공동번영과 통일을 이룰 수 있다

김정은의 인상관상은 김정일보다는 조금 나으므로 본인의 판단으로는 향후의 남북관계가 잘 풀릴 것으로 기대하고 있었다. 그러나 작금의 그의 행동거지를 살펴보면 상당히 실망스럽다. 그가 다시 핵무기시험을 자행해서 세계인들을 놀라게 하고 있다는 것과, 장거리 미사일을 다시 발사하여 세계를 긴장시키고 있음은 참으로 유감스러운 일이 안일 수 없다. 이러한 행동은 그가 너무 젊어서 혈기가 왕성한 것도 한 원인이다. 세계의 전쟁사를 훑어보면 지도자의 나이가 60세를 넘으면 전쟁을 회피하는 경향이 있고, 35세 전후가 가장 호전적인 자세를 보이고 있으므로 매우 걱정되는 것이다. 인간이 젊으면 그만치 지배욕과 성취욕도 왕성해서 많은 여성을 섭렵하기도 하지만 주변국가와의 마찰도 잘 일으키는 것이다. 이 같은 강변일변도일수록 우리는 부드러움과 의연한 자세를 보여야 한다. 강剛을 제압할 수 있는 것은 같은 강이 아니라 부드러움 즉 유柔가 제일임을 역사는 가르치고 있는 것이다. 우리는 그런 철리哲理를 한시도 잊어서는 안 된다.

유연하고 노련한 방법으로 북을 상대해가면 그들도 김이 빠져서 대화의 상대로 나오게 될 것이다. 그들도 중국의 뒷받침과 도움 없이는 전쟁을 일으킬 수는 없고, 설사 일으켰다 하더라도 참혹한 패전만이 남을 것이란 것을 잘 알고 있으므로 현재의 도발은 하나의 시위에 불과한 것이다. 우리는 그런 점을 깊이 새겨서 노력하다보면 그들도 늦어도 3년 전후에는 개혁개방을 단행할 것으로 필자는 보고 있다. 이러한 관점에서 우리도 선입견을 갖지 말고 공동번영의 파트너로 대하는 게 국익에 보탬이 될 것이다. 이점에서 박근혜 정부가 대화를 천명한 것은 현명한 대응이었다고 본다. 따라서 너무 과거에 집착하여 정의감만 내세워서 옳고 그름만을 따지다가 국가 대사를 그르친 이명박 정부의 전철을 밟지 않았으면 한다. 그러려면 과거의 선입견을 완전히 버려야 한다. 그 때문에 그를 김일성, 김정일의 대를 이었다는 선입견만으로 상대하려는 자세는 결코 바람직하지 않다. 그의 행동 하나하나를 부정적으로만 보지 말고, 차분하게 대응해야 한다.

근자에 여러 언론에서 보도한 사진 등을 통해 살펴보면 김정은에 대한 북한 젊은이들과 군인들의 지지도가 굉장히 강한 것으로 보였고, 충성도도 거의 광신적인 것으로 보였다. 이는 필자가 일제 때 경험한 일본인들의 천황에 대한 충성도와 광신성狂信性이 연상되어서 전율까지 느꼈다. 이에 필자는 깊이 생각해봤다. 김정은에 대한 그러한 충성도와 광신성은 어디서 나오는 것인가 하고…… 이는 한마디로 김일성의 항일 빨치산 투쟁의 전설적인 무공이 아직도 살아 있고 그의 손자라는 것과, 권력의 권위에 대한 무언의 지배력이 이를 이끌고 있는 것이다. 거기에 그들 핏줄에 대한 철저한 세뇌교육과 김일성을 닮은 풍모가 주마가편走馬加鞭, 달리는 말에 채찍질 식으로 그를 우상화하는데 성공하고 있는 것이다. 인간에게는 기존 권위에 대하여 부정하려는 기질도 있지만 무조건 추종하는 기질이 오히려 더 강하다는 사실을 깊이 되새겨야 한다. 그 때문에 중국의 도움만 계속된다면 북한이 결코 쉽게 무너지지 않을 것을 알아야 한다. 그래서 우리나라와 대중국과의 유대강화가 절대적으로 강화되어야 한다고 주장하는 것이다.

우리는 김정은의 급속한 위상 강화와 박근혜 대통령의 정치인으로서의 급성장의 배경이 기존 권위에 복종하려는 인간의 기질본성 때문임을 앞서 밝혔다. 초등학교 때 어떤 선생님이 유지들의 아들들만 편애하면서 필자를 고문한 것도 같은 맥락에서 이루어진 것이다.

이러한 배경을 가진 그가 남달리 젊은 탓에 지배욕과 성취욕까지 왕성한 때여서, 지배력과 지배욕도 강하므로 부분도발은 물론, 일시 전면전 같은 불장난도 할 수 있는 사람이라는 것을 느끼게 했다. 하지만 대북관계는 정의감과 객관적 타당성보다는 현실을 잘 요리할 줄 아는 슬기와 지혜, 그리고 인내심과 포용심이 필요한 것이다. 그 때문에 전쟁이 난다해도 최종적 승리자는 우리라는 생각에는 변함이 없으나 그로 인한 정신적 피해와 산업시설의 파괴, 국제신인도의 추락 등의 경제적 손실은 상상을 초월할 것이어서 쓸데없이 감정을 자극하거나 신중치 못한 행동거지는 절대 금물이라고 주장하는 것이다.

그런 자세만이 남북의 진정한 화해와 공동번영, 그리고 민족의 공동성 회복 등에 크게 기여하게 되고, 이게 밑거름이 되어 남북통일의 숙원이 이루어질 것이다. 그러려면 북한을 고립시키려 하지 말고, 북한의 군사력 증강에도 유연한 태도로 대하면서, 경제적 지원을 단행해서 공동번영을 이룩하여 북한주민들의 민주의식을 길러주어야 한다. 그러면서 불필요한 언어적 자극이나 필요 이상의 군사연습 등도 삼가야 한다.

북한은 특별한 국면전환이 없는 한 결코 핵을 포기할 나라가 아님을 우리는 명심해야 한다. 그에 따라 또다시 전면적인 남북전쟁이 발발했을 경우, 북한의 핵무기 사용은 당연히 있을 것으로 보는 게 옳고, 그때엔 미국에서도 핵으로 대항할 것이어서, 한반도는 불바다가 될 수밖에 없는 것이다. 그 결과는 백성이 없는 한반도. 승자는 하나도 없고, 오직 패자만 있으면서 앙상한 파멸의 잔해만이 나부끼는 한반도가 될 것임은 누구나

다 아는 사실 아닌가. 다만 이 전쟁은 역사상 처음 보는 전쟁이 되어 기괴하기 짝이 없는 결과가 생길 것이고, 그 피해는 북한이 더 하고 남한이 덜할 것이며, 그들 정권도 궤멸하게 될 것이란 점은 분명하나 그렇다는 이유만으로 동족을 살상하는 전쟁이 다시 일어나선 안 된다.

우리는 이러한 객관적 사실을 염두에 두고 당당한 자세로 북한을 대해야 하고, 지원하더라도 무서워서 지원 하는듯한 자세는 절대로 금물이다. 결과가 그러함을 알면서도 서로 지지 않고 이겨서 상대를 지배해 보려는 지배욕 때문에, 남북이 극렬하게 대립하고, 그로 인해 전쟁까지 유발시켜서 민족을 말살시키는 결과가 온다면, 그런 위정자야말로 영원한 민족반역자를 면치 못할 것이다. 따라서 북한도 변해야 하지만 우리도 이명박 정부 때와 같은 졸책은 버려야 한다. 다행히도 박근혜 정부는 신뢰구축의 프로세스를 통해서 꽉 막힌 남북교류를 보다 적극적인 방법으로 재개할 것을 약속하고 있어서 그 결과가 매우 주목되고 있다. 하지만 지난 5년 동안의 과오를 되풀이하지 않으려면 우선 김정은에 대해서도 보다 긍정적인 자세와 적극적인 공동번영의 추구가 요청되고, 또한 그들에 대한 깊은 이해가 절실히 요청됨을 특별히 강조하는 것이다.

특히 공동번영이 올바로만 되어간다면 핵무기의 사용은 백일몽 속의 절대무기에 불과한 것이라는 점을 명심해야 한다. 그 예로는 2차 대전 이후, 일촉즉발—觸卽發의 냉전이 격화되었을 때와 기타 많은 전쟁에서도 한 번도 써보지 못했던 장식품에 불과했음은 무엇을 말하는가. 그러므로 북한의 핵이 먼저 폐기되어야 남북경협과 공동번영도 가능하다는 고식적인 견해는 극히 근시안적인 견해이므로 하루 빨리 버려야 한다는 게 필자의 생각이다.

그리고 보수 세력들이 북한에 대한 지원을 "퍼주기"라고 비난하고 있고, 개성공단의 노임 지급을 북한의 돈 줄이다. 라는 모욕적인 언사를 함부로 쓰고 있었으나 마땅히 버려야 할 언어다. 개성공단의 건전한 발전이야 말로 남북공동번영의 상징적인 사업이며, 그 시금석으로 인식하는 발상의 전환이 어느 때 보다도 절실한 것이다. 서독 콜 수상의 회상록을 읽어보더라도 통일전의 서독에서도 동독에 대한 경제적 지원에 대해서 "퍼주기"라는 보수진영의 비난이 맹렬하였음을 밝히고 있어서 이를 타산지석으로 삼았으면 하는 것이다.

작금에 이르러 북한이 개성공단에 종사하고 있었던 노동자들을 철수시키고, 아울러 물자반입을 금지하는 등, 공단가동을 사실상 중단시킨데 대하여, 우리도 맞불을 놓으면서 종사원 전원을 철수 시켰다. 이에 대하여 보수 언론과 보수인사들은 대환영하고 있고, 박근혜 대통령에 대한 지지도도 크게 상승했다는 보도를 보고 놀랐다.

한마디로 필자는 "큰일 났구나" 하는 생각을 지을 수가 없는 것이다. 일본의 보수 세력의 애국심이 지나쳐서 2차 대전을 일으키게 만들었고, 그 때문에 망했는데 오늘날 다시 고개를 쳐들고 있어서, "또 본병 이 도졌구나" 하는 생각을 갖고 있다. 그런데 우리 한국의 보수 세력도 꼭 닮아가고 있는 것이다. 보수 세력 사람들은 그게 애국이라고 생각하고 있겠지만 필자의 생각으로는 유치하기 짝이 없는 생각이다.

오히려 오늘의 사태까지 온데 대하여 북한에게만 책임을 미룰게 아니라 보수 세력들과 이명박 전 대통령, 그리고 전 통일부장관 등도 책임을 지고 석고 대죄해야 한다. 또한 현 박 대통령도 책임을 지고 하야까지 각오하면서, 남북관계가 더 악화되었을 때에는 남북공동번영과 평화정착을 가져올 수 있는 새로운 세력이 정권을 잡을 수 있는 기회를 만들어 주어야 한다.

작금의 사태를 보면서 필자가 느끼는 것은 필자가 사람의 본성을 밝히면서 "안지고 이기려는 기질과 상대를 제압해서 지배하여 무엇인가를 성취하려는 지배욕과 성취욕이 인간의 본성"이라고 지적했는데, 그 대표적인 예가 작금의 사태이고, 또한 그 본성이 가장 나쁘게 발현되고 있는 사태가 바로 개성공단 사태라는 점이다.

그런데 왜 박근혜 대통령에게 하야까지 각오해야 한다고 주장하느냐 하면 사람이란 정이 들기는 어려워도 깨지기는 쉬우며, 한번 정이 나면 쉽사리 좁혀질 수가 없다는 것을 무수히 체험했기 때문이다. 그러므로 한번 불신감이 생기면 아무리 진실을 말해도 믿지 않는 게 사람임을 다시 한 번 되새겨야 한다. 또한 한번 정난 사람이나 그런 집단의 말은 콩으로 메주를 쑨다 해도 믿지 않는 것이며, 같은 말이라도 곡해하고 불신해서 돌이킬 수 없는 화를 불러오게 되는 것이다.

위와 같은 사정으로 새누리당과 박근혜 대통령으로서는 이 난국을 헤쳐 나가기가 매우 어려울 것이다. 그 때문에 현 정부가 앞장서서 사태를 해결하려는 자세보다도 경제인들을 앞세우거나 과거 민주당 정부 때의 대북업무에 종사했던 고위층 인사를 초당적으로 모서서 사태해결을 모색하는 방법을 강구함이 현명한 방법이 아닌가 한다. 오늘의 사태는 원래 이명박 정부 때, 너무나 잘사는 사람만이 모여서 만들었던 정부였기에 굶주리고 가난한 사람들의 심정을 모른 탓에 생긴 비극이며, 그런 특수사정 때문에 대북관계를 악화시켜왔다. 그런데 박근혜 정부도 태생적 한계 때문에 50보 100보의 차이 일뿐, 별로 크게 나을 것이 없고, 따라서 김대중 정부처럼 통 큰 정치는 할 수 없다고 보여서 남부관계에 큰 변화를 기대 할 수가 없는 것이다.

거듭 말하지만 필자는 초등교만 나왔고, 부친의 정신이상으로 17세 때부터 소년가장노릇을 했으며, 굶기를 밥 먹듯 한 경험이 있다.

결혼 때는 초등학교도 안 나온 처녀를 반려자로 선택했다. 모내기를 할 때, 나는 자주 모쟁이를 많이 했다. 모쟁이란 여자들이 쩌뽑아 놓은 모

다발을 지게에 지고 논 가운데 날라다가 고루 뿌려서 모를 내도록 도와
주는 작업이어서 굉장히 힘 드는 작업이었다. 그러나 술 담배를 않고 일
잘하는 나는 그 일에 많이 품 팔렸다. 당시는 경지정리가 안 된 때여서 코
를 묶을 수 없었다. 그에 따라 모내기꾼들은 논 마다 서로 가운데를 서지
않으려고 다퉜다. 그 때 우리 마을은 처녀 조합우리 마을은 100여 호여서 따로
처녀조합이 있었다이란 모내기꾼 집단이 있었으나 똑같았다. 그러나 그녀
는 전혀 그런 잔꾀를 부리지 않았고, 오히려 가운데 서서 사람들을 끓어
모으면서 조화를 이루는 특출한 성품을 지닌 그녀였다. 따라서 그런 여
성이라면 우리 집 같이 어려운 집에서도 능히 인화를 이룰 수 있다는 자
신감을 갖게 되었다. 그래서 편지를 냈다가 퇴자를 맞았고한글을 읽을 줄 알
았음, 보통고시를 합격한 2년 후에 다시 말이 오가서 맞춤법부터 가르치
기로 했다. 그러나 처부모들과 오빠들이 불안해하므로 혼인신고부터 먼
저 해주면서 믿게 만든 후, 장인 장모의 허락을 받고, 한글맞춤법과 한자
를 가르쳤고, 그리해서 책도 잘 읽을 수 있게 되었다. 그 후 독서를 권장
하여 많은 책을 빌려다가 읽게 하여 내 사상에 동화시키도록 했다. 그 결
과 세상에서 가장 모범적인 고부관계를 만들어내기도 했고, 시동생과 시
누이간에 절대적(?)인 우애와 존경받는 가풍을 만드는데도 성공한 것이다.

　그리고 평생 가난하게 살아도 좋다는 약속을 받고 결혼해서 공무원 때
도 가장 청렴결백하다는 평을 들을 수 있었다, 현재도 홀로 사는 큰 딸의
집에서 얹혀살면서, 여러 자녀들의 부담으로 반 월세로 살고 있는 집에
서 가난을 즐기면서 살고 있다. 그러면서 주로 도서관만 출입하면서 책
을 벗 삼아서 살고 있다. 필자는 그런 사람이므로 누구보다도 가난한 사
람들의 심정을 잘 이해하고 있기 때문에 가난한 북한을 잘 이해하므로
이런 주장을 하는 것이다.

　따라서 보수 세력과 보수언론들은 오늘의 사태에 대하여 뼈저리게 반

성하고 각성해야 한다. 그들의 잘못된 주장과 시각 때문에 남북관계 정상화에 행여 재가 뿌려지는 일이 없기를 바라면서, 지나친 애국심과 정의감은 오늘의 비극을 극복할 수 있는 지혜가 아님을 깨달아야 하고, 지나친 말들은 우리 민족의 불행을 막기 위해서도 삼갔으면 하는 게 필자의 간절한 소망인 것이다.

우주에 촛불 켜서 진실을 벗긴다

초판 1쇄 인쇄일		2013년 5월 29일
초판 1쇄 발행일		2013년 5월 30일
초판 2쇄 발행일		2015년 2월 28일

지은이		전운식
펴낸이		정진이
편집장		김효은
편집/디자인		김진솔 우정민 박재원
마케팅		정찬용 정진이
영업관리		한선희 이선건
책임편집		우정민
인쇄처		월드문화사
펴낸곳		새미

등록일 2006 11 02 제2007-12호
서울시 강동구 성내동 447-11 현영빌딩 2층
Tel 442-4623 Fax 442-4625
www.kookhak.co.kr
kookhak2001@hanmail.net

| ISBN | | 978-89-5628-619-8 *03800 |
| 가격 | | 18,000원 |

* 저자와의 협의하에 인지는 생략합니다.
새미는 국학자료원.의 자회사입니다.
잘못된 책은 구입하신 곳에서 교환하여 드립니다.